国家出版基金项目
NATIONAL PUBLICATION FOUNDATION

『十四五』时期国家重点出版物出版规划项目
国家社会科学基金重大招标项目

总主编 蒋承勇

第六卷 颓废主义

19世纪西方文学思潮研究

蒋承勇
杨希 著

北京大学出版社
PEKING UNIVERSITY PRESS

图书在版编目(CIP)数据

19世纪西方文学思潮研究.第六卷,颓废主义/蒋承勇,杨希著;蒋承勇总主编.—北京:北京大学出版社,2022.9
ISBN 978-7-301-33062-3

Ⅰ.①1… Ⅱ.①蒋…②杨… Ⅲ.①颓废主义–文艺思潮–研究–西方国家– 19世纪 Ⅳ.①I109.9

中国版本图书馆CIP数据核字(2022)第096159号

书　　　名	19世纪西方文学思潮研究(第六卷)颓废主义 19 SHIJI XIFANG WENXUE SICHAO YANJIU（DI-LIU JUAN）TUIFEI ZHUYI
著作责任者	蒋承勇　杨希　著　蒋承勇　总主编
责任编辑	张　冰　吴宇森
标准书号	ISBN 978-7-301-33062-3
出版发行	北京大学出版社
地　　　址	北京市海淀区成府路205号　100871
网　　　址	http://www.pup.cn　新浪微博:@北京大学出版社
电子信箱	wuyusen@pup.cn
电　　　话	邮购部 010-62752015　发行部 010-62750672　编辑部 010-62759634
印　刷　者	涿州市星河印刷有限公司
经　销　者	新华书店
	720毫米×1020毫米　16开本　21.5印张　370千字 2022年9月第1版　2022年9月第1次印刷
定　　　价	98.00元

未经许可,不得以任何方式复制或抄袭本书之部分或全部内容。
版权所有,侵权必究
举报电话:010-62752024　电子信箱:fd@pup.pku.edu.cn
图书如有印装质量问题,请与出版部联系,电话:010-62756370

总 序

与本土文学的演进相比,现代西方文学的展开明显呈现出"思潮""运动"的形态与持续"革新""革命"的特征。工业革命以降,浪漫主义、现实主义、自然主义、唯美主义、象征主义、颓废主义,一直到 20 世纪现代主义诸流派烟花般缤纷绽放,一系列文学思潮和运动在交叉与交替中奔腾向前,令人眼花缭乱、目不暇接。先锋作家以激进的革命姿态挑衅流行的大众趣味与过时的文学传统,以运动的形式为独创性的文学变革开辟道路,愈发成为西方现代文学展开的基本方式。在之前的文艺复兴及古典主义那里,这种情形虽曾有过最初的预演,但总体来看,在前工业革命的悠闲岁月中,文学演进的"革命""运动"形态远未以如此普遍、激烈的方式进行。

毫无疑问,文学思潮乃 19 世纪开始的现代西方文学展开中的一条红线;而对 19 世纪西方文学诸思潮的系统研究与全面阐发,不惟有助于达成对 19 世纪西方文学的准确理解,而且对深入把握 20 世纪西方现代主义与后现代主义思潮亦有重大裨益。从外国文学学科体系、学术体系和话语体系建设的角度看,研究西方文学思潮,是研究西方文学史、西方文论史乃至西方思想文化史所不可或缺的基础工程和重点工程,这也正是本项目研究的一个根本的动机和核心追求。

一、文学思潮研究与比较文学

所谓"文学思潮",是指在特定历史时期社会文化思潮影响下形成的具有某种共同思想倾向、艺术追求和广泛影响的文学潮流。一般情况下,主要可以从四个层面来对某一文学思潮进行观察和界定：其一，往往凝结为哲学世界观的特定社会文化思潮（其核心是关于人的观念），此乃该文学思潮产生、发展的深层文化逻辑（文学是人学）。其二，完整、独特的诗学系统，此乃该文学思潮的理论表达。其三，文学流派与文学社团的大量涌现，并往往以文学"运动"的形式推进文学的发展，此乃该文学思潮在作家生态层面的现象显现。其四，新的文本实验和技巧创新，乃该文学思潮推进文学创作发展的最终成果展示。

通常，文学史的研究往往会面临相互勾连的三个层面的基本问题：作品研究、作家研究和思潮研究。其中，文学思潮研究是"史"和"论"的结合，同时又与作家、作品的研究密切相关；"史"的梳理与论证以作家作品为基础和个案，"论"的展开与提炼以作家作品为依据和归宿。因此，文学思潮研究是文学史研究中带有基础性、理论性、宏观性与综合性的系统工程。"基础性"意味着文学思潮的研究为作家、作品和文学现象的研究提供基本的坐标和指向，赋予文学史的研究以系统的目标指向和整体的纲领统摄；"理论性"意味着通过文学思潮的研究有可能对作家作品和文学史现象的研究在理论概括与抽象提炼后上升到文学理论和美学理论的层面；"宏观性"意味着文学思潮的研究虽然离不开具体的作家作品，但又不拘泥于作家作品，而是从"源"与"流"的角度梳理文学史演变与发展的渊源关系和流变方式及路径、影响，使文学史研究具有宏阔的视野；"综合性"研究意味着文学思潮的研究是作家作品、文学批评、文学理论、美学史、思想史乃至整个文化史等多个领域的研究集成。"如果文学史不应满足于继续充当传记、书目、选集以及散漫杂乱感情用事的批评的平庸而又奇怪的混合物，那么，文学史就必须研究文学的整个进程。只有通过探讨各个时期的顺序、习俗和规范的产生、统治和解体的状况，才能作到这一点。"①与个案化的作家、作品研究相比，以"基础性""理论性""宏观性"与"综合性"见长的西方文学思潮研究，在西方文学史研究中显然处于最高的阶位。作为西方文学史研究的中枢，西方文学思潮研究毋庸置疑的难度，很大程度上已然彰显了其重大学术意义。"批评家和文学史家都确信，虽然古典主义、浪漫主义和现实主义这类宽泛的描述性术语内涵丰富、含混，但它们却是有价值且不可或缺的。把作家、作品、主题或体裁描

---

① R. 韦勒克：《文学史上浪漫主义的概念》，裘小龙、杨德友译，见 R. 韦勒克：《文学思潮和文学运动的概念》，刘象愚选编，北京：中国社会科学出版社，1989年，第186—187页。

述为古典主义或浪漫主义或现实主义的,就是在运用一个个有效的参照标准并由此展开进一步的考察和讨论。"① 正因为如此,在西方学界,文学思潮研究历来是屯集研究力量最多的文学史研究的主战场,其研究成果亦可谓车载斗量、汗牛充栋。

19 世纪工业革命的推进与世界统一市场的拓展,使得西方资本主义的精神产品与物质产品同时开启了全球化的旅程;现代交通与传媒技术的革命性提升使得世界越来越成为一个相互联结的村落,各民族文化间的碰撞与融汇冲决了地理空间与权力疆域的诸多限制而蓬勃展开。纵观 19 世纪西方文学史不难发现,浪漫主义、现实主义等西方现代诸思潮产生后通常都会迅速蔓延至多个国家、民族和地区——新文化运动前后,国门洞开后的中国文坛上就充斥着源自西方的浪漫主义、现实主义等文学思潮的嘈杂之声;寻声迷踪还可见出,日本文坛接受西方现代思潮的时间更早、程度更深。在全球化的流播过程中,原产于西方的浪漫主义、现实主义等诸现代文学思潮自动加持了"跨语言""跨民族""跨国家""跨文化"的特征。换言之,浪漫主义、现实主义等西方现代文学思潮在传播过程中被赋予了实实在在的"世界文学"属性与特征。这意味着对西方现代文学思潮的研究,在方法论上必然与"比较文学"难脱干系——不仅要"跨学科",而且要"跨文化(语言、民族、国别)"。

事实上,很大程度上正是基于 19 世纪西方文学思潮"跨语言""跨民族""跨国家""跨文化"之全球性传播的历史进程,"比较文学"这种文学研究的新范式(后来发展为新学科)才应运而生。客观上来说,没有文化的差异性和他者性,就没有可比性;有了民族的与文化的差异性的存在,才有了异质文学的存在,文学研究者才可以在"世界文学"的大花园中采集不同的样本,通过跨民族、跨文化的比较研究,去追寻异质文学存在的奥秘,并深化对人类文学发展规律的研究。主观上而论,正是 19 世纪西方现代文学思潮国际性传播与变异这一现象的存在,才激活了文学研究者对民族文学和文化差异性审视的自觉,"比较文学"之"比较"研究的意识由此凸显,"比较文学"之"比较"研究的方法也就应运而生。

比较文学可以通过异质文化背景下的文学研究,促进异质文化之间的互相理解、对话、交流、借鉴与认同。因此,比较文学不仅以异质文化视

---

① Donald Pizer, *Realism and Naturalism in Nineteenth-Century American Literature*. Carbondale: Southern Illinois University Press, 1984, p.1.

野为研究的前提,而且以异质文化的互认、互补为终极目标,它有助于异质文化间的交流,使之在互认、互鉴的基础上达成互补与共存,使人类文学与文化处于普适性与多元化的良性生存状态。比较文学的这种本质属性,决定了它与"世界文学"存在着一种天然耦合的关系:比较文学之跨文化研究的结果必然具有超越文化、超越民族的世界性意义;"世界文学"的研究必然离不开跨文化、跨民族的比较以及比较基础上的归纳和演绎,进而辨析、阐发异质文学的差异性、同一性和人类文学之可通约性。由于西方现代文学思潮与生俱来就是一种国际化和世界性的文学现象,因此,西方文学思潮的研究天然地需要比较文学与"世界文学"的方法与理念。

较早对欧洲19世纪文学思潮进行系统研究的当推丹麦文学史家、文学批评家格奥尔格·勃兰兑斯(Gerog Brandes,1842—1927)。其六卷本皇皇巨著《十九世纪文学主流》(*Main Currents in Nineteenth Century Literature*)虽然没有出现"文学思潮""文学流派"之类的概念(这种概念是后人概括出来的),但就其以文学"主流"(Main Currents)为研究主体这一事实而论,便足以说明这种研究实属"思潮研究"的范畴。同时,对19世纪流行于欧洲各国的浪漫主义思潮,勃兰兑斯在《十九世纪文学主流》中区分不同国家、民族和文化背景做了系统的"比较"辨析,既阐发各自的民族特质又探寻共同的观念基质,其研究理念与方法堪称"比较文学"的范例。但就像在全书中只字未提文学"思潮"而只有"主流"一样,勃兰兑斯在《十九世纪文学主流》中也并未提到"比较文学"这个术语。不过,该书开篇的引言中反复提到了作为方法的"比较研究"。他称,要深入理解19世纪欧洲文学中存在着的"某些主要作家集团和运动","只有对欧洲文学作一番比较研究"[①];"在进行这样的研究时,我打算同时对法国、德国和英国文学中最重要运动的发展过程加以描述。这样的比较研究有两个好处,一是把外国文学摆到我们跟前,便于我们吸收,一是把我们自己的文学摆到一定的距离,使我们对它获得符合实际的认识。离眼睛太近和太远的东西都看不真切"[②]。在勃兰兑斯的"比较研究"中,既包括了本国(丹麦)之外不同国家(法国、德国和英国)文学之间的比较,也包括了它们与本国文学的比较。按照我们今天的"比较文学"概念来看,这属于典型的"跨语言""跨民族""跨国家""跨文化"的比较研究。

---

① 勃兰兑斯:《十九世纪文学主流》(第一分册),张道真译,北京:人民文学出版社,1997年,第1页。

② 同上。

就此而言,作为西方浪漫主义思潮研究的经典文献,《十九世纪文学主流》实可归于西方最早的比较文学著述之列,而勃兰兑斯也因此成为西方最早致力于比较文学研究实践并获得重大成功的文学史家和文学理论家。

日本文学理论家厨川白村(1880—1923)的《文艺思潮论》,是日本乃至亚洲最早系统阐发西方文学思潮的著作。在谈到该书写作的初衷时,厨川白村称该书旨在突破传统文学史研究中广泛存在的那种缺乏"系统的组织的机制"①的现象:"讲到西洋文艺研究,则其第一步,当先说明近世一切文艺所要求的历史的发展。即奔流于文艺根底的思潮,其源系来自何处,到了今日经过了怎样的变迁,现代文艺的主潮当加以怎样的历史解释。关于这一点,我想竭力的加以首尾一贯的、综合的说明:这便是本书的目的。"②正是出于这种追根溯源、系统思维的研究理念,他认为既往"许多的文学史和美术史"研究,"徒将著名的作品及作家,依着年代的顺序,罗列叙述","单说这作品有味、那作品美妙等不着边际的话"。③而这样的研究,在他看来就是缺乏"系统的组织的机制"。稍作比较当不难见出——厨川白村的这种理念恰好与勃兰兑斯"英雄所见略同"。作为一种文学史研究,勃兰兑斯的《十九世纪文学主流》既有个别国家、个别作家作品的局部研究,更有作家群体和多国文学现象的比较研究,因而能够从个别上升到群体与一般、从特殊性上升到普遍性,显示出研究的"系统的组织的机制"。勃兰兑斯在《十九世纪文学主流》的引言中曾有如下生动而精辟的表述:

> 一本书,如果单纯从美学的观点看,只看作是一件艺术品,那么它就是一个独自存在的完备的整体,和周围的世界没有任何联系。但是如果从历史的观点看,尽管一本书是一件完美、完整的艺术品,它却只是从无边无际的一张网上剪下来的一小块。从美学上考虑,它的内容,它创作的主导思想,本身就足以说明问题,无须把作者和创作环境当作一个组成部分来加以考察,而从历史的角度考虑,这本书却透露了作者的思想特点,就像"果"反映了"因"一样……要了解作者的思想特点,又必须对影响他发展的知识界和他周围的气氛有

---

① 厨川白村:《文艺思潮论》,樊从予译,上海:上海商务印书馆,1924年,第2页。
② 同上书,第3页。
③ 同上书,第2页。

所了解。这些互相影响、互相阐释的思想界杰出人物形成了一些自然的集团。①

在这段文字中,勃兰兑斯把文学史比作"一张网",把一部作品比作从网上剪下来的"一小块"。这"一小块"只有放到"一张网"中——特定阶段的文学史网络、文学思潮历史境遇以及互相影响的文学"集团"中——作比照研究,才可以透析出这个作家或作品之与众不同的个性特质、创新贡献和历史地位。若这种比照仅仅限于国别文学史之内,那或许只不过仅是一种比较的研究方法;而像《十九世纪文学主流》这样从某种国际的视野出发进行"跨语言""跨民族""跨国家""跨文化"的比较研究时,这就拥有了厨川白村所说的"系统的组织的机制",而进入了比较文学研究乃至"世界文学"研究的层面。在这部不可多得的鸿篇巨制中,勃兰兑斯从整体与局部相贯通的理念出发,用比较文学的方法把作家、作品和国别的文学现象,视作特定历史阶段之时代精神的局部,并把它们放在文学思潮发展的国际性网络中予以比较分析与研究,从而揭示出其间的共性与个性。比如,他把欧洲的浪漫主义文学思潮"分作六个不同的文学集团","把它们看作是构成大戏的六个场景","是一个带有戏剧的形式与特征的历史运动"。② 第一个场景是卢梭启发下的法国流亡文学;第二个场景是德国天主教性质的浪漫派;第三个场景是法国王政复辟后拉马丁和雨果等作家;第四个场景是英国的拜伦及其同时代的诗人们;第五个场景是七月革命前不久的法国浪漫派,主要是马奈、雨果、拉马丁、缪塞、乔治·桑等;第六个场景是青年德意志的作家海涅、波内尔,以及同时代的部分法国作家。勃兰兑斯通过对不同国家、不同团体的浪漫派作家和作品在时代的、精神的、历史的、空间的诸多方面的纵横交错的比较分析,揭示了不同文学集团(场景)的盛衰流变和个性特征。的确,仅仅凭借一部宏伟的《十九世纪文学主流》,勃兰兑斯就足以承当"比较文学领域最早和卓有成就的开拓者"之盛名。

1948年,法国著名的比较文学学者保罗·梵·第根(Paul Van Tieghem,1871—1948)之《欧洲文学中的浪漫主义》,则是从更广泛的范围来研究浪漫主义文学思潮,涉及的国家不仅有德国、英国、法国,更有西

---

① 勃兰兑斯:《十九世纪文学主流》(第一分册),张道真译,北京:人民文学出版社,1997年,第2页。

② 同上书,第3页。

班牙、葡萄牙、荷兰与匈牙利诸国;与勃兰兑斯相比,这显然构成了一种更自觉、更彻底的比较文学。另外,意大利著名比较文学学者马里奥·普拉兹(Mario Praz)之经典著作《浪漫派的痛苦》(1933),从性爱及与之相关的文学颓废等视角比较分析了欧洲不同国家的浪漫主义文学。美国比较文学巨擘亨利·雷马克(Henry H. H. Remak)在《西欧浪漫主义的定义和范围》一文中,详细地比较了西欧不同国家浪漫主义文学思潮产生和发展的特点,辨析了浪漫主义观念在欧洲主要国家的异同。"浪漫主义怎样首先在德国形成思潮,施莱格尔兄弟怎样首先提出浪漫主义是进步的、有机的、可塑的概念,以与保守的、机械的、平面的古典主义相区别,浪漫主义的概念如何传入英、法诸国,而后形成一个全欧性的运动"[1];不同国家和文化背景下的"现实主义"有着怎样的内涵与外延,诸国各自不同的现实主义又如何有着相通的美学底蕴[2]……同样是基于比较文学的理念与方法,比较文学"美国学派"的领袖人物 R. 韦勒克(René Wellek)在其系列论文中对浪漫主义、现实主义和象征主义等西方现代文学思潮的阐发给人留下了更为深刻的印象。毫无疑问,韦勒克等人这种在"比较文学"理念与方法指导下紧扣"文学思潮"所展开的文学史研究,其所达到的理论与历史高度,是通常仅限于国别的作家作品研究难以企及的。

本土学界"重写文学史"的喧嚣似乎早已归于沉寂;但"重写文学史"的实践却一直都在路上。各种集体"编撰"出来的西方文学史著作或者外国文学史教材,大都呈现为作家列传和作品介绍,对文学历史的展开,既缺乏生动真实的描述,又缺乏有说服力的深度阐释;同时,用偏于狭隘的文学史观所推演出来的观念去简单地论定作家、作品,也是这种文学史著作或教材的常见做法。此等情形长期、普遍地存在,可以用文学(史)研究中文学思潮研究这一综合性层面的缺席来解释。换言之,如何突破文学史写作中的"瓶颈",始终是摆在我们面前没有得到解决的重大课题;而实实在在、脚踏实地、切实有效的现代西方文学思潮研究当然也就成了高高矗立在当代学人面前的一个既带有总体性,又带有突破性的重大学术工程。如上所述,就西方现代文学而论,有效的文学史研究的确很难脱离对文学思潮的研究,而文学思潮的研究又必然离不开系统的理念与综合的

---

[1] 刘象愚:《〈文学思潮和文学运动的概念〉前言》,见 R. 韦勒克:《文学思潮和文学运动的概念》,刘象愚选编,北京:中国社会科学出版社,1989年,第8页。
[2] R. 韦勒克:《文学研究中现实主义的概念》,高建为译,见 R. 韦勒克:《文学思潮和文学运动的概念》,刘象愚选编,北京:中国社会科学出版社,1989年,第214—250页。

方法；作为在综合中所展开的系统研究，文学思潮研究必然要在"跨语言""跨民族""跨国家""跨文化"等诸层面展开。一言以蔽之，这意味着本课题组对19世纪西方文学思潮所进行的研究，天然地属于"比较文学"与"世界文学"的范畴。由是，我们才坚持认为：本课题研究不仅有助于推进西方文学史的研究，而且也有益于"比较文学与世界文学"学科话语体系的建设；不仅对我们把握19世纪西方文学有"纲举目张"的牵引作用，同时也是西方文论史、西方美学史、西方思想史乃至西方文化史研究中不可或缺的基础工程。本课题研究作为"国家社科基金重大项目"，其重大的理论价值与现实意义大抵端赖于此。

二、国内外19世纪西方文学思潮研究撮要

20世纪伊始，19世纪西方文学思潮主要经由日本和西欧两个途径被介绍引进到中国，对本土文坛产生巨大冲击。西方文学思潮在中国的传播，不仅是新文化运动得以展开的重要动力源泉之一，而且直接催生了五四新文学革命。浪漫主义、现实主义、自然主义、象征主义等西方19世纪诸思潮同时在中国文坛缤纷绽放；一时间的热闹纷繁过后，主体"选择"的问题很快便摆到了本土学界与文坛面前。由是，崇奉浪漫主义的"创造社"、信奉古典主义的"学衡派"、认同现实主义的"文学研究会"等开始混战。以"浪漫主义首领"郭沫若在1925年突然倒戈全面批判浪漫主义并皈依"写实主义"为标志，20年代中后期，"写实主义"/现实主义在中国学界与文坛的独尊地位逐渐获得确立。

1949年以后，中国在文艺政策与文学理论方面追随苏联。西方浪漫主义、自然主义、象征主义、唯美主义、颓废派等文学观念或文学倾向持续遭到严厉批判；与此同时，昔日的"写实主义"，在理论形态上亦演变成为"社会主义现实主义"或与"革命浪漫主义"结合在一起的"革命现实主义"。是时，本土评论界对现实主义和自然主义做出了严格区分。

改革开放之后，"现实主义至上论"遭遇持续的论争；对浪漫主义、自然主义、象征主义、唯美主义、颓废派文学的研究与评价慢慢地开始复归学术常态。但旧的"现实主义至上论"尚未远去，新的理论泡沫又开始肆虐。20世纪90年代以来，现代主义、后现代主义等文学观念以及解构主义、"后殖民主义"等文化观念风起云涌，一时间成为新的学术风尚。这在很大程度上延宕乃至阻断了学界对19世纪西方诸文学思潮研究的深入。

为什么浪漫主义、自然主义等西方文学思潮，明明在20世纪初同时进入中国，且当时本土学界与文坛也张开双臂在一派喧嚣声中欢迎它们的到来，可最终都没能真正在中国生根、开花、结果？这一方面与本土的文学传统干系重大，但更重要的却可能与其在中国传播的历史语境相关涉。

20世纪初，中国正处于从千年专制统治向现代社会迈进的十字路口，颠覆传统文化、传播现代观念从而改造国民性的启蒙任务十分迫切。五四一代觉醒的知识分子无法回避的这一历史使命，决定了他们在面对一股脑儿涌入的西方文化—文学思潮观念时，本能地会率先选取—接受文化层面的启蒙主义与文学层面的"写实主义"。只有写实，才能揭穿千年"瞒"与"骗"的文化黑幕，而后才有达成"启蒙"的可能。质言之，本土根深蒂固的传统实用主义文学观与急于达成"启蒙""救亡"的使命担当，在特定的社会情势下一拍即合，使得五四一代中国学人很快就在学理层面屏蔽了浪漫主义、自然主义、象征主义、唯美主义以及颓废派文学的观念与倾向。20年代中期，浪漫主义热潮开始消退。原来狂呼"个人"、高叫"自由"的激进派诗人纷纷放弃浪漫主义，"几年前，'浪漫'是一个好名字，现在它的意义却只剩下了讽刺与诅咒"①。在这之中，创造社的转变最具代表性。自1925年开始，郭沫若非但突然停止关于"个性""自我""自由"的狂热鼓噪，而且来了一个180度的大转弯——要与浪漫主义这种资产阶级的反动文艺斩断联系，"对于个人主义和自由主义要根本铲除，对于反革命的浪漫主义文艺也要采取一种彻底反抗的态度"②。在他看来，现在需要的文艺乃是社会主义和现实主义的文学，也即革命现实主义文学。所以，在《创造十年》中做总结时他才会说："文学研究会和创造社并没有什么根本的不同，所谓人生派与艺术派都只是斗争上使用的幌子。"③借鉴苏联学者法狄耶夫的见解，瞿秋白在《革命的浪漫谛克》(1932)等文章中亦声称浪漫主义及新兴文学(即革命现实主义文学)的障碍，必须予以铲除。④

---

① 朱自清：《那里走》，《朱自清全集》(第四卷)，南京：江苏教育出版社，1990年，第231页。
② 郭沫若：《革命与文学》，郭沫若著作编辑出版委员会编：《郭沫若全集》(文学编·第十六卷)，北京：人民文学出版社，1989年，第43页。
③ 郭沫若：《创造十年》，郭沫若著作编辑出版委员会编：《郭沫若全集》(文学编·第十二卷)，北京：人民文学出版社，1992年，第140页。
④ 瞿秋白：《革命的浪漫谛克》，《瞿秋白文集》(文学编·第一卷)，北京：人民文学出版社，1985年，第459页。

"浪漫派高度推崇个人价值,个体主义乃浪漫主义的突出特征。"①"浪漫主义所推崇的个体理念,乃是个人之独特性、创造性与自我实现的综合。"②西方浪漫主义以个体为价值依托,革命浪漫主义则以集体为价值旨归;前者的最高价值是"自由",后者的根本关切为"革命"。因此,表面上对西方浪漫主义有所保留的蒋光慈说得很透彻:"革命文学应当是反个人主义的文学,它的主人翁应当是群众,而不是个人;它的倾向应当是集体主义,而不是个人主义……"③创造社成员何畏在1926年发表的《个人主义艺术的灭亡》④一文中,对浪漫主义中的个人主义价值立场亦进行了同样的申斥与批判。要而言之,基于启蒙救亡的历史使命与本民族文学—文化传统的双重制约,五四一代文人作家在面对浪漫主义、自然主义等现代西方思潮观念时,往往很难接受其内里所涵纳的时代文化精神及其所衍生出来的现代艺术神韵,而最终选取—接受的大都是外在技术层面的技巧手法。郑伯奇在谈到本土的所谓浪漫主义文学时则称,西方浪漫主义那种悠闲的、自由的、追怀古代的情致,在我们的作家中是少有的,因为我们面临的时代背景不同。"我们所有的只是民族危亡,社会崩溃的苦痛自觉和反抗争斗的精神。我们只有喊叫,只有哀愁,只有呻吟,只有冷嘲热骂。所以我们新文学运动的初期,不产生与西洋各国19世纪(相类)的浪漫主义,而是20世纪的中国特有的抒情主义。"⑤

纵观19世纪西方诸文学思潮在中国一百多年的传播与接受过程,我们发现:本土学界对浪漫主义等19世纪西方文学思潮在学理认知上始终存在系统的重大误判或误读;较之西方学界,我们对它的研究也严重滞后。

在西方学界,对19世纪西方文学思潮的研究始终是西方文学研究的焦点。一百多年来,这种研究总体上有如下突出特点:

第一,浪漫主义、现实主义、自然主义、象征主义等西方文学思潮均是以激烈的"反传统""先锋"姿态确立自身的历史地位的;这意味着任何一个思潮在其展开的历史过程中总是处于前有堵截、后有追兵的逻辑链条

---

① Jacques Barzun, *Classic, Romantic, and Modern*. London: Secker & Warburg, 1962, p.6.
② Steven Lukes, *Individualism*. Oxford: Basil Blackwell, 1973, p.17.
③ 蒋光慈:《关于革命文学》,转引自中国社会科学院文学研究所现代文学研究室编:《"革命文学"论争资料选编》(上),北京:人民文学出版社,1981年,第144页。
④ 何畏:《个人主义艺术的灭亡》,转引自饶鸿兢、陈颂声、李伟江等编:《创造社资料》(上),福州:福建人民出版社,1985年,第135—138页。
⑤ 郑伯奇:《〈寒灰集〉批评》,《洪水》1927年总第33卷,第47页。

上。拿浪漫主义来说,在19世纪初叶确立自身的过程中,它遭遇到了被其颠覆的古典主义的顽强抵抗(欧那尼之战堪称经典案例),稍后它又受到自然主义与象征主义几乎同时对其所发起的攻击。思潮之争的核心在于观念之争,不同思潮之间观念上的质疑、驳难、攻讦,便汇成了大量文学思潮研究中不得不注意的第一批具有特殊属性的学术文献,如自然主义文学领袖左拉在《戏剧中的自然主义》《实验小说论》等长篇论文中对浪漫主义的批判与攻击,就不仅是研究自然主义的重要文献,同时也是研究浪漫主义的重要文献。

第二,19世纪西方诸文学思潮观念上激烈的"反传统"姿态与艺术上诸多突破成规的"先锋性""实验",决定了其在较长的历史时间区段上,都要遭受与传统关系更为密切的学界人士的质疑与否定。拿左拉来说,在其诸多今天看来已是经典的自然主义小说发表很长时间之后,在其领导的法国自然主义文学运动已经蔓延到很多国家之后,人们依然可以发现正统学界的权威人士在著作或论文中对他的否定与攻击,如学院派批评家布吕纳介(Ferdinand Brunetière,1849—1906)、勒梅特尔(Jules Lemaître,1853—1914)以及文学史家朗松(Gustave Lanson,1857—1934)均对其一直持全然否定或基本否定的态度。

第三,一百多年来,除信奉马克思主义的文学批评家(从梅林、弗雷维勒一直到后来的卢卡契与苏俄的卢那察尔斯基等)延续了对浪漫主义、自然主义、象征主义(巴尔扎克式现实主义除外的几乎所有文学思潮)几乎是前后一贯的否定态度,西方学界对19世纪西方诸文学思潮的研究普遍经历了理论范式的转换及其所带来的价值评判的转变。以自然主义研究为例,19世纪末、20世纪初,学者们更多采用的是社会历史批评或文化/道德批评的立场,因而对自然主义持否定态度的较多。但20世纪中后期,随着自然主义研究的深入,越来越多的学者采用符号学、语言学、神话学、精神分析以及比较文学等新的批评理论或方法,从神话、象征和隐喻等新的角度研究左拉等自然主义作家的作品,例如罗杰·里波尔(Roger Ripoll)的《左拉作品中的现实与神话》(1981)、伊夫·谢弗勒尔(Yves Chevrel)的《论自然主义》(1982)、克洛德·塞梭(Claude Seassau)的《埃米尔·左拉:象征的现实主义》(1989)等。应该指出的是,当代这种学术含量甚高的评论,基本上都是肯定左拉等自然主义作家的艺术成就,对自然主义文学思潮及其历史地位同样予以积极、正面的评价。

第四,纵观一百多年来西方学人的19世纪西方文学思潮研究,当可发现浪漫主义研究在19世纪西方诸文学思潮研究中始终处于中心地位。这种状况与浪漫主义在西方文学史上的地位是相匹配的。作为向主导西方文学两千多年的"模仿说"发起第一波冲击的文学运动,作为开启了西方现代文学的文学思潮,浪漫主义文学革命的历史地位堪与社会经济领域的工业革命、社会政治领域的法国大革命以及社会文化领域的康德哲学革命相媲美。相形之下,现实主义的研究则显得平淡、沉寂、落寞许多;而这种状况又与国内的研究状况构成了鲜明的对比与巨大的反差。

三、本套丛书研究的视角与路径

本套丛书从哲学、美学、神学、人类学、社会学、政治学、叙事学等角度对19世纪西方文学思潮进行跨学科的反思性研究,沿着文本现象、创作方法、诗学观念和文化逻辑的内在线路对浪漫主义、现实主义、自然主义、象征主义、唯美主义、颓废派等作全方位扫描,而且对它们之间的纵向关系(如浪漫主义与自然主义、浪漫主义与象征主义等)、横向关联(如浪漫主义与唯美主义、浪漫主义与颓废派以及自然主义、象征主义、唯美主义、颓废派四者之间)以及它们与20世纪现代主义的关系进行全面的比较辨析。在融通文学史与诗学史、批评史与思想史的基础上,本套丛书力求从整体上对19世纪西方文学思潮的基本面貌与内在逻辑做出新的系统阐释。具体的研究视角与路径大致如下:

(一)"人学逻辑"的视角与路径

文学是人学。西方文学因其潜在之"人学"传统的延续性及其与思潮流派的深度关联性,它的发展史便是一条绵延不绝的河流,而不是被时间、时代割裂的碎片,所以,从"人学"路线和思潮流派的更迭演变入手研究与阐释西方文学,深度把握西方文学发展的深层动因,就切中了西方文学的精神本质,而这恰恰是本土以往的西方文学研究所缺乏或做得不够深入的。不过,文学对人的认识与表现是一个漫长的发展历程。就19世纪西方文化对人之本质的阐发而言,个人自由在康德—费希特—谢林前后相续的诗化哲学中已被提到空前高度。康德声称作为主体的个人是自由的,个人永远是目的而不是工具,个人的创造精神能动地为自然界立法。既不是理性主义的绝对理性,也不是黑格尔的世界精神,浪漫派的最高存在是具体存在的个人;所有的范畴都出自个人的心灵,因而唯一重要的东西就是个体的自由,而精神自由无疑乃这一自由中的首要命题,主观性因此成为浪漫主义的基本特征。浪漫派尊崇自我的自由意志；而作为"不可言状的个体"，自我在拥有着一份不可通约、不可度量与不可让渡的自由的同时，注定了只能是孤独的。当激进的自由意志成为浪漫主义的核心内容，"世纪病"的忧郁症候便在文学中蔓延开来。古典主义致力于传播理性主义的共同理念，乃是一种社会人的"人学"表达，浪漫主义则强调对个人情感、心理的发掘，确立了一种个体"人学"的新文学；关于自我发现和自我成长的教育小说出现，由此一种延续到当代的浪漫派文体应运而生。局外人、厌世者、怪人在古典主义那里通常会受到嘲笑，而在浪漫主义那里则得到肯定乃至赞美；人群中的孤独这一现代人的命运在浪漫派这里第一次得到正面表达，个人与社会、精英与庸众的冲突从此成了西方现代文学的重要主题。

无论是古希腊普罗米修斯与雅典娜协同造人的美妙传说，还是《圣经》中上帝造人的故事；无论是形而上学家笛卡儿对人之本质的探讨，还是启蒙学派对人所进行的那种理性的"辩证"推演，人始终被定义为一种灵肉分裂、承载着二元对立观念的存在。历史进入19世纪，从浪漫派理论家F. 施莱格尔到自然主义的重要理论奠基者泰纳以及唯意志论者叔本华、尼采，他们都开始倾向于将人之"精神"视为其肉身所开的"花朵"，将人的"灵魂"看作其肉身的产物。而这在很大程度上要归功于19世纪中叶科学的长足进展逐渐对灵肉二元论——尤其是长时间一直处于主导地位的"唯灵论"——所达成的实质性突破。1860年前后，"考古学、人类古生物学和达尔文主义的转型假说在此时都结合起来，并且似乎都表达同一个信息：人和人类社会可被证明是古老的；人的史前历史很可能要重新写过；人是一种动物，因此可能与其他生物一样，受到相同转化力量的作用……对人的本质以及人类历史的意义进行重新评价的时机已经成熟"[①]。在这种历史文化语境下，借助比较解剖学所成功揭示出来的人的动物特征，生理学以及与之相关的遗传学、病理学以及实验心理学等学科纷纷破土而出。在19世纪之前，生理学与生物学实际上是同义词。19世纪中后期，随着生理学家思考的首要问题从对生命本质的定义转移到对生命现象的关注上来，在细胞学说与能量守恒学说的洞照之下，实验生理学的出现彻底改变了生理学学科设置的模糊状态，生理学长时间的沉

---

① 威廉·科尔曼：《19世纪的生物学和人学》，严晴燕译，上海：复旦大学出版社，2000年，第111页。

滞状态也因此得到了彻底改观。与生理学的迅速发展相呼应，西方学界对遗传问题的研究兴趣也日益高涨。在1860年至1900年期间，关于遗传的各种理论学说纷纷出笼（而由此衍生出的基因理论更是成了20世纪科学领域中的显学）。生理学对人展开研究的基本出发点就是人的动物属性。生理学上的诸多重大发现（含假说），有力地拓进了人对自身的认识，产生了广泛的社会—文化反响：血肉、神经、能量、本能等对人进行描述的生理学术语迅速成为人们耳熟能详的语汇，一种新型的现代"人学"在生理学发现的大力推动下得以迅速形成。

无论如何，大范围发生在19世纪中后期的这种关于人之灵魂与肉体关系的新见解，意味着西方思想家对人的认识发生了非同寻常的变化。在哲学上弭平唯物主义和唯心主义二元对立的思想立场的同时，实证主义者和唯意志论者分别从"现象"和"存在"的角度切近人之"生命"本身，建构了各具特色的灵肉融合的"人学"一元论。这种灵肉融合的"人学"一元论，作为现代西方文化的核心，对现代西方文学合乎逻辑地释放出了巨大的精神影响。可以毫不夸张地说，与现代西方文化中所有"革命性"变革一样，现代西方文学中的所有"革命性"变革，均直接起源于这一根本性的"人学"转折。文学是"人学"，这首先意味着文学是对个体感性生命的关照和关怀；而作为现代"人学"的基础学科，实验生理学恰恰是以体现为肉体的个体感性生命为研究对象。这种内在的契合，使得总会对"人学"上的进展最先做出敏感反应的西方文学，在19世纪中后期对现代生理学所带来的"人学"发现做出了非同寻常的强烈反应，而这正是自然主义文学运动得以萌发的重要契机。对"人"的重新发现或重新解释，不仅为自然主义文学克服传统文学中严重的"唯灵论"与"理念化"弊病直接提供了强大动力，而且大大拓进了文学对"人"表现的深度和广度。如果说传统西方作家经常给读者提供一些高出于他们的非凡人物，那么，自然主义作家经常为读者描绘的却大都是一些委顿猥琐的凡人。理性模糊了，意志消退了，品格低下了，主动性力量也很少存在：在很多情况下，人只不过是本能的载体、遗传的产儿和环境的奴隶。命运的巨手将人抛入这些机体、机制、境遇的齿轮系统之中，人被摇撼、挤压、撕扯，直至粉碎。显然，与精神相关的人的完整个性不再存在；所有的人都成了碎片。"在巴尔扎克的时代允许人向上爬——踹在竞争者的肩上或跨过他们的尸体——的努力，现在只够他们过半饥半饱的贫困日子。旧式的生存斗争的性质改变了,与此同时,人的本性也改变了,变得更卑劣、更猥琐了。"①另外,与传统文学中的心理描写相比,自然主义作家不但关注人物心理活动与行为活动的关系,而且更加强调为这种或那种心理活动找出内在的生命—生理根源,并且尤其善于刻意发掘人物心灵活动的肉体根源。由此,传统作家那里普遍存在的"灵肉二元论"便被置换为"灵肉一体论",传统作家普遍重视的所谓灵与肉的冲突也就开始越发表现为灵与肉的协同或统一。这在西方文学史上,明显是一种迄今为止尚未得到公正评价的重大文学进展;而正是这一进展,使自然主义成了传统文学向"意识流小说"所代表的20世纪现代主义文学之心理叙事过渡的最宽阔、坚实的桥梁。

(二)"审美现代性"的视角与路径

正如克罗齐在《美学纲要》中所分析的那样,关于艺术的依存性和独立性,关于艺术自治或他治的争论不是别的,就是询问艺术究竟存在不存在;如果存在,那么艺术究竟是什么。艺术的独立性问题,显然是一个既关乎艺术价值论又关乎艺术本体论的重大问题。从作为伦理学附庸的地位中解脱出来,是19世纪西方现代文学发展过程中的主要任务;唯美主义之最基本的艺术立场或文学观点就是坚持艺术的独立性。今人往往将这种"独立性"所涵纳的"审美自律"与"艺术本位"称为"审美现代性"。

作为总体艺术观念形态的唯美主义,其形成过程复杂而又漫长:其基本的话语范式奠基于18世纪末德国的古典哲学——尤其是康德的美学理论,其最初的文学表达形成于19世纪初叶欧洲的浪漫主义作家,其普及性传播的高潮则在19世纪后期英国颓废派作家那里达成。唯美主义艺术观念之形成和发展在时空上的这种巨大跨度,向人们提示了其本身的复杂性。

由于种种社会—文化方面的原因,在19世纪,作家与社会的关系总体来看处于一种紧张的关系状态,作家们普遍憎恨自己所生活于其中的时代。他们以敏锐的目光看到了社会存在的问题和其中酝酿着的危机,看到了社会生活的混乱与人生的荒谬,看到了精神价值的沦丧与个性的迷失,看到了繁荣底下的腐败与庄严仪式中藏掖着的虚假……由此,他们中的一些人开始愤怒,愤怒控制了他们,愤怒使他们变得激烈而又沉痛,恣肆而又严峻,充满挑衅而又同时充满热情;他们感到自己有责任把看到

---

① 拉法格:《左拉的〈金钱〉》,见朱雯等编选《文学中的自然主义》,上海:上海文艺出版社,1992年,第341页。

的真相暴露在光天化日之下。而同时,另一些人则开始绝望,因为他们看破了黑暗中的一切秘密却唯独没有看到任何出路;在一个神学信仰日益淡出的科学与民主时代,艺术因此成了一种被他们紧紧抓在手里的宗教的替代品。"唯美主义的艺术观念源于最杰出的作家对于当时的文化与社会所产生的厌恶感,当厌恶与茫然交织在一起时,就会驱使作家更加逃避一切时代问题。"①在最早明确提出唯美主义"为艺术而艺术"口号的19世纪的法国,实际上存在三种唯美主义的基本文学样态,这就是浪漫主义的唯美主义(戈蒂耶为代表)、象征主义的唯美主义(波德莱尔为代表)和自然主义的唯美主义(福楼拜为代表)。而在19世纪后期英国那些被称为唯美主义者的各式人物中,既有将"为艺术而艺术"这一主张推向极端的王尔德,也有虽然反对艺术活动的功利性但却又公然坚持艺术之社会—道德价值的罗斯金——如果前两者分别代表该时期英国唯美主义的右翼和左翼,则沃尔特·佩特的主张大致处于左翼和右翼的中间。

  基于某种坚实的哲学—人学信念,浪漫主义、自然主义和象征主义都是19世纪在诗学、创作方法、实际创作诸方面有着系统建构和独特建树的文学思潮。相比之下,作为一种仅仅在诗学某个侧面有所发挥的理论形态,唯美主义自身并不具备构成一个文学思潮的诸多具体要素。质言之,唯美主义只是在特定历史语境中应时而生的一种一般意义上的文学观念形态。这种文学观念形态因为是"一般意义上的",所以其牵涉面必然很广。就此而言,我们可以将19世纪中叶以降几乎所有反传统的"先锋"作家——不管是自然主义者,还是象征主义者,还是后来的超现实主义者、表现主义者等——都称为广义上的唯美主义者。"唯美主义"这个概念的无所不包,本身就已经意味着它实际上只是一个"中空的"概念——一个缺乏具体的作家团体、缺乏独特的技巧方法、缺乏独立的诗学系统、缺乏确定的哲学根底支撑对其实存做出明确界定的概念,是一个从纯粹美学概念演化出的具有泛普意义的文学理论概念。所有的唯美主义者——即使那些最著名的、激进的唯美主义人物也不例外——都有其自身具体的归属,戈蒂耶是浪漫主义者,福楼拜是自然主义者,波德莱尔是象征主义者……而王尔德则是公认的颓废派的代表人物。

  自然主义旗帜鲜明地反对所有形而上学、意识形态观念体系对文学

---

① 埃里希·奥尔巴赫:《摹仿论——西方文学中所描绘的现实》,吴麟绶、周新建、高艳婷译,天津:百花文艺出版社,2002年,第564页。

的统摄和控制,反对文学沦为现实政治、道德、宗教的工具。这表明,在捍卫文学作为艺术的独立性方面,与象征主义作家一样,自然主义作家与唯美主义者是站在一起的。但如果深入考察,人们将很快发现:在文学作为艺术的独立性问题上,自然主义作家所持守的立场与戈蒂耶、王尔德等人所代表的那种极端唯美主义主张又存在着重大的分歧。极端唯美主义者在一种反传统"功利论"的激进、狂躁冲动中皈依了"为艺术而艺术"(甚至是"为艺术而生活")的信仰,自然主义作家却大都在坚持艺术独立性的同时主张"为人生而艺术"。两者的区别在于,前者在一种矫枉过正的情绪中将文学作为艺术的"独立性"推向了绝对,后者却保持了应有的分寸。这就有:在文学与社会、文学与大众的关系问题上,不同于同时代极端唯美主义者的那种遗世独立,自然主义作家大都明确声称——文学不但要面向大众,而且应责无旁贷地承担起自己的社会责任和历史使命。另外,极端唯美主义主张"艺术自律",反对"教化",但却并不反对传统审美的"愉悦"效应;自然主义者却通过开启"震惊"有效克服了极端唯美主义者普遍具有的那种浮泛与轻飘,使其文学反叛以更大的力度和深度体现出更为恢宏的文化视野和文化气象。就思维逻辑而言,极端唯美主义者都是一些持有二元对立思维模式的绝对主义者。

(三)"观念"聚焦与"关系"辨析

历史是断裂的碎片还是绵延的河流?对此问题的回答直接关涉"文学史观"乃至一般历史观的科学与否。毋庸讳言,国内学界在文学史乃至一般历史的撰写中,长期存在着严重的反科学倾向——一味强调"斗争"而看不到"扬弃",延续的历史常常被描述为碎裂的断片。比如,就西方文学史而言,20世纪现代主义与19世纪现实主义是断裂的,现实主义与浪漫主义是断裂的,浪漫主义与古典主义是断裂的,古典主义与文艺复兴是断裂的,文艺复兴与中世纪是断裂的,中世纪与古希腊罗马时期是断裂的等。这样的理解脱离与割裂了西方文学发展的传统,也就远离了其赖以存在与发展的土壤,其根本原因是没有把握住西方文学中人文传统与思潮流派深度关联的本原性元素。其实,正如彼得·巴里所说:"人性永恒不变,同样的情感和境遇在历史上一次次重现。因此,延续对于文学的意义远大于革新。"[①]当然,这样说并非无视创新的重要性,而是强调在看到

---

① 彼得·巴里:《理论入门:文学与文化理论导论》,杨建国译,南京:南京大学出版社,2014年,第18页。

创新的同时不可忽视文学史延续性和本原性成分与因素。正是从这种意义上说，西方文学因其潜在之人文传统的延续性及其与思潮流派的深度关联性，它的发展史才是一条绵延不绝的河流，而不是被时间、时代割裂的碎片。

　　本套丛书研究的主要问题是19世纪西方文学思潮，具体说来，就是19世纪西方文学发展过程中相对独立地存在的各个文学思潮与文学运动——浪漫主义、现实主义、自然主义、唯美主义、象征主义和颓废派文学。我们将每一个文学思潮作为本项目的一卷来研究，在每一卷研究过程中力求准确把握历史现象之基础，达成对19世纪西方文学思潮历史演进之内在逻辑与外在动力的全方位阐释。内在逻辑的阐释力求站在时代的哲学—美学观念进展上，而外在动力的溯源则必须落实于当时经济领域里急剧推进的工业革命大潮、政治领域里迅猛发展的民主化浪潮以及社会领域里的城市化的崛起。每个文学思潮研究的基本内容大致包括（但不限于）文本构成特征的描述、方法论层面的新主张或新特色的分析、诗学观念的阐释以及文化逻辑的追溯等。总体说来，本项目的研究大致属于"观念史"的范畴。文学思潮研究作为一种对文学观念进行梳理、辨识与阐释的宏观把握，在问题与内容的设定上显然不同于一般的作家研究、作品研究、文论研究和文化研究，但它同时又包含着以上诸"研究"，理论性、宏观性和综合性乃其突出特点；而对"观念"的聚焦与思辨，无疑乃是文学思潮研究的核心与灵魂。

　　如前所述，文学思潮是指在特定历史时期社会—文化思潮影响下形成的具有某种共同美学倾向、艺术追求和广泛影响的文学思想潮流。根据19世纪的时间设定与文学思潮概念的内涵规定，本项目"19世纪西方文学思潮研究"共以六卷来构成总体研究框架，这六卷的研究内容分别是："19世纪西方浪漫主义研究""19世纪西方现实主义研究""19世纪西方自然主义研究""19世纪西方唯美主义研究""19世纪西方象征主义研究"和"19世纪西方颓废主义研究"。各卷相对独立，但相互之间又有割不断的内在逻辑关系，这种逻辑关系均由19世纪西方文学思潮真实的历史存在所规定。比如，在19世纪的历史框架之内，浪漫主义与现实主义既有对立又有传承关系；自然主义或象征主义与浪漫主义的关系，均为前后相续的递进关系；而自然主义与象征主义作为同生并起的19世纪后期的文学思潮，互相之间乃是一种并列的关系；而唯美主义和颓废派文学作为同时肇始于浪漫主义又同时在自然主义、象征主义之中弥漫流播的文学观念或创作倾向,它们之间存在一种交叉关系,且互相之间在很大程度上存在着一种共生关系——正因为如此,才有了所谓"唯美颓废派"的表述(事实上,如同两个孪生子虽为孪生也的确关系密切,但两个人并非同一人——唯美主义与颓废派虽密切相关,但两者并非一回事)。这种对交叉和勾连关系的系统剖析,不惟对"历史是断裂的碎片还是绵延的河流"这一重要的文学史观问题做出了有力的回应,而且也再次彰显了本套丛书的"跨文化""跨领域""跨学科"系统阐释之"比较文学"研究的学术理念。

目　录

序　言　颓废主义在中国的百年传播 ……………………………………… 1

第一章　"颓废"之语义辨析 ……………………………………………… 15
第一节　历史与社会语境中的"颓废" ………………………………… 16
第二节　作为哲学话语的"颓废" ……………………………………… 22
第三节　作为文学话语的"颓废" ……………………………………… 29

第二章　颓废主义谱系觅踪 ……………………………………………… 46
第一节　法国作家 ………………………………………………………… 46
第二节　英国作家 ………………………………………………………… 67
第三节　其他国家作家 …………………………………………………… 80

第三章　颓废主义诗学 …………………………………………………… 91
第一节　"反自然":颓废主义的审美观 ……………………………… 92
第二节　颓废主义:"精准"的想象与"精微"的感觉 ……………… 97
第三节　颓废主义的风格 ………………………………………………… 112
第四节　布尔热的"颓废"理论 ………………………………………… 124

第四章 "颓废"的性学剖析 ……………………………………… 130
- 第一节 性倒错——面具下的自由 …………………………… 131
- 第二节 致命的现代女性 ……………………………………… 139
- 第三节 雌雄同体的诗化内涵 ………………………………… 145

第五章 颓废、疾病与死亡 …………………………………… 150
- 第一节 "康复期"背后的颓废美学 …………………………… 150
- 第二节 疾病的隐喻 …………………………………………… 155
- 第三节 死亡的魅惑 …………………………………………… 166

第六章 颓废主人公形象辨析 ………………………………… 171
- 第一节 颓废主人公的形象特质 ……………………………… 171
- 第二节 颓废主人公的典型代表——德泽森特 ……………… 184

第七章 颓废主义的文学史坐标 ……………………………… 194
- 第一节 颓废主义与浪漫主义 ………………………………… 195
- 第二节 颓废主义与自然主义 ………………………………… 211
- 第三节 颓废主义与象征主义 ………………………………… 222
- 第四节 颓废主义与唯美主义 ………………………………… 229
- 第五节 颓废主义与现代主义 ………………………………… 240

第八章 "颓废"的不满:颓废主义之社会—文化逻辑 ………… 252
- 第一节 工业时代的颓废症候 ………………………………… 252
- 第二节 颓废主义的社会—政治观 …………………………… 258
- 第三节 颓废主义:从社会—文化渊源到文学—艺术价值 …… 262

余　论　西方颓废主义研究述评 ……………………………… 275
主要参考文献 …………………………………………………… 306
主要人名、术语名、作品名中外文对照表 …………………… 315

序 言
颓废主义在中国的百年传播

颓废主义是19世纪西方文学中的一种独特的文学现象，它广泛渗透于19世纪诸文学思潮——如浪漫主义、自然主义、象征主义、唯美主义——之中。颓废主义的总体特征是：在文学观念上，奉行艺术至上，厌恶布尔乔亚①式的功利主义；在文体形式上，喜好精致详尽、晦涩深奥的语言；在文学主题上，迷恋反常、病态和人工的事物，渴望强烈的体验，追逐罕见的感觉，以此与倦怠或厌世的感觉搏斗。不同于可追溯至人类早期文明的历史悲观主义的"颓废"，作为一种具有强烈先锋意识的诗学范畴，颓废主义之"颓废"诞生于19世纪现代工业文明的开启时期，它是伴随震耳欲聋的工业革命大机器声，在现代化历史巨轮的车辙里滋生出的一朵现代艺术奇葩。

100多年前，东方古国经由一场学习西方的文化运动正式开启了其命运多舛、一步三摇、进一步退半步的现代性历史进程。就中国的情况来说，由于新文学从一开始（并始终）就与被外力裹挟—冲撞着陡然展开的现代性历史进程紧密纠缠在一起，其中的颓废精神与文本表现几乎不言自明、层出不穷：从新文学的开山鼻祖鲁迅先生那在《彷徨》中不断发出的绝望《呐喊》到新时期文学翘楚余华面对《世事如烟》的诡谲、荒诞与残酷而《在细雨中呼喊》，从张爱玲那袭华丽袍子上的虱子到安妮宝贝文本内外流溢出的那份精致的倦怠与孤绝，再到雌雄难辨的郭敬明之流那些矫饰透顶的句子与造作伪饰的姿态……既令人震惊又合乎逻辑，人们可以看到：在本土现代性历史进程开启的100多年中，颓废精神

---

① 本书中所出现的"布尔乔亚"一词，均为"资产阶级"（bourgeoisie）一词的音译。

在中国新文学中所诞出的花朵几乎与本土的现代性历史进程同步。但遗憾的是,本土的颓废主义研究很大程度上未能准确地把握历史的逻辑与节奏。

新文化运动前后,西方颓废主义首次进入中国。基于改造旧俗、改良社会的初衷,时人虽竭力在这种与本土传统文学审美殊异的西方文学中发掘积极的"文化反叛"意涵,但与此相比,这一时期对"颓废"内涵的本土化改造才是更引人瞩目的传播现象。本土化了的"颓废",更多地来源于民族屈辱感与自卑感,与西方颓废主义文学中的那个丧失了现实行动意愿、追求极端个人"自由体验"的艺术化的"颓废"只是表面相似。事实上,在20世纪的绝大部分时间里,中国学界没有余力将目光投放到"颓废"这等过度"暖饱"—"安逸"的"精微"话题上来。直到20世纪末,西方学界对颓废主义问题愈来愈深入的研究和阐释引起了汉语学界的注意,此前对颓废主义弃若敝屣与简单否定的态度才渐趋改观。20世纪80年代以降,解读颓废主义的美学视角正式开启。在西方颓废主义问题研究学者观点的启发下,逐渐涌现出一些从文学美学层面较为严肃地探讨这一独特文学现象的研究成果。尽管简单否定依然屡见不鲜,但美学视角的诞生,使得"颓废"的审美现代性徽记首次得到辨识,中国的颓废主义研究由此走向正轨。下文,笔者将沿着历时性的时间脉络,对颓废主义在中国的百年传播的具体情况展开较为细致的梳理与辨析。

一、作为"文化反叛"的"颓废主义"

新文化运动前后,改造旧文学、创造新文学的呼声振聋发聩,青年学人热情高涨,跃跃欲试。乘着思想解放的东风,也借着中国学人对新文学的精神饥渴,中国学界呈现出前所未有的宽松局面,各类西方文学思潮被介绍到中国。在此种时代背景下,颓废主义文学首次进入中国。

对新文学—新文化—新时代的渴盼使得在政治—社会处境和思想—文化生活中久经压抑的五四一代学人血脉偾张。他们急于汲取西方的文学精粹,从而达成本土文学的进化与改良。怀着改造旧俗、改良社会的初衷,一部分学人在颓废主义这种与本土传统文学审美殊异的西方文学中竭力搜寻积极的意味。

1921年,在发表《恶魔诗人波陀雷尔的百年祭》[①]概要介绍"颓废主义

---

① 田汉:《恶魔诗人波陀雷尔的百年祭》,《少年中国》,1921年第3卷第4期,第1—6页。

和象征主义先锋诗人"波德莱尔的行迹后,田汉又发表了《恶魔诗人波陀雷尔的百年祭》(续)①,重点阐述了波德莱尔反自然、"恶魔主义"等创作倾向。他援引波德莱尔本人的相关论述来说明其"反自然"观念的逻辑:自然非但没有教给人们什么事情,反倒是强迫人类去睡、去饮、去食、去敌对外界;"我们刚由窘迫之境入奢侈快乐之境的时候就可以看到'自然'全系'一个罪恶的怂恿者'"。"'罪恶',本来是'自然的'。反之,如'德行'者是'人为的'(Artificial),是超自然的。""'恶'是'自然的',宿命的,不费丝毫的努力;而'善'事常为一种技巧的产物。"②以对波德莱尔"反自然"这一创作上的最大的特质为出发点,田汉为其"恶魔主义"倾向辩护:"他的诗之毅然决然歌颂人世之丑恶者,盖以求善美而不可得,特以自弃的反语的调子出之耳。"③同年,仲密(周作人)在《三个文学家的纪念》④一文中谈论"颓废主义的祖师"波德莱尔,认为其颓废的"恶魔主义"实则由现代人的悲哀所促就。他的貌似的颓废,只是猛烈的求生意志的表现,与东方式的泥醉的消遣生活绝不相同。1923年9月,郁达夫发表长文《the yellow book 及其他》⑤,介绍颓废主义核心杂志《黄面志》(1894—1897)和几位英国颓废主义艺术家和作家⑥。虽然当时的郁达夫并未将《黄面志》杂志和这些英国艺术家、作家与"颓废主义"做任何的关联,但从其对群集于《黄面志》的这群青年作家的共性——反抗当时社会的已成状态,攻击英国国民的保守精神——的概括中可以发现,他尤为看重这些作家创作中积极的文化反叛精神。

在初版于1924年的《近代文学思潮》⑦第三章中,黄忏华参照西方学人巴阿尔的相关论述向国人扼要介绍了颓废主义文艺"注重情调、着重人工、渴于神秘、追求异常"的诸多特质。如谈到颓废主义文学的人工化审美,作者认为莫泊桑的一句话很中肯:"自然是我们底敌人,所以我们不可

---

① 田汉:《恶魔诗人波陀雷尔的百年祭》(续),《少年中国》,1921年第3卷第5期,第17—32页。
② 同上篇,第19页。
③ 同上篇,第24页。
④ 仲密:《三个文学家的纪念》(选),《民国日报·觉悟》,1921年第11卷第17期,第1—2页。
⑤ 郁达夫:《the yellow book 及其他》,《创造周报》,1923年9月23日、30日,第20号、21号,转引自饶鸿兢、陈颂声、李伟江等编:《创造社资料》(上),福州:福建人民出版社,1985年,第313—331页。
⑥ 包括:奥布里·比亚兹莱(Aubrey Beardsley)、欧内斯特·道生(Ernest Dowson)、约翰·戴维森(John Davidson)、亚瑟·西蒙斯(Arthur Symons)、莱昂内尔·约翰逊(Lionel Johnson)等。
⑦ 《民国丛书》编辑委员会编:《民国丛书第一编》之《近代文学思潮》(黄忏华述),1989年,上海:上海书店,第99—101页。

不十足的和自然打战。什么缘故呢？自然不绝的想把我们还元到动物底缘故。地球上清洁的，美好的，可贵的，理想的，不是神造底，都是人们尤其是人们底脑髓造底。"①

唐敬杲编纂的《新文化辞书》中的"Décadents［颓废派］"词条②在介绍波德莱尔、马拉美、魏尔伦、兰波、于斯曼等颓废主义作家以及颓废主义艺术的鲜明特征时，也强调了其反传统理法规则的倾向。

在田汉等人撰文将颓废主义文学推介到中国之时，厨川白村、本间久雄③等日本学者针对颓废主义的相关文学评论也被介绍到中国。在这些外来的阐释评论中，颓废主义文学中的文化反叛，也是最为中国学人所关注的部分。

如在1924年由鲁迅翻译到中国的《苦闷的象征》中，作者厨川白村肯定"恶魔诗人"波德莱尔在诗集《恶之花》中对丑和恶的赞美，认为这不过是作家将人类生命中固有的那部分被压抑的恶魔性、罪恶性自由地表现出来而已。④汤鹤年的《新浪漫主义文学之勃兴》（载于1924年《晨报六周纪念增刊》）一文系根据日本生田长江、野上白川等人合著的《近代文学十二讲》之第五讲编写而成。文中指出："颓废派的艺术乃神经的艺术、情调的艺术。"颓废派的文体就是"进步到言语所能达到的最高点，也就是言语其物最后的努力"。享乐主义的态度在贪图官能刺激的心底"实藏着更深的失望的悲哀"，"实为想防止陷于死与绝望之悲哀，另求新生世界的努力，决不能单视作卑怯，或宁认为非常的勇敢的态度"，是一种"最沉痛的努力"。⑤沈端先于1928年将《欧洲近代文艺思潮论》⑥翻译到中国，其作者本间久雄对法国美学家苟育和俄国作家托尔斯泰对颓废主义艺术的否定不以为然，赞同法国作家雨果以及比利时诗人维尔哈伦等人所说的波德莱尔表达了"深刻的近代的悲哀"的见地；他尤其将波德莱尔称为"颓废

---

① 《民国丛书》编辑委员会编：《民国丛书第一编》之《近代文学思潮》（黄忏华编述），1989年，上海：上海书店，第100—101页。
② 唐敬杲编：《新文化辞书》，上海：商务印书馆，1923年，第236—238页。
③ 当时的中国学人可以说无人不知、无人不读厨川白村和本间久雄，这与鲁迅的推介有很大关系。
④ 厨川白村：《苦闷的象征》，鲁迅译，北京：北新书局，1930年，第113页。
⑤ 转引自张大明编著：《西方文学思潮在现代中国的传播史》，成都：四川教育出版社，2001年，第29—31页。
⑥ 本间久雄：《欧洲近代文艺思潮论》，沈端先译，上海：开明书店，1928年8月初版，1931年7月六版。

主义的先锋",称其作品之"病态"主题是"深刻的","决不是可以从普通的思想感情的见地而加以非难的作品"。① 特别需要指出的是,日本学者对颓废主义文学的辩护,对五四前后中国学人对颓废主义文学的接受起到了殊为重要的引导和推动作用。

对颓废主义文学"反自然""恶魔主义"等特质及其反叛精神的发掘,与五四一代学人反叛传统文化的精神立场一拍即合,这是这一时期西方颓废主义文学在本土得到关注与肯定的主要原因。但与此相比,"颓废"内涵的本土化改造也许才是这一时期最值得玩味的传播现象。

以创造社成员郁达夫为例。郁达夫身上呈现出明显的"自我的分裂"。当他沉浸于"孤独自我"之中时,天才的艺术直觉使他倾慕波德莱尔、王尔德、道生、西蒙斯等人的颓废创作,迷恋其作品中忧郁、唯美的情调;而当他从"孤独自我"游离到"社会自我"中时,民族危亡的社会一政治语境和救亡图存的现实责任意识就会大大减损他艺术上的鉴别力和创造力。从郁达夫在其评论文章和文学创作中所显露出的对"艺术至上"理念的疏离态度②不难见出,他对颓废主义排斥现实的艺术主张一开始就持有明显的保留态度。因其天性的忧郁和艺术的直觉,郁达夫青睐西方颓废主义作家的作品;但身为"在社会桎梏之下呻吟着的'时代儿'"③,启蒙与进步的思想、对新生活的渴盼以及文人的责任担当意识又使他并没有对"颓废"这等过度"暖饱"—"安逸"之后的"精微"话题产生多少严肃探究的兴趣。身为艺术家,他深谙颓废主义作品中强烈的美学震撼力,因此,在具体的文学创作中,他也试图从颓废主义作家那里汲取"颓废"之病态美的现代审美元素,比如现代人的苦恼、青年的忧郁症等,但其笔下"病态""忧郁"的"颓废"主人公始终"包含着对于世俗反抗的一种社会性的态度"④,其"忧郁—颓废"的心态,更多地来源于民族屈辱感、自卑感以及对时代氛围的恐惧感,因而其作品中"颓废"情绪所表征出来的那种内心的压抑和苦痛,也唯有民族的振兴与时代的进步才能缓解。显然,此种社会化的"颓废"与西方颓废主义文学中的那个剥离了社会、民族意识,丧失了

---

① 转引自张大明编著:《西方文学思潮在现代中国的传播史》,成都:四川教育出版社,2001年,第193页。
② 饶鸿兢、陈颂声、李伟江等编:《创造社资料》(下),福州:福建人民出版社,1985年,725页。
③ 同上。
④ 伊藤虎丸:《鲁迅、创造社与日本文学:中日近现代比较文学初探》,孙猛等译,北京:北京大学出版社,1995年,第173页。

现实行动意愿,追求极端个人"自由体验"的艺术化的"颓废"只是表面相似,实则大相径庭。

文学"颓废"与剥离艺术之一切社会功能的"艺术至上"的美学理念紧密相连。"艺术至上"的美学理念,乃颓废主义作家笔下颓废之美震撼效应得以达成的重要逻辑前提;而对"艺术至上"理念的疏离,既是郁达夫误读颓废主义之"颓废"内涵的关键缘由,也是郁达夫难以复制震撼人心的现代"颓废"之美的主要原因。所以,在其代表作《沉沦》的自序中,郁达夫坦诚自己的描写"失败了"。①

二、从"文化反叛"到"政治反动"

20世纪30年代前后,很多人延续了五四一代的思路,认同日本和西方学者的相关表述,肯定颓废主义文学的"文化反叛"价值。比如,以费鉴照、章克标、方光焘等为代表的学者或多或少地意识到了颓废主义怀疑和反抗科学主义、理性主义、物质主义的精神品格。费鉴照认为,颓废主义之"颓废"是在"时代物质的压迫里"和"科学惊人的成就里"所表现出的"一种倦容与失望",是对"灼灼的理智主义"的裁制。② 章克标、方光焘赞赏以波德莱尔、魏尔伦、于斯曼、马拉美等为代表的19世纪末"颓加荡"艺术家"反科学""偏重技巧""恶魔主义"等的创作倾向,认为"反科学"实为憎恶和反抗唯物论机械观的表现,"偏重技巧"不过是基于对自然科学之经验论和机械论的反抗而张大了排斥现实的虚构方法。③ 以《从颓废文学说到中国的危机》④为代表的文章则有限度、有选择性地汲取国外学者的观点,认同日本学者厨川白村在《出了象牙之塔》⑤中的主张——号召艺术家从"为艺术而艺术"的象牙塔走向日常生活和社会运动⑥,延续并发展了后期创造社的论调,号召20世纪的中国新文学家不做多愁善病、忧时伤世的颓废者,而要做新生活中的战士。

喧嚣热闹的引进推介之后,一些学人对此前本土对日本或西方学者

---

① 郁达夫:《沉沦·自序》,上海:上海泰东书局,1921年。转引自周海林:《创造社与日本文学:关于早期成员的研究》,周海屏、胡小波译,上海:上海社会科学院出版社,2016年,第190页。
② 费鉴照:《世纪末的英国艺术运动》,《文艺月刊》,1933年第4卷第5期,第136—139页。
③ 章克标、方光焘:《文学入门(普及本)》(第三版),上海:开明书店,1933年(1930年初版),第75—82页。
④ 钟协:《从颓废文学说到中国的危机》,《之江校刊》,1931年第26期,第3—4页。
⑤ 1925年由鲁迅译介到中国。
⑥ 厨川白村:《出了象牙之塔》,鲁迅译,北京:北新书局,1935年,第205—216页。

观点的过度依赖有意识地展开反思,试图对颓废主义文学做出相对独立的判断。在《颓废的诗人》一文中,金翼立足本土"文以载道"的传统文学观,将波德莱尔的"颓废"理解为因找不到出路而产生的一种消沉、苦闷、愤懑的情绪。① 与郁达夫在小说《沉沦》中对"颓废"内涵的本土化改造相类似,这种带有浓重现实意味的文学解读与西方19世纪"艺术至上"理念统摄下的"颓废"内涵有着明显差别。以高蹈的《十九世纪末欧洲文艺主潮——从"世纪末"思潮到新浪漫主义》为代表的文章则将现代汉语"颓废"一词的贬义与文艺上的"颓废"之内涵相混同,将文学"颓废"解读为文学"衰微",认为19世纪末"颓废之群""沉耽于物质生活深渊而不能振拔,不得不歌颂着丑恶以自解,与乎躲避现实的龌龊,而憧憬于无何有之乡,其根源都是不能战胜自然而持着消极态度的"②。不论是对于颓废主义之"反物质主义"的身份标识,还是其贬低自然的美感与价值、迷恋"恶之花"的"反自然"的美学先锋实验,抑或其从浪漫主义作家手里继承而来的"艺术自由"理念,高蹈等人都越来越显示出学理认知上的偏差。

上述评论渐趋见出本土文化之道统对西方颓废主义文艺"无用之用"的否定倾向,但并无明显的阶级论调和意识形态话语的强悍逻辑。与此相比,越来越多的左翼文人受到苏俄政治意识形态文论的影响,将颓废主义文学斥为衰退、堕落的"反动"文学。

早在20年代后半期,以创造社成员对革命文学的宣扬为标志,本土文人对颓废主义文学的意识形态批判就已头角初露。创造社成员将此类文学斥为"资产阶级情调"的"反动"文艺。譬如,何畏(何思敬)的《个人主义艺术的灭亡》③、黄药眠的《非个人主义的文学》④等文章均将颓废主义等19世纪末文学之标榜自我、崇尚个性斥为"徒殉一时之快感"(黄药眠语)的个人主义文学,认定个人主义的艺术只有灭亡一条路。从20世纪30年代初一直到新中国成立前夕,与文学范畴内较为冷静客观的学术阐释并驾齐驱,对西方颓废主义文学的政治意识形态批判层出不穷。

---

① 金翼:《颓废的诗人》,《晨光周刊》,1935年第4卷第6期,第16—20页。
② 高蹈:《十九世纪末欧洲文艺主潮——从"世纪末"思潮到新浪漫主义》,《中山文化教育馆季刊》,1935年10月第2卷第4期,第1395—1416页。转引自张大明编著:《西方文学思潮在现代中国的传播史》,成都:四川教育出版社,2001年,第77页。
③ 何畏:《个人主义艺术的灭亡》,转引自饶鸿兢、陈颂声、李伟江等编:《创造社资料》(上),福州:福建人民出版社,1985年,第135—138页。
④ 黄药眠:《非个人主义的文学》,《流沙》,1928年3月15日第1期。转引自陈雪虎、黄大地选编:《黄药眠美学文艺学论集》,北京:北京师范大学出版社,2002年,第165—168页。

普列汉诺夫在《艺术与社会生活》中把"为艺术而艺术"的文学称为资本主义没落时期的颓废主义文艺,指责颓废主义是反革命的懒汉,彻底否定颓废主义及其"为艺术而艺术"理念的价值。1934年8月17日,日丹诺夫在第一次全苏作家代表大会上的讲话中全面否定"沉湎于神秘主义和僧侣主义,迷醉于色情文学和春宫画片",代表着"资产阶级文化衰颓和腐朽"①的颓废主义。在评价西方颓废主义文学的立场与尺度上,普列汉诺夫、日丹诺夫等人的如上表述乃是当时中国左翼文人的信条和指南。

"在这颓废派的总名称之下,实在是包括了所有的想逃避那冷酷虚空机械生活的一伙文艺家,这些人们的意识是被当时的剧烈的社会变动和顽强的社会阶级的对抗所分裂了的,他们的灵魂是可怜的破碎的灵魂;他们虽然是反自然主义的,可是绝对没有浪漫派文人那样活泼泼的朝气。他们只想藉酒精和肉感得以片刻的陶醉忘忧。"②20世纪30年代初,茅盾在其《西洋文学通论》中的这番表述,算得上左翼文人对颓废主义疾言厉色大批判中的温柔声调。是时,"从文学本体上看得少,从文学与社会的外部关系看得多"③,茅盾在文学批评中已然有意识地运用马克思主义之阶级分析的方法,认为艺术应有明确而严肃的目的,服务于社会、民众与政治;在他看来,以颓废主义为代表的西方19世纪末文艺作为极度矛盾混乱的社会意识的表现,缺乏认真的态度,成了"失却了社会的意义"的"幻术"④。在《没落途中的各派反动文艺》⑤一文的第三部分"时代淘汰的颓废文艺"中,作者止愚更将悲观厌世的文学"颓废"视为慢性自杀。基于对"精忠义烈可歌可泣""能负起时代的任务"之文学的推崇,他指斥受西方颓废—唯美文学影响的中国作家郁达夫、张资平、滕固、叶灵凤、金满成等人的颓废情调,称其给了现代有为青年一剂"颓废剂"。

不知何时,对作为"资产阶级反动文艺"的颓废主义,人们开始谈"颓"色变、噤若寒蝉,只能偶或听到有人禁不住室闷跳出来替"毒草"做几声如泣如诉的嘤嘤辩解。比如,戴望舒从法文直接选译"颓废派的先锋"波德

---

① 日丹诺夫:《日丹诺夫论文学与艺术》,戈宝权等译,北京:人民文学出版社,1959年,第7—8页。
② 茅盾:《西洋文学通论》,北京:书目文献出版社,1985年,第134页。
③ 张大明编著:《西方文学思潮在现代中国的传播史》,成都:四川教育出版社,2001年,第4页。
④ 茅盾:《西洋文学通论》,北京:书目文献出版社,1985年,第174页。
⑤ 止愚:《没落途中的各派反动文艺》,《人民周报》,1934年第116期,第8—11页。

莱尔《恶之花》部分篇章①,委婉地回应了认为波德莱尔作品充满"毒素"的尖刻评论。②枳敢则在为自己翻译的《恶之花》所写的序言中试图一厢情愿地为波德莱尔摘掉"颓废派"的帽子:波德莱尔的旨趣与司汤达和梅里美一样,"不是颓废,而是代表现实主义,一种升华了的现实主义,或者说浪漫主义的现实主义"③。

本土文人基本放弃了对将"艺术至上"理念推到极端的反传统的颓废主义文学的接纳。1948年,苏联学者伏尔柯夫的《与资产阶级颓废艺术作斗争的高尔基》一文由叶水夫翻译到中国。该文充斥着强烈的阶级义愤,主要攻击对象是深受西欧颓废主义影响的俄国文学中的颓废派,称其是"生活的奴隶","病态地在生活里面颠滚着,像苍蝇在蜘蛛网里一样,他们扰人地嗡嗡着,使人家意气消沉和发愁……",是"萎黄病"患者,是"堕落的被注定命运的剥削阶级的歌手"。文章热烈拥护列宁为反抗颓废派所拥护的伪善的"资产阶级自由"而提出的"文学党性"原则,赞赏高尔基符合党性原则的社会主义现实主义创作,认同高尔基在《个性的毁坏》一文中对颓废主义文学之"反人民性"和"对西欧资产阶级反动哲学和美学的依赖性"的指控和批判,肯定高尔基对颓废派所幻想的"自由"之本质——"文字的贩卖,谎言、毁谤和谑笑圣物的自由"——的揭示。④伏尔柯夫的这篇批斗式长文于新中国成立前后在学界和文坛的广泛传播,预示了此后30年本土西方颓废主义文学研究逐渐成为学术禁区。

三、审美现代性徽记的辨识

早在20世纪30年代,郁达夫就已初步意识到了产业革命所引发的社会连锁效应与19世纪末文学"颓废"倾向之间的逻辑性关联,不过他并未对此进行清晰的理论阐发与观点提炼。⑤20世纪80年代以降,在西方

---

① 波特莱尔:《恶之华掇英》,戴望舒译,上海:怀正文化社,1947年。收录波德莱尔诗作24篇,书前附上了称波德莱尔"到了光荣的顶点"的瓦雷里撰写的《波德莱尔的位置》一文。《恶之华》即《恶之花》。
② 张大明编著:《西方文学思潮在现代中国的传播史》,成都:四川教育出版社,2001年,第201页。
③ 枳敢:《〈恶之华〉》,《小说月报(上海1940)》,1943年第37期,第112—117页。
④ 伏尔柯夫:《与资产阶级颓废艺术作斗争的高尔基》,水夫译,见罗果夫、戈宝权合编:《高尔基研究年刊》,上海:时代画报出版社,1948年,第40—46页。
⑤ 郁达夫:《怎样叫做世纪末文学思潮?》,见傅东华编:《文学百题》,长沙:岳麓书社,1987年,第84—86页。

学者马泰·卡林内斯库的启发下,以李欧梵为代表的华人学者开始深入地辨识颓废与现代性的依存关系。改革开放40多年来,尽管对颓废主义文学的简单否定依然屡见不鲜,但美学视角下对颓废与现代性关系的辨识与阐发,使中国的颓废主义文学研究逐渐走向学术研究的正轨。

1993年,李欧梵在《今天》第4期发表《漫谈中国现代文学中的"颓废"》,文章借鉴了卡林内斯库等西方颓废主义问题研究专家的观点,明确将中国现代文学中的"颓废"与中国的"现代性"历史进程联系起来进行表述:"我最关心的问题是颓废在中国现代文学史中所扮演的边缘角色,它虽然被史家针砭……但是我觉得它是和现代文学和历史中的关键问题——所谓'现代性'(Modernity)和因之而产生的现代文学和艺术——密不可分的。"[①]差不多同时,李欧梵在高利克编的《中国文学与欧洲语境》中刊发《颓废,中国现代文学视角相关的尝试性研究》一文,重申前文中的观点。稍后,他又在《上海摩登》[②]中化用马泰·卡林内斯库的相关论述,称"颓废"这个概念来自一个"反话语",并进一步揭示了颓废主义之"美学现代性"的先锋精神和立场。针对颓废主义艺术家对人群和现实的疏离及其反常的癖好,李欧梵将其解读为"在道德和美学上都有意识地、招摇地培养了一种自我间离风格,以此来对抗多数资产阶级自以为是的人性论和矫饰的庸俗主义"[③]。作为"与视角相关"的"尝试性研究",李欧梵对中国现代语汇中将"颓废"当成一个"坏字眼"表示不满,开启了从学理维度和美学视角解读颓废主义文学的大门。在颓废精神与现代性视野的观照下,李欧梵对一批中国现代作家如郁达夫[④]、施蛰存、刘呐鸥、穆时英、张爱玲等[⑤]的创作进行了重新审视与分析,开启了从文学颓废和现代性视角解读中国现代作家创作的新尝试。

在李欧梵于"研究视角"上"尝试"着开启现代文学研究中的"颓废"话题之后,现代文学中的"颓废"问题受到了学界重视,其中尤以解志熙的著作《美的偏至——中国现代唯美-颓废主义文学思潮研究》令人印象深

---

① 李欧梵:《漫谈中国现代文学中的"颓废"》,见李欧梵:《中国现代文学与现代性十讲》,上海:复旦大学出版社,2002年,第47页。
② 以英文撰写成书,初版于1999年,由哈佛大学出版社出版。
③ 李欧梵:《上海摩登——一种新都市文化在中国(1930—1945)》(修订版),毛尖译,杭州:浙江大学出版社,2017年,第287页。
④ 李欧梵:《中国现代作家的浪漫一代》,王宏志等译,北京:新星出版社,2010年,第110—124页。
⑤ 对施蛰存、刘呐鸥、穆时英、张爱玲等作家的重新审视,参见李欧梵:《上海摩登——一种新都市文化在中国(1930—1945)》(修订版),毛尖译,杭州:浙江大学出版社,2017年。

刻。基于对西方唯美—颓废主义文学思潮之"深刻复杂的生命情怀和人文情结"和"浓重的悲观虚无主义色彩"①的体察,解志熙指出:"'五四'时期的作家们并没有很清楚、很准确的唯美—颓废主义概念","他们最欣赏的其实是唯美—颓废主义者的那种冲决一切传统道德罗网的反叛精神以及无条件地献身于美和艺术的漂亮姿态,却有意无意地忽略了唯美—颓废主义的深层基础——一种绝非美妙的人生观"。②在对西方的"颓废"与中国化了的"颓废"做出内涵上的区分之后,解志熙从"颓废视角"重新审视中国现代文学史,发掘、打捞出一批此前很少被关注的作家与作品,颇有一种让人从既往的文学史框架中挣脱出来的力量。但遗憾的是,他虽承续了李欧梵重视颓废问题的"研究视角",却没能保持后者审视颓废问题的国际视野与学术维度,其对文学"颓废"现象的解读不无偏颇。比如,对20世纪二三十年代本土文学颓废现象的阐释,他主要选取了西方颓废主义作家对中国作家的影响这个维度,甚少关注到李欧梵所重点强调的颓废与现代性的关系这一深层逻辑;如此一来,作者就很容易将中国新文学中的"颓废"简单理解为一个特定阶段的特殊现象,而非现代性历史进程中的必然现象。稍后,肖同庆在其《世纪末思潮与中国现代文学》一书中,从"颓废"角度对五四新文学所进行的阐释,亦存在着大致相同的概念模糊问题——在他的表述中,"颓废"很大程度上被简单理解为一种与"世纪末"相关的"世纪病"。相形之下,论文《中国现代文学、文化中的颓废和城市——评李欧梵〈现代性的追求〉》③中对"颓废现代性"和"进步现代性"的辨识及其在本土现代作家创作中变异的阐发,对理解"颓废"的先锋意义和美学内涵或许更有助益。总体来说,李欧梵等人对中国现代文学中诸多经典作品之"颓废美"的阐发,反向矫正、促进了本土学者对西方颓废主义文学的理解。

卡林内斯库的著作在21世纪初被译成中文后,国内谈论"颓废"与现代性关系的文章骤然增多,但其中不少文章很大程度上是拼凑跟风之作。在同类文章中,陈瑞红、吕佩爱的《试论颓废的现代性》(《学术研究》2007年第3期)一文是颇为扎实的力作。在充分考证"颓废"概念之内涵的基

---

① 解志熙:《美的偏至——中国现代唯美—颓废主义文学思潮研究》,上海:上海文艺出版社,1997年,第67页。
② 同上书,第66页。
③ 练署生:《中国现代文学、文化中的颓废和城市——评李欧梵〈现代性的追求〉》,《文艺研究》,2005年第8期,第130—136页。

础上,该文从尼采哲学及王尔德的美学入手,对"颓废"与现代性的关系做了颇有深度的阐发:"颓废"既是19世纪西方文学中的一个重要主题,也是一种美学风格,同时还是先锋艺术家的一种生活姿态。类似的讨论使本土学界慢慢意识到:作为现代艺术的一个标志性特征,"颓废"与现代性注定存在着密不可分的关联。没有现代性历史进程的展开,就不会产生现代意义上的文学颓废内涵;而不理解颓废与现代性之间的如上逻辑关系,也就很难准确地理解西方颓废主义文学。

2010年4月,上海文艺出版社出版了 À Rebours(《逆流》)这部西方颓废主义文学"圣经"的中译本,这为国内颓废主义研究带来了新的契机。作为本土学界专事探讨19世纪西方颓废主义文学的首次尝试,薛雯的《颓废主义文学研究》在2012年出版。围绕着"颓废"乃一种艺术化的精神这一核心观点,该书对19世纪西方颓废主义文学主要作家作品进行了梳理和介绍,对"颓废"的内涵进行了辨析与阐发,这对进一步匡正国内学界视"颓废"为"消极""邪恶"的洪水猛兽这一历史认知与现实态度具有莫大的意义。另有一些研究者开始以《逆流》中塑造的颓废者典型为文本依据,从追求个人自由的角度来反思文学"颓废"的精神内涵。比如,马翔、蒋承勇的《人的自我确证与困惑:作为颓废主义"精神标本"的〈逆天〉》[①]从实践论美学出发,将颓废者的病态化症候解读为由于情感无法借助对象化而自由传达所导致的"自由感"的丧失;而杨希在《"颓废"的末路英雄——于斯曼〈逆流〉主人公形象辨析》[②]一文中则将颓废者定义为追求个人自由的理想主义的精神反叛者。

值得注意的是,陈慧的《论西方现代派的颓废性》一文虽多次引用卡林内斯库有关颓废与现代性关系的表述,但作者并没有把握其本意,而是曲解卡林内斯库有关现代派的二重性和双向性的论断,称"现代派的主要价值,在于它的叛逆性,即对现代资本主义社会及其文明采取厌弃、否定甚至抨击的态度;现代派的最大毛病,则在于它的颓废性,即散布现代资产阶级的颓废世界观、历史观、伦理观和美学观";现代派文学的主要价值在于"揭露并抨击资本主义社会丑恶的一面",而其"病态和颓废"的一面

[①] 马翔、蒋承勇:《人的自我确证与困惑:作为颓废主义"精神标本"的〈逆天〉》,《浙江社会科学》,2016年第2期,第114—119页。《逆天》即《逆流》。

[②] 杨希:《"颓废"的末路英雄——于斯曼〈逆流〉主人公形象辨析》,《东岳论丛》,2016年第10期,第187—192页。

则是因失去了美学理想而导致的对丑的偏爱和膜拜。① 无独有偶,张器友等人的《20世纪末中国文学颓废主义思潮》一书援引弗兰茨·梅林、卢那察尔斯基等马克思主义者批判颓废主义文学的观点,称颓废主义作家为"中小资产阶级世系",认定他们是一群不满于社会的动荡和黑暗,但无力改变,看不清社会前景,陷入精神危机的人。② 作者将颓废主义作家的美学先锋姿态曲解为因个人政治、社会理想的破灭而导致的精神危机和逆反心理,对其本身"不清晰"的政治立场、"不正确"的文学倾向(个人主义、形式主义等)等发起粗暴的人身攻击。

结　语

不惟中国学者,自19世纪颓废主义文学诞生伊始,西方学人很长时间里也面临着将颓废主义文学之"颓废"的内涵从语义学的陷阱里打捞出来的难题。不管在东方还是西方,"颓废"似乎都不易挣脱"道德"的泥潭和"衰退"的陷阱。而在缺乏"为艺术而艺术"文学传统的中国,准确地理解文学"颓废"的概念无疑更加困难。

作为一种先锋的美学姿态和反叛的文学精神,颓废主义代表了对启蒙现代性的怀疑与不安,反思与矫正。在西方文化的冲撞下刚刚开启启蒙现代性征程的五四学人意气风发、雄心满满,很少有人对这种标榜理性、追求进步的现代性抱有怀疑和不安。在这种时代背景之下,时人很难理解致力于反思启蒙现代性之负面效应的颓废主义之先锋精神和美学意味。

在20世纪的绝大部分时间,对"艺术至上"理念有意或无意的疏离或曲解,成为国人领略颓废主义文学之自由艺术之境的另一个瓶颈。秉有强烈现实感的中国学人无论是从时代现实还是文学传统中都很难切身地理解抑或接受"艺术至上"的主张。而由家国情怀所表征着的文学与政治、现实的亲昵关系,作为中国历朝历代的文学传统,使得文学"颓废"的美学内涵更难从社会—历史语境中的"衰退、堕落"等贬义中被准确地辨识出来。因此,以阶级论和政治意识形态话语贬低颓废主义文学的状况时有出现,而在国家危难或特殊的政治氛围下,误解则更易演变为极端的曲解。

---

① 陈慧:《论西方现代派的颓废性》,《文学评论》,1990年第6期,第28、26页。
② 参见张器友等:《20世纪末中国文学颓废主义思潮》,合肥:安徽大学出版社,2005年,第5页。

改革开放是一个重要的时代节点,在开始与世界接轨的中国,现代工商业突飞猛进的发展孕育了若干国际大都市。20世纪80年代以后,个体主义精神在以上海为代表的现代大都市中获得了生长的机遇和空间。大都市中的现代人成为最先有可能体验到"颓废感"的人——时代境遇正成为人们重新理解"颓废"这一现代审美面相的重要契机。质言之,秉有自由意识的孤独个体在现代中国大都市的出现,为更多的本土作家迷恋和创造"颓废美"提供了可能,也为中国学人在现代性的视域下把握"颓废美"的实质提供了契机。

第一章
"颓废"之语义辨析

"颓废"究竟是什么？不同的作家有着不同的阐释。弗里德里希·威廉·尼采（Friedrich Wilhelm Nietzsche）有时在犹太—基督教（Judaeo-Christianity）与"颓废"之间画等号；阿蒂尔·德·戈比诺（Arthur de Gobineau）①则将劣等民族的一种进步化表达称作"颓废"；在让-雅克·卢梭（Jean-Jacques Rousseau）看来，"颓废"与文明社会的工巧（artifices）紧密相关；泰奥菲尔·戈蒂耶（Théophile Gautier）则表示，"颓废"意味着高度精致的艺术与善感性（sensibility）；法国小说家、评论家保罗·布尔热（Paul Bourget）坚称，"颓废"源于个体在病态社会中的不适应；麦克斯·诺尔道（Max Nordau）则称"颓废"是一种精神疾病；对于颓废主义作家安纳托尔·巴茹（Anatole Baju）来说，"颓废"是对艺术力量的追求。无须罗列更多的例子，人们便可发现，"颓废"一词广泛存在于哲学、社会—历史、科学、文学等诸多话语系统之中，其含义可能相当复杂。如何界定"颓废"，看似不言而喻，实则需要深究。

---

① 阿蒂尔·德·戈比诺，法国贵族、小说家，因在《人种不平等论》中发展了"雅利安人主宰种族"理论而知名。他的思想后来成为德国纳粹党意识形态核心的重要来源之一。戈比诺将雅利安人种塑造成高贵和文明的化身，宣扬并且夸大雅利安人对人类文明的贡献。他认为，世界上所有的文明，包括古埃及、墨西哥、秘鲁文明都是由雅利安人建立的，同时只有白人才是人类始祖亚当的后代。

第一节　历史与社会语境中的"颓废"

一、"颓废":一种历史悲观主义的迷思

"颓废(decadence)"一词,脱胎于拉丁词"decadentia"。起初,这个词常被用来描绘政治、道德、宗教、艺术、身体等人类生活的各个层面所呈现出的"衰退、衰落"的倾向,与 decline,decay 等词的含义并无太大差别。这种"颓废"的观念,本质上是一种缺乏理性判断和论证的虚幻的文化错觉,一种未经验证的主观臆测,而并非主要指通过对过去与现在的状态的仔细对比而得出的一种历史观点。因此,把它称为一种"错觉"或"虚构"或许更为准确。这种历史悲观主义的迷思所映射的,乃是生活于人类文明早期的古人在面对广袤无垠的宇宙和险恶的自然时的惶惑不安的情绪,历史循环论①则是这种悲观主义历史观的变体。

根据 K. W. 斯沃特(K. W. Swart)的考察,在几乎所有古老文明中,人们都相信在最开始的天堂般的幸福和纯真时期之后——因为突然的衰落,或者因为处于一种逐渐衰退的过程当中——人类已经丧失了最初的美德。这种假设普遍成为一种循环性的历史哲学的一部分,这种循环性历史哲学假定世界注定走向同一种衰退(degeneration)形式的无休止的重复。这些历史循环观念中与生俱来的历史悲观主义,在古代印度对宇宙的推测中有着最教条的表达。②婆罗门教、佛教、耆那教都认为当下时代是黑暗时期,即卡莉时代;在这一时期,人们在身体、理智与伦理等方面都远远低于他们的祖先。根据这种宗教信条,世界正趋于彻底的毁灭,随后出现的将是一个崭新世界,而这个新世界注定要经历与先前时代同样的逐渐退化过程。美索不达米亚文明中的一些早期神话传说,也将最早的人类描绘得更快乐、健康,而后代则更邪恶。类似的,古代中国的大多数哲学家和历史学家也确信他们生活在一个文化衰退的时期,他们或是将三皇五帝(Sage Kings)时期视为黄金时代,或者将他们国家的历史视

---

① 历史循环论理论家包括詹巴蒂斯塔·维柯(Giambattista Vico)、奥斯瓦尔德·斯宾格勒(Oswald Spengler)和阿诺尔德·汤因比(Arnold Toynbee)。

② See Koenraad W. Swart, *The Sense of Decadence in Nineteenth-Century France*. The Hague,Netherlands:Martinus Nijhoff,1964,pp.1—2.

为向前更替的周期,在这样的周期下,充满活力的时代早已属于过去。许多原始社会都信仰历史的沉落式运动,相信迫近的厄运,就像北欧的日耳曼民族,或者是玛雅人、阿兹特克人以及西半球的其他印第安部落。①

历史循环论也是西方古典时代占据支配地位的历史观。在东方的影响下,永恒回归的循环观念被西方许多思想流派所接受,比如毕达哥拉斯学派和斯多葛学派。然而,在古典时代,这种循环性的学说从未像在东方那样处于支配地位。但这并不意味着希腊和罗马对未来充满更大的信心。正如著名学者 B. A. 范·格罗宁根(B. A. van Groningen)曾明确指出的那样,希腊思想"受到过去的支配"。在它的神话当中,原始时期的黄金时代,人们过着简单和纯真的生活,这与当下的黑铁时代形成鲜明对照。当前,内乱、贪婪以及文明中的其他邪恶甚嚣尘上。尽管希腊哲学家中很少有人像犬儒派(Cynics)那样激进地反对文明的精致(refinements),但一个清晰的事实是,他们几乎都曾宣扬某种类型的原始主义或尚古主义(primitivism)。"早期的人,"柏拉图写道,"比我们的生活状态更好,更接近神灵(Gods)。"②即便是与其他古代哲学家相比更承认文明的福祉(blessings of civilization)的亚里士多德,也认同时间具有一种毁灭性的而非建设性的特征。③

罗马的作家也同样直言不讳地指出历史变迁的腐化后果,西塞罗的修辞学感叹代表了许多罗马公民的态度。"有什么东西不是趋于毁灭和逐渐退化的呢?"贺拉斯在苦涩的情绪中写道,"我们的父辈生活的时代劣于我们的祖父母生活的时代,父辈之后的我们更加没有价值,并且我们的后代注定将更加堕落。"④即便是在自己的著作中预测了进步的现代观念的卢克莱修(Lucretitus)和塞内卡(Seneca),也赞同世界逐渐衰退的悲观观念。⑤

由此,斯沃特在《19 世纪法国的颓废意识》(*The Sense of Decadence in Nineteenth-Century France*)中指出,在古典时代,"颓废"几乎被认定为一种自然法则;并且,由于它被认为是无法逃离的必然趋势,衰退在古

---

① See Koenraad W. Swart, *The Sense of Decadence in Nineteenth-Century France*. The Hague,Netherlands: Martinus Nijhoff, 1964, p. 2.
② Ibid., p. 3.
③ Ibid.
④ Ibid.
⑤ Ibid.

代并没有遭遇过多的道德谴责和义愤。对衰退所持有的一种几乎是宿命论式的接受基本上区分了古代和现代对于"颓废"的态度。根据大多数希腊和罗马作家的叙述,不少人致力于提升人类的处境,但他们会因为忘记了可能性的限度而产生罪恶感。在古典文学中,"希望"被描绘为一个冒牌女神,被描绘为潘多拉盒子里的致命礼物,诱惑虚弱者去做蠢事。

与上述历史循环论相似的一种观念是,所有民族都会经历生长与衰退的循环。这种观念是古希腊历史学家波力比阿斯在公元前2世纪提出的。这位希腊历史学家精湛地描绘了导致其所在的城邦走向毁灭的政治暴行,同时,他暗示了胜利的罗马也终将遭遇其"命中注定的末日"。因此,有关罗马衰落的观念,早在公元前2世纪便出现了,这一观念后来为许多晚期罗马作家深深迷恋。他们中的一些人将对迦太基的征服视为罗马衰退的开始;他们感到,在战胜了这个最危险的对手之后,罗马人忽略了对自身军事品格的培养。其他的罗马人则在元首制建立之后对自由的镇压中发现了罗马走向颓废的端倪。公元3世纪和4世纪,罗马面临严重危机,当时又出现了一些新的原因,如过度的赋税以及基督教的兴起,这些新因素进一步使灾难降临在罗马帝国身上;至此,意志消沉和绝望的情况越来越普遍。①

在中世纪,许多人面对当前时代的衰退的怨恨,会被对不久的将来的一种更新、再生或改革的期待所调和。随着文艺复兴的到来,一种崭新的、更为世俗的,并且在某些方面更为乐观的历史观念开始崭露头角。在意大利和西北欧,世界失去了原本的一些恐怖,神话在其对过去的理解上释放了它的魅力。彼特拉克或许是最早将罗马帝国的衰退视为一种纯粹的历史现象的作家。尽管仍旧将自己所在的时代视为所有时代中最坏的,但是他偶尔也会表露出某种信心,认为艺术和科学会使自己的国家重新振兴。在15世纪文艺复兴初期的彼特拉克的仰慕者中,对意大利堕落的忧郁感受让位于对意大利艺术家和学者的最新成就的自豪意识。"这种认为当前时代优于此前时期的生活感受"一针见血地将文艺复兴时期与中世纪区分开来。后期的人文主义者已不再坚信过去为黄金时代,他们中的一些人甚至梦想在不远的将来将出现一个黄金时代,声称"现代人

---

① Koenraad W. Swart, *The Sense of Decadence in Nineteenth-Century France*. The Hague, Netherlands: Martinus Nijhoff, 1964, p. 6.

(moderns)"优于"古代人(ancients)"。①

尽管如此,斯沃特注意到,在文艺复兴时期,仍有不少人坚信衰退观念。列奥纳多·达·芬奇(Leonardo da Vinci)沉迷于世界灾难性终结的景象。他不再将末日审判设想为一种使守信者感到慰藉的神圣审判,而是设想为一种灾难;在这场灾难中,所有人,无论其是非曲直,都将遭受同样的痛苦。此外,大多数人文主义者都意识到古典文明的优越性,并且和他们崇敬的古人一样,将黄金时代设想在过去而非将来。对他们而言,"文艺复兴"的观点代表的是对更新的憧憬而非对真实的自豪意识,并且在很多情况下,他们对未来的高度期望最终迎来的只是痛苦的幻灭。②

二、工业社会语境中的"颓废"

颓废社会的典型特征相当稳定。根据西里尔·康诺利(Cyril Connolly)在《不平静的坟墓》(The Unquiet Grave)中的观点,它包括"奢侈、怀疑主义、倦怠和迷信"。哲学家C. E. M. 贾德(C. E. M. Joad)在康诺利所列出的"颓废"特点的基础上又加上了"对自我及其经验的痴迷"这一点。③

贾德认为,伴随轰轰烈烈的工业革命的开启,传统的哲学和神学信仰在人类社会开始遭受多方面的冲击。第一,基于对进化过程的信念,所谓进步(progress)被提升为宇宙法则,人类的心智被视为价值的唯一来源,对"上帝"的设想完全被内化于进化世界之中。第二,经由生物学研究,人们将"善"与即将发生的"进化"相等同。第三,通过哲学,更具体地说是通过精神分析,对道德价值和真理的追求被视为人类内在固有冲动和欲望的升华。第四,通过一种审美上的主观主义的分析,艺术的功能越来越被认定为"表达人之个性、自由的方式",而不再是"彰显客观美之存在的手段"。第五,通过对权力政治(它含蓄而非明确地否认政治的目的是社会的改良与个人康乐的提升)的普遍性认可,少数人权力的获得和基于多数人的立场服从于国家被视为政治活动的唯一正当目的。第六,通过随之而来的对待科学的态度,科学被视为权力的授予者。就像"宗教即是寻找

---

① See Koenraad W. Swart, *The Sense of Decadence in Nineteenth-Century France*. The Hague, Netherlands: Martinus Nijhoff, 1964, pp.18—19.
② Ibid., p.19.
③ 尽管贾德和康诺利在对"颓废"一词所作的社会化的解读上具有相当的一致性,但不同的是,康诺利将"颓废"视为所有文化进程的共同归宿,而贾德对此并不赞同。

上帝"这一观念受到怀疑一样,无私地追求真理这一科学概念受到冲击和怀疑,科学和宗教由此从属于人类自身的现实目的。对于客观性真理的怀疑主义态度强化了这种从属地位。是否存在客观真理?假设它存在,人类是否能够抵达这种真理?这些都是值得怀疑的。以上后果将使现代社会呈现为颓废的社会。与上述工业社会的颓废特征相对应的,则是颓废社会的如下现实表征:

(一)生活的安逸以及由此带来的经验的单调与匮乏

坚韧、忠诚、纪律、勇敢、群体凝聚力等被大众视为积极、不颓废的品质,本质上是存活所必需的品质,它指向长期的冲突与暴力时代;而那些生活安逸的时代则常常显示出上述积极品质的衰落,转而为"颓废"的诸多品质所取代。在罗马帝国的战争以及 16 世纪的宗教战争之后都曾存在过一段相对安定时期。生活不再有,或者说在很小的程度上会有胜利的狂欢、激动人心的喜悦、强烈的疼痛或痛苦的畏惧;同时对信念的信仰逐渐弱化,社会也不再提倡同样强度的激情与狂热。若人们回到公元 2 世纪的罗马帝国,或者正生活在 19 世纪末的英国,他们的生活令人愉快,但却容易单调。感官能够得到满足,理解也能够没有阻碍地进行,但是精神却在衰退。不久,厌倦随之而来。遵从这种乏味的生存方式的人所感到的疲倦,常常与后来沉思它的那些人相关联。马修·阿诺德(Matthew Arnold)在沉思庞贝古城和赫库兰尼姆古城的毁灭时说,由于这种生活方式"太过绝对地刺激我们的某一方面,最终令我们疲倦和反抗;它使我们产生了一种限制、压迫的感觉,以及一种完全改变的愿望,对云和暴风雨倾诉、慰藉的愿望。由此产生对感官和理解的强烈而持续的吸引力"[①]。就是这样;要么走进漫长而闷热的七月的夜晚,要么逃离这种压迫。两者选其一。由此,"颓废"社会最基本的现实表征乃是生活的安逸以及由此带来的人的生命活力的减弱。导致此种后果的主要原因或许是颓废时代中经验的单调性。与那些好战、混乱、令人恐惧的时代相比,它很难使人在经验中感受到强烈的激情与热情。

(二)作为社会分子的个人之"主体性"的削弱

工业革命创造了现代社会,并预设了专业化、集中化、规模化的现代大机器生产组织模式。首先,现代大机器生产的组织模式,使流水线上的

---

① See C. E. M. Joad, *Decadence: A Philosophical Inquiry*. New York: Philosophical Library, 1949, p. 97.

个体在一味追求效率的单调工作中循环往复,不断地重复同一个工作流程——或者更常见的是,不断地重复同一个单调的动作。在这种工作模式中,人成了巨大机器系统的一个组成部分:他接受指令,然后完成指令。在整个运转过程中,只需经过一段时间的训练和适应,他就可以脱离思考而完成工作;也就是说,在大部分的时间里,他并不需要思考,也不被鼓励去思考,甚至被限制去作个人化的思考。由此,人格渐趋模糊,人的存在渐趋"物化"。在这种本质上非人格化、非人性化的工作模式中,个人成了永恒运转的冰冷机器上的一颗螺丝钉,忍受着压抑和绝望的咬噬,被虚空和倦怠所吞没。其次,现代大机器生产组织模式下,规模化、批量化的工业生产特点尽管带来了生活的相对安定和物质的空前富足,但却不可避免地导致了现代生活的平庸。一方面,规模化、批量化的工业生产决定了其所生产的产品及其所提供的服务主要致力于解决大多数人的普遍性、一般性的生活需求,个性化的需求则易被忽略,个人的生活方式越发趋于一种制式化的平庸。另一方面,与物资匮乏的年代相比,在相对安定、富足的生活中不再有或甚少有往昔人们惯常体验到的那种强烈的恐惧、疼痛、悲伤和喜悦,因此,个人的日常情感经验也趋于平淡;而现代社会不断炮制出的各种娱乐休闲方式,则以一种"橡皮奶嘴"的虚拟方式为追求变化的人类天性提供某种变相的满足。事实上,大机器生产的流水线不仅规定了"接受指令、完成指令"的现代工作模式,还规制了现代人的生活方式以及日常思维模式。与"接受指令、完成指令"的现代工作模式相呼应,现代人在社会所提供的娱乐休闲方式中也陷入了"接受刺激、得到满足"的机械循环模式之中。这种生活模式和娱乐方式使人在一种虚假的满足中感到压抑和厌倦。

正如哲学家贾德所说,人们很难不被卡里尔·P. 哈斯金斯(Caryl P. Haskins)先生在其论著《蚂蚁与人类》(*Of Ants and Men*)中给出的有关人类文明与蚂蚁文明相似性的许多例子所触动:

> 白蚁社会给人留下的那种毫无意义的印象,特别容易让人想到我们当前这个时代。生活似乎是十分令人沮丧的;的确,它充满努力与尝试,但又是无助的和无意义的,个体的生存状况使他被卷入千篇一律的追求效率的单调工作中,未来只有持续不断的相似工作,没有尽头。

> 这就是白蚁社会给人留下的印象,同时也越来越成为人类社会给人的印象。产业工人对机器的依赖构成了职业的特殊本质,在此,

人们找到了高度集中、高度机械化的(人类)社会和蚂蚁群落之间的这种特殊相似性的原因。

昆虫的特征是行动的整齐性和功能的专门化。我已经强调了(人类社会整齐性和专门化的)程度,它们越来越成为人类社会的特征。当今世界最典型的职业是印刷机操作工。这项工作的独特性在于不断重复同一项工作。人类的显著特征——变化性和适应性——被降至最低。随着机器使用范围及其权限的增大,特别需要的是那些能够降低自身重要性的人类品质,因此,以下事实便不足为奇了:那些终生致力于操作机器的人,其作为人的特有品质将被削弱。

这种趋势不仅能在无数的人类活动从非工业向工业领域的转化中看到,也能在工业领域之内看到。当机器变得越发强大和精密时,它们侵占了越来越多的人类功能……

……从工业革命早期阶段的工业类型转向20世纪后期的工业类型。这里包含了一种转变,从高技能工作向低技能工作,从很少依赖机器到更多地依赖机器,从较少的非人性化向更多的非人性化的转变。①

第二节　作为哲学话语的"颓废"

纵观尼采的几部重要的哲学著作,人们不难发现,"颓废"一词是其哲学思想中的一个关键词汇。尼采对"颓废"一词的思考与探究达到了痴迷的地步,他甚至自封为"颓废哲学家(philosopher of decadence)",其颓废理论代表着19世纪西方文化界最具独创性与颠覆性的一种见解。

一、对社会衰退问题的反思——尼采"颓废"观的起点

对人类社会衰退的忧虑是尼采认为"颓废"的问题比其他问题更为重要和深刻的原因。他试图通过阐发强调个人自由价值创造的颓废理论,为文化复苏提供一种恰当的手段。尼采将现代社会的衰退归咎于传统的基督教教义体系。他曾因戏剧《帕西法尔》(*Parsifal*,1882)而公开表示

---

① Quoted in C. E. M. Joad, *Decadence: A Philosophical Inquiry*. New York: Philosophical Library, 1949, pp.389—391.

同他的朋友瓦格纳彻底决裂。因为在这部戏中,瓦格纳试图采用基督教式的结尾,以取代《诸神的黄昏》(Götterdämmerung,1876)中世界末日的场景,而尼采却异常鄙视剧中所展现的中古时代骑士"白痴"般的纯洁及其背后所隐藏的基督教价值观。在发表"上帝已死"的言论之后,有关"高贵"一词的讨论成了尼采价值重估的焦点。尼采提出了一系列全新的、能促进"高贵"传播的相关概念,如个我主义(egoism),集中论证了以往基督教主张的纯洁、公正、牺牲、宽恕、仁慈与怜悯等道德的内涵之陈旧,以及其蕴含的价值的陈腐。

从苏格拉底开始,欧洲文化创造了一种有关"存在"的基本原理。根据这一原理,人类中最虚弱的族群得到了保护。这些基本原理也为他们在面对本质上并无意义的严酷现实时提供了庇护。对他们而言,生活具有唯一不变的意义与不变的真理。然而,尼采提出,文化如果停止发展就将走向衰亡。试图维护永恒真理的幻觉,最终对个人和社会都会造成致命的伤害。人类通过创造有关"存在"的基本原理以保存和增强其意志。没有这种"对生活的一定时期的信任","人类无法繁荣兴旺",所以,为生活提供价值是生活的必要条件。① 最"高贵的"生存的基本原理必定"在于对自己说表达胜利的是(Yes)——这是自我肯定,是生活的自我荣耀"。② 这种基本原理的高贵性,不仅在于它对生活的肯定,更重要的是,它还肯定了一种独特的生活。这种肯定就等于宣告"尽管生活本身没有意义,但生活具有存活的价值"。这种对生活的判断必须理解为对个体生活而非所有生活(即生活本身)的判断。与此同时,大多数人的生存并非出于高贵的目的,而是为了自我保存(self-preservation)。自我保存的那些价值代表了一种"对生活的嫌恶",是"对生活最根本的预设的反抗"。不过,作为基本原理,它们尽管本质上"意志虚无",但的确含有一种意志,并由此保存人类物种。"比起没有意志,人类更可能是意志虚无。"③ 自我或物种保存作为一个目的,它的问题在于,真正的、适当的生活的目的是扩张而非保存:保存自身的愿望是危难状态的标志,是对真正本能——朝

---

① Friedrich Nietzsche, *The Gay Science with a Prelude in Rhymes and an Appendix of Songs*. Tran. Walter Kaufmann. New York: Vintage Books, 1974, p. 1. See Jacqueline Scott, "Nietzsche and Decadence: The Revaluation of Morality" in *Continental Philosophy Review*, vol. 31, no. 1, 1998, p. 60.

② Jacqueline Scott, "Nietzsche and Decadence: The Revaluation of Morality" in *Continental Philosophy Review*, vol. 31, no. 1, 1998, p. 60.

③ Ibid.

向力量的扩张——的一种限制。这种"力量扩张"是最根本的冲动,甚至会以牺牲自我保存为代价。由此,对尼采而言,最佳的基本原理是:它的目的是通过对个体生活的肯定而获得自我增强。只有最健康的个体才能创造这样一种基本原理并遵循它进行生活。那些忧心忡忡、虚弱的个体则是健康个体的反面——他们已经在过去的人类传统中创造了"自我保存的基本原理"①。

二、尼采的"颓废"观

如上所述,尼采对颓废问题的关注,始于他对社会衰退问题的反思;而赋予生活以新的价值,为复活现代生活的生命力提供一种可能,则是尼采颓废理论的核心。尼采主张个人自由价值的不断创造,他发现了在价值创造的过程中所显示出的一种"个人分裂整体"的征兆。这种在"为生活赋予价值"的过程中显示出的几乎无法避免的"个人分裂整体"的征兆即是尼采所说的颓废的基本内涵。

赋予生活任何价值都可能会使人产生疑虑,因为这些判断不可能成真。对此,尼采说,个人无法评估生活的价值,因为个人是这场争辩的当事人,是它的对象。我们的存在无法通过寻求一种客观性的目的而得以解释。我们甚至不能将我们与存在相分离,从外部视角施加一个目的,因为我们本身就"在整体之中",没有什么"存在于整体之外"。由是,尼采指出,试图客观地"判断、测量、比较、谴责"整体中的部分,就成了试图使整体破裂,将一种更高的价值赋予那一部分的行为。这种个人化的颓废行为泄露了个体/部分与整体对抗的无能,但同时也显示出个体/部分对整体的蔑视。正是这个原因使得尼采提出了一种可能性:或许所有"伟大的智慧人士"都是颓废者——确切地说,他们都已经试图为生活赋予一种价值。我们必须从生活的视角谈论价值,因为我们无法站到生活之外:"当我们建构价值之时,生活本身通过我们得以评估",尼采对第三视角的否认,意味着对他而言,没有客观的价值存在,一切价值都是透视法的(perspectival):

> 全部生命都是建立在外观、艺术、欺骗、光学以及透视和错觉的必要性的基础之上。基督教从一开始就彻头彻尾是生命对生命的憎

---

① See Gilles Deleuze, *Nietzsche and Philosophy*. Tran. Hugh Tomlinson. New York: Columbia University Press, 1962.

恶和厌倦,只是这种情绪乔装、隐藏、掩饰在一种对"彼岸的"或"更好的"生活的信仰之下罢了。①

> 世界的价值存在于我们的解释中(也许在别的什么地方,可能有不同于纯粹人类解释的其他解释);迄今为止的解释都是透视主义的估计,我们凭借它在生命中,即在求强力、求生长的意志中自我保存;人的每一提高都导致对狭隘的解释的克服;每一达到的强化和力的拓展都开辟了新的透视,唤起了对新的视域的信念——这些论点贯穿于我的著作。②

由此,赋予生活以价值就成为一种征兆,指示着有关我们生活的一种个体化的观点:

"为生活赋予价值"成为颓废的一种征兆。通过对整体的某种憎恨或蔑视,"颓废"得以显现。颓废者试图分裂整体,使得其中一部分比整体更加重要。这就是当个人赋予生活以价值时他所做的事情。个人以其生活的片段,以及对生活的特殊的个人观点对生活的整体作出客观性的价值评判。也就是说,个人把部分当成了整体,由此就模糊了整体的意义。这种典型的颓废者持有一种个人化的生活观念,声称它是更高的道德,并通过其说服力,使得他所创造的这种更高的道德成为所有人认可和遵循的一种法则。瓦格纳是试图将自己对于生活的观点普及化的典型颓废者的最好例子。这种普及化清晰地显现为颓废者分裂世界的冲动——通过肯定其中的一部分,或者通过憎恨自身,认为自己无价值,进而将这种个人的观点普及,教导他人说这个世界没有价值。

尽管存在上述危险,但尼采认为,颓废——尤其是对哲学家来说——不可避免。哲学家的终极使命就是为生活赋予一种价值,而"赋予生活价值"的悖论性在于它的另一面就是颓废。由此,尼采说,尽管他本人肯定生活,但他也和其他哲学家一样无法避免颓废。在他看来,这是身为哲学家难以逃避的重担。"颓废"的问题在于:人类——尤其是哲学家——必须赋予生活以价值,但赋予个人的生活以价值是有问题的,因为它涵纳了"对整体的分裂"。对于这个问题,尼采给出的"解决方案"是:有一些价值

---

① 周国平译:《悲剧的诞生》,北京:生活·读书·新知三联书店,1986年,第276页。
② 转引自朱彦明:《尼采的视角主义》,上海:复旦大学出版社,2013年,第157—158页。

比其他价值的问题要小。①

综上,尼采所说的颓废彰显出个人与整体间关系状态的颠覆性巨变,即不是个体的价值服从于整体的价值,而是整体的价值让位于个体的价值。通过对颓废内涵的此种阐发,尼采将个人价值的自由创造视为人生的最高价值。

三、尼采对两种"颓废"的区分

尽管尼采承认颓废——尤其是在哲学家身上——不可避免,但是他质疑叔本华、瓦格纳式的虚无主义的、虚弱的颓废,认为这种颓废最终将使人走向对生活的放弃。按照尼采的观点,要使可能走向虚无主义的虚弱的颓废转化成一种生活的刺激物而非生活的毒药,必须经历从虚弱的颓废者转化为强大的颓废者的过程。这个过程需要通过尼采所谓自我克服来解决,即通过自我克服使个体自身的虚弱的颓废"隐喻性地"自杀,重新创造颓废的另一种表现——强大的颓废。强大的颓废者与虚弱的颓废者不同,前者在认识到生活本身实质上的无意义的同时,肯定个体生命的价值。②

尼采最厌恶的一类颓废者是这样一些人,他们依照自己的生活视角进行价值评判,将生活视为某种衰退的、虚弱的、疲惫的东西,某种应该受到谴责的东西。通过创造反映他们的那些本能——也就是某种厌世和顺从——的价值,他们屈服于自身堕落的本能……由于他们的道德出自一种虚弱,所以他们所创造的价值就充当了一种支撑,一种镇静剂、药物、救赎与提升,或者自我疏离。和虚弱的悲观主义者一样,这类颓废者需要一种道德,将生活封闭于"某种温暖狭窄的空间,远离恐惧,将人围绕在乐观的水平线上",从而使生活变得可以忍受。他们需要一种舒适——要么生活是好的、可理解的,要么是另一种极端,生活是无意义的,充满不可理喻的痛苦。在这两种情形中,他们都无法充分地与现实整体的复杂性进行抗争,这将让他们创造出一种狭窄的("生活是善/好的"或"生活是邪恶的")、静态的、普遍正确的生活观。出于自身的虚弱,他们转而声称,他们不是创造而是发现了这些普遍正确的价值,以此证明其价值阐述的客观性。这种观点代表了尼采所说的"衰退的生活",这导致了19世纪欧洲所

---

① See Jacqueline Scott, "Nietzsche and Decadence: The Revaluation of Morality" in *Continental Philosophy Review*, vol. 31, no. 1, 1998, p. 63.

② Ibid., p. 59.

遭受的危机。这类颓废者将道德视为一个安全港湾、一种麻醉剂,可以帮助他们在面对"现实乃是无意义的虚空"这种观点时能够坚持不懈。他们相信,通过给生活赋予道德,他们为我们的现实生活的疾病提供了一种治疗方案。①

上述普遍的乐观主义或悲观主义都是尼采所批判的颓废的类型,但是相比较而言,他认为普遍的乐观主义更加有害,因为它高估了存在的"善与仁慈",由此试图否定存在中的一部分。② 这类颓废者必定会编造有关生活的谎言以图固执己见,通过这样做,他们剥夺了最好的人类存在的可能,转而产生"中国式的稳定"。③ 尼采说,普遍的乐观主义者十分危险,因为他们不能适应现实中的严酷。在这个意义上,他们并不欢迎新的价值,而是压制着那些创造价值的人。这种乐观主义的道德意味着诸如"会出现最好的人类"这类愿望终将破灭。虚弱的悲观主义的危害相对较小,因为它至少承认了生活中的苦难。不过,它仍旧是有问题的;面对现实时它虚弱无力,屈服于生活中固有的苦难。对尼采而言,这种逃避的形式似乎最能被用来描述那些厌世的现代颓废者的特征。他们甚至不再尝试进一步改观世界,在生活中找寻价值,成了不置一语的类型。叔本华和瓦格纳是虚弱的悲观主义者的典型。被普遍的乐观主义或者虚弱的悲观主义包围的两种颓废者也常常产生愤恨情绪。他们厌恨那些更加强大、能够与生活抗争,或者在面对生活的无意义时能够创造价值的人。这方面的典型例子是《道德的谱系》中的奴隶和禁欲主义的僧侣领袖。尼采将道德堕落的源头追溯到谴责和憎恨自己、怜悯别人的基督教道德,追溯到"道德行为的不偏不倚的动机"的康德式价值,最后追溯到将自我憎恨扩大到憎恨一切的悲观主义。

由此可见,尼采时刻提防着虚无主义的悲观主义,因为这种理念放弃了存活的热情,它与虚假的乐观主义分置虚无主义的两种极端,它们都无力抵抗具有复杂本质的生活,因此,尼采提议,强大的颓废者必须规避这两种极端的观念。

所以,强大的颓废者必须做出异于虚弱的颓废者的抉择。这种选择

---

① See Jacqueline Scott,"Nietzsche and Decadence: The Revaluation of Morality" in *Continental Philosophy Review*, vol. 31, no. 1, 1998, pp. 63—64.

② See Friedrich Nietzsche,"Why I Am A Destiny" in Friedrich Nietzsche, *Ecce Homo*. Tran. Walter Kaufmann. New York: Penguin Books, 1980, p. 4.

③ Ibid.

被尼采称为自我克服———一种隐喻性的自杀,通过重新反思和评估这种颓废的表现形式,将"杀死"自身内部的那个虚弱的颓废,为另一种更为积极的颓废的出现做准备。这种自我克服既是"毁灭"(毁灭人的内心的虚弱的颓废者)也是"创造"(创造一个强大的颓废者)。通过这种自我克服,个人得以通过变得更加积极来重塑自身。如此,强大的颓废者所创造的存在的基本原理就将摆脱基督教式的善恶道德。他由此就能够"抵制过去习惯了的价值感觉",改造传统道德。① 这也就是尼采的透视论(perspectivism),人类的存在没有唯一的客观的原因,也无客观的意义等待人们挖掘,与客观真理相栖的善恶道德自然也不存在,没有任何人或国家能够提供绝对客观的"善""恶"。如此一来,面对并无客观意义的生活,为其"赋予价值"的这种"颓废"行为就显得尤为重要。

尼采对以"个人价值创造"为核心的"颓废"选择的主张,显示出有关生活意义的价值评估从客观/真理判断向主观阐释、从单一到多元的重大转向。经历了这种转向之后的价值评估欢迎人的主体性,建立在个体看待生活的"视角"之上,因而具有审美的成分。从这一意义上说,这是有关个人品位的判断。如此,借助于价值评估,个人通过增添一种审美的成分,重新评估了传统的道德评判。尼采在其后期作品中常常将他的哲学称为悲剧哲学;不过,虽然他的"颓废"论断中有明显的悲观论调,但从"基于个人对生活的观点去创造价值"这一方面看,他的"颓废"观仍然是积极的。这种观念源自对生活悲剧式的审视。它既承认了生活中不可解释的痛苦,也肯定了对"存在"的基本原理的持续性创造。这种具有美学意味的悲剧性观念,最早可追溯至前苏格拉底时期的希腊悲剧。

尼采相信,通过以"个人价值创造"为核心的、不断进行"自我克服"的颓废行为,人类能够实现"伟大的自由"。因为它使人能够探索有关人类存在的无数可能性,避免让生活停滞,而且使人能够通过"周期性的摒弃"以增长个人的力量。它使个人能够自由地做他们最擅长的事情:通过不断地创造肯定其生活整体的新的价值,从而去创造、欢庆生命中的变动,在表达了其自由意志之后随之而来的丰盈的感觉中狂欢!

尼采所阐述的颓废理论,是在传统的西方价值观受到颠覆性冲击之时,重新建立新的生活价值观的一次具有里程碑意义的伟大尝试。这一

---

① See Friedrich Nietzsche, *Beyond Good and Evil*. Tran. Walter Kaufmann. New York: Vintage Books, 1955, p.4.

广阔的思维格局,赋予了尼采的"颓废"以充满悖论性的丰富内涵。它既包含了个体在实施尼采所谓价值创造时对于强大整体的蔑视和怨恨,又包含了个体企图分裂整体时产生的无力、绝望和自嘲;既流露出对个人价值创造的肯定,又承认了生活本身之无意义的本相。总的来说,尼采的颓废理论揭示了其"为反抗绝望而反抗绝望"的极端个人英雄主义的哲学世界观的底色。[①]

第三节 作为文学话语的"颓废"

一、诺尔道《退化》对文学"颓废"的批判

麦克斯·诺尔道早年曾学习医学,后移居巴黎成为一名新闻记者。在 19 世纪 80 年代及 90 年代早期,他通晓多种语言,涉猎广泛,所读之书涵盖了科学、医学、文学和艺术等领域。他的《退化》(Degeneration,1892)一书,最早于 1892 年在柏林出版。此书在德国引发轰动,旋即以"Degenerazione"为名被译介到意大利。次年,以"Dégénérescence"为名被译介到法国。1895 年,又以"Degeneration"为名被译介到美国和英国——至此,它在 6 个月内涌现了 7 个版本,是那一年中最引人注目的文学成就。然而其后两年内,它成了各种长篇批评和严厉谴责的对象,最终被摒弃。[②]《退化》一书全面拒绝了现代艺术——尤其是文学方面——的种种趋势。诺尔道攻击的对象包括瓦格纳、易卜生、陀思妥耶夫斯基、左拉以及法国象征主义诗人等。书中对文学"颓废"现象的误读,进一步激化了公众对颓废主义艺术家的不满和抨击,"退化""反常""病态"等越来越成为公众印象中颓废主义文艺的代名词。他写道:

> 在一种痴迷状态的影响下,拥有堕落思想的人会散播一些学说,譬如现实主义、色情文学、神秘主义、象征主义以及恶魔主题。散播者以一种激烈的富有穿透力的雄辩、热情以及炽热的失慎来传播这

---

① See Christopher E. Forth, "Nietzsche, Decadence, and Regeneration in France, 1891—95" in *Journal of the History of Ideas*, vol. 54, no. 1, Jan., 1993, pp. 97—117.

② See William Greenslade, *Degeneration, Culture and the Novel: 1880—1940*. Cambridge: Cambridge University Press, 1994, p. 120.

些学说。而其他的堕落、歇斯底里、神经衰弱的信徒则聚集在他的周围,从他的口中接受新的学说,并且其后就以继续传播这种新的学说为生。由于他们大脑和神经系统的患病构造,他们的行动仿佛是他们被迫去做的一样。①

有关"颓废"的如上理解是应付这场运动的一种便捷的方式。就诺尔道的情况来说,这类外行的评判或许多半来自一种医学上的好奇心,它显然不能提供有关文学中的"颓废"现象的任何深刻的见解。

诺尔道的中心观点是艺术创作的病理学。对他而言,艺术家创作艺术就像大脑发射出幻象,创作的行为和创作出的作品都显示了病理学意义上的状态,即艾伦·怀特(Allon White)所说的"艺术作品被解读为精神失常的病人的幻想生活的文字化呈现"②。诺尔道迫使文本进入作者的主体性领域,而作者则被具化为身染病症的人,并且诺尔道直接忽视了艺术家的意图性,他没有领悟到艺术家对作品形式、审美距离的清晰意识,以及后者对审美距离,与讽刺性的和暧昧不清的语言资源的把握。诺尔道不仅在作家的个人作品中寻找退化的证据,还从其中的特定篇章、句子和意象中寻找根据。对诺尔道来说,波德莱尔是"自我狂"的一个例子,其生活"显示出了退化的所有心理污点"③。为了证明这一点,他在《恶之花》的20首诗中寻求证据。例如,他认为,《深渊》(Le Gouffre)这首诗是波德莱尔遭受持久性痛苦时所写的。至于波德莱尔对一种情感状态的想象性理解,诺尔道不感兴趣,而是抓住深渊的意象,坚信它是诗人无意识错乱的一种文字呈现,并由此将其诊断为一种病理学状态,将其根源追溯为"断崖恐惧症"。④ 在对魏尔伦的评论中,他说魏尔伦"以惊人的完备性展现了退化的所有生理和心理上的标记"⑤。

---

① Max Nordau, *Degeneration*. New York: Appleton, 1895, p. 31. Quoted in C. E. M. Joad, *Decadence: A Philosophical Inquiry*. New York: Philosophical Library, 1949, pp. 20—21.
② Allon White, *The Uses of Obscurity: The Fiction of Early Modernism*. London: Routledge, 1981, p. 45. Quoted in William Greenslade, *Degeneration, Culture and the Novel: 1880—1940*. Cambridge: Cambridge University Press, 1994, p. 121.
③ Quoted in William Greenslade, *Degeneration, Culture and the Novel: 1880—1940*. Cambridge: Cambridge University Press, 1994, p. 121.
④ See William Greenslade, *Degeneration, Culture and the Novel: 1880—1940*. Cambridge: Cambridge University Press, 1994, p. 121.
⑤ Quoted in William Greenslade, *Degeneration, Culture and the Novel: 1880—1940*. Cambridge: Cambridge University Press, 1994, p. 122.

此外，诺尔道的批判中特别容易引发轰动效应的，是他将自己在这些19世纪末作家身上发现的"颓废"倾向定性为对秩序井然的社会的一种病理学意义上的威胁。他认为，颓废的、自我放纵的知识分子已经将其退化观念强加于无辜的社会大众，灌输其有关文明正不可避免地趋向末日的荒谬观念。对于诺尔道而言，"颓废"等同于"堕落"，不正常的颓废主义作家不合理地将自己的痛苦投放到他身边繁盛的世界中去，渴望将这个世界向下拖到自己的层次上，使他之外的社会的其他部分都像他一样反社会。这个朝向诺尔道所谓"神秘主义"的颓废的趋势，这种以传统的、由来已久的方式审视或回应现实的无能，不再只是审美趣味层面的问题。对诺尔道来说，这里有"歇斯底里"的所有标志，有他想要通过他精确的医学术语展开描述的大脑的病理性退化。例如，在诺尔道看来，普通画家描绘他们亲眼看到的东西，而退化者则罹患眼球震颤，看到的一切都是朦胧的。所以，"颓废"的全部现象，在其全部的临床表现中，可以被解释为某种生理状态；不过，正如诺尔道所设想的那样，这是一种可能威胁文明的存在本身的状态。①

诺尔道《退化》所产生的一个后果是，它将一系列作家带入公众视野，并引发了大量针对现代艺术家——其中包括契诃夫（"我带着极大的厌恶感阅读麦克斯·诺尔道这个傻瓜的书。"②）、亨利·亚当斯（Henry Adams）、伊斯雷尔·赞格威尔（Israel Zangwill）、乔治·萧伯纳（George Bernard Shaw）、安德鲁·朗格（Andrew Lang）、赫伯特·乔治·威尔斯（H. G. Wells）以及稍后的 T. S. 艾略特（T. S. Eliot）——所展开的评述。③ 为《退化》一书拍手叫好的那些人利用这本书的出版，引燃了人们对当时包含象征主义、唯美主义和颓废主义在内的19世纪末作家群创作中的颓废倾向的反感。④

---

① See Marja Härmänmaa and Christopher Nissen, eds., *Decadence, Degeneration and the End*. New York: Palgrave Macmillan, 2014, p. 5.
② Anton Chekhov to Suvorin, 27 March, 1894, cited by John Tulloch, *Chekhov, A Structuralist Study*. London: Macmillian, 1980, p. 127. Quoted in William Greenslade, *Degeneration, Culture and the Novel: 1880—1940*. Cambridge: Cambridge University Press, 1994, p. 124.
③ 艾略特1909—1914年间在哈佛大学读过诺尔道的作品。See William Greenslade, *Degeneration, Culture and the Novel: 1880—1940*. Cambridge: Cambridge University Press, 1994, p. 124。
④ Quoted in William Greenslade, *Degeneration, Culture and the Novel: 1880—1940*. Cambridge: Cambridge University Press, 1994, p. 124.

与绝大多数目光如炬的批评家一样,萧伯纳嘲讽诺尔道"陷入了他自己所指责的精神状态之中",并请他"诚实地告诉我们,即使是在他所属的'精神病学家'和精神病医生的群体中,他是否能找出一个比他自己更加无可救药地痴迷于一种观念的人"。① B. A. 克拉肯索普(B. A. Crackenthorpe)不无机智地将诺尔道嘲讽为"书写狂界的王子",而诺尔道曾将"书写狂"描述为"对一种或同一种属性的思想进行焦躁不安的重复"——据说是在以易卜生为代表的作家身上发现的特点。

由于左拉和易卜生在文学圈子里长期享有崇高声誉,同时也得益于当时人们对尼采观念的熟知,因此,对当时的许多作家和批评家来说,想要论证诺尔道观点之脆弱和浅薄并非难事。除了萧伯纳在《一个退化者对诺尔道的看法》一文中的批判之外,另有两部批判诺尔道观点的著作出现:一部是1895年出版的威廉·赫希(William Hirsch)的《天才与退化:心理学研究》;另一部是1896年出版的E. A. 哈克(E. A. Hake)的《退化:回应麦克斯·诺尔道》。

1936年,亨利·哈维洛克·霭理士(Henry Havelock Ellis)②在回顾19世纪末文学时写道,诺尔道不过是"一个身居巴黎的聪明的德国新闻记者,他具有新闻记者的独特才能,能够将当时正弥漫于时代空气中的不甚科学的'退化'学说糅合为一种流行的形状,并将其应用于当时的艺术家身上"③。霭理士将"退化"理论应用于他对犯罪人类学和性偏离的研究中,但是他拒绝将之应用于对艺术家的理解上。对于诺尔道特别攻击的那些作家的创作倾向,霭理士较早地给予了赞赏性的评价。尽管霭理士没有对诺尔道做出直接的还击,但他的文章《文学中的色彩意识》可以被视为对他的间接回应。

二、19世纪末小杂志中的"颓废主义"

在19世纪末的诸种小杂志上,颓废主义文学与其他19世纪末文学

---

① G. B. Shaw, "The Sanity of Art"(1907), repr. In G. B. Shaw, *Major Critical Essays*. Ed. Michael Holroyd. Harmondsworth: Penguin, 1986, p. 352. Quoted in William Greenslade, *Degeneration, Culture and the Novel: 1880—1940*. Cambridge: Cambridge University Press, 1994, p. 125.

② 亨利·哈维洛克·霭理士:英国作家、性心理学家、社会改革家。

③ Havelock Ellis, "The Colour-Sense in Literature", *Contemporary Review* 69, May 1896: pp. 714—729. Quoted in William Greenslade, *Degeneration, Culture and the Novel: 1880—1940*. Cambridge: Cambridge University Press, 1994, p. 127.

思潮、流派融洽地共存其中。在包纳19世纪末诸种先锋派文学趋向这个方面，没有任何杂志比《独立杂志》(Revue indépendante)①更加成功。它集合并出版了这个时代最重要的作家的作品。在很多年里，将之视为现代法国文学的"真正的十字路口"，并未夸大它的重要性。② 与19世纪末的另一份著名杂志《共和国文学》(La République des lettres)相似，《独立杂志》对各种各样的学派和趋向敞开大门。在它出版的集子里，人们会看到龚古尔和左拉的小说，马拉美的诗歌以及维利耶·德·利尔-阿达姆(Villiers de L'Isle-Adam)的故事。于斯曼的作品《搁浅》(En rade)③，以及各种随笔和艺术评论——主要是针对1884年和1887年的沙龙——也发表在这个杂志上，拉弗格的《巴黎纪事》(Chroniques parisiennes)——写于他去世前的几个月——以及他的《道德传奇》(Moralités légendaires)中的《潘与绪林克斯》(Pan et la Syrinx)也登载在这本杂志上。此外，人们还能看到谈论瓦格纳的文章，德·昆西(De Quincey)的《来自深渊的叹息》(Suspiria de Profundis)中一个片段的翻译文本，萨拉辛谈论前拉斐尔派的一篇重要文章，以及以连载的形式刊登的爱德华·杜雅尔丹(Edouard Dujardin)的小说《月桂树被砍倒了》(Les Lauriers sont coupés)——它常被视为展现意识流技巧的最早文本。再者，才华横溢的特奥多·德·维泽瓦(Téodor de Wyzewa)是其主要的文学批评家。他学识渊博，通晓所有诗歌领域的最新进展，他著述许多谈论马拉美的文章，并钦慕维利耶·德·利尔-阿达姆的作品。今天我们再去阅读他的文章，不难发现他对当时的文学场景做了详尽的反思，也会注意到颓废审美的某些重要和重复出现的主题。④

除了《独立杂志》之外，卡图卢斯·门德斯(Catulle Mendès)主编的《共和国文学》杂志在19世纪末诸种小杂志中也享有很高的声誉。本着兼容并蓄的原则，《共和国文学》亦欣然接受了许多"颓废"作家的作品。勒贡特·德·列尔、埃雷迪亚、班维尔、福楼拜、莫泊桑、于斯曼、布尔热、

---

① 法国文学杂志，1841年由乔治·桑、皮埃尔·勒鲁、路易斯·维亚多创办。这个杂志因出版了爱德华·杜雅尔丹的《月桂树被砍倒了》、于斯曼的《搁浅》、乔治·桑的《康素爱萝》(Consuelo)等小说而出名。

② See Jean Pierrot, *The Decadent Imagination*, 1880—1900. Tran. Derek Coltman. Chicago: The University of Chicago Press, 1981, pp. 8–9.

③ 1886年11月至1887年4月在《独立杂志》连载。

④ See Jean Pierrot, *The Decadent Imagination*, 1880—1900. Tran. Derek Coltman. Chicago: The University of Chicago Press, 1981, pp. 8–9.

维利耶·德·利尔-阿达姆、爱伦·坡等作家的诗歌、小说或故事均有收录。此外,《文学与艺术杂志》(Revue littéraire et artistique),在 1879 年至 1882 年间也持有与上述两种杂志相同的包容态度,刊发了于斯曼的作品、加百列·萨拉辛(Gabriel Sarrazin)的文章、瓦格纳的作品,以及爱伦·坡的一则故事。①

基于 19 世纪末小杂志中广泛收录的 19 世纪末文学作品与 19 世纪西方文学中的"颓废"现象之间隐秘而复杂的关联,不少西方学者倾向于以这些小杂志上收录的作品作为研究的起点,发掘 19 世纪末诸种文学思潮之间的独特的精神交集,以此推进对文学"颓废"含义的深层理解。

丹尼尔·威利福德(Daniel Williford)在其博士学位论文《1870—1914 年颓废主义文学的唯美书籍》(The Aesthetic Book of Decadent Literature, 1870—1914)中提到,1890 年左右,唯美主义者和花花公子成为主流评论所嘲讽的人物类型,这是因为他们不符合男子气概的理想,具有潜在犯罪性的异常行为。19 世纪 90 年代,公开宣示自己是颓废主义运动的成员,就意味着不得不被动接受一种颇具讥讽意味的形象标签——所谓文雅的、无男子气概的、爱艺术的花花公子。②

当有关颓废主义文学风格层面的严肃讨论正在进行时,公众已经抓住了"颓废"这个词和这场运动的更具轰动效应的伦理性的层面。确实,正是在对颓废主义所作的戏仿和讽刺性书写中,"颓废"的观念和特征进入了公众的视野;就此而言,著名的《庞奇》(Punch)杂志为以"颓废"为主题的讽刺/戏仿作品的发表与传播提供了重要的舞台。

据说,发表于《庞奇》杂志上的一篇戏仿作品《1894》,模仿的正是麦克斯·比尔博姆(Max Beerbohm)的随笔《1880》。"我们可以通过当时的漫画来了解当时颓废派的外貌;从讽刺作品中了解颓废派的生活方式。"③《庞奇》杂志的确描画了 1892 年到 1895 年间的颓废派形象——女人气的长头发、厌世的态度、缺乏运动的热情、追求和迷恋丑陋的事物、幼稚的印象主义风格。

---

① See Jean Pierrot, *The Decadent Imagination*, 1880—1900. Tran. Derek Coltman. Chicago: The University of Chicago Press, 1981, p. 8.

② Daniel Williford, *The Aesthetic Book of Decadent Literature*, 1870—1914. A dissertation submitted for the degree of Doctor of Philosophy in English, University of California, 2015, p. 194.

③ *Punch*, 2 February, 1895, p. 58. Quoted in Ian Fletcher, ed., *Decadence and the 1890s*, London: Butler & Tanner Ltd., 1979, p. 21.

不过，这一时期不只有以漫画、戏仿的方式进行讽刺的道德家或者那些意图取乐的（报刊的）连环漫画栏。事实上，所有在写作中提到"颓废"的人都意识到这个术语并不令人满意，同时也意识到，彻底地拥抱"反自然"的倾向是不可能的。因此，在这一时期，甚至那些身处这场运动的中心的当事人，也显示出了对"颓废"一词的批判与嘲讽。"嘲讽"与"戏仿"，既为"颓废"观念进入公众视域提供了重要的契机，同时也是"颓废"之连贯性观念得以形成的关键环节。当然，除此之外，也不乏一些严肃认真的讨论。例如，莱昂内尔·约翰逊（Lionel Johnson）、理查德·勒·加里恩（Richard Le Gallienne）、霭理士等人在《世纪木马行会》（Century Guild Hobby Horse）杂志上对"颓废"问题的讨论就足够严肃认真。①

1891年4月，英语作家还在跟随法语作家学习。当时莱昂内尔·约翰逊为《世纪木马行会》撰写了《论当前法国在诗歌方面的实践与理论》（A Note upon the Practice and Theory of Verse at the Present Time Obtaining in France）一文，该文隐约地受到了欧内斯特·道生（Ernest Dowson）的启发。约翰逊援引了安东·郎吉（Anton Lange）的相关表述，由此写下了一个相当学术性的定义。②

同样是在《世纪木马行会》杂志中，在一些"由丘顿·科林斯（Churton Collins）的《丁尼生的插画》所启发的重要问题的思考中"，加里恩再次捡起约翰逊在同一杂志中讨论的话题。在他看来，作家应该"始终如一地观察生活，并且"将生活看作一个整体"，而颓废主义作家却始终沉溺于一种与世隔绝的华丽描述中。③

除却上述《庞奇》《世纪木马行会》等杂志以外，与19世纪末颓废主义关联密切的重要杂志还有《黄面志》（The Yellow Book）、《萨沃伊》（The Savoy）等。纳班提恩等学者曾将《黄面志》与《萨沃伊》并称为19世纪末英国的两大颓废主义文学杂志。的确，与颓废主义关联密切的作家、评论家在这两种杂志中针对"颓废"含义所作的诸种严肃的文学申辩，对于纠正当时公众对"颓废"一词的伦理化的粗浅解读意义非凡。而同样重要的是，一定程度上说，这两种杂志的坎坷命运也正是文学"颓废"观念在19世纪末英国的坎坷命运的缩影。

---

① See Ian Fletcher, ed., *Decadence and the 1890s*. London: Butler & Tanner Ltd., 1979, pp. 22—23.
② Ibid., p. 20.
③ Ibid., p. 22.

在《黄面志》的首卷里,比尔博姆发表了《为装饰品辩护》一文,以敏锐的视角透析了"颓废"的主题。正如他在给编辑的信中所指出的那样,文章展现出矫揉造作的特殊风格以及对"颓废"主题的批判。由于在写这篇文章时,比尔博姆有意使阅读它的读者感到不可思议,因此,批评家可能会忽视了他的这篇主题怪异、观点轻率、风格造作的文章的真正意图——嘲讽"矫揉造作"学派中的作家。在回顾《道林·格雷的画像》(*The Picture of Dorian Gray*)、《逆流》和《玛利乌斯:一个享乐主义者》(*Marius the Epicurean*)的一篇文章里,比尔博姆将讽刺的矛头转向了批评其文章的评论家那里:

> 诸多迹象表明,我们的英语文学已经到了那个点上,就像所有国家的文学曾经经历过的那样,它必然会最终落到颓废派手中。在我的文章中,我试图滑稽地模仿那些品质——自相矛盾与故作风雅,倦怠,迷恋恐怖和反常的事物,喜好隐语、古语和风格的神秘——并非在每位颓废主义作家那里都有相同的展现。事实上,每位作家的偏好及其表达各有侧重……格拉布街(伦敦的一条旧街,过去为穷困潦倒文人的聚居地)的窗前已经挤满了警觉、邪恶的脸孔。①

事实上,不仅是比尔博姆,诸如欧内斯特·道生、王尔德、莱昂内尔·约翰逊以及奥布里·比亚兹莱等19世纪末颓废主义作家和艺术家均与《黄面志》有着复杂的关联。正因此,当代西方颓废主义研究者大都倾向于将《黄面志》视为体现19世纪末颓废主义与唯美主义文学风格的代表性期刊。

不过,与许多"短命"的19世纪末小杂志一样,《黄面志》也并不"长寿"。从1894年到1897年间,该杂志总共出版了13期。1897年,因为"与王尔德丑闻的关联"等无稽之谈②,奥布里·比亚兹莱③和其他一些颓

---

① *The Yellow Book* Ⅱ, July, 1894, p.284. Quoted in Ian Fletcher, ed., *Decadence and the 1890s*. London: Butler & Tanner Ltd.,1979, p.22.

② 事实上,尽管当时出任《黄面志》美术总监的著名插画家、颓废主义艺术家比亚兹莱曾向王尔德约过稿,但王尔德却从未在《黄面志》上发表过任何个人作品。尽管如此,命运却将王尔德这个名字与《黄面志》紧紧关联在了一起。在《黄面志》发行的第二年,王尔德因"风化罪"被捕入狱,临行之时在腋下夹了一本黄色封面的书。后来一个好事的记者说,那本书就是《黄面志》。其实后来被证实,那不过是一本法国小说而已,但这条消息当时登上了所有报纸的头条。于是,随着王尔德的声名一落千丈,无辜的《黄面志》也遭受了沉重打击。

③ 虽然《黄面志》曾因比亚兹莱的非写实风格的淫秽插画而大受欢迎,但在第四期之后,该杂志因为其个人丑闻而不再刊登他的作品。

废主义作家和艺术家被逐出《黄面志》。随后,他们在西蒙斯的《萨沃伊》杂志那里找到了栖身之所。①

以桑顿为代表的一些西方学者认为,如果有人将《萨沃伊》和一场运动联系起来,那么,它更有可能是象征主义而非颓废主义运动。② 象征主义也是西蒙斯开始转向的方向。1896 年的 12 月,西蒙斯仍在着手设计一本书。最初,他将此书定名为"文学中的颓废主义运动"(The Decadent Movement in Literature),书中内容基本上是对其部分早期文章的再编和扩展;但是到了 1899 年,这本书以《文学中的象征主义运动》(The Symbolist Movement in Literature)为名问世。

尽管桑顿等人的如上观点有一定的道理——毕竟,在《萨沃伊》杂志的内容计划书里,西蒙斯曾公开否认其与颓废主义运动的关联③,但事实上,19 世纪末文学"颓废"向"象征"的转向,与其说意味着作家的文学主张或创作倾向发生了某种明确的变迁,不如说仅仅是作家为应对当时艰难的文学处境而不得不采取的一种机智的文学策略。由此,人们便可对西蒙斯的"公开声明"作另一番衡量与推测。正如纳班提恩所说的那样,某种程度上说,这两种期刊的坎坷命运才是西蒙斯最后弃用"颓废"这一术语的重要原因。公众将"颓废"同投稿者不道德的举止与不体面的行为具体联系在了一起,继而对《黄面志》和《萨沃伊》发起了猛烈的抨击,也因此,这两本期刊不久就停办了。④

三、19 世纪西方作家对"颓废"内涵的阐发

在爱伦·坡作品译本的前言中,波德莱尔为爱伦·坡作品中的颓废倾向进行辩护时,曾对颓废风格作过如下精彩绝伦的描述:

> 几个小时以前,在它垂直白光的势力下压倒一切的太阳,很快将会带着它那多变的色彩淹没西方的地平线。在这个行将消逝的太阳的戏法中,一些诗意的头脑将会发现新的欢乐;他们会发现炫目的柱廊、熔化金属的瀑布、火的天堂、哀伤的壮美、懊悔的狂喜、梦的全部

---

① See Ian Fletcher, ed., *Decadence and the 1890s*. London: Butler & Tanner Ltd., 1979, pp. 16—17.

② Ibid., p. 17.

③ See Suzanne Nalbantian, *Seeds of Decadence in the Late Nineteenth-Century Novel: A Crisis in Values*. London and Basingstoke: The Macmillan Press Ltd., 1983, p. 10.

④ Ibid.

魔法、鸦片的所有回忆。那时，落日对他们而言将是控诉生命灵魂的非凡寓言，带着思想和梦的高贵财富，穿越地平线而降落。①

爱伦·坡作品中的颓废风格在19世纪末作家对其作品的极力推崇中便可见一斑。不过，"颓废"在文学中的合法作用和重要价值第一次被人们清晰地认识到，得益于波德莱尔的文学创作带给人们的美学震撼与理论启迪。1868年，戈蒂耶在其为波德莱尔的著名诗集《恶之花》所作的序言中对文学中的"颓废"所作的注解，常被视为19世纪诸多"颓废"定义中最为经典的论断。戈蒂耶认为，文学中的颓废风格精巧、博学多识、晦涩难解，散发着腐烂气息，同时又十分微妙，借来所有的技术性词汇，勾勒那最暧昧不明和转瞬即逝的轮廓，窥探精神病患者的微妙秘密，赞扬腐朽没落的激情，迷恋非凡的幻觉。戈蒂耶模仿着他所描述的这种风格。显然，批评家德西雷·尼萨尔（Désiré Nisard）用来指责19世纪30年代的一代人的言语现在转而被用来褒扬波德莱尔。但是，戈蒂耶对"颓废风格"（le style de décadence）这一表述其实并不感到十分满意。他认为，与一些较早的风格相比，"颓废风格"本身其实并不颓废；相反，所谓"颓废风格"对于表达"人工生活已经替代了自然生活，并衍生出了一种过去从未有过的人类需求的现代文明"的状态而言是必须的。② 因此，根据戈蒂耶的观点，波德莱尔的风格是特殊意义上的"颓废"，它是能够展现帝国末期——当文明本身正处于衰退的状态中时——的现代生活之复杂性的唯一恰切的风格。

大约15年后，布尔热在《当代心理学文集》（Essais de psychologie contemporaine）③中使用类比的方法来阐释"颓废"的风格：

> 在这种社会境况中产生了过多不适于普通生活劳动的个体。社会好比有机体……社会有机体无法逃离这条规律：一旦个体生命跃出界限，不再屈服于传统的人类福祉及遗传性的支配力，社会就将堕入颓废。一条相似的规律统治着我们称之为语言的那个有机体的发展与颓废。颓废的一种形态就是书的整体被分解为某一页的独立，

---

① Quoted in Ellis Hanson, *Decadence and Catholicism*. Cambridge: Harvard University Press, 1997, pp. 3—4.
② David Weir, *Decadence and the Making of Modernism*, Amherst: University of Massachusetts Press, 1996, p. 88.
③ Paul Bourget, "Charles Baudelaire" in *Essais de psychologie contemporaine*. Paris: Alphonse Lemerre, 1885, pp. 24—25. The translation is by Nancy O'Connor.

页又被分解为句子的独立,而句子则让位于词的独立。①

正是在这个时候(约 1884 年),"颓废"一词似乎最先被用来指代魏尔伦、于斯曼、马拉美等人的文学创作倾向。就其所表示的对细节的热烈而详尽的追求超越了帕纳斯派古典主义所能达到的程度而言,它是被容忍或接受的。

布尔热的"部分与整体关系"的类比在 19 世纪作家的颓废解读中占据主导地位。实际上,早在 1834 年,批评家德西雷·尼萨尔在《关于颓废时期拉丁诗人道德与批评的研究》(*Études de mœurs et de critique sur les poètes latins de la décadence*)中就已在谈论"颓废风格"时使用过这个类比,只不过,身为古典主义代言人的尼萨尔对这种新文学倾向持有明确的否定态度:"艺术中的'颓废风格'如此强调细节,以至于一部作品中部分与整体的正常关系被打破了。"②

1889 年,霭理士借助布尔热的颓废理论将"颓废风格"的概念正式介绍到英国评论界,他认为,布尔热所说的"颓废风格"本质上是"一种无政府主义风格,在其中一切都让位于个体部分的发展"③。这一界定不过是对布尔热观点的重申。1898 年,霭理士在《证言》(*Affirmations*)中再论"颓废",强调"'颓废'是一个审美的而非道德的概念"④。

上文曾提到,1891 年,莱昂内尔·约翰逊为《世纪木马行会》撰写了《论当前法国在诗歌方面的实践与理论》一文,并为"颓废"一词写下了一个相当学术性的定义。在他的定义中,"颓废"被描述为一种被精炼了的与深思熟虑的风格,因而有时不免显得过度机智和矫揉造作。他对这种新型文学风格持肯定态度,认为它所着力呈现与阐述的不是那些干瘪枯燥的现实,而是事物内部最深奥处的神秘而充实的力量。此外,在约翰逊的文学创作中,人们也可以发现他对"颓废"内涵的文学呈现。其笔下那个"有文化教养的半人半羊的农牧神",携带着他的厌倦,他的矫揉造作的外表,他的"对疼痛的精微的品鉴,对极度痛苦的剧烈的震颤,对苦难的强

---

① Quoted in R. K. R. Thornton, *The Decadent Dilemma*. London: Edward Arnold Ltd., 1983, pp. 38—39.

② David Weir, *Decadence and the Making of Modernism*. Amherst: University of Massachusetts Press, 1996, p. 88.

③ Quoted in R. K. R. Thornton, *The Decadent Dilemma*. London: Edward Arnold Ltd., 1983, p. 39.

④ Quoted in Ian Fletcher, ed., *Decadence and the 1890s*. London: Butler & Tanner Ltd., 1979, p. 26.

烈的爱慕",以及对美的迷恋……这种描述既是对颓废的讽刺戏仿,也的确是一幅诠释"颓废"内涵的生动肖像。①

还是在《世纪木马行会》之中,加里恩再次拾起约翰逊在同一杂志中讨论的话题。他认为,理解"颓废"含义的关键既不在"风格",也不在"主题",而在于作家的处理方式。在他看来,作家应该"将生活看作一个整体","始终如一地观察生活",而那些"颓废"作家却创造了一种"摒弃了适当的关系与比例"的"与世隔绝"文学。加里恩在其随后的散文与诗歌创作中拓展了他的这一基本观点。虽然他以其敏锐的眼光认识到,"颓废"是当下文学观念的核心,然而,对于这种在19世纪末占有主导地位的文学观念,他不但没有多少好感,反而常常语带讥讽地谈论它。

作为对加里恩的抨击性评论的回应,英国批评家亚瑟·西蒙斯(Arthur Symons)于1893年发表了《文学中的颓废主义运动》(The Decadent Movement in Literature)一文,对肇始于法国的文学颓废现象进行了集中、细致的评论。

西蒙斯的评论大致可以分为两个层面。其一是对文学"颓废"现象的整体评价。此时的西蒙斯给了所谓颓废主义文学以很高的评价,认为它已成为当时最具代表性的文学,在外延上比那些徒有其表的小学派广阔得多。在他看来,"颓废"观念涵盖了福楼拜和泰纳的悲观主义和宿命论,也包含有左拉和龚古尔兄弟的心理退化论。可以说,它是所有与任何形式的"退化"有关的作家的共同基础。其二,西蒙斯认为,"颓废"一词最为恰当地描述了诸多19世纪末文学——如象征主义、印象主义等——所共享的核心特征。不过,由于"颓废"的内涵确实复杂模糊,不胜枚举,因此,如果要理智地探索"颓废"的含义,必须跳出内涵的旋涡,转而从外延入手,辨识其特征。从外延入手,西蒙斯给"颓废"下了一个简明扼要的定义:"颓废:一种强烈的自我意识,一种在研究中焦躁不安的好奇心,一种过于细微的精炼,一种精神和道德上的反常。"②现代人病态的精神不安驱使西蒙斯强调这场运动的两个核心特征,即分析上的精微和形式上的好奇。即分析上的精微包含了观察事物的独特方式,以及将其表达出来的精确方式,而形式上的好奇则包括了在生活和艺术中的自我有意识地人工化。

---

① Ian Fletcher, ed., *Decadence and the 1890s*. London: Butler & Tanner Ltd., 1979, p. 22.
② Arthur Symons, "The Decadent Movement in Literature" in *Harper's New Monthly Magazine*, vol. 87, 1893, pp. 858—859.

不过,值得一提的是,西蒙斯随后又于1899年出版了著名的《文学中的象征主义运动》,此书的出版显示出西蒙斯对"颓废"的看法的微妙转变。1893年,他将这个词视为一个兼收并蓄的词,而在《文学中的象征主义运动》之中,他却将其视为一个不那么起作用的词。此时的西蒙斯已经觉察到"颓废"一词含义上的荒谬性;甚至在同一个作家身上,"颓废"的含义也没有体现出任何的稳定性。他认为,当代文学发展的事实表明,"颓废"一词内涵的不确定性,使得文学中的"颓废"难以被精确地限定、理解和使用,并进一步指出:"只有当运用风格以及精巧的语言变形时,颓废这个词才适得其所。"①诗人与评论家威廉·巴特勒·叶芝在谈到西蒙斯的时候曾间接提及了他对"颓废"的看法。在他看来,所谓"颓废",实际上应该指涉大众出版和感伤诗篇的干瘪的形式与老套的道德说教,而西蒙斯和其他人的新艺术则是克服这种时代文学倾向的一种尝试。也即是说,颓废主义文学中的"颓废"表达是克服时代文学弊病的一种文学革新,它是对指涉大众出版和感伤诗篇之类的那个"颓废"的拒绝而非其征兆。这里的前后两个"颓废",显然不是一回事。

值得注意的是,目睹了19世纪末颓废主义运动的内部发展与外部境遇,许多颓废主义作家逐渐意识到,不同语境下的"颓废"含义的差异导致了公众对于颓废主义之"颓废"的严重误解;由此,他们对文学"颓废"的内涵进行了严肃的反思与探讨。人们将看到,许多被颓废主义文艺的追随者追捧的作家开始反对使用这个词对其创作倾向进行命名。马拉美——于斯曼将马拉美的诗歌描述为颓废的顶峰并非完全不准确的——提出,"颓废"是一个可怕的标签,是时候去放弃与它类似的所有东西了。② 与此类似,唯美主义的多数信徒都开始确信,"颓废"这个词会加深人们对其艺术理念的误解,并由此偏爱象征主义者的名号。魏尔伦自己——尽管与其他主要的文学人物相比,和这个标签关系更加紧密——随后也宣称这个词无论如何也没有任何意义。③ 这些年轻的文学革新者中最著名的一位批评者雷米·德·古尔蒙(Remy de Gourmont)对这个词下了最后的判决。他指出,"颓废"这个词唯一重要的含义是有关文学上的非创造

---

① Arthur Symons, *The Symbolist Movement in Literature*. London: William Heinemann, 1899. 转引自柳扬编译:《花非花——象征主义诗学》,北京:旅游教育出版社,1991年,第67—68页。

② See Koenraad W. Swart, *The Sense of Decadence in Nineteenth-Century France*. The Hague, Netherlands: Martinus Nijhoff, 1964, p.166.

③ Ibid.

性模仿这层含义,在这个意义上,这个词不应被运用于那些着手推行文学实验的文人身上,而应该被用在他们的文学反对者——他们仍然在坚持古典主义的陈旧风格——身上。① 作为法国文学新趋向的英国仰慕者的霭理士则说:"就一个民族及其文学的颓废而言,似乎没有比卑屈、死板地服从于规则更加显著的标志了。"②

四、后世学者对"颓废"的解读

(一)颓废:一种有别于古典主义的崭新审美观

让·皮埃罗(Jean Pierrot)将颓废称为一种有别于古典主义审美的崭新的审美观,这种审美观"将艺术从它被预设的目的——对自然的忠实模仿被认作最高准则——中解脱出来",而颓废时期则"构成了古典美学与现代美学之间必不可少的分界线"。③ 皮埃罗从时间上将颓废主义限定在1880年至1900年之间,深入、细致地阐释了颓废的审美观:

> 它的基础是对人类的生存有些悲观的概念……在这种人生观的影响下,艺术家们把自己关在自己的内心世界,努力从他们的秘密深处察觉到一丝震颤,经常因可能突然爆发出怪异的光明或可怕的感觉而感到害怕;在这痛苦的探索中,一些人——甚至是在弗洛伊德之前——发现了无意识的现实。他们企图借由细腻精致的感觉逃脱平庸无聊的日常生活。相信物质世界只不过是一种外观,意识不能理解任何东西,除了它自己的想法或陈述。他们将"想象"视为一种更高的力量,而世界的现实通过"想象"的方式被转化……他们倾其心力,不顾一切地追求一切新的、罕见的、奇怪的、精致的、精华的事物,或者说追求非凡的事物——这些措辞在当时时代创作中反复且持续地出现,最终,他们觉得他们已经将文学推向了它的极限,他们以艺术取代生活,由此,尽管面临肉体、精神健康方面的种种威胁,但至少在一段时间内,生活本身也能被忍受。④

《19世纪末小说中的颓废的种子:价值的危机》(*Seeds of Decadence*

---

① See Koenraad W. Swart, *The Sense of Decadence in Nineteenth-Century France*. The Hague, Netherlands: Martinus Nijhoff, 1964, p.166.
② Ibid., p.167.
③ Jean Pierrot, *The Decadent Imagination*, 1880—1900. Tran. Derek Coltman. Chicago: The University of Chicago Press, 1981, p.11.
④ Ibid.

in the Late Nineteenth-Century Novel：A Crisis in Values）的作者纳班提恩认为，所谓的"颓废"作品，实际上对人们摆脱西方传统道德标准所带来的后果进行了探索，深度挖掘了既有宗教、美学理论以及哲学价值观的衰退所造成的影响。在价值哲学危机的背景下，"颓废"这一术语并不是贬义词，它实际上包含了一种审美观。这种审美观是一种道德反叛的产物。① 颓废意味着两者僵持不下的局面，以及这些作家们的无能为力，它是对混乱的道德及其变化的一种麻痹回应，是道德瓦解造成的倦怠的无力表现。这些作家们所觉察到的颓废，并不只是指某一特定的价值体系的衰退，或是对这一体系的违背，而是一种情况。在这个情况里含糊不清的价值体系创造了诸多失败的个体，这些个体因莫名的不安而备受折磨：他们得过且过、无力繁衍后代，并且碌碌无为。这些小说中所展现的悲观主义，在某一方面表现为颓废的角色缺少竞争意识，过一天算一天，从不着眼于未来。角色意志的磨灭，以及作家意图的溃散全被表现了出来。② 与唯美主义者同时代的这些作家们，同19世纪后半叶的道德演变进行着斗争，十分关注西方现存的某些形式的道德体系，从而无意间创造了颓废风格。他们所做的不是道德上的谴责，而是从人类的角度出发，以一颗怜悯之心，对他们在各自的社会变迁中所察觉到的危机感予以同情，这种危机感令人日益衰弱而且普遍存在，作家们与之产生了共鸣。③

（二）颓废：由19世纪末对文化衰退的迷恋衍生出的文学新倾向

W. 拉希（W. Rasch）④指出，即便是反思波德莱尔、魏尔伦或于斯曼的早期批评家，也很少将颓废主义视为一场有组织的、连贯的运动。在视觉艺术领域，颓废观念更加稀薄，它很大程度上被视为象征主义麾下一些作家的一种创作倾向，而不是一种独立的文学范畴。⑤ 由此，他倾向于将"颓废"定义为"19世纪末欧洲文学中的一种文学现象，其主题集中于对

---

① See Suzanne Nalbantian, *Seeds of Decadence in the Late Nineteenth-Century Novel：A Crisis in Values*. London and Basingstoke：The Macmillan Press Ltd., 1983, p. 14.

② Ibid., p. 15.

③ Ibid.

④ See Wolfdietrich Rasch, *Die literarische Décadence um 1900*. Munich：Beck, 1986. 此书英译本的翻译者为克里斯托弗·尼森（Christopher Nissen）。

⑤ See Marja Härmänmaa and Christopher Nissen, eds., *Decadence, Degeneration and the End*. New York：Palgrave Macmillan, 2014, pp. 4—5.

衰退和衰败的各式描绘"①。根据拉希的观点，颓废涵盖了诸如唯美主义，或为艺术而艺术等美学范畴。在"衰退"这个核心主题之下，有许多描绘它的表征与附属主题，比如，生物学意义上的退化、敌视自然、崇拜美、嘲讽现代的价值、疲倦、性反常、感官性、自我放纵。

艾里斯·汉森(Ellis Hanson)认为，在文学语境中，颓废这个词极好地暗示了19世纪末对文化衰退的迷恋，暗示了持续的、有很高影响力的神话——宗教、性、艺术，甚至语言本身，已经最终堕入一种无法避免的衰退。如果说这个词不能使人联想到一个连贯的运动，那么至少也指向一些主题和风格倾向尤为相似的选择性作品：波德莱尔的《恶之花》，于斯曼的《逆流》，拉希尔德(Rachilde)的《维纳斯先生》，佩特有关文艺复兴的作品的结论，王尔德的《莎乐美》和《道林·格雷的画像》，乔治·摩尔(George Moore)的《一个青年的自白》(Confessions of a Young Man)，还有其他很多作品。当然，并非这些特定作家的所有作品都是以"颓废"为特征的。比如，于斯曼的早期作品，和摩尔的很多小说一样，是追随他的老师左拉写出的自然主义作品。一些典型的"颓废"作家，如魏尔伦和于斯曼，拒绝"颓废"的标签，尤其是当他们意识到他们的那些模仿者的庸俗之时。②

(三) 颓废：一个诨名

理查德·吉尔曼(Richard Gilman)在《颓废：一个诨名的奇特活力》(Decadence: The Strange Life of an Epithet)中强调："某些标识道德或行为的词，评判性的词，持续地潜入各种背景之中。在这些背景下，词语的含义会受到损害并由此带来混乱，因为这些词总是携带着它的前身，即它在此前的某种语境中一度正确的含义，也就是说，一度适用的含义。如今仍在使用中的一些词实际上已经不再适用了。"③"颓废"一词早先诚然也具有一定的适用性，但早期用法和后期用法有所不同。"'颓废'这个词的一部分是通过魏尔伦和福楼拜等作家流传下来的"，这标识了"他们对

---

① Wolfdietrich Rasch, *Die literarische Décadence um 1900*. Munich: Beck, 1986, p. 21. Quoted in Marja Härmänmaa and Christopher Nissen, eds., *Decadence, Degeneration and the End*. New York: Palgrave Macmillan, 2014, p. 51.

② See Ellis Hanson, *Decadence and Catholicism*. Cambridge: Harvard University Press, 1997, pp. 1-2.

③ Richard Gilman, *Decadence: The Strange Life of an Epithet*. New York: Farrar, Straus, and Giroux, 1979, p. 5. Quoted in Vincent Sherry, *Modernism and the Reinvention of Decadence*. New York: Cambridge University Press, 2015, p. 29.

这个词的运用和我们的运用之间的重要区别。尽管他们(为了令人印象深刻)使用了夸张法,但他们对待这个词是严肃的,其目的是为他们的兴趣立一个标桩。你会发现,他们并未像如今几乎所有人所做的那样,在时代精神中遭遇到这个词时,玩弄它,不假思索、随意地使用它"①。

乔治·罗斯·瑞治(George Ross Ridge)认为,尽管许多评论家把"颓废"理解为一种风格,但这种理解从根本上来讲是混乱而不准确的。从一个短暂的时间跨度上来说,高蹈派、象征主义者以及颓废派基本上属于同一个组织,但与此同时,他们又都散播着不同的风格。②

艾里斯·汉森在其论著《颓废与天主教》(*Decadence and Catholicism*)中也反思了界定文学"颓废"之难。他说:

> 很多艺术、诗歌批评家已经尝试抽象地定义颓废,在最普遍的意义上表达它,为它找到一些普遍性的准则。这些评论尝试的价值大多体现在其启发性和洞察力方面。正如我们可能怀疑的,考虑到与这个词相关联的不确定性和临近的坍塌等意义,界定颓废的任务很可能从一开始就受到了诅咒。不过,尽管这个词有模糊性和历史上的缺陷,我发现它也有相当的力量和价值。我不希望像理查德·吉尔曼在他关于这个问题的书中所做的那样,抛弃这样一个引起共鸣的术语。"对于颓废而言,"他写道,"这个词是一个诨名,就是这样,这至少提醒我们注意一种可能性——它并没有真正地、合理地指向任何东西。"③

---

① Richard Gilman, *Decadence: The Strange Life of an Epithet*. New York: Farrar, Straus, and Giroux, 1979, p.5. Quoted in Vincent Sherry, *Modernism and the Reinvention of Decadence*. New York: Cambridge University Press, 2015, p.29.

② See George Ross Ridge, *The Hero in French Decadent Literature*. Athens: University of Georgia Press, 1961, p.21.

③ Richard Gilman, *Decadence: The Strange Life of an Epithet*. New York: Farrar, Straus, and Giroux, 1979, p.158. Quoted in Ellis Hanson, *Decadence and Catholicism*. Cambridge: Harvard University Press, 1997, p.1.

第二章
颓废主义谱系觅踪

作为19世纪西方文学中的一种独特的文学现象,"颓废"为当时西方诸种文学思潮所共享。它最初萌芽于浪漫主义时期,而后广泛渗透于英、法等西方国家的文学创作之中。法国作家波德莱尔、福楼拜、于斯曼,英国才子德·昆西、王尔德,美国哥特文学大师爱伦·坡,意大利作家邓南遮等,都是西方颓废主义文学的代表作家。1884年,被亚瑟·西蒙斯称为"颓废主义圣经"的长篇小说《逆流》(*À Rebours*)出版,标志着19世纪西方颓废主义创作的高潮已经到来。1886年,巴茹创办了名为《颓废者》(*Le Décadent*)的文学杂志,并发表了一系列"颓废"宣言,标志着文学中的"颓废"现象已然发展成为一场19世纪末的文学运动。在轻蔑地反抗艺术常规的过程中,颓废主义作家激烈地抨击唯理主义与实证主义,怀疑进步信念与布尔乔亚的伦理准则,拒绝将文学作为描摹自然与现实的工具,热衷于美学上的人工性,沉迷于个人化的超感觉体验。假如说迷恋美与自我是这种美学立场的一种结果的话,那么另一种结果则表达了一种深刻的悲观主义哲学世界观,以及面对这种哲学世界观时永不丧失的一种极端另类的理想主义抗争姿态。

第一节 法国作家

一、波德莱尔

波德莱尔(Charles Pierre Baudelaire)凭借诗集《恶之花》(*Les Fleurs*

du mal)中以《腐尸》篇为代表的颓废诗作为 19 世纪末颓废主义提供了文学范本。在写作《善与恶的彼岸》时,颓废哲学家尼采曾仔细研读过波德莱尔的作品。尼采曾如此评判波德莱尔在文学颓废潮流中所处的位置:"夏尔·波德莱尔,他也是首先了解德拉克罗瓦的人,典型的颓废派,整整一代艺术家,都在他身上重新发现了自己。"① 最早对波德莱尔所开创的颓废诗风及其独特价值进行清晰辨识和阐发的是法国作家戈蒂耶。1869 年,在为波德莱尔之新版《恶之花》所作的序言中,戈蒂耶指出,波德莱尔在这部诗集中所展现出的那种被人们不恰当地称为"颓废"的文学风格,乃是艺术发展到成熟的顶点时出现的一种特定表现形式。这是一种足智多谋、复杂精致的风格。这种风格的形成,乃是作者竭力表达那些难以言明的精微感觉与心灵奥秘,不断探索和拓展语言极限的结果。②

在《颓废的想象(1880—1900)》中,让·皮埃罗搜罗了各类文学史,借当时西方文坛中的知名人物之口,论证了波德莱尔在 19 世纪西方颓废主义发展进程中的重要地位。

1867 年波德莱尔离世之后,其影响力似乎在逐渐减弱。当时公开声称自己是其忠实信徒的诗人——如马拉美、魏尔伦和兰波——很大程度上尚未得到法国文学界的特别关注,居于文坛中心的仍是高蹈派。然而事实上,波德莱尔的声名并未被遗忘。这一点在 A. E. 卡特的研究中得到了清晰的体现。卡特列数了从波德莱尔离世至 1917 年间有关他的全部评论作品。③ 除了米歇尔·利未(Michel Lévy)在波德莱尔死后不久——1868 年到 1870 年间——陆续出版的波德莱尔作品全集(其中包含了戈蒂耶对《恶之花》的著名评述)之外,其他有关这个伟大作家私人生活的详细论述及其书信的节选,在 1872 年被结集出版。

1880 年之后,伴随一批将波德莱尔奉为导师的作家的出现,"波德莱尔"这个名字逐渐被推上神坛。在 1881 年 11 月 15 日发表在《新评论》(*La Nouvelle revue*)上的一篇文章里,布尔热将波德莱尔称为表达"现代感觉"的卓越代表,其作品已卓有成效地刻画了现代人的灵魂。1884 年,

---

① 尼采:《瞧! 这个人》,选自王岳川编:《尼采文集(权力意志卷)》,周国平等译,青海:青海人民出版社,1995 年,第 259 页。

② See T. Gautier, introduction to C. Baudelaire, *Les Fleurs du mal*. Tran. Christopher Nissen. Paris: Lévy, 1869, pp. 16 – 17; Marja Härmänmaa and Christopher Nissen, eds., *Decadence, Degeneration and the End*. New York: Palgrave Macmillan, 2014, p. 2.

③ See Jean Pierrot, *The Decadent Imagination, 1880—1900*. Tran. Derek Coltman. Chicago: The University of Chicago Press, 1981, p. 25.

因《被诅咒的诗人》(Les Poètes maudits)的出版而名声大噪的魏尔伦也奉波德莱尔为先师。同年,于斯曼——之前他已在为西奥多·汉诺(Théodore Hannon)的一部作品所作的序言中提及波德莱尔——亦对其极尽溢美之词。在代表作《逆流》里,于斯曼向波德莱尔表达了他最为热烈的倾慕。小说主人公让·德泽森特(Jean des Esseintes)在装饰房子的时候,曾将一些经典作品置于其图书馆的壁炉架上,其中就有波德莱尔的三首诗。[①] 此外,在《逆流》的第12章中,于斯曼又用了几页篇幅来赞扬他。由此,人们不难看出小说作者对这位先驱作家的尊崇。于斯曼笔下的主人公对波德莱尔表达了"无限的"敬仰,赞扬他开创了迄今为止尚无人探索的灵魂领域,揭示了人类精神在进入感觉的衰退阶段之后的状况,集中关注了"意志消沉"的精神痛苦,并试图通过对"爱"的反常表达或对毒品的使用而孤注一掷地逃离这种痛苦。

从1884年开始,占据时代中心的新一代作家大都是波德莱尔的信徒。法国诗人莫里斯·罗里那(Maurice Rollinat)的第一部作品《在荒野》(Dans les brandes, 1877)深受其父亲的朋友乔治·桑的影响。该作品发表后,他很快就放弃了现实主义的创作方法,以一种完全不同的方式进行创作。他加入了由埃米尔·古多(Emile Goudeau)创立的一个名为"Les Hydropathes"的文学圈子。这是一个与所谓颓废主义文学运动有所关联的反教权(anti-clérical)团体。这一时期,他的一些显示出颓废倾向的诗歌创作使他声名鹊起。罗里那将波德莱尔尊为他所仰慕的大师,而他则是其忠实的信徒。他用波德莱尔的诗作为自己钢琴伴唱的歌词[②],并出版了个人诗集《神经症》(Les Névroses)(副标题是 Les Âmes, Les Luxures, Les Refuges, Les Spectres, Les Ténèbres),这使他一跃成为文学沙龙的宠儿。在这些诗中,他紧紧围绕"对死亡的生理性恐惧"这个主题进行创作,总是痴迷于那些令人不快的丑陋意象。这部诗集显示

[①] See Jean Pierrot, *The Decadent Imagination*, 1880—1900. Tran. Derek Coltman. Chicago: The University of Chicago Press, 1981, pp. 25—26.

[②] 罗里那既是诗人又是音乐家,他将自己的诗歌配上音乐进行表演。每周总有几个晚上,他会在巴黎的一个名叫"Le Chat Noir"的卡巴莱歌舞厅用钢琴作伴奏,向众人展示他的诗歌。由于他面容憔悴苍白,一度成为当时的画家所钟爱的肖像画题材,而他诗作中的那些令人惊骇的主题也给他带来了短暂的名声。在他最受欢迎的时候,他吸引了许多名人到歌舞厅看他的表演,其中就有勒贡特·德·列尔(Leconte de Lisle)和王尔德。罗里那的朋友朱尔斯·巴尔贝·多尔维利(Jules Barbey d'Aurevilly)曾说,罗里那作品中的撒旦主义(diabolism)在真实性和深度上可能比波德莱尔更胜一筹。

出波德莱尔对他的重大影响,其中的大量作品均是对波德莱尔《恶之花》中的死亡和抑郁主题的模仿。在1883年3月发表的一篇文章中,巴茹准确地指出了波德莱尔不断上升的影响力。他已经成为当时最受追捧的诗人:

> 迅速攀升的名望并不会让我们感到诧异。波德莱尔的思想过于超前。他的同辈人尚不能理解他的思想,这使他在其所处的时代被埋没了。然而,下一代人跟上了他的步伐……波德莱尔的花香已持续浸染了时代的气息;一些人勇敢地伸手采摘了一两朵花,渐渐地,这些诗歌成为每个人才智的一部分,直至如今,它们不再仅仅为我们中的一些人所珍爱,而是已经被所有人视若珍宝。①

巴茹在自己创办的小杂志中写了两篇有关波德莱尔的文章。在他看来,对于"感觉"的疯狂追求使波德莱尔成为所有颓废主义作品的鼻祖。和巴茹一样,他的朋友史坦尼斯莱斯·德·古艾达(Stanislas de Guaita)②也为其所仰慕的大师波德莱尔献上了一首诗。这首诗发表在1881年的《独立杂志》上。③

所有对当时的文学发展做过评论的人都承认,波德莱尔占据了新一代小说家的头脑。评论家路易斯·蒂毕丝(Louis Desprez)在1884年指出:"新一代人都熟知《恶之花》,都沉醉于波德莱尔的思想中。"次年,在一篇为《当代杂志》(La Revue contemporaine)写的文章中,西奥多·德·班维尔(Théodore de Banville)提到:"这位诗人的作品已经以空前的爆发力在公众阅读中得到传播,如今成为本世纪(19世纪)最流行的作品。"就连传统的坚定维护者布吕纳介(Brunetière)最终也不得不悲痛地承认这一现象:"波德莱尔,他的传奇,他那可笑的矫揉雕琢的花花公子风格,他的悖论,他的《恶之花》,对过去20年,直至当今文学上的年轻一代发挥着巨大而糟糕的影响……和司汤达一样,他成为时代的偶像。"④

布吕纳介说的没错。那时尤金·克洛佩(Eugène Crepet)在其正要出版的一本有关已逝重要作家作品的集子中不仅收录了第一部有关波德

---

① Jean Pierrot, The Decadent Imagination, 1880—1900. Tran. Derek Coltman. Chicago: The University of Chicago Press, 1981, p.26.

② 法国神秘主义作家,著有《黑魔法的钥匙》(La Clef de la magie noire)。

③ See Jean Pierrot, The Decadent Imagination, 1880—1900. Tran. Derek Coltman. Chicago: The University of Chicago Press, 1981, p.26.

④ Ibid., pp.26—27.

莱尔的严肃传记作品，还收录了一系列那时尚未发表的文字——尤其是对于理解波德莱尔的真实个性十分重要的私人笔记。当时的年轻作家一致拥护波德莱尔为他们的主要代言人。比如，法国象征主义诗人雷内·吉尔（René Ghil）称波德莱尔为"第一位有魔力的大师"[①]，而当时巴茹正在为他的小册子《颓废者》写引言："然而，这场文学运动的发生远早于今天；波德莱尔可以说是这场运动真正的先驱。我们在《恶之花》之中找到了所有我们所爱慕的美的种子，找到了统摄颓废主义观念的主体观点。"[②]随后，雷米·德·古尔蒙在一篇文章中提到："当今所有文学，尤其是那些被称为象征主义的文学，都是波德莱尔式的。"[③]在一本出版于1889年的题为《艺术家文学》（*Les Artistes littéraires*）的书里，莫里斯·斯邦克（Maurice Spronck）写了篇幅相当长且证据翔实的一章来分析波德莱尔的作品。这份研究无疑是19世纪此类研究中最具思想性和最全面的研究之一。文章开头论述了波德莱尔的气质、品味及观念上的深刻独创性，随后，斯邦克相当准确地强调了其人工性的理论所具有的美学重要性。此外，他还——在布尔热之后以及很多现代评论家之前——关注了波德莱尔有关性虐狂和"为邪恶而爱邪恶"的观点。在波德莱尔作品所展现出的所有元素中，颓废主义作家最为称赞和看重的则是那些震惊现代人的元素，比如：感觉的首要地位，对奇异、恐怖事物的偏爱，对人工性的培植以及沉溺于意志消沉与感官享受中的自我。

波德莱尔在其作品中展现了一个无法用理性术语解释的、到处是易于分解和衰退的自然美的世界。早在19世纪90年代西方文学中的"颓废"表达全面盛行之前，戈蒂耶就已注意到了波德莱尔诗歌中的一些"颓废"主题——处于衰退中的精疲力竭的文明的意象；人工性已开始逐渐战胜所有与自然相一致的生活方式；颓废社会与疾病——尤其是神经症与精神不稳定之间的关联；寻找神秘的、罕见的语言表达模式和用词的需要；衰退文明与死亡及分解的意象之间的关联。[④]

当然，波德莱尔对颓废主义的贡献不仅仅体现在他通过发掘颓废主

[①] Quoted in Jean Pierrot, *The Decadent Imagination*, 1880—1900. Tran. Derek Coltman. Chicago: The University of Chicago Press, 1981, p. 27.

[②] Ibid.

[③] Ibid.

[④] See Jean Pierrot, *The Decadent Imagination*, 1880—1900. Tran. Derek Coltman. Chicago: The University of Chicago Press, 1981, p. 27.

题、描述颓废风格而实现的对于颓废审美的阐发上,更体现在他一丝不苟地在具体的文学创作中践行其在理念上的探索,致力于推行一场颠覆传统的现代文体革新,创造一种与颓废审美相匹配的崭新文体。

波德莱尔对于各类艺术在本质上的统一性有着坚定不移的信念。他公开提倡"总体的"或"综合的"艺术,将文学、绘画、音乐等艺术形式放在一起综合考虑,指出颓废审美的内涵本身就要求当今艺术家打破各种艺术门类之间的坚固壁垒和清晰界限:

> 今日每一种艺术都暴露出入侵邻近艺术的欲望,画家引入音阶,雕塑家使用色彩,作家运用造型手段,而其他那些如今令我们不安的艺术家则在造型艺术中展现出一种百科全书式的哲学,这难道不是颓废的一种必然结果吗?①

波德莱尔对于文体革新的这种热情,正是其推崇瓦格纳音乐的关键原因。他盛赞瓦格纳的"戏剧性艺术"的伟大构想,称其为"多种艺术的重新统一和重合","最综合、最完善的优秀艺术",并运用普遍类似和联觉(synaestheticism)这两个近似原则讨论瓦格纳的音乐作品②,特别强调了瓦格纳音乐的视觉特性:

> 没有像瓦格纳这样擅长于运用绘画空间和背景的音乐家……听着那种热烈而专制的音乐,有时人们似乎会发现近乎画在半明半暗、为梦幻所撕裂的背景上的鸦片所引发的种种眩惑想象。③

我们通常称为颓废派和象征主义者的 19 世纪末作家群,大都是波德莱尔所发起的这场文体上的革新运动的参与者与追随者。这场常被冠之以"颓废"或"象征"名号的文体革新,最为鲜明的特征便是对"细节至上"的文体追求。对于这一点,在稍后第三章的第三节中将有较为详细的阐述。

---

① 转引自马泰·卡林内斯库:《现代性的五副面孔:现代主义、先锋派、颓废、媚俗艺术、后现代主义》,顾爱彬、李瑞华译,北京:商务印书馆,2002 年,第 178 页。

② 对于颓废主义、象征主义诗人来说,瓦格纳的诗歌是一种"总体艺术",是将所有艺术类别都融合到一起,从而产生最充分的效果。瓦格纳还主张艺术在任何文明社会都是至关重要的,是对资产阶级庸俗趣味的抗议。诗歌必须与音乐相似——要使用暗示的、用典的、精心编排的文字,通过这些来产生情感效果,而不是直接表达某种思想。这是他们的信条。他们都钦佩瓦格纳,因为他是最早把不同艺术联系起来的大师,而这正是他们的最高理想。出于同样的理由,他们向爱伦·坡致敬。

③ 转引自马泰·卡林内斯库:《现代性的五副面孔:现代主义、先锋派、颓废、媚俗艺术、后现代主义》,顾爱彬、李瑞华译,北京:商务印书馆,2002 年,第 178 页。

二、福楼拜

《萨朗波》(*Salammbô*)、《圣·安东尼奥的诱惑》(*La Tentation de Saint Antoine*)和《三故事集》(*Trois Contes*)的作者福楼拜(Gustave Flaubert),为颓废主义文学贡献了诸多新奇的主题,这些主题成为众多颓废主义作家创作灵感的重要源泉之一。

让·皮埃罗在其研究专著《颓废的想象(1880—1900)》中明确指出,提到福楼拜对19世纪末颓废主义的贡献,首先也是最重要的一点就体现在:19世纪末颓废主义作家在福楼拜的作品中发现了他们所钟爱的主题——蛇蝎女人。蛇蝎女人那冷酷而淫荡的美色引诱男人走向末日。小说《萨朗波》是福楼拜的一部缺乏现实主义意图或社会道德目的的颓废主义小说。这部小说注重观察技巧,崇尚纯粹形式,在对细节的处理上呈现为一种深思熟虑的精炼风格,在内容上则始终未曾突破对于原始而颇具毁灭性的人之本性的迷恋,这种迷恋令历史、社会和行动都化为缥缈的幻象。《萨朗波》的同名主人公萨朗波永久地萦绕在男主人公的梦里。① 在他被处决时,她是一个不引人注意的看客,而她对他的死负有责任。《希罗底》(*Hérodias*)中的莎乐美公主天生就具有堕落的潜质。作为她在希律王面前跳舞的代价,她从希律王那里要求并最终得到了施洗约翰的头颅。作为一个偶像,这个女人的形象是神秘、不可接近和冷酷的,与叔本华的学说里广泛宣扬的反女性主义十分一致,以至于它毋庸置疑地成为整个颓废时代中最为重要的象征性形象之一。

此外,蛇蝎女人的形象还经常被置于古代东方的奇异场景之中。在《萨朗波》中,或许是为了中和恐怖场面给读者带来的不适,福楼拜浓墨重彩地描绘了许多华丽的场面,这些场面为异国情调和珠光宝气所充满,带有强烈的异教色彩,展现出迦太基社会中上层阶级光怪陆离的豪华和古代宗教缤纷多彩的神秘。这很容易让人联想到另一部颓废小说,即法国作家奥克塔夫·米尔博(Octave Mirbeau)的《秘密花园》(*Le Jardin des supplices*)。在这部惊世骇俗的小说中,那个迷恋东方式的精雅的人体酷刑的克莱拉,现身于神秘而华丽的东方宫殿之中,被无与伦比的奇异华服和珠宝所包围。这意味着蛇蝎女人的主题与某种异域

---

① 一个与此相类似的例子是,在法国作家奥克塔夫·米尔博的小说《秘密花园》中,奇异的、熠熠生辉的秘密花园本身散发出潜意识控制下的梦境才具有的虚幻光芒。

风情的盛行有着不可磨灭的联系。与此同时，如同在《萨朗波》中一样，这股异域风情在不同程度上与精确的历史性重构和逃到梦之无名之地的愿望相融合。

在福楼拜极富唯美－颓废意味的奇异想象中，无数的虐待狂形象也是其典型标识。小说《萨朗波》里充斥着大量由欲望引发的暴力场景，比如故事开端饕餮进餐的奇景，小说结尾部分战场上饥饿的雇佣军人吃人的情景，迦太基的供水被切断时大批民众遭难的残酷场面。这类描写在小说中比比皆是，有时达到令读者难以忍受的程度。作者对这些暴力奇景的刻画，并没有明确的观念上的意图。也就是说，他并不是想要借助对这些残酷的、暴力的场面的描写来展现历史的发展、人与社会的联系等传统的主题。相反，政治、生活的理性本质被悬置起来，对与杀戮、强奸等相关联的非人性的、凶恶的酷刑折磨的精微刻画本身变成了唯一的目的。这种反理性、非道德的唯美意图使得这部小说呈现出相当明显的虐待狂倾向。这一鲜明的特征乃是使这部小说遭受强烈指责的主要原因。圣伯夫曾将偏爱这类描写手法的作家称为"专食污物的人"。

此外，在《圣·安东尼奥的诱惑》里，福楼拜还展现了精神错乱堕入幻觉的主题，面对几个世纪的神话、宗教思想以及学说、信仰和谬论而产生晕眩感的主题，以及人类思考存在与终极目的时因自身焦虑而堕入幻想、痴迷于鬼怪之感的主题。在《圣·安东尼奥的诱惑》的思想的旋涡之间，福楼拜试图进行一次伟大的尝试——对所有古代文明之物的综合。读者的意识被这种空前丰富的聚合体吞没。

正如让·皮埃罗所说，与福楼拜同时代的人很可能只是部分地领会与消化其作品中的这一股思想、神话与梦的洪流，因为尽管《萨朗波》取得了巨大的成功，但是大多数批评家和公众仍然对《圣·安东尼奥的诱惑》表示厌恶。不过，极具讽刺意味的是，在作者离世之后，受到广泛赞誉的却正是其作品中先前遭受厌恶的那些因素，并且，这种赞誉一直延续到了20世纪的最初几年。大量证据表明，福楼拜的作品在19世纪晚期引发了极大的关注。布尔热在《新评论》上发表了一篇评论福楼拜的文章，该文后来被收入其《文集》中。人们在这篇文章中发现，事实上，布尔热并不十分重视福楼拜在《包法利夫人》（*Madame Bovary*）或《情感教育》（*L'Éducation sentimentale*）中对日常生活所作的描绘，他更看重的是其作品中的"浪漫主义"与"虚无主义"元素，及其对自己所处世界的拒绝和

对过去文明的渴望。① 在《逆流》的第 14 章,于斯曼用了两个段落来总结小说主人公德泽森特对伟大作家福楼拜的痴迷:

> 在福楼拜的作品里,那一些宏大而又庄严的景象,一些阔绰豪华的大场面,在那野蛮而又辉煌的情景中,团团转悠着一些生气勃勃的、神秘莫测的、微妙的、高傲的造物,一些有钱的、竭力打扮得尽善尽美的、心灵痛苦的女人,在那些女人的心底,他辨识出种种可怕的紊乱,疯狂的渴望,还有忧伤,因苦苦追求可能诞生的快乐而陷于咄咄逼人的平庸。
>
> 这位伟大艺术家的气质脾性,闪耀在《圣安东的诱惑》和《萨朗波》这两部无与伦比的作品中,书中,他远离我们鄙俗的生活,追忆了古老时代的亚细亚辉煌,他们灿烂四射的光芒,他们神秘的消沉,他们闲散的荒唐,他们被沉重的厌烦所操纵的凶残,而这厌烦曾从貌似汲之不尽取之不竭的丰饶和祈祷中源源流淌而出。②

19 世纪末精神从福楼拜作品中汲取了众多养分,比如:逃离无聊的日常生活的愿景;在以巨大、野蛮的雕像为典型特征的遥远的古代时期,仅仅通过"艺术"来重建天堂;对精微的愉悦与被禁止的快乐的迷恋;性虐与残忍行为之令人目眩,等等。也是在这一时期,王尔德造访了巴黎,并用法语创作了《莎乐美》。此外,福楼拜对于当时最具独创性的两位画家古斯塔夫·莫罗(Gustave Moreau)和奥迪隆·雷东(Odilon Redon)的影响也十分明显,而这两位画家反过来也启发了很多作家的文学创作。由此产生的后果是:在 19 世纪的最后 20 年中,一系列福楼拜作品的主题——尤其是莎乐美的形象——在当时的文学与造型艺术之间互相渗透的这一过程中充当了催化剂的角色。例如,正是莎乐美的传奇启发莫罗创作出了著名画作《莎乐美》和《幽灵》。前者描绘了在希律王面前跳舞的公主;后者则绘制了某种幻境,处身其中的莎乐美凝视着施洗者约翰的头颅,想要这颗头颅作为她跳舞的报偿。施洗者约翰的头颅静悬于半空中,为光环所环绕,并注视着莎乐美的眼睛。在《逆流》里,于斯曼用了 10 页左右的篇幅介绍莫罗。他细致地描绘这两幅画作,再现其背景——将其

---

① See Jean Pierrot, *The Decadent Imagination*, 1880—1900. Tran. Derek Coltman. Chicago: The University of Chicago Press, 1981, p.39.
② 于斯曼:《逆流》,余中先译,上海:上海译文出版社,2016 年,第 236—237 页。《圣安东的诱惑》即《圣·安东尼奥的诱惑》。

描述为一座风格暧昧而浮华的宫殿,又将莎乐美解读为不可摧毁的性欲,不朽的歇斯底里的女神,被诅咒的美丽,所有罪恶和犯罪的根源的象征。此外,人们还将发现,这个主题是让·洛兰(Jean Lorrain)从于斯曼那里多次借用的一个主题,它出现在他的两部作品中。在其中一部作品里,他清晰地指出了福楼拜和莫罗之间的相似性。

很可能是受了莫罗作品的直接熏染,雷东也在其题为《幽灵》的一幅素描画中(作于1876年至1879年之间)描绘了莎乐美。[1] 然而,在他的作品里,福楼拜对他的影响或许更为突出。1882年,为雷东在"高卢人"沙龙的第一次素描展而倍感振奋的亨内昆找到了雷东,向他介绍了福楼拜的《圣·安东尼奥的诱惑》,这一举动直接催生了雷东深受福楼拜影响的著名系列石版画——先后作于1888年和1896年的两幅《圣·安东尼奥的诱惑》以及1896年创作的题为《古斯塔夫·福楼拜》的画集。这3个系列总共包含42幅石版画。这一点无疑可以拿来论证福楼拜作品对当时艺术家所产生的深远影响。[2] 此外,雷东的作品随后也为亨内昆、于斯曼和洛兰的文学创作提供了大量的素材。

如此一来,由福楼拜的某些作品发展出的想象性主题在法国的文学和艺术圈子里广泛传播,对整个时代的"颓废"倾向施加了深刻的影响。这股福楼拜风潮,连同高蹈派的异国情调以及诸如龚古尔兄弟等作家或批评家对于远东艺术的喜好,成为时代文学艺术的三种风尚。这三种风尚共同激发了一股创作故事、长篇/中篇小说的文学潮流。这些创作或多或少地运用了神话场景,通常将故事设置在处于古代文明即将终结和基督教即将兴起之时的东方,从而创造出时间与空间上的双重的艺术位移。[3]

三、于斯曼

于斯曼(Joris-Karl Huysmans)生于法国巴黎。他的父亲是荷兰人,母亲是法国人。中学毕业后,在法学院修业两年。1868年进入法国内政部工作,直至1898年退休。于斯曼的文学活动大致可分为两个时期,前期他是自然主义的拥护者,后期是颓废主义的集大成者。

---

[1] See Jean Pierrot, *The Decadent Imagination*, 1880—1900. Tran. Derek Coltman. Chicago: The University of Chicago Press, 1981, p.42.

[2] Ibid.

[3] Ibid.

1877 年,因为写了一篇关于《小酒馆》(L'Assommoir,1877)的书评,于斯曼与左拉结识。当时他同意左拉的观点,即作家应当描绘他们的时代与环境。在被称为自然主义宣言的以左拉为首所编纂的《梅塘晚会》(Les Soirées de Médan,1880)六人集里,于斯曼发表了中篇小说《背上背包》,写他在普法战争中短期的行伍生活。此后,他先后出版的小说包括《玛特,一个妓女的故事》(Marthe, histoire d'une fille,1876)、《瓦达尔姊妹》(Les Sœurs Vatard,1879)、《巴黎速写》(Croquis parisiens,1880)、《同居生活》(En ménage,1881)、《顺流》(A vau-l'eau,1882)等。这些小说很明显地遵循了自然主义的写作公式:涉及黑暗肮脏的社会现实,城市底层工人阶级的居住环境,以及过着单调反复的生活或为生计奔波的人物。《巴黎速写》中,于斯曼对置身于病态而又凄凉的巴黎社会中各行各业的人投以既怜悯又讽刺的目光。在这部作品中,于斯曼细致入微的描绘让人如临其境,对轮廓、色彩、气味的描绘,如此精确到位,其高超的细节描述能力得到了充分的表现。

　　总的来说,于斯曼前期的自然主义作品有浓重的悲观主义色彩,在肮脏猥亵的情节中有时表露出极其突出的"黑色幽默",在艺术上观察精细,形象逼真,墨重色浓,具有佛兰德画派的特色。如果说左拉最有代表性的小说像是一幅"巨大的壁画",那么与此相对,于斯曼则只在"小帆布"上工作。左拉笔下人物往往缺乏清晰的个性,人物的个性要么在大规模运动中被遮蔽,要么因被超越自身的力量所驱使从而变得机械化;相比来说,于斯曼笔下的人物——比如玛特(Marthe)、老瓦达尔(Vatard),弗朗丁(Folantin)等——则得到了更为清晰的刻画。不可否认,于斯曼笔下的这些人物的人生也面临着重重的阻碍,他们的视野也按照自然主义作品中人物应然的样子被限制了。但是在作品中,他们与左拉笔下的人物有着明显的不同:左拉笔下的人物只是机器整体中齿轮一般的部件,是被这样或那样看不见的力量驱使着的行尸走肉。而于斯曼笔下的人物某种程度上体现了作为人类所应具备的"自由"的选择和反应。他们对怎样安排自己的人生有着自己的看法,并且努力使他们的想法有根有据。即便是于斯曼笔下诸如弗朗丁等人物的"悲观主义",也不同于左拉笔下那些如同在欲雨乌云下游荡的悲观主义。因为弗朗丁的悲观主义酝酿自他的亲身经历,是他个人对事物下的定论,而不是来自对一种压倒一切的宿命论的观念。另外,在主题的选择上,于斯曼对社会阶层和背景的处理,总体是忠于自然主义法则的,但他的处理却有所不同。他似乎急于通过作品来达成其所追求的印象主义绘画般的艺术效果。小说中的场景大多是色彩暗淡的,但这也为光与影的变幻提供了机会。于斯曼在前期的自然主义创作中所显露出的这些特性,为其后他的文学转向提供了某种内在的依据。

后来,于斯曼逐渐意识到左拉及其所领导的自然主义小说流派的局限性,发现自然主义已经走入了死胡同。终于,1884年小说《逆流》出版,标志着于斯曼创作倾向的明显转变。从《逆流》开始,他放弃了自然主义对世界的刻板反映,转向对个人的表现,而最能反映这种心理的正是《逆流》。于斯曼在《逆流》中所呈现出的新的审美就是通常被称为"颓废"的审美。这部作品——诚如于斯曼自己所言——是他之后作品的胚胎。对于这种转变的缘由,在于斯曼作于1904年,也即《逆流》发表20年后的一篇序文里面,有过这样的一段总结性的解释:

> 首先,是我体验到的那种迫切需要,要打开窗户,逃离一个令我窒息的环境;其次,是强烈的欲望,要打破偏见,打破小说的界限,让艺术、科学、历史进入小说,总之,一句话,只把这种形式用作一个框框,以便将更为严肃的内容纳入其中。①

《逆流》中的主人公让·德泽森特是公爵家族的唯一子嗣,他的亮点就在于他是一个对艺术和文学具有高度的审美敏感度的人,意识到自己世界的沉闷、平淡无奇和无利可图,拒绝平庸或大众化,不喜欢当下被安排的生活,于是试图逃离出来,追随内心感受,创造自己的艺术世界,并通过这种方式找到自我。实际上,德泽森特对感性世界的探索,对波德莱尔作品产生的共鸣,都引发了强烈的时代反响。德泽森特这个人可能并不存在,但这些体验并非凭空编造的。专注于自己内心世界的德泽森特,已经潜移默化地将"颓废"的微妙内涵传递给了读者。他所诠释出的"颓废",甚至成为19世纪80年代文学的重要特征。在德泽森特世界观的最深处,叔本华的思想似乎占据着核心的地位。因此,很大程度上说,和先前夏多布里昂笔下"忧郁"的勒内超越了代际的意义一样,从一种更深层次的分析角度看,"颓废"的德泽森特或许具有超越个人的时代精神意义。

《逆流》之后,于斯曼相继出版了《搁浅》(En rade,1887)、《进退两难》(Un dilemme,1887)、《在那边》(Là-bas,1891)、《在路上》(En route,

---

① 于斯曼:《逆流》,余中先译,上海:上海译文出版社,2016年,"作者序言"第19页。

1895)、《大教堂》(La Cathédrale, 1898)、《献身修道的人》(L'Oblat, 1903)等作品,被评论家认为是19世纪后期法国文学中某种从现实、科学走向颓废、神秘倾向的代表。在《在那边》中,主角杜尔塔发觉自然主义走进了死胡同,他认为只有转向神秘才有出路。于斯曼借助杜尔塔之口表露了自己对自然主义的看法,也表露了其称之为"颓废"的新的美学理念:

> 我们必须沿着左拉用大手为我们描绘的大路前进,但我们也必须沿着另一条平行的大路前进,这条路穿过天空,通向身前和身后的两个世界;事实上,我们必须构建一种精神自然主义,它将拥有属于它自身的一种自豪、一种完整和一种力量!①

创作并出版《在路上》是作者皈依天主教的开始,随后发表的《大教堂》和《献身修道的人》,表达了他对天主教的神秘和象征的憧憬以及他在修道院的生活。人们可以从这三部反映了于斯曼宗教经历的作品中看到其笔下浓郁的神秘主义氛围。

于斯曼作品的主题是现实生活中的丑陋、耻辱、荒谬以及陷在这种低级的现实生活中的忧郁、痛苦乃至怨怒的个体精神。他的方法既不是现实主义的,也不是自然主义的,尽管在描写的精确性方面他和现实主义、自然主义作家不无共通之处。他的方法是波德莱尔式的颓废-象征主义的:他把自己忧郁乃至于怨怒的眼光(即独特的视角)投射到他笔下的所有事物中——有形的,无形的,有生命的,无生命的,然后对这些浸透着他的痛苦和忧郁的事物进行一丝不苟、细致入微、清晰准确的透析、编排、组合。

于斯曼的作品中呈现出对所有物体——包括有生命的和无生命的——的细致入微的刻画。他有一双印象主义画家的眼睛,对视觉印象的热情,支配着他的创作。翻开他的小说,人们会感到自己仿佛在不经意间推门走进了一个光辉璀璨的珍宝库,眼前每一件珍品都足以震颤人心,一连串梦幻般的五彩斑斓的印象留在了读者的意识里。尽管梦幻,却一点儿也不模糊。于斯曼施展了他与爱伦·坡、波德莱尔、马拉美等天才作家同样具有的那种能力,那种精确地刻画瞬间无形的感觉和印象的能力。他是地地道道的语言大师,能一丝不苟地赋予"那些虚无缥缈的印象

---

① 出自卡布里埃·穆雷(Gabriel Mourey,1865—1943)的评论文章《乔里-卡尔·于斯曼》(Joris Karl Huysmans),该文发表在1897年3月1日的《双周评论》(Fortnightly Review)杂志上。英文版全文参见:http://www.huysmans.org/criticism/mourey.htm,2022年3月17日访问。

和幻觉"以一种真实、明晰、准确的感觉,让读者的想象力得到充分发挥。[1]

此外,于斯曼的作品还显示出一种普遍的超感觉,一种对突然涌来的感觉的高度警觉,如果不是如此完全的理智和控制,我们很可能会把这种感觉称为病态。他敏锐的视觉在这里发挥作用,为他创造了奇迹。他以一种令人惊叹的谋略、清晰度和准确性让我们注意形态、颜色、光影最微妙的变化。对他来说,没有什么太卑微或太令人厌恶的东西是不能去描述的,他满怀信心地完成了这项任务,但必须承认,他丝毫没有愉快的心情。相反,他心中充满了痛苦和残忍。他对他所描写的生活的态度是矛盾的——一面厌恶、蔑视和鞭打生活的丑陋、无知和卑贱,一面又爱它。阅读左拉的作品时,敏锐的读者会感觉到,对人之卑贱渺小的冷峻刻画背后,始终隐藏着悲悯同情的目光,这种目光的投射一定程度上弱化了左拉自然主义作品中的阴郁与紧绷感;而在于斯曼的作品中,自始至终都氤氲着挥之不去的愤怒、蔑视与嘲讽,这使其作品整体上给人以病态、怪诞乃至恐怖的感觉。

由此,于斯曼树立了一个不断探索的纯粹艺术家的榜样,他对自己艺术以外的东西不感兴趣,专注于实现一种越来越崇高、越来越顽固的欲望的满足。他的创作乃是一场罕见的道德冒险:将自然主义转变为颓废主义,用"厌恶"净化灵魂。与其说其极端的悲观主义导致了一种精神上的扭曲,不如说引发了神经系统的一种特殊状态。在这种特殊状态的激发下,于斯曼获得了一双崭新的眼睛,成为梦想的伟大创造者。[2]

四、马拉美、兰波、魏尔伦

被誉为"象征主义诗歌三王"的司特凡·马拉美(Stéphane Mallarmé,1842—1898)、阿瑟·兰波(Arthur Rimbaud,1854—1891)、保罗·魏尔伦(Paul Verlaine,1844—1896)继承并发展了波德莱尔的诗歌理念,以其对难以言说的微妙感觉和思想的传达、对转瞬即逝的超自然之光的刻画以及对反常生命状态背后的幽微密语的窥探,拓展了传统语言表达的极限。这种被戈蒂耶称为"一直被要求表达一切的、已经被推至绝

---

[1] 参见卡布里埃·穆雷的评论文章《乔里-卡尔·于斯曼》,http://www.huysmans.org/criticism/mourey.htm,2022年3月17日访问。

[2] 同上。

对限度的语言世界的最后努力"①的颓废风格在他们的作品中得到了充分的展现。从这个意义上说,他们都是典型的颓废主义作家。

法国颓废主义作家于斯曼曾将《牧神的午后》(*L'Après-midi d'un faune*,1876)的作者马拉美的诗歌探索描述为"颓废的顶峰"。马拉美致力于确定和创造最精致和最完备的美。在具体的创作实践中,他反对通俗易懂的诗歌创作方法,试图在最大胆和最孜孜不倦的尝试中不断克服"文学上的天生直觉",使作品"毫无那种如此轻易打动所有人的人性表象",从而实现他所追求的那种神秘和深奥的诗味。②

在悲观主义哲学世界观的笼罩下,颓废主义作家从现实生活逃到迷离的幻境。他们在由人工致幻剂和梦打造的神秘世界里寻求灵魂片刻的宁静与解脱。颓废主义作品中所显露出的对于幻觉的迷恋与对科学有效性的怀疑密切相关。19世纪生理学、病理学领域的研究成果,启发人们对科学的可靠性产生怀疑。科学无法解释生活中的一切,它只能阐明现实中对应我们感官层面的东西,而我们的感官只能提供有限的感觉。由此,一些人开始相信,有一种无法简单说明的未知意念的存在;这种未知意念以一种潜伏的隐秘的方式引导我们,然而自然并没有为我们提供必要的一个或是多个器官去理解它。在文学艺术领域,这种神秘的不可知论为那些与日常经验相对的幻觉体验带来了崭新的美学意蕴与思想内涵。对非理性和潜意识的探索,能够为人们提供一个从混沌的物质世界逃离出来的机会,人们因而有可能回到一种被遗忘了的自然的状态,新的景象、新的视野将可能在这里诞生。或许正是基于这样的考虑,19世纪末作家怀着极大的好奇和热情去勘探无意识的思想,比如梦、幻觉、催眠以及在酒精或人工致幻剂等药物的刺激下产生的精神状态。

作为上述"未知意念"的信仰者和追寻者,马拉美认为,通过感知和体悟"存在诸显像(aspects)的神秘意义",人们有可能窥探到这种未知意念的秘密。在文学艺术中,人们常常能够在某个迷醉的瞬间真切地感受到这种神秘的"未知意念"的闪现。马拉美找到了自己最擅长的方式——诗歌——来捕捉这种"未知意念"。在他看来,诗歌正是"回归根本节奏的人

---

① T. Gautier, introduction to C. Baudelaire, *Les Fleurs du mal*. Tran. Christopher Nissen. Paris: Lévy, 1869, pp. 16—17. Quoted in Marja Härmänmaa and Christopher Nissen, eds., *Decadence, Degeneration and the End*. New York: Palgrave Macmillan, 2014, p. 2.

② 保尔·瓦莱里:《瓦莱里散文选》,唐祖论、钱春绮译,天津:百花文艺出版社,2006年,第114页。

类语言对存在诸显像的神秘意义的表达"①。马拉美从本体论意义上对"诗歌"作出的这一界定,引领他探索出一种崭新的诗学观念:诗歌不再是对所谓"上帝或柏拉图式理念"的传达,而是通过对存在诸显像的神秘意义的探寻来感知和揭示"未知意念"。对马拉美而言,对这种在物质世界中的某些瞬间闪现的神秘的"未知意念"的揭示,就是对"存在"奥秘的揭示。这种诗学观念的提出意味着,马拉美没有兴趣去摹写自然之景,也没有兴趣借助从对自然之景的注视中摄取的印象来传达自己对于人类神秘命运的哲学式的思考:

> 与他的前人不同。他已经不是那些描绘战争与海难的画家的同代人。他是莫奈与雷诺阿(Renoir)的同时代人,甚至是后者的"题材":一个泛舟者,对他来说,河面划动的船桨和桨痕上颤动的光取代了"紫色海面上太阳的荣光",取代了无畏的人与发狂的自然之间的抗争引发的大灾难。②

在他看来,诗歌的使命并非清晰地描摹人或事,好让人易于辨识和理解,相反,诗歌的奥秘在于保持"神秘",在"神秘"的建构中呈现种种"假设",以此召唤"某个没有模型的理念"的刹那显现。在"理念"显现的神秘瞬间,倘若人们"置身于那个'哲学点'","理念"便将神秘地显现于"某个姿势与它所暗示的某个形象之间"。③ 由此可见,在马拉美看来,诗歌的奥妙在于它提供了一种可能性,即在某一个瞬间触发对于那个无形的、不可说的神秘"理念"的"顿悟"。为了保持诗歌的"神秘",马拉美创制了一种独特的句法连接。他用一种"连接诗节之间涌动的形象的活动线条"——所谓"阿拉伯花纹(arabesque)"——而非晦涩的词语,构筑起一道"特殊的城墙",从而"阻止眼前展开的诗句立即被读者理解"。④

"阿拉伯花纹"的诗学法则透露出马拉美的新的诗歌创作观念。诗学观念的如上变革自然地带来了创作手法上的创新。由于诗人要去捕捉的那些存在于物质世界的转瞬即逝的"显像""不是某个具体形象,而是存在的某种抽象方面"⑤,因此诗人无法为这种转瞬即逝的抽象的"显像"找到

---

① 雅克·朗西埃:《马拉美:塞壬的政治》,曹丹红译,郑州:河南大学出版社,2017年,第30页。
② 同上书,第18页。
③ 同上书,第36页。
④ 同上书,第14页。
⑤ 同上书,第187页。

可资模仿的现成的模型,而只能依赖一种特殊的虚构。这种虚构聚焦于事件和形象的潜在性而非事件和形象本身,"通过对一朵花的言说,呈现一切可能性的花"①,"是一切花束的不在场散发的芬芳"②。由此人们可以看到,在马拉美的诗歌里,"象征不是形象……隐喻不是交流情感的手段。象征和隐喻并不表达理念……它们是产生理念的行动,它们建立了理念的仪式"③。

与马拉美相类似,诗人兰波也相信人类的命运受感官难以触及的神秘未知意念的引导,试图通过诗歌创作去捕捉只在一瞬间闪现/存在的微妙的感觉与超自然的光线,从而获得人类理性尚未认知的生命奥义的神秘启示。他著有诗集《地狱里的一季》(*Une Saison en enfer*,1873)、《感悟录》(1886)、《圣物箱》(1891)、《诗全集》(1895)、《作品全集》(1898)等。尽管他的诗坛生涯极其短暂④,但他给19世纪末诗坛带来的影响却是难以估量的。他的那封信《致保罗·德梅尼》被誉为"通灵者的'天书'";他的那首彩色十四行诗《元音》是对19世纪末颓废派和象征主义作家所推崇的通感手法的伟大实践,"是诗人追求'染色听觉',探索'感官错位',主张'把昏眩的感觉给固定下来',倡导'记录不可表达的事物'的结果"⑤。"而他的那叶《醉舟》⑥,曾载着象征派的浪子们遨游于天涯,漂浮于海角,成为象征派诗歌总集中的佼佼模本。"⑦

兰波认为:"诗歌将不再与行动同步,而应当超前。"⑧因此,真正的诗人应当能够启示未知而非单纯地陈述事实,应当去发掘那些"奇异的、深不可测的、丑恶与甜美的事物"⑨。由此,他要求诗歌的语言"应当是灵魂与灵魂的交谈,它综合一切,芬芳,声音,颜色,思想与思想的交错"。通过

---

① 雅克·朗西埃:《马拉美:塞壬的政治》,曹丹红译,郑州:河南大学出版社,2017年,第188页。
② 同上书,第129页。
③ 同上书,第47页。
④ 从1869年发表《孤儿的新年礼物》到1874年完成《感悟录》大部分诗篇,总共只有五六年的时间。
⑤ 江伙生:《法语诗歌论》,成都:四川人民出版社,2000年,第172—173页。
⑥ 《醉舟》的中译文参见兰波:《兰波作品全集》,王以培译,北京:作家出版社,2012年,第127页。
⑦ 江伙生:《法语诗歌论》,成都:四川人民出版社,2000年,第172页。
⑧ 摘自《致保罗·德梅尼》,见于兰波:《兰波作品全集》,王以培译,北京:作家出版社,2012年,第306页。
⑨ 同上书,第307页。

诗歌创作,他"创造出'染色听觉'的理论,提出'诗人应是通灵者'的主张"①。按照这一诗歌创作原则,他盛赞诗人波德莱尔为"第一位通灵者,诗人的皇帝,真正的上帝"②,称魏尔伦为"真正的诗人"。在1871年5月15日给朋友德梅尼的信中,他还将致力于开掘未知领域的伟大诗人称为"真正的盗火者"③,认为这样的诗人"要有坚强的信念和超人的勇气……应成为世界上最严重的病人,最狂妄的罪犯,最不幸的落魄者——同时却也是最精深的博学之士"④。针对诗人如何才能够成为"真正的通灵者"和"真正的盗火者",兰波具体阐述了他以通感为核心的诗歌语言理论。他的核心观点是:

> 必须经历各种感觉的长期、广泛的、有意识的错轨,各种形式的情爱、痛苦和疯狂,诗人才能成为一个通灵者,他寻找自我,并为保存自己的精华而饮尽毒药。在难以形容的折磨中,他需要坚定的信仰与超人的力量;他与众不同,将成为伟大的病夫,伟大的罪犯,伟大的诅咒者,——至高无上的智者!——因为他达到了未知!他培育了比别人更加丰富的灵魂!他达到未知;当他陷入迷狂,终于失去视觉时,却看见了视觉本身!光怪陆离、难以名状的新事物使他兴奋跳跃以致崩溃;随之而来的是一批可怕的工匠,他们从别人倒下的地平线上起步!
>
> ……
>
> 他担负着人类,甚至动物的使命;他应当让人能够感受、触摸并听见他的创造。如果它天生有一种形式,就赋予它形式;如果它本无定型,就任其自流。找到一种语言……
>
> ……
>
> 这种语言将来自灵魂并为了灵魂,包容一切:芳香、音调和色彩,并通过思想的碰撞放射光芒。诗人在同时代的普遍精神中觉醒,界定许多未知;他所贡献的超出他的思想模式,也超越了有关他前进历

---

① 江伙生:《法语诗歌论》,成都:四川人民出版社,2000年,第172页;"我认为诗人应该是一个通灵者,使自己成为一个通灵者。"(《致保罗·德梅尼》,见于兰波:《兰波作品全集》,王以培译,北京:作家出版社,2012年,第305页。)

② 摘自《致保罗·德梅尼》,见于兰波:《兰波作品全集》,王以培译,北京:作家出版社,2012年,第308页。

③ "诗人是真正的盗火者。"(《致保罗·德梅尼》,见于兰波:《兰波作品全集》,北京:作家出版社,2012年,第306页。)

④ 江伙生:《法语诗歌论》,成都:四川人民出版社,2000年,第172页。

程的一切注释。如果异乎寻常变成了人人都认可的正常,那是真正巨大的进步!①

在《地狱里的一季》中的《妄想狂》一篇中,兰波描述了他的语言魔法——"文字炼金术"。他写道:

  这起初是一种探索,我默写寂静与夜色,记录无可名状的事物。我确定缤纷的幻影。
  ……
  我发明了元音的颜色!——A 黑、E 白、I 红、O 蓝、U 绿。——我规定每个辅音的形状和变动。早晚有一天,我将凭借本能的节奏,发明一种足以贯通一切感受的诗歌文字。我保留翻译权。②

与马拉美和兰波相比,魏尔伦③与颓废主义的关系似乎更加亲近。在 19 世纪末颓废主义运动艰难推进的阶段,他曾不止一次地公开表达了对文学颓废倾向的肯定和赞誉;与此同时,他还在《被诅咒的诗人》一书中详细介绍并深入阐释科比埃尔、兰波、马拉美等被攻击和污蔑的诗人的创作内涵和深层价值,从而为 19 世纪末颓废主义的发展作出了重要的贡献。

诗人瓦莱里在谈论魏尔伦时曾说:"当人们在 1888 年以'颓废诗人'来对待他时,这种安排是比较正确的。从来没有比这更微妙的艺术……"④魏尔伦"擅长最能干诗人的一切精细敏锐。在外表看似平易,又具有天真的几乎稚童般音调的诗作中,没有人能像他那样懂得隐藏或是熔解一种完美艺术的源泉"⑤。1882 年,常被誉为象征主义诗人和理论家的拉弗格用"颓废"一词描述当时在文学青年群体中所流行的思想观念。次年,魏尔伦的十四行诗《忧郁》(发表于 1883 年 5 月 29 日的《黑猫》杂志)发表,全诗展现了消极沉沦的罗马颓废景象,常被视为 19 世纪末文学颓废的

---

① 摘自《致保罗·德梅尼》,见于兰波:《兰波作品全集》,王以培译,北京:作家出版社,2012 年,第 305—306 页。
② 兰波:《兰波作品全集》,王以培译,北京:作家出版社,2012 年,第 189 页。
③ 1866 年,魏尔伦出版第一部诗集《土星人诗篇》,收录了他早期创作的 40 首诗。这部诗集风格沉郁颓丧。1869 年,魏尔伦出版第二部诗集《游乐画》,收录了 21 首诗。此后先后出版了《好歌集》(1870)、《无言的浪漫曲》(1874)、《智慧集》(1880)、《今与昔集》(1884)、《爱情集》(1888)、《平行集》(1889)等多部诗集。
④ 保尔·瓦莱里:《瓦莱里散文选》,唐祖论、钱春绮译,天津:百花文艺出版社,2006 年,第 28 页。
⑤ 同上书,第 25 页。

宣言：

> 我是颓废终结时的帝国
> 看着巨大的白色野蛮人走过
> 一边编写着懒洋洋的藏头诗
> 以太阳的疲惫正在跳舞之时的风格……①

魏尔伦在自己创作的诗歌《诗与艺术》(1874)中特别强调，真正的好诗首先要有"音乐性"。对诗歌创作之音乐性特质的追求在其代表性诗集《无言的浪漫曲》中得到了充分的表现。比如，诗集中的《泪水洒在我的心头》一诗中，魏尔伦写道："泪水洒在我心头/恰如雨水落城楼,/无以名状的愁绪/萦绕我心头？/霏霏细雨啊/浸润着土地,拍打着房顶！/那颗忧伤的心,/聆听这细雨的低吟！"②正如瓦莱里所说，魏尔伦"有时候好像在音节和脚韵内探索，有时候似在寻觅最具瞬间音乐性的表达法。他甚至宣告他发明了一种诗艺：'音乐先于一切。'他为此偏爱诗的自由体……"③瓦莱里称魏尔伦是"最精美的诗音乐的作者"，是"我们语言拥有过的最动人而又最新颖字句的旋律的作者"，并由此为他所遭受的道德攻评辩护，认为"他可能的全部恶行就是他在内心恪守、扩展或是发展过这种美妙的发明力量，这种表达甜蜜、热忱、温柔凝神的力量，没有一个人像他那样提供过"。④

魏尔伦的颓废诗风颇受巴茹所创办的《颓废者》杂志的青睐。他是《颓废者》杂志中最著名的撰稿人。魏尔伦曾在这个杂志上公开表达了对19世纪末颓废主义的赞赏和支持，这使他一度成为19世纪末以"颓废"为标榜的一群文学青年所拥戴的领袖。在《颓废者》杂志1888年的第1期中，魏尔伦写道：

> 颓废主义运动是一个原创词，将作为一个有趣的发现保留在文学史上；这个不规范的词是能创造奇迹的标志。它是……一个简短、适宜的便利的词语；它听起来是文学词汇而不是卖弄学问的……我认为，这个术语的意义在这个段落中清晰地强调指出颓废主义运动

---

① 转引自马泰·卡林内斯库：《现代性的五副面孔：现代主义、先锋派、颓废、媚俗艺术、后现代主义》，顾爱彬、李瑞华译，北京：商务印书馆，2002年，第184页。
② 江伙生：《法语诗歌论》，成都：四川人民出版社，2000年，第170页。
③ 保尔·瓦莱里：《瓦莱里散文选》，唐祖论、钱春绮译，天津：百花文艺出版社，2006年，第28页。
④ 同上书，第25页。

所包含的你和我都明白的意思,它是颓废主义时期独有的卓越文学,如果有人在它的时代不紧跟步伐,而总是完全反对它,反叛它,对柔弱、良种、雅致只要你想得到的都反感……反对迂腐陈词和卑鄙行为,文学及其他,那么它就只能在流传中永远无法诞生。①

魏尔伦所要表达的意思很明确。正如1886年4月10日的《颓废者》杂志中所宣称的那样,19世纪末的所谓颓废主义,只是一个方便适用的名字。实际上,19世纪末的道德、宗教、哲学等在某种意义上都是颓废的。在那个时代,仿佛一切都浸染在颓废的氛围里。所谓文学上的"颓废"倾向,究其根本不过是指"恰当地使用现代的语言来描述现代的生活"的一种创作方法。这种观点在《颓废者》杂志中得以反复重申:

> 不承认我们处身其中的颓废状态将是迟钝至极的……宗教,习俗,正义,样样都在衰朽……在一种衰落文明的腐蚀活动之下,社会分崩离析……
>
> 古代人属于他们的时代。我们希望属于我们的时代。蒸汽和电力是现代生活两个不可或缺的动因。我们应该有一种同科学进步协调一致的语言和文学。这难道不是我们的权利吗?这不就是所谓的颓废吗?就算是颓废吧。我们接受这个词。我们是颓废者,因为这种颓废不过是人性向着种种理想的攀进,这些理想被认为是不可企及的。②

不过,值得注意的是,尽管魏尔伦一度成为颓废文学青年拥戴的领袖,但他很快就意识到,这些标榜"颓废"的青年追随者所创造的作品大都是拙劣的模仿之作,远离了严肃意义上的文学颓废的内涵和意义,遂逐渐疏远了这一群体。对于魏尔伦与围绕《颓废者》杂志所开展的一场并不起眼的颓废主义运动之间的这段短暂缘分,马泰·卡林内斯库曾作出如下解读:

> 到1888年,已有越来越多反传统的巴黎作家发现这个新名称方便适用。那些宣称自己是颓废派的人往往被简单地等同于安纳托

---

① 《颓废者》杂志1888年1月1日,第1—2页。转引自薛雯:《颓废主义文学研究》,上海:上海人民出版社,2012年,第63页。

② 转引自马泰·卡林内斯库:《现代性的五副面孔:现代主义、先锋派、颓废、媚俗艺术、后现代主义》,顾爱彬、李瑞华译,北京:商务印书馆,2002年,第188—189页。

尔·巴茹的追随者,而巴茹自己的文学声望决不足以使人们相信他能领导一场真正的文学运动。当巴茹试图用魏尔兰的名字来抬高其杂志和它所代表的趋向时,他也许已经意识到了这一点。然而,不可理解的是,魏尔兰似乎非常不愿意扮演他出于文学策略方面的原因正被迫扮演的角色。①

第二节 英国作家

一、德·昆西

就在法国的传播及其影响而言,托马斯·德·昆西(Thomas De Quincey,1785—1859)的命运与爱伦·坡相似,他也和波德莱尔有着密切联系。波德莱尔对德·昆西作品的重视反映在其随笔作品《鸦片吸食者》(*Un mangeur d'opium*)中。整部作品可以说就是围绕德·昆西的代表作《一个鸦片吸食者的自白》(*Confessions of an English Opium-Eater*)所作的介绍和评论。波德莱尔的这部作品是对德·昆西作品最有力的推介,众多19世纪末文人对德·昆西其人其作的关注,与波德莱尔的推介有直接的关系。

在波德莱尔去世后,《一个鸦片吸食者的自白》这部作品继续在他的朋友与热心的门徒之间流传。比如,戈蒂耶在一篇评论《恶之花》的长文中,也评析了德·昆西的作品。还有充分的理由推断,在当时,维利耶·德·利尔-阿达姆依旧钦慕德·昆西的作品,其一部重要作品中的两个章节的标题正是借自《一个鸦片吸食者的自白》。② 此外,阿尔弗雷德·德·缪塞(Alfred de Musset)对《一个鸦片吸食者的自白》的翻译也没有被完全忘记:1872年,在对浪漫主义时代的文献目录的整理中,夏尔·阿瑟利诺(Charles Asselineau)提到了这部最初在1828年出版的作品。1878年,《一个鸦片吸食者的自白》的译文又出现了一个新版本,并被添

---

① 转引自马泰·卡林内斯库:《现代性的五副面孔:现代主义、先锋派、颓废、媚俗艺术、后现代主义》,顾爱彬、李瑞华译,北京:商务印书馆,2002年,第190页。魏尔兰即魏尔伦。

② See Jean Pierrot, *The Decadent Imagination, 1880—1900*. Tran. Derek Coltman. Chicago: The University of Chicago Press, 1981, pp.33—34.

加了一篇新的引言。①

在1880年之后，或许是由于波德莱尔在稍后组成的颓废学派（decadent school）里的影响力，诸多迹象表明，德·昆西的作品开始被重新发掘，毫无疑问，这种重新挖掘的出现在很大程度上归功于艾德蒙·德·龚古尔（Edmond de Goncourt）。龚古尔于1882年发表了《福丝坦》（La Faustin）。小说中的女主人公偶然得到的那本奇特的书正是德·昆西的《一个鸦片吸食者的自白》。一天，百无聊赖、忧郁沉闷的拉·福丝坦翻开了这本书。此后，龚古尔花了几个段落叙述了德·昆西小说中的几个著名片段。②

可能是阅读《福丝坦》的结果，布尔热也被《一个鸦片吸食者的自白》所吸引，他仰慕德·昆西作品中奇特的想象力和神秘色彩，对它的作者产生了强烈的好奇心。布尔热在1882年夏天赴英国的旅行在某种程度上是追寻德·昆西的朝圣之旅，而且为他晚些时候在《新评论》上发表的一篇文章提供了素材。他写下的文字中记录了他去往湖区的旅行，那里住过许多伟大的英国浪漫派诗人。在这群作家里，他最钟爱德·昆西。因为下雨而无法外出时，他就在旅馆中重读《一个鸦片吸食者的自白》，孜孜不倦地研究德·昆西的个人品质，赞赏这个英国作家想象力的力量以及神秘感。③

在1880年到1885年期间，布尔热崇拜和好奇的主要对象是德·昆西的作品和个性。按照布尔热当时的观点，吸食毒品似乎是唯一的逃离现实，走向理想之境的途径；而在他看来，德·昆西似乎是那条崭新路途上的模范引领者。如此，鉴于布尔热在当时法国文学圈内的巨大影响力，我们可以说，在这个时期的法国，布尔热在对德·昆西的重新挖掘上扮演了至关重要的角色。一系列可信的证据表明，在接下来的几年里，德·昆西的作品得到持续不断的发掘。例如，于斯曼在《逆流》里就向读者介绍了这位作家。在被称为"颓废主义圣经"的小说《逆流》中，主人公德泽森特迷恋的为数不多的作家中，就有德·昆西的名字。而且，一定程度上

---

① See Jean Pierrot, *The Decadent Imagination*, 1880—1900. Tran. Derek Coltman. Chicago: The University of Chicago Press, 1981, p. 34.

② 《福丝坦》尚无中文译本。此处参考了 Jean Pierrot, *The Decadent Imagination*, 1880—1900. Tran. Derek Coltman. Chicago: The University of Chicago Press, 1981, p. 34。

③ See Jean Pierrot, *The Decadent Imagination*, 1880—1900. Tran. Derek Coltman. Chicago: The University of Chicago Press, 1981, pp. 34—35.

说,德泽森特的幻觉相当明显地受了《一个鸦片吸食者的自白》的启发。①
1884年,在为《独立杂志》举办的年度沙龙创作的一篇评论文章中,布尔热将詹姆斯·惠斯勒(James Whistler,1834—1903)的画所创造出的印象与德·昆西的鸦片所诱发的幻觉做了比较。

这股德·昆西风潮在特奥多·德·维泽瓦的作品中也可见一斑。1886年到1888年间,维泽瓦致力于赞颂德·昆西的作品,并且使其声名在更大范围内得以传播。在发表于1886年12月的《独立杂志》上的一篇文章中,为了定义维利耶·德·利尔-阿达姆的散文中的诗的品质,他将其与德·昆西的作品加以比较。在同一期杂志中,出现了德·昆西另一个文本——《黎巴嫩的女儿》(The Daughter of Lebanon)——的翻译。两年后,也是在这本期刊中,维泽瓦发表了一篇献给这位英国作家的文章。在这篇文章中,维泽瓦分析了德昆西散文的品质,并声称德昆西在波德莱尔之前就创造了散文诗。②

上述推介将在19世纪与20世纪之交催生出众多新的译作,而法国的读者由此得以接触到其更多的作品与理念。比如,在1890年,出现了《一个鸦片吸食者的自白》的第一部正式译本。译者在前言中介绍了19世纪欧洲鸦片消费的发展情形,而后简短地说明了毒品的效应,还写出了其对于梦的文学的一系列个人反思,最终以思考毒品能否有助于艺术创作这一问题作结。③其后一年,德·昆西的一篇关于圣女贞德的小作品也得以翻译。事实上,在这一时期出版的大量小说作品中,人们都能清晰地辨识出德·昆西的影响。简言之,德·昆西作品的广泛传播,加上他超凡的想象力及其散文中无与伦比的美的特质,无疑引领了法国文学中独特的"颓废"想象,趋于吸食毒品的幻境,走向梦的世界。④

二、王尔德

在19世纪最后10年时间里,正是王尔德(Oscar Wilde,1854—1900)系统阐述了两种并行推进的文学趋向——颓废主义和唯美主义——的美学基础。王尔德和法国作家关联密切。他精心策划了去往巴黎的访问,

---

① See Jean Pierrot, *The Decadent Imagination*, 1880—1900. Tran. Derek Coltman. Chicago: The University of Chicago Press, 1981, pp. 36—37.
② Ibid., p. 37.
③ Ibid.
④ Ibid.

并运用引人注目的方式传播其思想。1890年到1895年间,他成功地对法国文学界施加了重大的个人影响。毫无疑问,在1891年对巴黎的访问中,王尔德和几年前布尔热所做的一样,扮演了先锋文学催化剂的角色。① 王尔德的文学创作与文艺理念深深浸润着法国文学,同时,他也把从法国作家那里汲取的养分传送到了英国文坛。

  在造就王尔德独特文学气质与艺术立场的诸多因素中,最重要的当属其良好的古典文化素养。得益于在都柏林的皇家学院和圣三一学院(1871—1874)以及随后在牛津大学(1874—1879)所接受的文学熏染,王尔德追寻纯粹美以及一种异教主义理想的文学趣味逐渐形成,这种趣味后又在戈蒂耶和佩特的影响下得到强化。接下来,王尔德去往伦敦生活,继而进军英语文学。如果我们考察王尔德在这个时期创作的一些作品和书信,不难发现,一方面,他偏爱中世纪和文艺复兴时期的英国文学,另一方面,他又欣赏伊丽莎白时代作家(包括莎士比亚)对单调乏味的蔑视、对暴力的偏好以及对喜剧与悲剧的奇妙的融合。在浪漫主义时期的作家中,他最喜欢的是崇尚希腊美的济慈(John Keats)、拥有"想象的力量"的柯勒律治以及德·昆西。王尔德的一篇题为《钢笔,铅笔和毒药》(Pen, Pencil and Poison)的文章,很大程度上就是对德·昆西的名篇《论作为一种艺术的谋杀》(On Murder Considered as One of the Fine Arts)在主题和审美上所作的一种延伸。他对以狄更斯为代表的现实主义小说家极尽挑剔,并明显受到前拉斐尔派的影响——虽然他从佩特那里接受的影响超过了从史文朋(Algernon Charles Swinburne,1837—1909)和罗塞蒂(Dante Gabriel Rossetti,1828—1882)那里接受的影响。此外,在审美领域,他还受到了罗斯金的影响。②

  然而,仅仅关注英国本土文学对王尔德的影响是不甚全面的。在这一或许可以称为他"第二次受教育"的阶段,来自19世纪法国文学的影响亦不容小觑。他将自己最为热烈的倾慕留给了那些后来被不少评论家认定为颓废主义大师的19世纪作家:戈蒂耶、波德莱尔、爱伦·坡以及最重要的福楼拜。王尔德在1888年的一封信里明确表示自己乃是福楼拜的信徒:"为了学习如何写作英语散文,我已经学习了法国的散文。我惊喜地发现你觉察到了这一点:那表明我已经成功了……是的!福楼拜是我

---

① See Jean Pierrot, *The Decadent Imagination*, 1880—1900. Tran. Derek Coltman. Chicago: The University of Chicago Press, 1981, p.16.

② Ibid., p.17.

的导师,并且当我继续对《圣·安东尼奥的诱惑》进行翻译时,我将成为第二个福楼拜。"①从王尔德在1885—1895年间发表于伦敦的期刊上的许多评论文章中,我们可以清晰地看出他已经启动了将法国文学介绍到英国的计划,并耐心地对英国读者解释他这样做的原因。他在这方面投入了如此多的时间和精力,以至于很快他就被认定为1890年投入唯美主义运动的"罪魁祸首"。王尔德没有试图掩盖自己偏爱法国作家的倾向;事实上,导致他在1895年遭受判决的,不仅仅是维多利亚时代的清教徒主义,也是那些盲目的沙文主义者的反应。1897年4月6日,也就是他出狱的前几天,他在给罗伯特·罗斯(Robert Ross)的一封信里,列出了一些他想要阅读的书,其中绝大部分都是颓废主义先驱作家的作品。最后,让我们永远铭记,王尔德正是在法国度过了他生命中的最后时光,他也将这个国度当作自己真正意义上的精神故乡。

如今,有些问题仍值得思考:王尔德的审美理想是否确实在法国获得过一些支持? 在颓废主义的文学圈子里,这些思想又被传播到了何种程度? 他的大部分作品——特别是评论作品——直至他死后才被翻译为法语。乍一看,这似乎令人生疑;然而,那显然未曾虑及其在造访法国的过程中直接施加的那些影响。王尔德喜欢并擅于在人群中制造轰动效应,最大限度地吸引公众的注意力。早在1883年,当时在伦敦还只是个无名之辈的王尔德就去往巴黎旅行了几个星期。他打开行李后所做的第一件事,便是将他在1881年出版的第一本诗集送给当时最著名的一些法国作家。很快,他便收到了来自龚古尔兄弟和都德的邀请,并且与让·莫雷亚斯(Jean Moréas)和洛兰等年轻作家结为朋友。此外,他还拜访了古斯塔夫·莫罗,其作品对他产生了很大影响。从那以后,王尔德就被巴黎文学圈接纳了,并且与之保持了长久的频繁联系。在巴黎短暂停留期间,他曾以"向法国的朋友表示敬意"为名举办了一次晚宴,布尔热是其特别出席者之一。在接下来的几年中,由于身陷伦敦上流社会的舆论旋涡之中,同时也由于为家庭问题所捆绑,王尔德没有找到机会重返巴黎。尽管如此,他仍然密切关注着法国文学的发展动态,并且与很多法国朋友保持着联系。他的一些法国朋友也曾赴英拜访过他。比如,加百列·萨拉辛(Gabriel Sarrazin)——一位英国文学领域的专家——就曾在其伦敦之行

---

① Quoted in Jean Pierrot, *The Decadent Imagination*, 1880—1900. Tran. Derek Coltman. Chicago: The University of Chicago Press, 1981, p.17.

中频繁地拜访了王尔德。①

与此同时,英国文学的最新发展也被很好地传达给了法国公众。②当时活跃在法国文学圈子里的不少作家和评论家逐渐意识到英国唯美派与法国颓废主义运动之间深刻的血缘关系。这种关系无疑为王尔德的思想在法国颓废主义圈子里的传播提供了相当的便利,而1891年他对巴黎的访问则进一步扩大了此种便利。那时的王尔德已是一位著名作家,是两部故事集《快乐王子》(The Happy Prince)和《石榴的房子》(A House of Pomegranates)、小说《道林·格雷的画像》以及收集了他最重要的理论文章的作品《意图集》(Intentions,1891)的作者。因此,他注定将在巴黎的文学界引发轰动。他恢复了与洛兰等作家的旧有联系,并新结识了一些文学新人,如皮埃尔·路易斯(Pierre Louÿs)。纪德被王尔德的个性深深吸引,而众所周知,纪德的创作深受王尔德的影响。王尔德时常出入于时尚咖啡馆,在那里,他暧昧的行为和外表常常引发极大的愤慨。他通常会参与文学生活,并且有几周成为巴黎最时髦的人物。③ 从此,王尔德逐渐被更加年轻的巴黎作家团体视作他们中的一员。1896年2月11日《莎乐美》的上演成为巴黎剧院的一件大事。此外,值得铭记的一点是,当王尔德遭受不公正审判的时候,最为激烈的愤慨声并非来自伦敦,而是来自巴黎。

或许有人会提出,不管公众怎样关注,王尔德在巴黎的逗留并不一定保证其思想的传播。然而,这类反驳忽略了王尔德本质上是个健谈者这一事实。事实上,其思想中的主要部分常常经由其口头的即兴表达传达出来,其作品《意图集》仍保留了最初的口头对话形式。在访问巴黎时,他正携带着这本集子。由此,我们有很好的理由相信,他在巴黎的大部分时间都用于宣传文集里的主要观点。在那些迷人的谈话的过程中,他俘获了无数年轻作家的心。此外,为什么那些年轻的法国作家觉得来自英国的作家王尔德的思想光彩夺目、令人难忘?这其实也并不难解释。不仅因为这些思想常常呈现为典型的反论和夸张的措辞,还因为它们时刻注

---

① Quoted in Jean Pierrot, *The Decadent Imagination*, 1880—1900. Tran. Derek Coltman. Chicago: The University of Chicago Press, 1981, p.18.

② 比如,1887年,弗农·李(Vernon Lee,1856—1935)的小说《布朗小姐》——一部针对英国唯美主义学派(Aesthetic School)而写的戏仿讽刺作品——的法译本问世。

③ See Jean Pierrot, *The Decadent Imagination*, 1880—1900. Tran. Derek Coltman. Chicago: The University of Chicago Press, 1981, pp.18—19.

意着听众的关注点,更为重要的是,它们都是法国颓废主义运动自身重要主题的结晶。

事实上,王尔德的独创性价值在于,他把颓废审美的准则推向了其逻辑上的极限,并把前一代的大师——特别是戈蒂耶、波德莱尔、爱伦·坡——留下的美学遗产组织成相对一致的综合体。与大多数法国颓废主义作家相比,王尔德的艺术立场更加大胆和明晰。他永远不受论战风波的阻碍,始终处于巴黎文学圈的沸点上。有《意图集》中的四篇论文以及其他一些文章为证,王尔德才是法国颓废主义的主要理论家。

对于王尔德以及多数法国颓废主义作家来说,这些理论的形而上的基础似乎就是先验唯心主义的一种有意识的形式(conscious form)。这一点在《意图集》中的第一篇论文中得到了清晰的揭示,比如,他主张"你看到什么就是什么(things are because we see them)"[①];而后在《狱中记》(De Profundis)中表现得更甚,他写道:"时间和空间,连续和伸展,都只不过是思想发生的偶然条件……在本质上,事情同样只是我们选择的模样。一件事情的样子取决于我们看待它的方式。"[②] 支撑王尔德上述观点的根本的美学思想是"激进的反自然主义"。他认为,陆地上的风景无法成为灵感的来源,自然无法提供真正的美;这也正是他在《意图集》的开篇部分猛烈地抨击自然的根本缘由。对"反自然"的美学理念的倡导必然意味着对"模仿自然"这一古典审美原则的颠覆。在《意图集》中,王尔德指出好的艺术本质上是一种虚构,是一种"说谎的艺术"。在他的表述中,"说谎"显然等同于"超自然、超现实的自由想象",他只不过是蓄意使用了一种容易引发轰动效应的说法。"复刻"和"摹写"现实是对艺术的贬损,唯有创造和想象能够造就高超的艺术。这也正是王尔德抨击当时的现实主义者和自然主义者的主要原因。不仅如此,王尔德还进一步将"反自然"的美学理念推到其逻辑上的极限,声称真正的艺术非但不是对自然的模仿,它甚至还为自然提供模型:不是艺术模仿生活,而是生活模仿艺术。毫无疑问,王尔德尤为强调作家的主体性对审美对象所发挥的作用。在他看来,伟大的艺术家就是那些以其独到眼光调整甚至改变了人们对现实的看法的人。在将艺术从自然和现实的束缚中解脱出来的同时,王尔德也试图将艺术与世俗的道德成见相分离。他认为,美德和邪恶对艺术

---

① Quoted in Jean Pierrot, *The Decadent Imagination*, 1880—1900. Tran. Derek Coltman. Chicago: The University of Chicago Press, 1981, pp. 19—20.

② Ibid.

家而言仅仅是像调色板上的颜色对于画家那样,并无道德上的优劣之分。为了强调这一点,他甚至不无挑衅地声称,一个伟大的艺术家完全有可能同时是一个十足的罪犯,在犯罪和文化之间,并没有本质的冲突。

一旦将艺术从对自然的模仿以及所有世俗道德偏见中解放出来,艺术就能在自由的想象中重新获得创造力,创造自己的领域,发明新的形式,将它们浸入生活,并凭借它们充实现实领域。在《说谎的衰落:观察》(The Decline of Lying—An Observation)这篇文章的高潮部分,王尔德呼唤"想象"在文学领域的复兴。在给《圣詹姆斯公报》(*St. James's Gazette*)的一封信里,针对一篇将《道林·格雷的画像》中的人物形象批评为"不过是对并不存在的事物的华而不实的启示"的文章,王尔德回应道,"创造"原本不存在的东西而非"记录"已然存在的东西才是艺术家的天职。①

这种态度也促使王尔德倡导造型艺术的风格化、抽象化与装饰化。在《说谎的衰落:观察》中,薇薇安的文章涵盖这样一个段落:

> 艺术始于以纯粹的富于想象力且令人愉悦的创作,它对不真实和不存在的事物进行抽象装饰。这是第一阶段。然后,生活开始对这种新的想法着迷,并要求加入这个迷人的圈子。艺术把生活纳为她的原始材料,重新创造它,并且用新鲜的形式重新设计它。艺术对事实漠不关心,它着意于在它自己与现实之间创造、想象、梦想,而且保持着一道有关美的风格,有关装饰性的或理想的处理方式的难以穿透的界限。②

这个重要的观念由此成为一种与风格有关的观念,它是艺术家对生活的素材所做的一种精心策划的扭曲,是赋予现实以审美维度的唯一方法。简言之,王尔德既为装饰性艺术,同时也为 20 世纪的抽象艺术,提供了一种审美上的合理性依据;而装饰性艺术正体现了 19 世纪、20 世纪之交的艺术的典型特征。③

在文学的领域里,王尔德提倡一种想象力和好奇心占主导地位的写作。在《意图集》里,他倡导一种童话文学,并赞美莎士比亚创造了妙趣横

---

① See Jean Pierrot, *The Decadent Imagination, 1880—1900*. Tran. Derek Coltman. Chicago: The University of Chicago Press, 1981, pp. 22—23.
② Ibid., p. 23.
③ Ibid., p. 24.

生的故事:"他创造了魔术师普洛斯彼罗,并把卡利班和阿里尔赐给他作仆人,他让海神沿着魔法岛的珊瑚礁吹起了号角,让仙女在雅典附近的树林里对着彼此吟唱,在他的指挥下,幽灵般的国王在昏暗的队伍里穿过苏格兰雾蒙蒙的荒原,他将赫卡特和命运三女神一起藏于洞穴里。"①在他的某些信件里,他甚至勾勒出了短篇小说或故事的理论,认为适用于19世纪90年代的法国作家。比如,在1888年的一封信里,他称自己的故事为散文化的梦,是写给那些保留了好奇和喜悦才能的年轻人的。而在同一年的另一封信件里,他宣称它们是一些宣言,用以讽刺和驳斥当时盛行的现实主义创作倾向。

对王尔德的文艺理念做了简要介绍之后,人们已有充足的理由相信,其对艺术的功能以及美的本质等问题的认知与阐释,无疑是构成现代颓废审美之内涵的重要来源之一。他将自己的艺术立场设定在古典审美与现代审美之间——前者以模仿自然和理性至上的原则为基础,后者则以人工性以及想象的力量为基础。②

三、道生

在写给阿瑟·摩尔(Arthur Moore)的无数封信中,英国诗人欧内斯特·道生(Ernest Dowson)曾不止一次地倾诉道:"我度过了一周,沉浸在对一切的极度厌倦、烦恼、愤怒和怀旧之中。"③在一种沉闷、潮湿、腐朽的荒凉感的笼罩中,道生难以应付所有可能发生的事情。他的头脑变得像夜晚的河流一般昏暗!这种沉重的生存感受和生命体验主导了道生诗歌的主题和基调。

道生的作品不像王尔德的作品那样专注于装饰性,也不像西蒙斯的作品那样专注于强烈的戏剧性,而是旨在传达一种未经修饰的真切感。它们是向内的(inward)、纵深的(deepening)、迷人的,仿佛形成了一个镜

---

① Quoted in Jean Pierrot, *The Decadent Imagination*, 1880—1900. Tran. Derek Coltman. Chicago: The University of Chicago Press, 1981, p. 24.

② See Jean Pierrot, *The Decadent Imagination*, 1880—1900. Tran. Derek Coltman. Chicago: The University of Chicago Press, 1981, p. 24.

③ Ernest Dowson, *The Letters of Ernest Dowson*. Eds. Desmond Flower and Henry Maas. London: Cassell, 1967, p. 189; Quoted in Konstantinos Boyiopoulos, *Unsatisfied Appeal of Sense: the Decadent Image in the Poetry and Poetics of Oscar Wilde, Arthur Symons, and Ernest Dowson*. A thesis submitted for the degree of Doctor of Philosophy to the Department of English Studies, Durham University, 2008, p. 186.

子大厅,使其能够不断地进行自我审视和自我发掘,揭开人类存在之虚空和悲剧性的面纱。道生诗歌中经常出现的意象包括天主教仪式、青春、死去的小女孩、苍白的玫瑰、贫瘠、灰暗的风景等。这些意象往往与"生命过早地走向衰亡"这一潜在的主题相关,流露出逃离难以忍受的丑恶现实的意图,乃是道生本人痛苦的理想主义的反映。

正如霍尔布鲁克·杰克逊和之后的许多评论家所注意到的,颓废的精髓可以在道生的抒情杰作《辛娜拉》(Cynara[①])中找到。这是道生最著名的颓废诗作。这首诗遵循"欲望替代"的模式。诗中的"我"对理想的爱情对象、中世纪浪漫故事中遥不可及的公主辛娜拉的"苍白失落的百合花"的渴望,被"买来的红唇"所取代。这首独白式的诗整体上弥漫着一种忧伤、痛苦、颓废的情绪。诗中的"我"企图用烈酒、女人和音乐麻痹自己,纾解心中的痛苦:

> 前夜——呵——昨夜
> 在双唇之间
> 她的,我的
> 投下的,是你的身影
> ——辛娜拉!
> 你呼吸如在我灵魂上开落
> 在轻吻
> 与醇酒之侧
> 我却凄寂着,为一缕旧时残绪牵痛
> 是的,我凄寂着,低首……
> 我的灵魂他为你虔诚——辛娜拉!
> 用
> 我自己的方式
>
> 她温润的心房跳动
> 整晚,叩响着我的心底
> 长夜
> 在我臂弯里有她的沉睡

[①] 此诗标题原为"Non sum qualis eram bonae sub regno Cynarae",原为古罗马诗人贺拉斯的《颂诗》里的一句话。

沉睡
在梦里,爱里……
谁会怀疑呵——
她卖出的红唇
　　　　　和吻的甜蜜
我却凄寂着,为一缕旧时残绪牵痛
当我惊醒发现天边正有黎明
遍染灰黯
我的爱为你虔诚——辛娜拉!
用我
自己的方式

我已遗忘太多,——辛娜拉!
随风而逝
是散落的玫瑰
玫瑰……
滋蔓着伴了人群
舞蹈……
却将你
苍白,被遗落的百合
投入淡忘……
只有我凄寂着,为一缕旧时残绪牵痛
是的,永远,如此
为着那舞蹈
永无尽头
我,为你而虔诚呵——辛娜拉!
用我
自己的方式

我高喊着,给我
更疯狂的音乐更浓的
醇酒
而当盛筵结束,当

灯盏安息
却有你的身影垂落——辛娜拉！
这是
你的夜晚
而我
而我只是凄寂，为一缕旧时残绪牵痛
是的，饥渴着
我期冀的双唇
我只为你虔诚呵——辛娜拉！
用我自己的
方式①

　　道生以天主教为主题的诗歌——如《本笃会修士》《永久虔敬的修女》《加尔都西会隐修修士》等——透露了他迷恋宗教的秘密。他心中的"宗教"很大程度上即等同于"灵性体验"；而所谓"灵性体验"，即是人在一瞬间突然意识到自己是一个灵性的存在，沉醉在灵性里，遗忘了沉重的肉身，感受到一种灵性的自由与超脱的生命状态。就这一点来说，颓废主义其他作家与道生十分类似，他们迷恋一种超脱尘世的宗教式的感觉体验。叶芝在《面纱的颤动》(*The Trembling of the Veil*, 1922) 一书中写道，道生的诗显示出他是多么真切地感受到宗教的魅力，但他的宗教当然没有教条的大纲，只是对处女状态的狂喜的渴望。对道生来说，"纯净"是他通过各种方式建立的最完美的梦境状态。② 由此，罗马天主教在某种程度上成为一种手段。通过这种手段，道生笔下的诗意人物得以遁入一个僧侣般的、与世隔绝的世界。道生将自己的目光从维多利亚时代的现代化变迁中移开，试图用那种摒弃世俗欲望的禁欲式的纯净，构筑心目中最完美的梦境和天堂。《永久虔敬的修女》(The Nuns of the Perpetual Adoration)③就是一个例子，在这首诗中，道生想象出"修道院高墙后"和

---

　　① 道生这首诗的中文翻译有多个版本，此处选取了徐钺所译版本。转引自尤金·奥尼尔：《长昼的安魂曲》，徐钺译，北京：东方出版社，第189—191页。
　　② See Konstantinos Boyiopoulos, *Unsatisfied Appeal of Sense: the Decadent Image in the Poetry and Poetics of Oscar Wilde, Arthur Symons, and Ernest Dowson.* A thesis submitted for the degree of Doctor of Philosophy to the Department of English Studies, Durham University, 2008, p. 187.
　　③ 戴望舒将此诗的标题译为：《永久虔诚的女尼》。

"无法穿透的大门"的封闭空间。修女们努力通过遁世来"驱除欲望"。宗教由此成为一个"避难所",一个有庇护作用的梦境世界:"玛利的明星为她们将夜间驱散/驱散的却正是尘寰的黑暗。"①在修女的象征中,道生看到了人类对永恒而强烈的欲望的不懈追求。借助修道院场景,他为诗歌设计了远离现代社会的、与世隔绝的、封闭式的场景。它可以理解为一个与世俗现实相隔离的梦境世界,一个远离现代喧嚣的尘世的避难所。然而,这种人造的遁世屏障似乎最终不过是种幻觉,无法将人从欲望挣扎的痛苦和生活的虚空中解救出来。

尽管修女们在圣所外的"清秀"只是短暂易逝的虚荣,但在圣所内,她们"放逐了时间;/她们将自己的日日夜夜串进了长长的回旋念珠"②。她们努力与时间抗争,但苦行僧般的生活单调到"长长的回旋念珠"所暗示的虚空程度。她们的忏悔以仪式的重复为特征;"念珠"是一个圆形的天主教形象,代表了这首诗的循环不定,它的韵律就像念珠一样。在最后一节:

> 平静、悲伤、安全;面容憔悴而温和:
> 她们选择守夜肯定是(Surely)最好的?
> 是啊!(Yea!)因为我们的玫瑰已经凋谢,世界一片荒芜;
> 但在那里,除了祭坛,还有安歇。③

副词"肯定是(Surely)"被问号的不确定性破坏了。大声的断言"是啊!(Yea!)",表明修女们修道院生活的安全可能是不稳定的。如果虚荣不仅存在于宗教领域之外,而且也存在于宗教领域之内,那么"高高的修道院围墙"可能是一种幻觉,就像苦艾酒给道生提供的幻觉般的逃避一样。正如叶芝所言,"修女"是一种复杂的、自相矛盾的"处子之谜"形象,也是一种将痛苦欲望的自我意识美化的手段;"情感"变成了"精致的人工制品",而不是像约瑟夫·萨雷米所说的"痛苦的哭泣"。天主教的意象是颓废者欲望的再现或替代,这一现象在上文已提到的著名诗歌《辛娜拉》中得到了完美的表达。

---

① 戴望舒:《戴望舒全集·诗歌卷》,王文彬、金石主编,北京:中国青年出版社,1999年,第193页。
② Quoted in Konstantinos Boyiopoulos, *Unsatisfied Appeal of Sense: the Decadent Image in the Poetry and Poetics of Oscar Wilde, Arthur Symons, and Ernest Dowson*. A thesis submitted for the degree of Doctor of Philosophy to the Department of English Studies, Durham University, 2008, p. 188.
③ Ibid.

第三节 其他国家作家

一、爱伦·坡

波德莱尔长期积极地致力于对埃德加·爱伦·坡(Edgar Allan Poe, 1809—1849)作品的翻译和评论。他将爱伦·坡视为真正的同道中人。波德莱尔本人在《埃德加·爱伦·坡的生平及其作品》一文中对爱伦·坡的一段评论与颓废主义作家于斯曼在其小说《逆流》中针对波德莱尔所作的那段著名的评论惊人地相似。波德莱尔如此评论爱伦·坡:"这个人越过了美学的最险峻的高峰,投入了人类智力最少探索的深渊;为了使想象力令人吃惊,为了吸引渴望着美的精神,他通过仿佛一阵没有间歇的风暴一样的一生,发现了新的表现方式和前所未见的手法……"① 于斯曼则如此评论波德莱尔:"他一直下到了无穷无尽的矿藏的深处,穿行在被遗弃的或无人问津的坑道中,深入心灵底层那思想如怪异植物盘根错节的区域……"②

以《厄舍府的崩塌》(The Fall of the House of Usher)为代表的爱伦·坡作品中哥特式的死亡氛围和被诅咒的恐怖效果,加上缜密清晰的逻辑③,创造出一种新的文学风格。最先在其作品中辨识出这种风格,并对其天才手笔大加称赞的,并非与他同时代的美国同胞,而是法国的波德莱尔。波德莱尔评论道:"纯粹而怪诞,紧凑如盔甲的锁扣,自得而细密,最细微的意图都有助于轻轻地把读者推向预期的目标。"④ 波德莱尔在其发表于1857年的《再论埃德加·爱伦·坡》一文中为爱伦·坡创作中的颓废倾向做辩护。他认为,像爱伦·坡这样的作家在其创作中呈现出的被称为"颓废"的倾向,不过是作家顺应一个命定的、天意的过程,是遵从某种难以抗拒的神秘律令进行文学创作的自然而然的结果。过度苛责作

---

① 夏尔·波德莱尔:《浪漫派的艺术》,郭宏安译,南京:译林出版社,2014年,第251页。
② 于斯曼:《逆流》,余中先译,上海:上海译文出版社,2016年,第186页。
③ 爱伦·坡说:"我的作品中没有一点是被偶然地抛出来的,整个作品都带着数学问题的精确性和严密逻辑一步步走向它的目的。"(转引自波德莱尔:《波德莱尔美学论文选》,郭宏安译,北京:人民文学出版社,1987年,第207页。原文出自埃德加·爱伦·坡的《创作哲学》。)
④ 波德莱尔:《波德莱尔美学论文选》,郭宏安译,北京:人民文学出版社,1987年,第187页。

家的颓废倾向显然是不公正的。对爱伦·坡作品中奇异的想象力、心理学意义上的深度,以及令人眩晕的浓郁诗意,波德莱尔赞叹不已。①

在被称为"颓废主义圣经"的小说《逆流》中,作者于斯曼也插入对坡的溢美之词:"深刻而又奇特的爱德加·坡!"②于斯曼还在小说中将爱伦·坡和波德莱尔一同列入了颓废文学的行列,并进一步指出,两人的艺术精华使颓废文学达到了最后的成熟。③

在1868—1870年间出版的波德莱尔作品全集中包含了其翻译的爱伦·坡的全部作品④,除此之外,这位美国作家的各种故事集也分别以《怪异故事集》(*Histoires extraordinaires*)和《怪异小说》(*Nouvelles extraordinaires*)的名字在法国出版。⑤ 从1880年开始,当时尚未被翻译的爱伦·坡的一些作品也开始出现一系列译本,比如1882年,埃米尔·亨内昆(Emile Hennequin)——他是当时年轻一代中最出色的评论家之一,也是于斯曼和雷东的朋友——出版了一本叫作《怪诞故事集》(*Contes groteques*)的作品,其中包含了爱伦·坡的一篇传记以及爱伦·坡的作品《页边集》(*Marginalia*)中的节选。⑥ 随后还有三个集子:第一个由欧内斯特·吉耶莫(Ernest Guillemot)翻译,于1884年出版,其中选录了爱伦·坡的一些故事,及其作品《页边集》和《尤里卡》(*Eureka*)中的节选;第二个由W. L.休斯(W. L. Hughes)在1885年翻译出版;第三个由F.拉伯(F. Rabbe)在1887年翻译出版。1887年还出版了《阿瑟·戈登·皮姆历险记》(*The Adventures of Arthur Gordon Pym*,1837—1838)的一个新译本。⑦ 因此,在短短几年内,爱伦·坡的所有散文作品几乎都得以再版。单单市场能够涌现这么多的新的译本这一点,就足以证明在19世纪末的法国,爱伦·坡的名望飙升与法国新的文学流派的兴起有所关联。

此时,爱伦·坡的诗歌也开始在法国流行。从1870年到1880年,得益于马拉美的努力,爱伦·坡的大量诗歌在众多杂志上翻译发表。1872

---

① See Ellis Hanson, *Decadence and Catholicism*. Cambridge: Harvard University Press, 1997, pp. 3—4.
② 于斯曼:《逆流》,余中先译,上海:上海译文出版社,2016年,第249页。
③ 参见乔里-卡尔·于斯曼:《逆天》,尹伟、戴巧译,上海:上海文艺出版社,2010年,第184页。
④ 自1848年7月一直到其逝世(1867)的19年间,波德莱尔坚持翻译坡的作品。
⑤ See Jean Pierrot, *The Decadent Imagination*, 1880—1900. Tran. Derek Coltman. Chicago: The University of Chicago Press, 1981, p. 28.
⑥ Ibid.
⑦ Ibid., p. 27.

年，他的八首诗发表在《文艺复兴文学与艺术》(La Renaissance littéraire et artistque)上；稍后，在1876年到1877年间，更多的诗歌翻译出现在《共和国文学》(La République des lettres)上；同一时期，两首诗的翻译以限量版的形式出现，一首是马拉美翻译的《乌鸦》(The Raven)，一首是埃米尔·贝尔蒙特(Emile Blemont)翻译的《钟声》(The Bells)。鉴于这些诗歌翻译版本的出版模式，这些诗歌翻译可能只会在小圈子里流传；尽管如此，它们的确可以作为证据，证明当时波德莱尔的那些最虔诚的信徒们——如马拉美、维利耶·德·利尔-阿达姆——在译介爱伦·坡的作品时所做出的努力，使得这位美国作家在法国赢得钦慕。也就在此时，马拉美正着手写作有关爱伦·坡的一篇文章——最终，它成为纪念爱伦·坡的著名文章，出现在在巴尔的摩发行的一本回忆录中。[①]

在这些年里，评论家们对爱伦·坡的作品的兴趣越发明显。1883年，朱尔斯·巴尔贝·多尔维利发表了对亨内昆译《怪诞故事集》的评论。1884年，在小说《逆流》中，除了引用《阿瑟·戈登·皮姆历险记》外，于斯曼也插入了对爱伦·坡的赞美之辞："深刻和奇特的坡！自从德泽森特开始重读他，他就一直身处喜悦之中。"在接下来的一年里，亨内昆在《当代杂志》(La Revue contemporaine)上发表了一篇重要文章。在19世纪的最后几年，几篇针对爱伦·坡的重要评论作品相继出现，其中最重要的两篇，一篇来自特奥多·德·维泽瓦，另一篇来自卡米尔·莫克莱尔(Camille Mauclair)。[②]

爱伦·坡痴迷于各种形式的梦幻。他"从一个贪婪的、渴望物质的世界的内部冲杀出来，跳进了梦幻"[③]，对他而言，"全部的确实性存在于梦幻之中"[④]。爱伦·坡所说的确实性，指的是深藏于人类灵魂最深处的某种终极真相，而"梦幻"在爱伦·坡的创作中则与"反常""非理性"等词在意义上十分接近。爱伦·坡对于梦幻和反常的偏好，并不仅仅出于一种审美表达的动机，也出于一种哲学式探究的愿望。两种动机相结合，使爱伦·坡的创作成为一种有力量的启示性的文本。爱伦·坡对现代文明极尽讽刺，这主要源于其对人类本性的基本认知。他是"人类天性乃是凶

[①] See Jean Pierrot, *The Decadent Imagination, 1880—1900*. Tran. Derek Coltman. Chicago: The University of Chicago Press, 1981, pp. 27-28.

[②] Ibid., p. 29.

[③] 夏尔·波德莱尔：《浪漫派的艺术》，郭宏安译，南京：译林出版社，2014年，第267页。

[④] 同上书，第269页。

恶"这一观点的坚定信徒。他说：

> 在人身上，有一种现代哲学不愿意考虑的神秘力量，然而，倘若没有这种无名的力量，没有这种原始的倾向，人类的许多行动就得不到解释，就不能解释。这些行动之所以有吸引力，仅仅是因为它们是丑恶的、危险的，它们拥有引向深渊的力量。这种原始的、不可抗拒的力量是自然的邪恶，它使人经常而且同时是杀人的和自戕的……
>
> 对于某些丑恶危险的行动不可能找到充分合理的动机，这可能导致我们将其看作魔鬼的暗示的结果，如果不是经验和历史告诉我们上帝也常常借此来建立秩序和惩罚恶人的话。在把这些恶人当做了帮手之后，我承认，作为一种既恶毒又必然的言外之意悄悄溜进我脑中的就是这句话！但是，眼下我只想考虑这个被遗忘的伟大真理，即人的原始邪恶，而且我怀着某种满意的心情看到有些零星的古代智慧从一个我们料想不到的国家中传来。某些古代真理在所有这些人道的颂扬者、这些催眠者面前炸个粉碎，这真是一件快事。这些催眠者用各种各样的腔调重复着："我生来就是善良的，你们也是，我们都是生而善良！"这些颠倒的平均主义者，他们忘了，不，他们装作忘了我们生来就是赞成恶的侯爵！①

就爱伦·坡的那些富有梦幻、神秘色彩的故事而言，真正激发评论家兴趣的，并非其恐怖的效果，而是其所展现的技巧之完美。因此，亨内昆特别强调了爱伦·坡在篇章构思中表现出的极端精确性，指出"坡的每一部作品中所施展的魔力是直观的"，并将他描述为"超自然领域的数学家，在理性推理方面有着沉着镇静的逻辑头脑"。② 休斯就他在爱伦·坡的作品中发现的诗人与数学家的联合做了评论："他以预言家的雄辩描绘了自己的梦。没有什么能比《降落到旋涡》(A Descent into the Maelström)中的描绘更不可思议，然而读者却发现自己被难以抗拒地牵引着，并彻底相信了叙述者所描绘的故事。我们在坡的身上发现，两种品质极为罕见地同时展现在一个人身上，那就是——惊人的想象力以及具有数学上的

---

① 夏尔·波德莱尔：《浪漫派的艺术》，郭宏安译，南京：译林出版社，2014年，第268—269页。
② Quoted in Jean Pierrot, *The Decadent Imagination, 1880—1900*. Tran. Derek Coltman. Chicago: The University of Chicago Press, 1981, p.29.

精确的分析性思维。"①

然而，正如之后的评论家所强调的，最重要的是爱伦·坡在精神分析上的独创性，以及他对所有边缘情感和感受的重建。莫克莱尔对爱伦·坡的解读是，其作品清晰地反映了当时文学中的想象性元素。关于想象的观点正在发生改变，如今人们认为，想象不再是超自然领域的事，而是来源于现实的一个崭新维度：

> 其作品中荒诞离奇的效果并非来自对现实生活的任意扭曲，而是来自他对现实所做的一种深入和更加直接的应用研究，他的直觉能够穿透和超越现实中的已知层面。他的想象力并非体现在创造一个远离现实世界的虚幻世界，而是体现在借助最不可思议的心理学研究，从而穿透现实世界，并从中提取其固有的奇特性。当我们读完坡的一则故事时，我们并没有忘记眼前的宇宙而去一个梦的世界做短暂的逗留；我们已经获得了一个新的动机——以一种更加专注的冥思去幻想我们周围的一切。借助物质主义本身所提供的进展，我们已经在一定程度上增长了我们的理想主义……[他的想象力]与宇宙一般法则的本能相连通；它是一种介入实践理性的观察中的纯粹理性的活动。基于这个事实，它站在所有扭曲现实的对立面上：假如它看起来与显而易见的真实相矛盾，那么这不过是为了用一种内在的真实替换它。坡并非通过召唤我们去参观其小说中罕见的纯粹虚构形式的汇编而撼动我们，而是当我们凭借他的双眼去观看时会发现，日常生活中最不起眼的事实里实则蕴含着无比肥沃的令人感到惊愕的内容。他没有带领我们逃离现实世界，而是引导、牵引我们走向它的深处，从而向我们展示我们不曾知晓的神秘的泉源……坡的虚幻世界实质上是人的精神世界。②

像爱伦·坡这样的真正有本领的小说家或多或少也是哲学家，总是能够"瞄准令人惊奇的东西"，表现出"对一种永恒的超自然主义的关注"。③ 由此可见，波德莱尔所解释的这种非同一般的"想象"是一种某种程度上比哲学式的思辨更可靠的探索生命之深邃奥秘的途径，一种近乎

---

① Quoted in Jean Pierrot, *The Decadent Imagination*, 1880—1900. Tran. Derek Coltman. Chicago: The University of Chicago Press, 1981, p. 30.
② Ibid., p. 31.
③ 参见夏尔·波德莱尔:《浪漫派的艺术》，郭宏安译，南京：译林出版社，2014年，第233页。

神的能力,它能够在思辨的方法启用之前就先觉察出事物之间内在的、隐秘的关系,应和的关系和相似的关系。这种解释颠覆了人们对于小说"虚构性"本质的传统认知。由想象力构筑的小说本质上并不是纯粹的虚构,而是对生命深层真相的一种有力度的勘探。

像亨内昆一样,莫克莱尔也强调爱伦·坡的心理分析的深奥性。与波德莱尔类似,在 19 世纪行将结束之时,他的作品日益流行,名望逐日攀升,在 19 世纪末最后 20 年的文坛产生了相当普遍的影响。波德莱尔最早的一批门徒——如马拉美①、魏尔伦和维利耶·德·利尔-阿达姆——都深受爱伦·坡的影响。莱昂·雷蒙尼(Léon Lemonnier)写了一系列文章论述罗里那、萨曼·罗登巴煦(Samain Rodenbach)和古斯塔夫·卡恩(Gustave Kahn)等法国作家的作品与爱伦·坡的作品之间的内在关联。他还引用了梅特林克在 1928 年写给他的信中的话:"正如他在我的那些同辈人身上所显示出的影响一样,埃德加·坡对我的影响巨大、持久而且深远。正是他促就了我的神秘精神意识的发展,并激发了我对所有超越生活之物的激情。"②

二、弗兰克·诺里斯

弗兰克·诺里斯(Frank Norris,1870—1902)生于芝加哥一个富裕商人家庭,14 岁时随父母迁居旧金山。少年时代曾远赴巴黎专攻美术,但以失去对丹青的兴趣而告终。回国上了加利福尼亚大学伯克利分校。结束学业后,诺里斯去南非当过记者,遇上英方警察搜捕事件,又染上了热病,只得提早回国。后来他先后当过《旧金山之波》杂志的助理编辑、《麦克卢尔杂志》的记者,曾赴古巴报道美西战争,不久又改换门庭,在纽约道布尔戴出版公司任职。在生命的最后几年里,他把精力都用在文学创作上,其主要文学业绩也就是在生命的最后年月内取得的。他撰写了多部小说,有的尚未完成或出版,他本人就于 1902 年死于因盲肠破裂引起的腹膜炎。诺里斯创作初期的作品——如描写海上传奇的《"莱蒂夫人号"上的莫兰:加利福尼亚海岸的冒险故事》(*Moran of the Lady Letty: A Story of Adventure off the California Coast*,1898)——深受浪漫主义

---

① 1870—1880 年间,马拉美为了使法国读者更好地认识爱伦·坡这位"伟大导师",做了不少努力。

② Quoted in Jean Pierrot, *The Decadent Imagination*, 1880—1900. Tran. Derek Coltman. Chicago: The University of Chicago Press, 1981, p. 33.

的影响，之后的小说除了受到左拉自然主义创作方法的影响外，也显示出颓废主义的一些典型特征。

以《凡陀弗与兽性》(*Vandover and the Brute*，1914)[①]为例。尽管人们在主人公凡陀弗(Vandover)身上发现了与自然主义文学中主人公的一些相似之处——吃苦耐劳、弱不禁风、能屈能伸，使我们不禁联想到左拉笔下的绮尔维丝(Gerviase)，但值得注意的是，在凡陀弗职业生涯的某个特定阶段，他培养了一种高雅的审美趣味，这使他接近了另一种文学类型——颓废主义。

凡陀弗是一个富有的年轻人，沉溺于一系列纵欲的生活——这使他产生了精神焦虑与倦怠。凡陀弗决定如其法国小说中的原型一般避世，过幽寂、僻静的隐居生活。为此，他在旧金山市中心租了两间房，并大致参照德泽森特的怪诞品味来布置家居。忽然间，凡陀弗变成了一位美学家。他的房间恍如一个隐居之地，一个处处依据自己的喜好布置的避世之所。客厅装潢秉持荒诞审美艺术，重视细节，与德泽森特的房舍并无二致。他像极了除关注身边人工美与阅读几页古罗马颓废主义的书籍之外，完全孤独而被动地生活着的德泽森特。如德泽森特一般，凡陀弗对色彩同样十分痴迷。他过着独居式生活，除了偶尔读书、思忖如何改进房间的陈设美学以外，终日无所事事。正如德泽森特有金龟、仿真花与其他可用于消磨时光的怪癖一般，凡陀弗也自有其消遣度日的诸种独特法门。在怠惰的时光里，凡陀弗养成了一些琐碎的习惯，常用一整天做些微不足道的小事。不过，凡陀弗职业生涯中的颓废阶段，或者说审美阶段，并未持续太久；他那软弱的脾性开始显现，渐渐地，他愈陷愈深，像绮尔维丝一样消沉、堕落。

诺里斯另一部小说《深渊》(*The Pit*，1903)中的艺术家科瑟尔某种程度上与德泽森特也有所关联。和德泽森特一样，他是一个富有的年轻人，生性敏感，体态瘦削。他首先是位美学家，这也与德泽森特无异。不过，科瑟尔绝不像德泽森特一般古怪，也不曾在生命的某个时期，沉浸于纵欲的生活。与此相反，事实上，科瑟尔在情爱问题上异常被动。对于《逆流》，诺里斯最感兴趣的地方，似乎是小说中对隐居之地的描述：在寂静的夜晚，男主人公独坐在炉火旁，仿佛在读书，又仿佛已然坠入梦乡，四周散

[①] 《凡陀弗与兽性》是诺里斯早年在哈佛大学时创作的一部小说，完成于1895年，但并没有立即出版，1914年才问世。

落着几本珍品书籍、手稿与美丽的颓废主义画作。科瑟尔这一人物形象，正是在相近环境下，以相似的方式描绘出来的。值得注意的是，诺里斯通过描述科瑟尔房间装饰着"一尊古罗马时期的颓废半身像"，隐示了科瑟尔与颓废主义的联系。

综上，在《凡陀弗与兽性》中，凡陀弗常被认为是典型的自然主义者，他阐明了环境对个体发展有重要作用的理论。而后，他很可能于人生的某个阶段，模仿了于斯曼笔下的德泽森特。在生命的终期，凡陀弗受《小酒馆》的启发，遵循了其中所描绘的顺其自然的堕落过程。在《深渊》中，诺里斯将意志坚定的商人杰德温（Jadwin）与美学家科瑟尔相比较，某种程度上，后者令人联想起德泽森特。凡陀弗和科瑟尔都没有像于斯曼笔下的主人公那样，成为行为过分荒诞的文学典型。尽管在诺里斯笔下的角色中，我们找不到于斯曼作品主人公身上那种显而易见却又异乎寻常的享乐主义；但仍易看出，德泽森特身上的某些习性已被恰如其分地移接、改造，调整为满足居住于旧金山、芝加哥等城市背景条件的人物的个人特性。

事实上，法国颓废主义大师于斯曼对 19 世纪末美国作家的影响并不仅限于诺里斯。早在 1880 年，美国法裔诗人斯图尔特·梅里尔（Stuart Merrill）首次在美国翻译了于斯曼的作品，据美国记者弗兰克·克利里·哈尼根（F. C. Hanighen）所说，这位法国作家的第一位美国弟子是詹姆斯·胡内克（James Huneker）。1885 年，胡内克为季刊杂志《纽约当地》（M'lle New York）写的一则题为《当黑色混乱被听到时》（When the Black Mess was Heard）的短文，就模仿了《在那边》中的幻觉描写的手法。哈尼根还提到，卡尔·范·韦克滕（Carl Van Vechten）、埃德加·索尔特（Edgar Saltus）、拉夫卡迪奥·赫恩（Lafcadio Hearn）和本·赫克特（Ben Hecht），都是与于斯曼创作风格一脉相承的美国作家。

三、邓南遮

邓南遮（Gabriele D'Annunzio，1863—1938）是 19 世纪末意大利无可争议的颓废主义大师。1863 年 3 月 12 日，他出生在意大利中部靠近亚得里亚海岸的小城佩斯卡拉的一个中产阶级家庭。1881 年，邓南遮进罗马大学文学系学习，同年 5 月，发表诗集《新歌》，热情讴歌生活的欢乐和大自然的美，体现了自然主义的艺术风格。邓南遮的早期作品以短篇小说为主，主要包括短篇小说集《处女地》(1884)、成名诗作《少女的书》

(1884)、短篇小说集《圣·潘达莱奥内》(1886)等。这些作品大都属于风俗研究的范畴,致力于对风土民情的描写,突出强调生活环境在人们身上留下的烙印。

1881年至1891年,邓南遮主要生活在首都罗马,他沉湎于上流社会豪华奢侈的生活,经常出入首都沙龙。他淫荡好色,在贵夫人扇面上题写歪诗,为了女人而去决斗。在一次决斗中,因头皮受伤而留下一个长长的疤痕,并因此开始秃头。这种生活作风是他创作上颂扬享乐、纵欲和美化个人主义以及在艺术上追求华丽、细腻的那种唯美—颓废艺术观所赖以形成的思想基础。

1889年出版的长篇小说《欢乐》(*Il Piacere*,1889)与随后发表的《无辜者》(*L'innocente*,1892)和《死之胜利》(*Il trionfo della morte*,1894)构成了在当时意大利文坛风靡一时的"玫瑰三部曲",确立了邓南遮独特的艺术风格,表现出明显的唯美—颓废倾向,因此知名于欧洲的文化艺术界,并占据了一席之地。1892—1894年,《无辜者》和《死之胜利》被译成法文在法国巴黎出版,很快引起评论界强烈反响,被认为是宝贵的杰作。其后不久,此作又被译成英文和德文。

1900年,邓南遮完成了设想中的"石榴三部曲"中的第一部作品《火》(*Il fuoco*)[①]。在小说主人公诗人斯泰利奥身上,艺术、生活、梦幻和成就融为一体。可以说,《火》是邓南遮的颓废风格趋于成熟的重要标志,流露出浓郁的诗意。小说之所以题名为《火》,源于书中第一部分所描写的主显节之火。在作者笔下,1月6日的主显节之夜,烟火满天的威尼斯水城犹如"漂浮在水面上的一团经久不熄的火球"。

1910—1915年间,邓南遮移居巴黎。其间创作的《圣·塞巴斯蒂女的殉难》一剧隐约地带有笃信基督的宗教色彩。《对死的默想》写的是邓南遮的两位朋友——诗人乔瓦尼·帕斯科利和天主教教徒安道尔夫·布雷蒙——去世的消息同时传来时所想到的一切。侨居巴黎期间,邓南遮文学创作中的颓废倾向达到高峰,追求艺术与生活的绝对交融以及艺术创作的音乐性。1938年3月1日,邓南遮突发脑出血去世。

邓南遮是意大利颓废主义作家中最有代表性的一位,他代表了处在整个欧洲社会大动荡、大分化时代作家、艺术家的所谓"反常"的思想和心态。邓南遮认为,生活就是艺术,生活应该像艺术一般美。在文学创作

---

① 另外两部名为《人之胜利》和《生命的凯歌》,但并未如愿完成。

中,他着力于探求那"无法效仿"的生活中的美的意境,从而把文学作品看作是一幅镶嵌画一样的装饰品,力图用文学语言来雕琢出一种"难以效仿的生活"。邓南遮在作品中深入探索、细细捕捉蕴含在生活中的美的内在实质,因为他认为生活是美和力量两种形式的永恒的交替,是声音和色彩的交响乐,当声音和色彩与非凡神圣的人自然交融在一起时,人们就能享受无上的乐趣,领略那狂热的激情。意大利当代现实主义作家维塔利亚诺·勃朗卡蒂(Vitaliano Brancati)在青少年时期就曾拜读过邓南遮的作品。在他的印象中,邓南遮的作品仿佛是一部奇妙的装置,能够极大地增强人们的嗅觉、视觉、听觉和触觉,使得芳香、光线、声音和触觉一齐向人们涌来。这种评论很容易让人联想到波德莱尔、于斯曼等法国颓废主义作家的创作风格。

　　邓南遮的作品中最为典型的一个颓废特征是其对死亡主题的痴迷。与萨德侯爵、波德莱尔、于斯曼、王尔德等颓废主义作家一样,邓南遮的作品中常常显示出对与死亡相关的话题的痴迷。"死亡"是邓南遮文学创作——包括诗歌、戏剧、小说及短篇故事等——中的重要元素或核心话题。例如,在其自传体遗作《密书》(*Libro segreto*,1935)中,邓南遮将自己对生命的追忆称为"死亡研究",因为死亡经常以这样或那样的方式出现在他的童年中。在其非虚构性作品中,"死亡"作为一种个体的沉思,常常借由他对已故朋友的回忆而显现。在其小说《死之胜利》中,邓南遮首次对"死亡"的意义进行了深刻反思。与于斯曼笔下的主人公德泽森特一样,邓南遮笔下的主人公乔吉奥·奥里斯帕很大程度上也可以被解读为对 19 世纪末文化核心中的悲观主义与危机意识的人格化表达。具体而言,它成为一种文学上的隐喻,既反映了在工业文明及资本主义文明胜利的前夕,环绕在知识分子角色周围的危机,也影射了"个体"在新兴大众社会中的无力感。[①] 在这类形象身上,"自杀"代表了对现实生活的抗议,而非对死亡本身的欢庆。[②] 邓南遮一定程度上认同叔本华有关"死亡"的基本理念,相信生命的存在不过是死亡的酵母;不过,与叔本华有所差异的

---

　　① See Marja Härmänmaa, "The seduction of Thanatos" in *Decadence, Degeneration and the End*. Eds. Marja Härmänmaa and Christopher Nissen. New York: Palgrave Macmillan, 2014, pp. 225—226.

　　② 马尔贾·哈曼那(Marja Härmänmaa)提到,一些学者认为,这是文学自杀(literary suicides)中的常见情形。参见 C. Glicksberg, *Modern Literature and the Death of God*. The Hague, Netherlands: Martinus Nijhoff, 1966, p. 88。

是,在邓南遮的观念里,对"死亡"的感知非但不是毁灭性的或虚无主义的,反而能够激发对于"生"的狂热。① 既然"死亡"是"生命"的完结,那么它就不应是偶发性的。邓南遮认为要为生命创造一种"英雄式"的终结。正如他在一部自传体作品《死的沉思》(1912)中所说的那样:"我不想要平静;我想在激情与冲突中死去,让死亡成为最甜蜜的胜利时刻。"② 由此人们便不难理解从第一次世界大战战场上侥幸生还的邓南遮在得知其战友已光荣牺牲之后所发出的悲愤的呼喊:"死亡原本要带走两个,而今却违背了契约……违背了公正,违背了荣誉,只带走了一个。"③ 邓南遮最终因脑出血孤独离世,终究未能获得他所渴慕的"英雄式"的死亡。④ 对邓南遮来说,死亡不是毁灭,而是变形(transfiguration),是人从肉欲存在向纯粹精神存在的变形,精神由此从身体的监禁中获得解放。⑤ 由此,死亡便不再意味着生命的寂灭,而是昭示着不朽的永生。

---

① See Marja Härmänmaa, "The seduction of Thanatos" in *Decadence, Degeneration and the End*. Eds. Marja Härmänmaa and Christopher Nissen. New York: Palgrave Macmillan, 2014, p. 231.

② Quoted in Marja Härmänmaa, "The seduction of Thanatos" in *Decadence, Degeneration and the End*. Eds. Marja Härmänmaa and Christopher Nissen. New York: Palgrave Macmillan, 2014, p. 231.

③ Ibid.

④ 有关邓南遮的个人传记可参见 J. Woodhouse, *Gabriele D'Annunzio*. Oxford: Oxford University Press, 2001。

⑤ See Marja Härmänmaa, "The seduction of Thanatos" in *Decadence, Degeneration and the End*. Eds. Marja Härmänmaa and Christopher Nissen. New York: Palgrave Macmillan, 2014, p. 235.

第三章
颓废主义诗学

　　颓废派之"反自然"的艺术理念和创作实验乃是其为实现自由的理想而精心设计的一场雄心勃勃的计划。"反自然"指的是"建立一种与自然世界的种种谬误、不公正和盲目机制直接对抗的人类秩序"①，通过对代表着无法辩解的自然秩序的反叛，颓废派达成了对自身自由创造力的发挥与对自身独创性价值的确认。王尔德提出，作为一种创作方法，现实主义是完全失败的，因为对自然事物与日常现象的"描摹"与"复刻"乃是对艺术的降格与贬低。他说："享受自然！我很高兴地说，我已经完全丧失那种能力。"②对颓废派而言，如果人们不检查或至少修改对现实的怪异崇拜，艺术将会绝种，美将从大地上消失。在"反自然"的美学思想的鼓舞下，他们从"一个贪婪的、渴望物质的世界的内部冲杀出来，跳进了梦幻"③。这种"梦幻"世界，本质上不再是超自然领域的神秘异己力量的产物，而是突破工具理性的束缚和自然感官的局限，展现人之边缘、隐秘、反常心理的场所。幻境的营造不是作为一种目的，而是作为一种手段，使人在沉醉与眩晕中，穿过显而易见的表象的迷雾，深入灵魂的深处，搜寻并解释灵魂深处的幽微密语，把灵魂的真相从表象的层层遮蔽中拯救出来。此种美学追求由此造就了颓废的语言风格，"这种颓废风格是那个一直被

---

① 萨特：《波德莱尔》，施康强译，北京：北京燕山出版社，2006年，第74页。
② Quoted in Jean Pierrot, *The Decadent Imagination*, 1880—1900. Tran. Derek Coltman. Chicago: The University of Chicago Press, 1981, p.20.
③ 波德莱尔：《波德莱尔美学论文选》，郭宏安译，北京：人民文学出版社，1987年，第192页。

要求表达一切的、已经被推至绝对限度的语言世界的最后努力"①。

第一节 "反自然":颓废主义的审美观

一、"反自然"审美的来源

笼统地说,"反自然"的颓废审美的出现与以工业革命为鲜明标识的现代工业文明的开启息息相关。可以说,没有现代工业文明进程的开启,就不会有"反自然"的颓废审美的诞生。在这一总体判断之下,我们又可以从如下几个具体的层面来追溯颓废派"反自然"审美的来源:

其一,"反自然"审美与颓废派对艺术本质的理解息息相关。对他们来说,艺术就是要表达美。他们所追求的这种美,并非指事物之现实表象意义上的怡人的外表,而是指一种蕴含了黑格尔所谓"绝对精神"的表现形式。艺术将理念与诉诸感官的形象调和成一种自由统一的整体。换句话说,艺术之所以美,是因为它用感性事物的具体形象表现了绝对精神。人们无法在现实的感官经验中直接感知绝对精神,因而必须借助对具体形象的感官经验这一中间环节。由此,艺术家要创造出表现美的艺术作品,它所要呈现的"美的现象"就既不是一种自然存在的客观的现实表象,也不是这种现实表象借着感官的作用投射在人们心中的主观印象,"而是一种现象学意义上的现象,是一种'本质直观'的现象。更确切地说,这种现象是融合了现象背后的本质才得以产生,是现象与本质融合的产物"②。

其二,文学的关注点发生重大转向,逐渐从对外部世界的描摹转向对内部(精神)世界的发掘。工业文明语境下,现代人的生产和生活环境越来越与自然相分离,而趋向于人工化。大机器生产模式下,人们在钢筋水泥建起的人工厂房工作,在狭窄的城市公寓里生活,在琳琅满目的商店里购置现成的生活物资,在灯红酒绿的现代化娱乐场所里寻求欢愉……在

---

① T. Gautier, introduction to C. Baudelaire, *Les Fleurs du mal*. Tran. Christopher Nissen. Paris: Lévy, 1869, pp. 16–17. Quoted in Marja Härmänmaa and Christopher Nissen, eds., *Decadence, Degeneration and the End*. New York: Palgrave Macmillan, 2014, p. 2.

② 鲍姆嘉通:《鲍姆嘉通说美学》,高鹤文、祁祥德编译,武汉:华中科技大学出版社,2018年,第60页。

这人为的现代生活中,人的情感、记忆不是投射在自然中,而是投射在无处不在的各种人造物上。由此,要展现、分析现代人的精神体验,就自然而然要在各种人造物而非自然物中搜寻情感的印记。

被誉为"颓废主义圣经"的小说《逆流》的作者于斯曼给庸俗粗鄙的现代事物赋予了诗意。整部小说实际上是对工业文明语境下现代人的感觉、情绪所作的一份详尽的分析和记录。人造物是这本充满诗意的现代小说中的核心意象。作者借助想象/幻觉,在人造物的外形、气味、触感等留给人的独特印象与理性主义的生产生活方式给现代人带来的压抑、愤懑、无力、绝望的个人生存感受和情绪之间创造出了一种奇妙的对应关系。也就是说,对人造物的种种感觉印象成了现代人情感、精神片段的标本。由此,对人造物的分析本质上不过是对现代人的痛苦[①]所作的细微解剖。这种书写和呈现,作为一种精神—心理上的释放和补偿,实质上表达了对扼杀个人自由生命力的理性主义的强烈不满和抗议。

人经由自己的眼光,将自身隐秘的感觉投射在人造物中,各种人造物构筑的人工景观由此成为人的精神/感觉的栖息地和大观园。"我"与我构筑的人造景观之间建立了一种没有第三者打扰的隐秘的精神关联,当我注视我所造就的人工景观之时,就像是在看我自己的各种精神/感觉。在这种注视中,我的精神得到了一种特殊的安慰,我为自己的隐秘感觉建造了一个"人工天堂"。这是工业社会中现代人的独特的生活体验。人的眼光从上帝那里转移到了人造物上。"人造物"由此在某种程度上成了一种"宗教替代物"式的存在,具有了一种神圣的意味。[②]

其三,工业时代由新技术发明出的人造物的确给人带来了从自然物中难以获取的新奇的感觉体验。以伦敦博览会为代表的世界各地博览会的壮观景象为我们提供了最为典型的例子。博览会带给人们强烈的感官刺激。置身其中,如入幻境。这种幻境体验激发出一种工业文明之前未曾有过的人工的想象。1851年5月在伦敦举办的世界博览会成为当时轰动一时的事件。"博览会吸引了每一个人,打乱了一切(正常生活),它

[①] 这种痛苦以一种现代医学还无法清晰解释的方式使现代人无论在生理上还是在精神上都呈现出各种病态。

[②] 这不禁让人们想起朗西埃对马拉美的"人工崇拜"倾向的解读,朗西埃认为马拉美的"人工崇拜"倾向与其对古代神祇和基督教均失去信仰直接相关。"人工崇拜"是践行马拉美头脑中的新的"人性化"宗教的核心策略。

的的确确把伦敦社会搅得发疯了。"①"此后数十年间,各种商品博览会不断在世界各地举行。这些展销会……为参观者提供了一个由形象系列组成的梦幻世界。"②"博览会实际上提供了一个形象的世界,它展览的不仅仅是物品,而且是物品的表象。商品在摆设和展示的过程中,其审美的价值、符号的价值取代了它们的实用价值。"③"商品博览会使商品的形象因素大大突出。这种形象的幻觉效应使商品崇拜获得了感性基础。"④本雅明在评论巴黎世界博览会时指出:"世界博览会……构成了一个个画框,使商品的使用价值退居其后。它们制造了一种幻觉效应,人们正是受此吸引而前往。"⑤此外,"商品博览会对当时的艺术家也有直接的影响。法国和英国的印象主义画家如马奈(1832—1883)、德加(1834—1917)、莫奈(1840—1926)都是从这些展览会上直接或间接地获得东方的艺术品和工业品的。这些艺术商品对其绘画风格、题材选择均产生了极其深刻的影响"⑥。

其四,自然观的变迁。理性主义的发展和现代科学的大力推进大大深化了人们对自然的认识,强化了人们对自身力量的自信,由此带来两个层面的直接后果:一、自然在人们心中那令人敬畏的神性意味以及神秘的美感大大削弱,自然对人的吸引力由此降低;二、在理性思维的引导下,人们越来越将自然辨识为一种无秩序的、低等的、残缺的、丑陋的存在。

二、"反自然"审美的主要内涵

鼓舞了颓废主义作家的根本的美学思想是彻底的"反自然"的美学倾向。英国颓废主义作家王尔德在其《意图集》的开篇部分猛烈地抨击自然。他认为,自然无法提供任何真正的美:

---

① Journal of Gideon Martall, 23 May, 1851. 转引自周小仪:《唯美主义与消费文化》,北京:北京大学出版社,2002年,第96页。
② 周小仪:《唯美主义与消费文化》,北京:北京大学出版社,2002年,第96—97页。
③ 同上书,第96页。
④ 同上。
⑤ Walter Benjamin, *Charles Baudelaire: A Lyric Poet in the Era of High Capitalism*. Tran. Harry Zohn. London: NLB, 1973, p.165. 转引自周小仪:《唯美主义与消费文化》,北京:北京大学出版社,2002年,第96页。
⑥ 周小仪:《唯美主义与消费文化》,北京:北京大学出版社,2002年,第97页。

享受自然！我很高兴地说，我已经完全丧失那种能力。人们告诉我们，艺术使我们以前所未有的程度热爱自然；艺术向我们解释了自然的秘密；在柯罗(Corot)和康斯特布尔(Constable)的仔细研究后，我们看到了之前逃离了我们视域的东西。我自己的经验是，越多地研究艺术，就越少关心自然。艺术真正向我们揭示的是自然的缺乏设计和她不可思议的简陋，她格外的单调乏味，她绝对未完成的状态。当然，自然有好的意图，但就像亚里士多德曾经说的那样，她无法让事情得到实践。当我眺望一片风景时，我禁不住去观察它的所有缺憾。然而，这对于我们来说是幸运的，因为自然是如此不完美，否则的话我们就完全不会有任何艺术了。艺术是我们精神的反抗，是我们把自然导向她合适的位置的勇敢尝试。①

由以上陈述引出的观点便是，艺术必须拒绝"模仿自然"这一作为古典审美的基石的创作原则，并且要尽可能地远离现实。因此，陆地上的风景无法成为灵感的来源，如果我们把自然解读为与有自觉意识的文化相反的天然的简单本能，那么在这种影响下创造的作品通常是老式、陈旧和过时的。由此，王尔德极力谴责当时已经成为19世纪文学的典型的现实主义倾向，抨击当时的一些伟大的英国小说家和法国自然主义者。他认为，他们通过将艺术降低为一种仅仅是复制日常现实的尝试，因而贬损了艺术。王尔德坚称现实主义作为一种创作方法是完全失败的，并断言，倘若人们不检查或至少修改对现实的怪异崇拜，艺术将会绝种，美将从大地上消失。由此，自然和艺术之间传统上已建立的关系发生转换。当把这个话题推向它的最终结论时，王尔德甚至表达了一个悖论，那就是：真正的艺术非但不是对自然的模仿，它甚至还为自然提供模型。这个信念可以在1891年12月他的一封为《石榴的房子》的插图作辩护的信里找到：

不管那些镀金的笔记说了什么，不管在被表述为混乱的大自然里能否找到和他们相似、对应的事物，这些都不重要……如果自然中的一种事物使我们想起了艺术，它会变得更加可爱，但如果艺术中的一种事物让我们联想到了自然，那么它就不具有真正的美。艺术作

---

① Quoted in Jean Pierrot, *The Decadent Imagination*, 1880—1900. Tran. Derek Coltman. Chicago: The University of Chicago Press, 1981, pp. 20—21.

品留给人的基本的审美印象与辨认或相似毫无关联。①

同样,我们还发现他宣称"生活模仿艺术远甚于艺术模仿生活",还有"自然和生活一样,都是对艺术的模仿"。作为证据,他举例说当时英国妇女中流行的美的造型,都是对诸如罗塞蒂(Rossetti)或伯恩-琼斯(Burne-Jones)这类女主人公形象的模仿,他还声称:"一个伟大的艺术家创造一种类型,而生活试图模仿它,像出版商一样以一种流行的形式复制它。"伟大的艺术家就是那个改变了我们对现实的看法的人:

> 众所周知,19世纪很大程度上是巴尔扎克的创造物……如果不是从印象派那里,我们从哪里能得到那些沿着街道潜行,模糊了汽灯,把房屋变成怪异的阴影的棕色的雾?这个在过去十年间伦敦的气氛中发生的显著的改变,完全是因为这种特殊的艺术流派。②

就像艺术一定要独立于自然一样,它还不能束缚于任何道德的成见。跟随着戈蒂耶和波德莱尔,王尔德宣布了审美对道德的征服。例如,在1890年的一封信里他写道:"先生,一位艺术家完全没有道德上的同情心。美德和邪恶对他而言仅仅是像调色板上的颜色对于画家那样。"王尔德由此进一步反对用道德来鉴定艺术的传统观点,他宣称,一个伟大的艺术家完全有可能同时也是一个十足的罪犯:"一个人是下毒者这个事实与他从事散文创作之间并无冲突。家庭道德不是艺术的真正基础……在犯罪和文化之间,并没有本质的冲突。"③由此,他追随波德莱尔,确认了罪恶的审美繁殖力。"艺术本质上是一种虚构(fiction)"的说法被王尔德挑衅地改述为"艺术就是说谎"。他对这种说谎的辩护形成了《意图集》中的第一篇文章的理论基础。他一边对现实主义作家如此看重观察的恩赐表示蔑视,一边为想象高唱赞歌。想象对于他就像对于波德莱尔一样,是"才能的女王"。在1891年写给在法国的艾德蒙·德·龚古尔的一封信里,王尔德坦陈,他的美学的基础是"非真实的哲学"。

针对一篇将《道林·格雷的画像》中的人物形象批评为"不过是对并不存在的事物的华而不实的启示"的文章,王尔德回应道:

---

① Quoted in Jean Pierrot, *The Decadent Imagination*, 1880—1900. Tran. Derek Coltman. Chicago: The University of Chicago Press, 1981, pp. 21—22.
② Ibid.
③ Ibid.

非常对。如果他们存在,那就不值得写了。艺术家的职能是创造,而非记录。并不存在这样的人。倘若果真存在,我就不会写他们了。生活的现实性总会糟蹋艺术的题材。文学的最大快乐就是把不存在的东西变成现实。①

王尔德有关艺术家的职能在于创造而非记录的这种观点很容易转化为一种与风格有关的观念,即它是艺术家对生活提供的素材所做的一种精心策划的扭曲,是赋予现实以一种审美维度的唯一方法。以王尔德为代表的颓废主义作家由此提倡并寻求在自己的作品中体现一种想象力和好奇心占主导地位的写作。

第二节 颓废主义:"精准"的想象与"精微"的感觉

一、"颓废":"精准"的想象

颓废主义作家笔下的超自然的想象实际上不再是神秘异己力量的产物,而是来源于现实内的一个崭新维度,是展现边缘反常心理的场所。就这一点而言,爱伦·坡为19世纪中后期那些颓废主义后继者提供了最佳的典范。

普通的作家只有普通的想象力,只能堆砌和排列事件,不能加以安排,解释其神秘的含义,而像爱伦·坡这样的真正有本领的小说家——用波德莱尔的话来讲——或多或少也是哲学家,总是能够"瞄准令人惊奇的东西",表现出"对一种永恒的超自然主义的关注"。② 波德莱尔所评论的爱伦·坡作品中对超自然的关注以及他那能够"瞄准令人惊奇的东西"的能力,必须从象征主义的角度去理解。爱伦·坡在《吾得之矣》的前面写道:"我将此书献给这些人,他们相信梦幻是唯一的真实!"他从"一个贪婪的、渴望物质的世界的内部冲杀出来,跳进了梦幻"③。

为波德莱尔所赞赏的爱伦·坡小说中的"超自然/梦幻"世界,显然并

---

① Quoted in Jean Pierrot, *The Decadent Imagination*, 1880—1900. Tran. Derek Coltman. Chicago: The University of Chicago Press, 1981, p.23.
② 参见夏尔·波德莱尔:《浪漫派的艺术》,郭宏安译,南京:译林出版社,2014年,第233页。
③ 波德莱尔:《波德莱尔美学论文选》,郭宏安译,北京:人民文学出版社,1987年,第192页。

非与现实世界相对立的超自然的世界,而是人的灵魂世界。波德莱尔在《人造天堂——鸦片和印度大麻》(Les Paradis artificiels: opium et haschisch,1860,以下简称《人造天堂》)的前言中也表达了类似的观点:"理智告诉我们,地上的事情极少存在,梦里才有真实的现实。"①

法国作家莫泊桑对于梦幻主题的看法与爱伦·坡、波德莱尔等人非常相似。莫泊桑对"恐惧"有着十分独特的看法。在他的小说中,他似乎总是在暗示人们,他的作品中的幻觉元素实际上与一种清晰的病理状况直接相关。人们很难在客观现实中为那些动机不明的恐惧找寻到一种精确可信的解释,这说明这些恐惧的源头可能是内在的。也就是说,幻觉所标识的并非与现实世界相对立的超现实世界,而是人的灵魂世界。反常、诡异、病态的幻觉本身所暗示的并不是现实世界的崩溃瓦解,而是人类灵魂内部的崩溃瓦解。由此,不论是在爱伦·坡的作品中,还是在莫泊桑的作品中,抑或是在其他所谓颓废主义作家的作品中,梦境的营造不再是一种目的,而仅仅是一种手段,使人在沉醉与眩晕中,穿过显而易见的表象的迷雾,潜入人类灵魂的深处,把深邃的灵魂之真相从表象的层层遮蔽中揭示出来。

爱伦·坡用超自然的"想象"而非对人物本身的形象和行为等所作的写实性的心理分析来呈现精神内部的真实。爱伦·坡故事中的人很多时候只是一团模糊的阴影(如《人群中的人》《泄密的心》),作者从不费力去描写人的外部形象、行为。他并不以传统小说中人物形象的塑造来窥探其心理,而是以想象创造出超自然世界(反常怪诞的情绪、事物、事件、场景),同时借助一种类似数学家的逻辑,来精确地捕捉、分析、展现人的不可见的内部精神世界的真实。非凡的"想象"经由数学家般的缜密逻辑的打磨和推敲而取得了非凡的效果。由此,人们看到,在爱伦·坡的作品中,"想象"的内涵和功能正在发生巨变。"想象"不再是呈现脱离现实的虚幻境界的手段,而是呈现与外部现实相对的内部精神世界的真实的途径,"一种介入实践理性的观察中的纯粹理性活动。基于这个事实,它因而站在所有扭曲现实的对立面上:假如它看起来与显而易见的真实相矛盾,那么这不过是为了用一种内在的真实替换它"②。

通过创造这种"力求精确"的"想象",爱伦·坡实现了精神分析上的

---

① 夏尔·波德莱尔:《人造天堂》,高美译,武汉:华中科技大学出版社,2014年,第32页。
② Jean Pierrot, *The Decadent Imagination*, 1880—1900. Tran. Derek Coltman. Chicago: The University of Chicago Press, 1981, p. 31.

独创性，达成了对边缘情感和感受的重建，引导我们下到生命深处，"向我们展示我们不曾知晓的神秘的泉源……"①他的探索和实践提醒人们，由想象力构筑的小说本质上并不是纯粹的虚构，而是对生命深层真相的一种有力度的勘探。想象不是幻想，也不是感受力，而是一种近乎神的能力，它不用思辨的方法而是觉察出事物之间内在的、隐秘的关系，应和的关系，相似的关系。这种非同一般的"想象"是一种某种程度上比哲学式的思辨更可靠的探索生命之深邃奥秘的途径。

与爱伦·坡一样，戈蒂耶也是深谙此种高超语言之道的天才。"在泰奥菲尔·戈蒂耶的风格中，有一种令人陶醉和惊讶的准确性，使人想到由于一种高深的数学的作用而产生出来的奇迹……能够（既不疲倦又无错误地）说清楚大自然的万物在人的目光面前摆出的神秘姿态……仿佛有神圣的气息吹动书页，翻到之处就正好蹦出贴切的词，唯一的词，那种秩序感，每一个点画都适得其所，并且不漏掉任何一种色彩。"戈蒂耶作品中"想象的精确性"之达成有赖于他所拥有的感受万物间的相互应和及万有象征的高超智力。正是这种稀有的能力使他"总是能够（既不疲倦又无错误地）说清楚大自然的万物在人的目光面前摆出的神秘姿态"。巧妙运用这种象征性的语言，"是施行某种富有启发性的巫术"，让"色彩说话，就像深沉而颤动的声音；建筑物站立起来，直刺深邃的天空；动物和植物，这些丑和恶的代表，做出一个个毫不含糊的鬼脸；香味激发出彼此应和的思想和回忆；激情低声说出或厉声喊出它的永远相像的话语"。②波德莱尔之所以能精准地把握戈蒂耶作品中的"想象的精确性"的特点，无疑是因为两人在这方面乃是真正的同道中人。戈蒂耶对波德莱尔诗歌风格的如下评论与上述波德莱尔对戈蒂耶的评论完全可以相互替换：

> ……不断拓展语言的极限，从所有专业辞典中借来词汇，从各种调色板中调制色彩，从每种乐器中获取音符，竭力表达思想那难以言说的本质，以及最模糊不清和转瞬即逝的形式的轮廓，试图搜寻并解释神经症的幽微密语，公开承认其堕落与衰朽的激情，沉迷于精神错乱边缘的奇异幻觉。这种颓废风格是那个一直被要求表达一切的、已经被推至

---

① Jean Pierrot, *The Decadent Imagination*, 1880—1900. Tran. Derek Coltman. Chicago: The University of Chicago Press, 1981, p.31.
② 夏尔·波德莱尔:《浪漫派的艺术》，郭宏安译，南京：译林出版社，2014年，第109—110页。

绝对限度的语言世界的最后努力。①

此外，我们还不应忘记19世纪末颓废主义文学大师于斯曼。对有生命的和无生命的物体的细致入微的刻画，对视觉印象的热情，支配着于斯曼的创作。他对梦幻般的场景的描述，没有给人带来任何模糊的印象；相反，他一丝不苟地给人一种真实的印象，让读者的想象力得到充分发挥。这种印象应该是明确的、完整的，同时也应该是尽可能个人化的。他表达自己的方式是无与伦比地清晰和准确，并成功地传达了由手势、场景、思想、态度和面部表情带来的一种不可磨灭的印象。因此，一连串具有非凡生动性的不同的印象留在了读者的意识里。不仅是视觉上的标记，于斯曼的作品还显示出一种普遍的超感觉，一种对突然涌来的感觉的高度警觉。他敏锐的视觉在这里发挥作用，为他创造了奇迹。他以一种令人惊叹的谋略、清晰度和准确性让我们注意形态、颜色、光影最微妙的变化。②

总之，颓废主义文学致力于发掘被理性主义所遮蔽的人类灵魂深处的奥秘，所要表达的是只在一瞬间闪现的一缕超自然的光晕以及这超自然的光晕在敏感的心灵中所激起的细微的颤动。对深藏于意识领域之下的这部分生命奥秘的描绘不仅需要借助超现实的想象，更需要创造一种能够将超自然的想象"精确"地形诸笔墨的崭新的语言。无论是爱伦·坡、戈蒂耶、德·昆西，还是波德莱尔、兰波、马拉美、魏尔伦、道生，"对于超自然想象的精准表达"乃是这些颓废主义大师作品中的共同的语言特征。他们是展现人类灵魂未知领域之深层奥秘的语言天才。如兰波所言，他们能够把那些模糊的昏眩的感觉固定下来，把不可表达的事物呈现出来。兰波将拥有这种稀有的语言天赋的诗人称为"通灵者"和"盗火者"。通灵者的语言能够实现"灵魂与灵魂的交谈，它综合一切，芬芳，声音，颜色，思想与思想的交错"③，能够"默写寂静与夜色，记录无可名状的事物……确定缤纷的幻影"④。

---

① T. Gautier, introduction to C. Baudelaire, *Les Fleurs du mal*. Tran. Christopher Nissen. Paris: Lévy, 1869, pp. 16—17. Quoted in Marja Härmänmaa and Christopher Nissen, eds., *Decadence, Degeneration and the End*. New York: Palgrave Macmillan, 2014, p. 2.

② 参见卡布里埃·穆雷的评论文章《乔里-卡尔·于斯曼》，http://www.huysmans.org/criticism/mourey.htm，2022年3月17日访问。

③ 江伙生：《法语诗歌论》，成都：四川人民出版社，2000年，第172页。

④ 兰波：《兰波作品全集》，王以培译，北京：作家出版社，2012年，第189页。

二、"颓废":显微镜下的"感觉之花"

被誉为"颓废主义圣经"的小说《逆流》中真正的主人公,与其说是一个人物,不如说是一堆新奇的印象与感觉,或者干脆说是作者于斯曼的意识的模糊轮廓。于斯曼给主人公德泽森特分配了一种典型的忧郁气质,一种部分或完全的贫血,一种混乱的虚弱,一种软弱的神经系统,也就是说,一种可以被最小的原因激发的神经系统。作为典型的颓废主人公,病态的德泽森特公爵的神经症发作时往往伴随着忧郁。《逆流》各章节之间没有清晰的情节发展链条,唯一贯穿小说始终的只有"精微的感官体验"这一主体性要素。德泽森特所追求的理想无一例外地建立在精炼的生理性印象之上。即便是在列举其喜爱的拉丁文学——罗马帝国衰败之前的所谓颓废风格——时,也能找到其中的生理性隐喻。

新奇的感觉体验是德泽森特兴趣的焦点,而他的身体则成为他借以评判其体验的工具。只有明确指向联觉(synaestheticism)体验的精致而稀少的感官刺激才能开启德泽森特所追求的一连串半梦半醒的思想。在几个章节中,小说对他有关"所有艺术之间的半神秘主义的联系"的观念进行了清晰的描述。音乐、绘画和诗歌被联合为一部完美的艺术作品。通过创造其理想中的"人工天堂",他的生理性感觉与对美的寻求得以展现和表达;这使他从巴黎庸常的无聊生活中解脱出来。

标识德泽森特利用其遗传性生理虚弱的联觉被投射到了"画布"上。他对莫罗的《莎乐美》的解读不仅反映了其生理性渴望的文化升华,而且也为读者对"解读"(指德泽森特对莫罗画作的解读)进行分析提供了线索。和支配德泽森特想象力的其他事物一样,绘画同时抓住了几种感官感觉:颜色散发出气味,它们既影响身体也影响心理。对德泽森特而言,莫罗是第一个强调莎乐美身体上的颓废的画家,通过赋予她以欧洲观赏者所期待的所有东方特性——如用黄金和珠宝覆盖她的身体——带来强调她的裸体的悖论性的效果。她同时成为展现古代生殖崇拜的客体/对象和主体——这将德泽森特在女性身上追寻的却也害怕去寻找的一切进行了具象化呈现。他对莫罗在另一幅画作中对莎乐美的呈现——手里拿着莲花的莎乐美——进行解读,将天真无邪和贞洁的中世纪象征解读为一幅阴茎崇拜的图像,强调身体的重要性,并触及了恋尸癖问题。①

在小说第四章有关装饰乌龟的叙述中，读者不难发现，德泽森特对感官上的完美性的需求首次在彻底的荒谬和纯粹的残酷之间颤动；而对联觉的完美性的相同需求则驱使德泽森特去进行另一种带来精微的感官愉悦的重大创造。他竭力追求多种感官的歌剧。

首先，他详细地记录了自己为精准细微地描绘"味觉"而创造的"味觉"的语法：

> 依他看来，每一种利口酒的滋味都相当于一种乐器的音色。比如，苦味柑香酒相当于单簧管，其歌唱是酸涩刺耳的，毛茸茸的；大茴香酒好比双簧管，其嘹亮的音色稍带鼻音；薄荷酒和茴香酒则像长笛，同时带着甜味和辣味，仿佛搁了胡椒和糖；而为了配全乐队，樱桃酒愤怒地吹响了小号；金酒和威士忌则用它们圆号和长号的活塞那刺耳的巨响，刺激味蕾，把上腭带走，葡萄渣烧酒则以大号的低沉吼声在口中咆哮，与此同时，挥动胳膊滚响雷鸣之声的铙钹和大鼓，则可比作在口腔中震响的基奥茴香酒和希腊乳香酒！
>
> ……
>
> 他还想，这一类比还能再延伸，弦乐四重奏可以在硬腭底下演奏，小提琴代表的是陈年老烧，雾腾腾而又纤细，尖利而又脆弱，人为的中提琴则述说了更为强壮、更像打鼾、更加低沉的朗姆酒；维斯佩特罗健胃酒呛人而又有后劲，忧伤而又安慰人，像是一把大提琴；而低音提琴，又厚实，又坚固，又阴郁，就像一份纯粹的陈年苦开胃酒。假如人们想构成一个五重奏，甚至还可以再加上第五件乐器，竖琴，由一个同类干枯茗酒来模仿，颤抖的滋味，银铃般清脆的音调，两者是再相像不过了。
>
> ……
>
> 相似性还在延续，等音关系存在于利口酒的音乐中……
>
> ……
>
> 他甚至还能把真正的音乐段落搬运到他的牙床中，亦步亦趋地跟着作曲家，通过利口酒的集体聚合或者相邻对照，通过睿智的大致

---

① See Wanda Klee, "Incarnating Decadence: Reading Des Esseintes's Bodies" in *Paroles gelées*, vol. 17, no. 2, 1999. pp. 59—60.

混杂和融合,转达出它的思想、效果、微妙区别。①

其次,基于他那超敏的嗅觉和数学家般的分析能力,他创造了"嗅觉"的语法来记录自己的嗅觉感受。

在香水艺术中,"人为的精确度"这一点特别吸引他,他感到"在这一跟文学语言一样含沙射影、变化多端的语言,在其飘逸和隐约的外表下,具有一种前所未有的精确风格"②。在他看来,"只敢向自然物借用其成分的艺术家只能生产出一种杂种作品,没有真实性,也没有风格"③,真正的香水艺术家应是穷尽了大自然的原始气味,分解其气息,从原型那里窃得其个性,添加上酒精和香精的混合物从而为其增添上一种额外的色调和醉人的芳香,这点睛之笔就像一个珠宝匠净化宝石中的水色,提升其价值。在洞察了最易被所有人忽略的这一香水艺术的奥秘之后,德泽森特开始"研究气味的语法,理解它们的句法,钻透支配它们的规则,而一旦熟悉了这一方言后,就可以对照大师们的作品……区别清楚它们的句子结构,掂量它们字词的比例,以及它们周期性的位置分布"④。"这一语言……并没有固定不变。它始终在演变,随着世纪的进展,它也跟其他艺术一起并驾齐驱地前进……"⑤"德泽森特研究和分析这些飘散物的灵魂,给这些文本作注释;为了自身的满足,他很乐意扮演一个心理学家的角色,卸下并重新装上一部作品中的各种成分,拧下某个复合芳香结构中的零件,而在这一练习中,他的嗅觉百试不爽,达到了几乎完美的程度。"⑥"德泽森特只需闻到一丝丝气味,就能立即告诉你它的各种混成物的比重,解释清楚它混杂的心理学,几乎能报出发明了它并为它打上自己个性风格烙印的艺术家的大名。"⑦

值得一提的是,虽然小说中有几个章节充满着对奢侈的精微感官愉悦的描绘,但这些感官愉悦最终却在令人沮丧的生理性体验中结束。对自己生理性身体的意识此时以极端的痛苦得到表现。比如,在研究和分析香水艺术的灵魂/语法后,他不断地进行实践练习,在这一练习中,他的

---

① 于斯曼:《逆流》,余中先译,上海:上海译文出版社,2016年,第67页。
② 同上书,第148页。
③ 同上书,第147页。
④ 同上书,第148页。
⑤ 同上书,第149—150页。
⑥ 同上书,第150页。
⑦ 同上书,第150—151页。

嗅觉达到了几乎完美的程度,然而,突然间,嗅觉的敏感和感觉的微妙给他带来的短暂的亢奋和愉悦最终被"一种尖锐的头痛"击溃了。①

尽管明显的花花公子特征将他与布鲁梅尔、波德莱尔和他的同代人比亚兹莱等的后浪漫主义传统联系起来,但是,他利用自己的身体展现自己的鲜明特征,详尽地、自然主义式地将人类身体的痛苦描绘成一个脆弱的猎捕愉悦的机器。这种描绘将他与当时的实证主义科学和医学话语关联起来,使他同样也具有自然主义者的气质。不管是愉悦还是痛苦,他的身体被持续地用来寻求和诱引极端的生理性感官体验。从这一点来说,德泽森特似乎并不像主流评论所说的那么被动。生理上的性无能是德泽森特厌恶现世愉悦的一个表征。他的身体拒绝各种形式的性交易带来的微弱的快乐。换句话说,女人与他选择放弃世俗愉悦有直接关系。性无能——在所有形式的生理性追求之上,促使他逃到丰特内小镇。在那里,性幻想被一种生理性幻觉引发。

有关人的自由本性的表述,可谓数不胜数。渐渐地,我们不是直接感受到自己作为一个人的爱自由的天性,而是通过这些清晰的语言表述来获得对个人爱自由的本性的认知。从不需要语言、理性介入的对自由的"感知",到需要语言传达的、理性化的对自由的"认知",这种变迁暗藏了一种后果,即在理性主义盛行的现代社会,人的自我意识受到极大冲击,感受力降低,人的自我认知更多地被外部的语言系统所建构。18世纪末那个离经叛道的萨德侯爵的哲学与文学的重要价值,突出地体现在他"对人之感性自我的呼唤"这一层面。没有这种感性的自我,就谈不上人之"个性"的存在。感官能感受到艺术中的自由精神和金钱买不到的完整经验,因而受到人们的赞扬与呵护。为了不断提高生产力,运行更复杂的社会生活组织,社会必然以牺牲感官为代价。从这个意义上说,颓废主义作家所倡导的那种注重感官体验的所谓享乐主义,本质上是对工业文明进程中的实用主义、物质主义等倾向以及大众化、趋同化的精神和趣味的怀疑和反叛,以此伸张人的自我与个性,维护由"精神性"所规定和构筑的人之尊严。

三、幻象之光的美学效应

颓废主义作家将非理性的幻觉体验提升到前所未有的至高地位,在

---

① 于斯曼:《逆流》,余中先译,上海:上海译文出版社,2016年,第155页。

借助病弱敏感的身体、酒精、人工致幻剂和梦等打造的神秘世界里寻求灵魂片刻的宁静与解脱。此种"逃离现实世界,迷恋梦幻世界"的选择,既与理性原则在现代生活中的过度运用有关,又与他们对科学有效性的怀疑和对不可知论的笃信有关。首先,颓废主义作家认为,理性越来越背离其诞生时的初始含义,演变为某种胁迫性的、反人性的力量以及邪恶的根源。它腐蚀并撕裂人类,使之远离灵性。在题为《艾萨克·牛顿》的一幅插画中,布莱克将牛顿"看作一名罪犯,因为牛顿的科学和数学杀死了人类的精神"[①]。工业革命到19世纪末已经见证了理性主义过度发展而衍生出的这种负面后果。如今,理性不仅操纵着政治经济活动的运行,而且已然显露出主宰人类道德和情感领域的野心。如同一匹脱缰了的野马,理性企图反过来消解创造它的人类的主体性和生命力。在对理性原则所衍生出的这种负面效应之内在逻辑的反思中,颓废主义作家找到了对抗和超越理性主义局限的方法——逃离现实世界的理性之网,步入生机盎然的梦幻天堂。在梦幻天堂中,理性逻辑统御下的时间链条与空间秩序消失了,人从理性之网中逃脱出来。简言之,"反理性主义"的观念立场正是19世纪西方文学中广泛出现"颓废主义"这一弥漫性、贯穿性的文学现象的主要原因;而从现实生活逃到迷离的幻境,则是他们逃离理性之网的方式。其次,颓废主义作家认为,科学无法解释生活中的一切。它只能阐明现实中对应我们感官层面的东西,而我们的感官却只能提供有限的感觉。由此,一些人开始相信,有一种无法简单说明的未知意念的存在;这种未知意念以一种潜伏的隐秘的方式引导我们,但自然却没有为我们提供必要的一个或是多个器官去理解它。在文学艺术领域,这种神秘的不可知论为那些与日常经验相对的幻觉体验带来了崭新的美学意蕴与思想内涵。不少人开始相信,如果人们能够置身于明亮的幻象所激发的日常生活中所难以获取的美学震撼的瞬间,站了那个神秘的"哲学点"上,就有可能捕捉到"未知意念"的存在及其奥秘。

在偏离常态的幻觉体验中,伴随被理性现实话语遮蔽的纯粹"自我"的重新浮现,被钝化了的视知觉得以重新激活。人们由此能够重返未被理性遮蔽之时的原始的自然状态,重新发现那些被压抑,埋葬在理性、意识之下的人的感觉区域。逃脱理性之网的瞬间,附着在人的原始感觉表面的那些科学、哲学与功利观念的铁锈般顽固的污垢被清除,我们"摆脱

---

① 大卫·布莱尼·布朗:《浪漫主义艺术》,马灿林译,长沙:湖南美术出版社,2019年,第303页。

了语言,摆脱了概念性思考的体系,因此我们对于幻象客体的知觉,就像那些不曾被字语化,不曾被同化为无生命抽象概念的经验一样,具有新鲜的特性以及毫无遮掩的强度"①。此时,头脑复杂、筋疲力尽的现代人仿佛一下子重新回到了纯真无邪、精力充沛的儿童时代。眼前的"一切都显得新奇又惊人。当事人几乎不会看到让自己想到过去的任何东西。他不是在想起什么情景、人物或客体,他不是在捏造他们;他是在看着一种新的创造物"②。感官贪婪地感知着周围的一切,想象力得到了最为充分的施展。由此,幻象经验赋予人们一种能将黯淡无光的日常生活点石成金的超自然眼光。正如赫胥黎(Aldous Huxley)所说,日常经验世界在大部分时间都暗淡而单调,但"幻象经验的一些明亮特性",有时会像是溢出来,流进平常的视觉状态中,于是日常世界就被点亮和美化了。兰波等象征主义作家所说的"文字炼金术",也只有从这个意义上,才能得到正确的理解。所谓"文字炼金术",其核心含义即以一种艺术化的敏锐的视知觉,替代常态下已然钝化的视知觉,点石成金,化腐朽为神奇,从而激活对平平无奇的俗常事物的敏锐的感知力和无穷的想象力。兰波等人"将声音染上颜色"的通感手法有赖于在非常态的情形下出现的感官错位,幻觉中出现的感官错位赋予人"通感"的能力,激活了人们在日常生活中被钝化了的感觉。且看赫胥黎在《众妙之门》的续篇《天堂与地狱》中提到的有关日常世界被点亮和美化的瞬间的精彩描述:

> 我坐在海岸上,不很专神地听着一个朋友激烈地辩论一件事,只是感到很厌倦。我不自觉地看着自己抓在手中的一点点细沙,此时我忽然看到每粒细沙的精致之美。我不再感到厌倦,反而看到每粒细沙都具有一种完美的几何图形,有着锐角,每一个锐角都反射出一道明亮的光,每一片小小的晶体都像彩虹一样闪亮……光线反射,再反射,呈现出美丽的精致图案,使得我屏息静气……然后我的意识突然被内心的光照亮,很生动地看到整个宇宙是由物质的分子构成,这些分子无论可能多么枯燥又无生命,却无论如何充满这种强烈而又有活力的美。有一两秒钟,整个世界就像是一团燃烧的荣光。当它消失时,我心中留下永远不会遗忘的印象,不断让我想到那种美——

---

① 阿道司·赫胥黎:《众妙之门》,陈苍多译,北京:北京燕山出版社,2017年,第90页。
② 同上书,第95—96页。

被束缚在我们四周每小片细微的东西之中。①

不管是在佩特《文艺复兴》(*The Renaissance*, 1873)的著名结论中,还是在于斯曼的小说《逆流》中,都能发现十分相似的感觉描述。比如,佩特在他的艺术史著作《文艺复兴》的结论部分指出,个体必须打破惯常的界限。只有这样才能保持生命的脉动,抵达最精纯的生命力以十足的劲头结合在一起的辉煌时刻。那时,感觉高度灵敏,思维与情感随之上升到更高的境界。能使这种宝石般的火焰炽烈地燃烧,且保持这种心醉神迷的状态,乃是人生的成功。从史文朋到王尔德,整个时代都持守着这一信念。

沉迷于幻觉世界的颓废主义作家有时甚至不惜借助种种人工致幻剂的作用,将自己的身体推向极端的反常状态,以此获取常态化的身体所不能企及的精微的感觉体验。②

19世纪末、20世纪初神秘界的一个声名狼藉的人物阿莱斯特·克劳利(Aleister Crowley, 1875—1947)曾描述了人工致幻剂使人获得的那种常人难以获取的非凡视力和神秘洞见。克劳利的格言"做你想做的事情就是全部的法律"很容易让人将其与一个世纪前的萨德侯爵相联系。他认为,只有遵循这条法律,人的内心意志和自我观念才能萌发和不断发展。他反对1920年颁布的旨在管控可卡因和海洛因交易的《危险毒品法》(*The Dangerous Drugs Act*),将其称为"邪恶的毒品法案",理由是它限制了人们发掘自己内心真实意愿的能力。克劳利1922年出版的小说《吸毒恶魔的日记》(*Diary of a Drug Fiend*)的灵感来源据说就是这部法案。

在《众妙之门》续篇《天堂与地狱》中,赫胥黎对一种叫麦司卡林或麦角酸的人工致幻剂所引发的审美和精神上的敏感作出了独特的解释。按照他的分析,麦司卡林会通过对大脑功能的酶系统的干扰而降低脑部的所谓生理效率;由此,人的内心将变得不像平常那样专注于现实生活中的具体问题。此时,一些不具有明显的生存价值,因而在正常情况下往往被意识排斥的内心活动,可能会趁机侵入人的意识。这些内心活动虽然在

---

① 阿道司·赫胥黎:《众妙之门》,陈苍多译,北京:北京燕山出版社,2017年,第91—92页。
② 实际上,由人工致幻剂的使用而获得的这种"陌生化的全新的视知觉"对19世纪末作家有普遍的吸引力。在理性主义过度发展的19世纪末,这种摆脱理性之网的非凡的视知觉的获取,成为各类反理性的先锋艺术最为看重的艺术力量。

生理上是无用的,但却意外地具有审美和精神上的价值。在颓废主义作家看来,大部分人很难在心智正常的理性状态下触及自己感觉的极限。有些人偶然能够触及,另有一些人因其稀有的天才能力而随心所欲地来来回回。对于那些对灵魂深处那些深邃古奥的秘密有着难以抑制的好奇心的人来说,一些特殊的方法——比如服用酒精或大麻等各种人工致幻剂——可以有效地帮他们弥补"'幻象之烛'永远不会在一个人心中自然地燃烧"[①]的遗憾;"同时也会以间接的形式照亮别人的内心,而别人内心的幻象比他自己内心的幻象更加丰富。他沉思自己的经验,对于某些情况有一种又新又较清楚的了解,包括别人的内心知觉、感觉与思考的方式、对于别人的内心而言不辨自明的那些宇宙性观念,以及别人的内心借以自我表达的那些艺术作品"[②]。德·昆西、波德莱尔等颓废主义作家之所以在其作品中频频显示出对各种人工致幻剂的"外科手术医生"般的强烈兴趣,正是由于他们看到了人工致幻剂对于激活精微的感觉、拓展感觉的"光谱"的非凡作用。

在借助人工致幻剂进行感觉极限实验的颓废主义作家当中,德·昆西常常被视为一个模范引领者。于斯曼在《逆流》里向读者介绍了这位作家;而且,一定程度上说,于斯曼对德泽森特幻觉的描写相当明显地受了德·昆西在《一个鸦片吸食者的自白》中的相关描述的启发。在《一个鸦片吸食者的自白》中,德·昆西详细记述了鸦片吸食者神秘而奇异的感觉历程。德·昆西本人瘾君子的现实身份为小说中的感觉叙述提供了有关真实性的可靠保证。由此,这部作品实际上为19世纪末作家提供了一个研究范本。鸦片是怎样借助一种神秘的化学效应,阻断了日常的生活感知,开启或者说复活了一种陌生化的全新的视知觉?这让19世纪末作家们既兴奋又困惑。让·洛兰的怪诞故事《面具上的洞》中,主人公就是通过吸食乙醚而堕入奇异诡谲的幻境,整个故事就是对这个幻梦的描写:以堕入幻境开篇,以从幻境中惊醒结尾,故事营造出一种犹如噩梦般的令人惊悚的震撼力量。

对颓废主义作家而言,人工致幻剂的使用为艺术家提供了触及各种新奇幻想的机会。在1851年写的关于大麻的效果的文章中,波德莱尔谈到了由它创造的感觉和想象力的无限流动性及其引发的思维的狂傲飓

[①] 阿道司·赫胥黎:《众妙之门》,陈苍多译,北京:北京燕山出版社,2017年,第81页。
[②] 同上。

风。滔滔不绝的文字联想……声音转化为色彩……色彩转化为音乐……音乐转化为数字……在最小的噪音中产生狂妄的暗示……在波德莱尔看来，人工致幻剂为"失落"的灵魂提供了一个"纯粹而圣洁"的时刻，打破了日常生活中的灰暗与沉闷。在其随笔集《人造天堂》中，波德莱尔曾表示十分赞赏爱伦·坡对奥古斯特·贝德洛（Auguste Bedloe）①吸食鸦片时的体验所作的描绘：

> 然而，鸦片产生了其通常的效力，这就是使整个外部世界都具有了一种强烈的吸引力。在一张纸的颤动之中，在一株草的颜色之中，在三叶草的形式之中，在一只蜜蜂的嗡嗡声之中，在一滴露水的闪光之中，在风的叹息之中，在森林的摇曳的熏香之中——产生了整个一种灵感世界，即一长串美妙斑斓的杂乱而狂妄的思想。②

波德莱尔认为，爱伦·坡描绘出了鸦片那"可悲而又吸引人的光辉"。此外，在《论1855年世界博览会美术部分》（1855）一文中，波德莱尔也写道："我忘了埃德加·坡在哪里说过，鸦片对感官的作用是使全部自然具有一种超自然的意义，使每一种东西都具有一种更深刻、更固执、更专横的含义。"吸食鸦片者的感觉体验更强烈。在这种强烈的体验中，事物将其在平素状态下固执地封藏起来的超自然的深邃之花展示给观察者。此外，由酒精的麻醉作用引发的梦幻的审美体验在波德莱尔这里也得到了前所未有的关注：

> 在醉意中，不仅存在着一连串的梦幻，还存在着一系列的推理，它们为了不断地产生，需要引发的环境，这些梦幻和推理很像那些短暂的、强烈的印象，它们越是短暂，再次出现时就越是强烈，有时，它们的前面是一种外部的征象，某种如一声钟鸣一个乐音或一种已经忘却的香味一样的提醒，这些印象本身前面又有一种类似已知事情、并在已知的链条中占有同样位置的事情，这些梦幻和推理也很像那些周期性地出现在我们睡眠中的奇特的梦。如果读者很顺利地跟上我的话，他就已经猜到了我的结论：我认为，在很多情况下，当然不是在所有情况下，爱伦·坡的酗酒是一种帮助回忆的手段，是一种工作方法。这是一种有效而致命的方法，但适合于他的富于情感的天性。

---

① 爱伦·坡的《奥古斯特·贝德洛先生的回忆》中的主人公。
② 夏尔·波德莱尔：《人造天堂》，见于夏尔·波德莱尔：《波德莱尔散文选》，怀宇译，天津：百花文艺出版社，2005年，第187页。

诗人学会了喝酒,正如一位细心的搞文学的人练习做笔记一样。他不能抗拒再度发现那些美妙而骇人的幻觉的愿望,即他在前一次风暴中已然碰到过的微妙的观念,即迫切地吸引着他的老相识,他为了重新与它们取得联系,走了一条最危险也最直接的道路。今天使我们愉快的东西的一部分,正是毁了他的那种东西。①

不止一位颓废主义作家描述过吸食人工致幻剂后人的视知觉的奇特变化。在《人造天堂》一书中,波德莱尔如此描述吸食印度大麻后奇特的感觉体验:"最俗气的词和最简单的观点都有了一张奇怪又新鲜的面孔。"②"感官的精细和敏锐程度非同寻常。眼睛可以看透无穷。耳朵可以在一片尖锐无比的嘈杂里抓住最不容易捕捉的声音。"③在毒品的作用下,常态的日常的生活感知被阻断,全新的奇异的艺术感知高度活跃与兴奋。

印度大麻将人带入一种幻觉,在这种幻觉体验中,感官与感官之间出现了奇妙的连通和神秘的对应:

> 外面的事物的样子是怪诞的。它们以一种前所未有的方式呈现在您的眼前。之后,它们不断变形以及演化,最终进入您的身体,或者您成为它们的一部分。此时出现了再奇特不过的暧昧,最无法阐明的观念的颠倒。声音有了颜色,颜色有了曲调,音符变成了数字,在您耳中的音乐展开时,您进行着令人难以置信的速度惊人的数学运算。您坐下,抽起了烟;由于您的烟斗冒着烟,所以您觉得自己坐在了烟斗里,您如同蓝色的云雾一般散发着。④

必须指明的是,几乎所有伟大的颓废主义作家、艺术家对吸食毒品后的感觉体验的描绘,都是在美学的范畴下展开的。以颓废主义先驱波德莱尔为例。波德莱尔细致入微地描述食用印度大麻后的奇异的感觉经验,并非为了鼓励人们使用印度大麻⑤,而不过是为了借助对这种非常态

---

① 波德莱尔:《波德莱尔美学论文选》,郭宏安译,北京:人民文学出版社,1987年,第186页。
② 夏尔·波德莱尔:《人造天堂》,高美译,武汉:华中科技大学出版社,2014年,第20页。
③ 同上书,第24页。
④ 同上。
⑤ 相反,他认为"印度大麻的使用不利于所有理智的政府的继续存在。它一不能塑造战士,二不能塑造公民"。"人应该拒绝使用印度大麻,不然精神就会逐渐衰退并死亡,它会干扰精神存在的第一要件,打乱精神能力和环境的平衡。"(夏尔·波德莱尔:《人造天堂》,高美译,华中科技大学出版社,2014年,第29页。)

的感觉体验的描述来阐释一种崭新的艺术的精神。他明确表示,印度大麻所带来的非凡的艺术效应几乎都是发生在艺术家和哲学家身上。在这些人身上,使用印度大麻所带来的"非人格性"(人格瓦解)和客观性"只不过是一种诗的精神的极端发展"。① 而对于大众而言,这种麻醉品"只不过放大了喧闹的疯狂、类似眩晕的狂暴快乐、舞蹈、蹦跳、跺脚以及大笑声"②,使那些庸人恶劣的人格崩溃,暴露出其内心的真正的魔鬼。除此之外,人们同样应该明确的是,波德莱尔并不主张甚至可以说是蔑视将这种"人工的方式"引入艺术创作的过程当中,也就是说,他认为依赖这种"人工的刺激"进行艺术创作,正说明了其才分的匮乏。在《人造天堂》中,波德莱尔通过对与他同时代的哲学家和音乐理论家巴伯罗的相关观点的转述,间接而明确地表露了自己的立场和观点:

> 我将用几个美妙的句子来结束本文,这几个句子不是我说的,而是来自一位出色却不甚出名的哲学家,他的名字叫巴伯罗,他还是一位音乐理论家,并在音乐学院担任教授。我在某个团体的聚会里坐在他的身边,这个团体里有某些人服用这种让人十分愉快的毒品,他用一种带着难以形容的蔑视的腔调跟我说:"我难以理解,既然热情和意志足够将有理性和才智的人提高到超自然的生存水平,为什么他还要通过人工的方式来达到诗的真福。伟大诗人、哲学家以及预言家能够纯粹且自由地运用意志从而达到一种他们既是原因又是结果、既是主体又是客体、既是磁疗者又是梦幻者的状态。"
>
> 我的想法与他完全一致。③

除了被颓废主义作家认为最为有效的人工致幻剂这一方法之外,还有一些非化学、药物的方法——如电击、催眠、意念传输等——有时也被视为能够帮助人们窥见"未知意念"之神秘面貌的途径。但相比较来说,大麻等人工致幻剂能够把灵魂推向更远的灵魂未知区域。此外,以于斯曼为代表的颓废主义作家似乎也意识到了禁欲和幽闭对于激发幻觉的效用。《逆流》的主人公德泽森特似乎一直在蓄意地给自己施以"禁欲""禁

---

① 夏尔·波德莱尔:《人造天堂》,高美译,武汉:华中科技大学出版社,2014年,第29页。
② 同上书,第28页。
③ 同上书,第31页。

食"和"幽闭"①的惩罚,从而帮助自己在幻觉之旅中抵达他所渴望领会的未知领域。对于禁欲、禁食为何能帮助人们进入幻觉世界,赫胥黎有如下精彩的阐述:

> 禁欲具有双重的刺激力量。如果男人与女人折磨自己的身体,那不仅是因为他们希望以这种方式去救赎过去的罪,避免未来的惩罚,也因为他们渴望去造访内心的两极,进行某种幻象的观光。②

> 禁食可以促成看到幻象的经验。禁食降低可资利用的糖量,降低了脑的生理效率,使得不具生存价值的材料可能进入意识之中,而且,禁食会引起维生素的不足,从血液中排除那种会抑制幻象的因素,即烟酸。③

第三节 颓废主义的风格

一、"颓废":一种反传统的文学风格

"风格"是19世纪西方颓废主义——尤其是法国颓废主义——的最显著的特征之一。因此有许多评论家试图从风格层面对颓废主义作出整体性的阐释。他们注意到了颓废主义在散文韵律和词汇等方面的"颓废"变革,这些变革晦涩难懂,内容丰富得令人目眩。

以古斯塔夫·莫罗、费利西安·罗普斯(Felicien Rops)、奥迪隆·雷东以及奥布里·比亚兹莱等为代表的艺术家所创作的所谓颓废主义艺术往往是优雅、梦幻和奇异的。颓废主义音乐主要是指瓦格纳的创作,或者更精确地说是"对瓦格纳的狂热"——对其有关羞耻、赎罪、神话与"诸神的黄昏"的伟大浪漫咏叹调的普遍热情。在波德莱尔、魏尔伦等诗人的创作中臻于完善的颓废主义诗歌像是在述说感伤故事,渴慕人类欲望深处那深奥难懂的感觉。颓废主义小说则更像是一卷艺术批评集,或者是一

---

① "如果你把一个人局限在一种'受到限制的环境'中,没有亮光、没有声音、没有气味,还有,如果你把一个人放在一间微温的浴室中,只能触碰到一件无法感知的东西,那么当事者就会很快开始'看到东西'、'听到声音',身体会有奇异的感觉。"阿道司·赫胥黎:《众妙之门》,陈苍多译,北京:北京燕山出版社,2017年,第86页。)

② 阿道司·赫胥黎:《众妙之门》,陈苍多译,北京:北京燕山出版社,2017年,第86—87页。

③ 同上书,第86页。

本概述，因为它通常避免任何诸如情节之类的东西，而一直漫游或沉浸在美学的冥思或机敏的对话之中。除了个别的小说，典型的颓废主义主人公大都是上层阶级人士，一个受过良好教育、衣着精致的美学家，一个由于其阴阳人的特性、受虐和神秘主义的倾向及其所罹患的神经症而陷入混乱的人。不论是于斯曼笔下疲惫不堪的德泽森特还是佩特笔下的享乐主义者玛利乌斯，抑或是王尔德笔下的花花公子亨利爵士，颓废主义主人公无一不是怪异难懂的学者、精致奇特艺术品的收集者或禀有灿烂感觉的鉴赏家。①

"颓废风格"是面对濒死文化时所发出的一声苦闷而美丽的哀叹，是一种令人陶醉的反常。这也正是颓废主义研究者 A. E. 卡特称赞颓废主义作品所展现出的"语法的魅力"的主要原因。颓废主义文本中流溢出的那种"奢侈的高雅"吸引了高度文明化的现代人。这些人的感觉在持续不断的兴奋中已然变得迟钝，只有最强烈的刺激才能够影响到他们。他们那疲倦了的审美只能被罕见的、异国的、反常的事物所勾起。"颓废风格"由此代表了一种孜孜不倦地追求精细与详尽的独特的语言策略，用以赢得倦怠无力的现代人的兴趣。这种语言策略使得"颓废风格"朝着越来越扭曲的方向不断发展和演变。一个形象一旦使用之后就不得重复，因为已经成型的形象将因其陈腐而丧失激发灵感的力量。"颓废"的眼光需要的是越来越猛烈的刺激物。②

"颓废风格"扭曲得像一枝穿越在由奇怪意象组成的丛林中的藤蔓。艺术形式中的通感和移觉成了常见的"颓废"产物，它们被整齐地打包装进镀金的词汇库中。③ A. E. 卡特在颓废主义和象征主义作家的作品中找出了此种风格的代表作。然而，高蹈派和自然主义者也使用了相同的策略。埃雷迪亚和左拉以他们自己的方式成为追求独特风格的作家，其作品中所呈现出的"颓废"与于斯曼和路易斯相比不相上下。最终，风格成为一种方式；借助它，同于斯曼小说《逆流》中的主人公德泽森特一样的

---

① See Ellis Hanson, *Decadence and Catholicism*. Cambridge: Harvard University Press, 1997, p. 4.

② See George Ross Ridge, *The Hero in French Decadent Literature*. Athens: University of Georgia Press, 1961, pp. 11—13.

③ See James M. Smith, "Concept of Decadence in Nineteenth-Century French Literature" in *Studies in Philology*, L. October 1953, p. 646; James M. Smith, "Does Art Follow Life or Does Life Follow Art? A Controversy in Nineteenth-Century French Literature" in *Studies in Philology*, LIII October 1956, pp. 635—638.

"颓废"英雄不仅通过这种方式发泄出他的厌世情绪,而且激发出疲倦又精妙的感觉。①

"颓废风格""述说"着一种审美,"失败""退化""衰落"等在此都被视为"神秘"或"美丽"的迷人象征。"颓废风格"也往往与一些特定的主题相联合。颓废主义作家最为人诟病的一点是,他们培养了对一切通常被称为"反自然"的事物——如性倒错、精神官能症、犯罪等——的迷恋;其所有的反常行为都在意图震惊甚而颠覆传统道德的高度审美化的背景中铺展开来。"颓废的风格闪着光,如同因发烧而面露美丽红光的病人。"②的确,"疾病"产生美。因此,许多评论家都接受这样一种观点:若要变得"颓废",一种风格必定是从此前的卓越状态堕化而来。"颓废"的风格由此成为在(与主题相对立的)技法层面对于"瓦解"的表达。评论家詹姆斯·M.史密斯(James M. Smith)就"风格"的发展做了如下扼要表述:

> 在艺术——包括文学——的发展中,人们可以在一场特定运动或表达方式的发展中划分出三个相当独特的阶段。第一个阶段也许可以叫作形成时期,在此期间广泛建立的多种表达方式争取支配权;在此过程中,时代的艺术标准得到了详细的阐释,并且毁誉参半,这些标准中的一种最终会取胜。接下来将迎来艺术稳定性阶段——正规时期,此时大部分艺术家在对艺术的目标和实现目标的方法等问题的认知上达成了基本的一致。正规时期之后是衰落时期,此时传统的、既成的形式似乎气数将尽,艺术家们努力避免对其直系前辈的缺乏独立性的模仿,打破既定形式,做夸张或渲染化的处理,牺牲整体的统一而强调部分(的重要性)。③

与以上表述所传达的含义相类似,通过揭示罗马和巴黎之间惊人的相似性,尼萨尔觉察到,伴随一种文化特质中的某种邪恶成分的循环往复,文学风格的发展也将遵循着一种"永恒循环"的原则。最终,"颓废风格"成为对文明之不可避免的终结的自然表达。"颓废"是众神的黄昏,是政体的崩塌,而"颓废风格"则是末日的"颂歌"——当罗马帝国烽烟四起、

---

① See A. E. Carter, *The Idea of Decadence in French Literature*: 1830—1900. Toronto: University of Toronto Press, 1958, pp. 123—143.

② See George Ross Ridge, *The Hero in French Decadent Literature*. Athens: University of Georgia Press, 1961, p. 7.

③ James M. Smith, *Elements of Decadence and Their Convergence in the French Literature*. Chapel Hill: unpub. diss., 1948, p. 10.

危在旦夕之时,暴君尼禄仍挥霍无度,荒淫度日。可见,"颓废"与"毁灭"和"死亡"息息相关。由此,尼萨尔认为,借助"颓废风格"的特征,可以像诊断疾病一样去诊断一个颓废时代。在其论著《关于颓废时期拉丁诗人道德与批评的研究》中,他把晚期罗马帝国与 19 世纪法国的现代场景做了对比。他发现,同样的邪恶力量在发挥作用,并且都以一种惊人的相似风格——一种他称为"颓废"的风格——为标志。他列出了两个时期的诸多相似之处,并忧伤地叹息道:法国得了致命的疾病,它的文学反映了它的堕落,"颓废"的风格是其显眼的病症。这一批评当然是彻头彻尾的胡说。如果博学(erudition)和描述(description)是"颓废"的确切标志,那么他应该选择贺拉斯和维吉尔作为他所说的主要的颓废主义作家。

戈蒂耶从相反的角度描述了这种新的风格。从风格上看,法国颓废主义最重要的一份文件,即戈蒂耶在 1868 年给波德莱尔的诗集《恶之花》所写的序。[①] 在这篇生动的文章中,他比此前或此后任何一个评论家都更准确地道出了"颓废风格"的实质:

> 《恶之花》的作者喜欢一种被不恰当地称为"颓废"的风格;这种风格不过是艺术发展到与成熟的文明同等程度的成熟的顶点——以此标示它们的荣耀即将没落——时的表现形式。这是一种足智多谋的风格,复杂、机智、充满细微的描绘与精致的提炼,不断拓展语言的极限,从所有专业辞典中借来词汇,从各种调色板中调制色彩,从每种乐器中获取音符,竭力表达思想那难以言说的本质,以及最模糊不清和转瞬即逝的形式的轮廓,试图搜寻并解释神经症的幽微密语,公开承认其堕落与衰朽的激情,沉迷于精神错乱边缘的奇异幻觉。这种颓废风格是那个一直被要求表达一切、已经被推至绝对限度的语言世界的最后努力。这种风格带来了有关语言的一种新观点——一种镶嵌着大理石花纹、散发着腐败的绿色气息的语言……这种语言相当必要,但却是毁灭性的,因为那些人类及其创造的以人工生活取代自然生活的文明由此创造了人类难以想象的渴念。[②]

[①] 其具体观点论述参见 T. Gautier, introduction to C. Baudelaire, *Les Fleurs du mal*. Tran. Christopher Nissen. Paris: Lévy, 1869, pp. 16-17. Quoted in Marja Härmänmaa and Christopher Nissen, eds., *Decadence, Degeneration and the End*. New York: Palgrave Macmillan, 2014, p. 2.

[②] T. Gautier, introduction to C. Baudelaire, *Les Fleurs du mal*. Tran. Christopher Nissen. Paris: Lévy, 1869, pp. 16-17. Quoted in Marja Härmänmaa and Christopher Nissen, eds., *Decadence, Degeneration and the End*. New York: Palgrave Macmillan, 2014, p. 2.

显而易见,"颓废风格"说到底乃是"为艺术而艺术"的一种形式。在19世纪末——尤其是19世纪最后十年里,它将"为艺术而艺术"的审美宣言提升到广受推崇的地位。它是一种精细复杂、高度人工化、高度装饰性、迂回曲折的风格。它热衷于奇怪且晦涩的词语、奢侈的异国情调、精致的感觉以及荒谬奇异的并置,蕴含着瓦解、碎片和悖论,趋向于模棱两可的神秘语言,渴望从语言中索取神秘莫测的象征主义式的或乖戾的讽刺……

"颓废"的唯美主义者唯一关注的就是形式,而非教诲性的主题或是道德价值。并且从定义上来讲,颓废主义文学也没有对于客观世界的明晰设想。在颓废主义作家看来,只有当客观世界"充当了被记录在形式中的感官感觉的对象"之时,它才值得被关注。被打磨得精致优美从而诱发感官感觉的"颓废风格",乃是颓废主义作家的唯一兴趣之所在。《逆流》主人公德泽森特一边玩弄他的香水喷雾器,一边陷入对抽象图案的沉思当中,他细细斟酌那些与所指事物失去所有联系的美妙词语。史密斯通过仔细观察阐明了一种重要的共识:

> 当时,有关艺术的基本伦理价值的传统观念已被颓废派所摈弃。在某些方面,针对艺术是用于从根本上改观不道德现象的观点,颓废派则有着一种截然相反的看法。由于摒弃了艺术的伦理道德价值方面的内容,这些颓废派培养出了纯粹审美或纯形式的艺术观。传统观念中的局限、抽象以及高度选择性的词汇逐渐让位于广泛的文学书面语言,其中,数以千计的新生词汇被引入;与此同时,传统语法的规律性正在被审慎地变形改造,以便更好地用来描述感觉上精妙的细微差别。在追求美妙的感官感受的过程中,颓废派试图使文学与其他艺术形式相匹敌,试图经由文学创造出与绘画艺术、造型艺术或音乐普遍相关联的感觉。文学形式本身成了对作家个性的深切传达,而不是对传统体裁样式的模仿与遵循。颓废派为了追求微妙的歧义性和蓄意的朦胧性,常常审慎地摒弃古典主义者的精确度和明晰性。同样,在对古典主义学说中关于绝对美的看法上,颓废派也有着截然相反的观点,这种颠覆性的观点在颓废派的文学批评和原创作品中都有所反映,它引发了在美学观念和批评阐释方面的完全的个人主义化。[①]

---

① James M. Smith, *Elements of Decadence and Their Convergence in the French Literature*. Chapel Hill: unpub. diss., 1948, pp.153—154.

二、颓废主义的文体及语言革新

(一)雕琢精微细节的文风

"颓废"理论第一次被有意识地进行阐述与 19 世纪 30 年代法国浪漫主义所处的紧张局势密切相关。当时的文学正朝着"强调细节的文风"转变。1834 年,批评家尼萨尔在以雨果为代表的浪漫主义者的作品中发现了所谓"细节上的放纵"的特点。戈蒂耶将波德莱尔的创作风格描述为"颓废风格"。在他那影响深远、广为人知的定义中,这种风格"细致入微,永远在打破语言的界限,在专业词汇表中到处借用,从每个调色板上取下颜色,从每架钢琴上借来和弦"[①]。这一定义中所蕴含的美学思想在所谓 19 世纪末颓废主义文学中得以继承和发展。西蒙斯曾指出,在于斯曼的小说《在那边》中,"尤其是写到眼睛所看到的东西时,于斯曼的文字颇具表现力,具备一个画家调色板上的所有色彩阴影"[②]。跟尼萨尔一样,戈蒂耶把注意力集中在画面描写部分的美感上:"这种颓废的风格……被引用来表达一切,并被一口气推向了极限。"[③]波德莱尔更进一步强调了对细节的关注与艺术家的主观状态之间的关系。在 1863 年的《现代生活的画家》(Le Peintre de la vie moderne)中,波德莱尔指出,艺术家一开始就在"将一切尽收眼底的个人意志"与"记忆能力的局限"之间痛苦地挣扎。对此,他评论道:

> 一个艺术家……会发现自己被一大堆细节所左右;这些细节如同一群热爱绝对平等的暴民一样,纷纷要求得到公正的对待。如此,所有的公正都被践踏;所有的和谐都被牺牲和摧毁;许多琐事占了很大的比例,篡夺了作家的注意力。我们的艺术家越是不偏不倚地关

---

① Quoted in Konstantinos Boyiopoulos, *Unsatisfied Appeal of Sense: the Decadent Image in the Poetry and Poetics of Oscar Wilde, Arthur Symons, and Ernest Dowson*. A thesis submitted for the degree of Doctor of Philosophy to the Department of English Studies, Durham University, 2008, p. 13.

② Ibid.

③ Martin Travers, ed., *European Literature from Romanticism to Postmodernism: A Reader in Aesthetic Practice*. London: Continuum, 2001, p. 140. Quoted in Konstantinos Boyiopoulos, *Unsatisfied Appeal of Sense: the Decadent Image in the Poetry and Poetics of Oscar Wilde, Arthur Symons, and Ernest Dowson*. A thesis submitted for the degree of Doctor of Philosophy to the Department of English Studies, Durham University, 2008, p. 14.

注细节，这种无序状态就越严重。①

以牺牲整体为代价的感官细节的自主性不仅预示了"分解"的倾向，也暗示了艺术家高度敏锐、极具穿透力的精神状态。通过涉足城市的先锋题材，波德莱尔和爱伦·坡、德·昆西等作家一道成为这种追求细节至上的创作倾向的开创者。他们以其创作实践预示了印象派乃至现代主义作品中的主观性（subjectivity）和碎片化（fragmentation）的出现。与唯美主义者的"超然欣赏"的美学立场不同，颓废主义作家主张在经验和实践中达成与对象的交流。巴茹创立的《颓废者》杂志将"艺术视野的介入"列为法国颓废主义运动的一大纲领。② 在一篇题为《颓废者与生活》（Les Décadents & la Vie）的文章中，巴茹说："颓废主义与其他文学流派的区别并不仅仅体现在名称上，更体现在风格上，尤其是看待事物的方式上。"③这种论断有一个基本的预设，即作为一种接受手段，艺术家们可以用他们那独到的眼光准确发掘出蕴藏于事物中的颓废因素。

布尔热的《当代心理学文集》和尼采的《瓦格纳问题》（*The Case of Wagner*, 1888）都将颓废风格描述为"语言的分解"。雪莱在《为诗歌辩护》（*A Defence of Poetry*, 1821）中已经提出"一部作品中的一个部分可能是充满诗意的[……]甚至一个字眼可能就是不朽思想的火花"④。布尔热似乎继承了雪莱的观点。他说："颓废的风格就是一本书的整体分解为某一页的独立，页又被分解为句子的独立，而句子则让位于词的独立。"⑤布尔热倾向于将这种"语言分解"的倾向与艺术家的主观感受联系起来。在对波德莱尔的评论中，布尔热指出："神秘性与自由主义相类似，以精确到棱镜细细分解光线般的程度在大脑中分解这一感觉，再将其投

---

① Quoted in Konstantinos Boyiopoulos, *Unsatisfied Appeal of Sense: the Decadent Image in the Poetry and Poetics of Oscar Wilde, Arthur Symons, and Ernest Dowson*. A thesis submitted for the degree of Doctor of Philosophy to the Department of English Studies, Durham University, 2008, p.14.

② Ibid.

③ Ibid., p.15.

④ Percy Bysshe Shelley, *Shelley's Poetry and Prose: Authoritative Texts, Criticism*. Eds. Donald H. Reiman and Sharon B. Powers. New York: Norton, 1977, pp.485－486. Quoted in Konstantinos Boyiopoulos, *Unsatisfied Appeal of Sense: the Decadent Image in the Poetry and Poetics of Oscar Wilde, Arthur Symons, and Ernest Dowson*. A thesis submitted for the degree of Doctor of Philosophy to the Department of English Studies, Durham University, 2008, p.15.

⑤ Quoted in R. K. R. Thornton, *The Decadent Dilemma*. London: Edward Arnold Ltd., 1983, pp.38－39.

入表达。"①诺尔道在《退化》一书中批评了波德莱尔、王尔德等作家作品中的这种呈现出"语言分解"倾向的颓废风格,认为这是一种"自我狂热"症,也是"个人主义"的负面产物。诺尔道的诊断无疑是对布尔热的误读,因为布尔热所说的"颓废"指的是反映社会的一种"语言分解"现象;而诺尔道却把它解读为彻底的无序状态。

心理学家霭理士是19世纪90年代各类杂志上炙手可热的人物。他在一篇文章中清晰地描述了颓废风格。当霭理士把颓废主义与古典主义区分开来时,"细节至上"的问题被自然而然地提了出来。在古典艺术中,"细节"服务于整体;而颓废的形象与"细节"的独立性和强烈性联系在一起,反映了艺术家强烈的"个人主义"倾向。这一思想最终在佩特的《文艺复兴》和王尔德的《意图集》中得以阐述。霭理士的论述是对布尔热所谓"语言解体是对社会混乱的一种模拟"这类观点的一种改进。他认为超然的"细节"反映了独立的个人主义艺术家对社会及其道德准则保持着一种怎样矛盾的立场。颓废幻象的瓦解颠覆了柏拉图对美与道德目的的认同,而这无疑使得一种对社会功利性的谴责成为必要。②

霭理士的真知灼见最终演变成为佩特的感性探索。佩特对19世纪末颓废诗人——从王尔德到叶芝——均发挥了重大的影响。他那高度雕琢、富于节奏、精心设计的散文,通过竭力追求宝石般耀眼的词句,使英国批评界焕发了新的活力。在他那本颇具影响力的《文艺复兴》序言中,他有意识地提及了这种微妙而纤细的甜蜜,属于优雅而美丽的颓废。③

在1893年的文章中,西蒙斯宣称颓废是"一种强烈的自我意识,一种在研究中焦躁不安的好奇心,一种过于细微的精炼,一种精神和道德上的反常"④。显然,对于西蒙斯来说,即使是对传达细节如此执着的个人主义也有一个明确的反律法尺度。他对不道德和反常的热情反映了他对英

---

① Quoted in Konstantinos Boyiopoulos, *Unsatisfied Appeal of Sense: the Decadent Image in the Poetry and Poetics of Oscar Wilde, Arthur Symons, and Ernest Dowson*. A thesis submitted for the degree of Doctor of Philosophy to the Department of English Studies, Durham University, 2008, p. 15.

② Ibid., p. 16.

③ See Konstantinos Boyiopoulos, *Unsatisfied Appeal of Sense: the Decadent Image in the Poetry and Poetics of Oscar Wilde, Arthur Symons, and Ernest Dowson*. A thesis submitted for the degree of Doctor of Philosophy to the Department of English Studies, Durham University, 2008, p. 16.

④ Arthur Symons, "The Decadent Movement in Literature" in *Harper's New Monthly Magazine*, vol. 87, 1893, pp. 858—859.

国庸俗文化的社会环境的一种自觉态度。西蒙斯在龚古尔兄弟身上找到了一种风格上的灵感。西蒙斯认为,一种观察和捕捉事物时的过度兴奋的、神经质的病态敏锐和紧张感,帮助创作者形成那种绝妙的风格。西蒙斯称赞保罗·魏尔伦是最忠实地实践这种颓废风格的诗人。

对"细微差别"的偏爱胜过对"细节"的偏爱,说明了细节重于广度,而精致则等同于一种有虚无缥缈之感的具象。在佩特的影响下,西蒙斯把音乐视为意象的典范,认为它是象征主义和唯美主义完美统一的产物。在音乐这一艺术媒介中所获得的过度精炼的形式,属于主题被发掘和利用到极致的情况。在《乔尔乔涅画派》(The School of Giorgione)一文中佩特曾指出,音乐中的目的与手段、形式与内容、主题与表达之间并无明显区别;它们彼此相互渗透并趋于统一。法国高蹈派诗人和博物学家所观察到的视觉细节通过佩特演变成了强烈的、转瞬即逝的颓废景象:文本被转化为一段音乐,一种纯粹的形式,被人为地固定下来。在精炼的过程中,"颜色"被提炼并释放为漂浮在佩特式时间范畴之内的"微妙差异(shade)"。在《文学中的颓废主义运动》一文被引用得最多的段落中,西蒙斯阐明了这一运动的内核:"要确定最后的细微之处,也即事物的精髓;在转瞬即逝间将其固定下来;成为一种空洞/无实质(disembodied)的声音,却也是人类灵魂的声音:这是颓废的最高理想,也正是保罗·魏尔伦所做到的。"①弗兰克·克默德(Frank Kermode)从浪漫主义角度分析叶芝诗歌中的技巧,详细探讨了运动与静止之间的辩证关系。这是一种巨大的、戴着枷锁飞翔的文体悖论。它极度凝练,而同时又具有轻盈的缥缈感。这暗示了一种追求主观感觉和唯美时刻的艺术;在这种艺术中,"空洞/无实质的声音"和"人类灵魂"相互渗透,独立的形象和自我也完全互相渗透。②

语言的机制往往是这样运作的:以一种具体的方式卖弄辞藻。颓废诗人带着唯美主义式的选择视角,想要通过借鉴绘画的构图方式来积累语言材料,最终创造出独到的情绪。《新普林斯顿诗学百科全书》(The

---

① Arthur Symons, "The Decadent Movement in Literature" in *Harper's New Monthly Magazine*, vol. 87, 1893, p. 859.

② See Konstantinos Boyiopoulos, *Unsatisfied Appeal of Sense: the Decadent Image in the Poetry and Poetics of Oscar Wilde, Arthur Symons, and Ernest Dowson*. A thesis submitted for the degree of Doctor of Philosophy to the Department of English Studies, Durham University, 2008, p. 22.

New Princeton Encyclopaedia of Poetry and Poetics)中对"颓废"作了如下界定：

> 与象征主义者不同[……]颓废主义作家的目标是进化或精炼事物，而非去改造事物。这种风格同样是物质主义的——像收集财物似的把作为审美对象的文字积攒起来[……]并精心设计好的句法来卖弄它们，好似在炫耀名贵的珠宝。①

象征主义和颓废主义的根本区别在这里被表述得很清楚。语言不再是概念的先验媒介；它在追求美的过程中转化为一组空洞的符号。对唯美主义者来说，意象就是它自身的象征。像王尔德在《狮身人面像》(The Sphinx, 1894)中展示的一样——这首诗像博物馆一样将它所选的词封存起来。然而，佩特和魏尔伦的暗示思想是象征主义的核心思想，同样不容忽视。在《文学中的象征主义运动》一书中，西蒙斯指出，在马拉美的诗歌中，在他们挑选和调整字词用来表达那些只能通过"暗示"才能表达的东西时，他们必须极其谨慎。之所以有这种领悟，正是因为在西蒙斯看来，只有精心挑选的字词，才能使"暗示"真正奏效。

佩特试图通过引入"想象理性(imaginative reason)"这一概念来调和象征主义隐藏在图像之下的观念与唯美主义的感官体验。他在《文艺复兴》一书中对此做了犀利的解释：

> ……材料或主题不再取决于人的智力，也不只表现为只有眼睛或耳朵才能获取的形式，但是，相互融合彼此等同的形式与内容，不过是"想象理性"的产儿。"想象理性"是一种复杂的能力，每一种思想和情感都与其感觉的对应物或象征物相辅相成。②

"想象理性"这个看起来颇为自相矛盾的说法实则阐明了一个难点，即对那些超越了"形式与内容之和谐统一的双重性"的意象该作何回应。不断被触发的象征主义式的联想在此得到调节与控制。用王尔德的话来说，它是肉体与灵魂的结合。如同王尔德的一句著名格言："希腊服饰从

---

① Quoted in Konstantinos Boyiopoulos, *Unsatisfied Appeal of Sense: the Decadent Image in the Poetry and Poetics of Oscar Wilde, Arthur Symons, and Ernest Dowson*. A thesis submitted for the degree of Doctor of Philosophy to the Department of English Studies, Durham University, 2008, p. 23.

② Ibid.

本质上说并没有什么艺术性。没有什么能比身体自身更能表达身体。"①服装应被抛弃,因为它所遮掩的不过是面纱本身,而赤裸的身体才是其灵魂之所在。裸露成为最后一层,代表着绝对的挑逗,是象征和象征物的融合与同一,是赤裸裸的诗的真理,也即颓废主义作家所要表达和呈现的"真实(la vérité vraie)"。佩特的"想象理性"不仅指涉一种真与美的匹配,还指涉了一种鉴赏能力。它控制和调节人们对于形象的认知和理解。它肯定趣味的主观性,将形象在人心中所激起的主观感受视为一种先验的无意识的产物。②

(二)尼采作品中"颓废"的语言革新

颓废主义作家企图打破传统语言系统中充满谬误、倒错、陷阱的意义链条,突破作品形式上的稳定和意义表达的清晰。他们不仅解构了传统文学结构的稳定性和规则性,而且打破了单一句法结构和单个字词的意义指涉。倘若在文学视阈下审视尼采的作品,《查拉图斯特拉如是说》会因其显著的"颓废"风格而成为最受关注的一部作品。对尼采而言,文学中的"颓废"主要标识由语言上的颠覆性所带来的独特的文学风格,颓废风格突出地体现在语言的革新上。笼统地说就是:扔掉旧词,推翻语法,创造崭新的语言体系。③尼采将旧词看作要被抛到深海里去的玩具,而将新词称为全新的色彩斑斓的贝壳。在具体的理论阐发中,尼采将语言改革视为颓废理论的核心——"我们并没有摆脱上帝,因为我们仍信仰语法"。他认为,要建立一套全新的道德体系,赋予现代社会以新的生命力,则必须要创造一套全新的语言。为此,尼采企图通过创造词汇或使用含蓄的代替词,以摧毁那些陈词滥调,让语言充满隐喻和象征。

正如道林等西方学者所言,不论是尼采还是那些著名的颓废主义作

---

① Quoted in Konstantinos Boyiopoulos, *Unsatisfied Appeal of Sense: the Decadent Image in the Poetry and Poetics of Oscar Wilde, Arthur Symons, and Ernest Dowson*. A thesis submitted for the degree of Doctor of Philosophy to the Department of English Studies, Durham University, 2008, p. 23.

② See Konstantinos Boyiopoulos, *Unsatisfied Appeal of Sense: the Decadent Image in the Poetry and Poetics of Oscar Wilde, Arthur Symons, and Ernest Dowson*. A thesis submitted for the degree of Doctor of Philosophy to the Department of English Studies, Durham University, 2008, pp. 23−24.

③ See Suzanne Nalbantian, *Seeds of Decadence in the Late Nineteenth-Century Novel: A Crisis in Values*. London and Basingstoke: The Macmillan Press Ltd., 1983, pp. 2−5, 14.

家,他们所提出的语言革新的观点及其哲学、文学实践,在传统语言系统走向衰退和堕落的时代背景中,重新赋予了19世纪日渐干涸的传统语言以新的活力和生机。虚伪、堕落的传统道德表象底下,潜藏着的是旧词所呈现出的意义悖谬性这一衰退中的传统语言的质地。"优雅"不再能指涉真正的优雅,反倒可能是淫荡和色情;标榜"道德"的可能恰恰是本性污浊的……就此,言辞与意义分离了,语言的达意功能逐渐失效,吊诡地蜕变为意义的陷阱和泥潭。这很容易让人想到福柯在《词与物》中表达的观点:只要足够严肃,"诡辩"也可以有令人信服的重量。所有被言说的都只是话语,所有话语都可以成立或不成立——区别只在于一个理论是否能落在一个聪明人手上。尼采认为,乌合之众对语言的"毒害"和"强暴"是导致传统语言走向堕落和腐朽(或者说语言达意功能的失效)的重要原因:

> 生活是快乐的源泉;但快乐的生活中同时还存在着乌合之众,所有美好的事物都受到荼毒。我喜欢一切事物干净整洁,讨厌看到人们笑嘻嘻的嘴脸,以及他们对肮脏的渴求……这些人用好色淫荡玷污了圣洁之水,在把自己肮脏的梦想称为快乐的同时也毒害了言语。①

"我捏着鼻子,不悦地走过所有的昨天和今日:说实话,它们散发着像下等文章一样的恶臭。"②"肮脏"一词既被尼采拿来影射古老陈旧的传统语言,又被他用来形容乌合之众的生活态度和人生理想。

对尼采而言,传统语言体系的败落与传统道德的腐朽是同时发生的。因为社会道德往往通过语言加以建构和确认,所以语言的堕落可以说正是道德败落的外显。

尼采的语言革新主张带有强烈的蔑视乌合之众的精英意味。他追求的是一种精英化的语言、审美和一种"反道德"的新道德。讽刺和戏谑是尼采用以改造旧词含义,最终革新语言体系的具体策略。在《查拉图斯特拉如是说》中,每每提及乌合之众,他从不吝啬于用丑恶的词汇

---

① Friedrich Nietzsche, *The Portable Nietzsche*. Ed. Walter Kaufmann. New York: Viking Press, 1968, p. 208. Quoted in Suzanne Nalbantian, *Seeds of Decadence in the Late Nineteenth-Century Novel: A Crisis in Values*. London and Basingstoke: The Macmillan Press Ltd., 1983, p. 3.

② Ibid.

对其进行描绘。他也以戏仿的手法对基督教《圣经》故事进行改造,凸显其对基督教虚伪道德和堕落价值取向的蔑视和讥讽。有时,他也戴上道德家的面具,通过对义正词严的道德家的戏仿,来达成反叛传统道德的目的。"在一个充满了欺骗的时代里,一位作家以辛辣和讽刺立足,证明他没有上当受骗,一种强有力的理智使他避开了模仿和时髦的宗教。"①

颓废主义先驱波德莱尔的诗集《恶之花》中不仅包含了对传统诗歌韵律规则的打破,也包含了对语法规则、词义间传统关联的打破和重构。19世纪末颓废主义作家的语言实验,继承了波德莱尔的工作。尼采以其讽刺和戏谑对传统道德发起的嘲讽和颠覆,与波德莱尔以恶中掘美的策略对善恶美丑的传统道德观与特定场景、事物间的旧有关联所做的颠覆性改造,本质上并无差异。他们都在觉察到传统语言体系在现代文明之初发生的腐朽性质变之时,积极探索复苏语言生机活力的可能路径。

第四节　布尔热的"颓废"理论

保罗·布尔热是19世纪末颓废主义运动的重要理论家与批评家。和许多法国保守主义者一样,布尔热也将个人主义的发展及其所带来的社会的瓦解视为19世纪末颓废主义的主要特征。但不同的是,布尔热并没有像其他人那样对其持以鄙夷的态度,相反,他从审美而非社会—伦理的角度为其辩护,将其标榜为一种值得尊敬的文学姿态。面对公众对颓废主义作家发起的道德攻讦,布尔热在其著作《当代心理学文集》中将公众的注意力转移至之前的一些欧洲作家——如波德莱尔、勒南、泰纳、龚古尔兄弟等——身上,指出这些作家发展出了一种适于表达衰退社会之特征的特殊的文学风格。②

布尔热的文学作品和评论文章在19世纪末德国、英国以及法国的文

---

① 夏尔·波德莱尔:《浪漫派的艺术》,郭宏安译,南京:译林出版社,2014年,第102页。
② See Koenraad W. Swart, *The Sense of Decadence in Nineteenth-Century France*. The Hague, Netherlands: Martinus Nijhoff, 1964, p.162.

人圈中流传甚广①,其颓废理论对于矫正人们对 19 世纪末颓废主义的误解起到了不可忽视的重要作用。哲学家尼采也在一定程度上接受了布尔热有关"欧洲文明正走向虚无主义和颓废"的这一分析,而尼采又影响了奥斯瓦尔德·斯宾格勒的颓废观。

有些评论者指出,作为老一辈作家的布尔热其实并不能完全赞同他所分析的文学趋向。理由是,虽然他在自己的早期著作中曾表达过对传统秩序崩溃的深重忧虑,但在后期作品中,面对走向民主和个人主义的现代文明,他却采取了一种相当保守的审查策略。② 尽管如此,无论批评者如何挑剔与苛责布尔热晚期的保守主义立场,事实上都很难撼动其在 19 世纪末颓废主义文学发展进程中的重要地位。布尔热对"颓废风格"的阐发,对颓废主义作家创作倾向所作的激情洋溢的申辩以及对现代人之颓废病症所作的溯源与剖析,奠定了其作为颓废主义文学之卓越理论家与批评家的地位。

布尔热敏锐的判断力使其成为现代审美感受的最可靠的宣传者。早在 1876 年,他最先复兴了波德莱尔的文学遗产,重新提出"颓废"一词。他写道:"我们既不谦虚也不骄傲地接受颓废这个糟糕的词。"③两年后,布尔热创作的诗体小说《埃德尔》(*Edel*,1878)问世。在这部深受波德莱尔影响,再现了现代诗人精神命运的小说中,最早的颓废主人公诞生了。布尔热在小说中分析了一种意识,这种意识一边渴望感官的精炼,为焦虑和悲伤所折磨,一边又寻求一种逃离现实的方式:"疯狂的折磨人的罪恶欲望,/受到残酷的忧郁骑士的刺激,/行驶在绝望之中以提炼他们的内

---

① 布尔热几乎和 19 世纪末文坛上所有流行的文学倾向和文学圈子都有所联系。他的四首诗出现在 1876 年《当代帕尔纳斯派》(*Le Parnasse contemporain*)的第 3 期上。同时,他也为一些文学杂志——如《文学与艺术评论》(*Le Réveil littéraire et artistique*)、《文学世纪报》(*Le Siècle littéraire*)、《文学生活》(*La Vie littéraire*)以及《共和国文学》(*La République des lettres*)等——撰写文章。他还不定期地为《现代生活》(*La Vie moderne*)和《高卢人》(*Le Gaulois*)写文章。正是在这一时期,他在朱丽叶·亚当(Juliette Adam)的《新评论》(*La Nouvelle revue*)杂志上发表了不少长文,这些文章既为其后来的《当代心理学文集》提供了素材,又使其跻身当时最受瞩目的批评家行列。据统计,1879 年至 1883 年,布尔热撰写并发表了 400 余篇文章,阅读了 300 多本著作,并为其撰写了深度评论;此外,他还观看了约 100 部戏。(Jean Pierrot, *The Decadent Imagination*, 1880—1900. Tran. Derek Coltman. Chicago: The University of Chicago Press, 1981, p. 12.)

② See Koenraad W. Swart, *The Sense of Decadence in Nineteenth-Century France*. The Hague, Netherlands: Martinus Nijhoff, 1964, p. 163.

③ Quoted in Jean Pierrot, *The Decadent Imagination*, 1880—1900. Tran. Derek Coltman. Chicago: The University of Chicago Press, 1981, p. 11.

心,/寻找一个新的理想,/找到他的奇异……"①也正是在这个阶段,后来被证明影响了颓废主义文学观念的法国高蹈派接受了布尔热。班维尔和勒贡特·德·列尔(Leconte de Lisle)向他发出私人邀请,弗朗索瓦·戈贝(François Coppée)、苏利·普吕多姆(Sully Prudhomme)和何塞—马利亚·德·埃雷迪亚(José-María de Heredia)等人也成为他的朋友。他的四首诗出现在1876年《当代帕尔纳斯派》的第3期上。同年,他遇见了朱尔斯·巴尔贝·多尔维利,并与后者结为密友。②

布尔热热烈地崇拜英国文学,英国在他眼中充满魅力。在其旅行日记(在1889年最终以书的形式出版)里,布尔热表现出了对外国习俗与风景的狂热。布尔热将其前往湖区和牛津的旅行视为一种朝圣,一种对英国浪漫主义作家曾经生活过的地方的朝圣。在那里,他沉浸于华兹华斯、柯勒律治、德·昆西等人的作品里;也正是在那里,他发现了稍后将对法国颓废主义文学施加重要影响的前拉斐尔派。

在《当代心理学文集》以及同一时期出版的其他作品里,人们发现,"布尔热极为清晰地阐明了颓废感知的一些重要主题以及颓废的审美"③。在《当代心理学文集》里,布尔热深度论述了五位作家以及那些他认为最具深刻影响力的人。在他看来,这五位作家最能代表当时的法国思想。在这本书里,他从社会心理学的视角出发,诊断并反思那些困扰现代人心灵的现代病症。

在布尔热看来,现代人罹患心灵病症当归诸一种悲观主义的世界观。这种悲观主义世界观根源于现实生活与人们的理想愿景之间的不和谐。他认为,现代文明所带来的所谓发展进步只会加剧这种不和谐。正如他谈及波德莱尔时所说的那样,当人类极其文明化时,他要求事情按照自己心灵的指令而存在;然而,他那早已被精炼了的感受力只为好奇心所驱使的这一事实,使得如上巧合发生的概率变得更低,从而产生无法补救的痛苦。同样的观点还出现在他评论福楼拜的一篇文章里。布尔热评论道:"那个梦想着一系列迷人而复杂的事件在他生命中发生的人,必将发现事实的真相与那些美梦是不相符的;最重要的是,如果他出生在一个成熟的文明里,与更普遍的福利分配相伴而生的是,个人和公众生活会在一定程

---

① Quoted in Jean Pierrot, *The Decadent Imagination*, 1880—1900. Tran. Derek Coltman. Chicago: The University of Chicago Press, 1981, p. 12.
② Ibid.
③ Ibid., p. 13.

度上变得平庸。"①

对于这种不和谐出现的缘由,布尔热指出,首先,它来自过去几个世纪以来人类为追求文明而付出的代价——身体和精神上的透支。人类这个物种,像任何生物个体一样,已经到了衰落的时代,特别是那些拥有很长历史的国家。对于福楼拜小说中的两个主人公"艾玛·包法利(Emma Bovary)和弗瑞德里克(Frédéric)",布尔热说,他们"是疲倦了的文明的产物。如果他们生于一个更年轻点的世界的话,他们将会拥有全部的活力……至少我们是这样看待他们的,也是这样看待我们自己的。为了获得现代世界的好处,我们付出了痛苦的代价,经历了疲惫的挣扎,因此转而选择追寻那些已经逝去很久的、未经驯化的力量和深刻的信仰"。②然而,除了先进民族的这种生理上的精疲力竭之外,布尔热提到,这种不和谐同样也是思想本身的运动结果。在现代世界的特定状态中,大脑活动变得异常活跃,从而耗尽了有机体的能量。因此福楼拜笔下的角色体现了"那些以滥用大脑为其最大病症的时代的标志",并且揭示了"正是意识生活(conscious life)愈发疯狂的扩张,导致了人类心灵的分裂"。因此,我们伟大的省会城市为我们提供了一幅由思想上的"毒药"所带来的人类毁灭的壮景:"正如我们看到的那样,现代人来往于巴黎林荫大道,他们拖着柔弱的身躯,脸上挂着过于丰富的表情,露出过度尖锐的目光;显而易见,他们的血液变得稀薄,肌肉的力量已然衰减,而其夸张的性情则发展为病态的神经质。"③

其次,加剧自我和世界间的这种不协调的,还有科学发展所带来的负面效应。科学打破了现实的诗意,同时又摧毁了宗教信仰携带的确实安慰。前者成为布尔热以《科学与诗歌》(Science et poésie)之名刊发的一篇文章的主题。该文章采用对话的形式,对话发生的场景被设定在戛纳,先是在一个花店,然后是海滨大道,对话双方是两个年轻男人。一个是侯爵诺伯特(Marquis Norbert de N),他是个行动派、士兵和运动员,另一个是皮埃尔(Pierre V),他是个精致的唯美主义者。

"我不是不明白,"他们中的一个开始发表议论,"科学自身包含着无法改变的悲观主义基础,而且我们这代人的巨大希望的最终命运将会是

---

① Quoted in Jean Pierrot, *The Decadent Imagination*, 1880—1900. Tran. Derek Coltman. Chicago: The University of Chicago Press, 1981, p. 14.
② Ibid., pp. 13—14.
③ Ibid.

'破产'——那些已然估量了'未知'这个词背后那裂开的深渊的人,早已认定这种'破产'是确定无疑的。确切地说,实验的方法包含着一个确定了的绝望原则,这是因为,倘若迫使其完全倒向客观事实,那么它就会陷入彻底的现象主义,也就是虚无主义。"①毫无疑问,布尔热在此想要指明的是,科学揭示的是被绝对论彻底控制的一个宇宙,在摧毁了我们的神秘意识的同时,除了相对的确定性之外,它不能提供给我们任何东西作为交换。同样的观点表述也出现在他的《当代心理学文集》中。总之,在他看来,科学造成了宗教信仰的消失,却没有留给人们一种东西进行填补,这会让人们产生无限的空虚感。

正是基于对"现代人心灵与现代社会现实之间难以调和的不和谐"这一事实的悲观认知,布尔热才说,现代人注定陷入悲伤与绝望。在将欧洲文明作为一个整体性的文明的样本进行考察时,他将斯拉夫人(Slavs)身上所展现出的这种悲观主义表述为一种虚无主义的形式,借由叔本华的作品阐明德国人的悲观主义,通过波德莱尔和福楼拜作品中的"孤僻而怪异的神经症"来揭示法国人的悲观主义。②

布尔热确信,现代人的这种持久的愁苦是难以规避的,并进一步指出,艺术家通常会利用一切可行的方法,企图逃离造成这种愁苦的现实。波德莱尔以"对奇异与罕见事物的偏好"作为逃离之法,以"一种对待爱的神秘、放荡与分析的态度"来探寻新的感觉,以纯粹的审美目的运用天主教("信仰将会远去,但神秘主义——即便它被理智所驱逐——仍会流连在感觉里");而在福楼拜那里,"对现代社会的逃离与憎恨借由最为怪异的考古学的幻想而表露出来",其艺术宗旨是描画精神意象、梦或幻觉,而非描摹现实。③

有别于多数传统批评家的是,布尔热在承认"颓废倾向的确构成严重的精神危机"这类观点的同时,还断言颓废倾向具有积极的文学影响。这种很大程度上接纳颓废、承担其所体现的重担,并使其进入文学现代性之本质层面的理性抉择,构成了布尔热思想之独创性价值的最为显著的标志。在评论波德莱尔创作倾向的一篇文章中,布尔热的如上独创性价值

---

① Quoted in Jean Pierrot, *The Decadent Imagination*, 1880—1900. Tran. Derek Coltman. Chicago: The University of Chicago Press, 1981, p. 15.

② See Jean Pierrot, *The Decadent Imagination*, 1880—1900. Tran. Derek Coltman. Chicago: The University of Chicago Press, 1981, p. 15.

③ Ibid.

得以生动、清晰地展现。事实上,这部分被命名为"颓废的理论"(A Theory of Decadence)。公正地说,这是颓废审美的第一个真正的宣言。在布尔热看来,一方面,尽管"颓废"在集体或国家层面会无可避免地产生某种灾难性的后果——毕竟它在任何一个国家的出现,都预示着这个国家将面临崩溃;但从另一方面看,通过强化那个国家的艺术家的个性,"颓废"必将激发伟大作品的绽放:"尽管颓废时期的公民在建设强盛国家方面处于劣势,但是,作为探察内心灵魂的艺术家,他们难道不是非常出众吗?"由此,布尔热呼吁其同代人效仿波德莱尔。他说:"让我们沉浸在那非凡的理念与形式中,去领受那无人造访的孤独之监禁吧!"①

---

① See Jean Pierrot, *The Decadent Imagination, 1880—1900*. Tran. Derek Coltman. Chicago: The University of Chicago Press, 1981, p. 16.

第四章
"颓废"的性学剖析

对萨德、戈蒂耶、波德莱尔、于斯曼等作家来说，病理意义上的性倒错是不存在的。他们所关注和研究的乃是精神－心理学意义上的性倒错。他们真正感兴趣的并不是性倒错行为本身，而是隐匿于怪异反常的性倒错行为之下的（潜）意识。对他们而言，倒错行为本身或许只是人们借以满足内心深处某种隐秘渴望的一种迂回的方式。"倒错……之所以具有违反规范的价值，就是因为规范具有恒定性。"[①]倒错行为的"迷人"之处，与其说在于行为对象本身所具有的怪异特性，不如说在于规则的信奉和遵循者深思熟虑地谋划和实施背叛规则的行为时，所体验到的一种由罪感而引发的快感体验。

"哲学上的悲观主义与厌女症的联合是19世纪文学颓废内涵中的一个重要部分。"[②]作为生育的载体与自然力的同盟，"现代女性"常被描绘成勾引和消耗男性精力的致命的蛇蝎女人（femme fatale）。颓废主义男性作家笔下的几乎所有现代女性都具有毁灭性，无论她是魅力四射的交际花，还是端庄大方的家庭主妇。

在颓废主义小说中，"致命的现代女性"常常同时具有雌雄同体的典型特征。在佩拉丹的笔下，雌雄同体几乎总以女性形象出现。她们往往有性欲亢进、异装癖及性倒错等特征。颓废主义强调雌雄同体在生理上的不育

---

① 皮埃尔·科罗索夫斯基：《萨德我的邻居》，闾素伟译，桂林：漓江出版社，2014年，第9页。
② David Weir, Preface to *Decadence and the Making of Modernism*. Amherst: University of Massachusetts Press, 1996, p. iv.

性。"不育"既是对反自然特征的具体表达，又是对性、爱情及世俗生活的反驳。①

第一节　性倒错——面具下的自由

一、萨德主义、渎神与"为反常而反常"

颓废主义文学中的萨德主义不仅仅是一种矫揉造作，更是一种走进基督教的尝试——尽管是以一种表面看来不无悖谬、令人费解的方式所作的尝试。在小说《逆流》中，作者于斯曼评论巴尔贝·多尔维利的作品《恶魔》时，将《恶魔》中的"萨德主义"称为"天主教主义的杂种"。于斯曼给出的解释是：萨德主义不可能诞生于一个异教徒的心灵中，因为所谓萨德主义，首先应该包括"一种渎神的实践，一种道德的逆反，一种精神的放荡，一种彻底理想化的、彻底基督教意义上的反常"②，并且在这种反常、放荡的行为实践中同时体验到了"一种因害怕而有所收敛的欢乐"，"一种跟违抗命令、挑战禁忌的孩子拥有的那种不良满足感类似的欢乐"。③

渎神者首先必须是一个信神者，"一个人在亵渎一种或是与他不搭界或是很陌生的戒律时，都将体会不到任何喜悦"④。"假如萨德主义根本就不包含一种渎神，它就没有了存在的理由"⑤，"萨德主义的力量，它体现的诱惑力，整个地寄寓在把本应给予上帝的敬意和祈祷转达给了撒旦的违禁的愉悦中"⑥。由此，"渎神"行为的内在心理动机实际上是对自己所信仰和珍爱的事物的故意的亵渎。它是实施者刻意去谋划的一种自我鞭笞、自我惩罚的机制。在行为实施的过程中，实施者通过让自己痛苦而获得一种奇异的"快感"——更精确地说，是在一瞬间所获得的那种畅快的呼吸，那种完全的释放与超脱，一种类似于基督徒所追寻的至高真福体验的体验。从这一意义上说，渎神行为与人们在颓废主人公身上常见的种种自虐行为具有心理

---

① See George Ross Ridge, *The Hero in French Decadent Literature*. Athens: University of Georgia Press, 1961, pp. 40—41.
② 于斯曼：《逆流》，余中先译，上海：上海译文出版社，2016年，第209页。
③ 同上。
④ 同上。
⑤ 同上。
⑥ 同上。

上的同构性。

在几乎所有伟大的颓废主义文学作品中,渎神与皈依如影随形。颓废主人公的"皈依"乃是一种永无终止的皈依,如同在《逆流》中的主人公德泽森特身上所体现出的那样,人们看到的是一种夹杂着亵渎与怀疑之剧痛的宗教意识的持续性的流动。从《无言的浪漫曲》(Romances sans paroles,1874)到《智慧集》(Sagesse,1880),到《爱情》(Amour,1888),到《平行集》(Parallelement,1889),人们似乎能够窥见诗人"从亵渎到虔诚"无限回环往复的宗教意识之流动。同样,从《逆流》到《在路上》,人们也可以看到作者于斯曼①的宗教意识的持续性流动。

那些热衷于表现"渎神""性倒错"等主题的伟大的颓废主义作家,或是在其有生之年皈依了基督教,或是尽管没有皈依,但其作品中明显表现出了对皈依话题的兴趣。在皈依基督教的所有颓废主义作家中,王尔德或许是最著名的一个。王尔德一生中曾多次流露出皈依的倾向,但直到临终前,他才决定皈依(尽管有些人认为他临终前的皈依是在几乎无意识的状态下发生的)。沃尔特·佩特没有正式皈依,但其作品中对皈依问题的关注是很明显的。乔治·摩尔也没有皈依,但其作品中同样关注了皈依的问题。莱昂内尔·约翰逊在当时的颓废主义作家中可以说是特别虔诚的一个,据说正是他说服了同为颓废主义作家的欧内斯特·道生皈依基督教。奥布里·比亚兹莱在临终前皈依了,阿尔弗雷德·道格拉斯勋爵(Lord Alfred Douglas,1870—1945)在炫耀自己罪恶的那些年之后,于1911年皈依。道格拉斯的生活为从颓废走向皈依的转变提供了最好的论证,因为他把他的余生都用来出版他对年轻时犯下的错误的忏悔。②

大多数颓废主义作家在现实生活中都更接近于一个禁欲者而非纵欲者。比如,颓废主义文学的集大成者于斯曼就过着一种极为自律的苦行僧式的独身生活。③ 几乎所有的颓废主义作家都将自然健康的性行为描述为无聊而令人失望的或是不体面的。他们似乎觉得一种更加非自然的、怪诞的性经验更有魅力。颓废主义作家从未在其作品中呈现过浪漫主义作家笔下的那种健康醉人的性快感。相反,他们笔下的颓废主人公只能从一种非自然的、怪诞的,并且伴随着羞耻、懊悔和厌恶的性体验中得到满足。

---

① 《逆流》和《在那边》中的反常性欲与歇斯底里的神秘主义给于斯曼带来了坏名声,因此,当他在1892年皈依天主教时,人们惊讶不已。

② See Ellis Hanson, *Decadence and Catholicism*. Cambridge: Harvard University Press, 1997, pp. 12—13.

③ 当然,王尔德和魏尔伦或许是例外。

事实上，在颓废主义作家笔下，"倒错、变态的性"的主题只是一个"幌子"，其背后隐藏着的真正主题是"为反常而反常"，是通过刻意去谋划和实施反常、变态的性行为，在一种自我厌恶、自我践踏的痛苦体验中感到片刻的释放和满足。这是一种类似于宗教狂喜的精神体验。在颓废主义作家的笔下，这种精神体验的获取必须通过自贬、自虐、自惩的方式实现。由此不难判断，这与颓废者实施渎神行为的心理机制完全一致。波德莱尔、于斯曼等颓废主义作家在其作品中描写女同性恋、鸡奸等性倒错行为时，似乎难以用其他的方式，而只能从基督教意义上去诠释其所描写的那种反常、病态的性愉悦。也只有在这个意义上，人们才不至于对于斯曼对《逆流》中的颓废风格的解释感到不解。于斯曼曾明确表示，《逆流》中所展现出的带有高度肉欲、感官色彩的颓废风格本质上是文学中的一种精神性的，甚至是天主教式的反抗。歇斯底里和神秘主义的出现，不过是在一个膜拜物质、讲求实际的时代，人们的精神欲望无法得以发泄和表达的一个后果或者说象征。"正是在实证主义达到最高点的时刻，神秘主义（mysticism）再一次出现，对超自然论的（occultism）狂热开始了。"①在《在那边》中，于斯曼对19世纪末人们对女性歇斯底里所作的科学解释表示怀疑，并为女性的歇斯底里下了一个新的诊断。他借书中人物之口说："一个女人是因为歇斯底里而发疯，还是因为发疯而歇斯底里？只有教堂能够回答，科学无法回答。"②精神欲望无法得以发泄和表达的状态使人发疯，而歇斯底里不过是其必然导向的后果。

二、感性无罪，"恶"即"自由"！

虽然颓废主义作家常常因其作品中的色情描写和对性倒错的迷恋而遭受批判和指责，但实际上，19世纪浪漫主义、象征主义、唯美主义、颓废主义等对反常性欲的描写，在深度和强度上均没有超越萨德。萨德的文学作品中最有价值的是他为数并不太多的以性倒错为主题的作品，如《索多玛的120天》《朱斯蒂娜》《淑女蒙尘记》《朱丽埃特》等。萨德对性倒错的文学书写，与其独特的哲学观相互呼应。他主张人应该不顾一切地追求快乐，为了获得快乐，任何形式的犯罪都可以实施。萨德身上的极端的个人主义者的气质、悲观主义哲学世界观以及伸张感性生命力的决心，使其成为颓废主义无可取代的伟大先驱。法学家皮埃尔·勒让德尔曾说："人们想要把一切置

---

① Quoted in Ellis Hanson, *Decadence and Catholicism*. Cambridge: Harvard University Press, 1997, p. 115.
② Ibid.

于阳光之下,可是人性需要阴影来躲避疯狂。"①萨德所维护的正是这片被阴影笼罩的,被人说"不"的土地。

倘若撇开对萨德有关人性的基本观点、对虚伪不平等的社会制度的反思以及他的哲学理念这三个层面的全面了解,那么萨德的作品极易被纳入肮脏低级的色情文学的行列。

萨德是人性恶的坚定信奉者。他认为

> ……世界的本质是"恶"的,人类社会的本质也是"恶"的,宇宙间充满了罪恶的气息。对于人来说,只有顺应"恶"的形势,跟随"恶"的大流,才能幸福,反之,则会处处受挫。……朱斯蒂娜两姐妹的经历就说明了这一点。妹妹朱丽叶特勇于投身于"恶"的洪流,因而处处春风得意,而姐姐朱斯蒂娜因为贞洁,因为不愿向恶人低头,不愿与"恶"同流合污,因而十分悲惨。②

萨德的上述人性观与他对现实社会中由统治阶级为控制平民百姓的言行而专为其设立的虚伪的道德观的深刻体察息息相关。在萨德的表述中,"恶"指的是人性当中被人为地贬低和否定了的那部分力量。对这部分力量的贬低和否定是统治阶级的阴谋,他们用所谓"道德"的幌子,保持社会的某种道德秩序,维护自己的特权。正因此,尚塔尔·托马斯在《萨德侯爵传》中指出,萨德的那些所谓色情文学中的描写重点,并不是形形色色的妓女,而是那些占据社会高位的放荡者的丑恶的欲望。他看透了现实社会法律制度和道德观念的虚伪,认为道德、法律不过是掌权者愚弄、统治无辜平民的险恶工具:

> 放荡者不知道社会上还有约束,并不是由于他们完全处在社会边缘,而是恰恰相反,是因为他们支配了社会性的运动……他们为非作歹不受惩罚……(是因为)他们攫取了为非作歹的权力;他们在更高的层次上摇身一变,成了无可指责的公仆。③

由此可见,萨德表述中的所谓"恶"实质上不过是"自由"的代名词,它具体指涉的是追求和享受感官快乐的自由。

与同时代其他写肉欲题材的色情作家不同,萨德并没有在创作中刻

---

① 转引自让-吕克·海宁:《地下室里的萨德》,李一枝译,长春:吉林出版集团有限责任公司,2011年,第7—8页。
② 尚塔尔·托马斯:《萨德侯爵传》,管筱明译,桂林:漓江出版社,2002年,"译序"第6页。
③ 同上书,"译序"第8页。

意地规避对那些被现实道德观念判定为"粗俗"的性的相关词汇的运用。在他看来,规避、舍弃这些词汇,则必将和既往的哲学一样,继续陷于"肉体失语症"。当然,萨德清楚地意识到,这种勇敢的尝试极易导致一种危险,即人们很容易仅仅根据其题材在道德上的破坏性来曲解其作品的真实含义,继而对他发起道德攻讦。由此,萨德提醒读者尽可能地悬置、摆脱"道德评判"对其思维的框定,尽可能地去适应和运用一种非道德性的想象:

> 读者朋友,现在,你要让心灵和头脑准备好,来阅读有史以来最不道德的叙述……你将看到我描写了所有的堕落行为。我知道,其中有许多大概会让你觉得悲哀,但是其中有一些也会让你激情冲动,而这就是我们需要的效果。要是我们不把一切都说明白,都分析清楚,你叫我们怎么猜出适合于你的东西?你只管取走你需要的,把其余的留下就是了。别人再取走他需要的。这样,慢慢地,各人都得到了自己所需的东西。这里是一桌丰盛的宴席,有六百种菜肴,适合于不同的胃口。这么多菜你吃得了吗?肯定吃不了。不过,这惊人的数量扩大了你选择的范围。等到你因为肚量增大而高兴的时候,就不会责怪招待你的东道主了。①

通过将"情欲想象的自由发挥"与"被贬为堕落的情欲行为的生动细微的展示"紧密结合,或者说,通过把性行为的真实细节、具体动作与一种理想化的情欲想象的发展置于一种不可分离的语境之中,萨德使他真实、细腻的情欲书写成为一种能够为读者的想象所触及的真切的情欲感受和体验。萨德的目的相当明确:将被社会道德、法律归入色情、不伦的"恶"的范畴的那部分感官快乐拯救了出来,恢复完整的人(l'homme intégral)的形象!或者说,帮助人们解放那些被以非道德的手段压抑了的人的感性体验,向反对个人自由支配自己身体的一切规则说"不"。感性的复苏即人性的复苏。感性体验的自由,或者说个人支配自己身体的自由,代表了人之为人的最基本的天赋权利,它也因此成为一切道德之合理性的不可取消的基础和前提。失去了对自由的保证,道德、公正等将退化成冷酷的暴力。由此,可以说,反常、变态的性欲本身并不是萨德作品的主题。在他的那些离经叛道的文字的夹缝里,存在着由蠢蠢欲动、桀骜不驯的欲

---

① 转引自尚塔尔·托马斯:《萨德侯爵传》,管筱明译,桂林:漓江出版社,2002年,第6—7页。

望所构成的"潜文本",透过这个"潜文本",人们得以切近萨德作品的原始意图和核心主题——自由[①]。没有这个核心作为整体上的统摄,他的作品就会沦为所谓低级色情文学。自由的保证是实现真正的道德、公正的前提,而被人为贬低为"恶"的那部分激情也包含在自由的范畴之中。

萨德在哲学上的基本立场与其在文学创作中围绕"恢复完整的人的形象"所作的努力相一致。他认为,哲学应该说出一切;人有权享受快乐:

> 任何人、任何组织、任何信仰都不能剥夺他人快乐的权利……他所谓的快乐,"就是感官之乐,就是在贵妇人卧室的小客厅里,在西林城堡那样的享乐场所追求的享乐"。他认为只要是快乐的事就可以干,只要想象得出的快乐事就可以写。正是因为有着这样的理念,他才总是顽强地与形形色色的书报检查制度作对,总是表现出一种不屈不挠,越是碰到障碍越是坚强的力量。就是依靠这股力量他才写出并留下了一些作品,也就是凭着这股力量,他才没有屈服于任何强权、任何威胁,才敢于写出一个个用令人发指的行为来与道德准则与法律规定作对、用恶的观念来与善的神圣观念作对的人物。[②]

萨德毕生专注于对行为倒错/反常的形式的研究,这就证明对于他来说,只有一件事是重要的,那就是必须恢复完整的人的形象,展现绝对自由的人之全貌,正视人所能够做的恶。唯有如此,才可能走向真正的道德。

三、精神-心理学意义上的性倒错之行为机制

性倒错乃是萨德对行为倒错形式开展研究的核心。对萨德来说,病理意义上的性倒错是不存在的,他致力于研究的乃是精神-心理学意义上的性倒错。萨德真正感兴趣的并不是性倒错行为本身,而是隐匿于怪异反常的性倒错行为之下的(潜)意识。萨德隐隐地感觉到,倒错行为本身或许只是人们借以满足内心深处某种隐秘渴望的一种迂回的方式。"倒错……之所以具有违反规范的价值,就是因为规范具有恒定性。"[③]倒错行为实施者实施倒错行动时,很大一部分的快感与其说是来源于那些行为对象本身怪异的特性,不如说是来源于"突破规范的局限"本身,也就是说,来源于逃离、反叛的自由意志。根据萨德的想法,性倒错者谴责规

---

① 在此,"自由"与"恶"都应被理解为中性词。
② 尚塔尔·托马斯:《萨德侯爵传》,管筱明译,桂林:漓江出版社,2002年,"译序"第6页。
③ 皮埃尔·科罗索夫斯基:《萨德我的邻居》,闫素伟译,桂林:漓江出版社,2014年,第9页。

范，只能以否定的方式来确认自己。"只能相对于向'正常'个体提出的模式来说，才是对规范的违反"，"现存的规范、制度对倒错行为的形式起到了结构作用"。①"如果整个人类都'堕落'了，如果大家都承认自己是行为倒错者……我们便可以认为萨德的'目的'算是达到了，也就是说，大家都是'怪物'，'暴虐'也就消失了。"②由此，行为倒错的本质实际上正是"反理性"，通过实施打破规则的倒错行为，消解"规范"的普遍合理性，使理性解体，使语言失去意义，实施者仅仅通过"共谋"行动而获得彼此的理解和认同。正是在此意义上，我们才能理解萨德研究"鸡奸"行为的真正价值。萨德试图通过对"鸡奸"行为的分析来阐明倒错行为的内在逻辑机制。"鸡奸"行为代表着对人类生殖本能的有意识的违抗和嘲讽，是一种对破坏、毁灭和死亡的模仿。

在有关性的问题上，要区别萨德所说的行为倒错者与一般的淫秽放荡者，关键在于两点：

第一，使倒错者实施反常行为的，并不是天然的性欲冲动/激情，他在性的方面，始终是冷漠、镇定和缺乏肉欲激情的，头脑而非肉欲是真正的发起者和主导者；相反，一般的淫秽放荡者的性行为无疑是由性欲激情所发动和主导的。

第二，倒错者在实施反常性行为时有意识地警惕、批判和拒绝与行为相伴随的感性的肉体"享受"，其根本原因是，并不是性的吸引力触发了他的性欲冲动使他实施性行为，而是他把与"性"相关的行为当作一个研究对象。他的思想始终被有关"自我"的困惑紧紧抓住，他以研究的姿态，试图在反常性行为的实施过程中剖解"自我"，辨识"自我"的真实面目，以此保存"自我"。而要保存这种纯粹的"自我"，却往往需要他不断地实施这种反常行为，只有在反常行为成功实施后那个纯粹的"自我"露出水面让他窥见和确认时，他才能感到瞬息的满足。因此，倒错者的反常性行为的满足与原始肉欲的满足并不能混为一谈。不管是在与性相关的行为中，还是在其他行为中，令倒错者感到满足的唯一要求只能是"对自我之存在的不断确认"。他要求自我持续性地"在场"。

萨德在其小说《索多玛的120天》中所观察和描写的那些性倒错者与一般意义上的那些沉溺于淫欲激情的放荡者相比，有一个奇特之处，那就

---

① 皮埃尔·科罗索夫斯基：《萨德我的邻居》，闫素伟译，桂林：漓江出版社，2014年，第10页。
② 同上。

是：基于一种无法取消的执念，他们只有在不断地重复某种单一的行为姿态之时，才能够在短短的一瞬间获得那期待已久的至高的快感。他们的欲望"只能在顾忌重重的对于细节的爱好当中，通过小心翼翼地追求细节，通过小心翼翼地完成行为的细节才能够得到满足，其用心之深，是由于饥渴而引发的狂乱者所没有的"[①]。由此，人们可能不得不逐渐走向一种看似悖谬的推论，即在有关性的问题上，性倒错者可能会更接近一个禁欲者而非纵欲者的观念和立场。

在对倒错行为的研究中，萨德对"我的身体"的概念进行了哲学上的反思。他意识到，"我的身体"并不为"我"所享有和支配。"我的身体"被"非我的"力量侵犯和剥夺了。萨德所说的"非我的"力量是社会制度本身，而社会制度的有效性必然要借语言得以确立并对人实施影响。因此，也可以说，萨德所谓的"非我的"力量就是维护社会制度的所谓理性的话语系统。"我的身体"通过已然制度化了的语言的规训和教化而成了远离"真正自我"的"虚假的我"。由此带来的后果是，"我"不再具有根据自己的意愿支配自己身体的能力，因为"我"的"自我"被遮蔽了。萨德由此发现，已然走向腐败的制度化的语言实际上扮演了"监视者"的角色，它修改了"我的身体"，为了制度的利益而删除了本然的"我的身体"中对整体和社会不利的部分，将其斥之为"丑恶"，并通过一种蓄意而为的道德训化将其输入"我"的思想，使"我"主动地排斥自己身体中不利于社会整体利益的那部分。此时，身体成为"我"和"非我"构成的一个复杂的混合物，"自我"难以与"非我"的成分相区分。"'我'所能够犯下的最大的罪行，并不是因为'我'从'别人'那里剥夺'他的'身体，而是'我'破坏了'我的'身体和语言所建立起来的与'我自己'之间的一致性。通过相互性，由于'我自己'有身体，相对于'他人'来说，'我'所赢得的东西又立刻被'我'丢掉了，他人的身体不属于'我'。"[②]由此，反常行为的最大罪行，是破坏了那个由"我的"身体和语言所建立起来的与"我自己"之间的一致性，而不是侵犯他人的身体。这种有意识的分裂和破坏行为的实施，实际上是为了清除附着在"自我"之上的层层污垢，从而让纯粹的自我呈现在"我"的面前。可见，反常者的目标是以怀疑的眼光审察和辨识"自我"，他企图审慎地剥离修改、驯服"自我"的制度的语言，发掘、辨识真正的"自我"的存在。

[①] 皮埃尔·科罗索夫斯基：《萨德我的邻居》，闫素伟译，桂林：漓江出版社，2014年，第13页。

[②] 同上书，第30页。

对于萨德侯爵以及其后的颓废主义作家而言,上述精神心理学意义上的而非生理意义上的性倒错者的反常,必定是人为实施的怪诞癖好而非天然的激情行为,以使怪物保持为畸态怪物。"如果重复只是激情的重复,那就很难得到保证。"①反常的性倒错者持续性地站在天然激情的对立面,人为地重复反常的行为,由此凝成反常者的身份特质——违抗规范。也因此,反常者在实施反常行为时是反激情的、冷漠(确保自己不沉溺其中而失去继续实施反常行为的意志和决心)的,他通过冷漠的态度,来保证人为性的反常行为的准确的实施,维持反常者"违抗规范"的身份特质。由此,这非但不是一种肉欲的享受,反而是一种需要强大的个人意志力参与的精神上的苦修。他们有意识地将"满足"的门槛提到最高,拒绝生理性的直接的肉感享受,追求"违抗规则"本身所带来的苦涩的甜蜜。

萨德的这种严苛和冷酷告诉人们,反常者是冷漠的,他有一种反天然激情的禁欲倾向。他的逆反行为拒绝任何利益、目的,他为违反而违反,也只有在他始终为违反而违反时,他才能保持他反常者的本质。因此,反常者的价值在于,反常并不是偶发性的,而是持续性的,这种持续性的反常是人为操控的结果,与天然的激情、欲望截然相反,这种反常不追求任何利益、没有任何目的,只是为反常而反常,它本身是一种持续性的违反/突破的化身。由此,反常者行为的最高价值得以析出,那就是——对永恒流动着的自由的不懈追求。

第二节 致命的现代女性

与浪漫主义的典型主人公不同,颓废主义的男性主人公本质上是消极、虚弱的,相反,女性却显示出充满活力的阳刚气质。有关男女性格气质的传统界定在此发生了奇妙的反转。在颓废主义文学中,女性常常被描绘成勾引和消耗男性精力的蛇蝎女人。但如果只把她们看成"吸血鬼",则是对她们角色的误读。"现代女性(modern woman)"一词更适合来描述女性在"颓废"世界观中的形象与地位。不只有蛇蝎女人是致命的,对男性而言,所有现代女性都具有毁灭性,无论她是魅力四射的交际

---

① 皮埃尔·科罗索夫斯基:《萨德我的邻居》,闫素伟译,桂林:漓江出版社,2014年,第22—23页。

花,还是端庄大方的家庭主妇。① 例如,门德斯在其小说中就展露了典型的颓废主义观点。他认为,在现代社会,即使是布尔乔亚妇女也已经变成了致命的女性。女性的沉沦是对这个时代的躁动不安的最犀利的评论。在拉希尔德的颓废主义童话作品《死亡》中,"在佛罗伦萨的居民尽数死于霍乱后,许多可爱的花儿,'散发着禁忌的香气',袭击了这个城市,将城市笼罩在多彩的海洋中。为了减轻饥饿,唯一的幸存者吃掉了被比作女人头颅的玫瑰花蕾,然后中毒死去"②。颓废主义作家笔下的"致命的现代女性"包括"蛇蝎女人"与"罹患神经病症的女人"两类。

一、蛇蝎女人

在法国颓废主义文学中,蛇蝎女人是现代女性的重要组成部分。在《浪漫派的痛苦》(*The Romantic Agony*)中,普拉兹列举了一系列人名,其中最为典型的蛇蝎女人是米尔博的小说《秘密花园》(*Le Jardin des supplices*,1899)中的克莱拉。作为一个有施虐狂倾向的英国女性,她成为一种女性类型的代表——从巴尔扎克的小说《幽谷百合》(*Le Lys dans la vallée*,1835)中的莫瑟夫伯爵夫人,到纪德的小说《伪币制造者》(*Les Faux-monnayeurs*,1925)和海明威的小说《太阳照常升起》(*The Sun Also Rises*,1926)中的现代英国女性。在中国的秘密花园中,她是一个可怕的恶魔,因为无论男女,都成为她用来发泄自己那无法餍足的性欲的工具。在福楼拜的小说中,萨朗波是一个仍然留有浪漫主义痕迹的蛇蝎女人。于斯曼的小说《在那边》中,雅辛托斯·尚泰卢夫是一个用她的欲望和激情消耗并摧毁男人的妖女。

在颓废主义文学中的诸多蛇蝎美人形象中,最著名的当数莎乐美。在颓废主义作家的笔下,莎乐美成为毁灭性的狂乱情欲的化身,"不朽的歇斯底里的女神"。其实,对莎乐美形象的描摹最早可追溯到《新约·圣经》的《马可福音》第 6 章和《马太福音》第 14 章,这两章几乎讲述了同一个故事。故事中并未提到莎乐美的名字,她被描述为"希罗底的女儿"。③

---

① See George Ross Ridge, *The Hero in French Decadent Literature*. Athens: University of Georgia Press, 1961, p.34.
② 格蕾琴·舒尔茨、路易斯·赛弗特:《最后的仙女:颓废故事集》,程静译,成都:四川人民出版社,2018 年,"前言"第 15 页。
③ 据说,直到《犹太古史》(公元 93—94 年间成书)一书,人们开始称呼这个无名公主为莎乐美。

莎乐美在希律王生日那天为他献舞，作为奖赏，希律王应允莎乐美"你随意向我求什么，我必给你"。"又对她起誓说：'随你向我求什么，就是我国的一半，我也必给你。'"(《马可福音》第6章)莎乐美受母亲唆使，向希律王索要施洗约翰的头，希律王无奈之下只能应允。莎乐美的故事在西方历代艺术家的创作中得到了各种各样的演绎。回顾莎乐美艺术形象的流变史，可以发现，19世纪之前的莎乐美故事(也包括绘画)实际上始终没有超出宗教故事的范畴，着重强调莎乐美美丽与残忍的形象特质，且故事中的莎乐美都是以配角的身份，充当着母亲希罗底复仇的工具。然而从19世纪初浪漫派一直到世纪末颓废主义，莎乐美的形象发生了重大变化。最终，一个现代、唯美、颓废的莎乐美形象诞生出来。

浪漫派诗人海涅1841年至1842年创作的长诗《阿塔·特罗尔》(Atta Troll)里，加入了对约翰头颅的"热烈的吻"这一细节，由此开创性地将宗教故事转化为浪漫主义对疯狂爱欲的诠释。诗中写了那个"得了恋爱躁狂症死去"的希罗底。[①] 1874年至1876年，法国画家古斯塔夫·莫罗创作了《施洗约翰的头在显灵》(L'Apparition)和《在希律王面前舞蹈的莎乐美》(Salomé dansant devant Hérode)。在莫罗的画作中，莎乐美成为亘古不变的人类情欲的化身。莫罗的莎乐美系列画作在巴黎的沙龙(1876)和巴黎世界博览会(1878)上展出，令无数文人墨客为之倾倒。画作中那个"淫荡、神秘、优雅的女杀手"形象旋即成为福楼拜、马拉美、于斯曼、拉弗格、王尔德、比亚兹莱等19世纪末作家之颓废想象的源泉。

福楼拜在其短篇小说《希罗底》中重塑了莎乐美的文学形象。作者将杀死施洗约翰一事描述为希罗底事先设计好的一场阴谋。她想方设法诱使希律王对莎乐美产生邪念，继而怂恿莎乐美索要施洗约翰的头，达到复仇的目的。故事中的莎乐美仍是个单纯无辜的少女，是母亲复仇的工具和棋子。她的所作所为只是为了服从母亲的指令，对自身的欲望并没有清晰的意识，甚至连那个她所要求得到的人头的主人名字都忘记了。在这个故事中，作者着重强调了莎乐美的身体所散发出的那种令人难以抗拒的性的魅惑力。

[①] "在她潮红病态的脸上/漂浮着一种东方的魅力"，"柔和的嘴唇，好像石榴石，/弯翘的、百合花似的鼻子，/她的四肢苗条而清凉，/宛如绿洲中的棕榈树"。她不但"曾渴望过施洗者的头"，在这天夜里，"她的双手总是捧着/那只盘子，盘里放着/约翰的头，她吻着它；/她热情地吻那颗人头"。人们甚至相信她每夜复活过来，都要"把那颗血淋淋的人头/捧在手里"。参见余凤高：《莎乐美：历史和艺术》，上海：复旦大学出版社，2008年，第69—70页。

作为19世纪末法国一流的绘画品鉴大师，于斯曼在其小说《逆流》中花了相当多的篇幅评论莫罗的两幅莎乐美画作。① 他盛赞莫罗为"前无古人、后无来者、绝无仅有的一位画家"，认为莫罗画作《在希律王面前舞蹈的莎乐美》中的莎乐美"超越了《新约》所提供的微薄事实"，"化身为象征千古不变的淫欲的神明，成为象征恒久不变的歇斯底里和受人诅咒的美貌的女神。她像一头可怕的野兽，冷漠、轻率、麻木，如同特洛伊的海伦一样，毒害扰乱所有接近她、看见她以及被她触摸过的一切"。② 而《施洗约翰的头在显灵》中的莎乐美"真正地表现出一个女孩的特质，顺从她作为热烈而残忍的女人的天性；她变得更为优雅而野性，更可憎也更妩媚……"③ 莫罗的画与波德莱尔的某些诗篇一样，"存在一种奇异的魔力"，"具有撼动内心最深处的咒语；它们已经超越了绘画的边界，向文学借来了最敏锐的联想力，向珐琅艺术借来了光华，向宝石工匠和雕刻师借来了最精巧的技术；在它们面前，我们只能惊叹、沉思、张皇失措"。④

1894年，王尔德用法语写成的话剧剧本《莎乐美》在法国出版。在这部话剧中，请求希律王杀死施洗约翰的不是希罗底，而是莎乐美自己。她对年轻俊美的施洗约翰心生爱慕，向他索要一个吻，却横遭拒绝和羞辱。求爱不成的莎乐美利用希律王对她美貌的垂涎，为希律王献上绝美妖艳的"七面纱之舞"⑤。莎乐美随着身体的律动一层一层脱去薄纱，直至全裸。整个舞蹈极具性挑逗意味，令希律王和在座者屏息。希律王大悦，便允诺莎乐美，可以满足她能提出的一切要求。令希律王没想到的是，莎乐美竟向他索要约翰的头颅。无奈之下，希律王只能信守承诺下令处死了约翰。剧本结尾，在侍卫们将施洗约翰的头颅盛在银盘中端上来之后，已然陷入歇斯底里的莎乐美对着爱人的头颅发了近千字的疯狂告白，并终于如愿以偿地亲吻了约翰的嘴唇。希律王对莎乐美的狂乱和变态行为感

---

① 根据中文译本《逆天》的篇幅来看，在15万字左右的小说中，作者花了4000字左右篇幅集中鉴赏和评论莫罗的两幅莎乐美画作。
② 乔里-卡尔·于斯曼：《逆天》，尹伟、戴巧译，上海：上海文艺出版社，2010年，第51页。
③ 同上书，第54页。
④ 同上书，第55页。
⑤ 巴比伦神话中的伊斯塔尔（爱情女神，大地女神）为了寻找死去的恋人塔穆兹，从天上来到地狱。每下降一重天就要脱一件衣服，每跨进一道地狱之门也要脱掉一件衣服，而每脱一件衣服她的神力都会消失一分，衣服脱完，神力尽失，最后，她也走向死亡。莎乐美的"七面纱之舞"即是在模仿伊斯塔尔女神从天上来到地狱时的样子，一次次地脱去纱巾。在这个过程中，她不断地扭动腰肢，其舞姿极富异国情调和神秘气息。

到惊恐难耐,遂下令处死邪恶的莎乐美。

在王尔德的笔下,莎乐美成了纯粹性欲力量的化身。作者似乎暗示了莎乐美歇斯底里的狂乱情欲受了一种不可抗的神秘命运/意志的驱使,与死亡紧紧相连。她的爱热烈、疯狂而又残忍、绝望。话剧结尾处,身体紧绷、神经癫狂的莎乐美吻向爱人头颅的一霎,世界仿佛在欲望与绝望中崩塌,达成一种震撼人心的艺术效果。比亚兹莱为王尔德的英文版《莎乐美》所作的插图,可以说是对这一文学图景最惊世骇俗的绘画呈现。

二、罹患神经症的现代女性

颓废主义文学中的另一种现代女性典型是罹患神经症的女人。"与强势、自私、残忍的蛇蝎女人不同,虽然神经症患者依然具有毁灭性,但她们是失去自我控制的。"[①]颓废主义小说中的此类女人典型不计其数:佩拉丹小说《伊斯塔》(*Istar*,1888)中的伊斯塔·凯皮门特女士;卡图卢斯·门德斯(Catulle Mendès)小说《妇女与儿童》(*La Femme-Enfant*,1891)中的莉莉安·弗里;龚古尔兄弟笔下的热曼妮·拉瑟顿;米尔博小说《女仆日记》(*Le Journal d'une femme de chambre*,1900)中的薛丽丝丁。她们的神经症又可具体区分为几种类型:神经衰弱症(neurasthenia)、歇斯底里(hysteria)、女色情狂(nymphomania)和性倒错(perversion)。在左拉的《卢贡-马卡尔家族》(*Les Rougon-Macquart*,1870—1893)中,卢贡-马卡尔家族的女人都有神经症。"左拉将现代女性的衰退视为颓废的母体。他认为,种族通过女性来保持纯净,而由母亲犯下的原罪会通过家族中的女性代代遗传。"[②]

在典型的颓废主义文本中,"现代女性"主题常常与"厌女症"倾向两相联合。普拉兹在《浪漫派的痛苦》中讨论的所有颓废主义作家都是男性,他们大都体现出了极端的厌女症倾向。威尔在《颓废与现代主义的生成》中指出,虽然象征主义者声称波德莱尔是他们的先驱,但他同样也是颓废主义诗人的先导。在《腐尸》一诗中,波德莱尔以其"哲学上的悲观主义与厌女症"的联合,完美地呈现了"19 世纪文学颓废含义中的关键

[①] George Ross Ridge, *The Hero in French Decadent Literature*. Athens: University of Georgia Press, 1961, p. 37.

[②] Ibid., p. 39.

层面"。①《腐尸》中的"女同性恋"因素,连同死亡的性意味,赋予这首诗以一种反常特征,这种反常成为颓废主义文学中的重要主题。"对反常的喜爱、对女性的厌恶,与另一个更大的悖论——在腐败、虚无、悲观主义、衰退中找到一种积极的价值——共同存在于文学颓废的内涵中。"②罗杰·威廉斯所说的"生活的恐怖"很大程度上说的是生育的恐怖,这里无疑包含了对使生育成为可能的女性的厌恶。③"哲学上的悲观主义与厌女症的联合是19世纪文学颓废内涵中的一个重要部分。"④波德莱尔在其《腐尸》一诗中表露出了其厌女症倾向。死亡的恐怖被投射到了女性身上——她们"不仅繁殖死亡而且繁殖疾病"⑤。值得一提的是,许多颓废主义作家对女性的抨击都是较为隐秘的——如门德斯,不过,有时他们也会摘下其隐藏的面具。

"现代女性"主题还常常与"性亢进"或"性虐"主题交织在一起。皮埃尔·路易斯的小说《女人与木偶》(*La Femme et le pantin*,1898)中的康琪妲是被作者嘲讽了一番的妖艳荡妇。她用欲拒还迎的方式玩弄了马特奥·迪亚兹先生这个中年颓废者。作为现代女性,康琪妲一边榨取他的钱财,一边嘲弄他。在颓废的世界里,金钱往往取代爱情。性欲、官能是其特定的主题。康琪妲只有在迪亚兹先生主宰她的时候才特别尊重他(这是原始男女关系的残留)。康琪妲用性爱折磨迪亚兹先生,她告诉他自己要和许多情人约会,并欢迎他来责罚自己。"性虐"是"现代女性"形象之最显著的标识。"现代女性对颓废者的爱情是施虐-受虐狂式的,这是颓废心理学的核心。只有男人强迫她们的时候,她们才会爱他们,甚至表现出令男人们震惊的淫荡。比起男人,现代女性更加精力充沛……"⑥

不少颓废主义作家在描绘现代女性形象时常常强调其贪婪的性欲表

---

① David Weir, Preface to *Decadence and the Making of Modernism*. Amherst: University of Massachusetts Press, 1996. Quoted in Barry J. Faulk, "Symbolism and Decadence" in *A Companion to Modernist Poetry*. Eds. David E. Chinitz and Gail McDonald. Chichester: Wiley Blackwell, 2014, p.147.

② David Weir, Preface to *Decadence and the Making of Modernism*. Amherst: University of Massachusetts Press, 1996, p.iv.

③ See Roger L. Williams, *The Horror of Life*. Chicago: University of Chicago Press, 1980.

④ David Weir, Preface to *Decadence and the Making of Modernism*. Amherst: University of Massachusetts Press, 1996, p.iv.

⑤ Ibid., p.xiv.

⑥ George Ross Ridge, *The Hero in French Decadent Literature*, Athens: University of Georgia Press, 1961, p.37.

征。举例来说,佩拉丹在其小说中曾描绘了一幅典型且常见的画面:"现代女性利用她那虚弱的情人,并在厌倦他之后毁灭他。"①在一首法语诗中,魏尔伦讲述了一个类似的有关颓废者与现代女性的故事。诗的中心思想较为明确。现代女性犹如"吸血鬼",靠吸食男人的精血变得强悍,而男人则日渐虚弱。她成为他的主宰。② 门德斯的小说《第一情妇》(*La Première maîtresse*)中的奥那林夫人(Mme Honorine d'Arlement)是颓废主义小说中性欲亢进的"现代女性"形象的典型。她那无法餍足的性欲害死了她的丈夫。性欲亢奋驱使她寻觅了许多情人。她总是神经兮兮且贪得无厌。爱情仅仅是她用以榨干男人精力、摧毁其生活的手段。

帕尔默在其研究论文《激荡的午夜:虐淫者的幻想与颓废文学》③中也谈到了"现代女性"与"性虐狂"间的密切关联。他回顾了普拉兹在《浪漫派的痛苦》中的核心论点:神圣侯爵的阴影笼罩了整个世纪;颓废主义文学中的一些相当著名的主题——如被迫害的处女、蛇蝎女人等——中可以搜索到"虐淫者的幻想"的痕迹。以此为基点,帕尔默重申了"性虐"及"性虐者的幻想"对于理解颓废主义主题——尤其是有关致命的"现代女性"等典型话题——的重要性。此外,他还提醒人们注意,"性虐"——正如许多普拉兹的读者所意识到的那样——是有关"痛感的性诱惑"的一个概要式术语。

第三节 雌雄同体的诗化内涵

在颓废主义小说中,"致命的现代女性"往往同时具有雌雄同体的典型特征。女性雌雄同体常有性欲亢进(hypersexuality)、异装癖(transvestism)及性倒错等反常倾向。约瑟芬·佩拉丹(Joséphin Péladan,1858—1918)的小说《好奇者》(*Curieuse*,1885)中的葆拉·梁赞(Paule Riazan)就是个女性雌雄同体。尽管她品行正直,但她对巴黎人的

---

① Quoted in George Ross Ridge, *The Hero in French Decadent Literature*. Athens: University of Georgia Press, 1961, p. 37.

② See George Ross Ridge, *The Hero in French Decadent Literature*. Athens: University of Georgia Press, 1961, pp. 37—38.

③ Jerry Palmer, "Fierce Midnights: Algolagniac Fantasy and the Literature of the Decadence" in *Decadence and the 1890s*. Ed. Ian Fletcher. London: Butter & Tanner Ltd., 1979, pp. 89—108.

夜生活有着病态的好奇心。因性倒错的不良影响，尼波·梅罗达克（Nébo Mérodack）也被她拉下水。① 戈蒂耶在小说《莫班小姐》（*Mademoiselle de Maupin*，1835）中描绘了女性雌雄同体的异装癖与性倒错倾向，主人公莫班是一个经常伪装成男性的异装癖者。维利耶·德·利尔-阿达姆的小说《伊希斯》（*Isis*）中，图利亚·法布里亚娜（Tullia Fabriana）在许多次冒险中假扮男人。② 在佩拉丹的小说《终极罪恶》（*Le Vice suprême*，1884）中，克莱尔·拉尼娜（Claire La Nine）是一个有施虐倾向的女性雌雄同体。雌雄同体和蛇蝎女人两种角色在拉尼娜身上融为一体。她的性欲亢进是一种心理疾病。无论在外表还是心理上，拉尼娜都十分男性化。③ 门德斯的小说《梅菲斯托费拉》（*Méphistophéla*，1890）中的索菲尔·赫梅林男爵夫人（Baroness Sophor d'Hermelinge）是个性欲亢进的女性雌雄同体形象。她对自己丈夫的妹妹怀有某种同性间的依恋。作为一个声名狼藉的性变态，她还爱上了自己同为雌雄同体的女儿卡罗拉（Carola）。这种香艳的情色故事以及故事中反常的女性形象，在颓废主义文学中并不罕见。④

雌雄同体乃是人造矫饰性（artificiality）和纨绔主义（dandyism）观念的逻辑延伸。正如社会变迁催生新的社会观念那样，一种新的思想观念催生了雌雄同体。⑤ 雌雄同体是反自然的缩影；当自然不再能继续演进之时，雌雄同体便出现了。与许多颓废主义作家一样，佩拉丹在其颓废作品——如小说《好奇者》——中特别强调了雌雄同体在生理上的不育性（sterility）。雌雄同体以一种无性生物（a sexless creature）的面目出现。雌雄同体是反常的，这种反常还是不育的。"不育"既是对反自然特征的具体表达，又是对性、爱情及世俗生活的反驳。雌雄同体产生，并且迅速扩张；但不育性使其注定走向消亡。

在大部分颓废主义小说中，女性雌雄同体似乎更像是变得强悍的女性和变得柔弱的男性的某种"糅合"。不过，尽管雌雄同体同时具有男女这两种性别的特性，但通常又不具备任何一种性别的功能。尽管许多雌

---

① See George Ross Ridge, *The Hero in French Decadent Literature*. Athens: University of Georgia Press, 1961, p. 43.
② Ibid., p. 42.
③ Ibid., p. 41.
④ Ibid.
⑤ Ibid., p. 44.

雄同体在异装的行为中感受到了一种性反常的愉悦，但他们本身是无性的。从这个意义上说，雌雄同体似乎也是自然反抗大都市的人工生活的产物。作为一个怪胎，雌雄同体长期沉湎于性的迷乱、不良的氛围中。但是因为它不能繁衍自身，自然由此便阻止了这些贫弱、颓废的人的继续发展并终结了堕落与垂死的文明。似乎这才是自然容忍雌雄同体的真正目的。就此而言，雌雄同体的出现，似乎预示着现代人类发展的最后阶段。由于雌雄同体无法繁衍后代，因此当它大量出现的时候，承载和孕育它的颓废的人类文明就将陡然趋于灭亡。①

颓废主义大师于斯曼在小说《逆流》中塑造了一个男性雌雄同体的颓废者代表德泽森特。主导德泽森特回忆的女性所共享的一个特征是：她们都很有力量，都有潜在的残忍性。并非其潜在的依恋同性的倾向，而是可见的、具象化的"对固化的性格界限的侵越"吸引着他，主导着他对特定女性特征的迷恋。德泽森特身上鲜明地体现出当时许多主流科学家所描述的女性身上所表现出的歇斯底里症状。于斯曼对德泽森特身上的女性化的歇斯底里特征的描绘的确超越了当时有关歇斯底里理论的科学话语——较为明显地区分和描述男性歇斯底里和女性歇斯底里的特征，是对当时对歇斯底里的科学描述的一种反拨。这一定程度上可以作为对德泽森特"对固化的性别界限的侵越"这一观点的佐证。②

对应的情形往往是同时出现的。点燃颓废主义小说中男性颓废者欲火的，往往正是女性雌雄同体的种种反常特质。这就解释了为什么《逆流》中的德泽森特拜倒在美国杂技演员乌拉尼亚的石榴裙下。对乌拉尼亚的男性气质（masculinity）做出回应的同时，德泽森特逐渐变得娘娘腔。他们交换了性别。女性雌雄同体的"性"魅力对于颓废的男性来说是难以抗拒的。

在德泽森特的记忆中，有两个充满特殊趣味的小插曲，第一个便是乌拉尼亚小姐。德泽森特重新回顾了他与这位强健的美国杂技演员的偶遇经历。在他的幻想中，他对她的记忆出现了翻天覆地的变化：

随着对她察言观色的深入，一些奇特的概念渐渐诞生；随着他对

---

① See George Ross Ridge, *The Hero in French Decadent Literature*. Athens: University of Georgia Press, 1961, p. 44.

② See Wanda Klee, "Incarnating Decadence: Reading Des Esseintes's Bodies" in *Paroles gelées*, vol. 17, no. 2, 1999, p. 64.

她的柔和、她的力量的欣赏,他看到她身上产生了一种人为的性别改变;她那女性的优雅做作以及妩媚娇柔越来越被抹除,而一种男性特有的灵巧和强壮却在逐步发展;总之,她在一开始曾为女儿身之后,随后迟疑不决地越来越靠近雌雄共体,最后似乎下定了决心,毅然决然地,彻底地变成了一个男儿身。①

性别变态具有反射性;当一个女人变成了一个男人,德泽森特便深刻体验到了这一性别变化。变性和变态并非仅限于诗意想象的范围,而更像是一种令人震惊的颠倒性的场景,即一个女性施虐狂和一个柔肠百转的男人。德泽森特被这种性别变态所激发,尤其是当他的想象被无情的现实所碾碎时(她的女性特质并没有浸染任何男性化的变形,乌拉尼亚小姐被证明是另一个普普通通的女性而已)。

然而,乌拉尼亚小姐却绝非一个普普通通的女性;这个女性施虐狂有着另外一个名字——缪斯。并且,"性变态"也是德泽森特首次赋予她的一个富有诗意创造性的名称。这种性别角色的倒置也同样是诗歌角色的倒置;如果女性缪斯的传统角色是激励男性诗人,那么在这里,男性美学家将会激发缪斯,并将男性化的思想传达给缪斯。但他却没能成功地做到这一点,这也导致了随后的情节的发生,即成功变成了一种荒诞的后果。

其他女性形象似乎也是对乌拉尼亚小姐形象的一种延续,但是德泽森特却在对一个不知名女性的回忆中陷入了沉思,也即第二个小插曲。那位女性怪诞的特征给了他数月以来非凡的满足。她是一个擅长腹语口技的杂技表演者,并且,这种奇异的天赋被德泽森特迅速地挖掘出来。德泽森特被她宛如天赐之物般的情欲潜力所吸引,并让她背诵一个剧本中的台词,这种表现方式加剧了她的怪诞性:这段台词来源于福楼拜的《圣·安东尼奥的诱惑》一书中喀迈拉(Chimera)与斯芬克斯(Sphinx)之间的对话。大理石和陶土铸成的雕塑石像代表着怪兽们被放置在临时居所中;然后,当口技表演者在这些石像周围细心安排书中的彩排对话时,德泽森特向这位小姐示爱。凭借这个举动,德泽森特确实将性变态的男性思想注入了一个女性的身体中,因为"怪诞的声音"作为一种物质支撑来源于那个不知名的女性口技表演者,而语言则来自福楼拜文中的对话。德泽森特企图颠倒乌拉尼亚小姐的诗歌角色的尝试已沦为一次凄凉的失

---

① 于斯曼:《逆流》,余中先译,上海:上海译文出版社,2016年,第134—135页。

败；而现在他却通过选取一个强有力的诗歌声音取得了替代性的成功。他不再将自己的思想强加到那位女性的身上，而是将他钟爱的作家的文字注入她的头脑中。的确，在更进一步的意义上来讲，福楼拜的文字似乎成为一个腹语表演者，那位女性口技表演者只是将她的声音注入石像当中，而福楼拜则使他的诗歌声音穿过了女性口技表演者的身体。

对于德泽森特来讲，福楼拜的文字和女性口技表演者的身体的结合是情欲快感的重要来源，但是对于熟悉颓废主义的读者而言，它似乎还影射了另外一层含义：腹语术，作为一种腹部或者身体上的语言表达，似乎描述了一个处于康复期的"女子气"的男性病人与他的"其他身体部位"之间的某种联系，并且，腹语术也许会为一个男人如何变成了女人这个谜语给出另一种解谜方式。波德莱尔、邓南遮等颓废主义作家常将雌雄同体作为一种诗意化的表达，他们所谓"康复期病人"所显示出的"女子气"并非完全女性化的，而是男性化与女性化的某种奇特的糅合。这种男性化和女性化的特殊糅合之怪诞之处正在于它的构成部分仍然是清晰可辨的：康复期病人并不放弃自身的话语权。透过他"被阉割"的或是"女子气"的病弱身体，"女性的身体"被化作一种诗的声音。

作为典型的颓废主人公之一大共性，性别界限模糊化的雌雄同体旨在表达男性特质与女性特质的糅合；作为一种精神性结构，它在描述身体的话语中找到了自身的表达方式。

第五章
颓废、疾病与死亡

"疾病"作为一种表征符号，隐喻了个体基于自身的严肃反思对规范化、标准化的整体性价值的质疑和突破。颓废主人公的"疾病"作为激发其精致复杂的感知和想象的契机与源泉，乃是其唯美主义生活的必要元素，而"健康"则被贬低为其竭力想要规避的迟钝、虚弱、无益的生命状态。这种以迷恋"疾病"为重要特征的颠覆性审美的创造，是对传统审美范畴的丰富和拓展——从单一化走向多元化，从专制走向民主，从规束走向自由。以波德莱尔为其审美理论先导的颓废主义作家，摘下理性为人置办的各种看上去"健康"靓丽的面具，拂去理性倾覆在生命之上的诸多话语硬壳，使长久以来因被贬黜而屈居于阴暗角落备受屈辱的生命的"疾病"部分赤裸裸地呈现在自由的阳光下与真切的感觉中，而对"死亡"所怀有的病态痴迷则是"疾病"主题在逻辑上的一种延伸。

第一节 "康复期"背后的颓废美学

一、"康复期"与"颓废"的艺术视角

不论是颓废哲学家尼采，还是颓废主义作家于斯曼、波德莱尔、邓南遮等，都对"康复期"这个概念十分着迷。"康复期"本身是一种空隙，一种介于"病态"和"健康"之间、既模糊又清晰的模棱两可的中间状态。"康复期"为人们提供了一个偶然获得的绝佳机会，在消解了个人之社会身份与责任义务的同时，使人得以短暂地冲破庸常生活的思维牢笼，激活钝化了

的感官,像是朝向童年的回归,打破理性的规则和现实的序列,以非凡的感受力捕捉最细微的事物的震颤,陶醉在感官的盛宴中。健康的稳定状态所代表的是颓废哲学家尼采所攻击的那种生命状态,它代表着思维的停滞以及随之而来的价值的僵化;而康复期则如尼采所说,使人在各种健康状态的"矢量"中游移,像是溜冰者、舞蹈家、走钢丝的人,从来没有接触稳定的地面,永远不会停止在任何一极,从来没有采纳一种稳固的观点。基于与尼采十分类似的看法,颓废主义作家热烈地拥抱"康复期"。对他们而言,"康复期"为现代工业时代的艺术家提供了难得的美学契机,某种程度上,它是颓废主义等19世纪末文学所预示的现代文学的缪斯。《现代生活的画家》中的康斯坦丁·居伊和《欢乐》中的安德里亚·斯贝雷利的"康复期"是艺术创作的场景;尼采的"康复期"则是哲学创作的场景和源泉。

从生理层面上说,康复期很模糊,既不是病入膏肓但也不是非常健康。从社交层面说,康复期也模糊不清。它像是典型的历史上没落贵族的一员,或者说边缘和弱势阶级的一员,这一阶级是介于中产阶级和无产阶级之间的第三种状态。在于斯曼和邓南遮的作品中,贵族的历史移位是由康复期的地理移位展现的:让·德泽森特和安德里亚·斯贝雷利因对现实社会的难以忍受的厌恶而逃离城市。不过,在波德莱尔1863年所写的《现代生活的画家》中,康复期的影响出现在社交界和城市人群中。此外,邓南遮也没有在作品中(尤其是在《欢乐》中)或生活上回避城市人群,将人群从他对康复期的描述中驱逐出去,这种描述运用了波德莱尔式的修辞。人们或许会在比较波德莱尔的作品与邓南遮的作品(《欢乐》)的过程中发现一些被掩盖的线索。

《欢乐》中处于康复期状态的是一位诗人;《现代生活的画家》中处于康复期状态的则是一位画家:"想象一个经常在精神上处于康复状态的艺术家,如此你就不难了解、掌握G先生本性之关键了。"康斯坦丁·居伊有多重身份——艺术家、阅历丰富的人、孩子……但使我们感兴趣的一对身份乃是"人群中的人(l'homme des foules)与康复期病人"。当然,波德莱尔读过爱伦·坡的作品,他的《人群中的人》(The Man of the Crowd, 1840)为波德莱尔描述居伊提供了范本。如下是波德莱尔的一段评论:

> 你记得那幅画吗?它由我们时代最有力的笔画就,或者更准确地说是写就,并且将其命名为《人群中的人》。透过咖啡馆的窗户看到里面坐着一个康复期病人,他愉快并全神贯注地盯着人群,经由思

想的中介,与包围着他的思想的风暴交汇。但最近他从死亡阴影的山谷中走出来,兴高采烈地呼吸着生活的所有气味,吸收着生活所有的精华;他曾经处在完全遗忘的边缘,因而他记得并热切地希望记得一切。最终他愤然冲进人群中,寻求未知的,若隐若现的,当即使他着迷的面孔。好奇心变成了致命的、不可抗拒的热情!①

将康复期病人和"人群中的人"置于涵盖性术语"康斯坦丁·居伊"之下,说明波德莱尔早已理解了爱伦·坡,因为爱伦·坡塑造的"人群中的人"不是观察人群的康复者,而是被康复者,"真正的犯罪典型和天才"。波德莱尔对角色的再阐释使得"人群中的人"即康复者能够在病理学意义上被解读为一个艺术家的身份标识。

瓦尔特·本雅明(Walter Benjamin)在一篇谈论浪荡子的精彩绝妙的文章中说:"波德莱尔没有写过侦探小说,因为鉴于其直觉的结构,让他认同侦探是不可能的。"②确实,甚至在他自己的阅读中,他从头脑中抹掉了侦探的角色;当读到康复者与人群合并的情形时,他切断了自己对爱伦·坡的评价。波德莱尔针对"人群中的人"与人群的关系做了研究,与爱伦·坡所写的故事大不相同。比如安德里亚·斯贝雷利搬去了社会边缘一个天堂似的花园,康斯坦丁·居伊在人群中占据了一个"阈限"的位置。居伊的目标和快乐就在于"去看世界,在世界的中心,但又远离世界"。这三项活动——去看,在世界的中心以及不被世界所看见——是同时的而非连续的,第三种状态突然又矛盾地从前两种愿望中脱胎而出,创造了一个吸收了前两者的第三空间。因此居伊不是远远观察人群的局外人,也不是完全参与其中的参与者。相反,他是一个处在社会范围中的局外观察者。这个第三空间,无论是内部还是外部,都被一种秘密的代理人所占领。他是不忠诚于任何术语的——既不忠于他漫步其中的人群,也不忠于控制人群漫步的机构。他唯一的知己就是他的艺术。但是像秘密代理人一样,康复者的位置是不确定的。没有健康到可以参与社会机制(尤其是工作),但也没病态到成为顽疾,康复者就在两种状态之间摇摆。这就是他与同一篇文章中的浪荡子、饮酒者和《人造天堂》中的吸食大麻者的共同之处。这些"无所事事、恶心的、落魄的人"都是属于一个特殊病

---

① Quoted in Barbara Spackman, *Decadent Genealogies*: *The Rhetoric of Sickness from Baudelaire to D'Annunzio*. Ithaca and London: Cornell University Press, 1989, p. 44.

② Ibid.

房的"病人",并且都试图逃离加之于健康公民身上的要求和束缚。酒和大麻这类令人迷醉的东西都提供了必要的刺激,使诗意从人的心中流淌出来,但与大麻相比,酒没有妨碍人表达意志的愿望。①

康复者看见的是一个由城市人群唤起的社交世界。但这一人群并不是人脸和外形的聚集,而是一种"人群效应",是生命力之河流湿润的流动。"人群"对于他而言,就像空气之于鸟,水之于鱼一样。康复者"融入"人群,但这种"融入"并非意味着自我的迷失,因为在同一时刻他变成了"人群的镜子",或者说变成了一个向自己的意识传送繁复奇异的印象的"奇特的万花筒"。康复者有"一个对非'我'贪得无厌的'我'"。通过提取"非我",康复者进行了"自我繁殖"(就像吸食大麻的人通过吸食大麻变得多样),这种"增殖"由文本本身来表现。波德莱尔为康斯坦丁·居伊的自我增殖所取的名字有:艺术家、人群、小孩、康复者、天才、浪荡子、恋人、王子以及现代生活的画家。无差别的人群经康斯坦丁·居伊的意识过滤后变成了有名字的人群。

二、康复期病人:性征的"阉割"与"重构"

"天才不过是童年在意志上的恢复。他是一个具备了自我表达所需的成人分析能力的孩子,这使他能够赋予那些偶然积累起来的大量原始材料以秩序。"②"童年在意志上的恢复"意味着康复期的病人不仅经历了死亡和重生,还经历了"阉割"。"成人"退化为"儿童",只不过,他是一个装有"人工假体"——一种字面意义上的真正童年所缺乏的自我表达的工具——的特殊的"儿童"。"阉割"乃是"回归童年意味着从男性化转向女性化"这类观点的一种委婉的说法。女性形象被从康复期病人的场景中驱逐出去,为的是使她的品质(qualities)得以抽离,继而将之重新分配给男性的康复期病人。对于颓废主义文本特别是康复期的景象,女性被精确地排除在外,以便康复期病人能够借用"女性的身体"去发声。在《快乐的科学》(*Die fröhliche Wissenschaft*)第二版的序言中,尼采把自己看作一个康复期病人。在《瞧!这个人》(*Ecce Homo*)中,尼采把自己描绘成一个终身处在康复期的病人。"健康"与"疾病"之间的对立冲突几乎出现在尼采的所有作品中。对照尼采不厌其烦地以恶毒的言辞攻击那些"流

---

① See Barbara Spackman, *Decadent Genealogies: The Rhetoric of Sickness from Baudelaire to D'Annunzio*. Ithaca and London: Cornell University Press, 1989, pp. 46—47.

② Ibid., p. 60.

产的女性""歇斯底里的女学者"以及年轻和年老的女人的背景,再去读这篇序言的话,我们可以说"对女性的驱逐"乃是尼采论述的前提。而紧随其后的对"人群"的清算则是与之相类似的另一个前提,只不过是用了一种拐弯抹角的方式——从喧嚣腐败的现实生活中撤退到一种孤独的状态之中,以此远离其所蔑视的丑陋不堪、俗不可耐的人类社会,达成对自我的防卫。在这种状态中,康复期病人的形象慢慢浮现出来。经由这些步骤,叙述者迅速转向康复期病人的"女性化"和他的腹语术式的演讲。

在于斯曼的小说《逆流》中,德泽森特为了能够尽情享有长时间的康复期,搬到了一个少有人搅扰的地方。这位患病的主人公逃避与众生的接触,对熙攘的人群说不,把自己安置在一个离城市不远也不近的地方。他感到在这里,巴黎人的风尚与城市生活的混乱喧嚣离他足够远,不会波及他;而与首都的距离又足够近,没有完全切断他与它的联系,完全能够支撑起他的独居生活。这一想法,让他感到强烈的满足。

与城市告别,也就是与造成他糟糕的身心状态的淫逸生活告别。将女人逐出自己的生活与他归隐独居的目的是一致的,我们无需过分纠结于这种"驱逐"。在一场"丧宴"中,德泽森特以一首黑色交响乐来庆祝他男子气概的寂灭。在这些与严肃得多的葬礼请帖无二的邀请函上,这场"丧宴"被写成一场追悼的盛宴,用来纪念主人公不久前男性雄风的消亡。"雄风不再"暗指性爱能力的萎缩,也暗示着德泽森特可以专心于美的事物了。在这一点上,我们可以再加上波德莱尔那些在于斯曼的作品中得到实施的警句箴言,即前者在《日记》(*Journaux intimes*)里生动描绘的性能力与艺术之间的关系:"越是致力于艺术的男人,越少勃起。"此外,德泽森特似乎命中注定要有这样一场"丧宴",这不仅仅是因为他悲伤的童年,还有遗传因素方面的原因:这个古老家族的衰落清晰地遵循着一定的规律——家族中的男人们日渐失去男子的气概;在过去两百年间,家族之间的通婚似乎耗光了他们所剩不多的那点元气。

贵族阶层基因的衰落与男子的"女性化"倾向这些颓废的主题在于斯曼的作品中得以融合。在于斯曼的叙述中,德泽森特的"女性化"倾向因其喜欢在夜间活动的习惯而得以进一步凸显。尽管他排斥油漆匠的方案中某些诱惑人的颜色(小说中提到,他认为那些诸如粉红、玉米黄、玫瑰红等精致的色调不在考虑范围之内,因为它们娇柔的气息与他完全独居的念头相违背),然而他选择夜晚作为最佳活动时间(小说中提到,他一生中的大部分时间都是在晚上活动),实际上是回到童年,回归到他母亲对厚实的窗帘下黄昏景色的偏爱:"她再次陷入那不真实的夜晚,那是拉过窗户的厚重窗帘在她的卧室中所造成的。"①有趣的是,"夜晚"是这个爱慕"人造物"的怪人所接受的为数不多的"真实"元素之一:他母亲的"夜晚"是"人工"造就的,而他的"夜晚"则是自然的。德泽森特的"被阉割"是梅毒加上对现实(包括女人与食物)的厌恶所导致的后果。男性生殖力的这种形象化的"消亡"以及随之而来的"女性化"倾向的出现乃是随后康复期阶段得以出现的必要前提。艺术创造就在"阉割"发生之后进入的康复期开始了。由此,康复期成为艺术家的必经之路。

第二节 疾病的隐喻

19世纪,奠基于科学、技术发展与工业、社会革命的西方现代社会始终伴随着新旧价值体系的激烈碰撞。在文学领域,以"自由"为魂魄的浪漫主义在18世纪末、19世纪初发起了对古典主义各式清规戒律的反叛,独立自主的自由文学理念得以生根发芽。得蒙自由理念的感召,戈蒂耶、爱伦·坡、波德莱尔等作家前赴后继,致力于"为艺术而艺术"的文学理念与实践,要求文学摆脱一切外在的束缚和钳制。王尔德等人在19世纪末的大力阐发,使得"为艺术而艺术"理念在如下两个方面得到了进一步的生发:其一,拒绝对"自然"作乏味的现实主义式的复制,由此催生了"反自然"的先锋实验;其二,要求文学像科学一样,能够摆脱一切道德成见对它的捆绑和监视,无所忌惮地涉足肉眼可见的一切领域,从而达成彻底的文学自由。②

在上述"反自然"和"反道德"的观念引导下,崇尚自由的作家以前所未有的强度和深度挖掘被古典文学鄙夷和抛弃的那些幽暗隐蔽的人性话题,对各类偏离常规的"反常"的生命状态的兴趣因此应运而生。而19世

---

① Quoted in Barbara Spackman, *Decadent Genealogies: The Rhetoric of Sickness from Baudelaire to D'Annunzio*. Ithaca and London: Cornell University Press, p. 68.

② 19世纪末颓废主义作家如王尔德、西蒙斯、哈维洛克·霭理士、勒·加里恩等曾针对文学自由话题做过相关表述。后来叶芝在其《自传》(*Autobiographies*)里对这种艺术自由理念做了总结:"经过了许多嘲弄和迫害,科学已经赢得了探索一切肉眼可见的事物的权利,仅仅因为它闪过(passes)……如今,文学要求同样的权利,去探索一切从人们的眼前闪过的东西,仅仅因为它闪过。"转引自 R. K. R. Thornton, "'Decadence' in Later Nineteenth-Century England" in *Decadence and the 1890s*. Ed. Ian Fletcher. London: Butler & Tanner Ltd., 1979, p. 27。

纪工业革命加速推进所带来的物质主义对个体自由与精神价值的扭曲与剥蚀,亦反向刺激了在新的社会系统中持续边缘化的艺术家在失落与苦闷中对"反常"生命状态的美学兴趣。① 19 世纪中叶以降,西方作家对各类"反常"话题的热情持续升温,而"疾病"显而易见,则处于此种美学兴趣的中心。

与借助科学的客观视角审视、刻画病理学层面上的"疾病"的自然主义文学不同,②波德莱尔、于斯曼等颓废主义作家很大程度上只是将对"疾病"的病理学审视作为某种叙述的背景和起点,而将更多精力用于发掘与彰显"疾病"在构筑新的美学理念和精神主题等方面的独特潜质和优势。由此,"疾病"就不惟成为颓废主义文学反抗"不自由"之现代体验的美学利器,而更成了其最引人注目的表征形式与最意味深长的文学隐喻。

一、从"健康"到"病态"

对"疾病"的兴趣乃颓废主义作家及其文本主人公的重要标识。典型的颓废主义小说主人公,大都是病态的反常者。

"我称古典的为健康的,浪漫的为病态的。"③19 世纪伊始,一代文豪歌德便敏锐地察觉并描述了西方文学从古典主义向浪漫主义转变之时审美趣味的重大嬗变。歌德的表述中隐含了一个极具启发性的重要命题——古典主义文学假定健康与疾病之间存在一个清晰的界限,而这个界限伴随浪漫主义时代的开启而开始遭遇挑衅。夏多布里昂笔下的勒内成为第一个患有忧郁症的浪漫主义主人公形象,尔后,众多罹患忧郁症的主人公形象涌现出来,成为浪漫派文学中的一大标志性景观。浪漫派作家极力推崇结核病人苍白、忧郁的面容,开始将患病本身视为美感的来源,认为大众的健康是平庸的,而疾病却是有趣的,是个性化与独特性的体现。很大程度上说,浪漫派对"疾病"的兴趣还停留在对患病者面容上所呈现出的有点儿文学化的忧郁美感的欣赏上,他们钟爱的是"忧郁"的神情和气质而非病理性的疾病(如结核病)本身。然而,从浪漫主义发展到 19 世纪末的颓废主义,人们看到,颓废主义作家直接站在了传统意义

---

① 此处仅追究文学内部理念发展方面的原因。当然,除此之外,19 世纪——尤其是后半叶——哲学、心理学、精神病理学等领域对人的无意识领域的广泛兴趣以及大众阅读"市场"的形成与蓬勃发展,也对 19 世纪作家创作中所体现出的"反常"趣味有不同程度的影响。
② 这与以左拉为代表的自然主义作家阵营所信仰的科学决定论的观念立场直接相关。
③ 歌德:《歌德谈话录》(全2册),艾克曼辑,杨武能译,石家庄:河北教育出版社,第332页。

上的健康状态的反面,对以浪漫主义忧郁症为代表的有点儿文学化的疾病与医学意义上的生理性病症均表现出更大幅度的肯定与赞赏。这在很大程度上意味着,传统意义上的"疾病"与"健康"在此完成了明确而惊人的位置互换。"如果其他人都炫耀他们的健康身体,那么我们就想成为颓废的人。"约埃尔·雷赫托宁(Joel Lehtonen)的小说《玛塔娜》(Mataleena,1905)中,由"精神病人的合唱"传达出的颓废宣言中的这一句充满挑衅意味的话道出了颓废主义作家的心声,句中"颓废"的人即不健康的病人的代名词。浪漫主义作家与颓废主义作家对待"疾病"话题的态度的转变昭示着,颓废主义作家不仅取消了在浪漫主义作家那里变得模棱两可的"健康"与"疾病"之间的传统界限,而且还进一步彻底颠覆了传统的"健康—疾病"观,将为布尔乔亚所崇尚的"健康"等同于"平庸",以蔑视和挑衅的态度站在了"健康"的对立面,宣称"疾病"比"健康"更优越、更高级。在资产阶级势力如日中天、大众文化市场蓬勃发展的19世纪后半叶,反叛的姿态成为崇尚个人自由的先锋艺术家共同的选择,而颓废主义作为19世纪末文学浪潮中最为先锋的一支,其反叛的自觉自然毋庸置疑。

　　基于对颓废主义作家之反叛的美学姿态的认知,人们便可对其作品中所描述的"疾病"有更明确的界定。在颓废主义作家笔下,"疾病"常常缺乏明确的医学名称,它指的是最宽泛意义上的疾病①,与布尔乔亚价值观中标准化、规范化的"健康"观念相对立。在布尔乔亚价值观里,疾病是被贬黜的异端、肮脏的秘密,而颓废主义作家却将其视为可公开炫耀的资本和引以为傲的身份标识。由此,作为一个标志性的界限,"疾病"将颓废者无视规则界限的反常世界与标准化、规范化的布尔乔亚常态世界相区别,对"疾病"的偏爱由此成为颓废主义作家挑衅和颠覆布尔乔亚大众审美价值观这一文学立场的一个中心层面。通过这种直观的文学姿态的展露,"颓废"的一个重要的中心内涵——反叛——显现出来。

　　当然,颓废主义作家偏爱"疾病"的美学姿态选择并非偶然和任意的,其背后隐含着认识论方面的依据,这些依据昭示出其对"健康—疾病"问题的严肃反思。

　　根据典型的颓废主义作家的观点,"疾病"是个性、善感、反思的标识,而"健康"则是群体、混沌、社会陈规的标识。疾病的入侵使得在健康状态

---

① 这里谈到的最宽泛意义上的"疾病"与"病态"一词的内涵基本一致。

下趋于隐身的身体陡然出场，疾病借助病痛将主体意识从外部世界拉回自身。意识的触角集中在对于病痛的感知上，而病痛唤起主体意识对自身的怜悯和对外部世界的提防。此时，主体意识与外部世界的距离得以拉开，使得主体在一个时间段里不再是混沌嘈杂的大众群体中的一个不起眼的"分子"，而是一个独立于外部世界的个体化存在。此时，自我前所未有地感受到自身的孤独，感受到自己的唯一性，而正是对这种唯一性与孤独感的自我辨识，成为个体意识反思的关键契机。这种个体化的反思意味着，处于疾病状态下的敏感的个体被赋予了一种"特权"，使其能够一定程度上站在外部世界之外——而不是作为喧闹混沌的外部世界中的一分子——来进行反思。换言之，"疾病"召唤出了对自身唯一性、独特性价值的清晰意识，开启了对自我与外部世界的关系等问题的反思。由此，原本被贬黜的"病人"转而化被动为主动，完成了作为一个原本不值一提的渺小的个体对强大的外部社会群体性价值规范权威的取消和颠覆。就此而言，"疾病"作为一种表征符号，隐喻着个体基于自身的严肃反思对规范化、标准化的整体性价值的质疑和突破。此时，个体倾向于用从自身（代表个体）利益出发确立的生命价值取代从群体利益出发确立的社会整体性价值。颓废主义作家特别重视颓废的这种隐喻意义或象征性意味①，这与其反布尔乔亚大众审美价值观的个人主义精英立场相一致。

偏爱"疾病"的美学姿态选择在认识论上的依据还体现在颓废主义作家对"疾病"——包括精神性疾病和生理性病症——所具有的创造性潜质的思考和辨识上。对于颓废主义作家来说，疾病对于一个内在健全的人而言，是旺盛的生命力与创造力的有力刺激源。在典型的颓废主义小说中，颓废主人公的疾病——尤其是精神性症状——作为激发其精致复杂的颓废想象的契机与源泉，乃是其唯美主义生活的必要元素，而原本的"健康"状态反倒被贬低为一种竭力想要规避的迟钝、虚弱、无益的生命状态。

19世纪哲学家尼采因长期致力于对"颓废"问题的反思与阐述而被称为"颓废哲学家"，他对"疾病"之创造性价值的阐述颇具代表性。在他看来，为布尔乔亚大众所信仰的稳定的"健康"所遵循的是"自我保存的基

---

① 19 世纪下半叶，尼采、布尔热、霭理士等人曾对"颓废"的此种象征性意味做过相关阐述。参见 R. K. R. Thornton, *The Decadent Dilemma*. London: Edward Arnold Ltd., 1983. pp. 38－39; Jacqueline Scott, "Nietzsche and Decadence: The Revaluation of Morality" in *Continental Philosophy Review*, vol. 31, no. 1, 1998. p. 63;弗里德里希·尼采：《瓦格纳事件·尼采反瓦格纳》，孙周兴译，北京：商务印书馆，2016 年，第 46 页。

本原理"①，它代表着充满观念交锋的思维活动的停滞以及价值的僵化，而"疾病"则是生命的一种催化剂。疾病的催化，激发生命的反思与重组，从而"主动赢取"一种完全不同于先前那个"被动获取"的天然的虚弱健康的更有益的"更高的健康"："事实上，对我所有的疾病和苦痛，我打从心底感激他们，因为这些疾病与苦痛给我许多可以逃避固定习性的后门。"②在此，"逃避固定习性"即逃避思维的停滞与价值的僵化。"疾病本身可以是生命的一种兴奋剂：只不过，人们必须足够健康以消受这种兴奋剂！"③尼采在此所说的"足够健康"的人即"内在健全"的人，特指那些能够主动"逃避固定习性"的生命力旺盛的强者而非遵循"自我保存的基本原理"的虚弱的庸众。由此，尼采不仅通过赞颂"疾病"的创造性价值，站在了布尔乔亚"健康"观的对立面，而且还进一步将布尔乔亚庸众排除在享受"疾病"之兴奋剂作用的可能受益者之外。

在发掘"疾病"的创造性潜质方面，尼采、波德莱尔、邓南遮、于斯曼等人尤为重视"康复期(Convalescence)"这个概念。所谓康复期，是从疾病状态向一种更高级的健康状态的转变过程，而疾病无疑是经历此种转化过程的必要前提。邓南遮在其作品《欢乐》(*Il piacere*)中描绘过只有在康复期才能获取的这种奇妙的重生体验：

> ……康复的奇迹：治愈伤口、补充损耗、修复撕裂韧带(reweaves the broken woof)、修复受损组织、复原器官、更新血液、冲破爱眼的遮蔽(reknots the blindfold of love about the eyes)、修补梦想的王冠、重燃希望的火焰、张开想象的双翅。④

在颓废主义作家看来，经历康复期的病人将经历身体机能的复苏和心灵被腾空的神秘过程，它是一种类似重生的体验，这种重生是朝向天真无邪的童年状态的回归。对于经历过这种生命更新过程的病人来说，一切都像是新的，他重获的一种孩子式的好奇使他沉醉于眼前的一切，而这

---

① Gilles Deleuze, *Nietzsche and Philosophy*. Tran. Hugh Tomlinson. New York: Columbia University Press, 1962. Quoted in Jacqueline Scott, "Nietzsche and Decadence: The Revaluation of Morality" in *Continental Philosophy Review*, vol. 31, no. 1, 1998, p. 61.
② 尼采：《快乐的科学》，余鸿荣译，北京：中国和平出版社，1986年，第200页。
③ 弗里德里希·尼采：《瓦格纳事件·尼采反瓦格纳》，孙周兴译，北京：商务印书馆，2016年，第35页。
④ Quoted in Barbara Spackman, *Decadent Genealogies: The Rhetoric of Sickness from Baudelaire to D'Annunzio*. Ithaca and London: Cornell University Press, 1989, pp. 70—71.

种沉醉的生命体验将是丰沛的创造力和想象力的源泉。

二、从"迷醉"到"战栗"

在颓废主义作家笔下，疾病成为表达其审美理念的必要而有效的视角。颓废主义作家借由疾病这一视角，将审美表达的场域从清醒理智的个体生命的常规状态转向感性迷醉的个体生命的反常状态，企图打破追求理智、平衡、规则、健康的古典主义审美的场域设定，在偏离常规、冲突、分裂的生命状态中发掘和表达崭新的美。由波德莱尔最先开启的这种反传统的颓废审美将引发本雅明所谓的"震惊"效应，从而激发人们对于"美"的反思，由此完成对古典主义审美权威的彻底颠覆。

病态的主人公乃 19 世纪西方颓废主义最鲜明的标牌。典型的颓废主义作品主人公通常是一个偏离常规的病人，而罹患神经过敏、歇斯底里、疯狂等精神性症状则是其最为常见的身份特质。龚古尔兄弟笔下的热曼妮·拉瑟顿、福楼拜笔下的萨朗波、于斯曼笔下的德泽森特、王尔德笔下的莎乐美、佩拉丹笔下的克莱尔·拉尼娜等，这些行为怪诞的颓废主义主人公时常被一种神经质的癫狂所占据。在颓废主义作品中涌现出的一系列病态的反常者中，出场频次最高的人物形象当数被于斯曼描述为"不朽的歇斯底里的女神，被诅咒的美丽"的莎乐美。福楼拜、马拉美、于斯曼、王尔德等颓废主义作家都在这位最初来自《圣经》故事中的犹太公主身上获取过创作的灵感，其中，王尔德在其独幕剧《莎乐美》中塑造的莎乐美形象最深入人心。在这部剧中，王尔德通过对从性病态（性欲亢进、歇斯底里）发展到性变态（恋尸癖）的莎乐美形象的唯美主义式的呈现，将爱与残忍、美与死亡、性欲与疾病、甜蜜与恐怖等联系起来，斩断了古典主义审美的逻辑链条，创造了崭新的颓废审美。

在王尔德的这部剧中，莎乐美的精神状态以她与先知约翰的见面为分界线呈现为截然相反的两种场景。与先知约翰见面之前，莎乐美美丽贞洁，冷静理智，厌恶并躲避年老色衰的继父希律王对其美貌的觊觎；而见到约翰之后，一种不可遏制的疯狂情欲就泛滥开来，占据了莎乐美的身心。即便约翰断然拒绝她的求爱并不断地辱骂她，即便她身旁有自杀事件[①]正在发生，她也旁若无人，毫无知觉……此时，莎乐美的语言在简短

---

① 倾慕莎乐美的年轻叙利亚军官因无力劝阻她的癫狂行为而在痛苦中举刀自裁，倒在她和约翰之间。

急促的重复性的语句与大段高度凝练的象征主义独白之间震荡摇摆,这凸显了她自身情绪的不稳定和思维的不连贯,印证了其反常、病态的心理情状。她像着了魔,死死地盯着眼前的约翰,一心只要向他索求一个吻。"我要吻您的嘴"这句话在莎乐美口中接连重复了10次之多,此时的她已经因情欲亢进而彻底陷入一种神经质的疯狂迷醉和歇斯底里的反常情绪中。在此,不可遏制的性欲作为催化剂,将莎乐美的病态特质激发出来。

求爱不成的莎乐美要求希律王下令砍下先知约翰的头,作为她为希律王跳舞的奖赏。莎乐美歇斯底里的狂乱状态再次出现:"我要约翰的头""约翰的头""给我约翰的头"……此时的莎乐美表现出一种冰冷的残酷。当即将被砍头的先知约翰竟然没有因死亡的恐惧而"叫喊出来"时,她极其失望,于是催促刽子手"砍、砍……",从而为约翰拒绝叫喊出来而代偿性地给予他惩罚。而当约翰的头被放在银盘子里时,一系列由性虐狂和恋尸癖构成的荒谬恐怖的行为在莎乐美身上呈现出来:她不仅要亲吻它的嘴,还要用牙齿咬它,就像去咬一个成熟的水果……此时的莎乐美已完全丧失理智,堕入癫狂状态。剧本在莎乐美对着约翰的头颅所发的近千字的狂热表白中达到高潮,并以胆寒的希律王下令处死莎乐美作为结局。

王尔德塑造的病态的莎乐美形象是颓废主义作家所偏爱的病态主人公形象中的一个典型。反常的"疾病"而非常态的"健康"与剧中美的展现关联起来。通过对这一形象的刻画,王尔德所偏爱的颓废审美得到了具象化的表达。剧中的莎乐美是个极具象征性意味的悖论体。圣洁与邪恶,美丽与残忍,性欲与疾病,爱情与死亡,这些在传统价值观念中南辕北辙、水火不容的对立因素在同一个人物形象身上得到了奇特的综合和统一。莎乐美形象之所以为众多颓废主义作家所钟爱,其主要的缘由正在于此。他们所着迷的就是莎乐美身上所展现出来的这种悖论性的、神秘的美感。这种美感剥离了古典主义者对美的伦理意味的要求,而专注于美的形式。

颓废主义作家的此种崭新的审美偏好意味着,它给人带来的不再是古典主义式的美的沉醉,而是通过赋予作品以令人战栗的崭新元素,使人在不安和震惊中感受到美的震撼,进而颠覆人们对美的认知。应该指明的是,对于"震惊"这种崭新美学策略的发掘最早可追溯到19世纪末颓废主义的先驱波德莱尔的理论与创作中。波德莱尔将这种崭新的审美理念表述为"恶中掘美"。"恶",当从文学审美的角度而非伦理学的角度理解,指的是传统的古典主义审美的对立面,代表着平衡的瓦解、规则的打破、界限的丧失。正是波德莱尔在其作品——尤其是《恶之花》——中最先践行了这种震撼和颠覆,切断了"自然—美,死亡—恐怖,疾病—丑陋,性欲—生育"等以往被奉为真理的种种信念和观点,并对这些古老陈旧的观念进行了在当时堪称骇人听闻的崭新配置与重组。著名诗人 T. S. 艾略特曾将此种有所预谋的"颠覆性"实验称为"感觉的离解(dissociation of sensibility)"。由波德莱尔最先开启的这种有预谋的颠覆性实验在以于斯曼、马拉美、王尔德、史文朋、道生、邓南遮等为代表的19世纪末颓废主义的创作中得到了更为集中、更为广泛而多元的展现。雨果曾在一封信中盛赞波德莱尔"创造了一种新奇的战栗(a novel shudder)"。正是这种使人战栗的、新奇的震惊效应,标志着西方文学现代审美的正式开启。[①]

三、从"忧郁"到"怨怒"

颓废者承袭了浪漫主义者"忧郁"的精神底色,但稍加对比又不难发现,颓废者的精神气质显然更加阴郁和病态。事实上,在颓废者悲观主义世界观的笼罩下,郁郁寡欢的"忧郁(melancholy)"已然发展为神经质的"怨怒(spleen)"。典型的浪漫主义者因其理想主义信念的支撑而维持了精神状态的某种平衡,而在阴郁的悲观主义氛围下,幽闭于颓废者生命内部的"怨怒"通常指向理想自我对当下自我的不满与愤恨,两种对抗性力量间的永恒对立与撕扯使个体陷入一种无休止的精神分裂和神经质的紧张中,最终导致自我的绝望。如同法国学者马克·富马罗利(Marc Fumaroli)在为于斯曼小说《逆流》所作的序言中所说的那样,典型的颓废者大都罹患一种精神分裂(schizophrenia),这种病症使其拒绝宽恕任何事物,妄图分裂(dissociates)一切:他的灵魂、性征(sexuality),还有他身体的健康。他感觉死亡正在腐蚀和分解他那千疮百孔的身体。

波德莱尔曾将爱伦·坡称为"被诅咒的诗人"——迷恋一种弥尔顿式的撒旦,而反抗为布尔乔亚大众所尊崇的那个上帝;朱尔斯·巴尔贝·多尔维利(Jules Barbey d'Aurevilly)[②]在阅读了《逆流》后曾评论说:"在这本书之后,留给作者的只有两种选择——或是站在枪口前,或是匍匐在十

[①] 应该指出的是,无论颓废主义作家在其理论阐述和作品创作中有无超出文学界限之外的野心,人们都无法否认,颓废主义作家的此种文学先锋试验获取了超出文学界限的更宏观的意义——对与美丑、善恶、生死等重大话题相关的传统观念认知体系的颠覆。

[②] 19世纪法国著名小说家和颇具影响力的批评家。

字架的脚下。"①波德莱尔在爱伦·坡的反常性主题和语言中发现了"一种精神性的渴望";既是颓废主义诗人也是颓废主义主要评论家的西蒙斯在其著名的评论性文章《文学中的颓废主义运动》中说,颓废主义的理想是"成为一种脱离肉体的声音,但却是人类灵魂的声音"②。如上种种描述都隐含了对颓废主义核心主旨的精准把握。不管是颓废主义作家本身,还是其笔下的颓废主人公,③都患上了一种"致死的疾病",而"怨怒"和"分裂"则是这种疾病的症候性表现。

从根本上说,这种疾病的关键症结在于个体对外部世界和自我内部世界的双重绝望。在19世纪下半叶资产阶级掌握时代话语权,科学主义与进步信仰甚嚣尘上,物质主义和消费主义粉墨登场,民族主义情绪高涨的时代大背景下,作为个人主义者、怀疑论者和世界主义者的颓废者拒绝接受构成当代社会意识形态基础的一切事物。此时,浪漫主义者的理想主义信念消失了,颓废者否认社会现实层面有任何实现改良的可能(颓废者所认同的"改良"——如果真有的话——的核心是个体自由感和价值感的实现)。在这种悲观主义世界观的指引下,丧失社会行动意愿、意志消沉的颓废者从现实社会生活中主动撤离,退回到自我内部世界的小匣子里,将艺术创造和欣赏作为其生活的全部内容和感知自由的唯一途径,将对个体生命"自由感"的理想化追求作为激发其生存意志的唯一动力和价值感的唯一来源。然而,作为极端敏感的感觉主体,颓废者所追求的是如流水般永恒流淌的"自由感"。这种"自由感"从不逗留于任何一个现实的、确切的目标,它是"为享受自身而是自身"的自由。以此种"自由感"为唯一追求的个体必将选择"在不满足中,而不是在占有中得到快感"④,"在正常的快乐中人们享用客体,忘却自身,然而在此种恼人的痒感中,人们享用的是欲望,即享用自身。在这种悬在半空的、被他化作他自己的生活的生活,这种无休止的神经紧张,他再次赋予另一个意义:这种生活代

---

① J.K. Huysmans, *Against the Grain (A Rebours)*. New York: Illustrated Editions, 1931, p.73. Quoted in Ellis Hanson, *Decadence and Catholicism*. Cambridge: Harvard University Press, 1997, p.126.

② Arthur Symons, "The Decadent Movement in Literature" in *Harper's New Monthly Magazine*, vol.87, 1893, pp.858—859.

③ 在此,从表达颓废主义核心主旨的层面上说,颓废主义作品中的颓废主人公成为颓废主义的精神代言人。

④ 萨特:《波德莱尔》,施康强译,北京:北京燕山出版社,2006年,第146页。

表谪落尘世的上帝的彻底的不满足感"①。颓废者所追求的这种在不满足而非占有中"享用自身"的自由只能通过自我对自身的永恒否定来实现,这种自由的野心带来理想自我对当下自我的持续性鞭笞,最终在一种白热化的撕裂状态中导向自我的绝望。由此,在自我的内部世界里孤独地追求"自由感"这个最后的求生稻草也被剥夺了。正是在这种同时失却了外部世界的行动意愿和内部世界的生命动力的情形下,颓废者患上了致命的病症。

根据对颓废者追逐"自由感"这一精神实质的如上剖析,人们便不难理解颓废者一系列"反自然"的艺术理念和实验的实质。颓废者的"反自然"的艺术理念和实验是其为实现其自由理想而精心设计的一场雄心勃勃的计划。在此,"反自然"指的是"建立一种与自然世界的种种谬误、不公正和盲目机制直接对抗的人类秩序"②,通过对代表着无法辩解的自然秩序的反叛,颓废者达成了对自身自由创造力的发挥与对自身独创性价值的确认。

典型的颓废者的"反自然"计划首先体现为对自然界动植物等的本然生命样态的反感和对凝结了人之自由意志的精致人造物的迷恋。在此,对人造物的迷恋无疑就是对自由意志本身的迷恋。波德莱尔曾说:"我不能容忍自由状态的水;我要求水在码头的几何形墙壁之间被囚禁,戴上枷锁。"③著名的颓废主人公德泽森特根据季节和天气,把鱼缸里的水"调成绿色或灰色、乳白色或银色这些真正的河流可能呈现出的颜色,并且乐在其中"④。无论是颓废主义作家波德莱尔、于斯曼等对城市物质景观的迷恋,还是以德泽森特等为代表的颓废主义作家笔下的颓废主人公对艺术品的痴迷和对人造景观的追求,本质上均为颓废者追求人之自由理想与独创性价值的体现。必须指出的是,颓废主义作家的这场以啜饮自由为永恒追求的计划本身充满毁灭性意味。因为它不仅包含上述对自然界本然生命样态的厌恶,而且还包含了对人类自身"天性"的极端逆反——"让自己不是自然天性,而是对他的'自然性'的永久的,恼怒的拒绝"⑤。由此,颓废者对自由感的痴迷同时又显现为一种对自我的惩罚。萨特曾如

---

① 萨特:《波德莱尔》,施康强译,北京:北京燕山出版社,2006年,第146页。
② 同上书,第74页。
③ 同上书,第75—76页。
④ 乔里-卡尔·于斯曼:《逆天》,尹伟、戴巧译,上海:上海文艺出版社,2010年,第18页。
⑤ 萨特:《波德莱尔》,施康强译,北京:北京燕山出版社,2006年,第80页。

此分析颓废者波德莱尔对其自身天性的逆反：

> 他尤其厌恶在自己身上感到此一巨大的、软绵绵的繁殖力。然而自然本性待在那里，各种生理需要待在那里，"强迫"他予以满足……当他感到自然天性，大家共有的自然本性，如洪水般泛滥在他体内上升，他的肌肉就收缩、绷紧，他努力让脑袋探出水面……每当他在自己身上感到这些与他梦想的微妙安排大不相同的黏糊糊的波涛，波德莱尔便要生气；他尤其生气的是感到这个不可抗拒的、柔媚的力量要迫使他"与大家一样行事"。①

对充满强迫意味的自然天性的逆反使得波德莱尔——如于斯曼等其他颓废者一样——赞扬与"繁殖力"相对立的"不育性"，他甚至竭力消除自己精神上的"父性"。事实上，此种决绝的、不留余地的逆反暗示了颓废者自身撕裂的事实及其强度。笔者以为，颓废者的"反自然"实验应理解为一种象征——无休止地追逐自由的那个自我想要"摆脱掉他所是的自我，以便成为他本人梦寐以求的自我"②。从这个意义上说，颓废者主动选择了萨特所谓"一个永远被撕裂的意识"③。对于颓废者的此种生存选择及其后果，克尔凯郭尔的哲学论述中似乎提供了一种相当贴切的解释。根据克尔凯郭尔的观点，人从根本上是一种精神性的存在，精神将人与动物做了本质上的区分。人之精神与肉体的二元性，决定了"人是一个有限与无限、暂时与永恒的综合、自由与必然的综合"④，决定了人本身就是一种会分裂的存在。也正是因为人拥有这种分裂的可能，才使得人的精神追求和信仰成为可能。在此，克尔凯郭尔所说的"分裂"一词是对作为本质上是精神性存在的人的生命常态的中性化表述。就此而言，颓废者的"精神分裂"恰恰是其信仰"自由"的高贵身份的证明。但克尔凯郭尔的这一观点同时也暗示了一种毁灭性倾向发生的可能性。当个体持续地对当下的那个自我表现出不满足，孤注一掷地想要成为梦寐以求的、不断更新的那个自我之时，他所想的便是永久地"摆脱开构造他的力量"⑤。这种野心必然使他处于一种无休止的精神紧张当中，处于自

---

① 萨特：《波德莱尔》，施康强译，北京：北京燕山出版社，2006年，第79—80页。
② 索伦·克尔凯郭尔：《致死的疾病》，张祥龙、王建军译，北京：中国工人出版社，1997年，第17页。
③ 萨特：《波德莱尔》，施康强译，北京：北京燕山出版社，2006年，第55页。
④ 索伦·克尔凯郭尔：《致死的疾病》，张祥龙、王建军译，北京：中国工人出版社，1997年，第9页。
⑤ 同上书，第17页。

我与自我的持续的相互对抗与撕扯中。而基于人之二元性所注定的局限性,一旦此种对抗状态达至不可调和的极限,个体便将在一种不适、无力、屈辱的痛苦体验中堕入自我对自我的绝望,而此种绝望就是自我毁灭本身。

颓废主义作家对颓废主人公以怨怒、精神分裂为主要症状的致命疾病的描摹,本质上正是为了实现对颓废主义的理想——成为一种脱离肉体的声音,但却是人类灵魂的声音——的隐喻性表达,[①]而颓废者逆反的姿态及一系列反自然的先锋实验则是其追求无限自由之精神实质的外部表征。

来自"疾病"的"恶之花",在19世纪上半期的浪漫主义革命中潜滋暗长、破土萌芽,而在19世纪中后期的颓废主义大潮中茁壮成长、灿然开放。

自浪漫主义革命始,西方现代文学正是在对传统标准的不断偏离中得以确立和发展。在日益自由、多元、包容的文化系统中,正是在对既定理性裁定的不断偏离或反叛中,美与丑、善与恶、真与假、健康与疾病的关系不断得到调整与修正。与"疾病"如影随形、密不可分的颓废主义如何偏离了"健康"的古典传统?它又是如何在日益复杂的隐喻编码过程中将"疾病"诗化?毋庸置疑,作为一个意涵丰富的文学隐喻,"疾病"在颓废主义文学中的审美价值与效应尚待更为深入的辨析与阐发。

第三节 死亡的魅惑

"死亡意愿"弥漫于19世纪西方颓废主义文学中。在典型的颓废主义小说中,颓废者常常对"死亡"怀有一种病态的痴迷。

当人类从自然之母体中被连根拔起之后,文明人的"无根"与"贫瘠"陡然暴露在了历史的聚光灯下。此时,一种在暗处筹备已久的行动终于走向前台:大都市的最后子孙——颓废者——不想活下去了。他的撤退标志着一种面向死亡的形而上的转变。与许多颓废主义作家一样,哲学家斯宾格勒也将颓废者描述为特大城市的居民。[②] W. H. 牛顿-史密斯

[①] 由于此种自由的落败源于自我对自我的绝望,因而即便是诉诸死亡,似乎也得不到任何宽慰的可能。

[②] See Oswald Spengler, *Deline of the West*, Ⅱ. New York: Knopf, 1957, pp.102−103.

(W. H. Newton-Smith)断定了颓废的征兆。"虚无主义反映了这样的理念：事情在能够变得更好之前，不得不变坏；摧毁了破旧的老屋，崭新的、更好的建筑才有可能出现。"①颓废者感到，如果抗拒自杀的诱惑，他的生命会是一个缓慢走向死亡的过程，对此他无法忍受。他感到自己必须了断自己的生命。因为在他看来，要想让生命本身延续下去，"贫瘠"的现代颓废者就必须走向毁灭。如同凤凰涅槃，从他的骨灰里将会诞生新的人。但最重要的是，他是个向后看的人，始终站在"进步（progress）"的对立面。换句话说，只有当那个目标被理解为"死亡"之时，他才会朝它行进。他可能会瞥一眼未来——虽然他必定会觉得历史紧跟在他身后，但他从未清晰地感知将要发生的事。现在——尤其是过去，才是他自己的领域。这是其难以治愈的、缓慢趋于死亡的病症。②

颓废者极端悲观厌世。但必须澄清的一点是，其死亡意愿并非对生存的消极逃避，而是对死亡的积极渴望。从未存在过一种比它更加阴郁的世界观。对颓废者来说，胜利是不可能的，唯一能够期盼的心灵慰藉便是穿越死亡时感官知觉的湮灭。此时，颓废世界观中的价值判断必须被谨慎地陈述。如果它被断定为具有某种哲学意义的话，那么颓废者可能会被视为一个高贵的人。换句话说，在其曲折的心灵之路中，他可能是一个试图去做任何事从而为生存的信念辩护的"英雄"③。为此，他甚至寻找到了死亡。④ 从这个意义上说，颓废的世界观中包含着一种满怀希望的感觉。为了重建一种心智健全的崭新生活，他甘愿甚至渴望做出自我牺牲。这是颓废世界观的根本之谜。雷纳托·波奇欧里（Renato Poggioli)陈述了自己的假设：

> 颓废的问题在于它没有能力去解决它自身所包含的两种元素之间的对立，在于它渴望看到自己的戈尔迪之结被野蛮的利剑残忍地斩开。很难设想颓废的观念中……没有这种甘愿成为野蛮人的同伙

---

① Quoted in George Ross Ridge, *The Hero in French Decadent Literature*. Athens: University of Georgia Press, 1961, pp. 45—46.

② Ibid.

③ 瑞治在其颓废主义论著《法国颓废主义文学中的主人公》中追溯了颓废主义作品中的主人公与浪漫主义主人公之间的亲缘关系，将前者称为"颓废英雄"；克里斯托弗·尼森等学者在论文集《颓废、退化与终结》中也沿用了这一称谓。笔者大致沿用了瑞治、尼森等西方学者的这一命定。

④ See George Ross Ridge, *The Hero in French Decadent Literature*. Athens: University of Georgia Press, 1961, pp. 45—46.

或受害者的精神冲动。①

因此,颓废者会将自己从特大城市中迁移出来。为了把自己的位置让给粗暴地敲击文明之门的野蛮人,他将以某种形式自杀。这大概就是颓废者与野蛮人被称为奇特的兄弟关系的原因:

> 除了放弃抵抗而去充当历史悲剧的受害者之外,没有其他选择。颓废者不愿躲在文化城池的壁垒背后坐以待毙,而是想以实际行动去实现其残酷而诗意的公正。因此,他往往选择为野蛮的围攻者、城市的破坏者,同时也是他的刽子手打开城市的大门。颓废很可能是文明之自我背叛的代名词。②

所以颓废者杀死了自己。不管他的自杀被解读为高尚的牺牲,还是被评定为卑鄙的自我背叛,都无疑是关乎价值评判的问题。但"死亡的历史必然性"在颓废者身上是足够清晰的。作为最后驱动力的死亡意愿把颓废者引向了追求死亡的冷酷结局。③

其实,对"死亡"主题的"颓废"表达在浪漫主义文学中已有所展现。在一些浪漫主义作家的笔下,"死亡"乃是爱之甜蜜而苦涩的伴侣。雪莱常被视为自由恋爱的信徒,但他其实同其他浪漫派作家一样,并不相信世界上存在真正的爱情,认为爱情只能在文学、神话、历史中获得。"注定走向毁灭的爱情/爱欲与绝望"是浪漫派文学中的一个反复出现的主题。雪莱作品中的爱情充溢着浓重的理想化色彩。他将理想的爱情描绘为一种迷醉的生命状态,这种状态同时表现为性高潮和湮灭两个方面。从激情到湮灭,其中的想象性的思维跳跃或许是无意识的,但它却令人深深着迷。这显示出浪漫派的一个观点:爱和宗教一样,似乎蕴含了生命更深层的神秘律令,神秘莫测令人膜拜。这神秘律令隐藏在灵魂的更深邃处,超越了传统的道德律令和宗教教义所能理解的范畴,其信徒有时需要为之作出牺牲。诺瓦利斯和雪莱一样,也对"可以'瞥见另一个世界'和'死后更加明亮的生活'迷恋不已"④。浪漫派作家似乎试图通过由性爱激情所

---

① Renato Poggioli, "Qualis Artifex Pereo! or Barbarism and Decadence" in *Harvard Library Bulletin*, XIII, 1. Winter 1959, pp. 141–142. Quoted in George Ross Ridge, *The Hero in French Decadent Literature*. Athens: University of Georgia Press, 1961, p.47.

② George Ross Ridge, *The Hero in French Decadent Literature*. Athens: University of Georgia Press, 1961, p.47.

③ Ibid.

④ 大卫·布莱尼·布朗:《浪漫主义艺术》,马灿林译,长沙:湖南美术出版社,2019年,第348页。

激发的神圣体验来取消各种矛盾和局限;对他们而言,性爱的激情似乎成了一种强大的力量,一种类似于信仰的振奋人心的东西,一种通往无限的世俗手段。与浪漫派的"爱与死亡"的理想不同,作为颓废主义先驱的波德莱尔在其诗集《恶之花》中展示了另一种死亡:由疾病(罪恶)和衰颓(年龄)带来的缓慢的死亡。《恶之花》中明显地显示出"厌女症"的倾向。女性的欺瞒和狡诈成为作品中一个不断出现的主题。既充满诱惑又令人厌恶的妓女因其放荡的生活走向灵魂的寂灭。与典型的浪漫主义式的理想爱情模式不同,波德莱尔笔下的情欲不是一种超越无限的途径,而是一种腐蚀性的力量。情欲本身无论以怎样的形式呈现和表达,都不过是在等着"毁灭"。从这个意义上讲,这些行为似乎在某些方面超越了道德评判的范畴,具有了一种神秘的神圣的感觉。从姿态和方向上看,妓女的放荡丑陋与宗教殉道者似乎具有了某种相似性,他们的或荒诞或执拗的各色行为、行动,都被一种无形的力量引向毁灭。可以说,颓废主义先驱波德莱尔为19世纪末颓废主义作家的"死亡书写"提供了主题和审美上的典范。几乎所有著名的颓废主义作家——如道生、西蒙斯、约翰逊、兰波、马拉美、魏尔伦、于斯曼、王尔德、邓南遮等——都擅于以一种与典型的浪漫主义极为不同的方式去处理死亡的话题。

从古典主义到浪漫主义时代,"生"与"死"被区别为两个相反的概念。死意味着即将进入虚无的瓦解时刻。而到了颓废主义这里,得益于叔本华哲学,对无意识领域的发现和理性主义的危机,死亡开始出现在生活中。它不再是遵循物理时间而自然到来的熄灭生命之火的时刻,而是从人的降生时刻就开始伴随整个生命进程的稳固的内部状态。由此,邓南遮等颓废主义作家展现了有关"死亡"的崭新观念。与传统的死亡观——认为人从一出生就开始走向死亡——不同,他们认为,死亡是"人"这种存在的固有本质,或者说,人就是一种必然会走向死亡的存在。正如叔本华所言:"对死亡的确信源于人所具有的理性推理能力。"死亡的脉动是生命的一个自然的、不可分离的部分。正是这种确信将人与禽兽相区分。[①]

对于"死亡"话题在颓废主义文学中普遍盛行的原因,瑞治给出了扼要的解释。他认为,这主要根源于其所秉持的颓废世界观的影响。对死亡意愿的哲学性认知是颓废主义的鲜明特质,它构成了颓废主义世界观

---

① 叔本华在《作为意志和表象的世界》(1819)中用标题为"死亡以及它与我们的本质本身的不可毁灭性之间的关系"的一整章探讨死亡问题。参见 A. Schopenhauer, *The World as Will and Presentation*. Tran. D. Carus and R. Aquila, 2 vols. New York: Pearson, 2008, vol. 2, p.518。

中最深层次的部分,永远处在颓废的心理之下。① 对颓废主义作家而言,死亡意愿是对历史必然性的直观呈现。与瑞治的观点相比,彼得·尼克尔斯(Peter Nicholls)的解释则更加具体。他指出,从萨德侯爵和波德莱尔那里继承而来的诸多与"死亡"相关的文学话题——如恐怖、反常、性虐等——在19世纪末颓废主义文学中的流行一定程度上是时代文化危机的象征与后果,这与社会-历史领域中的衰退观念息息相关。19世纪后半期大众社会的出现与人们对于"文明终结"的恐惧相伴相生。法国在1870年普法战争中的失败进一步深化了人们对拉丁种族衰退事实的信念。根据戈蒂耶的观念,在颓废时代,死亡和腐败将自然而然地找到它们通向审美领域的道路。② 此外,"死亡"话题本身所具有的潜在吸引力及盈利能力也是其盛行的关键因素。在出版业开始为新兴的大众读者群提供廉价的图书之时,书的商品属性逐日凸显。作家有史以来第一次受到消费市场的支配,不得不出售其作品以谋求生存;由此,作家的创作话题不可避免地受到商品需求的规导与限制。

---

① See George Ross Ridge, *The Hero in French Decadent Literature*. Athens: University of Georgia Press, 1961, p. 45.

② See Peter Nicholls, *Modernisms: A Literary Guide*. Houndmills and New York: Palgrave Macmillan, 2009, pp. 42—61.

第六章
颓废主人公形象辨析

颓废主人公最关键的区别性特征还得从他"从现实中撤退"的行为背后去找寻。经历了太多希望的破灭之后,他不再对生活抱有任何幻想,他心有不满却无可奈何地接受了生活与行动的徒劳与枉然。此时,晚期浪漫主义英雄身上透露出的对挫败的恐惧消失了,但被击败的痛感仍然存在。对浪漫主义的花花公子而言,洞悉世事的老练世故(sophistication)可能是对沮丧、挫败与混乱的一种强有力的防御;然而当颓废主人公撤离生活而向自我的内部世界蜷缩时,同样因其老练世故,他却遭受丧志症的折磨。[①] 在这种外部层面上的撤退之外,还存在一种隐秘性的撤退,这种撤退只接受那些可以被升华转换为精神性的现实,特别是被艺术创造的现实。当一定程度上保留现实世界的生活时,艺术和技艺就成为超越现实世界的唯一途径。

第一节 颓废主人公的形象特质

一、作为"头脑英雄"的颓废者

颓废主人公通常是一个外表冷漠倦怠,内心却经历着永恒头脑风暴的人。对他来说,现实太沉重了;它非但不能满足他的期待,反而与他为

---

① See George Ross Ridge, *The Hero in French Decadent Literature*. Athens: University of Georgia Press, 1961, p.90.

敌,将他击垮。于是,颓废者撤离令人失望和沮丧的贫瘠的现实荒原,返回自身,妄图在自我的世界里创造一个理想的"人间天堂"。由此,他看起来越来越像是一个冰冷理智的人,一个头脑英雄(cerebral hero),一个拒绝俗世行动的理想主义者。然而,在残缺破败的现实世界里进行理想主义探索,不仅无用,甚而幼稚可笑。终于,意志消沉占据并压垮了他。他成了一个头脑发达而身体怠惰的人,一个无根的现代颓废者,如今仅能维持一种冰冷的智性生存。①

颓废者熟谙世事、冷漠老练,认定一切现实行动都是幼稚的。这正是《颓废者:无为的福音》(*The Decadent: Being the Gospel of Inaction*)中的简明论断。瑞治指出,作者拉尔夫·亚当斯·克拉姆(Ralph Adams Cram)概括了法国颓废主义的价值。他将故事场景设置在繁华都市波士顿。马尔科姆·麦肯是个浮士德式的人物。他去拜访以前的好友奥勒良·布莱克。如今的布莱克整日沉迷于鸦片和红酒。一场充满思辨性的对话开始了。两人都试图说服对方认同自己的观点。麦肯是活力、体制、改革的代言人。作为社会主义者,他详细地阐释着大众物质主义的观点。布莱克也简要表达了自己的观点。他厌恶共和国,渴望君主制,强调个人主义的重要性,倡导"为艺术而艺术"。在动荡不安且丑陋不堪的城市生活中,即便是建立一种新的秩序,生活也仍是一潭死水。布莱克逻辑强悍的精辟论断震撼了麦肯,使他陷入沉思。他问,什么是可能的呢?布莱克回应说,一切都不可能,因为生活本身就是枉然。在这垂死的社会中,真正的自由人就是颓废者。他们生活放荡,拒绝一切行动与挣扎,因为从长远来看,任何行动都无法改变预示着不可避免的死亡等一系列事件的发生。总之,颓废者仅仅能为自己做一些事。他可能会做出像布莱克一样的选择,成为一个头脑英雄,脱离世界,沉迷于艺术和哲学,借助药物和酒精缓和自己心中的怒气。因为他是一个文明人,"生命冲动(elan vital)正在衰减,应该将生命中最后一点火光用在自己身上。这个头脑英雄遭受着超越肉体苦痛的难以想象的精神折磨。他是微观世界的缩影,用自己的放荡和致命的清醒反映着世界。他是不合时宜的长者,拒绝现实、生活和行动"②。克拉姆的论断描绘了法国颓废主义文学中的头脑英雄的典型特征。

---

① See George Ross Ridge, *The Hero in French Decadent Literature*. Athens: University of Georgia Press, 1961, p. 83.

② Ibid., p. 84.

一个基本的事实是：现实与理想恰恰相反。颓废者清醒地意识到自己无力消解这种永恒的对立，他开始变得意志消沉。这无疑会使人们想起《逆流》中的德泽森特。的确，他正是这类颓废者的典型代表。德泽森特曾想动身去伦敦旅行，但最终却无精打采地坐回了自己的椅子上。他设想着自己会在伦敦看到的一切……这些想象淹没了他，耗尽了他的精力。计划随之取消。这件事极好地呈现了颓废者思想中尚未解决的分歧——理想比生活更完美；现实与理想之间存在着永无休止的对立与冲突。最终的结果是意志减退。这是一种极端的惰性与昏沉，在这种情形下，头脑发出冷酷的指令，阻止人去行动。

有关大脑机能（cerebration）[①]的问题是于斯曼小说中频繁复现的重要话题。头脑的想象取代了现实的行动。因为生活本身远不及想象的世界那般充实丰盈，因而它永远不能在与想象的抗争中获胜。"想象"的魅力绝大部分源自其本身的非实体性（unsubstantiality）。幻想本身就呈现着部分的现实，但同时又是一个永不餍足因而令人满意的现实[②]：

> 19世纪末的法国颓废主义文学中，哈姆雷特式的人物越来越多地出现在意志消沉的静态世界中。可以肯定的是，依赖理智推断、遵从头脑指令的颓废英雄——像其他类型的英雄一样——也有自己的先驱。尽管浪漫主义英雄通常充满活力，但某些例外的情形预示着不活跃的颓废者即将出现。[③]

当浪漫主义英雄逐渐转变为一种新的英雄类型时，这种新的类型被恰如其分地称为"颓废者"。于是，倦怠的"颓废英雄"开始以惊人的速度涌现。在波德莱尔的《芳法罗》（*La Fanfarlo*，1847）中，当主人公塞缪尔·克莱默每天清晨试图激励自己去行动时，他预示了颓废者形象的出现。福楼拜的小说《情感教育》中的弗雷德里克·莫罗也是遭受丧志症折磨的典型例子。不活跃（inactivity）是他的天性。[④]

与克莱默和莫罗一样，"颓废英雄"对生活的期望已被现实事件彻底摧毁，失望已将其意志碾碎。从某种意义上说，他们已丧失了融入现实生

[①] "大脑机能主义（cerebralism）"理论认为，意识只不过是人类大脑活动的一种功能或后果。
[②] See George Ross Ridge, *The Hero in French Decadent Literature*. Athens: University of Georgia Press, 1961, pp. 85—86.
[③] Ibid., p. 86.
[④] Ibid., pp. 86—87.

活的心愿,随之而来的后果便是生命冲动的衰退。他们被囚禁在自身丧志症和幻想世界中,拒绝行动与现实。然而,不活跃的天性持续地占据着他们,以至于连幻想也渐渐失去其最初的诱惑力。这是一种不可逆转的痛楚。这也正是兰波在《地狱里的一季》中发出绝望呐喊的原因。

当颓废者的丧志症达到极点之时,其对自身虚弱无力现状的厌恶便随之走向极端。此时,丧志症的终极形式——死亡意愿——便出现了。他接受甚至欢迎毁灭时刻的降临,将其视为逃离痛苦现实的唯一希望:

> 根据定义,头脑英雄是内省的(introspective)。他转向内部。他神情恍惚、瘫软无力地斜靠在软垫上,品读着象征主义诗歌。他或许会听柔和舒缓的轻音乐。当然,他的丧志症也具有美学意味。①

"颓废英雄"是特殊类型的艺术家。他只是消极地沉思艺术而非积极地创造艺术。他所倾慕的仅仅是那些散发着腐败气息、精致复杂、理智化了的(intellectualized)艺术。他有点像东方神秘主义者,脱离现实,独自隐居。②

丧志症乃是贯穿于颓废主义文学中的重要线索,它为"颓废英雄"提供了一种心理学意义上的预设。经历了太多希望的破灭之后,他不再对生活抱有任何幻想,丧志症由此成了唯一的后果。当精明世故的颓废者进入文学视野中时,晚期浪漫主义英雄身上透露出的对挫败的恐惧便消失了。不过,被击败的强烈感受仍然存在,他心有不满却无可奈何地接受了生活与行动的徒劳与枉然。"正如花花公子本能地意识到的那样,洞悉世事的老练世故(sophistication)是对沮丧、挫败与混乱的一种强有力的防御。然而,当颓废者撤离生活而转向自身时,同样因其老练世故,他却遭受丧志症的折磨。"③

颓废的"头脑英雄"不再认同世代繁衍、生生不息的生物律令及其所构建的原始的融洽关系,不再迎合自然界的普遍规律。现代生活培植与塑造出的文明人必然受到丧志症的折磨,因为现代社会减损乃至剥夺了文明人的天然倾向与自然意愿。不活跃的怠惰状态就是人类在文明开化

---

① George Ross Ridge, *The Hero in French Decadent Literature*. Athens: University of Georgia Press, 1961, p. 87.
② Ibid., p. 88.
③ Ibid., p. 90.

的进程中被迫交付的代价。这是现代人的反自然生活招致的必然后果。①

二、颓废者:"反自然"的现代人

颓废主义文学中所呈现出的颓废主人公的"反自然"倾向,既包含生理层面的反自然,也包含精神层面的反自然。而"自然"一词在此亦有双重内涵,它既指涉与人为创造的现代工业社会相对照的未经人为雕饰的自然界,又指涉与俗常事物及常态行为相对照的罕见事物与反常行为。

大都市的子孙是颓废者,即现代人,尤其是那些敏感地察觉到他周围所发生着的社会衰退的人。与那些人工温室培植出来的植物一样,他是都市人工化生活的产物。他习惯于持续不断的现代刺激的洪流;没有刺激,他便无法行动。颓废者是个不快乐的人。他所追寻的快乐很少能实现,因此他很少感到满足。然而,作为沉溺于感官感受的"瘾君子",他又无法离开都市所提供的奢华享受。斯宾格勒概括出了颓废英雄不满足与不快乐的原因:迫使大都市人只能依靠人工性刺激来维持其生存的原因是,他身体中的"宇宙节拍"正不断减弱,而其"醒觉意识"的紧张状态变得越发危险。"缺少了宇宙脉动对其生命活力的激励,醒觉意识的紧张状态就将向着虚无转变。"②但文明不过就是张力。在众多文明中出类拔萃的人物那里,头脑为一种极端化的张力所掌控。智力不过是(醒觉意识)高度紧张的状况下所激发出的理解力。所有非凡的人类文明无一不以极度的紧张状态为其主要表现。在每种文化中,这些出色的头脑都是最后的人(final men)的典型。③ 这是现代颓废者的一幅生动肖像。他在都市里感觉不到快乐,就像一个被宠坏了的孩子拿着一个废旧的玩具。斯宾格勒的表述一定程度上带有神秘主义色彩,但他的确是从心理学角度来理解颓废者的。他说,和左拉、佩拉丹以及其他很多人一样,现代人从自然中分离出来,都市生活迫使他与土地以及家庭旧有美德相疏离,他的生命之根已被拔起。人类成了机器人,成了巨大机器的一部分。它在运转,但本质上却是无生命的;他的生命冲动已然枯竭。从现代的意义上说,他被限定于新闻传媒世界的大众文化中。颓废者无助地接受操控,他是永恒

---

① See George Ross Ridge, *The Hero in French Decadent Literature*. Athens: University of Georgia Press, 1961, p.92.
② Ibid., pp.30—31.
③ See Oswald Spengler, *Deline of the West*, II. New York: Knopf, 1957, p.102.

运转的机器上的一颗螺丝钉。他接受刺激,得到满足,并且这个过程无限重复。总之,"颓废"意味着人的精力的衰微。作为现代人的典型特征,它的广泛出现与现代生活生产方式密切相关。颓废者是现代人,是巨大城市的迷宫里的消费者和逐乐者。①

作为现代人的颓废英雄是无精打采的。在单调沉闷的生活中,他被丧志症吞没,因而必须强迫自己去行动。他是一个头脑英雄。这类虚弱、内省的形象类型在众多颓废主义作家笔下反复出现。颓废者向内蜷缩在自我的世界里。这是一个感官、感知和感觉的世界,而非行动的世界。在福楼拜的《情感教育》中,莫罗正是以这样的方式窥看着他周遭的世界。

"颓废者将其视线转向自省而非外界的行动,几乎每个颓废英雄都是如此。"②所有的特大城市居民都受到这种致命的死气沉沉的折磨。"颓废英雄"意识到他的社会是颓废的,但是他不能改变任何事。他已不堪重负。思想、大脑机能论使他成为一个"颓废英雄"。丧志症使他深陷神经质的痛苦折磨,就像古尔蒙笔下的主人公一样,最终死于用脑过度。作为一个大都市人,由于过度依赖于城市的刺激与满足,他不能像一个自然人那样自己去行动。这种惰性(inertia)就是《夏尔·德马依》中所说的"时代的道德病症"。陷入绝望的现代颓废者可能是道德退化的。他诉诸感官主义,将其作为一种行动的形式。在洛兰的作品中,女同性恋、乱伦、吸毒成瘾甚为猖獗。在颓废主义文本中,对各种犯罪的罗列——正如普拉兹在《浪漫派的痛苦》中所论述的那样——可能是对这种性欲趋势的编汇。大脑机能论、嗜睡症以及性亢奋导致了严重的神经症。许多颓废主义文本中都展现了一种邪恶的氛围。神经质的困扰折磨了无数的颓废者,并且使很多人偏离了生活的轨道。病人的名单在不断加长。神经质的偏离在洛兰、佩拉丹以及门德斯等颓废主义作家的小说中反复出现。大脑机能从嗜睡症开始,终结于受虐症。现代人的颓废肖像并不让人喜欢。佩拉丹的小说是着魔之人、偏离常规者、疯子以及神秘主义者的史诗。无须举太多的例子,人们便可找到一个重要的共识:"颓废的病症源于现代人与自然的分离。这种分离阻止了人去行动,并让人遭受丧志症

---

① See George Ross Ridge, *The Hero in French Decadent Literature*. Athens: University of Georgia Press, 1961, pp. 30—31.

② Ibid., p. 32.

与过度敏感症的折磨。"①颓废主义作家在这方面有很详细的描述。通过远离现实,颓废者暴露于一个反常的噩梦世界中。现代人是道德上不受待见的人;为了自我的满足,他犯下了所有罪行。

颓废者及其所居住的大都市被第一次世界大战的炮声惊醒。不少小说描绘了这个事实;斯宾格勒在真正的大灾难的前夕对其作系统化表达。一些颓废者坦言他们的罪恶对大灾难的发生负有责任;充斥着性倒错者、偏离常规者的哥特式风格的可怕世界不可能延续下去。大都市是人造物的缩影与象征,而颓废者正是生于其中的美学家,昏沉的都市浪荡子。但无论如何伪装,现代人始终是一个理智的"头脑英雄",他趋向于内省,而不是行动。当他偶然行动时,他只是进行盲目的、无意义的行动,就像哈姆雷特对抗波洛涅斯一样,从未意识到行动的目标。在自然最终反抗并击败他之前,颓废者在历史舞台上扮演着他戏剧性的角色。②

三、颓废者:一个超自然的英雄

一种新型的理想主义英雄从颓废主义小说中浮现出来。他是一个特别内向的人——耽于幻想、无精打采、老于世故,他的脸被对于生活和世界的悲哀认识所蚀刻。表面上看他似乎与浪漫主义英雄相类似,但实际上他们之间存在着一个根本的区别。颓废者的厌世情绪(world-weariness)比浪漫主义者的厌倦情绪(ennui)深得多。颓废主义文本中的英雄是一个已然老于世故,不再有精力或欲望去行动的人。简言之,"他是一个典型的凭理智行事的头脑英雄。与充满活力的浪漫主义英雄不同,颓废英雄是消极、不活泼的人物典型"③。

颓废者的大脑机能主义有很多后果。作为意志缺失的受害者,他可能对审美感兴趣,也可能不感兴趣。但无论怎样,人们不得不注意一点:颓废者的审美绝不是颓废主义教义的要素或基本信条,而仅仅是一种可能性。另外,颓废者也可能是一个四海为家者,一个沉着冷静、精通世故的人。他可能是一个感觉论者、享乐主义者,抑或是一个性反常者。最重要的是,颓废者身上存在一个形而上的层面。

颓废者是浪漫派花花公子的子孙;事实上,这几乎是他唯一的直系亲

---

① George Ross Ridge, *The Hero in French Decadent Literature*. Athens: University of Georgia Press, 1961, p.33.
② Ibid., p.34.
③ Ibid., p.48.

属。他与其他类型的浪漫派英雄共同点则不多。例如,颓废者不是一个浪漫主义的探求者。理想主义的追求太过幼稚以至于不能适应颓废主义哲学。颓废者事实上也不是一个听天由命的人,一个被禁锢于社会和宇宙环境中的人,当他在痛苦中翻滚时,他击垮了自己和他人。就命运而言,颓废者与花花公子相似,他拒绝被卷入人际关系中,并且他缺乏听天由命的人对于社会和宇宙的感受力。① 当然,颓废者不是一个传统意义上的反叛者:他觉得孩子气的造反是没有必要的。尽管他发现这世界是不完美的,并且以人造物取代自然,力图使世界更适于居住,但他还是认为传统的反叛是毫无意义的。造反的想法引出了一个扭曲的微笑。颓废者也不是一个"病态的(pathological)英雄",他与该词一般适用的描述相距甚远。不过,从俗世生活的视角来看,他或许是"病态的"——颓废者将是第一个承认这一点的人,他甚至会温和而幸灾乐祸地冷眼旁观这个事实;但他冷淡的笑容排除了这个术语一切主要的适用范围。如果用现代的标准来衡量,每个颓废者都是"病态的";但在颓废的世界观中,这个概念完全不重要。它是不必要且无意义的。最终,颓废者不是一个浪漫主义的预言诗人。他没有生存目标,没有像摩西的原型一样去带领他的人民穿越荒原走向新的乐土的愿望。颓废者将理想主义贬抑为幼稚的念想。②

在法国颓废主义文学中,有一个体现了所有这些特性的人物形象。它就是于斯曼小说《逆流》中的主人公德泽森特。他超越了颓废主义文学中的其他主人公形象,成为"颓废英雄"的典型。正如朱尔斯·巴尔贝·多尔维利所说的以及于斯曼自己所感觉到的那样,"这部小说——如它可能被称作的那样——将颓废的观念与视死如归的精神相结合。在这之后没有什么新东西加进来,这个主题走到了其哲学意义上的尽头,随后的作品将必然是一篇告别辞。《逆流》是颓废主义文学中的核心作品,它的英雄——一个超自然/形而上的英雄,是颓废灵魂的典型"③。"'逆流'这个特有的标题总结了对人造物的狂热崇拜。这不仅是'颓废'美的基础,同时也是颓废者行事准则的基础。'颓废英雄'具有'反自然'的特征,也就

---

① See George Ross Ridge, *The Hero in French Decadent Literature*. Athens: University of Georgia Press, 1961, pp. 48—49.
② Ibid.
③ Ibid., pp. 49—50.

是说,他是个反自然的人。"①这个事实是显而易见的。正如艺术与文学中的"颓废"风格与趣味通常显示为扭曲与错综复杂一样,由于某种更深层次的原因,颓废者的血统也被污损了。或者如斯宾格勒所说,他的小宇宙的节拍与大自然的节奏是不一致的:

> 于斯曼对颓废英雄德泽森特形象的经典描绘,代表了19世纪有关理想的人(ideal man)的观念演变中的一个新阶段。缺乏精力和方向是其最明显的特征,而这是浪漫主义英雄的基本特性。颓废者是理智而消极的,他对美的善感似乎不包括积极活动与参与。他是一个冷漠而非冷静的、极端精于世故的人。他是疲惫贵族的原型,是已衰微的门第里的一个濒死家庭的最后子孙。②

诚然,颓废者有一个浪漫主义的前身——花花公子,颓废者是其合乎逻辑的延伸与推论。至少在理论上,花花公子拒绝陷入社会斗争或宗教关系。尽管对生命有敏锐的感受力,但他不能抵达自己生命的核心;并且,由于没有什么能够刺透他铁制的保护区的围墙,因此没有什么可以摧毁他。他的超然是他计划保护自己免于同这个世界有危险牵连的礼仪法典中的首要条款。虽然颓废者与花花公子在某些方面的确有些相似,但实际上两者有质的不同。当然,他们都是极端自我主义者,但两者体现这种个人特质的方式却有所不同:

> 花花公子有一部指导自己行动的行为法典而颓废者没有,并且前者会一丝不苟地遵守自己的礼仪规则。如果花花公子蔑视社会或伦理道德的准则,他本身是没有意识到的,至少是不关心的,因为他仍然是一个没有目标的主体。另一方面,除了不相关的感官印象以外,颓废者对这个世界一无所知。总之,他是哲学意义上不留心的人。③

对于能够提供极少趣味和越来越少的刺激的社会,他感到厌倦。或者当社会短暂地刺激他时,颓废者会欣然屈服于这种易逝的诱惑而不是把自己隐匿在花花公子那保护性的超脱中。颓废者希望对刺激做出反

---

① George Ross Ridge, *The Hero in French Decadent Literature*. Athens: University of Georgia Press, 1961, p.50.

② Ibid., p.53.

③ Ibid.

应,但通常他没有。花花公子希望享受生存的感觉,但他始终保持警惕。与颓废者不同,花花公子保持着一种防御性的姿态。而颓废者面对社会和宇宙时,并未表现出像花花公子那样的自我意识。①

根据瑞治的分析,颓废者典型特质中的如下几个方面在德泽森特身上得以证实:

第一,他是一个理智的头脑英雄。由于意志缺乏的限制,他甚至连平凡的事都不能做。

第二,他崇尚美,提倡"为艺术而艺术"。对艺术所能激发的强烈感觉体验的迷恋,促使颓废者致力于绘画与文学。

第三,颓废者是一个四海为家者,通常是一个遭遇奇异事件的旅行者;但即使他像德泽森特一样极少旅行,也依旧是一个精通世故的人。他在社会中安逸、自在,且能时常出入大型沙龙。他具有世界主义者的相对主义特征,因为他既没有地域性的约束,也没有产生个人信仰。他不是这个血统、这个国家的人,但却是这城市中的一员。

第四,颓废者是一类反常者。用庸常的眼光来看,他的品位和爱好是反常的。德泽森特通常享受他的反常;为了将兴奋感提升到极点,他在对人造物的狂热崇拜中培植了反常的趣味。与浪漫主义英雄不同,颓废者满足于他的反常与病态,并且他通常对自己保持一些"控制"——他慎重地选择反常的途径。而浪漫主义英雄的反常则是经由从内部或外部发起的斗争来强迫自己接受。

第五,作为上述几个方面的延伸,颓废者是形而上的英雄。作为一个摒弃行动的"不活跃"的英雄,他对俗世生活不抱有任何幼稚的幻想。因此,他往往会成为生活的否定者,一个乖张的小鬼。此外,颓废者揭示了"死亡"之形而上的吸引力,而这些是花花公子极少展现的。花花公子情愿——有时甚至渴望——摧毁他人,但他们不会把这种破坏性的能量施加到自己身上。而颓废者会!在颓废者的内心,"死亡之愿"始终与其反抗与创造的意志与力量形影相随。他反抗生活中的自己与自然,培植了对"人造物"的偏爱,对自然及自然过程发起目标明确的反叛。

颓废者由此成为一个形而上的英雄。他的信念是"为艺术而艺术"、感官主义与个我主义。他的非道德性构成了他形而上的立场。在他看

---

① See George Ross Ridge, *The Hero in French Decadent Literature*. Athens: University of Georgia Press, 1961, p. 54.

来,现实仅仅是对感觉印象的反映,除此之外的一切皆是幻觉与错觉。所以颓废者只关心他自己,且与其同胞相隔绝。对此他是很乐意的,因为他根本不关心他们。他栖居在一个静态的宇宙中,永远保持着孤立,仅仅关心自己的意趣。连他作为一个乖张小鬼的偶发行为,也不能长期维持其兴趣,就像德泽森特试图腐化奥古斯特·朗格卢瓦的那次偶然事件一样。颓废者不是反叛分子。更确切地说,他是一种破坏性力量的化身,这种力量把垂死的文明终结在"死亡之愿"的隆重化身中。颓废者欢迎文明的毁灭及其所带来的最终的亢奋与刺激,但是他很少行动,并且从未有过有意义的行动,因为他是一个观念化的英雄。他存在着,但不抨击上帝和人的法则;他仅仅以"不断否定自身"的方式在艺术与美的世界中存在着。作为形而上的英雄,如同德泽森特,颓废者共享了一种世界观,即艺术涵盖自然和生命的理念。[1]

四、颓废者:一个被撕裂的灵魂

R. K. R. 桑顿(R. K. R. Thornton)的颓废主义论著《颓废的困境》[2]可以说是20世纪末颓废主义研究著述中试图从整体上阐发颓废主义的研究典范。他的核心论点是:19世纪颓废主义的核心问题乃是他称之为"颓废的困境"的东西。他的整部论著的框架就是围绕对这一核心论点的论证而展开的。他在具体论述中指出:

> 即便是我们对19世纪最后十年匆匆一瞥,也会清晰地看到,处于这一时期的颓废之中的核心问题是我将之称为"颓废的困境"的东西。颓废者是这样一类人,他被两种相互对立和互不相容的力量所牵引:一方面,他被这个世界所吸引,他从中获取必需品和迷人的印象;另一方面,他却渴望永恒、理想与超脱。在这两端之间的摇曳既构成了典型的颓废主题,也是这一时期的大多数文学风格——尤其是矫揉造作——的根源。西蒙斯曾谈道:印象主义和象征主义都只是传达了某种新文学的观念,而颓废这个词或许更能确切地概括这种新文学观念的特征。显然,他看到了这种两极性;这两个极点之间

---

[1] See George Ross Ridge, *The Hero in French Decadent Literature*. Athens: University of Georgia Press, 1961, pp.54—56.

[2] 该论著的论文版载于论文集《颓废与19世纪90年代》(*Decadence and the 1890s*, 1979),可以说是对其论著中主要观点的概括与精缩。

的互不相容引发了颓废者特有的幻灭、沮丧、倦怠以及自嘲。①

在颓废主义文学作品中,对现实世界的迷恋以及对这个世界作一种印象主义式的表现,与对超脱——这自然会过渡到反现实世界、反自然、人工化和反常——的渴望同时发生,并形成对照。这一时期的很多重要诗歌符合这种简单的对照形式,加里恩在《颓废者的灵魂》中就对这种对照作了漫画式的描绘。道生的抒情杰作《辛娜拉》就是一个很好的例子,在这首诗中,"买来的红唇"的现实世界被辛娜拉的身影弄得索然寡味:

> 前夜——呵——昨夜
> 在双唇之间
> 她的,我的
> 投下的,是你的身影
> ——辛娜拉!
> 你呼吸如在我灵魂上开落
> 在轻吻
> 与醇酒之侧
> 我却凄寂着,为一缕旧时残绪牵痛
> 是的,我凄寂着,低首……
> 我的灵魂他为你虔诚——辛娜拉!
> 用
> 我自己的方式②

桑顿指出,如果我们参阅西蒙斯或叶芝对道生形象的描画就会发现,这种反差,以及他对于以一种形式或另外一种形式都无法获得的东西的忠诚,不仅是道生全部作品的核心,也是其整体生活的核心。在莱昂内尔·约翰逊那里,人们也能找到同样的对照,只是这种对照被以一种更为冷酷、冷静的方式呈现了出来,就像在《矗立在查林十字街的查尔斯王塑像》中:

> 当城市昏昏睡去,
> 当所有喧嚣沉寂,

---

① R. K. R. Thornton, "'Decadence' in Later Nineteenth-Century England" in *Decadence and the 1890s*. Ed. Ian Fletcher. London: Butler & Tanner Ltd., 1979, p. 26.

② 转引自尤金·奥尼尔:《长昼的安魂曲》,徐钺译,北京:东方出版社,第189—190页。

星星深藏于夜空之中，
编织出一个美丽的愿望。①

　　类似的例子还有很多，从叶芝的《神秘的玫瑰》再到西蒙斯的诗歌……在那些想象力超越了俗世的诗歌中都能找到。如果有人阅读了某位作家毕生的作品，就会发现，在有些作品中，这种对照更加鲜明，比如：在约翰·格雷（John Gray）的所有作品中，他的《银尖笔》（*Silverpoints*，1893）和《精神诗篇》（*Spiritual Poems*，1896）中的这种对照更加鲜明。

　　不过，颓废者最为关键的区别性特征还得从他"从现实中撤退"的行为背后去找寻。当对生活缺乏热情的时候，就会出现一种表面上的从现实中撤退，筋疲力尽、漫不经心、倦怠的撤退——"生活起居，我们的仆人们会为我们办好一切的"；同时也有一种隐秘性的撤退，这种撤退只接受那些可以被升华转换为精神性的现实，特别是被艺术创造的现实。当一定程度上保留现实世界的生活时，艺术和技艺就成为超越现实世界的唯一途径。当然走极端是不可能的；想要成为崇尚"人工性/人造物"的颓废者必定不是丧失生命，就是放弃彻底颓废的念头，正如德泽森特所经历的那样。叶芝将他的同代人称为"悲剧的一代"并非偶然，将凯尔特复兴与颓废相关联也并不奇怪，因为文学中的凯尔特元素仍然以引用芙相的诗句"他们向着战争进发，但他们总是陨落"为典型特征。而且，并不奇怪，自我嘲讽其实也是自我保存的一种方式。

　　爱情——特别是与演员、舞者、浓妆艳抹的女人抑或是因为年轻或独立而遥不可及的女人之间的爱情，变成了试图逃离现实束缚的最受青睐的象征，更何况它也与作家试图达成的"自由"主题相关。在《理想主义》中，西蒙斯爱上了一个女人，她仿佛是个人造物：

她的身体像一件沉默的乐器
在我的抚摸之下，会为我醒来，为我鸣奏
这样的气质我梦寐以求，但从未获知。②

　　奥利弗·卡斯坦斯（Oliver Custance）的《白色雕塑》以"我爱你，沉默的雕塑"开头，还渴望"将温暖的嘴唇压在你的冰冷的唇上！"在《艾莫莉丝·维克缇玛》中，西蒙斯表达了颓废者的困境以及通过爱或"自我否定"

---

① Quoted in R. K. R. Thornton, "'Decadence' in Later Nineteenth-Century England" in *Decadence and the 1890s*. Ed. Ian Fletcher. London: Butler & Tanner Ltd., 1979, pp. 27—28.
② Ibid., p. 29.

进行逃离的尝试：

> 这世界由本分的规约塑造，
> 它的受难者都是爱人和圣人，
> 所有美好而孤独的愤怒，
> 都在渴望着欢欣鼓舞的朝圣之旅，
> 去寻找神圣的墓穴。①

但甚至在这里，西蒙斯也正与所谓的"颓废"渐行渐远，而向着象征主义进发；同时也在远离印象主义的剧场，而走向象征主义者心中的图景。在桑顿等研究者看来，"颓废"或许一半已经成为"一种讽刺的幕间插曲"，但它的确存在过。自从"自我毁灭"的运动开始，当那些处身于现实世界和理想世界之间的"空心人"堕入阴影中时，它作为一个短暂的过渡时期出现。伴着强烈的自我意识和自我嘲讽的意味，颓废者悲伤地吟唱阴影，并饰以人造的、戏剧性的光与爱。颓废主义文学是一种关乎失败的文学（a literature of failure），而且其对失败的探索为人们创造了应对经验的新的方式。

第二节　颓废主人公的典型代表——德泽森特

在19世纪末法国颓废主义浪潮中，于斯曼的长篇小说《逆流》②"是一部关于颓废趣味和癖好的百科全书"③，它的出版标志着颓废主义发展的巅峰。小说主人公德泽森特出身于没落的贵族世家。巴黎的堕落生活使他厌倦，他还患上了严重的神经症。在医生的建议下，他决定去乡下休养一段时间，过清净的隐居生活。他将隐居地安排在巴黎郊区的一所小房子里，并按照自己的审美喜好，建立起理想的"人工天堂"；然而，他的病

---

① Quoted in R. K. R. Thornton, "'Decadence' in Later Nineteenth-Century England" in *Decadence and the 1890s*. Ed. Ian Fletcher. London: Butler & Tanner Ltd., 1979, p.29.

② 乔里-卡尔·于斯曼的法文原著《逆流》在已出版的英文译本中通常被译为"Against Nature"或"Against the Grain"。上海文艺出版社2010年出版的中文译本将小说名称定为《逆天》，该译名与英文译名"Against Nature"的意思似乎更为接近。基于对小说文本的理解，笔者以为，"逆天"的译法是对小说复杂性内涵的过度减缩与简化，相较而言，仅仅标识一种逆反的方向的"逆流"的译法似乎更为妥帖。由此，本文论述中将统一使用《逆流》这一译名。

③ 马泰·卡林内斯库：《现代性的五副面孔：现代主义、先锋派、颓废、媚俗艺术、后现代主义》，顾爱彬、李瑞华译，北京：商务印书馆，2002年，第184页。

情非但不见好转,反而病入膏肓。最终,要想保全性命,唯一的选择却是重返让他绝望了的都市生活。德泽森特这一形象超越了其他颓废主义文本中的"颓废者"形象,成为"颓废英雄"[①]主人公的典型。

一、被好奇心驱使着的"反自然"的现代人

"反自然"是《逆流》主人公德泽森特最鲜明、最核心的形象标识。小说中对德泽森特反自然特征的描绘可以笼统地区分为生理上的反自然和精神上的反自然两个层面。

小说一开篇便是对德泽森特衰落、病态的家族遗传史的回溯,而他则是这个基因败坏的没落家族的最后一个成员。与传统文学中健康、活跃的自然人形象相比,德泽森特是病态、羸弱的反自然人,自然的和谐状态在这个正当盛年的年轻人身上没有留下一丝痕迹:

> 这是一个纤弱的年轻人,年龄在三十上下,脸颊深陷,面色苍白,神情略带神经质,蓝色的眼睛如同钢铁一般冰冷,脸中央长着一只朝天鼻,但鼻梁却很挺拔,一双手枯槁纤长。[②]

不过,正如作者于斯曼同左拉的决裂这一象征性事件所标示的那样,于斯曼并非想在故事的开端做一种自然主义式的家族遗传史溯源,而是想要为小说引入一种预设,或者说一条必要的线索,这条线索既从形式上使得情节链条不甚清晰的"散漫"的文本显得更加紧凑,又从主题上为小说的发展提供了一种参照——生理上的反自然趋向一直作为一条潜在的线索与德泽森特精神上的反自然的自主选择相互对照与互动。

遗传性的生理上的反自然并非德泽森特反自然特征的本质性内涵,这在有关"性爱"这个生理性与精神性相交融的典型话题上体现得非常充分。读者将发现,在与性爱相关的问题上,德泽森特的反自然行为也并非一种纯粹的生理性的天然反应或无意识举动,而是一种依赖头脑分析的、精神性的自主选择。尽管遗传而来的家族的阴柔气质的确可能给德泽森特的性倒错倾向带来某种模糊的影响,但在其追求乌拉尼亚小姐的过程中,他头脑中所充斥着的理智分析与推理判断却给其性倒错倾向打上了清晰而深刻的人为烙印。换句话说,他的性倒错倾向很大程度上具有人

[①] 本节对《逆流》主人公德泽森特的分析,大致沿用了瑞治、尼森等西方学者对"颓废英雄"的界定。
[②] 乔里-卡尔·于斯曼:《逆天》,尹伟、戴巧译,上海:上海文艺出版社,2010年,第2页。

为的实验性色彩,即主动的反自然的精心设计。

　　当然,有关性爱关系的描述仅仅是小说中反自然情节的一个典型呈现。事实上,除此之外,小说的大部分篇幅都意在呈现德泽森特对反自然的精神生活的精心选择与设计。比如,为了装饰室内的一块东方地毯,使其色彩更加鲜明,他买来一只乌龟。经过对配色方案的反复推敲与论证,他最终决定在乌龟的龟壳上镶嵌各类奇异宝石,并请珠宝商按照他所提供的从日本古玩设计集中挑选而来的设计图纸进行制作。又如,他十分迷恋花卉,但他喜欢的绝非那些平凡粗俗的自然花,而是那些出自资深艺术家之手的精致的人造花。后来,他甚至想要寻找那些宛似假花的天然花卉,在理智的推理中剖析作为大自然的主人的人类在这些植物上烙上的印记。

　　深思熟虑、自主自决地设计并投入反自然的精神生活才是德泽森特反自然特征的真正内涵。尽管他自小体弱多病,但在他反自然的生活设计中,似乎并未显示出对这种生理上的羸弱做出修补的愿望,一切规划都专注于对其精神欲求的满足。追踪这一精神抉择的本质,可以发现,在其实践层面上,这种精神欲求最直观地呈现为难以遏制的好奇,也就是西蒙斯所说的典型的颓废形象身上大都具有的"一种在研究中焦躁不安的好奇心"①。

　　海德格尔曾说:"不逗留在操劳所及的周围世界之中和涣散在新的可能性之中,这是对好奇具有组建作用的两个环节。它们奠定了好奇现象的第三种本质性质——我们把这种性质称为丧失去留之所的状态。好奇到处都在而无一处在。这种在世样式崭露出日常此在的一种新的存在方式。此在在这种方式中不断地被连根拔起。"②这段话可以视为对德泽森特好奇心本质的精确描绘。德泽森特的好奇心始终不能持久,新鲜感的丧失令他难以忍受,并促使他继续追索未知的新奇。整部小说几乎就是在好奇与厌腻之间展开的无限循环,而这无限循环的终点则是死亡。可以说,好奇是促成他一系列反自然行为的根本性原因,而更为重要的是,德泽森特强烈的好奇心之下始终流淌着清晰的死亡意识。好奇心与死亡意识共同凸显了德泽森特形象的形而上本质。

---

　　① Arthur Symons, "The Decadent Movement in Literature" in *Harper's New Monthly Magazine*, vol. 87, 1893, p. 858.
　　② 马丁·海德尔:《存在与时间》,陈嘉映、王庆节合译,北京:生活·读书·新知三联书店,2017年,第200—201页。

二、唯美的感官主义者

德泽森特是一个唯美的感官主义者。被好奇心驱使着的德泽森特，常常由对自己独特感官感受的精微剖析，堕入精神幻想。具体而言，其感官主义倾向的形成有两方面的重要原因：

其一，源于他处身其中的那个为各种感官刺激所驱使着的现代都市生活环境。

都市是修炼感官的理想场所。处身于一个相对和平的年代，同时又是一个被物质簇拥着的年代，人的肉体很大程度上从各种形式的体力劳动中解放出来。由是，人的存在天然地趋向于某种精神性而非行动性。极端感官主义者的出现，一定程度上说正是某种精神性过度发展的结果。德泽森特正是都市生活以种种现代刺激浇灌出来的极端感官主义果实；只不过，有别于随波逐流的庸众，他是清醒、理智的。强烈的自我意识促使他逃离这个为感官刺激驱动着的堕落社会，他决定隐居；可他又并非传统意义上的隐士。作为精致的感官主义者，他未能摆脱对都市的依赖去过一种纯粹的精神生活。无论如何，德泽森特的生活需要现代感觉的刺激，这是其作为都市人无法彻底免除的"病症"。正如 R. K. R. 桑顿所言："一方面他被这个世界牵引着，他从这里获取必需品和令人着迷的印象，然而另一方面，他却渴望着永恒、理想与超脱。"[①]这一点实际上已经为颓废者德泽森特的悲剧命运埋下了伏笔。

小说中提到，德泽森特用以装扮隐居处的所有饰物，几乎都来自都市，都是工业化、商业化城市的"杰作"。巴黎生活已然将他磨炼成一个需要种种"刺激"支撑着的精致的感官动物，他生活中的大部分内容就是在这些人造物中施展其高超的感官鉴赏力。即便选择离开巴黎，过一种远离俗世的隐居生活，作为感官动物的他，也未能离开现代都市创造出来的精致的人造物。他用各种现代装饰品装扮自己的住所。小说中随处可见对其高超鉴赏力的极致描绘，比如："很早以前，他就是搭配各种颜色的专家……当有必要标新立异时，德泽森特仿佛为了炫耀，创造了一些奇怪的室内装饰。他曾把客厅分成一系列的小隔间，每个隔间都用不同的挂毯装饰，但是又有着微妙的相似与和谐之处；这些绚丽或深暗，柔和或刺眼

---

① R. K. R. Thornton, "'Decadence' in Later Nineteenth-Century England" in *Decadence and the 1890s*. Ed. Ian Fletcher. London: Butler & Tanner Ltd., 1979, p. 26.

的色彩都符合他所喜欢的拉丁文或法文作品的个性。他会根据所阅读作品的色调,选择与之相符的隔间坐进去。"①

不过,这里尤需辨明的一点是,德泽森特对现代感官世界的依赖本质上不同于大众对现代社会的依赖。他以"审美"的眼光审视、剖析现代世界,而大众则以"实用"的功利眼光打量、享用现代成果。前者的目的是挖掘、创造现代美,后者的目的则主要是对生理性欲求的迎合与满足。对于德泽森特而言,现代人造物的价值并不在于其实用性,而在于其本身所具有的美的因子以及由此散发出的现代的美感。可以说,仅仅从编织美的需要来讲,德泽森特才离不开其身处的现代世界。

其二,德泽森特精致的感官主义倾向的形成与其贵族身份及生活不无关系。小说中有一段描述能够清晰地显示他独特的贵族作风:

> 人们觉得他是个怪人,他的穿着打扮与行为更证实了人们的想法。他常穿白色天鹅绒套装,配以镶有金银饰带的西装马甲,然后在衬衫 V 形开领处插上一束淡紫色帕尔马堇菜充当领带。他经常举办轰动一时的晚宴,邀请文人们参加。有一次,他为哀悼一起不足挂齿的意外事故,仿照十八世纪的风格,举办了一场丧宴。②

这一形象不禁使人联想到颓废的唯美主义者王尔德的怪异装扮。事实上,颓废者与唯美者的确有很深的亲缘关系,甚至可以说,颓废与唯美无法完全分开来理解。唯美主义者王尔德又被认为是颓废的,而颓废的波德莱尔、于斯曼也被认为是唯美主义者。苏珊娜·纳班提恩(Suzanne Nalbantian)在其论著《19 世纪后期小说中的颓废萌芽:价值的危机》(*Seeds of Decadence in the Late Nineteenth-Century Novel: A Crisis in Values*)中指明了颓废与唯美之间的这一亲缘关系:"从(19)世纪中期开始,首先在法国,其次在英国,'颓废'这个术语因与'为艺术而艺术'运动及唯美主义者之间的关联而获得了具体的文学上的含义。于斯曼的《逆流》与王尔德的《道林·格雷的画像》被认为是颓废主义的两部重要小说。"③由此可见,"颓废"自进入文学领域时起,便天然地拥有唯美的基因。德泽森特对事物精致性及其启发性艺术品质的要求,对一切平庸、功

---

① 乔里-卡尔·于斯曼:《逆天》,尹伟、戴巧译,上海:上海文艺出版社,2010 年,第 9 页。
② 同上书,第 11 页。
③ Suzanne Nalbantian, *Seeds of Decadence in the Late Nineteenth-Century Novel: A Crisis in Values*. London and Basingstoke: The Macmillan Press Ltd., 1983, p. 6.

利性企图的拒斥,对某种纯粹精神化的理想艺术生活的追索,是他作为"唯美的"感官主义者的有力证据。

波德莱尔的一段话精辟地总结了这类人物的特质:

> 一个人有钱,有闲,甚至对什么都厌倦,除了追逐幸福之外别无他事;一个人在奢华中长大,从小就习惯于他人的服从,总之,一个人除高雅之外别无其他主张,他就将无时不有一个出众的,完全特殊的面貌……
>
> 这种人只有在自己身上培植美的观念,满足情欲,感觉以及思想,除此没有别的营生。这样,他们就随意地、并且在很大程度上拥有时间和金钱,舍此,处于短暂梦幻状态的非分之想几乎是不能付诸行动的。①

三、具有强烈自我意识的文化精英

对于德泽森特这样的颓废者而言,"颓废"意味着某种与活跃的、积极的大众相分离的立场。对此,亨利·哈维洛克·霭理士在其对布尔热颓废理论的介绍与评论中有清晰的揭示——

> 布尔热是在通常意义上使用颓废这个词的,以之标识一个社会中达至其扩张与成熟的极限之时的文学模式。用他自己的话说:"在这种社会境况中产生了过多不适于普通生活劳动的个体。社会好比有机体。事实上,和有机体一样,社会也会被分解成一些较小的有机体的联盟,而这些有机体的联盟又将分解为细胞间的联合。个体是社会的细胞。若要使社会有机体以其能量发挥其功能,那么构成这个有机体的那些较小的有机体就必须以其居次要地位的能量履行其职责,而为了使更小的有机体运行其职能,构成这些有机体的细胞就必须以其更次要的能量发挥其功能。假使细胞的能量变得独立,那么构成社会有机体的最小有机体也将不再限制自己的能量,服从于整体。此时所形成的混乱状态就构成了整体的颓废。社会有机体无法逃离这条规律:一旦个体生命跃出界限,不再屈服于传统的人类福

---

① 波德莱尔:《1846年的沙龙:波德莱尔美学论文选》,郭宏安译,桂林:广西师范大学出版社,2002年,第436—437页。

社及遗传性的支配力,社会就将堕入颓废。"①

以上观点表明,个体表现出"颓废",其深层心理是某种无政府主义的立场。这一立场暗示了传统、稳定的社会有机体趋于瓦解之后,个体不再是冷漠的社会大机器上的"零件",并拒绝为其"献身"。正是在这个意义上,"颓废"很大程度上体现着自我意识的高涨,构成了个体精神独立的宣言。德泽森特就是这样一个具有强烈自我意识的人,其对现代都市及其造就的无脑庸众的蔑视、对隐居生活的渴望及其最终付诸行动,均证明了这一点。

毫无疑问,德泽森特强烈的自我意识与他所秉持的悲观主义世界观不无关系。基于对充满着邪恶、肉欲与堕落的现代都市生活的察知,他对都市生活始终保持着一种清醒的悲观主义态度。这在小说尾声德泽森特的一段回忆性描述中有集中的体现。当不得不重返巴黎,以控制他那日益严重的神经症时,德泽森特回想起了那个曾经带给他放荡与刺激、阴郁与折磨的社会。他想到自己从小生活着的那个上流社会的圈子,想到那些自己曾经交往过的"蠢人"——他们肯定"在沙龙中变得更加蠢笨消沉,在牌桌前变得更加愚钝,在妓女的怀中变得更加堕落,而且大部分可能已经结婚了。之前他们一直享受着街道流浪者玩过的女人,现在他们的妻子所拥有的则是街头妓女玩过的男人……"②德泽森特感到,昔日贵族社会中"真正的高贵已经完全腐朽死亡了,这种高贵随着贵族的堕落而消亡,他们一代不如一代,最后只剩下大猩猩似的本能……"③"商业占领了修道院的每一个角落,厚厚的账本代替了赞美诗集摆在诵经台上。就像传染病一样,贪婪毁灭了教会,修道士整天忙于财产清算和结算单,修道院院长转身成了糖果厂厂长或江湖医生;不受神品的凡人修士和杂物修士成了普通的包装工人和杂役。"④

德泽森特强烈的自我意识集中表现为贵族出身的他拒斥布尔乔亚式的"庸俗"。在挑选隐居之所的室内装饰品时,即便饰物本身能够引起有艺术鉴赏力的眼睛的注意,一旦其成为庸常市民触手可及的廉价商品,他便绝不再碰。小说于多处暗示了德泽森特有意识地背离布尔乔亚观念的

---

① Quoted in R. K. R. Thornton, *The Decadent Dilemma*. London: Edward Arnold Ltd., 1983, pp.38—39.
② 乔里-卡尔·于斯曼:《逆天》,尹伟、戴巧译,上海:上海文艺出版社,2010年,第198页。
③ 同上。
④ 同上书,第199页。

贵族心理，如："他尽可能避免使用东方织物和挂毯——至少在他的书房如此，因为现在，那些暴发户在时尚用品商店就可以廉价地买到这些装饰品，使得这些东西变得非常普遍，成为一种庸俗和排场的标志。"[①]在他看来，"当听众都开始哼唱、当所有的管风琴都开始弹奏时，即使世界上最美妙的乐曲也会变得庸俗，变得不堪忍受"[②]。这种追求高贵文雅、不同流俗的贵族心理直接影响到他对艺术品的品鉴，并进一步成为其独特艺术审美观的构成要素。

德泽森特对平庸之物的敏感和拒斥，不禁使人联想到诗人波德莱尔。耐人寻味的是，小说中多次提到波德莱尔乃德泽森特最欣赏的一位诗人。波德莱尔在论述"浪荡子"的一篇文章中写道："浪荡作风是英雄主义在颓废之中的最后一次闪光。"[③]浪荡子对衣着与物质的过分讲究，实质上"不过是他的精神的贵族式优越的一种象征罢了"[④]。"一个浪荡子绝不能是一个粗俗的人。如果他犯了罪，他也许不会堕落；然而假使这罪出于庸俗的原因，那么丢脸就无法挽回了。"[⑤]浪荡作风"代表着今日之人所罕见的那种反对和清除平庸的需要"[⑥]。

波德莱尔对"浪荡子"的如上论述，揭示了颓废者个人特质中最重要的一点，即贵族身份及其浪荡作风是颓废者的一个身份标识。这些有着强烈自我意识的贵族青年始终对大众怀有敌意，他们患了精神上的"洁癖"，要以绝对的蔑视在一切事物上与平庸的人群划清界限。在《逆流》中，强烈的自我身份意识几乎成为德泽森特特有的精神标记。他所秉持的是一种与大众完全背离的精致独特的审美趣味，而这种贵族式的情趣之最直接的体现便是其对艺术品的鉴赏与偏爱。

四、"颓废"的末路英雄

贵族出身的德泽森特是一个被好奇心驱使着的反自然的现代人、一个唯美的感官主义者、一个具有强烈自我意识的文化精英。其悲观主义的世界观以及以上几种形象特质，预示着他将成为一个在世俗生存中丧

---

① 乔里-卡尔·于斯曼:《逆天》,尹伟、戴巧译,上海:上海文艺出版社,2010年,第14页。
② 同上书,第93页。
③ 波德莱尔:《1846年的沙龙:波德莱尔美学论文选》,郭宏安译,桂林:广西师范大学出版社,2002年,第439页。
④ 同上书,第437页。
⑤ 同上书,第438页。
⑥ 同上。

失了行动欲望、崇尚精神性体验而非生理性欲求的现代语境中的"颓废"者。然而,如此定论未免仓促;或许,人们可以走得更远一些。以乔治·罗斯·瑞治、克里斯托弗·尼森等为代表的西方学者将德泽森特称为"颓废英雄"。德泽森特的确配得上"英雄"的称呼;不过,是既有别于古典主义往往体现着国家意志的"公民英雄",亦不同于浪漫主义"拜伦式英雄"的新式英雄。

首先,德泽森特的"反自然"行为并非一种由遗传性的天然趋向所催发的无意识举动,而是一种基于其强烈的自我意识所实施的对于理想人工生活的自主抉择与精心筹划;而"丧失去留之所"的好奇——也即波德莱尔所说的"一种难以遏制的精神上的渴慕"——作为其一系列反自然行为的内在生长点,所昭示的是追求个体自由的个人主义精神。但这一肇始于浪漫主义的鲜明的精神特质,在德泽森特这一典型的颓废主义主人公身上却有着另类的极端表达:丧失了行动欲望的颓废生存状态,很大程度上体现着德泽森特对现实的深刻绝望与反叛。

其次,强烈的自我意识使德泽森特对布尔乔亚庸俗价值观表现出绝对的轻蔑,而"艺术高于生活,生活模仿艺术"的唯美主义立场,则表征着德泽森特对实用、功利的物欲生活的拒绝。"唯美"的面具掩盖了德泽森特切身感受到的深层次的痛苦——他在现代世界中所体验到的精神上的挫败。因此,他求助于与流行的大众审美相对立的高雅艺术。创造美、培植美、欣赏美成了他生存的唯一内容和目的。在传统艺术家那里,艺术与生活之间的界线还比较分明,而在德泽森特这里,审美的眼光溢出了艺术的边界,淹没了他的日常生活领域。德泽森特精致的感官主义生活,正是对"生活模仿艺术"这一全新美学主张的切实实践,而他的悲剧性结局似乎预示着这一艺术理想的幻灭。

再次,"颓废者对待宗教的不虔诚,至少部分地是作为呼唤上帝显现的一种方式"①。托马斯·瑞德·维森(Thomas Reed Whissen)的这句话可以视为对德泽森特对待宗教的态度的贴切概括。尽管他始终对宗教持批判态度,认为宗教不过是用来控制精神虚弱之人的手段;然而,在他对宗教题材作品的思考中,却又时常流露出其内心时隐时现的怀疑主义,这种怀疑主义正是他探索某种理想信仰的证据。德泽森特对既有宗教的讥

---

① Thomas Reed Whissen, *The Devil's Advocates: Decadence in Modern Literature*. New York: Greenwood Press, 1989, p. 29.

讽与嘲弄,恰恰显示了他内心深处对一种更高宗教的迫切需要。尽管小说中并未直接、清晰地指明这一点,但他渴望理想宗教、渴望人之生命归属的精神质地深隐于文字之下。

最后,对精神性体验的追求在德泽森特这里达到了极致。神经症的出现及恶化一定程度上是由过度发展的精神性生活和逐渐退化的生理机能之间的严重失衡带来的。神经症的恶化,促使他逃离都市的放荡生活,选择归隐,过一种高贵的精神生活;然而,病症非但没能缓解,反而几近病入膏肓。最终,要想存活下来,医生开出的唯一药方就是重返那个让他绝望了的现代都市。在这里,促使他"逃离"与"返回"的"神经症"实际上是他决绝地以人之自由精神挣脱社会与自然加缚于人的无形规定性与神秘限定性的象征与后果。这种"或是疯狂或是毁灭"的选择困境逼迫颓废者成为悲剧英雄;在很大程度上,这样的悲剧处境比哈姆雷特"生存还是毁灭"的呼喊要更阴郁、绝望。

本身就是颓废主义作家和评论家的魏尔伦曾简短而中肯地将颓废者称为"被诅咒者"。在界定"颓废"的诸多尝试中,这一描述或许最能抵达颓废者的实质。这群"被诅咒者",是一群被放逐的灵魂,他们蔑视庸常放荡的欲望都市,抗议某种被命定的人类天性,企图以精神性的方式挣脱社会与自然强加于人之存在的双重束缚,追求人的绝对自由——对于德泽森特而言,在隐秘的独居生活中创造"人工天堂"便是他追求绝对自由的伟大实验;然而,孤注一掷的努力最终却换来一个荒诞至极的绝境:在既像鸦片一样诱人堕落又吸干人类炽烈的自由生命之血的现代社会中,他注定无法逃离沉重的肉身所预示着的人的局限性。从某种意义上说,颓废者越是试图挣脱社会与自然的束缚,就越是撕裂、摧毁了自身。"那么,我要么选择死亡,要么选择苦役了!"德泽森特的这一不无悲愤的告白,所表征的正是其作为"被诅咒"的末路英雄之最深的绝望。

第七章
颓废主义的文学史坐标

迄今为止，多数西方研究者都承认颓废主义与浪漫主义之间存在密切的亲缘关系。有关两者关系的描述，西方学界影响最大的当属意大利学者普拉兹在其巨著《浪漫派的痛苦》中的相关论断。普拉兹将颓废主义界定为浪漫主义发展的最后阶段，认为浪漫主义与颓废主义都致力于发掘"欢愉"与"痛苦"之间的神秘联系，而后者不过是对前者"善感性"的一种延伸和发展。

尽管哲学上的悲观主义似乎取消了颓废主义与自然主义间的决然对立，暗示了两者间可能具有的某种文学亲缘关系，但自然主义与颓废主义的诸多差异似乎又将两者间的距离拉远。比如，自然主义和颓废主义在文学气质、对"自我"的理解、对"平庸""反常"等主题的处理等诸多方面均表现出明显的差异。

颓废主义和象征主义，都是对所谓19世纪末文学中"从文学理念到创作方法上均呈现为对自然主义文学的反拨"的那部分先锋文学之创作特点所作的描述。笼统地说，颓废主义，侧重于从这部分文学在总体精神气质和具体文学题材、主题或意象上呈现出的典型特征和倾向等方面进行描述；而象征主义，则更侧重于从认识论和创作方法的维度对这种文学进行描述。

当人们讨论包括英国、法国在内的所谓19世纪末文学时，有时会将"颓废"和"唯美"视为可以相互替换的两个词。事实上，从19世纪末文学史的发展轨迹及一些重要的细节来看，颓废主义与唯美主义是互相生成的，没有颓废主义，就不可能形成如今我们所看到的唯美主义，反之亦然。

第一节　颓废主义与浪漫主义

一、"颓废"：浪漫主义的最后阶段

巴茹于1886年发表《颓废者》宣言,标志着作为一个文学社团的颓废主义正式出现。但是,像通常会发生的情况一样,作为一种文学现象与文化症候的"颓废",早在巴茹的宣言之前就已出现。① 迄今为止,许多研究者基于对颓废主义与浪漫主义间特殊亲缘关系的认同,将颓废主义研究的视野回溯至浪漫主义文学时期:

  西蒙斯对德·昆西的评论也可以被用于评析于斯曼:"他的作品乃是试图表达不可言传之物的一种深刻而复杂的尝试。他有一种病态的良心……这驱使他在竭力表达事实与感觉的细枝末节时,走向语言的边缘和最后的深渊。"在别处,西蒙斯将告诉我们"济慈是波德莱尔之前的一位颓废主义作家"。②

  威廉·布莱克是叶芝和埃德温·约翰·埃利斯合著的一部重要作品中的主题。在对这本书的评论里,约翰逊自称布莱克的文学创作特点与他的相似:"确实,诗歌的本质就源自对精神相似性的感知……"③

  其他作家——如亚瑟·梅琴（Arthur Machen）——深受柯勒律治作品中的康德式批判唯心论的影响,此外,如同乔纳森·罗斯伯格（Jonathan Loesberg）和茱莉亚·普瑞维特·布朗（Julia Prewitt Brown）所指出的那样,王尔德也曾受益于康德美学。浪漫派之文学与哲学传统对唯美主义与颓废主义发展的影响已有人研究过了,这

---

① See Barry J. Faulk, "Symbolism and Decadence" in *A Companion to Modernist Poetry*. Eds. David E. Chinitz and Gail McDonald. Chichester: Wiley Blackwell, 2014, p. 150.
② Arthur Symons, "My Planets" in *The Memoirs of Arthur Symons: Life and Art in the 1890s*. Ed. Karl Beckson. University Park and London: Pennsylvania State University Press, 1977, p. 143.
③ Johnson Lionel, "William Blake" in *Post Liminium: Essays and Critical Papers*. Ed. Thomas Whittemore. London: Elkin Matthews, 1911, p. 87.

为我们提供了一个有关影响与继承之复杂性的典型案例。①

如上论述可被视为对颓废主义与浪漫主义亲缘关联的直观认识。早在19世纪末、20世纪初,就有许多人从各个角度思考颓废主义与浪漫主义的关系。但直至1930年,有关两者联系的一个最著名的观点才出现。这一年,意大利著名学者普拉兹在其巨著《浪漫派的痛苦》(1930年初版,1933年被译成英文)里,将颓废主义界定为浪漫主义发展的最后阶段。

在该书的前言里,普拉兹旗帜鲜明地表达了其对颓废主义文学的总体性认知与文学史定位。他说:

> 世纪末的颓废主义运动,只不过是对浪漫主义"最典型的特征之一——性善感性(erotic sensibility)"的发展……我认为,没有其他任何一个时期如此清晰地将"性"作为作品想象力的主要来源。一些评论家满足于对这种文学趋势的模棱两可的指控,比如耽于声色、性反常之类。不应继续道听途说,更有价值的做法应该是研究这种文学趋势的历史发展过程……②

> 欢愉和痛苦之间的神秘联系无疑一直存在……通过文学影响的特别链接,它成为浪漫主义和颓废主义之善感性的共同遗产。③

针对麦克斯·诺尔道在《退化》一书中对颓废主义作家所作的病理学分析,普拉兹予以质疑和批判。他认为,诺尔道的研究方法根本行不通,以单一的病理学视角很难揭示出颓废主义作家之"退化"的深层根源。他声称,克罗齐的观点有助于深刻地理解严格意义上的浪漫主义与后期浪漫主义或颓废主义之间的差异。在严格意义上的浪漫主义那里,除了性病态、恐怖、恶魔之外,还存在着人类自由、博爱、公平、纯洁的理想。这些理想与病态的趣味相对抗,两者在前期浪漫主义中并重;但是随后,浪漫主义逐渐发展出了一种"崇尚激情与想象,为了美与诗歌而存在"的审美生活观念。这种新的生活观念与布尔乔亚的现实生活观截然相反,它追求差异,并由此争取所有生存形式的和谐共处,不承认哪种形式更加病态,或者哪一种形式相对于其他任何形式更加优越。这种新的生活观念

---

① Jason David Hall and Alex Murray, eds., *Decadent Poetics: Literature and Form at the British Fin de Siècle*. New York: Palgrave Macmillan, 2013, p. 6.

② Mario Praz, *The Romantic Agony*. Tran. Angus Davidson. Oxford: Oxford University Press, 1951, foreword to first edition, p. xii.

③ Ibid., p. xiv.

在诗歌中表现为:在浩渺的沉思中"克服"生活,在深思熟虑里"暂停"现实。这种克服与暂停乃是为一种"更新"的行动做准备。换句话说,"为艺术而艺术"理论稳步发展,并且通过批判所有入侵生活的道德理想对文学灵感的规束,摧毁了妨害浪漫主义善感性的现实障碍。早期浪漫主义者的那种激昂状态遂逐渐冷却,并最终使这场运动逐渐演化为固定的风尚和了无生气的装饰。①

在普拉兹看来,艺术家理想渐趋退化的形象典型出现在英语文学中:

> 拜伦找到了他的逃离之法——为受压迫的民族而战,史文朋则凭借诗歌赞扬意大利的独立事业(与现实生活分离在这里成了一个既成的事实)。最终,佩特、王尔德等其他艺术家,将自己隔离在一个"艺术的宫殿里",徒劳地想以"返回基督教"这种宗教信仰的方式恢复与现实生活的接触。②

在《浪漫派的痛苦》中,普拉兹似乎将文学中的"颓废"视为"为艺术而艺术"理念的一种表现形式,视为拒绝一切伦理观念掌控的文学激情。19世纪上半期,浪漫主义所表达的"崇尚个体自由"的时代观念,最突出地体现在那些心性敏感的艺术家的生活和艺术实践中。"为艺术而艺术",可以说是"崇尚个体自由"观念的某种结果或派生物,因为后者会激发艺术家主动地去审视理性对人之丰饶的感性生命体验的压抑,继而致力于发掘和创造能够细致地展现作为"血肉之躯"的人之生动的感性生命的艺术形式。"为艺术而艺术"很大程度上就是这种探索的一个成果。

19世纪中期以后,随着传统宗教信仰的失落、"为艺术而艺术"理论的发展、大众读者群的出现以及随之而来的精英艺术家对大众趣味的主动疏离,浪漫主义先前的狂热的反叛激情渐趋衰退。严格意义上的浪漫主义也开始失去它在时代文学中的主导地位。与此同时,浪漫主义中有关性病态的主题却被保存了下来。这样,之前由病态的趣味和人类博爱、公平等理念维持的某种平衡就被打破,博爱与公平等理念逐渐退却,而病态的趣味却得到了肆意疯长的机会。人之生存有赖于一种机制复杂的微妙的"平衡"。人,总是在仰望上帝之光的同时,惦念着撒旦之火。无限趋向上帝或无限趋向撒旦,似乎都会使人因对界限的突破和对平衡的打破

---

① See Mario Praz, *The Romantic Agony*. Tran. Angus Davidson. Oxford: Oxford University Press, 1951, foreword to first edition, p. xv.
② Ibid.

而堕入毁灭的深渊。"平衡"一词所标识的生命处境或生存状态,常被人们感知为一种进退维谷的"困境"。当人们感知到自己被这种"困境"(或这种神秘的"平衡"机制)所决定着的时候,或者说当人们感到自己无时无刻也挣脱不了一种无形的外部力量的规定的时候,便会产生忧郁、绝望与荒诞的生存感受。从这个意义上说,颓废主义文学展现的就是人试图挣脱、打破这种神秘的"平衡"机制,有意识地走向"失衡"的一种执拗的动作/姿态。

将颓废主义视为后期浪漫主义或浪漫主义的最后阶段这一观点,包含着一种危险的倾向,即否认颓废主义文学的创新性价值。普拉兹似乎认为,颓废主义文学就是浪漫主义的性病态主题的进一步延伸。这种观点不无道理,颓废主义的病态风格的确在浪漫主义时期即已萌芽,但颓废主义却有新的发展和演变。浪漫主义作家激烈的反抗说明他们仍存有改良社会的现实理想,并没有对现实绝望,但颓废主义作家似乎已经找不到反抗的对象和依据,现实的一切在他们看来都是虚无的,一切人类发展的理念在他们看来都已归于失败。就此而言,颓废主义文学是在认定现实的无可救药之后,在绝望中做出的一种"不屑"和"挑衅"的手势。这手势所反映出的是绝望之人所做出的"为反抗而反抗"的姿态——一种孤注一掷的努力,它必然合乎逻辑地表现为矫揉造作、故意为之的反常与病态。

《浪漫派的痛苦》一书的经典地位,使普拉兹有关颓废主义与浪漫主义关系的观点得到了广泛传播。《浪漫派的痛苦》出版之后,英语世界的一些著名批评家与文学史家受到普拉兹相关论述的启发,继而反思并重申了文学颓废主义的概念,将其与浪漫主义联系起来,接受了"颓废主义是晚期浪漫主义的一种形式"的基本观点。其中,威尔的《颓废与现代主义的生成》和汉森的《颓废与天主教》这两部研究论著最引人注目。

威尔认为,在意大利批评界,普拉兹对颓废主义的解读方式颇具代表性。普拉兹将颓废主义视为浪漫主义的一种类型。有些意大利批评家将颓废主义与现代主义紧密联系起来,甚至提出颓废主义与现代主义这两个概念很多时候可以相互替代。表面上看这似乎是对普拉兹观点的摒弃,但其实不然。以意大利学者埃里奥·吉奥诺拉(Elio Gioanola)为例。吉奥诺拉在其论著《颓废主义》(*Il decadentismo*,1972)中所谈论的颓废主义,经常被理解为浪漫主义的现代化。他在《颓废主义》中指出,当人们把"自我"与"世界"等同时,颓废主义就出现了。威尔认同吉奥诺拉的这个基本表述,并加以补充:浪漫主义发现了"无意识",而颓废主义则将其推至表面,使它成为一种可以被多种方式——如艺术家所使用的"超现实主义"或"表现主义",又如科学家使用的"心理学"或"分析"方法——编纂和熟练运用的材料。颓废主义文学用"无意识""物质化"——将"自我"与"世界"相等同——的努力将"自我"从"多愁善感"中解救出来,从而在其从浪漫派的"表现/外向性(expressiveness)"向现代主义的"内向性(interiority)"转变的进程之中展现出诸多的不同。①

值得一提的是,在其论著的第一章"颓废的定义"中,威尔还专门回顾和总结了 20 世纪学界在"颓废"内涵的认知方面的重大进展,其中涉及普拉兹的《浪漫派的痛苦》、斯沃特的《19 世纪法国的颓废意识》、卡特的《法国文学中的颓废观念:1830—1900》、菲利普·史蒂芬(Philip Stephan)的《保罗·魏尔伦与颓废,1882—1890》(*Paul Verlaine and the Decadence, 1882—90*,1974)、马泰·卡林内斯库的《现代性的五副面孔:现代主义、先锋派、颓废、媚俗艺术、后现代主义》以及皮埃罗的《颓废的想象(1880—1900)》等。此外,他还较为详细地关注了意大利文学批评界对"颓废主义"的认知与英、法学界的不同。

斯沃特指出,浪漫派作家——除了少数例外——大都未曾将他们自己的精神和文学风格视为"颓废",但是这个词却常常被他们的文学对手借以嘲讽他们的文学。值得注意的是,文学语境中的"颓废"一词在 19 世纪西方文坛的首次正式露面,出现在尼萨尔对雨果与一批年轻浪漫派作家的批评中。这实际上也暗示了浪漫主义与 19 世纪末颓废主义之间的亲缘关系。浪漫主义在法国刚出现就备受攻击。在很多年里,浪漫主义所遭受的攻击主要集中于它对恐怖怪诞事物、墓碑、月光等的迷恋及其神秘主义倾向上,而这些恰恰也是颓废主义作家所钟爱的文学主题与创作倾向。在这些主题和倾向之下,隐含着一种反传统的新的美学趣味,这种趣味被抨击为"不符合法国的品位,是对所有传统文学标准的侮辱"②。

起初,浪漫主义与古典主义之间的争论仍然集中于传统的文学形式方面,双方互相以书写讽刺性诗歌的方式嘲讽对方,不过并未完全蔑视对方的观点。然而,当浪漫主义开始显示出革命性的和个人主义的趋向时,传统的维护者们便发起了更严厉的攻击。19 世纪 30 年代,许多古典主义拥护者发起对浪漫主义这种新的文学类型的批判。他们中最重要的代

---

① See David Weir, *Decadence and the Making of Modernism*. Amherst: University of Massachusetts Press, 1996, p. 9.

② Ibid., p. 79.

言人尼萨尔——他也曾是浪漫主义者——出版了一本研究罗马帝国晚期文学的著作。书中,尼萨尔把批评的矛头直指浪漫派,试图表明,浪漫派诗人是如何与罗马帝国晚期的诗人一样,沉溺于同样的颓废与粗俗的趣味中的。[1] 许多社会主义作家对法国浪漫派的恶魔崇拜和个人主义倾向发起了类似的攻击。除了傅里叶主义者之外,他们都激烈地谴责年轻的文学一代所显露出的愤世嫉俗的态度。1830 年前后,很多较为年长、已经具有更多社会意识的作者,也因其"没有与浪漫派的个人主义彻底决裂,仍然在一个理想化的过去或幻想的世界之中寻求慰藉,而不是致力于为当下的问题寻求解决之道"[2]而受到批判。正是作为"将浪漫主义对现代主义、唯美主义与个人主义的狂热带到更大的极端"的一种纯粹的文学和艺术趋向,颓废主义运动才在文学史上留下其最大的影响。颓废主义作家反对此前一代文学中的实证主义、科学主义和决定论,反对物质主义和现代世界的标准化。他们的目标是在艺术和文学领域中发起一场革命。他们将自己视为文学上的——如果不是社会和政治上的——革新者,并且他们对于未来将迎来一种精神上的重生仍未丧失希望。尽管对当前社会持批判态度,但其实他们很少过度沮丧。毕竟,与从前相比,法国可以说是知识分子的天堂了,在那里,与其他国家相比,作家们较少感受到自己被疏离。颓废主义运动中的现代主义、虚无主义和高度个人主义都将被随后的文学运动——如象征主义、达达主义和超现实主义——所承继。而且,它在其他欧洲国家的作家身上激发出一种相似的思想状态。"颓废的善感性(decadent sensitivity)"是一种重要的因素,它带来了一种模糊不清的所谓"颓废"的概念——不仅使这个词本身的含义模糊不清,还使公众对它的认知模糊不清。[3] 一位当代批评家指责这些年轻人将浪漫主义的"个人主义"原则曲解为对"自我中心"和"滥用自由"的狂热。实际上,对这些年轻作家而言,具有优越能力的人不应将其天赋浪费在试图改革一个无可救药的社会上面,而应为"人工性"和"反叛"而战。根据极为推崇花花公子形象的著名作家朱尔斯·巴尔贝·多尔维利的观点,"作风浮夸的花花公子"正是反叛时代粗鄙性的艺术家形象,它与布尔

---

[1] See Koenraad W. Swart, *The Sense of Decadence in Nineteenth-Century France*. The Hague, Netherlands: Martinus Nijhoff, 1964, p. 79.
[2] Ibid.
[3] Ibid., p. 168.

乔亚因循守旧和伪善的形象形成鲜明的对照。① 对社会陈规的蔑视使得这些作家转而赞颂邪恶，质疑道德。在他们的很多作品中，罪犯、妓女和淫妇这些被传统文学嗤之以鼻的"卑贱"的形象被颠覆性地刻画为"英雄"。他们先于现实主义和自然主义文学流派，醉心于审视并描绘他们所在时代的腐败、丑恶与恐怖。社会浪漫主义者相信社会的再生，被视为卢梭的继承者，而这些对社会不再抱有幻想的更年轻的一代人（与社会浪漫主义者有很大差别的具有鲜明个人主义倾向的浪漫主义者）则以萨德侯爵为其先导。他们坚持虚无主义理念，拒绝一切道德评判的有效性。事实上，他们被恶魔深深吸引，陶醉于各种反常行为里。他们的这种态度常被冠以"恶魔崇拜"的标签，这使得他们最终与大多数早期浪漫主义的人道主义理想彻底分道扬镳。②

斯沃特的观点启发人们深入理解颓废主义与浪漫主义之间的紧密关联。尽管19世纪30年代，颓废主义文学的诸多特征已在浪漫主义文学中崭露头角，但是，19世纪上半期，文学中的"颓废"并没有发展成一个作家群体共享且热衷的创作原则。从文学内部发展逻辑来看，一种文学倾向的盛行必然需要经历一个过程，在此过程之中，对这种崭新的文学倾向的理论阐释与作品实践逐渐形成。一直到19世纪中叶波德莱尔那里，上述过程才开始得到有力的助推，而19世纪30年代，"颓废"倾向才刚刚萌芽，尚不具备发展成颓废主义运动的条件。从社会-历史层面看，或者说对时代氛围进行审视，19世纪上半期，法国社会总体上呈现出蓬勃向上的情绪，而50年代之后，作为颓废主义主要阵地的法国，政治、军事等方面的失败带来了一种失望的情绪；生理学、心理学、生物学领域中出现的各种衰退现象与观念，无疑加剧了这种消极情绪。此外，叔本华与尼采的哲学的流行，一方面加深了时代的悲观情绪，另一方面也契合了当时人们的悲观心理。

在《颓废与天主教》里，针对"颓废主义不过是一场晚期浪漫主义运动"的观点，汉森作了进一步的阐述。他说：

  颓废的文学范畴有点含糊不清和复杂多相。它在风格上和历史上都与自然主义、浪漫主义、唯美主义、前拉斐尔主义、象征主义、印

---

① See Koenraad W. Swart, *The Sense of Decadence in Nineteenth-Century France*. The Hague, Netherlands: Martinus Nijhoff, 1964, p.76.
② Ibid.

象主义和现代主义有所重叠。我将"颓废"定义为艺术和文学领域的晚期浪漫主义运动,尤其在19世纪最后10年里,它将"为艺术而艺术"的审美宣言提升到崇高的地位。颓废风格的典型特征是:它是一种精细复杂、高度人工性、高度装饰性、常常迂回曲折而又冗长复杂的风格;它钟情于怪异和晦涩的词语,奢侈的异国情调,精微的感觉以及荒谬的并置,它蕴含着瓦解、碎片与悖论;它恋慕含糊不明的神秘语言……"颓废"作品也普遍地以其在主题上所展现出的对于艺术的偏爱而得到界定。不仅是文学和绘画,还有化妆品、装饰品、衣着和花花公子的别出心裁,甚至自然本身也以艺术品的面貌得以展示,正如王尔德的那句妙语所说的那样:伦敦的雾是由透纳创造出来的。[1]

二、"颓废":浪漫主义的一种新的面相

瑞尔斯(Clyde de L. Ryals)在《19世纪英国文学中的"颓废"》(Toward a Definition of Decadent as Applied to British Literature of the Nineteenth Century)一文中针对颓废主义文学与浪漫主义文学之间的关系做了如下表述:

> 关于颓废的定义,我想说的是,如果人们谈论的是19世纪的文学颓废,那么颓废不过是浪漫主义的一种新的面相。在不同程度上,它存在于浪漫主义的推力所存在的所有地方;换句话说,如果说浪漫主义是古典主义的综合趋于瓦解的结果,那么文学颓废的出现就是其彻底瓦解的结果。[2]

瑞尔斯认为,浪漫主义本身也试图达到一种综合。正如佩特所言,浪漫主义在奇异与美的糅合中,在诸多令人吃惊的元素的奇特混合中,展现其本质,[3]这正是"颓废"的基础——"颓废"不仅要将人们难以想象的元素并置在一起,而且还以更加令人难以想象的"配方"将它们杂糅起来,因

---

[1] Ellis Hanson, *Decadence and Catholicism*. Cambridge: Harvard University Press, 1997, p. 2.

[2] Clyde de L. Ryals, "Toward a Definition of Decadent as Applied to British Literature of the Nineteenth Century" in *The Journal of Aesthetics and Art Criticism*, vol. 17, no. 1, Sep., 1958, p. 86.

[3] Ibid.

此,在"颓废"的作品中,作家往往丧失"比例"意识。就此而言,柯勒律治的《克丽斯特贝尔》(*Christabel*,1816)与王尔德的《莎乐美》(*Salome*,1891)就仅有程度上的不同。两位作家笔下的女主人公都是令人难以置信的元素与美的愿望相结合的奇特混合体,但在对奇特与古怪的表达上,王尔德的戏剧比柯勒律治的诗歌要走得更远。柯勒律治成功地驾驭了这些元素,维持了简单与复杂、平淡无奇与怪诞之间的微妙的平衡,他也成功地驾驭了自己的想象力。当他描绘克丽斯特贝尔奇怪的转化时,他无疑在处理怪诞问题,但是他并没有逗留在克丽斯特贝尔蛇一样的外表上,而是很快就将注意力收归至杰拉尔丁。所以在这部小说里,读者未能充分意识到这段孤立的描写究竟有多怪诞。与柯勒律治不同,王尔德并没有维持简单与复杂之间的一种恰当的平衡。① 在《莎乐美》中,王尔德不满于单纯地展示恐怖的情境;他将全副精力集中于它,直至它变得怪诞起来。莎乐美得到鲜血淋漓的施洗约翰的头颅时所作的大段歇斯底里的长篇独白中包含了性欲的意味。为了将奇特的元素加入艺术,王尔德任凭自己的想象力肆意蔓延,将"奇怪"化为"怪诞",把他的艺术扭曲成盘根错节的古老藤蔓的模样。在此我们能够发现浪漫主义文艺与颓废主义文艺的不同之处:浪漫主义通过维持自然元素与怪诞元素之间的平衡来表达自己,而颓废主义则是通过扭曲这种平衡并以牺牲自然元素作为代价为"怪诞"赋予价值,从而使其自身得以表达。② 这就是为什么颓废主义文艺不会给人以自发性的印象的原因,也是为什么颓废主义诗歌比浪漫主义诗歌更加复杂的原因。

浪漫主义和颓废主义都包含病态的元素,但这种特质在颓废主义文学中更为突出。颓废主义文学始终追求对新奇元素的发掘,以更加不可思议的比例糅合奇怪与美,颓废主义作家由此转向了病态的写作。在各种各样的性反常中,他为自己的艺术找到了主体。对莱昂内尔·约翰逊而言,颓废者似乎感到:

---

① D. W. 高沙克(D. W. Gotshalk)认为,"颓废"与"错综复杂(complexity)"是同义词;"颓废主义艺术就是借助错综复杂的方式从而从崇高艺术中撤出来。错综复杂越来越主导甚至超越简洁朴素。"参见 D. W. Gotshalk, *Art and the Social Order*. Chicago: The University of Chicago Press, 1947, p.224.

② See Clyde de L. Ryals, "Toward a Definition of Decadent as Applied to British Literature of the Nineteenth Century" in *The Journal of Aesthetics and Art Criticism*, vol.17, no.1, Sep., 1958, p.86.

> ……美的一切燃烧
> 在邪恶狂喜的火焰中
> (《黑暗天使》)①

在此,对古怪感觉的追求离开浪漫主义的日光,走入"颓废"的阴影。

想要比较浪漫主义与颓废主义,人们只需考察它们对蛇蝎女人这一诗学形象的不同处理方式。蛇蝎女人在文学中并不罕见,然而,恰如普拉兹在其著作《浪漫派的痛苦》中的表述,直至浪漫主义后期,英国诗人才将这一形象转化为他们自己的一个主题。当然,济慈为浪漫派提供了这一形象的原型。有人可能会说,这个形象是拜伦式英雄的颓废主义的对等物。但如果我们对比蛇蝎女人与拜伦式英雄,就会发觉浪漫主义和颓废主义之间的本质差异。浪漫主义本质上是一种精力充沛的精神状态。偶尔,诸如雪莱等诗人会歇斯底里地喊叫:"我跌落在了生活的荆棘上!我流血了!"但是,总体而言,浪漫派诗人的情感是一种男子气概的、自我本位的坚定。诚然,浪漫主义包含了某种性反常与恐怖的东西,但是与所有这些元素相对抗的是对人道主义理想的追求,这一理想很大程度上主导着浪漫主义的发展。而颓废主义则以一种更加女性化的、敏感的变态绿(非正常的绿色,是一种由于叶绿素的异常存在而形成的)为标志,它的典型特征是从强有力的现实中后撤。颓废主义诗人不再书写生活,而是书写他从生活中的撤离。"我在一台织布机上给世界绣上花纹",亚瑟·西蒙斯写道:

> 我将生活绣进一个框架里,
> 我绣饰我的爱,一针一线地;
> 世界带着自己的荣誉与羞耻走过;
> 王冠交换,鲜血涌溢;
> 我坐下,开始装饰我的梦。
> 梦的世界是唯一的世界。
> (《梦的织机》)②

由此,以男子气概为标志的浪漫派主人公被女子气的颓废主义主人

---

① Quoted in Clyde de L. Ryals, "Toward a Definition of Decadent as Applied to British Literature of the Nineteenth Century" in *The Journal of Aesthetics and Art Criticism*, vol. 17, no. 1, Sep., 1958, p. 87.

② Ibid.

公所取代。与拜伦笔下男性主导女性的情形不同,在颓废主义文学中,美丽却不育/贫瘠的永恒女性主宰着男性。当人们在浪漫主义中追踪颓废主义的根源时,就会发现,在一条连续性的链条里,蛇蝎女人这一形象的重要性愈益凸显,对这一形象的塑造最终在佩特的拉·乔肯德(La Gioconda)、王尔德的莎乐美和斯芬克斯那里达至巅峰。①

热衷于雌雄同体和性虐狂这类性反常形象,说到底不过是表达"自我"的一种有点儿另类的方式。而对"自我"的这种表现乃是19世纪英国文学的主要特征。"自我意识"或"自我中心"是浪漫主义与颓废主义思想观念的组成部分。无论是拜伦笔下的曼弗雷德这一典型的浪漫主义主人公形象,还是王尔德笔下的道林·格雷这一典型的颓废主人公形象,"强烈的自我意识"都是其鲜明的形象标识。浪漫主义主人公与颓废主人公的个性都不能投射到超越它自身之上的领域。譬如,华兹华斯笔下的所有形象,都不过是对华兹华斯自身个性之不同层面的投射。然而在颓废主人公那里,"自我意识"愈发敏感,最终导向了对那些细腻而强烈的个人化感受的狂热迷恋。和佩特笔下的玛利乌斯一样,颓废主人公追求的是一种经过人为谋划和挑选后的丰沛而精致的感性生活。然而,浪漫派作家却能在一定程度上使其强烈的自我意识服从于浪漫主义的理想;也就是说,在浪漫派艺术中,总有什么其他东西与"自我"同时出现。在华兹华斯那里,"自我"总是服从于人道主义理想。而颓废派作家却将"自我"推至核心位置;"自我"成为兴趣的中心与价值判断的核心标准。经验的价值在于它本身,经验越多越好。颓废派作家忘记了他是宇宙的一部分,忽视了他与其他生命形式的关系。这种囿于自身的个体生命状态就是"颓废"。贾德在其著作中提到:

> 由此,颓废标识着人类误读了他在宇宙中的位置。基于这种误解,他认为他的地位和前景高贵于事实所确认的,并由此构建他的社会、规划他的未来。这种误解主要存在于未能承认价值与神性中的非人因素。②

如果人们接受贾德的论断,那么就能看到,19世纪早期的浪漫主义

---

① See Clyde de L. Ryals, "Toward a Definition of Decadent as Applied to British Literature of the Nineteenth Century" in *The Journal of Aesthetics and Art Criticism*, vol. 17, no. 1, Sep., 1958, p. 88.

② Ibid.

始终处于向"颓废"转变的边缘上。与维利耶·德·利尔-阿达姆笔下的阿克塞尔(Axel)类似,曼弗雷德这样的浪漫派英雄永远站在误读位置的边缘上,他带着不屑的神情从人类世界中撤退,退回到他自己创造的世界。尽管浪漫派主人公似乎向前一步就迈进了"颓废",但他在某种程度上抑制了其自我的冲动,服从于某种外在的非人因素。

只要考察一下约翰·济慈的诗歌,人们就会发现,人道主义与强烈的自我意识之间的冲突明显地显现在浪漫派诗歌之中。在《许珀里翁的没落》里,主人公想要登上诗学知识的巅峰,但其实在他继续其追求之前,他就已经产生了怀疑。显然,浪漫主义已经开始失去人道主义的理想。

人们常常很难在浪漫主义与颓废主义文学之间画一条线。比如,当济慈写下以下的诗句:

> 既非黑暗,也非光亮?
> 宗教;既不明亮,也不完全灰暗;
> 昏暗的王国和它的王冠;
> 宝石的微弱的永恒暮光。
>
> (《恩底弥翁》)①

人们无法相信他没有跨入"颓废"的领地;然而,即便他热衷于"宝石的微弱的永恒暮光",即便中意于拉弥亚②这样的怪诞形象,他也仍然未将自己的诗歌完全投向怪诞。正如他在《夜莺颂》中所说的,他"半爱着安逸的死亡",但是这里依然只存有"一半"。

在对19世纪社会情形的考察中,我们也许能发现早期浪漫主义与后期浪漫主义(也即颓废主义)之间的差别。在19世纪之初,浪漫主义的拥护者以其全部激情与狂热投入这场运动中。它预示了一个勇敢的新时代。人们高呼个人自由,争取人的权利,追寻社会正义的缘由,这些都显示了对一种崭新理想的追求。随着改革议案的颁布,浪漫主义者所追求的大部分权利已得到实现,他们的理想被转化为现实。随后问题就变成了运用这种新的力量获取更加理想的情形,因此,浪漫主义的理想主义转

---

① Quoted in Clyde de L. Ryals, "Toward a Definition of Decadent as Applied to British Literature of the Nineteenth Century" in *The Journal of Aesthetics and Art Criticism*, vol. 17, no. 1, Sep., 1958, p. 89.

② 拉弥亚(Lamia),希腊神话中人首蛇身的女怪。

变为实用的观念,人类权利的个体捍卫者让位于"代理人(committee)"。①在一段冲突与斗争之后,19世纪最后二三十年的颓废主义作家已经没有他们可以去依附和坚持的理想。人道主义理想已经成为现实,成为各种"代理人"的功能,他们怀着热情将社会公正作为商业社会的实际理想进行捍卫。浪漫派艺术的人道主义功用也为实用主义所替换。19世纪80年代和90年代的颓废主义作家不再能够接受浪漫主义的人道主义理想,但是他们发现自己仍然属于浪漫主义。他们继承了浪漫主义对理性的怀疑、美的观念以及哲学思想,然而他们无法共享其理想信念。对19世纪末的艺术家来说,唯一的解决方案是接受浪漫主义的方法与基本理念,而放弃其理想。这也是颓废主义艺术常常戏仿浪漫派艺术的原因。由于缺乏理想、走向极端,因此颓废主义很少被现代读者视为严肃艺术。

作为审视人的一种方式,文学中的浪漫主义与政治领域的自由主义的意义和价值旗鼓相当。然而,所谓的颓废主义却是极度保守的。19世纪90年代的颓废主义作家坚信他所在的时代并不是一种新的生活方式的开始——因为浪漫派已经完成了这个使命,而是过去的顶峰。当欧内斯特·道生写下"只有厌倦/我曾渴求的一切"(《忧郁》),亚瑟·西蒙斯呼喊"我厌倦了一切,除了迅速的遗忘"(《厌腻》)之时,他们都已表达了这种观点。由于厌倦了自己的时代,颓废主义作家钦慕之前的时代,推崇古典与传统价值。浪漫派是为了寻求适当的主题而回到过去,以历史旁观者的身份,重新发掘之前的年代。然而,19世纪末的人们不是这样。他们感受到当下的荒凉,由此生发出对于其他地域和其他时代的"怀想"。引用佩特的话就是,他们拥有"……那种难以遏制的逃离意识的渴望,逃离所有实际的生活形式,甚至诗歌——如果它仅仅是简单的和自发的,都无法让他们感到满足"②。这种诞生于浪漫主义的"怀想"情绪已经不再是文学中的一种真正的创造性力量。由此,叶芝恰如其分地将19世纪90年代的艺术家称为"悲剧的一代":

> 我们是最后的浪漫派——为主旨而选择

---

① See Clyde de L. Ryals, "Toward a Definition of Decadent as Applied to British Literature of the Nineteenth Century" in *The Journal of Aesthetics and Art Criticism*, vol. 17, no. 1, Sep., 1958, p. 89.

② Ibid., p. 90.

传统的圣洁与美好

(《柯尔庄园与巴利里》)①

从浪漫派运动末期开始,"逃离现代世界"的主题就贯穿于19世纪诸多作家——例如罗斯金(Ruskin)、莫里斯(Morris)、罗塞蒂(Rossetti)以及佩特——的作品里,直到90年代,在对"不行动/惰性"的迷恋中开花结果。只要浪漫主义仍维持理想,它就是一种积极性、创造性的力量;但是一旦被剥夺了理想,它就变成了一种逃离世界的方式,就毁灭了将人类捆缚在宇宙之中的纽带。浪漫派诗人或许会大声反对众神的作品,但他知道,他是服从于众神的规则与自然的律令的;或者像提坦神(Titans)一样,他决意反抗,尝试赢得与众神平等的地位。尽管如此,他仍然愿意相信众神将会取得最后的胜利。由此,浪漫派对自己的信念怀有乐观的期望。颓废派诗人则不同:他足够自信,甚至有点儿自负。他坚称自己不是宇宙的一部分。他犯了狂妄自大的罪,不与道德机器协作,既不追求希望也不寻求慰藉。他追求经验本身,而不是经验与其他经验相关联的意义。他既不能协调他的经验,亦无法规定自己的人生。这样一种哲学上的结果导致了颓废主义诗歌的愁思与厌世。欧内斯特·道生的诗触及了原因:

我们无法理解
欢笑或泪水,因为我们只知道
极大的虚空;只有徒劳之事
驱使着我们堕落和无目标的一群人。

(《最后的话》)②

这就是所谓的"颓废",但实质上是已然厌倦并由此转回到自身的浪漫主义。

亚瑟·西蒙斯已经很好地探讨了19世纪颓废主义文学的特征:"一种强烈的自我意识,一种在研究中焦躁不安的好奇心,一种过于细微的精炼,一种精神和道德上的反常。"然而,当西蒙斯说"颓废""显然不是古典

---

① Quoted in Clyde de L. Ryals, "Toward a Definition of Decadent as Applied to British Literature of the Nineteenth Century" in *The Journal of Aesthetics and Art Criticism*, vol. 17, no. 1, Sep., 1958, p. 90.

② Ibid., p. 91.

主义的,也与古典主义的老对手浪漫派没有任何关系"①时,他的表述并不准确。颓废主义不仅与浪漫主义相互关联,实际上它也是浪漫主义不可分割的一部分。如果人们追溯颓废主义运动的根源,就会清晰地发现,颓废主义文学根源于浪漫派运动,是浪漫派运动的合理延伸;而且,考虑到浪漫派运动本身不过是由古典主义对其自身的不满而衍生的,所以我们可以说,在一定程度上,颓废主义文学也根源于古典主义文学。颓废主义文学是一种厌倦了自身的浪漫主义,它颠倒了早前的浪漫主义所坚持的价值,追求古怪、奇异,将价值赋予"对既有秩序的反抗"以及以牺牲浪漫主义宣扬的所有社会努力为代价培育个体特性。这种倾向只能导致另外一种审美。在那样一种审美中,追求与价值都将走向其逻辑上的终点。

因此,作为19世纪末英国文学的一个标签,"颓废"不一定是一个表达批评、苛责的术语。"颓废",不过是浪漫主义内部固有的一种状态,是浪漫主义的冲动不再受到约制时形成的。一旦将奇怪与对美的渴望混糅在一起,浪漫主义就不再是一种完美的混合,这时奇怪就转化为怪诞,颓废也成了自然而然的结果。②

戈蒂耶是获得颓废主义作家特别关注的一位法国浪漫派作家。具体而言,他们关注的戈蒂耶,是作为波德莱尔的诗集《恶之花》的著名评论人和小说《莫班小姐》的作者的戈蒂耶。在他去世之后,人们逐渐忘却了他。不管是高蹈派,还是象征主义者,似乎都不再对他的诗作抱有多大的热情。然而,1851年由卡朋特出版社(Charpentier)出版的《莫班小姐》从那时起总计重印了13次。1877年又出现了一个新的版本,这个新版本又重印了9次。那时的戈蒂耶在海峡彼岸的英国收获了一位狂热的信徒——史文朋。这位英国诗人一生都与戈蒂耶保持着联系。在维护戈蒂耶的文学声誉方面,他发挥了一些作用。③ 莫里斯·斯邦克在其研究著作中细致地研究了戈蒂耶的长篇小说,这可以印证19世纪末人们对戈蒂耶的兴趣复燃的事实。他先是谈到了当时有关戈蒂耶的流行观点,随后又详细分析了《莫班小姐》中的核心形象达贝尔。他觉察到,这是最早展

---

① Arthur Symons, "The Decadent Movement in Literature" in *Harper's New Monthly Magazine*, vol. 87, 1893, pp. 858—859.

② See Clyde de L. Ryals, "Toward a Definition of Decadent as Applied to British Literature of the Nineteenth Century" in *The Journal of Aesthetics and Art Criticism*, vol. 17, no. 1, Sep., 1958, p.92.

③ See Jean Pierrot, *The Decadent Imagination*, 1880—1900. Tran. Derek Coltman. Chicago: The University of Chicago Press, 1981, p.43.

现"颓废的善感性（decadent sensitivity）"的典型形象。达贝尔很小的时候就已深谙世事，同时又有一种擅于自我审察与自我批判的个性，他因此获得了痛苦的体验：

> 他痛苦地承受着周遭一切极其强烈的经验；甚至早在孩提时代，出于某种直觉，他就已轻易领会了有关生活和人性的知识，这使他很难去享受任何不假思索的快乐……获得的生活与人性常识，让他无法不加思虑地享受任何乐趣……他的敏锐的批判意识，他的可恨的、毁灭性的精神的批判性转向紧紧包裹着他，使他既不能体验到感觉，也无法感知情感。①

如此一来，斯邦克将戈蒂耶视为盛行于颓废时代的悲观主义的先驱：

> 面对被摧毁的爱、信仰与希望，人类被一种强烈的自我毁灭的渴望、一种消灭自己的个体思想的欲望所包裹，使自己不留痕迹地沉沦于一个没有梦的睡眠中；而早在叔本华之前，早在佛教教义传入法国之前，戈蒂耶就向往虚无主义，向往释迦牟尼和他的信徒的涅槃，向往因失却了感觉的全部可能（all possibility of feeling），从而也就失去了受苦的全部能力（all capacity to suffer）的彻底的嗜睡（absolute lethargy）。②

在这里，我们又找到了一个有关浪漫主义世纪病与颓废善感性之间关联性的例证。另外，戈蒂耶对于颓废主义文学的重要性还在于他发掘了波德莱尔作品中的"颓废"因子。在波德莱尔的1869年版《恶之花》的序言里，戈蒂耶对艺术中的"颓废"做了初步的概括，并从艺术风格的角度阐释了"颓废"问题。戈蒂耶写下这篇序言后不久，法国就在1870年的战争中败于普鲁士并蒙受羞辱，帝国的崩溃沦为一个令人痛心的既成事实。对这场战事的记忆以及由此引发的对社会动乱的记忆，最终汇入19世纪末意识之中。③

---

① Quoted in Jean Pierrot, *The Decadent Imagination*, 1880—1900. Tran. Derek Coltman. Chicago: The University of Chicago Press, 1981, pp. 43—44.
② Ibid., p. 44.
③ See Marja Härmänmaa and Christopher Nissen, eds., *Decadence, Degeneration and the End*. New York: Palgrave Macmillan, 2014, p. 2. 有关这场战事以及巴黎公社（Paris Commune）对法国民族意识所产生的影响，参见 D. Pick, *Faces of Degeneration: A European Disorder, c. 1848—c. 1918*. Cambridge: Cambridge University Press, 1989, pp. 40, 50, 72, 97, 177.

第二节 颓废主义与自然主义

自然主义与颓废主义这两个表面看来相隔甚远的文学群体之间实际上并非决然对立。19世纪80年代的颓废主义作家发现了叔本华与自然主义的悲观主义的相似之处,这在一定程度上促使一些颓废主义作家欣然接受自然主义者,认为两者具有文学上的亲缘关系:

> 虽然他们的终点是截然相反的——前者(自然主义)偏好对生活的丑恶方面的详细描述,集中关注最卑微的社会类别意义上的人类退化,而后者(颓废主义)退守到配备最豪华和精致的内心天堂里。然而奇怪的是,他们的出发点基本上一致:一种本质上悲观主义的人生观。①

正是基于这样一种内在的关联,人们才会看到,在19世纪末最后15年涌现的各种文学杂志中,颓废主义与自然主义这两种流派相当愉快地共存于其中。

通常被视为自然主义作家的龚古尔兄弟的小说里展现出自然主义者与颓废主义作家的一个相似之处,即两者都密切关注"疾病"与"退化"的问题。龚古尔的小说里描绘了多种多样的疾病,尤其是那些与神经系统的某种退化相关联的疾病。正如罗杰·威廉斯(Roger Williams)所言,龚古尔兄弟"迷恋疾病……乐于细致地分析他人与自己的病状"②。1870年,龚古尔兄弟曾对左拉说,他们的作品的独创性有赖于神经性病症,这可以是他们自己的疾病,也可以是他们在其他人身上发现的疾病。由于龚古尔兄弟在其一生的文学艺术创作中对神经性病症的偏爱,自然主义与颓废这两者的交叉与混合就此产生了。为了适当地提炼这一点,A. E. 卡特提出"应该在退化与颓废之间作出必要的区分——尽管左拉和其他一些人将两者作为同义词来使用,但它们一个是病理学意义上的

---

① Jean Pierrot, *The Decadent Imagination*, 1880—1900. Tran. Derek Coltman. Chicago: The University of Chicago Press, 1981, p.8.

② Roger L. Williams, *The Horror of Life*. Chicago: University of Chicago Press, 1980, p.90.

词,一个则是美学意义上的词"①。一方面,卡特的解释很清楚:主要的自然主义作品,如系列小说《卢贡-马卡尔家族》,总体上看没有过度涉及美学问题,而是集中关注远离艺术圈的社会阶层的衰退过程(左拉等自然主义作家常常将退化与颓废作为同义词来使用)。另一方面,伪贵族的龚古尔兄弟将其对病理学方面的兴趣与艺术上的感受力相结合,所以,卡特评价于斯曼笔下的德泽森特"既是退化的又是颓废的,既是神经质的又是审美的"。龚古尔兄弟的作品应该属于影响了于斯曼创作的文学范本。②

龚古尔兄弟因其小说——如《玛耐特·萨洛蒙》(*Manette Salomon*,1867)、《热曼妮·拉瑟顿》(*Germinie Lacerteux*,1905)等——对神经性疾病的持续性观照,赢得了其作为主要颓废主义批评家的声誉。③ 按照艾德蒙·龚古尔的说法,《热曼妮·拉瑟顿》很可能是第一部自然主义小说,但它同时也是一部很重要的颓废主义小说。④ 研究者埃利希·奥尔巴赫(Erich Auerbach)指出,龚古尔兄弟对个人的堕落与腐朽的兴趣主要是审美意义上的,也就是说,类似于"对丑陋之物感觉上的迷恋",他们对热曼妮的恐怖故事的描写主要是一种风格层面上的探索。⑤ 换句话说,他们所声称的临床或科学分析只是表面现象,事实上他们只是冷静、客观的艺术家,他们忠实地描绘这一主题的最污秽细节,从而在那些早已对熟悉和常规事物感到麻木的读者身上唤起崭新的感受。我们已经提到过,卡特坚称,与颓废主义作家相比,自然主义者对于病理学的兴趣并非凸显为审美意义上的迷恋。奥尔巴赫也持有相似的观点,他指出,左拉对各种各样的工人阶级的环境背景的描绘,并非为了愉悦审美家,而是为了激发读者的共鸣性理解,"左拉写下的所有句子显示出……都是高度严肃和道德的,小说整体上不是一种娱乐消遣或者艺术性的室内游戏,而是将他亲眼所见的,以及大众被鼓励在文字中看到的现代社会画像,像绘制肖像画一般描绘出来"。相反,龚古尔兄弟对腐败与堕落的兴趣则不是道德

---

① A. E. Carter, *The Idea of Decadence in French Literature: 1830—1900*. Toronto: University of Toronto Press, 1958, p. 80.

② See David Weir, *Decadence and the Making of Modernism*. Amherst: University of Massachusetts Press, 1996, p. 46.

③ Ibid., p. 48.

④ Ibid., p. 50.

⑤ Erich Auerbach, *Mimesis: The Representation of Reality in Western Literature*. Tran. Willard R. Trask. Princeton: Princeton University Press, 1968, p. 512.

意义上的,而几乎是有关审美的。① 热曼妮与左拉笔下的一些女主人公不同,她没有现实性与原始的感觉。与龚古尔兄弟有关现代生活的观念一致,热曼妮衰弱的身体仅仅依靠她的精神力量得以维持下去,自然状态的缩减是逐渐显露出的颓废——它将以艺术替代自然——的一部分。②

龚古尔兄弟《热曼妮·拉瑟顿》的最后章节里,在热曼妮死去之后,作者对位于蒙马特的墓地的描绘,是作品里最具艺术性,或者说最"具有绘画性"的例子。作者将蒙马特的天空比作艺术家用墨染洗过的画布,这一隐喻并不仅仅是一种比喻的修辞。它强调的是"以艺术替代自然的倾向",以及运用一种"与通常现实主义处理主题的方式相疏离"的风格。这种远离现实主义的风格是《热曼妮·拉瑟顿》里的另一种颓废特征,它进一步补充了作者对丑陋事物与堕落的审美意义上的拔高,因为在面对被传统文学视为"粗俗的"或"不可接受的"主题时,龚古尔兄弟使用了一种被提升了的风格。③

在龚古尔兄弟所处的时代,古典主义与浪漫主义的崇高已经成为——尽管是以一种低成色的方式——中产阶级文学趣味的构成元素,而《热曼妮·拉瑟顿》这样的作品则向这种低品质的文学趣味发起挑战。颓废主义运动的著名口号——"震惊资产阶级（épater le bourgeois）"④——的来源一定程度上与龚古尔兄弟有关。因此,《热曼妮·拉瑟顿》既是自然主义的最早作品之一,同时也是颓废主义最重要的作品之一。但是,这部小说的重要性已经超越了它的具体"影响"。这部作品颠覆了主题固有的特性以及处理方式,它标记了一种美学上的转向,这种转向趋向现代主义。唯美化处理丑陋,从病理学意义上解读腐败,微妙但却确定无疑地提升艺术之于自然之优越地位,都将是随后的颓废主义的元素。文学中的颓废主义运动的主要特征是对美学趋势的干涉。反过来,这意味着,作为一种美学上的颓废,颓废的时代是美学再次稳定化之前的一个时代,是两个稳定时期之间的过渡期。这就是龚古尔兄弟的时代。⑤

---

① See David Weir, *Decadence and the Making of Modernism*. Amherst: University of Massachusetts Press, 1996, p. 52.

② Ibid., p. 53.

③ Ibid., p. 56.

④ Matei Calinescu, *Five Faces of Modernity: Modernism, Avant-Garde, Decadence, Kitsch, Postmodernism*. Durham: Duke University Press, 1987, p. 175.

⑤ See David Weir, *Decadence and the Making of Modernism*. Amherst: University of Massachusetts Press, 1996, p. 58.

与上述颓废主义与自然主义之间的亲缘关系相比,两者间的对立与区别的元素可能更为明显。

第一,自然主义和颓废主义在文学气质上有所不同。凝成自然主义者气质的是宿命论和悲观主义,其笔调往往冷峻;凝成颓废主义气质的则是看似相互矛盾的两种要素,概括地说就是:在其极端悲观主义的世界观之上,还有一个绝对的、永恒的个人理想主义的姿态,其笔调往往激进。

第二,颓废主义修复了被理性过度简化了的人性。自然主义中充斥着的宿命论的色彩被作者的悲悯的眼神中和了;而颓废主义虽然并没有否定左拉等自然主义作家有关人性的宿命论的悲观判断,但与左拉等人在文本之外投射出的那种悲悯的眼光不同,他们在对人性中所存有的那部分"纯粹个人化的"东西的惊人发掘和精微提纯中,将其所具有的最高价值传达出来,从而在悲观的宿命论之上,赋予了作品一种富有强烈的个人抗争色彩的理想主义的气质。笼统地说,自然主义小说的"隐形主人公"是"宿命论"的体现,而颓废主义小说的主人公则是具有强烈自我意识和自由精神的个人。

第三,自然主义文学中人物的"怪异"和颓废主义文学中人物的"反常"有着较为明显的区别。自然主义小说中的心理描写,基本上是有生理学病理学依据的,换句话说,自然主义通常用心理学、病理学等科学的理论为作品中人物怪异的行为寻求合理的解释。而颓废主义则不同,其作品中人物的怪异行为通常是缺乏普遍的心理学、病理学依据的一种人为的、刻意的怪异,是"为怪异而怪异""为反常而反常"。

第四,自然主义与颓废主义对"自我"的理解不同。自然主义的"自我"是法国精神病学家里博(Théodule-Armand Ribot)所谓"本能的集合",是斯特林堡所谓一种多样性的映射、一种冲动与欲望的复合体。在这种有关"自我"的观念下,"自我"中纯粹个人化的那一部分(纯粹的自我)的存在空间相当小。在左拉等自然主义作家的描写中,这渺小的一部分几乎无迹可寻,是被忽略了的。这也正是人们把自然主义的底色确定为宿命论的最主要的原因。颓废主义作家则非常不同。可以说,颓废主义作家所肯定和张扬的,正是被自然主义作家认为渺小到几乎可以忽略不计的那部分"纯粹自我"。颓废主义作家通过主人公的一系列反常的行为和心理,坚决肯定这部分纯粹自我。不过,这并不是说颓废主义作家对待人性有着比自然主义作家更为乐观的看法。实际上,曾为左拉学生的于斯曼等颓废主义作家对普遍人性有着与自然主义作家同样悲观的理解,但与左拉等人从绝望中走向宿命论非常不同的是,颓废主义作家从绝望中走向了孤注一掷的个人抗争("为怪异而怪异""为反常而反常")。尽管以其深谙世故的头脑,他很清楚这种抗争可能是无望的,但即便这最终只是一个无用的手势,他也要执拗决绝地作出这个手势。对这类颓废主人公的形象,于斯曼等颓废主义作家投之以夹杂着自我嘲讽意味的悲观主义的目光。

第五,自然主义与颓废主义对"现代生活之平庸"这一主题的处理方式不同。"颓废"的一层内涵,同时也是颓废主义的深层主旨之一,乃是对现代生活之平庸化的嘲讽与反抗。在对"现代生活之平庸"这一主题的处理上,颓废主义与自然主义有所不同。自然主义在决定论与宿命论的指导下主张以"科学"的客观视角对平庸生活作细致而真实的呈现;颓废主义则在"个人自由"与"为艺术而艺术"观念的指导下,展现秉有强烈自我意识的个体面对平庸时那永不妥协的理想主义、英雄主义的姿态。在自然主义文学中,人是被动的受害者,始终处于受迫害的地位;而在颓废主义文学中,人虽然自知渺小无望,却始终有一种强烈的清晰的反叛意识存在。对颓废主义作家而言,最重要的甚至不再是反叛的行为和结果,而是"反叛意识"本身。正是人的这种反叛意识,使其处于主动的地位,在整个文本中显示着他的主体性地位。可以说,自然主义文学强调自然对人的控制,强调人的宿命性命运,而颓废主义则强调人之反叛的自由意志;而反叛的悲剧性,强化了作品的美感,在情感表达的强度上比自然主义小说更令人震撼。于斯曼创作了现代生活中现代人的一种典型——罹患神经过敏症的人。神经的过敏可以从生活的平庸无奇中找到原因。作为对现代生活中那无孔不入的、消磨人的生气的、绵密沉闷的平庸的对抗,一种无法用理性解释的不适与怨怒从内心深处喷薄而出,向平庸的生活发出怒吼。神经症是生命力反抗生活之平庸的后果。和福楼拜一样,于斯曼也发现了神经症和忧郁之间的密切关系。神经症在发作时往往伴随着忧郁。福楼拜笔下忧郁的艾玛最终被平庸吞没,于斯曼笔下的德泽森特仍在设法与之对抗,远离社会,以艺术为盾,精心设计对策。构成平庸的是生活中徒劳的愿望和痛苦的遗憾,丑恶的谎言、惯性的生存状态,对习惯的固守替代对真理和理想的追求。"对抗"本身不能消除平庸,还要做精神的"掘井人"。福楼拜描写平庸及其对人的生命力的摧毁,于斯曼认为福楼拜对平庸生活的描写已经到了极致。他不再专注于对平庸生活的自然主义式的描摹与呈现,转而描写个人与平庸生活的对抗。从这个意义上说,于斯曼继续了福楼拜对现代生活之平庸这一话题的关注和探索。自然主义作家用悲悯的眼神中和了现实的平庸(平庸是对现实的丑陋不堪、生活的徒劳和绝望的概括性描述),但颓废主义作家对待现实的方式更加激进和现代,他们以一种英雄主义的激进的反叛精神走向反常和病态,以人工化、精致化的审美对抗生活的平庸与自然的卑劣(自然是盲目、无意义的宇宙生命本能的外部呈现)。颓废主义作家眼中的艺术之美与"趣味"紧密关联。通过对颓废主人公形象的塑造,于斯曼展示了以悲观主义为性格底色的神经过敏的现代人的独特的艺术品位——精致、新奇、怪诞。这种艺术品位既是对生活之粗俗与平庸的憎恶和反抗,也是由神经过敏者独特的"视知觉"决定的。神经过敏使他们的艺术精致细微,使他们在那些稀松平常的平庸事物身上发掘和创造出前所未有的"新奇"(《逆流》整部小说也可以被视为印证"'悲观主义'影响艺术趣味"这一观点的一份翔实的记录)。悲观主义者的眼睛是忧郁的眼睛,他看到的生活中的一切都是不幸的、荒谬的、可憎的。粗俗的生活中充斥着有关真善美的荒谬的谎言,但惯性代替了反思;庸人的惯性生存决定了他们从来没有通过反思去"点亮"自身之存在的能力,他们不过是维持了一种动物式的生存。于斯曼笔下的德泽森特只有在看到一些痛苦和悲惨的景象时才能感到自在。为了反抗平庸,他们对精致的追求有时到了矫揉造作的地步。但这种"矫揉造作"不应被过多地指责,"矫揉造作"因其对平庸的逆反而获取了优越高等的地位,成为一种与平庸相对立的贵族姿态的象征。平庸的生活毫无道德和趣味,或者说,毫无"品位"可言。品位彰显生命的质感和美感,平庸的生活既无质感更无美感,因此,彰显品位成为对抗平庸的一种方式。《逆流》是有关装饰、文学,最终是"精神上的品位"的一份目录。德泽森特在自己挑选的所有人造物中寻找或营造新奇而丰盈的感觉。物品都已装在了自己的房子里,接下来要做的便是不断地审视、摆弄、把玩和研究这些人造物从而创造出其所向往的感觉与梦幻。

为了便于使人们从总体上对颓废主义与自然主义的区别有更为直观和具体的理解,下面将先后就于斯曼早期自然主义创作与典型的自然主义创作之间的区别、于斯曼后期颓废主义创作的特点等展开分析。

一、于斯曼的早期自然主义创作与典型的自然主义有何区别?

(一)典型的自然主义

戴维·巴古雷(David Baguley)在《自然主义的特性》(The Nature of

Naturalism,1992)一文中曾经指出,自然主义文学创作具有能够相互印证的共同特色,这使它成为一种适合类型学分析的文学形式。比如,人们可以确证某些反复出现的人物类型,像那些女性受难者,她们是自己天性——某种意义上也是人性本身——的牺牲品;那些天资甚好但却意志软弱的女人,她们是——用通常的说法——柔软的皮囊;此外还有歇斯底里的妇女、女佣、妓女等,她们共同的结局是毁灭。一些清醒的知识分子也是重复出现的人物类型,他们通常是未婚男子或者婚后生活不如意者,他们是"榨干了的水果"(福楼拜语),这些叔本华主义者将自己等同于人类全体,往往先是耽于某些终极虚幻观念与人生失意的沉思,之后宣称万事皆空,意义虚无。"大致说来,自然主义文学中的男女主人公是鱼龙混杂的一群人,男性懒散,女性缺乏美德;这让他们与浪漫主义中的英雄人物形成鲜明的对比。"①

针对法国小说,巴古雷称自然主义小说倾向于遵从两种基本的模式,它们代表了自然主义的两个不同类型。第一种也许可以被称为龚古尔型。左拉的某些小说,像著名的《小酒馆》,有时候也可以被归入这一类。"这种类型的小说专事打造个性沉沦的悲剧,它在时间维度上的展开往往呈现为某种恶化持续的过程,这一过程幕后的推动力量是由某些特殊的决定因素(譬如遗传的某些缺陷、某些神经症倾向、与人敌对的某些社会环境因素等)所构成,这与古典悲剧总是将悲剧的原因归咎于某些超自然的力量明显不同。"②自然主义小说的第二种类型是福楼拜型。"这类作品将败坏人生的决定性因素更多地归诸生命本身的匮乏,此种匮乏决定了受困个体所陷于的罗网不是别的,正是种种日常生活里的惯性及其所派生出来的卑贱的姑息屈从。这类小说,看上去似乎不想在打造情节方面花费任何功夫,叙事能够前行的唯一动力就是主人公在毁灭的道路上生命力的不停耗散,与之相伴随的是其理想的不断幻灭。"③

巴古雷对两种类型的主人公做了简要的比较与概括:第一种类型的自然主义文本叙事看似更客观,更偏重临床病理学和生理学的分析;第二种类型的自然主义文本常常披覆着一层"自传性"的面纱,小说家更喜欢到叔本华那里寻求灵感,因而作品中寄寓了更多的道德和哲学意蕴。第

---

① David Baguley, "The Nature of Naturalism" in *Naturalism in the European Novel*. Ed. Brian Nelson. New York: Berg Publishers, Inc., 1992, p.21.

② Ibid., p.22.

③ Ibid.

一种类型的自然主义小说富含动感,第二种则显得沉闷,时常循环或者重复。第一种类型的自然主义小说中的主人公,在总是带有屈从性的情节中一步步走向沉沦;第二种类型里的主人公,在甘愿逆来顺受的情节里悄无声息地变得一无所有。早在法国自然主义文学运动的"风潮"到来之前,自然主义小说的奠基性文本就已面世。龚古尔兄弟的《热曼妮·拉瑟顿》和左拉的《戴莱丝·拉甘》,以各自不同的方式强有力地确立了第一种模式的范本;作为自然主义的"圣经",福楼拜的《情感教育》则为第二种模式提供了范例。

第一种类型的自然主义小说中存在着一个反复出现的重要主题,我们可以援引许多作品予以佐证。众所周知,《德伯家的苔丝》一书的作者将这一主题命名为"灾难"——托马斯·哈代宣称他在该书中通过一个女人误入歧途的情景复现了这一主题。另外很多文本也确证了另一个共同主题的存在——遗传所带来的毁灭性命运。该主题并非局限于左拉的创作之中,事实上,它在自然主义文学中的存在如此广泛,甚至影响到那个时代许多重要的科学研究。对此让·博里做出了颇有说服力的论述:

> 如果说古代的政治有其自身世袭遗传的特权,那现在,遗传的机制有了相反的选项:确认并谴责那些已被魔鬼选中该受诅咒的家族吧——科学,比以往任何时候都更强有力地恢复了罪性遗传的法则。[①]

在自然主义文本中,不管在哪里,中产阶级的社会秩序或者人类秩序本身,连同其持续性和各种规则的神话,统统屈从于那种最终通向腐败和毁灭的生物学法则。自然主义的科学视域远非同时代流行的那种乐观主义的进步观念:为了人类的共同利益和进步而展开的科学努力和科学知识,最终可以达成自然和社会的和谐幸福。或许就一个更深远的层面而言,毋宁说——那种给井然有序的事物带来困扰的观点适合于放荡的本能。像米彻尔·塞尔写道:

> 没有比卢贡-马卡尔家族的消亡、荒废、湮灭、衰败更完整的图景了,它向着死亡和混乱不可逆转地一步步衰退,充满了腐朽、衰竭和

---

① Quoted in David Baguley, "The Nature of Naturalism" in *Naturalism in the European Novel*. Ed. Brian Nelson. New York: Berg Publishers, Inc., 1992, p. 23.

堕落。它给出的信息确定无误：一切燃烧得太快。这是一部熵的史诗。①

不管是福楼拜笔下的非英雄弗雷德里克·莫罗——他面对着空泛重复的人生岁月、空洞乏味的生命图景和空虚徒劳的命运裁决所能做的唯有空想，还是悲惨的女主人公绮尔维丝·马卡尔——逐级恶化的下降最终在死亡之中使她成了彻底匿名的无形之物，又抑或是《家常事》中那疲惫而又任意的男女杂交，在诸如瓦解、衰竭、社会和道德的崩溃这样一些反复出现的主题中，人类价值观的危机便被植入自然主义文学熵的观念图景的中心。所以，巴古雷最后的结论是：

> 总体来看，退化、瓦解和放荡俨然成了自然主义文学的基本诗学。自然主义的"自然力"入侵了人间，蚀空了人的活力，使人的意志服从于其强大的非人意志和冷酷的衰败进程。因此，尽管许多自然主义作家对自然之美不乏渴慕，尽管他们不无对能量更新充满狂热，尽管当左拉企图走出（或回撤）其混乱的真实观念所导致的死路时表达了其对自然的崇拜，但大致来说，自然主义文学所表现的却只是——毫无希望可言的人类在无可挽回地受制于其置身其中的自然条件时所上演的悲剧、喜剧乃至滑稽剧。②

（二）于斯曼早期的自然主义创作

即便是在于斯曼的前期所谓自然主义的创作阶段，其作品中的自然主义也与左拉的自然主义有所不同；这种不同逐渐明晰、扩大，最终导致了于斯曼从自然主义向颓废主义的创作转变。

著名的艺术评论家卡布里埃·穆雷（Gabriel Mourey）在一篇评论文章中谈到于斯曼《逆流》之前的创作（如《玛特，一个妓女的故事》《瓦达尔姊妹》《顺流》《同居生活》等）时指出，这些作品关注现实的细节，展现出较为明显的自然主义创作倾向。然而，在这些偏向自然主义风格的创作中，于斯曼的写作手法仍然与左拉有所不同：

> 于斯曼作品中表现出他对视觉印象的热情，他敏锐、独特的视觉能够捕捉事物的形态、颜色、光影的最微妙的变化。他一丝不苟地描

---

① David Baguley, "The Nature of Naturalism" in *Naturalism in the European Novel*. Ed. Brian Nelson. New York: Berg Publishers, Inc., 1992, p. 25.

② Ibid., p. 26.

绘真实的印象,这些印象是明确而完整的,同时也是极其个人化的。于斯曼敏锐的视觉在这里发挥作用,为他创造了奇迹。他以一种令人惊叹的谋略、清晰度和准确性让我们注意形态、颜色、光影最微妙的变化。对他来说,没有什么太卑微或太令人厌恶的东西是不能去描述的;他满怀信心地完成了这项任务,但必须承认,他丝毫没有荷兰和佛兰芒画家那种愉快的心情。相反,他充满了痛苦和残忍。他的画很逼真,但采用的是一种黑色的画法,有时近似于讽刺漫画的画风。他有几分霍加斯的气质;毫无疑问,他画的是生活,是真实的生活,但他是带着强烈的忌妒精神来画的。它的丑陋、它的无知、它的耻辱、它的卑贱吸引着他;他可以鞭打他们,但他爱他们;虽然他的嘴唇因厌恶而翘起,但他以画这幅画为乐。他得了一种怪病。他渴望逃避强加在他身上的现实;他很乐意摆脱现代生活的种种丑恶,摆脱它的人为的聚落,摆脱文明的种种畸形,摆脱它周围堆积如山的东西;但他执着于自己的执着,就像一个神经病患者执着于自己的神经质。他需要一种不可抗拒的意志力的强大努力,需要为自己赢取另一种理想的胜利,需要经年累月的艰难斗争,需要通过内心对于一种全新的个性的缓慢而痛苦的经营,从而把他从过去的一切中拯救出来。①

在左拉那里,一种巨大的同情照亮了每一页,给了它们一种深刻而沉痛的人类情感,从而美化和舒缓了大众纯粹的肉体和物质上的不幸;相反,在于斯曼的作品中,有一种对劣等类型及其产生环境的至高无上的蔑视,一种对当代姿势和习惯的厌恶,一种对现实生活的憎恨,这是他的独特艺术的首要特点。他嘲笑他的主人公,那是一种阴沉、阴险、无情的笑,有时使人感到恐怖;他以嘲笑他们和使他们怪诞为乐;他只分析他们的情感和感受,或描述他们的态度,以便更好地揭示他们的卑鄙和无足轻重。

二、"颓废":"精神的自然主义"

于斯曼将自己的小说《逆流》及其之后的作品与左拉的作品在类型上作出区分。他将自己的创作倾向称为"精神的自然主义",以之区别于左

---

① 出自卡布里埃·穆雷的评论文章《乔里-卡尔·于斯曼》,http://www.huysmans.org/criticism/mourey.htm,2022年3月22日访问。

拉的"自然主义"。《逆流》出版之后，于斯曼不再像其在早期创作中那样一丝不苟地关注现实生活中的实际经验。他抛弃了自然主义的美学，开拓了现实经验之外的崭新领域，转向了灵魂的范畴，征服了未知的领地。《逆流》是对超出正常神志的疯狂精神的记录，是有关神经症的诗歌。小说主人公是一个追求非现实快乐的灵魂，一个在痛苦的折磨中寻求镇痛剂的灵魂，一个竭力追求病态的善感性，渴求新奇、独特、至高的心灵震颤的神经紧绷的灵魂。他所了解的生活中的一切都令他厌恶、反感，让他饱受折磨。野蛮和粗俗的现实生活促使他到人工的世界里寻求庇护。他必须为自己开创一个拥有奢侈的雅致和精妙的光辉的个人生活。他是一个可怜的灵魂，永远在最深的痛苦与至高的狂喜的两极之间震荡摇摆，被夹在恐怖的生活与竭力摆脱这种生活之不可能之间。

《在那边》开篇就对自然主义小说及其功能进行了讨论，在此，于斯曼清楚地解释了自己后来所持的颓废立场：

> 我们有必要保持现实主义文学中记录的准确性，细节的精确性和简洁而紧张的措辞，但我们也必须成为精神上的掘井人（psychical well-diggers），而不能用性和精神错乱来解释一切；我们需要灵魂和身体的自然反应、冲突和结合。每一部小说，如果可能的话，应该自然而然地分为两部分——灵魂的历史和身体的历史，但这两部分必须结合起来，或者更确切地说，应该融合在一起。它必须关心它们的行动和相互间的反应，它们之间的冲突和它们之间的相互理解。简而言之，我们必须沿着左拉挖得如此之深的大路走下去，但我们也有必要在空中开辟一条平行的道路，这是另一条我们可以到达来世（the Beyond and the Afterward）的道路。事实上，我们必须构建一种精神自然主义（a spiritualistic naturalism），它将拥有属于它自身的一种自豪、一种完整和一种力量。①

对于自己所信奉的这种精神的自然主义，于斯曼认为，在文学领域，陀思妥耶夫斯基最接近这一成就。杜尔塔在马泰乌斯·格鲁内瓦尔德（Matthias Grünewald）的《卡塞尔被钉死在十字架上》这幅作品中——画中的这位基督既是一具腐烂的、没有光环的尸体，又是一位沐浴在无形之光中的显见的上帝——看到了对这种精神自然主义的完美的揭示：惊人

---

① 出自卡布里埃·穆雷的评论文章《乔里-卡尔·于斯曼》，http://www.huysmans.org/criticism/mourey.htm，2022年3月22日访问。

的现实主义与惊人的理想主义的结合。这也彰显了于斯曼所坚持的所谓"颓废"与左拉式自然主义的主要区别。

某种程度上说,颓废主义文学是一种糅合了自然主义方法论的浪漫主义。左拉的自然主义作品有着现实主义的精神底色,在其阴暗潮湿的宿命论式的作品氛围中,深隐着一种现实主义人道主义的目光;而于斯曼的作品在精神气质上更像是浪漫主义,在创作手法上又汲取了自然主义的方法。两者之间关键的不同体现在对于人的精神结构的基本认知上。对于浪漫主义、颓废主义作家而言,人的精神是一个等待人们进行无限创造的自由空间而非永恒律令、道德教义的居所,而对于自然主义作家而言,人是被绑缚的无助的羔羊。

第三节　颓废主义与象征主义

一、颓废与象征:定义的含糊与界限的模糊

1893 年,英国颓废主义作家西蒙斯在《文学中的颓废主义运动》一文中提出:

> 当今最具代表性的文学——已经在形式上下足功夫,并吸引着年轻一代——绝不是古典主义的,也与古典主义的老对手浪漫主义没有任何关系。巅峰之后无疑是颓废;它具有伟大时代结束之时的一切特征,这些特征我们在希腊、拉丁时代也发现过。颓废:一种强烈的自我意识,一种在研究中焦躁不安的好奇心,一种过于细微的精炼,一种精神和道德上的反常(perversity)。倘若我们称之为古典的那类艺术的确是最高的艺术——其特征是完美的朴素、完美的理智(sanity)、完美的比例,那么当今最具代表性的文学——有趣而优美(beautiful)的小说——的最高特质,的确是一种全新、优美、有趣的疾病。[①]

1895 年 5 月 25 日,被公认为英国颓废主义代表作家的王尔德因行为不体面接受审判。这一事件的重要性在于,它不仅意味着王尔德的个

---

① Arthur Symons, "The Decadent Movement in Literature" in *Harper's New Monthly Magazine*, vol. 87, 1893, pp. 858—859.

人行为受到审判,更重要的是,由道德、文学与审美观念构成的整体都将接受审判。①

1895年11月的《萨沃伊》杂志里,西蒙斯否定了他与任何运动的关联:

> 我们没有任何准则,同时也不想要在形式上或内容上进行任何虚假的联合。我们并没有发明一种新的观点。我们不是现实主义者、浪漫主义者或颓废派。对我们来说,所有好的艺术都是可行的。②

在西蒙斯1899年的书里,原本定为"文学中的颓废主义运动"的标题被"文学中的象征主义运动"替代。对于这种明显的更改,西蒙斯做出如下解释:

> 与此同时,一种被含糊地称为颓废的东西出现了。这个名字在使用时并没有任何精确的含义,而是经常不是被用来表达一种斥责就是被用来对这种斥责报以轻蔑。我愉悦地看到不同国家的一些青年人称自己为颓废主义作家,我欣喜地感受到他们那伪装成不可思议的邪恶的未得到满足的道德……颓废这个插曲——一半是为了嘲讽而模仿的插曲——转移了批评家的注意力,而一些更为严肃的东西则已经在这个时代的象征主义形式下逐渐成形,由此,艺术回归到这样一条道路,引领美的事物走向永恒之美。③

根据西蒙斯的表述,我们可以发现有关"颓废"以及颓废主义与象征主义关系的一些线索:

一、"颓废"这个词的确因其词义的复杂性而显现出表意上的模棱两可,这使得所谓颓废主义易遭受非文学性的误解;

二、颓废主义是"一半是为了嘲讽而模仿的插曲",而象征主义则将引导"颓废"的插曲抵达更为严肃的艺术领域,引领美的事物走向永恒之美。西蒙斯的陈述中隐含的这最后一层意思似乎与盖伊·米肖(Guy

---

① Quoted in Yumnam Oken Singh and Gyanabati Khuraijam, "Aestheticism, Decadence and Symbolism: Fin de Siècle Movements in Revolt" in *Journal of Literature, Culture and Media Studies*, vol. 4, no. 7, 2012, p. 77.

② Quoted in Ian Fletcher, ed., *Decadence and the 1890s*. London: Butler & Tanner Ltd., 1979, p. 17.

③ Arthur Symons, *The Symbolist Movement in Literature*. London: William Heinemann, 1899, pp. 6-7.

Michaud)所谓"当象征主义取代了颓废主义之时……对一种非个人化的(impersonal)、一般性的更高现实的发掘,成功替换了幽闭于内部世界的自我内省"①的看法有些接近。或许有必要再借助西蒙斯在《文学中的象征主义运动》中谈论"象征主义者"于斯曼的一段话来做进一步的印证:

> 如果象征主义不是将世界联系在一起的纽带,不是对贯穿整个宇宙的永恒、微小、错综复杂、几乎看不见的生命的肯定,那它又是什么呢?每个时代都有自己的象征;这种象征一旦被完美地表达出来,就会像哥特式建筑作为中世纪的灵魂符号留存下来那样,成为那个时代的灵魂符号。要找到那几乎是美的最深刻意义的真理,找到那最恰当表达美的象征,这本身就是一种创造;这就是于斯曼在《大教堂》(*La Cathédrale*)中为我们所做的。他越来越放下写作的所有世俗的、可接近的和外在的浮华,追求内在的、更严肃的完美真理之美。他已经意识到,只有通过象征才能达到和揭示真理。因此,所有那些描述,那些堆积起来的细节,那些热情而耐心的阐述,都是为了实现这一个目的,而不是像你可能匆忙倾向于认为的那样,为描写而描写。②

结合上面这段引文,同时再参照、对比西蒙斯在1893年的《文学中的颓废主义运动》一文中和在1899年的《文学中的象征主义运动》一书中对颓废和象征的具体陈述,人们会发现,"颓废"和"象征"之间的界限和区别在当时的西蒙斯的脑海里,其实仍存在许多模棱两可的节点。实际上,这种模糊性一直到现在,仍旧困扰着大部分的研究者。不仅是"颓废"这个词的词义模糊不清,"象征"一词似乎也难以阐明。很多研究者被这个难题困惑着,法国颓废主义研究者让·皮埃罗就是其中之一。在《颓废的想象(1880—1900)》一书中,他说:

> 尽管象征主义这个词的确被用以描述19世纪80年代的一群作家,但它仍旧是一个含糊不清的词。那些试图给这个词下一个清晰的定义的人,在遭遇种种界定的困难时会清晰地认识到这一点。我们也许能够概括出象征主义的诗学特征:"应和"的福音,音乐的重要性,自由诗的运用,持续关注技术性细节,哲学上的唯心主义,偏爱梦

---

① Quoted in Jean Pierrot, *The Decadent Imagination*, 1880—1900. Tran. Derek Coltman. Chicago: The University of Chicago Press, 1981, p.5.
② Arthur Symons, "Huysmans as a Symbolist", http://www.huysmans.org/criticism/symbolist1.htm, accessed March 22, 2022.

与传说的世界,大量作品蕴含双重含义。然而这些诗学特征本身就具有难以界定的特点,比如唯心主义本身就包纳着几种不同的倾向:先验唯心主义否认人类认识外部世界的可能性,由此将人囚禁在唯我论的牢笼里;相信世界拥有的天然理性,并且可以凭借语言得以传达;种种混乱的幻想或可疑的实践以多种神秘主义的形式现身。①

上述情形提醒人们,所谓的颓废主义和象征主义,或许不过是对同一种文学现象从不同的角度和侧面所作的描述。

二、颓废与象征:对 19 世纪末先锋文学的两种描述

事实上,所谓颓废主义和象征主义,均是对 19 世纪末文学中所谓"从文学理念到创作方法上均呈现为对自然主义文学的反拨"的那部分先锋文学之创作特点所作的描述。笼统地说,"颓废主义"一词侧重于从总体精神气质和具体文学题材、主题或意象上呈现出的典型特征对这类文学进行描述;而"象征主义"一词,则侧重于从认识论和创作方法的维度对这类文学进行描述。

于斯曼在《逆流》中成功塑造了典型的颓废主义主人公形象。一种哲学上的悲观主义世界观,一种面对现实生活时的绝望、厌世的状态,一种孤注一掷的理想主义姿态,这三者奇特地糅合在一起,凝成了颓废主义主人公那无以复加的阴郁气质。

在小说《厄舍府的崩塌》中,爱伦·坡对"颓废主义艺术家的形象特征"作出了生动的诠释。震惊于他所目睹的事物,小说的叙述者讲述了罗德里克·厄舍与玛德琳·厄舍的故事:这是对一个走向堕落、衰退、疯狂与死亡的没落家族的终极记录。厄舍按照自己那颓废的审美趣味去生活。对于这种态度,波德莱尔做了描绘,19 世纪末于斯曼在小说《逆流》中又以德泽森特这一颓废形象做了例证。厄舍脱离了所有叙述者视为正常的生活方式,创造了一种古怪的自我——拒绝接受与常规现实的任何接触。他变成了一个叔本华式的悲观主义者,认识到快乐只是一种怀旧的回忆,在如今这个屈服于机械化的决定论、对人类愿望漠不关心的宇宙中,快乐已不可能。厄舍的《闹鬼的宫殿》,使人联想起由科学与物质主义构成的死气沉沉的世界。与大多数颓废者一样,厄舍遭受着"过度的精神

---

① Jean Pierrot, *The Decadent Imagination*, 1880—1900. Tran. Derek Coltman. Chicago: The University of Chicago Press, 1981, pp. 5—6.

焦虑"和"感官的病态敏锐"的折磨。波德莱尔称这种状态为"忧郁"。这种状态促使当事人借助一系列以"感觉的精炼"为标识的反常实验获得暂时的解脱。以这种方式，厄舍强烈地追求理想主义，追求爱伦·坡所说的"超凡之美"。他将诗歌、音乐与绘画相结合，创作与自然无关的作品。他的绘画是非写实的，在叙述者看来，他的《闹鬼的宫殿》是"强烈的心理镇定与专注的结果"。正如戈蒂耶在《莫班小姐》的序言中所指出的那样，爱伦·坡在《诗歌的原则》(1850)里谴责乏味的说教与平庸的模仿。在19世纪末，王尔德反对艺术家对现实生活中的所谓道德或伦理给予任何关切。与王尔德类似，对爱伦·坡来说，艺术不过是一道"面纱"；透过这道"面纱"，我们可以瞥见美。通过将诗歌界定为"对于美所进行的有韵律创造"，爱伦·坡重新审视了朗基努斯的崇高。他把这种美描绘为一种效果，"一种纯粹的灵魂的高涨/振奋"，而非一种品质。在爱伦·坡的柏拉图式的理想主义中，美是超验的现实，人们只可能通过想象瞥见它。诗歌是这种精神性现实的语言，由自觉的艺术家所掌握。在论及爱伦·坡时，波德莱尔称他为致力于发掘颓废原因的"被诅咒的诗人"——一种弥尔顿式的撒旦，反抗美国式的上帝。

从主题或意象上看，被用"颓废"进行描述的这类19世纪末文学的典型主题或意象是：对深藏于意识之下（也就是潜意识）的那部分难以由感官直接触及、科学也无法清晰解释的灵魂深处的幽微奥秘的强烈好奇。借用波德莱尔评论爱伦·坡作品中的反常（perversity）特征时的表述即是："一种难以抑制的精神上的渴慕"；或者借用于斯曼在《逆流》中评论波德莱尔时所说的，深入"思维活跃、噩梦在此生长的灵魂的那些领域""开创了迄今为止尚无人探索的人类灵魂的领域"；抑或借用爱伦·坡在重新审视朗基努斯的美时所说的"一种纯粹的灵魂的高涨/振奋"。颓废主义的这一总体上的普遍特征，通过一些具体的题材和主题得以在作品中呈现和表达，比如梦、传说、幻觉、疾病、反常（指的是非常态的/边缘的行为和心理，尤其是在涉及性的层面）、死亡等。

这种先锋文学的主题特征和研究对象（灵魂深处盘根错节处的奥秘）决定了，其代表作品的写作笔法必定不是大刀阔斧式的，而是精雕细琢的；无法对照模仿（因为描写的对象是无形的），只能凭靠想象。[①] 并且，

[①] 以波德莱尔为代表，他们继承了柯勒律治式的观点，将想象界定为发掘精神性真实的一种工具，一种无意识的真理储存室，一种神圣的创造性力量。

他们所要探索的是感官不能直接感觉到、科学无法清晰分析的灵魂深处的细微颤动,这就决定了他们必定要想方设法超越自然感官的局限,超越传统语言的局限(通过语法的变革与创新,将那些被传统语言体系遮蔽了的"非语言"内容,创造性地呈现出来),而这种倾向的结果,似乎必定是语言表达层面上的隐晦和神秘。最终,与这种文学的主题特征和研究对象的性质相对应的象征主义的创作方法应运而生。嘲弄自然语序,进行讽刺与戏仿……这些最初呈现在所谓法国颓废主义或象征主义作家作品中的创作方法,也出现在了西蒙斯和王尔德等英国作家的作品——尤其是诗歌——中。叶芝在自己的《自传》中将这种艺术创造中的象征主义的方法抬升至宗教的高度,在他看来,象征主义将提供对于神秘事物的认知,以此提供宗教信仰重生的准备性步骤:

> 我只在一件事情上和我的同代人不同。我笃信宗教,我所讨厌的赫胥黎与廷德尔剥夺了我童年时的纯朴的宗教信仰,我已经创造出了一种新的宗教……我向往的世界是能够让我永久地发掘这种传统的世界。[①]

叶芝否定自然主义,因为它反对幻想,它所应对的只是事情的表面。叶芝认为艺术的真正功能是幻想性的:

> 我无法忘记,这个追求考证的时代将要过去,一个想象、情感、情绪与启示的时代将会来临;可以肯定的是,对超感觉世界的信仰又会来到;当我们是"地球上的幽灵"的观念随风飘逝,我们将相信我们自己自身以及所有它想要创造的愿望……因为艺术是一种启示,而不是一种考证。[②]

艺术家不得不拒绝这个世界的表象,而将视角转向事物的潜在的结构。在定义布莱克时,叶芝同时也解释了象征主义以及创造一种神话学的需要:

> 他是不得不创造他的象征的象征主义者……他迫切需要一种神话学,他竭力去创造它,因为他找不到现成的。[③]

以上即是笔者对于颓废主义与象征主义关系这一问题的基本看法。

[①] W. B. Yeats, *Autobiographies*. New York: Papermac, 1963, pp. 115—116.
[②] W. B. Yeats, *Essays and Introductions*. New York: Papermac, 1961, p. 197.
[③] Ibid., p. 114.

颓废主义和象征主义，都是对所谓19世纪末文学中"从文学理念到创作方法上均呈现为对自然主义文学的反拨"的那部分先锋文学之创作特点所作的描述。此种先锋文学在题材与主题上所呈现出的非现实性特征，在文学理念上对于想象而非模仿的推崇，在语言上对象征、隐喻的偏爱，这些特征使得致力于这种文学的作家很难形成传统意义上的清晰、稳固的文学团体。

1886年，以安纳托尔·巴茹发表宣言《颓废者》为标志，曾建立了一个短暂且松散的青年作家团体。① 巴茹创办了一份名为《颓废者》的杂志，公开欢迎充满挑衅性的颓废标签。但是，这本杂志作为19世纪末颓废主义运动的正式出版物，仅仅持续到1889年。尽管其成员以"颓废"为旗号，但事实上，这个文学团体的文学创作活动并没有产生多少高明的文学作品。作家魏尔伦曾一度被这一文学团体引为标杆，虽然他一度同情并鼓励这些标榜"颓废"的青年作家群体，但不久之后他就与其脱离了关系。而被后人公认为颓废主义的代表的作家，不管是刚刚提到的魏尔伦，还是波德莱尔、王尔德、于斯曼、马拉美，都不曾声称或承认自己属于某一文学团体。

而当这种先锋文学被表述为象征主义时，情形似乎也差不多。

尽管1886年马拉美开始对一些年轻的诗人产生深远影响，比如雷内·吉尔（René Ghil），让·莫雷亚斯（Jean Moréas），亨利·德·雷尼埃（Henri de Régnier）和弗朗西斯·维埃雷-格里芬（Francis Vielé-Griffin），而一些声称自己是魏尔伦的直接门徒，提倡表述人内心最深处的本质的作家也开始远离其他群体，但1886年的转变并不像通常的认知那样激烈而易被察觉。确切地说，从来就不存在一个"马拉美学派"。在这些短命杂志与那些年的种种宣言之间，意见的分歧以惊人的速度增加。② 19世纪80年代末到90年代，作家们更倾向于用象征主义而不是"颓废"来表述这类19世纪末文学，但阴郁、厌世的颓废气质及其典型的主题特征，并未发生清晰明显的改变。在马拉美的忠实信徒——比如亨利·德·雷尼埃、（旅居法国的美国诗人）斯图尔特·梅里尔（Stuart Merrill）和维埃雷-格里芬——在1895年之前出版的诗集里，情感的基调依然相当忧郁，建立在梦与传说基础之上的颓废的意象仍然位于主导地位。直到更晚的

---

① See Marja Härmänmaa and Christopher Nissen, eds., *Decadence, Degeneration and the End*. New York: Palgrave Macmillan, 2014, p. 4.

② See Jean Pierrot, *The Decadent Imagination, 1880—1900*. Tran. Derek Coltman. Chicago: The University of Chicago Press, 1981, pp. 5—6.

时候，生活上的热情与喜悦才得以显现，而在当时，这种转变主要展露于马拉美最忠实的信徒组成的内部小圈子之外的一些诗人的作品里，诸如1893年圣波尔-鲁（Saint-Pol-Roux）的作品《迎神途中的祭坛》（*Les Reposoirs de la procession*），埃米尔·维尔哈伦（Émile Verhaeren）的1893年诗集《乡村幻想》（*Les Campagnes hallucinées*）及1895年诗集《触手般扩展的城市》（*Les Villes tentaculaires*），阿道夫·雷蒂（Adolphe Retté）和弗兰西斯·雅姆（Francis Jammes）的诗歌，等等。此外，从颓废诗歌审美中获取灵感的两部最重要的作品直至1889年才出现：雷蒂的《夜间教堂的大钟》（*Cloches en la nuit*）与梅特林克的《暖房》（*Serres chaudes*）。即便是盖伊·米肖本人也承认，诸如阿贝尔·萨曼（Albert Samain）等诗人对颓废主题的兴趣一直持续到19世纪末的最后几年。所以，尽管马拉美的影响的确引导了19世纪末诗歌的趋向转变，并从1890年开始，绝大多数先锋派作家更愿意被称为象征主义者而非颓废派，但事实仍旧是：直至19世纪结束，颓废意识始终渗透于法国的整个诗歌运动之中。[①] 可以说，颓废构成了19世纪最后20年中反传统的先锋文学（既包括诗歌，也包括散文）之总体精神气质和主题特征的鲜明标识。这种文学在19世纪末的最高文学成就，在小说（非韵文）领域以1884年出版的于斯曼的小说《逆流》为代表[②]，在诗歌（韵文）领域则以波德莱尔、马拉美等人的所谓象征主义诗歌为代表。

第四节　颓废主义与唯美主义

一、"为艺术而艺术"：观念史中的唯美主义

"为艺术而艺术"（art for art's sake）这个标语，最先由1818年的法

[①] See Jean Pierrot, *The Decadent Imagination*, 1880—1900. Tran. Derek Coltman. Chicago: The University of Chicago Press, 1981, p. 7.

[②] 当然，一些研究者也认为，还有两部同等重要的作品：埃米尔·布尔日（Elémir Bourges）的《诸神的黄昏》（*Le Crépuscule des dieux*）与佩拉丹的《终极罪恶》（*Le Vice suprême*）。另外，19世纪最后15年也是故事丰盛的时期，创作者有拉希尔德、洛兰、雷米·德·古尔蒙、马塞尔·施沃布（Marcel Schwob）、杜雅尔丹、乔治·罗登巴赫（Georges Rodenbach）和伯纳德·拉扎尔（Bernard Lazare）。参见 Jean Pierrot, *The Decadent Imagination*, 1880—1900. Tran. Derek Coltman. Chicago: The University of Chicago Press, 1981, pp. 7—8.

国哲学家维克多·库赞(Victor Cousin)提出。作为一种艺术理论和生活方式,"为艺术而艺术"强调艺术作品的绝对自主及其相对于其他生活层面所处的卓越地位,主张艺术作品的独立性,声称艺术无需服务于社会、政治或道德意图。这场唯美主义运动最初作为对工业时代盛行的各种实用主义哲学的反驳而出现,同时它也是对现实生活中的丑陋与庸俗的事物所做出的一种回应。

  德国哲学家康德以其艺术理论构建了唯美主义的哲学基础。康德在《判断力批判》(1790)中提出:"'纯粹'的审美体验是对'自愉自乐'的审美客体的一种毫无功利色彩的沉思冥想,这种体验超越了艺术品自身的现实性或'外在'的实用价值及道德标准。"[①]可见,在康德看来,当事物满足了一种无利害关系的愿望时,它就可以被断定为美的,这种美仅仅是为了愉悦,它跟倾向或欲望没有任何固有的关联。其后的哲学家黑格尔、叔本华、尼采都承袭并拓展了这一理念。在黑格尔看来,美从根本上说是一切愉悦人类精神,与精神、理智、自由的实践相一致的东西,艺术家的职责就在于艺术地组织事物,使之变美。叔本华根据他的意志哲学提出,审美满足的达成源于对它们进行沉思的活动本身,以此逃离痛苦的日常经验世界。在艺术自主性的观念之上,尼采提倡"将艺术,而不是道德……表达为人的形而上的活动"。当然,这些美学观点与传统的美学理念相违背,后者在柏拉图等人的哲学影响下,将文艺视为附庸于哲学理念、道德观念的存在,因而在强调其文艺性的同时,又要求它有用与克制。在19世纪,这些传统美学思想遭到先锋派的攻击。[②]

  在文学领域,康德艺术理论的精髓被法国的戈蒂耶、波德莱尔、于斯曼、魏尔伦、兰波与马拉美等人进一步拓展和传播。法国作家戈蒂耶在《莫班小姐》序言中的艺术无实用性的辩词,通常被视为法国唯美主义文学的发端。波德莱尔继承并发展了爱伦·坡在其《诗歌原理》(1850)一文中所提出的"最高超的诗是'为诗而作的诗(a poem written solely for the poem's sake)'"的观点。法国的唯美主义理念通过佩特传入了维多利亚时期的英国。除佩特之外,英国唯美主义的主要倡导者和实践者还有史

---

  ① M. H. 艾布拉姆斯、杰弗里·高尔特·哈珀姆:《文学术语词典》,吴松江、路雁等编译,北京:北京大学出版社,2014年,第4页。

  ② See Yumnam Oken Singh and Gyanabati Khuraijam, "Aestheticism, Decadence and Symbolism: Fin de Siècle Movements in Revolt" in *Journal of Literature, Culture and Media Studies*, vol. 4, no. 7, 2012, p. 73.

文朋、王尔德、西蒙斯、莱昂内尔·约翰逊以及艺术家詹姆斯·惠斯勒（James Whistler）、奥布里·比亚兹莱等。[①] 19世纪末，唯美主义的艺术理念发展为一场波及欧洲的文艺思潮。作家们用艺术表达了其对当时的科学主义、功利主义、道德教化的社会主流价值观的蔑视和反叛。他们认为艺术是人类文明发展过程中最有价值的成果，是一种具有完美无瑕的形式的自主自足的存在，别无其他功利或道德的目的。凝结为"为艺术而艺术"这句口号的唯美主义理念，经由王尔德等19世纪末作家的阐释最终发展为"生活艺术化""艺术替代生活"的艺术观。至此，唯美主义被赋予了一种宗教式的神秘和神圣的意味，那些摒弃世俗追求的唯美主义艺术家被福楼拜等人称为"美的宗教"的传教士。对"为艺术而艺术"理念的追随者而言，艺术构成了另一个平行的世界，它们从现实世界中撤离出来，而不是为其带去任何消息。

二、"颓废"——一个诨名

在大部分情况下，颓废不过是个"诨名"，当人们企图通过琢磨这个词的词义来洞悉它所指涉的这种新文学时，往往不是失败就是误入歧途。回顾19世纪文学史，人们可以发现，在19世纪文学批评领域，"颓废"这个词最初是作为对它所指涉的那种反传统的新文学的批判和否定而被使用的。

尼萨尔在他的《关于颓废时期拉丁诗人道德与批评的研究》（*Études de mœurs et de critique sur les poètes latins de la décadence*）中批评现代作家。他表面是在评价罗马人，实质上是在抨击19世纪的法国作家。他鄙视的对象集中在"唯美主义者"和"颓废派"身上。这些人为艺术而生活，而且确实这样做了，但是他们由此破坏了艺术。艺术和生活的恰当关系应当得到强调。

除了上述尼萨尔因文学观念立场的不同对颓废所指涉的新文学发起的批评之外，大部分时候，围绕"颓废"所发起的指责和评判都较少是从文学层面展开，而主要是从社会伦理的角度进行的。有关这类指责和评判，只需提及两个重要事件人们即可了然于心。一个是麦克斯·诺尔道的《退化》一书对文学颓废发起的建立在所谓病理学分析基础上的人格诋

[①] See Yumnam Oken Singh and Gyanabati Khuraijam, "Aestheticism, Decadence and Symbolism: Fin de Siècle Movements in Revolt" in *Journal of Literature, Culture and Media Studies*, vol. 4, no. 7, 2012, p. 72.

毁,另一个则是著名的王尔德审判事件。

在《退化》一书中,作者诺尔道以其所谓"艺术创作病理学"的中心观点,对瓦格纳、波德莱尔、魏尔伦等人的艺术创作中所彰显出的颓废倾向发起猛攻。他称这些现代艺术家为脑部与神经系统受损的病患,称其作品为精神失常状态下产生的种种臆想的文字化呈现。譬如,谈到波德莱尔时,他称其为展现了"退化的所有心理污点"[①]的典型的"自我狂",患有"断崖恐惧症",所以长久地痴迷于那些丑陋、病态、恐怖的意象而不能自拔。事实上,《退化》问世后不久,众多精英艺术家就纷纷对诺尔道这个文学门外汉故作聪明的一派胡言表示厌恶和讽刺。比如,契诃夫轻蔑地称其为"傻瓜",乔治·萧伯纳则以"退化者"自居,撰文嘲讽和批判诺尔道及其《退化》。

《退化》最早于1892年在德国出版,随后在意大利、法国、美国、英国等国家翻译出版。尽管其后两年内,它成了各种长篇批评和严厉谴责的对象,最终被摒弃[②],但此书在19世纪90年代初在激化公众对那些先锋作家的道德愤慨方面,发挥了不可估量的催化作用。

除上述诺尔道《退化》一书的出版之外,另一个事件即著名的"王尔德1895年审判案",它在19世纪末的英国社会制造出一种道德上的恐慌。借此,此前主要局限于文学小圈子里的颓废主义旋即因各式主流报纸杂志的宣传而进入了社会大众的视野,与此同时,有关颓废主义的争论也由文学批评界延伸到了通俗文化评论中,严肃的文学争论很快被浅薄的道德公愤所取代,而颓废主义作家所钟爱的性欲和暴力等"不健康"的主题便轻易成为公众开展人身攻击的一个便利的工具。随着王尔德审判案的推进,其名作《莎乐美》《道林·格雷的画像》等便被公众扔到了道德的审判台上。"病态""色情""暴力"等一时成了描述王尔德作品主题的流行词汇。围绕王尔德的激烈争议在那些与唯美主义和颓废主义相关联的作家身上所产生的寒蝉效应很快就在英国被感受到了。道德的义愤更是逐渐演化为恶意的人身攻击。奥布里·比亚兹莱仅仅因为给王尔德的剧作《莎乐美》提供了插画,就受到了通俗报纸杂志充满敌意的道德诋毁,并最

---

① Quoted in William Greenslade, *Degeneration, Culture and the Novel: 1880—1940*. Cambridge: Cambridge University Press, 1994, p.121.

② Ibid., p.120.

终为此丢掉了其在《黄面志》①的艺术编辑职位。为躲避这场可怕的舆论风暴,王尔德审判结束后不久,包括比亚兹莱、西蒙斯、道生以及华特·席格(Walter Sickert)②等在内的英国颓废主义作家与艺术家——他们都与法国颓废主义关系密切——大都选择离开英国,逃往法国海滨小镇迪耶普暂避风头。这场舆论风暴让这些生性敏感的作家、艺术家饱受身心摧残,以至于后来他们返回英国之后,也常常感到提心吊胆。

经由上述分析,人们不难得出如下结论:

其一,当尼萨尔站在古典主义文学的立场,用"颓废"一词来批判那些先锋作家的文学创作新倾向时,"颓废"所隐含的,是打破了传统文学对于艺术和生活之间的恰当关系的观照,使艺术与生活相脱离,以艺术替代生活,将艺术视为存在的全部理由。古典主义者尼萨尔信奉的是主导西方文坛两千多年的模仿说和再现论,而颓废主义和唯美主义所主张的是想象和创造。"颓废"无关伦理道德,而只关乎美学观念和创作方法上的不同意见。

其二,当"颓废"一词被非文学领域人士拿来指涉某些作家时,强调的主要是某部作品在主题层面表现出的对偏离常态的反常行为和心理(如性倒错)的钟爱。公众的道德义愤主要源于对这种文学偏好的肤浅的误读。

综合上述两点可知,当人们或多或少地将现实生活的维度考虑在内,从文学与现实生活的恰当关系的角度出发,或是从社会伦理规范的角度出发,去审视和评判唯美主义这个称谓所指涉的那些先锋作家的文学倾向之时,人们更多时候倾向于冠之以"颓废"的名号,来批判其对现实生活的无视、逃离,批判其在文本层面呈现出的各种反常特征及其所衍生出的对既有社会伦理规则的挑战。而若要追溯这些作家面对社会时的所谓"颓废"姿态形成的主要原因,则除了要将其悲观主义哲学世界观的因素和文学理念方面的因素考虑在内之外,还不应遗漏其在社会现实层面的发生契机。

颓废源于一种"不适"的个人生命体验。这种最先由那些崇尚个人自由、重视个体生命价值的人们所体验到的"不适感",其背后所隐藏着的乃

---

① 《黄面志》(*The Yellow Book*)是英国19世纪末期最重要的文学刊物之一,出版时间是1894年到1897年,一共出版了13期。现在一般认为《黄面志》是19世纪末唯美主义与颓废主义的代表刊物。

② 华特·席格(Walter Richard Sickert,1860—1942):一位拥有荷兰和丹麦血统,在德国出生,后在英国发展的颇具传奇色彩的艺术家。

是对工业现代化文明所标榜的"现代""进步"等观念的深刻反思与怀疑。诸如戈蒂耶、波德莱尔等作家，早在大部分人仍为科学进步带来的物质发展感到振奋和鼓舞之时，就以其强烈的自我意识和敏锐的艺术家直觉，体验到了工业革命衍生出的这种负面效应（个人的"不适"），继而以为艺术而艺术的反传统的文学理念为基础，创造出了被称为颓废主义或唯美主义文学的先锋文学作品。

当然，从事文学创作的人不胜枚举（尤其是在19世纪末的英、法，几乎每个爱好文学的年轻人都摩拳擦掌，准备小试牛刀），然而和任何一个时代一样，天才毕竟是极少数。当波德莱尔等大师创造出了经典的作品之后，大部分模仿之作都显得甚为拙劣。其中最主要的原因或许是：从文学内部来分析，颓废一词与唯美一词几乎可以相互替换，它们的含义是严肃的纯文学意义上的，与为艺术而艺术的文学观念以及围绕这一观念展开的文学探索实验相关。与主张文学是对现实的模仿和再现的传统作家相比，这些主张文学是超现实的想象和创造的先锋作家的作品，更难以被效仿。很大程度上，19世纪末的平庸作家所模仿的多是那些颓废或唯美主义经典出炉之后，在文本层面上显现出来的易于辨识和把握的"超现实"的"反常"的题材和主题，而缺失了为艺术而艺术的理论前提和艺术涵养，因而只能创作出为反常而反常、为逃离现实而逃离现实的低水平仿作。这类作品必定是显得矫揉造作的低级的文字游戏。很难想象一部不唯美的颓废主义作品可以被称为天才的大师之作。好的颓废作品必定是唯美的。这也正是魏尔伦脱离由巴茹发起的那个短暂存在的19世纪末颓废小团体的真正原因：19世纪末催生的那个不甚起眼的颓废小运动，尽管其成员打着"颓废"的旗号，但事实上，这个文学团体的文学创作活动并没有产生多少高明的作品。作家魏尔伦曾被这一文学团体引为标杆，虽然他一度同情并鼓励这些标榜"颓废"的青年作家群体，但不久，他就与其脱离了关系。这种脱离并不难理解，因为魏尔伦所理解的颓废与这个文学团体所标榜的颓废，在文学内涵与文化意义上均有着较大的差距。这种猜测与19世纪末文学史的史实基本符合。19世纪末所产出的颓废主义作品中，可读性强的并不多。

三、"世纪末"的唯美主义与颓废主义

回顾19世纪的世纪末文学史，人们当可发现，唯美主义是19世纪末英国的一场定义不甚明确的文学艺术运动。与所谓颓废主义和象征主

非常相似的情况是,从未存在过一个明确的唯美主义"运动"。总体而言,唯美主义似乎代表了与法国的象征主义或颓废运动相似的倾向。当人们讨论包括英国、法国在内的所谓19世纪末文学时,有时会将"颓废"和"唯美"视为可以相互替换的两个词。很大程度上,颓废与唯美不分你我。

从19世纪末文学史的发展轨迹及一些重要的细节来看,颓废主义与唯美主义是互相生成的,没有颓废主义,就不可能形成如今我们所看到的唯美主义,反之亦然。要厘清颓废主义与唯美主义的区别,我们不妨结合19世纪西方文学中的"颓废"含义,从两个角度进行理解:第一个角度是,当"颓废"被以尼萨尔等为代表的古典主义代言人用来批判19世纪西方文学中的这种新的创作倾向时,这个"颓废"与唯美主义的含义并无显著差异。第二个角度是,当我们强调唯美主义者的"颓废"特征时,我们所强调的似乎是当他们将"为艺术而艺术"理念推至"艺术替代生活"的极端时,所呈现出的一种艺术化的生存姿态。如此一来,问题变得简单了一些。我们只需从第二个角度对颓废主义与唯美主义的区别做进一步辨析。

就我们通常所说的法国的颓废主义的情况而言,从一开始,法国的颓废主义就从本土文学中获得了唯美的基因。也就是说,就法国而言,颓废主义与唯美主义之间几乎不存在任何美学内涵上的区别。以下将对这一点进行具体的分析论证。

戈蒂耶是"为艺术而艺术"的先驱。他在《莫班小姐》的著名序言中详尽阐述了他的理论。这篇文章是法国颓废主义的一份宣言,其所产生的反响可能仅次于他给波德莱尔的《恶之花》写的序言。在序言中,戈蒂耶强调了艺术无关乎现实与功利的特性。《法马洛》(*La Fanfarlo*)中的塞缪尔·克拉默(Samuel Cramer)依照戈蒂耶所阐述的理论过着唯美主义式的生活。他是法式浪荡子的典型。相较于英式浪荡子,法式浪荡子更称得上是一个真正的唯美主义者。正是在这一点上,法式浪荡子与唯美主义者相融合,而且他们都倾向于在现实生活中践行其颓废—唯美的艺术理想。在他们眼中,所有的现实存在物只有在"艺术赋予它一种被精心改造的感觉"时,才能体现出其存在的价值。

法国颓废主义文学中典型的唯美主义者是于斯曼的小说《逆流》中的德泽森特。对他而言,没有了艺术,生活便失去了意义。他把艺术看得比生命更重要。神经衰弱的德泽森特厌倦了巴黎,退隐到丰特内(Fontenay),在惊世骇俗、花样翻新的感觉实验中遍寻稀有的欢愉。与伊壁鸠鲁(Epicurus)相反,德泽森特把自己归为"哲学上的享乐主义者"。他把玩着奇异的植物与花卉,品尝着精致高雅的美酒,嗅着喷洒在空气中的香雾,在"感官的交响乐"中流连。正如多数批评家所公认的那样,他是残缺的父亲,残缺的子孙,崇拜倒行逆施的艺术。最后,当他的过度敏感最终导向神经崩溃时,他不得不承认一个事实:如若继续沉溺于这般奇异梦幻的唯美生活,等待自己的将不是死亡就是疯狂。他绝望地意识到,唯一的选择就是重新回到他厌恶透顶的那个所谓自然与常态的生活中去。艺术要求颓废派和唯美主义者付出可怕的艰辛努力。德泽森特的选择基本上是所有颓废者的选择,他的行为是所有那些唯美主义者的所作所为:当他们面对恐怖和丑陋的现实世界时,他们会在重重表象之下构想现代社会的真实模样。颓废—唯美主义者转向艺术,很大程度上与其头脑中存在的一种有关终极社会灾难的构想有关。

而就英国的情况而言,"颓废"并非英国的唯美主义者天然具有的一个特性。法国的唯美主义者戈蒂耶是颓废主义作家,但英国正宗的佩特式的唯美主义本质上并不是那么"颓废"。从文学史的事实来看,促成英国唯美主义向着"颓废"转变,或者说,将"颓废"的因子注入英国唯美主义的,乃是王尔德所作的种种努力。王尔德将"为艺术而艺术"推至"艺术替代生活,生活模仿艺术"的极端,将法国"颓废"的元素注入了英国的唯美主义。王尔德的努力总体上可以分为两个方面,一个方面的努力体现在对本国唯美主义理论的进一步阐发上;另一个方面的努力则体现在通过对法国颓废主义之创作倾向的阐发,将来自法国的"颓废"基因注入英国文学的血脉。

在王尔德的第一种努力中,佩特扮演了重要的角色。在英国,沃尔特·佩特(Walter Pater)对唯美主义运动意义重大。佩特《文艺复兴》一书的"结论"部分引发了一场辩论风暴。在这个"结论"中,他写道:"始终与这猛烈的、宝石般的火焰一同燃烧,并维持这种狂喜,乃是生命的伟大成就。"在有关艺术与美的问题上,佩特的观点与当时的两位主要批评家约翰·罗斯金和马修·阿诺德的观点相左。在《文艺复兴》里,佩特抛弃了罗斯金"以抽象的方式定义美,从而在最普遍性的意义上将其表达出来,为它寻找某种普遍性的公式"的尝试。稍后,他讽刺性地引用了阿诺德的宣言——"按照事物在现实中的本来面目去审视它",以此表达他的蔑视之情:"在唯美主义批评中,按照事物的本来面目观察的第一步,乃是去了解事物在一个人心中所留下的印象的本来面目,去辨别它,去清晰地认识它。"①佩特对阿诺德宣言的重述与回应引发了诸多评论。王尔德以机智的表述改进了佩特的观点,指出批评家的主要任务是按照事物本来不是的样子去审视事物。

与对本国佩特式唯美主义观念的改进相比,第二方面的努力无疑更加重要。王尔德把"为艺术而艺术"理念推向了其逻辑上的极限,并把前一代的大师——特别是戈蒂耶、波德莱尔、爱伦·坡——留下的美学遗产组织成一个相对一致的综合体。《意图集》中的四篇论文以及其他一些文章可以证明,当时的王尔德几乎成了法国颓废主义的主要理论家。

事实上,在对法国颓废主义的了解与阐发中,鼓舞了王尔德的根本的美学思想是"激进的反自然主义"。在王尔德看来,自然与艺术之间的传统关系亟待转换。在《意图集》的开篇部分,站在"反自然"的立场上,王尔德猛烈地抨击自然。根据他的表述,自然是简陋的、单调的、未完成的。尽管它包含了某些好的意图,但这些意图本身却无法让事情得到实践。王尔德将自然的这种设计上的缺憾视为"人类之幸",因为倘若自然是完美的,那么人类就不会创造出任何艺术。艺术代表了人类主观精神的反抗,是人类将自然导向其合适位置的勇敢尝试。王尔德对"反自然观念"的阐发意味着,"模仿自然"这一古典审美的基本原则已经过时。新的观念是,不仅要拒绝对自然的模仿,还要进一步远离现实。基于这种崭新的美学观念,王尔德认为,现实主义的创作方法是完全失败的。他激烈地抨击当时的一些伟大的英国小说家和法国自然主义者,指出这些作家通过摹写现实而贬低了艺术,并断言,如果人们不检查或不修改对现实的怪异崇拜,艺术将会绝种,美将从大地上消失。

实际上,在主张对自然与艺术之间的传统关系进行颠覆性变革的过程中,王尔德甚至还表达了一个悖论,那就是:真正的艺术非但不是对自然和生活的模仿,甚至还反过来为自然和生活提供模型。他宣称:"如果自然中的一种事物使我们想起了艺术,它会变得更加可爱,但如果艺术中的一种事物让我们联想到了自然,那么它就不具有真正的美。"②王尔德认为,艺术家之所以伟大,主要就是因为他能够调整、改变人们对自然与

---

① Quoted in Yumnam Oken Singh and Gyanabati Khuraijam, "Aestheticism, Decadence and Symbolism: Fin de Siècle Movements in Revolt" in *Journal of Literature, Culture and Media Studies*, vol. 4, no. 7, 2012, p. 75.

② Quoted in Jean Pierrot, *The Decadent Imagination, 1880—1900*. Tran. Derek Coltman. Chicago: The University of Chicago Press, 1981, pp. 20—21.

生活的看法。他说:"一个伟大的艺术家创造一种类型,而生活试图模仿它,像出版商一样以一种流行的形式复制它。"①

在详细阐发"反自然"审美观的同时,王尔德追随戈蒂耶和波德莱尔,特别强调了"艺术的自治"。他明确提出,审美无关乎道德,美德和邪恶对于艺术家而言,就好比调色板上的颜色对于画家那样。甚至还极富挑衅意味地说,一个伟大的艺术家完全有可能同时也是一个十足的罪犯,一个人是下毒者这个事实与他从事散文创作之间并无冲突……在犯罪和文化之间,并没有本质的冲突。②

将艺术从对自然的模仿中和对道德的臣服中解放出来的观念,暗示了艺术家不再需要为了"合乎事实"而去细致地观察自然和生活,以便"再现"自然和生活,而是为了去"想象"、去"创造"、去"说谎"。换句话说,艺术家的职能乃是创造那些并不存在的东西,而不是记录已经存在的东西,文学的最大快乐就是把不存在的东西变成现实。对"说谎"的辩护是王尔德《意图集》中的首篇文章的理论基础。王尔德极力标榜"想象"之于艺术的最高价值,将其誉为"才能的女王"。在《说谎的衰落:观察》一文中,他通过"在空中飘游的蓝鸟"这一奇特的意象呼唤"想象"的复兴,阐述他所理解的艺术的真谛:"蓝鸟歌唱的是美丽但不可能的事,是可爱却永不会发生之事,是事物所不是但却应该是的样子。但在这些到来之前,我们必须培植丢失了的说谎的艺术。"③

当然,除了王尔德所发挥的主要作用之外,另外一些英国作家在向英国公众介绍法国颓废主义的过程中,也发挥着不容忽视的作用。比如,1889年,霭理士借助布尔热的颓废理论,首次将作为一场文学运动的"颓废"概念正式介绍到英国评论界。根据霭理士的解释,布尔热用"颓废"这个词来标识社会发展到极成熟之时出现的一种文学模式。布尔热把社会比作有机体,认为一旦社会中的某些个体生命开始有意识地拒绝为传统的人类福祉做奉献,社会就将陷于颓废的境地。与"社会"这个有机体类似,"语言"也是个有机体。就一本书而言,"颓废"的情形就体现在,书的整体被分解为页的独立,页又被分解为句子的独立,而句子则让位于词的

---

① Quoted in Jean Pierrot, *The Decadent Imagination*, 1880—1900. Tran. Derek Coltman. Chicago: The University of Chicago Press, 1981, pp. 21—22.
② Ibid.
③ Ibid., pp. 22—23.

独立。①

在介绍了布尔热的观点之后,霭理士还对其谈到的颓废风格特征作了扼要的评论。他认为,布尔热所说的颓废风格,本质上是一种无政府主义风格,在其中一切都让位于个体部分的发展。②

事实上,当抽象的唯美主义理念落到现实生活的语境中时,它所呈现出的正是一副"颓废"的面孔。对唯美主义者而言,艺术乃是其生活之全部意义的唯一来源。此番事实使颓废主义与其直系前辈浪漫主义拉开了距离。浪漫主义主人公是严肃的反叛者、诗人、预言家、先导,但他从来都不是一个幽默风趣的唯美主义者。浪漫主义主人公本质上是自然人,而颓废主义和唯美主义的主人公则是"反自然"的原型。典型的浪漫主义者与典型的颓废—唯美主义者之间绝不会在释义上相互重合。只有浪漫主义主人公的一种特殊形象——浪荡子——才有可能逐渐演变成颓废的主人公,这里无疑彰显出后者对于生活之审美意涵的高度重视。

与很多评论家的观点相反,唯美主义者其实并非不问世事的"缩头乌龟";相反,他冷眼旁观,洞明世事,并以其自身的行动回应其身处的现实世界。"为艺术而艺术"的唯美主义者始终牢牢扎根于社会环境中,他们转向艺术是因为痛恨肮脏的现实社会。他们可以忍受罪恶、不道德、变态的现实社会,甚至佩服自个儿的矫揉造作,但绝不能容忍自己变得庸俗和丑恶。波德莱尔、福楼拜、龚古尔兄弟等颓废派和唯美主义者都对资产阶级及其价值观怀有深深的蔑视。那些"尊贵"的资产阶级庸众与艺术毫无瓜葛;他们目光所及之处,只有实用的现代机器和舒适便利的工具。就此而言,人们可以发现,那些以"反自然"为标榜的唯美主义者,内心其实仍然向往自然,向往一种远离庸俗繁复的现代社会的原始、朴素的生活。真正逆反自然的,反倒是那些平庸的资产阶级大众。

"为艺术而艺术"是一个有点儿贵族化的概念。似乎只有精英知识分子阶层才有可能维持一种唯美主义的生活。颓废派对旧制度和保守主义青睐有加是其反资产阶级倾向的自然而然的结果。一个厌恶平庸的人必然会因此热爱杰出,于是他从资产阶级中投身到贵族阶层。由此,19世纪末作家的所谓"颓废"的姿态,其实并不仅是为了达成"震惊资产阶级"的企图,更是为了在面对资产阶级庸众一波又一波的舆论风暴之时,彰显

---

① See R. K. R. Thornton, *The Decadent Dilemma*. London: Edward Arnold Ltd., 1983, pp. 38—39.

② Ibid., p. 39.

其所秉持的"审美个人主义"的高贵立场。

第五节 颓废主义与现代主义

一、"颓废":现代主义的前奏

有关颓废主义与现代主义的关系这个问题,西方学界通常的做法是将颓废主义视为文学史的过渡阶段——在现代主义宣称的真正的新奇性出现之前,颓废主义代表了对维多利亚时期文学的价值与形式的最初逃离与反抗。[①] "颓废主义乃现代主义的前奏"这一观点,最早可追溯到西蒙斯在1899年所作的著名论断。在《文学中的象征主义运动》中,西蒙斯将关注点集中在形式特征方面,对颓废主义之"颓废"一词进行了界定:"这个词仅仅在运用于风格之时才恰如其分,指那些精巧的语言变形,例如马拉美,这可以与我们惯常称之为希腊罗马的颓废的那个东西相比较。"[②]就此,杰森·大卫·霍尔和亚历克斯·穆雷在论文集《颓废主义诗学:英国世纪末的文学与形式》中指出,颓废主义作品的形式创新,目的是创造一种更为简洁、锋利的诗学,换句话说,主导维多利亚时期的冗长的诗风正在给一种不那么冗长的抒情风格让道:"冗长的、辞藻华丽的田园诗,冗长散漫的戏剧式独白,冗长的喋喋不休的老故事,思想与情感迷失在色彩和声音的狂欢中的冗长的史诗性叙事诗,可能要让位于一种更为简短的思想迸发和更为紧凑的形式。"[③]例如,西蒙斯与其他人的作品更接近于早期印象派诗人庞德,而不是丁尼生。[④] 正如约瑟夫·布里斯托(Joseph Bristow)所言,西蒙斯的愿望是要"重新明确位置、形式和语言,以便在世纪末人们能把他的艺术理解为现代文化"[⑤]。

---

① See Jason David Hall and Alex Murray, eds., *Decadent Poetics: Literature and Form at the British Fin de Siècle*. New York: Palgrave Macmillan, 2013, p. 5.

② Arthur Symons, *The Symbolist Movement in Literature*. New York: E. P. Dutton, 1919, pp. 6—7.

③ Ibid.

④ 尽管相对而言,颓废主义没有长篇诗歌作品,但仍有一些诗歌剧(verse dramas),尤其是迈克尔·菲尔德(Michael Field)和欧内斯特·道生的一些作品。

⑤ Joseph Bristow, *The Fin-de-Siècle Poem: English Literary Culture and the 1890s*. Athens, OH: Ohio University Press, 2005, p. 5.

在小说领域,文学现代主义确实得益于19世纪末颓废主义运动。比如,众多现代小说大师都热衷于疾病、衰退、性反常、人工性、唯美主义等颓废主题。大卫·威尔(David Weir)在其论著《颓废与现代主义的生成》(*Decadence and the Making of Modernism*,1996)中反复申明:"正如象征主义对现代诗歌的作用,颓废主义对现代小说的发展起着关键性作用。"[1]威尔在该书中细致探讨了颓废主义与现代主义之间的复杂关系。在其定名为"颓废主义与现代主义"的章节中,他将现代主义称为"颓废主义的一种自相矛盾的发展",并且引用了两个非常不同的文本——乔伊斯的《一个青年艺术家的画像》(*A Portrait of the Artist as a Young Man*,1916)与纪德的《背德者》(*The Immoralist*,1902)——佐证这一观点。在他看来,乔伊斯的小说显示出对先前的颓废主义作家——佩特、王尔德、邓南遮、乔治·摩尔——的接受,而纪德的小说则呈现为对颓废主义的一种尼采式的自我克服。由此,颓废主义的悖论式实质——精致文雅与野蛮——分裂为现代主义中两种相互矛盾的特征:一个是"过度精致",另一个是"原始素朴"。在之前的部分章节中,威尔已经谈及由野蛮重新赋予生机的颓废主义的消极"欲望",因此现代主义者对"过度充实的文化"以及一种想象性的、去文化的"原始主义/原始风格"的双重兴趣,被视为颓废主义的一种合乎逻辑的延伸。此外,威尔还考察了颓废主义在美国的一种矛盾情形:一些未被列入经典之列的现代主义作品以其低劣的品质延续了"颓废"的传统;与此同时,一些被归入现代主义作家之列并移居国外的美国作家,则革新了先前的"颓废"传统。该书最后以一篇关于后现代主义的后记收结——认为后现代主义不过是颓废善感性的另一种迟来的变种。[2]

近年来,在关注19世纪末的诸多文学运动时,西方学者——尤其是研究现代主义诗歌和小说的学者,逐渐将更多的注意力投向颓废主义运动。他们开始研究这场19世纪末运动对现代主义文学的影响,关注两者之间的某些一致性、连贯性与交叉性。文森特·谢里在一系列论文以及2015年出版的论著《现代主义与颓废的再造》中对现代主义与颓废主义

---

[1] David Weir, *Decadence and the Making of Modernism*. Amherst: University of Massachusetts Press, 1996, p. i.

[2] Ibid., p. xviii.

关系的全面探讨,就是这方面的典型代表。①

巴里·J.福克在其论文《象征主义与颓废主义》中特别关注了文森特·谢里的颓废主义研究成果。他提到,谢里通过一系列论文深化了对现代主义与颓废主义之间关系的研究。谢里强调现代主义者的身份形成与颓废主义审美之间具有重要的趋同性。在其论文《现代主义与"真实"》里,谢里给出了一个引人注目的观点:颓废主义对现代主义的影响远不只体现在两者在性爱心理层面的共同兴趣方面,更体现在现代主义的时间意识与颓废主义作家对他们身处的时代所持有的观念之间的连续性。在同一篇文章里,谢里还使用"颓废的现代主义"一词,描述颓废主义的历史主义与现代主义的瞬息性(temporality)之间的交叉。类似地,在《艾略特、帝国后期与颓废》一文里,谢里聚焦于艾略特与庞德在第一次世界大战期间创作的诗歌中的颓废元素。②

在新近的研究成果中,凯尔·莫克斯的论文《斯特林堡、王尔德、易卜生的莎乐美童话中的颓废、忧郁症与现代主义的生成》也是值得重视的一项专门研究。他将颓废主义设想为早期现代主义(proto-modernism)而非晚期浪漫主义。莫克斯指出,只有在伴随一种线性的时间观念时,"现代性"的概念才成为可能。离开浪漫主义的时间观念——牧歌式的、循环的,现代文化形成其进步观念——期待未来的前景;然而,瞬息性(temporality)的这种强烈的意识,引发了一种深刻的失落意识——认识到自己从一种田园牧歌式的生活中分离出来。这种田园牧歌的生活愿景以及我们想要抵达它的尝试已被赋予了很多种名称,如自我毁灭的本能、真实之境、伊甸园、档案、美好的既往等。③

对19世纪已经逝去的光阴的普遍焦虑并不令人吃惊。19世纪一方面实现了广泛的政治与文化解放,另一方面又经历了帝国崩塌、种族灭绝、非人的都市化以及工业化的过程;这些变化使人感受到了方向感的缺失。在《现代性的五副面孔:现代主义、先锋派、颓废、媚俗艺术、后现代主义》中,马泰·卡林内斯库将"现代主义"描述为"一种日益增长的对于历

---

① See Vincent Sherry, *Modernism and the Reinvention of Decadence*. New York: Cambridge University Press, 2015.

② See Barry J. Faulk, "Symbolism and Decadence" in *A Companion to Modernist Poetry*. Eds. David E. Chinitz and Gail McDonald. Chichester: Wiley Blackwell, 2014, p.153.

③ See Kyle Mox, "Decadence, Melancholia, and the Making of Modernism in the Salome Fairy Tales of Strindberg, Wilde, and Ibsen" in *Decadence, Degeneration and the End*. Eds. Marja Härmänmaa and Christopher Nissen. New York: Palgrave Macmillan, 2014, p.127.

史相对主义的强烈意识";通过它,艺术家感到有必要创造一种"私人的、本质上可以修改的过去",他们已与具有确定标准的规范性过去切断了关联。从艺术创作的方面思考,卡林内斯库将这一文化时刻总结为一种显著的转变——从建立在"不变的、卓越的美的理想的信仰"之上的"永久性的审美(aesthetics of permanence)",转向一种重视新奇性(novelty)的瞬息性审美。① 这种转变自然容易引发焦虑,使有关历史的一种双向性的观点成为必要。颓废主义和现代主义文学共享的一个关键特征就是对反复、回归以及古老故事的形式改造。这样,颓废的忧郁症便由"悖论性的"转化为"生产性的"。② 一方面充满希望地期盼理想化未来,另一方面又感到保存过去的荣誉并将其与"黄金时代"相关联的必要。显而易见的可靠标准来自《圣经》文本、传说、神话和童话故事。满怀忧郁的颓废主义作家寻找着一种存储着有关过去的记忆而且具有稳定意义空间的文化"档案",从中获取艺术灵感以及审美的真实性。这种恼人的处境是19世纪末与20世纪初先锋派的主要特征。正如让·皮埃罗所言,在拒绝当下的真实性并孤注一掷地寻求逃离与梦境的方面,颓废主义作家在努力传播他们钟爱的形而上的、道德的,或审美的观念时,自然地会增加传说和神话世界的运用。③ 因此,这一时期作品的统一特征是它们与"失落感"在审美上的关联。莫克斯指出,通过重构对这些运动的讨论,思考渗透于这一时期作品中的失落的精神面貌,人们可以将颓废主义设想为"早期现代主义",因为它偏爱人工性而非自然,这种偏好成为其风格的标记。莫克斯说:

> 颓废不是被策划出来的一场文学运动,而是一个描述符号,它指涉了世纪末文学的三个主要特征。第一,颓废文学展示出对于衰退的痴迷。然而,这种痴迷却引发了形式和风格上充满活力的创新。

---

① Matei Calinescu, *Five Faces of Modernity*: *Modernism*, *Avant-Garde*, *Decadence*, *Kitsch*, *Postmodernism*. Durham: Duke University Press, 1987, p. 4.

② 凯尔·莫克斯指出,他在论述中之所以选择使用"melancholy"而非"mourning",主要是受了西格蒙德·弗洛伊德1917年的一篇文章《哀伤与忧郁》(Mourning and Melancholia)的启发。弗洛伊德在其文章中将"忧郁"辨识为一种失落(loss)的形式,在这种形式(form)中,主体不愿意离开其已然失去了的客体/对象,不愿让它自生自灭。See S. Freud, "Mourning and Melancholia" in *The Standard Edition of the Complete Psychological Works of Sigmund Freud*. vol. 14. London: Hogarth, 1957。

③ See Jean Pierrot, *The Decadent Imagination*, *1880—1900*. Tran. Derek Coltman. Chicago: The University of Chicago Press, 1981, p. 206.

第二，颓废展现了浪漫主义和现实主义之间的冲突……第三，颓废赞成艺术之于自然的优越性。正如王尔德在《说谎的衰落：观察》中所暗示的："自然向我们展示的唯一效果，不过是我们已经从诗歌或绘画中看到过的效果。这是自然的魅力的秘密，也是对自然的弱点的解释。"①由此，意义并不是在与自然本身的直接接触中发现的，而是从艺术所提供的更加永恒的真实中获得的。一旦（艺术）对意义与创造的源头（即自然本身）的再创造被允许，它当然也同时成为焦虑的根源。作为一种结果，一种忧郁的热情由此创造出了颓废，这种忧郁具有审美理想主义（aesthetic idealism）的可感知的稳定性，继之而起的则是现代主义在风格上的探索性实验。②

在论文《唯美主义、颓废主义与象征主义：反叛的世纪末运动》中，尤玛纳姆·奥肯·辛格（Yumnam Oken Singh）和亚那巴提·库莱贾姆（Gyanabati Khuraijam）无意于辨析颓废主义与19世纪末唯美主义、象征主义之间的区别，而是着力考察颓废主义与它们之间的内在关联。他们的基本观点是："世纪末的三场运动与浪漫主义、现实主义、自然主义相对立，与此同时，他们都具有与现代主义相关联的趋向。"③由于颓废主义始终与唯美主义、象征主义等19世纪末文学思潮有着千丝万缕的联系，因此，在辨析三者之间的差异时，我们也应发掘三者之间的内在关联，从而为理解颓废主义的内涵提供另一种途径与思路。两位作者指出，唯美主义、象征主义与颓废主义，是19世纪末在英国同时展开的文学艺术运动。这些世纪末运动被认为是象征主义或法国颓废主义的衍生物。而事实上，唯美主义与颓废主义都是法国象征主义的分支，英国的象征主义运动不过是前两场运动（唯美与颓废）的一种延续或发展，或者更确切地说，是法国运动的副本。总体来说，越来越多的学者倾向于将19世纪90年代和20世纪初视为过渡期——在信念、信仰、文化与艺术等方面的过渡期。在这个时期，没有固定、核心的东西。这个过渡期创造出富有活力的文

---

① O. Wilde, "The Decay of Lying—An Observation" in *The Collected Oscar Wilde*. New York: Barnes & Noble, 2007, p. 392.

② Kyle Mox, "Decadence, Melancholia, and the Making of Modernism in the Salome Fairy Tales of Strindberg, Wilde, and Ibsen" in *Decadence, Degeneration and the End*. Eds. Marja Härmänmaa and Christopher Nissen. New York: Palgrave Macmillan, 2014, p. 127.

③ Yumnam Oken Singh and Gyanabati Khuraijam, "Aestheticism, Decadence and Symbolism: Fin de Siècle Movements in Revolt" in *Journal of Literature, Culture and Media Studies*, vol. 4, no. 7, 2012, p. 71.

化。因此,大卫·威尔将颓废主义视为从浪漫主义到现代主义转变的一个充满活力的过渡阶段,在此阶段中,颓废主义"拒绝使用传统的模仿(论)作为其美学基础"。威尔将颓废视为促进颓废主义向现代主义的转变的一场运动。马泰·卡林内斯库以一种相似的方式表明"颓废实为现代主义的一种原型"。他说:

> 颓废风格不过是对审美个人主义的自由表达,它拒绝传统的专制性要求,诸如统一性、等级性、客观性等。在拒绝传统暴政这一方面,颓废与现代主义具有一致性。①

颓废主义审美与浪漫派审美的不同之处在于,自然对于后者而言极其重要,但对前者来说,自然必须被重新组织和改良。对于颓废主义作家而言,自然是不完整的,它需要借助艺术家的手,使其变得更加令人愉快。颓废主义作家迷恋人工美。在这里,没有所谓的"普遍真理"。他们对于异常、古怪的兴趣并非个例。他们的作品中呈现出对性变态、反常与非自然的偏爱。在此,一种"精神上的不安"清晰可见,但是也清晰地显示了颓废主义作家对罗马天主教及其宗教仪式的兴趣。而唯美主义也持有类似的文学观念,同样批判了传统的模仿论,并将艺术独立、审美自主的理念传入现代文学之中。颓废的唯美主义者赋予"人工性/人造物"以形而上的意义。他们处理了各种古怪的主题,并将其付诸严谨的实践中。他们中的大多数人将"死亡"描写为一种"甜蜜的终结",并使用所有能让感官感到愉悦的东西填充生活。一个纯粹的唯美主义生活必定是短暂的,但却是充满刺激、愉悦与幻想的。②

19世纪末的三场运动体现出对浪漫派、现实主义、自然主义的不同程度上的反拨。与此同时,它们与现代主义的文艺理念相通,比如:它们都热衷于一种拥护个人主义、自由与怪诞的艺术;同性恋不再被视为一种罪恶;流行和时髦不是背离男子气概的;不存在普遍真理,因为只是我们观看的方式促使我们将某种东西看作真理或谬误。19世纪末的三场运动对自然与现实的认知,将转变为现代主义有关现代社会的天启性观念,

---

① Matei Calinescu, *Five Faces of Modernity*: *Modernism*, *Avant-Garde*, *Decadence*, *Kitsch*, *Postmodernism*. Durham: Duke University Press, 1987, p.171.

② See Yumnam Oken Singh and Gyanabati Khuraijam, "Aestheticism, Decadence and Symbolism: Fin de Siècle Movements in Revolt" in *Journal of Literature*, *Culture and Media Studies*, vol. 4, no. 7, 2012, p.80.

艺术家对美与象征的寻求导向了神秘主义。简言之，唯美主义、颓废主义与象征主义促进了文艺理念的革新，在它们的诸多先锋实验和探索的基础上诞生了现代主义。①

二、"颓废"："世纪末"诸种文学思潮的精神聚焦点

19世纪后半期，文学运动、学派团体以及各种"主义"激增。在很多研究者和批评家看来，作为19世纪末文学的精神聚焦点，"颓废"乃是统摄19世纪末诸思潮的主导精神。

大卫·威尔在其论著中谈到了作为文化衰退、哲学悲观主义、科学的危言耸听（关于宇宙终结的"热寂"理论）②、身体的退化、"不道德"等意义上的"颓废"，但他集中探讨的核心还是"作为西方文学从浪漫主义向现代主义过渡的重要环节"的"颓废"。威尔明确指出，当人们把浪漫主义和现代主义之间大量涌现的多种19世纪运动——自然主义、象征主义、高蹈派、前拉斐尔派、唯美主义、颓废主义及其他——置于"颓废"的概念之下进行审视的时候，这些纷繁复杂的运动可以得到最佳的理解。换句话说，"颓废"提供了一种观念上的焦点，这一焦点有助于统一浪漫主义与现代主义之间的文化过渡期。威尔认为，"颓废"是19世纪中后期极其复杂多元的文学活动的共同特性，它对现代小说的发展至关重要，直接构成了现代主义小说的根基。在此之前，也曾有批评家提出颓废潜藏于众多文学趋势之下③，但他们并未像威尔那样，充分地论证这一观点。大致来说，那些早前的批评家也没有用生成性、发展性的措辞形容颓废主义在过渡时期所发挥的积极主动、充满活力的作用。④

乔治·罗斯·瑞治通过区分"颓废"与作为松散文学团体的"颓废主义"以及相关文学运动之间的差别来界定19世纪末文学之"颓废"。他将"颓废"界定为19世纪——尤其是19世纪末——西方文学中的一种崭

---

① See Yumnam Oken Singh and Gyanabati Khuraijam, "Aestheticism, Decadence and Symbolism: Fin de Siècle Movements in Revolt" in *Journal of Literature, Culture and Media Studies*, vol. 4, no. 7, 2012, p. 83.

② See Eugen Weber, *France: Fin de Siècle*. Cambridge: Harvard University Press, 1986.

③ See Jean Pierrot, *The Decadent Imagination, 1880—1900*. Tran. Derek Coltman. Chicago: The University of Chicago Press, 1981; George Ross Ridge, *The Hero in French Decadent Literature*. Athens: University of Georgia Press, 1961.

④ See David Weir, *Decadence and the Making of Modernism*. Amherst: University of Massachusetts Press, 1996, p. xvii.

新、独特的文学主导精神。大致来说,其对"颓废"定义的解读可分为以下几个层面:

第一,他指出,"颓废"是 19 世纪——尤其是 19 世纪末——出现的一种具有独特标识性的崭新的文学主导精神;而其最初的萌芽则可追溯到波德莱尔的文学创作与理论阐发中。他赞同法国学者玛德琳·鲁德勒(Madeleine Rudler)等人的观点——正是文学天才波德莱尔的创作,为颓废主义的盛行确立了潜在的主题与风格。波德莱尔的写作标识了 19 世纪西方文学发展趋势中的一个关键节点:既是浪漫主义的终点,也是当时尚未命名的新的文学运动——颓废主义——的开端。第二,他认为,为了给"颓废"下一个准确的定义,我们必须了解颓废的世界观。他进一步指出,在不同的称呼下,19 世纪末的诸多文学团体之间享有共同的哲学联系,因而它们有一个统一的称号——"颓废"/"颓废主义"。作为一个历史性事实,文学"颓废"包含着高蹈派、象征主义以及许多小型运动,并且在很大程度上,它与自然主义共享类似的思想观念。左拉对生理和病理性退化的兴趣绝非与时代精神之间的巧合;在其他现实主义作家中,龚古尔兄弟始终对心理学层面存有兴趣与关切。19 世纪后半期,几乎所有的法国作家都注意到了颓废主义。第三,他认为颓废主义或许也与社会衰退相关。尽管不同的作家在描述"颓废"时明显有着各不相同的陈述,但是法国颓废者都借助于语言表征社会的衰退。[①]

瑞治在其论述中提到的那场"被简单地从学术上冠以被误解的'颓废主义'之名的小运动",在稍后斯沃特的研究中得到了具体的描述。斯沃特提到,沉迷于对衰退社会的堕落进行描画的大部分小说家,都并非与所谓"颓废"或"颓废主义"直接关联。[②] 这个短命的文学流派——魏尔伦是其主要的文学发起者——发表了许多宣言,并且拥有自己的杂志《颓废者》。它的支持者是比布尔热和于斯曼更为年轻的一代,他们的政治和哲学观念更加激进和现代,他们中的许多人是无神论者,并与无政府主义关系密切。老一辈的文学批评家埃德蒙·谢勒(Edmond Scherer)将他们描绘为沉溺于理智、道德以及宗教的虚无主义者。这些年轻作家的悲观主义不应该被过于严肃地看待。他们常常以迷惑布尔乔亚公众为乐趣,他

---

① See George Ross Ridge, *The Hero in French Decadent Literature*. Athens: University of Georgia Press, 1961, pp. 13—14.

② See Koenraad W. Swart, *The Sense of Decadence in Nineteenth-Century France*. The Hague, Netherlands: Martinus Nijhoff, 1964, p. 165.

们的"颓废"有时不过是一种文学姿态而已。他们自称颓废主义作家,这在很大程度上是为了挑衅敌对的批评家。这些批评家将他们的文学作品与"颓废"相关联。

斯沃特重申了文学颓废主义的概念,并认为它之所以摒弃与现实有关的一切行动,而沉迷于反常、怪诞与病态之中,是因为他们"缺乏对绝对价值的信仰",而"丧失了这种信仰,就不可能始终有对衰退或进步的信仰"。① 根据如上表述,我们可以提炼出他对颓废主义的基本认知:颓废主义最基本的外部表征是摒弃一切现实行动;而"缺乏对绝对价值的信仰"则是这种外部表征的潜在精神实质。简而言之,颓废主义的精神内核就是"绝对价值信仰"的缺失。在此精神实质之下,颓废主义作家所秉持的崭新信条——认为所有时代的道德形式和艺术表达方式同样有效或无效——便是应有之义。作者的观点与 C. E. 贾德的观点非常接近。只不过,贾德的论述比斯沃特更加具体和深入——他的《颓废——一个哲学问题》整部论著都在试图阐明这一点。

杰森·大卫·霍尔和亚历克斯·穆雷在论文集《颓废主义诗学:英国世纪末的文学与形式》的引言中指出:

> 将颓废视为现代主义的前奏的叙述也不是没有问题的,因为太长时间里,它将颓废解读为大胆的、激进的和现代的,这种解读忽略了我们在很多颓废主义的作品中看到的一种怀旧和普遍的倒退趋势。这种审视角度会使颓废问题变得更为复杂,因为如此审视的结果无法将颓废解读为我们之前设想的那样,具有超越性和现代性。不过,这种观察也为我们认知颓废提供了一种新的解读方向,即颓废诗学的形成和发展得益于它与文学史的对话。有一点值得铭记,那就是:几乎所有重要的浪漫主义者都同时也是颓废主义批评研究的对象。②

正如琳达·道林在《唯美主义与颓废主义:参考书目注解》(*Aestheticism and Decadence*: *A Selective Annotated Bibliography*)一书中所说的那样,1870 年到 1914 年之间的这个时段,乃是西方文学通往

---

① Koenraad W. Swart, *The Sense of Decadence in Nineteenth-Century France*. The Hague, Netherlands: Martinus Nijhoff, 1964, p. 261.

② Jason David Hall and Alex Murray, eds., *Decadent Poetics*: *Literature and Form at the British Fin de Siècle*. New York: Palgrave Macmillan, 2013, p. 5.

现代主义的过渡时期。这一观点使我们能够将这一时期视为一个"对维多利亚文学文化的真正背离和对现代运动的真正参与"的时期。当然，这个观点也启发文学史家去寻找贯穿在众多运动——高蹈派、现实主义、印象主义、象征主义等，一直到意象派和旋涡主义（Vorticism）——中的统一性主题，而不是去给所有的运动施加一个单独的还原性方案。①

诺斯罗普·弗莱（Northrop Frye）在另一个领域对"前浪漫主义"这个概念的攻击同样也适用于19世纪90年代。由此，与19世纪90年代深刻相关的便只能是一些极为具体细致的话题——诸如瞬息性、不稳定性、衰退以及将衰退与瓦解的个人感受予以风格化的展现，等等。由于19世纪90年代那些处于科学实证主义和主体性意识之间的重大事件对于其后时期的重要性，将这一时期视为原初的现代主义（ur-modern）是过于缩减的、幼稚的方法论错误——伊恩·弗莱彻（Ian Fletcher）和马尔科姆·布雷德伯里（Malcolm Bradbury）在论文集《颓废与19世纪90年代》的序言中表明了这样的学术旨趣。大致来说，他们认为，用"过渡时期"或"前现代主义"等来描述19世纪末——尤其是最后10年，是对这一复杂时期意义及重要性的过度缩减，在方法论上是过于幼稚的；此外，基于上述种种不谨慎的幼稚判定，从而试图寻找贯穿在19世纪末诸种复杂运动中的统一的主题，"这种方法在有关颓废的细部研究已然遭受了道德批评家严厉责难的情形下有它的价值。然而，有关现代主义的观点本身已经发生了巨大的变化，变得越来越国际主义化和复杂化；在这一过程中，已经很难十分肯定地说什么是真正的现代主义了"。由此，两人进一步提出，逃离这一研究困境的方法在于："不以一个独特的神话、主题、意象或者运动去界定19世纪最后20年；而是强调这一时期作家的相互间的关联性。"②

通过对众多人物的批评性考察，通过对这一时期一些限量出版甚至是被禁的重要文本进行搜寻，人们不难发现：19世纪的最后20年的确是一个纷繁复杂、充满悖论的时期。学界对这一时期所展开的研究分析常常因为对各种"运动"的唯名论式的强调而使本相变得愈发斑驳难辨。正如霍布鲁克·杰克逊（Holbrook Jackson）所说——它成了一个术语（terms）和"主义（ism）"的时代；然而这些术语本身都具有短暂性的特征，

---

① Ian Fletcher, ed., *Decadence and the 1890s*. London: Butler & Tanner Ltd., 1979, pp. 7–8.
② Ibid.

它们并不是在十分精确的意义上被使用的。诸如"前拉斐尔派[①]""唯美主义者""颓废主义"的术语彼此之间明显存在着交集，甚至是诸如"自然主义"的一些倾向也并非独立和独特的；自然主义的缔造者左拉曾经指出——文学中人喜欢运动的名字，那是因为他们能够借此将一种文学标榜为"新的"。伊恩·弗莱彻和马尔科姆·布雷德伯里指出：因为这一时期充斥着各种"主义"，众多所谓的学派几乎没有一个是完全独立的，而是彼此之间存在着复杂的交叉。这种复杂的状况显出了垂直研究的缺陷——仅仅以某某主义进行归纳，很可能是对这一时期具体情况的认知不足，没有意识到这一时期"主义"等术语的泛滥所暗示出的命名上的一定程度上的任意性和模糊性；换句话说，没有哪个"主义"是可以概括这一时期的。

学界已有学者付诸研究实践的"横向"研究，着重对这一复杂时期的各种主义、学说本身以及它们之间的关联进行更加细致的横向观照。由于对群体角色的清醒意识，"纵向"研究固然仍具有效性，但通过对风格的精细研究，通过对次要人物与少数派的性质的关注逃避经典性的阐释，转而致力于揭示流动性/不稳定性，则成了这一时期的主导情形。论文集《颓废与19世纪90年代》所收录的论文都是以上述横向研究的视野来审视和探究19世纪90年代的颓废与颓废主义的。[②] 与该论文集的宗旨相对应，其所收录的文章皆聚焦于19世纪90年代这个过渡时期的文学颓废问题。一些作者——如简·戈登（Jan Gordon）和克里斯·斯诺德格拉斯（Chris Snodgrass）——考察的是那种自恋癖（narcissism）、那种内在空虚的意识以及那种向外部观看的无能为力的发展；这些方面的发展演变与19世纪诗歌传统的终结相一致，与导致令人痛苦的赘述（tautology）的隐喻和转喻的消失相一致；由此，诗人唯一能确认的仅仅是，在内部景象的倾颓与瓦解中显现的"不朽的钻石"的确是"不朽的钻石"，"我的神（my god）"就是"我的上帝（My God）"。伊恩·弗莱彻研究小杂志的论文则另辟蹊径地考察了这一发展演化的过程。其他论文则更侧重对这十年悉心进行扎扎实实的"横向"考究：凯西·索恩顿（Kelsey Thornton）罗列了十年间的诸多重要话题；约翰·斯多科斯（John Stokes）基于杜泽[③]关注贯

---

  ① 前拉斐尔派（Pre-Raphaelite），又名前拉斐尔兄弟会（Pre-Raphaelite Brotherhood），由英国七位作家、画家与文艺批评家组成的团体，意在修复拉斐尔时期大行其道的机械论学说。
  ② Ian Fletcher, ed., Decadence and the 1890s. London: Butler & Tanner Ltd., 1979, pp. 8—9.
  ③ 杜泽：全名埃勒欧诺拉·杜泽（Eleonora Duse），意大利女演员。

穿这十年的一个核心话题——女演员;杰里·帕尔默(Jerry Palmer)关注一个重要的"性"主题;约翰·古德(John Goode)从文学社会学的角度考察文学对商业、庸俗社会的疏离。① 这本论文集拓进了人们对"颓废"的认知——由于其在一个重要的过渡时期所占据的独特位置,"颓废"成为现代艺术进展中的一个中心时刻与焦点问题。

---

① See Ian Fletcher, ed., *Decadence and the 1890s*. London: Butler & Tanner Ltd., 1979, pp. 12—13.

第八章
"颓废"的不满:颓废主义之社会—文化逻辑

"颓废"的不满比过去任何一种愤怒和忧郁都要极端、深刻和广泛得多。它暗示了 19 世纪中期前后至世纪末文学与社会间难以调和的紧张关系以及颓废主义作家对现代文化的反抗。它包含了对工业文明之理性主义、进步信仰、政治体制、民主制度等的普遍怀疑,对物质主义与功利主义价值观的深深蔑视,以及在宗教失落的时代找不到灵魂皈依的精神苦痛。与其他 19 世纪末先锋作家一起,颓废主义作家创造出表达绝望、逃避、攻击与反抗等情绪与心理的特殊的文学形式;这些实验性的先锋的文学形式最终带来文学文本层面上的反传统、反道德、反理性特征。

第一节 工业时代的颓废症候

伴随着以工业革命为标识的西方现代文明的开启,理性的价值越发深入人心。人们普遍相信,理性原则的广泛运用不仅能够带来物质生活上的便利和富足,更重要的是,某种意义上能够让人化身为"神",揭开外部自然世界和内部精神世界的双重奥秘。19 世纪生物学、生理学、心理学等学科领域的最新成果,似乎也在不断印证着这一设想的合理性。在工业革命开启的西方现代社会的初始阶段,对人类自身掌控力的这种乐观设想,曾是抚慰信仰危机带给人们的精神创痛的一副"强心剂"。然而,伴随工业文明进程的推进,在由理性构建的秩序井然的现代生活的表象之下,一种深深的"不适"暗潮涌动,搅扰人心。物质越来越丰裕,人心却越来越苦闷、茫然;体格越来越健硕,心力却越来越衰微、虚空。当绝大多数人陶醉在科学的进步、工业的发展和物质的繁荣之中时,一些先锋作家、艺术家却以远超同代人的感受力与洞察力洞悉了机械化、集中化、专门化的现代大机器生产所必然衍生出的诸多负面效应:现代大机器生产的组织模式,使流水线上的个体成了巨大机器系统的一个组成部分——人格渐趋模糊,人的存在渐趋"物化";规模化、批量化的工业生产决定了其所生产的产品及其所提供的服务趋于一种制式化的平庸;在貌似丰裕的生活中,人的日常情感经验趋于平淡,个体在短暂而又虚假的满足中被时时袭过的虚空和倦怠吞没。

"颓废",归根到底不过是"对现实生活之无意义本相的洞悉与确认"的结果。作为一种生命—精神状态,"颓废"的产生其实与一种悲观主义世界观息息相关。这种世界观很大程度上源自19世纪主要由科学技术的勃兴所引发的哲学、宗教、文化领域的巨变。达尔文的进化论对生物学意义上的人的阐释,实验病理学对生命之病理性症候的揭示,均极大地消解了传统文学中"人"的崇高性意涵。而尼采"反基督"的思想立场和"上帝已死"的断喝则进一步削弱了科学时代宗教信仰给予人们的精神慰藉。人之崇高性意涵的消减,宗教之精神慰藉效用的失落,哲学之先验世界的崩塌,共同引发了时代的精神危机。意义的消弭,价值的倾覆,信仰的失落,使人在上下求索的精神自救中遍尝焦虑、恐惧与绝望。

作为现代哲学家,尼采长期关注现代社会中的"颓废"问题。他认为,生活本身的无意义乃是生活的本质,它决定了现代人从根本上无法逃避颓废的命运。面对此种个体生存困境,他倡导一种英雄主义的超越精神去不断地进行个体生命价值的创造,以此来对抗由对生活本身之无意义本相的痛苦体察而引发的绝望、厌世的颓废感,将颓废视为生活的刺激物,而非要去逃避的疾病,使其迫使我们不仅要去面对存在的现实本身,而且要去创造价值。这意味着对尼采而言,"颓废"不仅是一种病理性的生命症候或精神困境,还标识了一种价值选择或曰价值判断——它同时指涉了传统价值的沦陷与崭新价值的崛起。换言之,"颓废"不再仅仅指涉由无意义的生活本质而导致的悲观主义厌世体验,而更指涉一种拒绝向无意义的生活屈服,创造个人生命价值的英雄主义抗争精神。而要真正实现这种"英雄主义式"的"颓废"的价值选择,尼采认为,就必须完成对传统价值体系——以"客观真理"(上帝)为核心建立的社会伦理规则和传统宗教道德——的颠覆。尼采由此将对传统伦理规则和宗教道德体系的颠覆作为实现"颓废"的价值选择的必经之路。

与尼采针对"颓废"所提出的哲学式的解决方案有所不同，以波德莱尔为先驱和旗手的文学领域的颓废主义作家并不致力于提供一个"解决方案"，而是以其艺术家的敏锐直觉和强烈的自我意识提供了一个独特的文学式的"应对方式"——"反常"。

　　"反常"是颓废主义作家之美学趣味的核心特征。在此，"常"指正常、常态、常规……说到底，就是指构筑现代文明的基石，即"理性"本身。因此，颓废主义作家的所谓"反常"其实就是"反理性"的代名词。颓废主义作家以艺术直觉对抗启蒙理性，以感性的眼光去看待"人"和体会"人"：人是一个个鲜活的生命体，是不可分割的整体。基于此，他们认为理性在借助语言对人作出明晰化、合理性的解释和规定的同时，忽视和遮蔽了那些理性尚不能作清晰辨识的人性中神秘莫测的部分；即帮助人认识自身的理性反而很大程度上遮蔽、缩减、异化了人性。因此，颓废主义作家对那些反常、病态、怪诞、诡异、恐怖、神秘的人、事、物的美学兴趣，很大程度上正是以质疑和反叛代表着常规、明晰、规范的理性为逻辑出发点的。

　　在颓废主义作家以"反理性"为基本逻辑出发点的各式"反常"的先锋实验中，始终高涨的"疾病"书写的热情与兴趣最为引人注目。病态的主人公乃19世纪西方颓废主义最鲜明的标牌。典型的颓废主义作品主人公通常是一个偏离常规的病人，而罹患神经过敏、歇斯底里、疯狂等精神性症状则是其最为常见的身份特质。龚古尔兄弟笔下的热曼妮·拉瑟顿、福楼拜笔下的萨朗波、于斯曼笔下的德泽森特、王尔德笔下的莎乐美、约瑟芬·佩拉丹笔下的克莱尔·拉尼娜等，这些行为怪诞的颓废主义主人公时常被一种神经质的癫狂所占据。在颓废主义作品中涌现出的一系列病态的反常者中，出场频次最高的人物形象当数被于斯曼描述为"不朽的歇斯底里的女神，被诅咒的美丽"的莎乐美。福楼拜、马拉美、于斯曼、王尔德等颓废主义作家都在这位最初来自《圣经》故事中的犹太公主身上获取过创作的灵感，其中，王尔德在其独幕剧《莎乐美》中塑造的莎乐美形象最深入人心。在这部剧中，王尔德通过对从性病态（性欲亢进、歇斯底里）发展到性变态（恋尸癖）的莎乐美形象的唯美主义式的呈现，将爱与残忍、美与死亡、性欲与疾病、甜蜜与恐怖等联系起来，斩断了古典主义审美的逻辑链条，创造了崭新的"颓废"审美。

　　颓废主义作家以迷恋"疾病"的颓废主人公形象建构了颓废主义最为鲜明独特的标识。他们通过确立"疾病"之于布尔乔亚式"健康"的优越地位，彰显其蔑视、疏离和反叛平庸化的布尔乔亚大众审美观与价值观的个人主义精英立场；他们在逾越常规的非理性生命状态中探索和创造崭新的美，带来了开启"反思"的"震惊"效应，由此彻底颠覆了古典主义的审美范式；他们将从浪漫派的"忧郁"发展而来的神经质的"怨怒"作为颓废主人公的情感底色，以精神分裂作为其常见的病理学症状，以"反自然"的行为与心理作为其唯美—颓废生活的特征，精确地描绘出以啜饮自由感为唯一生存理想的颓废者形象。在颓废主义作家笔下，不仅"疾病"的丑陋在文学隐喻中得到诗化与美化，而且在传统视角下始终显得阴暗霉浊的"疾病"开始呈现出积极的意义或价值——"病"强化了敏感，"痛"开启了反思，人生因此获得丰富与完善。

与自然主义作家处理"疾病"问题时的病理学意义上的科学分析不同，颓废主义作家主要是以美学的眼光审视"疾病"。他们乐于忠实地描绘疾病之最丑陋污秽的细节，展现出对于丑陋、病态事物的感觉上的迷恋。对颓废主义作家而言，"疾病"的医学名称并不重要，真正重要的是疾病所包含的隐喻性的诗学意味：作为一种隐喻，疾病——不管有没有明确的医学命名——本身代表了被传统理性以常规、健康、清晰、标准、节制等名义遮蔽、贬低、污名化了的人性中神秘莫测的那些部分。很多时候颓废主义作家也并不清楚这神秘的"疾病"中有些什么，但对他们来说，这并不重要；重要的只是一种信念：必须摘下理性为人置办的各种看上去"健康"靓丽的面具，拂去理性倾覆在生命之上的诸多话语硬壳，使长久以来因被贬黜而屈居于阴暗角落备受屈辱的生命的"疾病/反常"部分赤裸裸地呈现在自由的阳光下与真切的感觉中。以处理"疾病"问题时的这种美学视角为基本出发点，颓废主义作家以其反常、另类的先锋实验，努力缝合被传统理性切割的人性碎片，光大在平庸与虚空中日益颓靡—颓唐—颓陷的生命之火。

值得一提的是，19世纪末颓废主义对理性主义的反叛往往伴随着对当时大众所推崇的社会进步观的怀疑。人们对进步的信心很大程度上就取决于对人类自身理性力量的信心，而当理性的权威受到质疑之时，对进步的信念自然随之减弱。17世纪末到18世纪上半叶，启蒙思想家将理性主义原则从哲学、科学等知识领域延伸到社会生活领域，认为这一原则不仅适用于知识领域，在社会领域也同样有效。在此过程中，原本限定于知识领域的进步观逐渐被拓展为人类普遍的进步观。这种进步观，在当时还只是一种论证不甚充分的纯粹假想。到了19世纪，有关人类普遍进步的纯粹假想被越来越多的人视为一种自明之理。这种观念上的巨大转变主要与理性原则在社会生活领域大刀阔斧的应用有关。在理性原则指导下开启的轰轰烈烈的工业革命,使人类社会取得了前所未有的物质繁荣和生活便利,这无疑为进步的观念提供了强有力的现实佐证。1851年伦敦博览会的空前盛况更是强化了人们对于持续进步的信心。到19世纪中叶,对于进步的乐观态度占据绝对的主导地位。"进步"几乎被奉为时代的真理和信仰。然而到了19世纪中后期,对进步的信仰明显减弱,批判和否定的声音此起彼伏。波德莱尔将有关社会进步的观点称为"衰败时期的大邪说"①。对他来说,"进步"是一种幻象,是文明人为自己杜撰的哲学,它扎根在邪恶和谎言的深处。在对爱伦·坡的评论中,波德莱尔通过对爱伦·坡所在的美国的评论抨击了现代人的进步幻象。"这个历史的后来人对自己物质的、反常的、几乎是畸形的发展感到自豪,对于工业的万能怀着一种天真的信仰。它确信……工业的万能最终将吃掉魔鬼。在那里,时间和金钱的价值是如此之大!物质的活动被夸大到举国为之疯魔的程度,在思想中为非人间的东西只留下很小的地盘……在一个没有贵族的民族中,对美的崇拜只能蜕化、减弱直至消失。"②在这样一个充斥着暴发户独具的恶劣趣味的地方,爱伦·坡成了一个只相信永恒的孤独得出奇的人,"他把社会进步这一当代的伟大思想视为轻信的糊涂虫的迷狂,称人类住所的改善为长方形的伤疤和可憎之物"③。

在质疑和批判社会进步观念的同时,有关"退化"的讨论也开始在知识界涌现,并在19世纪末发展成为蔚为可观的热点话题。在引发从"进步"到"退步"的观念转变的诸多原因中,达尔文进化论以及围绕它所开展的种种论辩起着举足轻重的作用。在讨论中,一部分人将进化视为人类社会从低级状态向高级状态循序渐进地持续演化的进程,坚定地支持进步说,对人类未来的幸福蓝图持乐观态度。另有一部分人如德国哲学家哈特曼(Eduard von Hartmann,1842—1906),意识到人类理性的局限性,对依赖19世纪广泛应用的理性原则对人性进行持续改良的设想表示怀疑,由此成为进步说的反对者。哈特曼对理性主义神话的质疑和反思在其著作《无意识哲学》(1869)中得到清晰展现。他将无意识称为超感觉的精神活动者、存在的基础、宇宙过程的根据,强调无意识思维的中心作用。可以说,19世纪末颓废主义的兴盛,与人们对理性局限性的意识以及随

---

① 夏尔·波德莱尔:《浪漫派的艺术》,郭宏安译,南京:译林出版社,2014年,第270页。
② 同上书,第245页。
③ 同上。

之而来的对于社会进步观的怀疑息息相关,并由此引发了19世纪末人们对于无意识、非理性主义的广泛兴趣。除了上文提到的哈特曼,人们也不应忘记叔本华。这位在19世纪中叶遭受冷遇的非理性主义哲学的开创者,与哈特曼一道,在19世纪末的欧洲知识界受到了广泛的推崇。以叔本华、哈特曼等为代表的哲学家和思想家为颓废主义从之前散落在戈蒂耶、波德莱尔等少数先觉作家创作中的一种小众的文学倾向发展为19世纪末文坛广泛盛行的文学现象提供了甚为关键的思想上的启发和观念上的引导。

基于对所谓进步观的质疑,颓废主义作家在其作品中不仅流露出了对追求"高效"的工业时代社会风气的蔑视,而且还反其道而行,展现出对于"高效"的对立面——"失败""毁灭"的赞颂和偏爱。现代社会的惯性与对效率的追求密切相关。拒绝效率本质上是为了反抗麻木的惯性。当成效、高效成为一种不再受到质疑的自然而然的目的之时,反对效率甚至乐于看到失败,则是文学借以激发人的感觉(不再麻木)的一种有效手段。当高效和成效成为一种目的性的明确追求时,反向的失败则会带来人在一个瞬间的巨大的情感冲击——人在一瞬间会特别痛苦,甚至崩溃。向前的惯性有多大,这种瞬间痛苦和崩溃的强度就有多大。波德莱尔等19世纪作家求新求怪,以震惊为其作品所追求的美学效应,其最主要的动机就是打破这种令人麻木的惯性,激发人的感觉。当然,作为作家而非哲学家,他们的这种美学追求或许更多更直接地来自一种敏感。在这种惯性生存的时代,他们感到深深的不适。当进步、健康、成功等话语已经内化为每个原子式的个体存在的自觉追求时,一旦事情的后果偏离了这些价值,也就是说,当这种你生存其中的话语系统被质疑、挑衅甚至颠覆时,人会感到不适、愤怒……而这种不适、愤怒和由此引发的具体行为,其意义便不只是这些情绪和行为本身,而是对已然麻木的个人意识的激活,对个人生命力的拯救。现代人为什么变得这么脆弱,这么容易崩溃,最主要的原因或许就是科学理性精神下的进步话语(追求成功则是进步信仰在生活中的具体化表现)塑造且限定了现代人的头脑。现代社会对进步观的鼓励和推崇,在提升物质生活水平层面取得了无可置疑的巨大成功,但它却使人的自我认知趋于单一化和绝对化:人生就是向着成功不断努力,也许中间有失败,但最终一定要追求成功。在宗教权威没落的现代社会,进步信仰偷梁换柱,似乎成了现代人的新的信仰。这种单一化、极端化的自我评判标准,使现代人成为"输不起"的人。在某一个受挫的瞬间,人可能就会崩溃,在这种崩溃中,人感到痛苦和冤屈,这种痛苦和冤屈既来源于当下的受挫,更来源于内里一直以来受到压抑的冤屈的感性生命。

第二节 颓废主义的社会－政治观

颓废主义作家的社会－政治观的核心是"对现代民主的怀疑"。对大多数颓废主义作家来说,现代民主可能或多或少地会增加公共福祉,但它根本不可能达成人之精神世界的"集体"提升。因为"精神的提升"始终是一种个人化的行为。它需要自我之根,需要对意义的不断内省,而这恰好无法由一组数字来完成。换句话说,个体思维是有意义的、定性的,而民主思想却总是定量的。福楼拜意识到平庸混沌的现代世俗主义是一种极端愚蠢的粗俗行为,这让他在愤怒之余或多或少对宗教的神秘产生了兴趣。他高呼:进步主义者和功利主义者否认基督的血在我们身上流淌。波德莱尔也用隐喻的方式作了贴切的表述。他说,上帝永远不会在普选中产生。

颓废主义作家很少公开地表露自己的政治态度,只有少数人相当谨慎地对无政府主义者表达了同情。当民主观念几乎成了无可阻挡的社会政治发展方向之时,面对其所声称的种种"保障",颓废主义作家保持了十足的警惕。对民主观念的质疑,与其对现代社会最大的受益者布尔乔亚之平庸本质的辨识密切相关。对平庸的资产阶级生活的蔑视本身即隐含了颓废主义作家对其所处的时代的社会－政治层面的严肃思考。在他们看来,声称面向大众利益的现代民主制度将无可避免地导致现代生活的平庸,扼杀生活中的诗意。从这一点来看,他们绝非不关心社会问题的象牙塔人士。爱伦·坡在目睹民主大泛滥之时曾语带讥讽地写道:"除了服从之外,人民与法律没什么干系……群氓的鼻子是想象,人们总可以轻易地牵着这个鼻子走。"[①]

其实,早在19世纪末颓废主义盛行之前,亚历西斯·德·托克维尔(Alexis de Tocqueville,1805—1859)就已在其对现代民主的著名研究《论美国的民主》(*Democracy in America*)一书中揭示了民主制度的这一必然后果。他发现民主制度下的平均主义倾向与讲求功利主义和唯物主义的社会氛围之间关联密切。民主制度下的平均主义的追随者和受益者

---

① 转引自夏尔·波德莱尔:《浪漫派的艺术》,郭宏安译,南京:译林出版社,2014年,第268页。

是缺乏理智的盲目的大众,他们唯一感兴趣的是对物质的狂热追逐。因而,承诺要努力实现大众利益的所谓民主政府所构建的只能是一个热衷于追求实际的物质享乐的社会。生活在这种所谓的"民主"社会中的人,总是对自己的处境感到不满,而且可以随意摆脱这样的处境,所以他们的脑子想的都是如何改变命运、增加财富。因此对于抱有这种想法的人来说,一切可以发财致富的新捷径,一切可以节省劳动力的机器,一切可以降低生产成本的工具,一切有助于享乐或增加享乐的新发现,似乎才是人类智慧最伟大的成果。民主制度下的人们对科学的追求、尊重和认识都是出于这些动机。在贵族社会,科学研究主要为了获得精神上的满足,而在民主社会则是为了身体的享受。

另外,在对待现代民主政府的态度方面,颓废主义作家与20世纪美国著名社会学家爱德华·希尔斯(Edward Shils,1910—1995)的立场十分接近。希尔斯揭示出了现代民主制度的谋划者和实施者的政治阴谋。他指出,在这样的民主制度框架下,那些首先被提出、然后被现代制度采用为政治纲领的社会愿望的种类,大多数往往是可以被计算、衡量和明确分配的利益,比如教育普及、技术进步、高经济生产力、普遍的社会物质福利等。以教育为例。设立一种教育体系的初衷乃是增加普通民众在技术、专业和进入仕途等方面的机会,而这样一种教育体系和它所促进的职业和工作终将服务于国家所倡导的社会事业。希尔斯想要表明的是,现代政治组织被设想为不断解决社会问题的一种手段;并且正因如此,这些问题本身就是通过这样一种方式来构思的,从而使其能够服从官僚作风中特定或常规的解决方案。因此,受欢迎的政府和追求效率的社会将会不断地向人们施压,迫使人们不断扩大和简化自己在社会中的实际诉求和体验。由此带来的后果是,行政机关的"为效率而服务",其目的可能并不是为了实现民众的真实利益,而是为了保存其自身的利益。

而在更多的情况下,执政者甚至从未真的准备去实现其"引导民众"所提出的那些期望。对此,颓废主义作家奥克塔夫·米尔博在《一个神经衰弱者的二十一天》(*Les Vingt et un jours d'un neurasthénique*)这本描写绝望和痛苦的小说中借主人公之口,揭示了声称要维护公众权益的现代民主政府的骗局:

> 人们通常认为农民是精明而又狡猾的,而候选人则是愚蠢的。人们写过很多小说、戏剧、社会科学论文、统计资料,都证明事实确实

如此。然而在现实生活中,愚蠢的候选人却总是击败精明狡猾的农民。因为候选人有一个百试不爽的妙方,可以无需动脑筋,无需事先进行调查研究,无需具备什么样的个人品质,就连人们要求最卑微的职员和最无能的人民公仆所应拥有的能力他们也无需拥有。这个妙方可以用两个字来概括,那就是:"许诺"……想要成功,候选人用不着做其他的事情,只要去利用人们最顽固、最持久、最无法根除的癖好就行了,人们的这个癖好就是:"希望。"

……

在竞选期间,哪个候选人许诺的次数最多,许诺的东西最多,哪个候选人就必然会当选。不管他本人持什么样的政治观点,属于哪一个党派,即使他的观点和他所属的党派与选民的观点和选民所属的党派截然对立,他也照样会当选。

……

在普选过程中,最令人惊叹的是,人民虽然当家作主、拥有至高无上的权力,但你可以向人民许诺他们永远也享受不到的好处,而且永远也不用兑现你的诺言,事实上这些诺言根本就不是某个人的力量所能实现得了的。不仅如此,你最好还是永远也不要去兑现你的任何一个诺言。在这种情况下,选民们会为了竞选以及为了一种人类特有的天性而终生去追求这些诺言的实现,就像赌徒追求金钱、恋人追求痛苦一样。不管是不是选民,人们都是如此。欲望一旦得到了满足,也就不具有吸引力了。人们最热爱的东西只有梦想,在梦想中我们永远徒劳地希望能获得一种我们知道根本无法企及的好处。因此,在竞选中最重要的就是发出许许多多无边无际的许诺。你的许诺越是难以实现,你就越能得到公众坚定的信任。农民很乐意把他的选票——也就是说他的喜好、自由和积蓄——交到他遇上的第一个傻瓜或第一个强盗手里,同时他也要求他得到的许诺配得上和他交换这些东西。如果这些许诺和他们的母牛、他们的田地、他们的房屋有关,那他们会很高兴。要是他们能够在晚上聊天时,或是星期天在教堂门口,或是在小酒馆里,和人谈起这些许诺,就像谈起一件可能发生但永远也不会发生的事情,那他们就会感到相当满意了。那时候就可以向他们征收重税,把他们身上的负担再增加一倍。他们则会带着一副狡猾的神情微微一笑。每次增加新的税收和新的行政负担时,他们都会心想:"很好……很好……你们就这样干吧……我们有一个众议员,他很快就会让人制止这些鬼花样的,他答应过我们!"①

福楼拜和波德莱尔都对民主前景的核心进行了深入的研究,并认为必须反对社会"改良"的任何一种学说以及任何使这一学说成为现实的途径。在这个问题上,福楼拜的话似乎有些温和。他说,这提醒人们注意一些传统的议题,即事物的无常性和生命的永恒性。天真而自信的乌托邦人就认为一个完美的社会可以在短时间内诞生。事实上,福楼拜和波德莱尔对所谓改良和民主的理想的反感程度,只能通过他们所选择的立场来衡量。福楼拜认为,平等的教条是针对历史和心理学的诸条依据提出的;至于波德莱尔,他认为改良是荒谬的,因为无论是在原始文明还是现代文明中,人类仍然是一种掠夺性的动物。人类的愿望充其量只不过是不再像野兽那么凶狠。这场争论涉及了三个方面。首先,显而易见的是,它否定了所有物质进步的意义,从而把发展的问题从社会物质层面转移到文学艺术等精神层面上。其次,唯有承认人类的邪恶,个人能力的突破才有可能实现。这进一步强化了精英知识分子的观点,他们提出了一种普遍的个人主义的建议,认为这是克服罪恶的唯一方法。最后,在把堕落视为无法遏制的力量的情况下,波德莱尔和福楼拜的论点为他们对政治和社会的冷漠态度提供了道德支撑。对福楼拜来说,尤其在他所说的"哲学福音派信徒(philosophico-evangelical vermin)"的政治教义中,他称圣西蒙派、孔德派等为另一种形式的物质主义。这些提倡者不只是缺乏艺术鉴赏力的人,从本质上看,他们是缺乏宗教信仰的世俗化的恶棍。他们的思想基本上是宗派的、原教旨主义的(fundamentalistic),而这些完全不符合当前的时代。他们是一种新式的精神错乱者、行为狂热者,以满足大众欲望和破坏所有的个人的主动性、所有个性的思想为愿景。福楼拜极其肯定,在狂热的改革者手中,政府将成为一种无所不能的力量,一种指引一切的怪物。只有那些善于表达和理解复杂自我认知的人才能洞悉这一点。大众难以理解,因为他们缺少价值观,而只有动物式的欲望。价值观以及对价值观的承担都需要自我约束,而大众则乐于自我放纵。

如今,可能有人会将颓废主义的绝望视为一种基于自我本位而呈现出的精神体验,也有人可能会将其视为虚无的另一张面具。但无论如何,人们似乎都很难轻易否定颓废主义在社会现实层面上所彰显出的意义。

---

① 奥克塔夫·米尔博:《一个神经衰弱者的二十一天》,卢颖译,北京:作家出版社,1995年,第207—208页。

大众趣味和倾向的趋同化和平庸化、社会制度的"过度合理化"等都是现代社会的鲜明特征。颓废主义作家和与其同时代或稍晚时代的艺术家一样,在强烈地质疑和严肃地反思现代社会的这些发展趋向的情况下,不仅展现自己的"兴趣与偏好",同时也暴露自己的"不满与反感"。实际上,他们最先将现代社会人们内心特有的一种恐惧——越来越成熟的现代社会制度可能会对传统的个人生存方式的存在构成威胁——呈现出来。弥漫于现代人内心的这种恐惧不仅表现为一种文学上的高度善感,而且成为一种相当普遍的社会不安感的重要来源。在这种恐惧与不安的背后,隐藏着人们在工业文明之功利主义的时代氛围下对于"审美感受力逐渐丧失"的一种共同的心理焦虑。

第三节 颓废主义:从社会－文化渊源到文学－艺术价值

关于颓废主义之文学价值的争论,不惟由来已久,而且历久弥新。19世纪末,公众常常在内涵上将文学语境中的"颓废"与社会历史语境中的"颓废"混为一谈,将其斥为"退化、堕落"的低级文学趣味,甚至对颓废主义发起道德谴责、人格羞辱和人身攻击[①]。这一时期,即便是那些对颓废主义的先锋姿态与文学实验不无溢美之词的严肃评论家也往往不无谨慎地将其主要精力放在对文学"颓废"内涵的尝试性界定上,试图通过对文学"颓废"之审美内涵的界定,将文学"颓废"同社会历史领域中包含"退化、堕落"含义的"颓废"相区分,以此显露他们对颓废主义价值的不同程度的肯定。

20世纪,西方学界对颓废主义价值的讨论在新世纪伊始的短暂寂寥之后不断升温,研究视角日趋丰富多元。迄今为止,在西方学界影响较

[①] 公众对颓废主义作家的道德讨伐、人格羞辱与人身攻击,在著名的王尔德1895年审判案发生之时达至沸点。英国的文学圈子里弥漫着一种道德上的恐慌。公众对于文学颓废的争议借由审判案的"东风"在通俗文化中迅速传播。例如,《国家观察者》(*National Observer*)发表了一篇重要文章,攻击王尔德是一个"淫秽下流的骗子",将颓废主义作品污蔑为"对于艺术意义的丑陋设想"。《每日电报》(*The Daily Telegraph*)写道:"没有任何严厉的指责比王尔德在中央刑事法院接受审判更能控诉这个时代一些已经被扭曲了的艺术趋向。"是时,"受到审判的并不仅仅是王尔德的同性恋行为,也并不仅仅是王尔德自己。一系列观念、道德、文学、审美以及它们之间的关系,都在接受审判——这是在这场审判前后,各种报纸上争相指明的一个事实。"(See Ian Fletcher, ed., *Decadence and the 1890s*. London: Butler & Tanner Ltd., 1979, pp. 15—16.)

大、较有代表性的研究思路可以粗略地划分为如下三类：(一) 从审察思潮关系的角度入手。例如，以马里奥·普拉兹（Mario Praz）、A. E. 卡特（A. E. Carter）等为代表的学者从审察文学内部承继关系的角度出发，或是将颓废主义界定为浪漫主义的必然结果与后期表现形态，或是将其视为对浪漫主义的反拨。[1] 又如，以大卫·威尔等为代表的学者从探究颓废主义与 19 世纪诸种文学思潮的关系出发，认为颓废主义之"颓废"表达既是"19 世纪后半叶文学活动"的基础，亦是"帮助我们抵达文学现代性"的基石。[2] (二) 从研究美学理念革新的角度入手。例如，以让·皮埃罗（Jean Pierrot）为代表的学者认为颓废主义的先锋实验将"艺术从它被预设的目的——对自然的忠实模仿被认作最高准则——中解脱出来"，因而构成了"古典美学与现代美学之间必不可少的分界线"。[3] (三) 从解读风格创新的角度入手。例如，以琳达·道林（Linda Dowling）等为代表的学者将"语言风格上的独创性"视为颓废主义的重要贡献，认为其实质上是对 19 世纪末传统语言体系的深刻危机所做出的一种积极的回应，目的是"赋予已经被语言科学宣判死亡的文学语言以一种看似自相矛盾的生命力"[4]。

由于对"颓废"内涵的阐发以及对颓废主义诸关键问题的理解至今仍争议重重，因而，对其文学价值的探讨便常常呈现出复杂多元的情形。本文拟从追溯颓废主义生成的社会－文化渊源入手，重新发掘颓废主义的文学价值，其核心观点是：18 世纪末以降，宗教领域的"世俗化"进程、知识领域的"内在化"转向以及社会领域的"工业化"转型，乃是西方颓废主义得以生成的社会－文化渊源；由此三个面相，对颓废主义作家所秉持的文学理念、文学趣味以及文学旨归的认知当可得到深化和拓展。

一、颓废主义与宗教领域的"世俗化"

19 世纪末，西方哲学家尼采的一句"上帝已死"震惊了整个西方思想界。事实上，消解基督教信仰在西方社会生活以及个体生活中的核心地

---

[1] See A. E. Carter, *The Idea of Decadence in French Literature: 1830—1900*. Toronto: University of Toronto Press, 1958, p. 4.

[2] David Weir, *Decadence and the Making of Modernism*. Amherst: University of Massachusetts Press, 1996, p. 21.

[3] Jean Pierrot, *The Decadent Imagination, 1880—1900*. Tran. Derek Coltman. Chicago: The University of Chicago Press, 1981, p. 11.

[4] Linda Dowling, *Language and Decadence in the Victorian Fin de Siècle*. Princeton: Princeton University Press, 1986, p. xv.

位的历史进程早在18世纪末就已开启。这一在西方文化史上举足轻重的剧变,通常被称为宗教的"世俗化"。自此以后,传统宗教中的那个处于先验世界中的上帝之权威逐渐陨落,传统的宗教信条和教义为人们——甚至是那些曾经无比虔诚的信徒——怀疑和摒弃。

宗教"世俗化"进程的开启,意味着对旧秩序破败之后的新型宗教的寻求已然从以上帝为中心转向了以人为中心。自此,对人性本身的探索,尤其是对个体的内部世界中尚未被发现的那部分领域的探索便成为时代的必然要求。文学领域的颓废主义很大程度上将这一时代要求视为其文学使命中的重要部分——这也正是波德莱尔被视为颓废主义先驱的重要原因。[①] 颓废主义作家将探索自我内部世界的奥秘视为探索新型宗教的第一步。换句话说,他们认为,新的宗教秩序的建立需要以探究人性未知区域作为起点。

的确,"颓废主义"通常被认为是对一群持有特定创作倾向与美学理念的作家群体的称谓,而非某种宗教派别的称号。然而,倘若人们对18世纪末以降西方社会中"文学家"身份的转型有所了解,当会发现——事实并非如此简单。在上帝权威陨落、哲学领域内的正统观念走向衰落的19世纪,文学家的地位一度被拔高到了前所未有的高度。[②] "诗人和小说家承担了以前属于教士的角色","为现代世界提供了绝大多数价值观念"。[③] 由此,人们将看到,对"宗教"话题的关注以前所未有的深度和密度出现在19世纪诸"非现实主义"文学艺术流派中,而颓废主义正是"非现实主义"文学潮流中最为先锋的一脉。典型的颓废主人公——如《逆流》中的德泽森特——往往是执着的精神探索者,他们将个人自由视为最高价值,在困

---

① 在被称为"颓废主义圣经"的小说《逆流》中,作者于斯曼用了很大的篇幅描述颓废主人公德泽森特对波德莱尔作品的仰慕与迷恋。参见于斯曼:《逆流》,余中先译,上海:上海译文出版社,2016年,第185—187页。

② 这很大程度上与康德以及后康德主义者对"想象"之于弥合阻碍人之自由实现的现象界与本体界之间的鸿沟的不可替代的关键作用的阐述密切相关。"想象"由此被视为一种如同弗里德里希·谢林所谓"神之造物"一样神圣的人的最高能力。由此,"艺术家成了某种先知,他以他的想象和直觉,超越了寻常男女,接触到更深、更真的实在"。(弗兰克·M.特纳:《从卢梭到尼采——耶鲁大学公选课》,理查德·A.洛夫特豪斯编,王玲译,北京:北京大学出版社,2017年,第203页。)在此种时代历史境遇下,19世纪艺术家——尤其是那些主张艺术的本质是"创造"美而非"模仿"美、艺术的精确工具是"想象"而非"写实"的艺术家,如浪漫派、唯美派、颓废派、象征派——不再是传统意义上的文人作家,他们身兼文人作家与独具社会批判精神的知识分子的双重身份。这种发端于卢梭的双重身份意识在19世纪文学艺术界成为一个广泛存在的现象。

③ 参见罗兰·斯特龙伯格:《西方现代思想史》,刘北成、赵国新译,北京:中央编译出版社,2005年,第354页。

厄的现实境遇中苦苦寻求精神突围的路径；正是这样的形象内涵，西方学者才将颓废主人公定义为"形而上的英雄"[①]。在宗教"世俗化"的历史进程中，文学领域的颓废主义作家与包括卢梭、卡莱尔、康德、施莱尔马赫等在内的思想家、哲学家共同致力于在传统宗教体系即将土崩瓦解之时探求一种新型的宗教，以重建西方社会的精神秩序。对颓废主义运动中大多数杰出的作家而言，宗教始终是其文学表达中绕不开的一个话题，是理解其作品内涵的一把神秘的钥匙。[②]

作为宗教"世俗化"进程中探索新型世俗宗教的一种努力，奥古斯特·孔德（Auguste Comte）的实证主义在19世纪欧洲思想界轰动一时，且影响深远。孔德将实证的方法论应用于考察和解释"物质世界和人类社会的一切方面"，文学自然主义则很大程度上援引了孔德的主张作为其理论支撑，用科学－实证的方法剖析、解读个体的内心世界。实证主义乃自然主义文学创作的理论基石，而颓废主义与自然主义文学——正如颓废主义集大成者于斯曼与自然主义领袖左拉的决裂事件所暗示的那样——又有着直接而复杂的文学关联。因此，从实证主义出发，也许可以找到重新理解颓废主义的新的入口。

笼统地说，颓废主义作家对个体内在精神层面——尤其是充满神秘色彩的非理性层面——开创性的探索与描述可以视为对宗教"世俗化"历史进程中孔德实证主义观念的反驳。[③]颓废主义作家承认自然主义在刻画人物形象的技巧方面与浪漫主义相比有所突破，但同时认定在挖掘个体心灵奥秘的方面左拉的所谓真实观及科学－实证方法则将自然主义引向了歧途。在颓废主义作家看来，想象而非科学－实证才是抵达人性深层奥秘的精确工具。他们所推崇的想象乃康德及后康德主义者之所谓"人的最高能力"，它对于弥合"阻碍人之自由实现的现象界与本体界之间的

[①] See George Ross Ridge, *The Hero in French Decadent Literature*. Athens: University of Georgia Press, 1961, pp. 49—50.

[②] 波德莱尔、王尔德、于斯曼、道生、魏尔伦、维利耶·德·利尔-阿达姆、莱昂内尔·约翰逊、约翰·格雷等杰出的颓废主义作家，都曾在其生命的晚期或临终前皈依天主教。这一耐人寻味的事实或可为人们提供某种新的启示。See Ellis Hanson, *Decadence and Catholicism*. Cambridge: Harvard University Press, 1997.

[③] 孔德在其《实证哲学教程》（*Cours de philosophie positive*）中所阐述的人类认识发展的"三阶段论"，将人类认识的终极阶段称为"实证的阶段"。在这一阶段，"感官经验"将成为人类探索和认知世界的主要方式。换句话说，人们不再执着于解释现象世界背后的神秘莫测的先验世界，而仅仅关注现象本身。由此，他主张用实证的方法，或曰科学的方法，去解释可见的物质世界以及人类社会的种种现象。

鸿沟"起着不可替代的关键作用。因而,此种"想象"并非站在"真实"的对立面上;相反,它恰恰是对一种"内在的真实"而非"显而易见的可疑的'真实'"的深挖与传达。这也正是不少西方学者将爱伦·坡定义为与波德莱尔同等重要的颓废主义理论先导的关键缘由。在以马拉美、于斯曼、维利耶·德·利尔-阿达姆、魏尔伦等为代表的法国颓废主义作家[①]看来,坡以其伟大的想象力和精确的分析性思维达成了"在精神分析上的独创性,以及他对于存在于正常精神生活的边缘的所有情感和感受的重塑(recreation)"[②]。在爱伦·坡的笔下,"想象力与宇宙一般法则的本能连通;它是一种介入实践理性的观察中的纯粹理性的活动。基于这个事实,它站在所有扭曲现实(the real)的对立面上:假如它看起来与显而易见的真实(truth)相矛盾,那么这不过是为了用一种内在的真实(inner truth)替换它"[③]。

  颓废主义作家对自然主义文学所信赖的孔德实证主义之科学-实证方法的拒绝与反拨,代表了19世纪末文学领域内致力于打破科学崇拜、发掘洞悉人性深层奥秘之可靠途径——想象——的一种富有价值的努力。[④] 由此,颓废主义作家走上了一条与自然主义截然不同的文学道路。于斯曼声称:"没有人比自然主义者更不明白心灵了,尽管他们自诩以观察心灵为己任。"[⑤]在小说《在那边》的开篇章节中,于斯曼借小说家杜尔塔(Durtal)之口,将自己的文学探索表述为"精神的自然主义(a spiritualist naturalism)"[⑥],以之区别于左拉所秉持的偏狭的"心理的现实

  [①] 从波德莱尔对爱伦·坡作品的关注与评论开始,活跃在颓废主义运动的主阵地法国文坛的颓废主义作家——如马拉美、于斯曼、维利耶·德·利尔-阿达姆、魏尔伦等——对爱伦·坡诗歌、散文、短篇故事等作品的翻译、评论与研究的热情一直持续到19世纪、20世纪之交。

  [②] Jean Pierrot, *The Decadent Imagination*, 1880—1900. Tran. Derek Coltman. Chicago: The University of Chicago Press, 1981, p. 30.

  [③] 卡米尔·莫克莱尔(Camille Mauclair)语。Quoted in Jean Pierrot, *The Decadent Imagination*, 1880—1900. Tran. Derek Coltman. Chicago: The University of Chicago Press, 1981, p. 31.

  [④] 文学自然主义所信赖的孔德实证主义"代表了一种信念:科学能够为人们提供充足的真理,包括有关我们自身的真理以及有关我们所处的社会的真理"(Owen Chadwick, *The Secularization of the European Mind in the Nineteenth Century*. Cambridge: Cambridge University Press, 1975, p. 233)。

  [⑤] 于斯曼:《逆流》,余中先译,上海:上海译文出版社,2016年,"作者序言"第20页。

  [⑥] James Laver, *The First Decadent: Being the Strange Life of J. K. Huysmans*. London: Faber & Faber Limited, 1954, p. 112.

主义(psychological realism)"①。颓废主义作家抛弃了为自然主义作家所运用的科学的视角与实证的方法论,转而以审美的眼光和自由的想象,发掘心灵深处的奥秘,以此推进对人性的理解,探索重建西方精神秩序的可能。值得一提的是,颓废主义作家的此种精神探索一定程度上发端于浪漫派。不过,两者间非常不同的一点是:典型的浪漫主义作家崇尚自然,由此,其精神探索因从自然中获取的某种原始、野蛮、健康的力量而显得较为积极;而颓废主义作家的核心理念则是"反自然"。从自然的母体中挣脱出来,不再信任自然与现实,而仅仅诉诸自身。由此,怀疑主义的精神状态出现了,与之一同出现的则是对自我的迷恋。

二、颓废主义与知识领域的"内在化"

颓废主义作家的文学探索可以视为19世纪西方知识界的"内在化转向"趋势②在文学领域的一种具体呈现与必然后果。③ 美国学者弗兰克·M. 特纳将此种转向称为"伟大的内在化(Great Internalisation)"。"由于这种转向,人们就开始了各种各样对内在、潜藏现实的探索与表达,而不再注重外部的真理。"④转向自我的内部世界,为人性深层奥秘的探索开辟了道路,也为19世纪文学作品中大量心理分析的涌现作出了解释。

"内在化转向"意味着,在对人与人、人与社会、人与自然、人与上帝之间关系的审视与认知过程中所构建起来的那些价值评判与道德观念体系的权威性受到了前所未有的质疑与重构。具体到文学领域则体现为,对于"什么是美"的认知从以"人与外部世界的种种关系"为出发点,转变为以"作为个体的人本身"为出发点;由以外部世界的种种"关系尺度"作为标准,转向以个体内部世界的"人性尺度"为标准。由此,文学应该表现"真善美"的这一传统评判标准遭受质疑。正是从这个意义上说,声言"美无关善恶"的"为艺术而艺术"理念在19世纪文学中的盛行,可以视为在知识领域被描述为"内在化转向"的这一时代趋势的必然后果;而从F. 施莱

---

① Ellis Hanson, *Decadence and Catholicism*. Cambridge: Harvard University Press, 1997, p. 5.
② 如哲学领域的主体化转向,心理学、病理学等领域的精神分析倾向。
③ "内在化转向"的效应在文学领域的最初呈现体现在浪漫派创作中的"主观性"上。
④ 弗兰克·M. 特纳:《从卢梭到尼采——耶鲁大学公选课》,理查德·A. 洛夫特豪斯编,王玲译,北京:北京大学出版社,2017年,第71页。

格尔、诺瓦利斯、戈蒂耶、济慈等浪漫派作家创作中所彰显出的"美无关善恶"的理念发展到颓废主义先驱波德莱尔的"恶中掘美"理论,仅是一步之遥。

颓废主义作家试图颠覆旧有的是非观,探索一种崭新的道德。贯通于典型的颓废主义文本中的"震惊"与"反叛"策略,"震惊资产阶级(épater le bourgeois)"[①]的颓废主义口号,以及王尔德、道生等颓废主义作家所背负的"反道德"的污名,都是其执着于此种探索的有力证据。通过颠覆旧有的是非观,颓废主义作家为进一步探究之前一直未曾被深入探索过的所谓"丑恶"的人性区域提供了可能,使人们能够以一种更为客观、理性[②]的方式探究人性深处的奥秘。

"内在化转向"还意味着从混乱、喧嚣、污浊的外部世界撤退的冲动。就文学领域而言,整个19世纪文学见证了此种撤退的进程,而颓废主义作家的"撤退"无疑是诸种文学中最彻底的——这当然与其所秉持的悲观主义世界观不无关系。如同长期关注"颓废"问题的叶芝所言:"要是一个人真正的生活被偷走了,他就得到别的地方去找它。"[③]然而,即便如此,人们仍不能就此认定颓废主义作家的"撤退"行动是一种完全自我的、对社会漠不关心的选择。恰恰相反,他可能是全神贯注于时代问题的。在先验问题被悬置、上帝权威遭受重创的19世纪,主观主义、享乐主义、神秘主义等观念的盛行,使人们容易丧失价值意识。"在这样的时期,那些站立在时代潮流之外的人可能保留了对价值的感知力。"与此同时,从现实生活中撤退,某种程度上使得这些作家得以与时代的道德偏见或情感氛围相隔离,从而"能够保留一种相对中立的、人道的视野"。"他在永恒的外表下审视一切,这使他能够如实地看待他所在的时代,在真正的意义层面上评估时代的争论与偏见。""这种相对隔离于时代感情的立场使他能够像中世纪时期教堂所能做的那样,给予受迫害者和受压制者以有效的帮助……这是一个合理而有效的撤退的目的……撤退可能是使一个

---

① Matei Calinescu, *Five Faces of Modernity: Modernism, Avant-Garde, Decadence, Kitsch, Postmodernism*. Durham: Duke University Press, 1987, p. 175. Quoted in David Weir, *Decadence and the Making of Modernism*. Amherst: University of Massachusetts Press, 1996, p. 85.
② 与传统理性观念相对立的"新理性"。
③ 转引自罗兰·斯特龙伯格:《西方现代思想史》,刘北成、赵国新译,北京:中央编译出版社,2005年,第365页。

人能够给予其同胞以帮助的最好方式。"①

就此而言,颓废主义作家并非全然不关心现实生活的。尽管到19世纪末,作家头上的"文化英雄"和"精神领袖"的光环似已遭遇滑铁卢,然而,从卢梭那里开启的知识分子的社会批判传统,并未就此断裂。在被称为"颓废主义圣经"的小说《逆流》中,于斯曼借由对德泽森特对自己隐居地的选址,暗示了19世纪末颓废主义的时代边缘者身份与心理定位:"……看到自己隐居得已相当远,在河岸的高处,巴黎的波浪再也不会拍到他,同时又相当近,因为遥遥在望的首都能让他在孤独中定下心来。"②既与污浊的社会保持一定的距离,同时又密切关注其所处的时代与社会。与其他19世纪末作家一样,颓废主义作家也试图以己之力反思时代的弊病。重要的区别在于,与其文学老前辈浪漫主义不同,也与19世纪末的其他文学派别有所区分,颓废主义作家不是激进的社会行动派,而是阴郁的精神反思者与精神反叛者。其对时代的反思与批判并非体现在社会改良的层面,而是更多地体现在形而上的层面。某种意义上说,他们是康德哲学探索的后继者,"反观自心,从内在体验寻找通向实在的路径以及更深的理解……希望通过这种内在探索找到一种方法,来联结主体与客体、现象界与本体界、外在生活之现实与内在生命之现实"③,以此为当下时代的精神浪荡子寻求精神归宿。基于此,人们才更能理解颓废主义小说集大成者于斯曼在其代表作《逆流》发表20年后所写的一篇序文里所说的话:"一句话,只把这种形式用来作一个框框,让更严肃的内容进入其中。"④从这个意义上说,颓废主义作家亦以其文学先锋实验创造了崭新的文学创作理念。

当然,在"内在化转向"的过程中,向个我的内部世界"撤退"的行动本身不可避免地会带来某种负面效应。人的精力总是要求以某种方式向外释放,以维持生命的某种平衡;倘若精神拒绝将生命的精力投向外部世界,那么,在一种受限的生命状态中,生命的精力只能被迫"撤回"到狭小幽暗的自我内部世界的小匣子里。此时,一种向生活复仇的愿望被"挤

---

① See C. E. M. Joad, *Decadence: A Philosophical Inquiry*. New York: Philosophical Library, 1949, pp. 400—401.
② 于斯曼:《逆流》,余中先译,上海:上海译文出版社,2016年,第13页。
③ 弗兰克·M.特纳:《从卢梭到尼采——耶鲁大学公选课》,理查德·A.洛夫特豪斯编,王玲译,北京:北京大学出版社,2017年,第191—192页。
④ 于斯曼:《逆流》,余中先译,上海:上海译文出版社,2016年,"作者序言"第19页。

压"出来,其中同时深隐着对自我的惩罚、鞭笞,一种由愤懑的精神引发的自虐。无处投放的精力被困于自我的内部,这种携带着某种不满与愤懑的精力在强度上必然是猛烈的,甚至是扭曲的、变态的。就此而言,性虐(尤其表现为受虐狂倾向)与嗜好毒品很大程度上可以视为自我惩罚的外部表征。经由种种"病态"的自我惩罚[①],精神的愤懑获得了某种释放,意志力得以短暂、激烈地爆发,成为其生命存续的救命稻草——尽管是极具毁灭性的孱弱无力的稻草。

三、颓废主义与社会领域的"工业化"

与上述宗教领域的"世俗化"进程、知识领域的"内在化"转向几乎同时发生的社会-历史领域的工业革命,成为西方现代文明进程开启的标志性事件。工业革命在整个19世纪西方社会的迅速蔓延与推进,堪称对18世纪启蒙思想家之唯理主义思想、机械论宇宙观的极大肯定。在此种时代气氛下,掌握了19世纪——尤其是19世纪中期以后——欧洲社会文化领域话语权的资产阶级自信满满,并坚信理性法则的广泛传播和运用、科学的蓬勃发展,必将创造一个美满的人类社会。然而事实上,早在工业革命的初期,现代文明中的一个巨大悖论已然显现出来:一方面,"个体自由"思想深入人心;另一方面,"工业化"所带来的机械化、规模化、专门化、标准化的基本生产-生活方式趋向于抹杀人的创造力,贬低人性价值,导致自我意识的泯灭与个体价值的虚无。

"工业化"历史转型中的上述悖论为浪漫派文学中"忧郁"这一独特文学景观的出现作出了基本的解释:浪漫派文学创造出了无数"忧郁"的个体,这在之前的传统文学中是从未有过的文学景观。"忧郁"来源于"痛苦",而"痛苦"则源于崇尚自由的个体在现代社会中"不自由""无价值"的生命体验。到19世纪中后期,伴随工业革命在西方世界如火如荼的发展态势,由"工业化"进程所开启的历史悖论之负面效应达到了白热化的程度。由此,"痛苦"的个体体验便由愤懑的"忧郁"式的痛苦激化为病态的"颓废"式的痛苦。颓废主义作家在其文学创作中集中呈现和反思的核心,正是现代人的此种心理感受与生命体验。

以德泽森特为代表的颓废主人公常常表现出对于上述个体"颓废"体验的一种"精神-心理补偿式"的"病态"反叛。他们的种种反常行为常常

---

① 在此,"自我惩罚"的冲动本质上为"对自我的迷恋"。

体现为亚瑟·西蒙斯①所谓"一种强烈的自我意识,一种在研究中焦躁不安的好奇心,一种过于细微的精炼,一种精神和道德上的反常"②。尤为值得注意的一点是,居于颓废主人公诸多病态的反常行为之核心的,正是其"反自然"的审美倾向。这种审美倾向中隐含着对于人与自然关系的重新认定,在贬低自然价值同时,确认了个体自由意志的崇高地位。如同用近乎苛刻的眼光挑选精致的艺术品装扮自己居所的德泽森特,这里体现的是压抑着的自由意志以一种有点神经质的方式得以释放——其对艺术品的迷恋毋宁说就是对其"自我"的崇拜。在这里,18世纪末萌芽的对人类个体自由意志的肯定堪称达到了前所未有的顶峰。由此,我们可以说,颓废主人公的种种反自然的"颓废"行为从根本上说是"反颓废"的,因为现代人"颓废"感受的核心无疑是由个体自由意志的压抑带来的生命活力的湮灭,而颓废主人公的"颓废",其精神的内核始终是"一种强烈的自我意识",一种对于被压抑的自由意志的伸张。而其反常和病态的生命状态,很大程度上只不过是由上文中曾论及的"向自我内部世界撤退"的行动所招致的一种负面效应。经由对颓废主人公形象的刻画,颓废主义作家完成了其双重的使命:借对颓废主人公之"现代人"身份的刻画,颓废主义作家将"对个体自由精神的压抑"这一工业文明进程中的负面效应具体、生动地展现出来;与此同时,借具有强烈自我意识的颓废主人公之"现代文化精英"的身份及其种种另类的精神实验,颓废主义作家创造了文学意义上的崭新的"颓废"内涵,以之达成其"反颓废"的终极旨归。颓废主义作家的如上双重使命造就了具有双重身份的颓废主人公。这种双重身份使其区别于一般意义上的"颓废"的"现代人"而成为"反颓废"的"颓废英雄"。

典型的颓废主义作家对工业文明的批判始终围绕"个人自由"的理想展开,"自由主义"信念实乃造就其精神气质的内核。从这个意义上讲,文

---

① 西蒙斯既是19世纪末最引人注目的颓废主义理论家之一,也是世纪末长期而持续地关注和反思颓废问题的作家和评论家。参见杨希、蒋承勇:《复杂而多义的"颓废"——19世纪西方文学中"颓废"内涵辨析》,《浙江社会科学》,2017年第3期,第119—120页。(See Arthur Symons,"The Decadent Movement in Literature" in *Harper's New Monthly Magazine*, vol. 87, 1893, pp. 858—859; see also Arthur Symons, *The Symbolist Movement in Literature*. London: William Heinemann, 1899.)

② Arthur Symons, "The Decadent Movement in Literature" in *Harper's New Monthly Magazine*, vol. 87, 1893, pp. 858—859.

学中的颓废主义不过是浪漫主义的后期表现形态的这一基本论断不无道理。① 从这一理想信念出发，以波德莱尔、于斯曼、维利耶·德·利尔-阿达姆、道生等为代表的典型的颓废主义作家站在呵护现代人个体自由精神的角度和立场上，对伴随工业革命的快速进展所产生的所谓"进步"信念发起挑战。在他们看来，为布尔乔亚大众奉为圭臬的"进步"信仰，使现代人陷入物质主义、功利主义的泥潭，最终使自由的人沦为被操控的木偶。由此，他们以"个人自由"的名义，对此种虚假的"进步"观念表达了合乎逻辑的反抗。

与典型的浪漫主义作家相比，颓废主义作家对现代文明中的"进步"观念的反叛显得十分另类。这些从污浊的现代社会中撤回自我内部世界的颓废主义作家，惯常采取一种审美意义上的、形而上的反叛，而非社会现实层面上的反叛。就此而言，其"反自然"的审美立场则是此种反叛的主要表达方式。"反自然"的审美立场中包含了对与布尔乔亚大众虚妄的"进步"信仰相关的世俗价值取向的全面拒斥。在典型的颓废主义文本中，这种拒斥突出地体现为对与布尔乔亚式的"健康"相对立的"病态"事物的痴迷。布尔乔亚大众很大程度上是健康、自满、积极乐观的时代精神的代名词，而颓废主义作家则反其道而行，"培养了对于一切通常被视为反自然的或退化的事物，以及性变态、神经疾病、犯罪和疾病的迷恋"②。对于颓废主义作家而言，它们充满神秘的诱惑力和美学意味，并且，非常重要的一点是，它们非但绝不会受到那些个体意识淡薄的布尔乔亚庸众的珍视，反倒会被视为对其所信仰的所谓"进步"价值观的侮辱和挑衅。颓废主义作家的此种反传统的文学策略如其所愿地在布尔乔亚大众群体中引发了"震惊"效应，他们遂被污蔑为"不健康的'异类'、当下流行的文化疾病的携带者"③。

对于工业革命以来现代人的种种"不自由"的生命体验与生存状态，颓废主义作家将其产生的根源追溯到18世纪启蒙思想家所崇尚的理性法则和机械论宇宙观。在典型的颓废主义文本中，颓废主义作家经由对

---

① See Mario Praz, *The Romantic Agony*. Tran. Angus Davidson, Oxford: Oxford University Press, 1951, foreword to first edition, p. xv.
② Ellis Hanson, *Decadence and Catholicism*. Cambridge: Harvard University Press, 1997, p. 3.
③ William Greenslade, *Degeneration, Culture and the Novel*, 1880—1940. Cambridge: Cambridge University Press, 1994, p. 21.

"滥用大脑"这一现代人特征的描述,揭示了传统理性法则的某种缺陷和弊病所导致的现代人自由意志的销蚀与生命力的衰微。在不少颓废主义作家看来,现代人经由一种机械式的理性思维训练而拥有的高度精炼化了的思维和语言,是"滥用大脑"的一种常见后果。它导致现代人维持着一种冰冷的"智力生存"。此种"智力生存"无法使现代人脱离浅薄,因为其本质上不过是戴着"理性"面具的一种新的"无意识生存"模式,这种生存模式将消磨现代人的自由意志,使其沦为一种无生命的"机械反应装置"。在《西方的没落》中,斯宾格勒用厄运的发声描绘颓废大都市。其精辟论断与其说是"先见的预言",不如说是"事后的总结"。[①] 斯宾格勒对颓废主义作品中所描述的现代人"滥用大脑"的如上负面效应作了精辟的理论化总结:

> 与其他动物一样,人类的进步(advance)同样建立在对于生命律动的感知之上。从农夫式机智、天赋智力与本能直觉,发展到城市精神,再到如今大都市的智力(intelligence),人类文明无疑正趋向于持续的衰退。通过思维上的训练,智力替换了无意识生存。这种智力虽精妙绝伦,但却枯燥乏味,了无生气。[②]

"滥用大脑"的另一种典型后果是,过度复杂的大脑足以凭借其复杂精细的想象获知现实的外部经验,致使人们在付诸行动之前,已然通过一场头脑风暴洞悉了行动的过程与结果,由此失却了对外部世界的好奇,丧失了行动的欲望,继而陷入怠惰无力的生存状态。这暗示了"缺乏限制"的传统理性的肆意发展在个体身上彰显出的某种负面效应。颓废主义作家感到,以唯理主义为基本原则建立的现代社会将使现代人退化为冰冷的"理性"机器,它使现代人经由思维上的训练成为一个聪明却无活力的怪物,最终在精疲力竭之后走向自我毁灭。就此而言,颓废主义作家的探索一定程度上是对 18 世纪末卢梭[③]、康德、卡

---

① See George Ross Ridge, *The Hero in French Decadent Literature*. Athens: University of Georgia Press, 1961, p. 69.
② Oswald Spengler, *Deline of the West*, Ⅱ. New York: Knopf, 1957, pp. 102—103.
③ 卢梭认为,现代科学、理性启蒙、文明礼仪将带来现代人的道德衰退,他认为古代斯巴达人的生活是人性化生存模式的典范,其依赖于一种先于理性的内在本能去生活。See Jean-Jacques Rousseau, *Discourse on the Sciences and Arts in The Basic Political Writings*. Tran. & Ed. Donald A. Cress. Indianapolis: Hackett Publishing Co., 1987. pp. 4—8.

莱尔①、伯克②、柯勒律治③等人反思"理性"限度的继承,其对作为现代文明之理论根基的唯理主义思想的反拨由此可见一斑。

---

① "卡莱尔宣称:'我根据我本身的经验宣布,世界不是机器!'"(转引自罗兰·斯特龙伯格:《西方现代思想史》,刘北成、赵国新译,北京:中央编译出版社,2005年,第231页。)
② 伯克宣称,理性不过是人性的"一部分,而且绝不是最大的部分"。(转引自罗兰·斯特龙伯格:《西方现代思想史》,刘北成、赵国新译,北京:中央编译出版社,2005年,第231页。)
③ 柯勒律治认为,纯粹的"算计能力"低于"创造性的素质"。(转引自罗兰·斯特龙伯格:《西方现代思想史》,刘北成、赵国新译,北京:中央编译出版社,2005年,第231页。)

余 论
西方颓废主义研究述评

"颓废"与"颓废主义"均是源自西方的概念。作为在工业革命后遽然加速的西方社会现代性历史进程的产物,颓废主义既是对这一历史进程的反映,更是对这一社会巨变的反应;既是对这一历史进程的艺术表现,更是对这一社会巨变的精神－心理补偿。

颓废主义的这一历史属性既表征着其作为文化现象的复杂,也彰显着其作为学术富矿的魅力。西方学界对文学"颓废"问题的关注与研究,经历了漫长的发展演变过程。尤其是近百年来,西方学者对颓废主义的学术兴趣与研究热情持续高涨,可谓成果累累。

一、19 世纪颓废主义研究

19 世纪末,当颓废意识广泛渗透于西方文学创作之中的时候,"颓废"一词在主流话语体系中仍普遍地隐含了伦理性的负面含义——很多时候它被用来描述艺术家的精神堕落与道德失范。然而,19 世纪西方文学中的"颓废"之内涵绝非如此粗浅和负面。当代西方批评家普遍认为,当"颓废"一词被用以描述某部文学作品时,并不具有否定性的内涵,它所标识的只是在 19 世纪潜滋暗长并终在世纪末构成颓废主义运动的一种独特的文学现象。这一新的共识,为我们借助西方学界学者的相关表述,回溯 19 世纪诸多西方作家、评论家等围绕"颓废"概念所展开的严肃的理论探索提供了契机。

19 世纪西方文学中的"颓废"话语,最初发轫于 30 年代的戈蒂耶。50 年代之后——尤其是 19 世纪最后 20 年,颓废意识广泛渗透于英、法等西方国家的文学创作之中。法国是颓废主义的发源地,也是颓废主义运动的主要阵地。1884年,被亚瑟·西蒙斯称为"颓废主义圣经"的长篇小说《逆流》出版,标志着19世纪西方颓废主义创作的高潮已经到来。1886年,安纳托尔·巴茹创办了名为《颓废者》的文学杂志,并发表了一系列"颓废"宣言,标志着文学中的颓废现象已然发展成为一场19世纪末文学运动。至80年代末,由于大众舆论对颓废主义作家"不健康"的私生活与"病态"文学趣味的道德控诉,也由于一些作家、评论家——包括颓废主义作家自身——对这一术语自身含义的不稳定性与悖论性的严肃反思,先前被用来描述于斯曼、魏尔伦等19世纪末作家的创作倾向的"颓废"一词逐渐被诸如"象征"等其他术语所取代。作为19世纪末西方文学的一个独特的精神聚焦点,"颓废"表达一直延续到19世纪、20世纪之交。伴随西方作家与现代世界的和解,广泛弥漫于19世纪西方文学中的"颓废"意识渐趋式微,逐渐演化为20世纪现代主义文学中的一股幽暗的潜流。

(一)19世纪初叶,敏锐地感知到时代文学中的颓废意识,并以批判性精神对其进行严肃思考与细致描述的评论家当属法国的德西雷·尼萨尔。以R.K.R.桑顿等为代表的西方学界学者指出,正是尼萨尔最早将"颓废风格"这一理论概念引入了文学批评领域,并试图对其进行界定。

在《关于颓废时期拉丁诗人道德与批评的研究》一书中,尼萨尔指出,当下时代的诗人与罗马时期的颓废诗人极为相似,都显示出了"对细微差别的探索,展现了同样的语言风貌,精妙而又夸张,在夸张中,甚至表现出对丑陋之物的偏爱"[①]。尽管身为古典主义代言人的尼萨尔写作此书的初衷是通过阐明"当下的浪漫派作家是如何与罗马时期的拉丁诗人一样,沉迷于同样的颓废与粗俗之中的",从而达到含蓄地攻击雨果与19世纪30年代的文学新倾向的目的;但是,相对于其针对浪漫派的创作倾向所下的批判性结论而言,其后的研究者似乎更为重视他对"颓废风格"的描述。总体来看,尼萨尔的颓废理论可以概括为如下两个方面:

其一,他认为,文学中的"颓废"并不是什么新的东西,而不过是在不断轮回的文学史中循环复现的一种文学风格,它通常出现于人类精神的衰竭与道德的衰微状态之中。这种独特的"颓废"文学重视文本的表达形式(manner)而非其实质性内容(substance),其文学描写抛却了所有道德

---

① Quoted in R. K. R. Thornton, "'Decadence' in Later Nineteenth-Century England" in *Decadence and the 1890s*. Ed. Ian Fletcher. London: Butler & Tanner Ltd., 1979, p.18.

或形而上的目的。

其二,他发现了文学颓废风格中的反理性特征以及随之而来的想象力之于文学文本的统摄地位。对于颓废风格的这种高标想象而贬抑理性的倾向,尼萨尔的文学立场在其对法国浪漫派领袖雨果的评论中得到了清晰的展露。他认为,假如想象力不再服从理性的规束,它就将无视全部现实,无视事物的真实秩序(actual hierarchy),唯独关注细节。① 在他看来,这种过于强调细节,"为描写而描写,传达色彩及微妙之处(nuance)"②的颓废风格,必然导致文学作品中部分与整体之间传统的和谐关系的瓦解。

尼萨尔的颓废理论显然符合其作为新古典主义代言人的身份立场,因为尽管他以其文学批评的敏锐度觉察到了一种新的时代文学倾向并较为准确地把握了其主要特征,但他对这种缺乏道德明晰性的新文学毫无溢美之词。尼萨尔对颓废风格的描述是19世纪针对文学中的"颓废"问题进行严肃探讨的起点;通过将颓废风格与"部分与整体关系的瓦解"建立初步的关联,他的颓废理论启发了随后保罗·布尔热、亨利·哈维洛克·霭理士等人对颓废风格之"碎片化"特征的进一步理解与阐释。

(二)1857年,长期探究文学中的"颓废"话题的波德莱尔在其有关爱伦·坡的一篇评论文章中对"颓废"的内涵做了较为完整的界定。艾里斯·汉森在其论著《颓废与天主教》中指出,与尼萨尔从风格层面定义文学上的"颓废"不同,波德莱尔认为,文学中的"颓废"不仅塑造了独特的风格,而且开创了崭新的主题。

经由对"颓废"意象之典型特征的生动描摹,波德莱尔表达了他对颓废风格的认知:

> "颓废文学(literature of decadence)"这个说法暗示了文学范围(scale)的存在——婴儿时期的文学,童年时期的文学,青年时期的文学,等等。在这种学术性印象中所感受到的是,在遵从这种神秘律令的过程中享受愉悦是可耻的,当我们在自己的命运中感到欣喜之时,我们是有罪的。这种苛责显然完全不公正……几个小时以前,在它垂直白光的势力下压倒一切的太阳,很快将会带着它那多变的色彩

---

① Quoted in Matei Calinescu, *Five Faces of Modernity: Modernism, Avant-Garde, Decadence, Kitsch, Postmodernism*. Durham: Duke University Press, 1987, p. 161.

② Ian Fletcher, ed., *Decadence and the 1890s*. London: Butler & Tanner Ltd., 1979, pp. 9–10.

淹没西方的地平线。在这个行将消逝的太阳的戏法(tricks)中，一些诗意的头脑将会发现新的欢乐；他们会发现炫目的柱廊、熔化金属的瀑布、火的天堂、哀伤的壮美、懊悔的狂喜、梦的全部魔法、鸦片的所有回忆。那时，落日对他们而言将是控诉生命灵魂的非凡寓言，带着思想和梦的高贵财富，穿越地平线而降落。①

波德莱尔认为，颓废风格的呈现不过是顺应了一种命定的、自然的律令；也即，这种风格呈现并非来自作家的主观臆造，而是源于作家对这种适于传达当下时代之特定感受的表达方式的敏感把捉。

继颓废风格的描述之后，波德莱尔以其天才的直觉和深邃的洞察力提炼出一个普遍性的颓废主题：

> 我们对一切超越之物(all that lies beyond)以及生活所显示的一切事物所产生的难以抑制的渴慕，是我们不朽性(immortality)之最生动的证据。我们借助诗歌并透过诗歌，借助音乐并透过音乐，使得灵魂瞥见坟墓那边的光辉；当一首精妙的诗使我们潸然垂泪时，那泪水不是为过度狂喜而流，而是为一种深重的忧郁而流，为那从我们的神经、从我们那被放逐为不完美(imperfection)的本性中升腾而起的申诉而流——它渴望当自己仍然在这世上的时候，能即刻拥有一个显现的天堂。②

波德莱尔认为，他在爱伦·坡作品中的反常性(perversity)特征中所发现的"一种难以抑制的精神上的渴慕"，是贯穿于颓废文本之中的典型主题。在当时关注"颓废"话题的作家与评论家多侧重于解读和评论颓废风格而相对忽略发掘颓废主题这一整体格局之下，波德莱尔对"颓废"主题所做的简短而精确的概括可谓独树一帜，意义非凡。

凭借诗集《恶之花》中的《腐尸》篇等颓废诗歌为19世纪末颓废主义诗歌提供了文学范本的波德莱尔，从风格和主题等诸层面对文学中的"颓废"内涵所展开的理论探索，在其同胞好友戈蒂耶那里得到了进一步扩展与深化。1869年，在为波德莱尔之新版《恶之花》所作的序言中，戈蒂耶对波德莱尔诗歌中的一些典型的"颓废"主题进行了辨识与阐发，同时也对"颓废"的风格特征做了更加细致入微的探讨。

---

① Quoted in Ellis Hanson, *Decadence and Catholicism*. Cambridge: Harvard University Press, 1997, pp. 3—4.
② Ibid., p. 4.

与波德莱尔一样,戈蒂耶对"颓废风格"这个术语并不总是感到满意。他认为,与先前的一些文学风格相比,波德莱尔诗歌中的这种"足智多谋、精细复杂、博学多识"的文学风格本身并不颓废,它恰恰是最适于表达古老文明即将从成熟的巅峰走向衰败之时的现代生活之复杂性的一种文学模式。大卫·威尔在其论著《颓废与现代主义的生成》中对戈蒂耶观点的解读扼要而精准。他对戈蒂耶颓废风格理论的阐释可以概括为以下三个方面[①]:

其一,戈蒂耶所说的颓废风格在语言层面呈现为一种复杂、异质的文学与非文学词汇的奇特混合,它与罗马颓废(时期)的晚期拉丁语并无二致。

其二,戈蒂耶所说的"腐败/分解"的隐喻实际上是对尼萨尔、布尔热等人所说的颓废风格的"碎片化"特征的一种暗示,但其具体内涵却与尼萨尔、布尔热等人所说的"碎片化"有所不同:一方面,戈蒂耶并不像布尔热等人那样,从社会学意义上将颓废风格解释为瓦解/分解社会的标识,而是从心理学层面上认知颓废风格,将其解读为"能够传达那最不可言说的思想"的一种"心理学意义上的敏感(sensitive)";另一方面,戈蒂耶所描绘的"镶嵌着大理石花纹、散发着腐败的绿色气息"的语言产生于衰退状态,它所表达的是腐败/分解现象在言词表述上的繁茂。

其三,"试图搜寻并解释神经症的幽微密语,公开承认其堕落与衰朽的激情,沉迷于精神错乱边缘的奇异幻觉……"[②]从戈蒂耶的表述中不难看出,他发现了波德莱尔的颓废诗歌中对于"疾病"的偏爱;不过,根据他的理解,这里的"疾病"所指示的并非"疾病"或"罪恶"本身,而是"疾病的意识(the sense of illness)"。换句话说,"疾病"隐喻的运用不过是展露颓废风格的上述"心理学意义上的敏感"的一种有效的途径。

尤其值得注意的一点是,戈蒂耶对颓废风格的思考很大程度上依托于他对波德莱尔诗歌的浓厚兴趣。在发掘"颓废"的风格内涵的同时,他对波德莱尔诗歌中的颓废主题亦有颇为精辟的解读。他在波德莱尔的诗歌中发现了成熟文明的衰退与生物体的腐败与死亡等意象之间的关联

---

① David Weir, *Decadence and the Making of Modernism*. Amherst: University of Massachusetts Press, 1996, p.88.

② T. Gautier, introduction to C. Baudelaire, *Les Fleurs du mal*. Tran. Christopher Nissen. Paris: Lévy, 1869, pp.16—17; Quoted in Marja Härmänmaa and Christopher Nissen, eds., *Decadence, Degeneration and the End*. New York: Palgrave Macmillan, 2014, p.2.

性;成熟文明的衰退与"疾病"——尤其是神经症与歇斯底里等精神反常现象——之间的关联性;人工性的现代文明生活方式对原始、自然的生活方式的背离与对抗。戈蒂耶认为,波德莱尔对神秘罕见的语言表达模式的追求与他所要表现的这些崭新的现代主题具有严格的对应性。

(三)19世纪末叶,致力于阐发文学中的"颓废"现象的作家及评论家包括:布尔热、霭理士、莱昂内尔·约翰逊、勒·加里恩,以及最负盛名的西蒙斯等。需要指出的是,80年代前后,西方文学中的颓废表达已经逐渐发展成为一场文学运动,即我们通常所说的19世纪末颓废主义运动。基于19世纪末相比之前数十年的这一独特地位,笔者将在继续追溯诸种"颓废"内涵描述的同时,酌情考察这一时期围绕颓废主义文学的价值所展开的讨论。

1. 布尔热的"颓废"申辩

19世纪末叶,针对主流话语对颓废主义的诸多批评,一些作家、理论家与评论家开始旗帜鲜明地为颓废主义进行理论阐释与申辩。其中,无论是就当时的声威还是后来的影响来说,理论家保罗·布尔热都是首先应该被提及的人物。

在布尔热最负盛名的著作《当代心理学文集》第一卷中,有关波德莱尔的一篇评论文章的第三部分被命名为"颓废的理论(A Theory of Decadence)"[①],《颓废的想象(1880—1900)》一书的作者让·皮埃罗将其称为"颓废审美的第一个真正的宣言"[②]。这个评价恰如其分。这不仅是因为布尔热早于同时期大多数评论家对文学中的"颓废"特征进行了集中的谈论,更重要的是,面对当时主流评论对颓废主义作家之病态趣味的批判及对颓废主义作家之"不道德"的私生活的指控,布尔热肯定并赞扬了波德莱尔欣然接受"颓废者"称号的行为,并首次为颓废主义作家做了热情洋溢的抗辩。按照布尔热的观点,尽管这些颓废公民(the citizens of decadence)普遍在"建设伟大国家方面表现并不出色",但他们却是出众的灵魂艺术家;尽管"他们并不适应于私人或公众的'行动'",但他们却是

[①] 西方学界学者在处理颓废主义问题时,多次引用和借鉴布尔热的"颓废的理论"。对这部分内容的完整英文翻译参见:Paul Bourget, "The Example of Baudelaire". Tran. Nancy O'Connor, in *New England Review*, vol. 30, no. 2, 2009, pp. 98—101. 稍后本段中所涉及的部分加引号的引文,均出自此文本,不再一一注释。

[②] Jean Pierrot, *The Decadent Imagination*, 1880—1900. Tran. Derek Coltman. Chicago: The University of Chicago Press, 1981, p. 16.

高贵而孤独的思想者。"倘若他们不能为一种深刻的信仰而献身",那是因为"他们那超凡的理智使他们远离偏见",是因为"他们在审察了所有观念之后,已然领悟了最高的公正,将各种教义学说(doctrines)全部合法化,而排除了所有的狂热(fanaticisms)"的缘故。稍后,布尔热甚至号召当时的作家效仿波德莱尔,他说:"让我们沉浸在我们那奇异的理念与形式中,承受那无人造访的孤独之监禁吧!那些被我们吸引而来的才是我们真正的兄弟,为何要将我们那最为深层、奇特、私人的珍宝献给其他人呢?"

作为当时声名卓著的一位评论家、理论家兼作家,布尔热如此立场鲜明并大张旗鼓地对颓废主义文学的价值进行集中辩护,这对颓废主义的发展与接受可谓功不可没。

2. 霭理士与约翰逊等人的观点

1889年,霭理士借助布尔热的颓废理论,首次将作为一场文学运动的"颓废"概念正式介绍到英国评论界。霭理士说:

> 布尔热是在通常意义上使用颓废这个词的,以之标识一个社会达至其扩张与成熟的极限之时的文学模式。用他自己的话说:"在这种社会境况中产生了过多不适于普通生活劳动的个体。社会好比有机体……社会有机体无法逃离这条规律:一旦个体生命跃出界限,不再屈服于传统的人类福祉及遗传性的支配力,社会就将堕入颓废。一条相似的规律统治着我们称之为语言的那个有机体的发展与颓废。颓废的一种形态就是书的整体被分解为某一页的独立,页又分解为句子的独立,而句子则让位于词的独立。"①

在介绍了布尔热的观点之后,霭理士对其谈到的颓废风格特征作了扼要的评论。他认为,布尔热所说的颓废风格,本质上是"一种无政府主义风格,在其中一切都让位于个体部分的发展"②。

从霭理士对布尔热颓废理论的介绍与解读中,可以发现——颓废的风格特征在这里被解读为部分与整体的关系,也即瓦解或"碎片化"的一种发展趋向。与尼萨尔相比,在布尔热与霭理士的观点中,这种"碎片化"被清晰地类比为社会有机体与个体生命之间的关系。19世纪末,这一类

---

① Quoted in R. K. R. Thornton, *The Decadent Dilemma*. London: Edward Arnold Ltd., 1983, pp.38—39.

② Ibid., p.39.

比被尼采、西蒙斯等人广泛采用;而一个多世纪以后,瑞姬娜·加尼尔(Regenia Gagnier)在谈论颓废与全球化的关系时也沿用了它①。

需要指出的是,霭理士对布尔热的评论并不全面。显然,他更重视对颓废风格的解读,颓废的主题特征在他心中还比较模糊。这与其说是他对布尔热观点的介绍,不如说是他借助布尔热的理论表述以彰显自己在文学"颓废"话题上的立场。

紧随布尔热与霭理士之后,1891年,约翰逊将文学中的"颓废"视为一种"有点儿严肃"的而非"荒谬"的文学倾向:

> 在英语中,颓废以及由此形成的文学意味着:在这一时期里,激情、浪漫、悲剧、伤感,抑或其他形式的行为和情感,在进入文学之时,必定是被精炼了的和满怀好奇地深思熟虑了的:这是一个追思(afterthought)的时代,也是一个反思(reflection)的时代。由此便产生了一种伟大的美德和一种伟大的邪恶——一种经常而细致地冥思生活中的情感和事件的美德,以及当思想开始思考它自身,或者当情感(emotions)本身与对情感的意识纠缠在一起时,所产生的一种过于精微(over-subtilty)、矫揉造作的邪恶。②

约翰逊对"颓废"的理解似乎更加文人化。与侧重于剖析"颓废"的形式特征的霭理士相比,他的界定似乎更加全面。他意识到了一种"被精炼了的"因而有时显得"过于精微、矫揉造作"的"颓废"的语言风格,同时也肯定了"满怀好奇地……冥思生活"的"颓废"的主题特征。约翰逊的观点直接或间接地启发了随后西蒙斯等人对"颓废"内涵的认知与界定。

3. 西蒙斯的"颓废"理念

长期关注颓废问题的现代派诗人叶芝,在其对著名的英国作家兼评论家西蒙斯的一段评论中曾指出:

> 准确地说,他(西蒙斯,引者注)并不是一个"颓废者",相反,在反抗繁杂多面、非个人化、绚丽奢华,以及外向性等方面,他比他的多数同代人走得更远。这种反抗或许是我们时代最伟大的运动,其重要

---

① 加尼尔就此观点展开的具体论述参见 Regenia Gagnier, *Individualism, Decadence and Globalization: On the Relationship of Part to Whole, 1895—1920*. Basingstoke: Palgrave Macmillan, 2009.

② Quoted in Ian Fletcher, ed., *Decadence and the 1890s*. London: Butler & Tanner Ltd., 1979, p. 20.

性甚至越出了文学的边界。①

叶芝对西蒙斯的上述评价,暗示出西蒙斯与19世纪末颓废主义的紧密关联。事实上,西蒙斯既是当时最引人注目的颓废主义理论家之一,也是19世纪末长期而持续地关注和反思颓废问题的作家和评论家。他的颓废理论继承并深化了霭理士、约翰逊等人对"颓废"内涵的界定——尤其是对颓废风格特征的描述,与此同时,又对当时以加里恩等为代表的作家与评论家对颓废主义文学价值的质疑做出了正式的回应。

1893年,西蒙斯在《文学中的颓废主义运动》一文中提出:

> 当今最具代表性的文学——已经在形式上下足功夫,并吸引着年轻一代——绝不是古典主义的,也与古典主义的老对手浪漫主义没有任何关系。巅峰之后无疑是颓废;它具有伟大时代结束之时的一切特征,这些特征我们在希腊、拉丁时代也发现过。颓废:一种强烈的自我意识,一种在研究中焦躁不安的好奇心,一种过于细微的精炼,一种精神和道德上的反常(perversity)。倘若我们称之为古典的那类艺术的确是最高的艺术——其特征是完美的朴素、完美的理智(sanity)、完美的比例,那么当今最具代表性的文学——有趣而优美(beautiful)的小说——的最高特质,的确是一种全新、优美、有趣的疾病。②

西蒙斯对19世纪末颓废主义运动的如上定义,在当时的英、法、意等国引发了较大反响。通过将颓废主义描述为一种"全新、优美、有趣的疾病",西蒙斯将"颓废"的否定性含义转变为一种为人赞颂的含义。不过,值得一提的是,时隔六年,西蒙斯出版了著名的《文学中的象征主义运动》。书中,西蒙斯修正了此前对颓废主义运动的认知,以"象征"替代"颓废",用以描述于斯曼、魏尔伦等19世纪末作家的创作倾向。西蒙斯认为,"颓废"一词内涵的不确定性,使得文学中的"颓废"难以被精确地限定、理解和使用,并进而指出,"只有当运用于风格以及精巧的语言变形

---

① Quoted in John P. Frayne and Madeleine Marchaterre, eds., *The Collected Works of W. B. Yeats*, vol. IX: *Early Articles and Reviews*. New York: Scribner, 2004, p. 335.

② Arthur Symons, "The Decadent Movement in Literature" in *Harper's New Monthly Magazine*, vol. 87, 1893, pp. 858-859.

时,颓废这个词才适得其所"①。

文森特·谢里(Vincent Sherry)在《现代主义与颓废的再造》(*Modernism and the Reinvention of Decadence*,2015)中曾对西蒙斯前后术语的置换进行了评价。他说:"这揭示出现代主义诗歌起源之时,'概念'在发展过程中呈现出的紧张状态,它指向批评传统中的规避与偏离倾向。"②尽管西蒙斯似乎否定了其先前对颓废主义运动的表述,但时至今日,他仍被视为19世纪末颓废主义运动的重要倡导者与描述者,其《文学中的颓废主义运动》一文中对颓废主义的著名界定,至今仍被众多学者引用和借鉴。

(四)同样是阐释颓废风格,1834年的尼萨尔以之批判19世纪前期以雨果为代表的法国浪漫派作家,而1869年的戈蒂耶却以之作为对波德莱尔现代诗歌的褒扬之辞。他们在文学"颓废"话题上的相异立场,在19世纪并非特例,它显示出时代精神和文学追求在这一历史时期的内在张力与微妙变迁。

伴随19世纪西方颓废主义的萌生与发展,与颓废主义关系甚密的不少作家与评论家(当然,尼萨尔是个例外)致力于理解和阐发文学"颓废"的内涵。尽管在具体的阐发中,诸种评论之间的差异十分明显,但总体看来,在上述19世纪的评论中,文学中的"颓废"几乎都被解读为古老文明即将从成熟走向衰败之时的一种精细复杂的文学模式。尼萨尔、布尔热和霭理士等人均倾向于将"颓废"理解为一种在文明进程中循环复现的、以"碎片化"为主要特征的文学风格;这在很大程度上是一种社会-文化学的解读。应该指出的是,这种解读方式直接启发了20世纪以降西方颓废主义研究中的政治视域。

另一个有趣的事实是,19世纪的西方作家或评论家对颓废主义价值的谈论都有些模棱两可。比如,约翰逊曾将颓废主义肯定为一种"有点儿严肃"的而非"荒谬"的文学——"不去表述那显而易见并且贫瘠的事实,而是去阐释其内在的充实的力量;这远不是一件简单而微不足道的

---

① Arthur Symons, *The Symbolist Movement in Literature*. London: William Heinemann, 1899. 转引自柳扬编译:《花非花——象征主义诗学》,北京:旅游教育出版社,1991年,第67—68页。

② Vincent Sherry, *Modernism and the Reinvention of Decadence*. New York: Cambridge University Press, 2015, p.5.

事"①；可后来他却又补充说，尽管这种文学形式可能犯了某种错误，但在这个时代也是可以被原谅的。

与约翰逊的这种总体肯定却又部分否定的阐释立场不同，加里恩则是总体否定、部分肯定。他称颓废主义是对"有生命力"的文学的一种偏离：

> 在所有伟大的文学中，无论主题大小，都被置于或近或远的相互关系中考虑，首先是在其与总体、无限的关系中考虑；在颓废主义文学（decadent literature）中，关系和适当的比例被忽略。人们可能会说文学上的颓废（literary decadence）存在于对与世隔绝的观察所作的华丽表述中。②

加里恩认为好的文学应该持续性地观照总体与无限，整体性地审视生活，而文学中的颓废风格却显示出对总体、无限以及生活本身的忽略；其对颓废主义总体上的批判态度由此可见一斑。然而如果参阅20世纪初出版的加里恩的回忆录《90年代的浪漫派》（The Romantic' 90s, 1926），人们不难发现——其对19世纪末颓废主义的评价却又似乎并不总是那么负面。

从上述诸种界定的梳理与解读中，可以见出——迥异的评论风格实则彰显了19世纪西方评论家与理论家在"颓废"内涵认知上的不确定性。这种不确定性，在很大程度上是由"颓废"一词自身含义的不稳定性与悖论性招致的结果。由此，也就不难理解波德莱尔与戈蒂耶在处理"颓废"一词时展露出的矛盾心态，以及发生在西蒙斯身上的"术语置换"。

基于对19世纪诸种"颓废"内涵界定的追溯与反思，我们可以从以下两个层面对19世纪西方文学中的"颓废"现象作出扼要的界定：

其一，19世纪西方文学中的"颓废"指向一种独特的美学选择，或者借用这一时期大多数评论家的表述，它不过是古老文明即将从成熟走向衰败之时的一种独特的文学模式。具体而言，文学中的"颓废"体现了19世纪的一些西方作家对当时与进步论相对立的"退化"观念的兴趣；只不过，进入文学语境之后，"退化"观念本身所裹挟的诸多社会—历史层面的伦理意涵被剥离了，得以保留的仅仅是排除了道德或价值判断的一种运

---

① Quoted in Ian Fletcher, ed., *Decadence and the 1890s*. London: Butler & Tanner Ltd., 1979, p. 20.

② Ibid., p. 112.

动趋向。也就是说，文学中的"颓废"所标示的是作家对"退化"这一运动趋向及其各种衍生物——如（与健康相对的）疾病、（与自然相对的）人工（性）以及（与生命相对的）死亡等——的广泛兴趣。从这个意义上说，"颓废"指向一种美学上的选择。这种独特的美学选择，既标识了这些少数派作家对追求一致性、崇尚物质主义的布尔乔亚伦理准则的蔑视与隔绝，亦彰显了其对浪漫主义、现实主义、自然主义等文学表达方式的不同程度的反拨。

其二，关涉"退化"观念之"颓废"的美学选择，最终在文学创作层面带来了文学风格与文学主题的革新。

从文学风格上看，"颓废"造就了一种精致复杂、深思熟虑、博学多识的文学风格。它企图细微地解剖和展示处于各种偏离常规的精神状态之中的个体的审美体验，严肃地审视非常态下人的精神幻觉与神秘呓语——戈蒂耶所说的"能够传达最不可表达的思想的一种心理学意义上的敏感"可以说是对文学中的颓废风格所作的最为精妙的解读。基于一种强烈的精神上的好奇，它从文学之外借来音乐、美术、技术等各类非文学词汇，以此满足其"表达一切"的愿望，由此便带来了19世纪末颓废主义对传统文学中部分与整体关系的忽视。总的来说，由"颓废"带来的文学风格的革新显示出对推崇理性与节制的古典主义文学风格的突破。

从文学主题上看，"颓废"催生了波德莱尔所说的"一种难以遏制的精神上的渴慕"这一普遍性主题。这一主题在具体的文学表达中主要借助由"退化"观念衍生而来的诸多意象或题材——如处于衰退中的精疲力竭的古老文明、疾病（尤其是神经症、歇斯底里等精神上的反常情态）、性反常、蛇蝎女人、恋物癖、死亡等——得以表达。值得注意的是，这种精神上的渴慕所昭示的是追求个体自由的个人主义精神。这一肇始于浪漫主义的鲜明的精神特质，在典型的颓废主人公身上得到了最为极端的表达。

二、20世纪初叶颓废主义研究

20世纪最初30年，西方学界学者对颓废主义的关注与研究尚未打开新的局面，散见的论述大多是对19世纪末陈旧观念的总结或改写[例如，罗伯特·罗斯宣称"人们通常称之为衰退（decay）的那个东西，仅仅是一种风格上的发展"①,这一观点实际上是对19世纪末观点的重申],总体而言,乏善可陈。尽管颓废主义发源于法国,在法国、英国的成就最大,但20世纪初,对颓废主义的研究成为意大利而非英、法等国批评界的热点话题。众多意大利历史学家、文学评论家延续了自19世纪80年代以来维托利奥·皮卡(Vittorio Pica)、恩里克·潘扎西(Enrico Panzacchi)等国内研究者对颓废主义的研究热情,或热衷于对本国颓废主义代表邓南遮等作家的多重解读,或将视野延伸至整个欧洲,对"颓废是什么""颓废从何而来"等关键问题展开深入探究。其中,成果卓著的当属贝奈戴托·克罗齐(Benedetto Croce)的《美学》(*Estetica*,1902),沃尔特·宾尼(Walter Binni)的《颓废的诗学》(*La poetica del decadentismo*,1936)以及安东尼奥·葛兰西(Antonio Gramsci)的《狱中笔记》(*Quaderni del carcere*,1975)。他们从19世纪后半期芜杂的陈述中提炼颓废的种种表征,发掘颓废的多重含义的理论努力,为深入理解颓废主义打下了必要的基础。不过可惜的是,这时期意大利文学批评界的诸多成果多数未被及时介绍到西方其他国家的学界。唯一例外的是马里奥·普拉兹于1930年出版的研究专著。在意大利面世3年后,此书即以《浪漫派的痛苦》之名首次被介绍到西方其他国家的学界,并多次再版。尽管在当时的意大利批评界,普拉兹对颓废主义的解读并非最深入,亦非最全面,但单论对西方学界研究事实上的启发与推动,它无疑是影响最大的一本专题论著。

在《浪漫派的痛苦》中,普拉兹对颓废主义的基本判定是:"性"是联结浪漫主义与颓废主义的纽带。19世纪末的颓废主义运动,是对浪漫主义至为典型的因素之一——性善感性(erotic sensibility)——的延伸与发展。到19世纪80年代,伴随欧洲文化趣味的显著变化,具体到文学内部,浪漫主义的性倦怠逐渐让位给颓废主义的性反常与性变态。尽管如此,由于后者基本上是对前者特定主题的延续,因而在本质上仍隶属于前者,也即,颓废主义是后期浪漫主义的一种表现形式。基于这一断定,普拉兹在谈到颓废主义时,有时会特意称之为"颓废的浪漫主义",以明示其归属。

为了印证"颓废主义是对浪漫主义文学特定主题的延伸"的论点,普拉兹选取并分析了浪漫主义在"性善感性"这一要素之下创造出的"美杜

---

① Robert Ross, *Masques and Phases*. London: Arthur L. Humphey, 1909, p.284.

莎之美"、性虐狂等典型主题。以"美杜莎之美"这一经典主题为例,他认为,这一主题首次将美与死亡视为"孪生姐妹",它所展现出的是一种"堕落而忧郁"的致命的美。这种美越发使人品尝苦痛,便越发令人感到愉悦,其背后深隐着的是为浪漫主义和颓废主义所共享的病态性欲的张力。

值得注意的是,将美与痛苦、病态、受虐,甚至死亡相连,是颓废主义作家惯用的主题。这种特别的审美趣味预示着西方现代审美观即将形成。在下文对20世纪中、末叶研究进展的论述中即可看到,一些学者已经较为清晰地揭示了这一点。这种现代审美的趣味,如普拉兹对波德莱尔审美趣味的评价那样:"他向世人展示了他所钟爱的那些巴黎图景:所有医院、妓院、炼狱、地狱以及无尽的痛苦。"①

沿着"颓废主义是对浪漫主义文学特定主题的延伸"这一基本判定,普拉兹继而指出,作为后期浪漫主义表现形式的颓废主义如何与典型的浪漫主义文学相区分。他说,前者在表达技巧层面运用了与后者不同的策略,这种策略最直观地体现在作品的风格层面。普拉兹征引浪漫主义者德拉克罗瓦(Delacroix)和颓废主义艺术家代表古斯塔夫·莫罗(Gustave Moreau)的具体例子阐释他的这一论断:

> 作为画家,德拉克罗瓦狂热、充满激情;而莫罗则力求冷淡、克制。前者刻画形姿,后者展现态度。尽管在艺术价值方面相距甚远……但他们的作品都高度体现了其所处时代的道德氛围——浪漫主义疯狂的暴怒与颓废主义沉闷的冥思。虽然主题——撩人而残酷的异域情趣——几乎是同样的,但是德拉克罗瓦处身于其主题内部,而莫罗则从外部膜拜其主题。由是,前者成为画家,后者则成为装饰家。②

通过将颓废主义与浪漫主义相联系,普拉兹实际上否认了颓废主义在19世纪西方文学史中的独立身份,仅仅将它视为后期浪漫主义的一种文学表达。尽管他意识到了颓废主义在风格层面上的崭新探索,但他似乎并不重视这一点,事实上也未就此展开深入探讨。不过,就当时颓废主义的研究状况而言,普拉兹的研究视野相较于19世纪的研究已经有了较为明显的进步。他不再囿于对颓废主义内部特征的穷究,而是将颓废主

---

① Mario Praz, *The Romantic Agony*. Tran. Angus Davidson. Oxford: Oxford University Press, 1951, p. 45.

② Ibid., p. 303.

义置于整个19世纪文学的广阔视野下进行审视,发掘其与典型浪漫主义文学的关联。基于对颓废主义与典型浪漫主义文学关系的基本把握,普拉兹对颓废主义文学的主题、审美趣味等方面进行了细致的论述。其主要观点一定程度上主导了其后三四十年时间里,西方学界学者解读颓废主义文学的特征和文学史地位的主要方向。基于这部论著的重要性,以下对20世纪中叶研究成果的论述将一定程度上结合学者们对普拉兹观点的不同回应展开。

三、20世纪中叶颓废主义研究

20世纪中叶,西方学界学者对颓废主义的研究热情有所回升。这一阶段的研究主要集中于以下三个层面:

其一,对"颓废"概念的界定。与此前的研究相比,这一时期在研究方法上有了新的进展。除了继承西蒙斯等人的研究策略,继续发掘"颓废"概念的外延——主题、形式、语言等典型特征——以外,以 K. W. 斯沃特等为代表的一些学者致力于辨析不同语境下"颓废"一词的多样化内涵;以 C. E. M. 贾德为代表的学者则回溯并质疑不同语境下"颓废"的既有定义,指出这些偏狭的定义都未能包纳颓废的全部内涵,继而尝试从哲学层面为其寻找一个完整性的界定。其二,以乔治·罗斯·瑞治、斯沃特等为代表的学者关注颓废意识/观念的衍生机制问题。其三,以 A. E. 卡特、斯沃特、瑞治等为代表的多位颓废主义研究者普遍关注颓废主义的文学史归属问题,并提出了一些新观点。

由于以上三个层面在具体的研究中往往相互穿插,彼此勾连。下文将大致以论著出版的时间为序,对这一时期颇具代表性的几部作品的研究视角、研究方法和主要观点进行简要论述,以求尽量客观、全面地了解这一时期的研究进展。

(一)在其著作《颓废:一个哲学问题》(*Decadence: A Philosophical Inquiry*,1949)中,贾德以其哲学视野和思辨精神,通过回溯并反思"颓废"一词内涵的几种现有界定——诸如,文学语境中被解读为一种缺乏内容的形式特征;社会伦理语境下被解读为非道德性;政治语境下将其与军事力量的减弱、人口/种族数目的下滑相关联等,进一步假定并论证颓废一词所具有的一般性内涵。一定程度上说,贾德哲学式分析的动机来源于他对"颓废"这个词词义晦涩性与多元性的反思。他在书中坦言,没有一个词"其含义能比'颓废'这个词更模糊,更难以定义……颓废这个词在用法上的多样性,既是其意图指示的那个概念本身所具有的模糊性所招致的结果,亦是造就这种模糊性的一个原因"①。

在当时西方学界颓废主义研究的初级阶段,贾德对不同语境下"颓废"内涵的考察和反思,一定程度上比同时期其他学者对这一问题的考察更为细致、全面和深入,由此直接或间接地启发了此后学者对不同语境下颓废内涵的认知。这种概念认知上的细致区分,有助于人们更为理性地看待19世纪以来颓废主义作品受到的基于社会伦理等"非文学"层面的指责。

(二)斯沃特的《19世纪法国的颓废意识》(*The Sense of Decadence in Nineteenth-Century France*,1964)在颓废主义研究领域起到了承前启后的作用。

一方面,斯沃特吸纳了20世纪30年代普拉兹对颓废主义之文学史归属的认定,将颓废主义运动视为浪漫主义文学发展的最后阶段。另一方面,他继承了贾德反思不同语境中"颓废"内涵的广阔视角,在吸纳前辈观点的基础上,将考察的范围一直延伸至人类文明的初创期,细致地区分了两种"颓废"——作为一种普遍存在的历史悲观主义观念的"颓废"和19世纪西方文学中的"颓废"。

斯沃特指出,历史悲观主义的"颓废",本质上是一种对人类文明渐趋衰退原则的普遍感知。这种观念最早可追溯至东西方的古老神话。除了古代希腊罗马神话中有著名的"铁器时代"的历史传说故事,古印度神话中也有关于文明退化的传说:"在卡莉(Kali)时代,人类在生理、智力、伦理和社会等方面都远远低劣于他们的先祖。"②即便是在今人普遍认为充溢着精力充沛的乐观主义精神的历史时期——如文艺复兴时期,仍不缺少"社会正趋于腐朽、退化"之类的颓废体验。

基于对历史悲观主义之"颓废"观念的辨识,斯沃特进而对文学上的"颓废"进行界定。他说:"正是有意识地吸纳法国浪漫主义的重要传统——撒旦主义、个人主义和审美主义的思想观念,所谓文学中的颓废主义运动到19世纪末才形成。"③斯沃特的研究将两种"颓废"区分开来,继

---

① C. E. M. Joad, *Decadence: A Philosophical Inquiry*. New York: Philosophical Library, 1949, p.55.

② Koenraad W. Swart, *The Sense of Decadence in Nineteenth-Century France*. The Hague, Netherlands: Martinus Nijhoff, 1964, pp.2—3.

③ Ibid., p.77.

贾德之后进一步纠正了当时对颓废主义之"颓废"内涵、文学价值等所做出的基于社会伦理学意义的肤浅论断。

基于对两种颓废的区分,斯沃特试图阐释颓废主义之"颓废"意识的衍生机制。他认为,"颓废"意识的表达,一方面源于作家对社会、政治的悲观认知,另一方面源于其"为艺术而艺术"的信念。两者共同促就了从早期浪漫主义之人道主义理想到颓废主义之"严肃地审视衰败文化中的迷人特征"的转变。

除了对前辈研究视角与观点的继承与深化,斯沃特的研究已经显露出颓废主义研究中的一个新话题——现代主义文学中的"颓废"因子。他注意到第一次世界大战前后文学中的颓废意识的盛行,并指出,19世纪末颓废主义文学中的"撒旦式的愉悦"之所以没有在20世纪的颓废作品中继续流行,其直接原因是:在战火纷飞的年代,当文明存在与否悬而未决之时,作家们不再有机会"享受培育堕落的奢侈生活"①。

斯沃特对第一次世界大战前后文学中的颓废意识的关注,提醒人们,尽管随着19世纪的结束,"颓废"不再成为文学中的主导意识,但它也并非完全消失,其余绪将以新的面目呈现在现代主义文学的部分作品中。在下文的论述中,人们将发现,有关颓废主义与现代主义之关系的话题在其后——尤其是21世纪以来文森特·谢里等学者——的研究中,已经得到更加深入、细致的发掘。

(三)以A.E.卡特为代表的学者集中、细致地研究了19世纪颓废主义的主要阵地法国文学中的颓废观念。

在其论著《法国文学中的颓废观念:1830—1900》(*The Idea of Decadence in French Literature: 1830—1900*,1958)中,卡特以历史性研究的精微视角,全面而细致地考察了19世纪30年代至19世纪末法国文学中的颓废观念。具体而言,一方面,他广泛搜寻这段历史时期内多种有趣、奇特的评论文集及作家作品,旁征博引,考察了颓废观念从最初在浪漫文学中体现出的一种忧郁的怀旧情绪,发展到19世纪末文学中广泛呈现出的一种过于夸张的、矫揉造作的情趣的历史过程,并试图探索颓废观念出现的历史原因。另一方面,他以19世纪戈蒂耶等人对颓废问题的各种论断为指导,并借鉴20世纪普拉兹等学者对颓废主义的最新研究成

---

① Koenraad W. Swart, *The Sense of Decadence in Nineteenth-Century France*. The Hague, Netherlands: Martinus Nijhoff, 1964, p. xi.

果,结合《逆流》等典型的颓废主义文本,试图探寻19世纪法国文学中的颓废观念的典型特征及其在颓废主义文学的主题、形式、审美趣味等方面的具体表现。

特别值得注意的是,在有关颓废主义的文学史归属问题上,卡特修正了普拉兹在《浪漫派的痛苦》中的观点,认为颓废主义并非对浪漫主义文学要素的简单继承与延伸,而是对浪漫主义文学的反思与突破。他旗帜鲜明地指出:

> 文明的邪恶与自然的美德成为一种崭新意识(sensibility)的一部分,我们称之为浪漫主义的;事实上,针对浪漫主义所发起的任何形式的反抗——当它到来的时候——都必然意味着对原始与自然的背离。而对颓废的狂热正是这样一种反抗。[①]

卡特清晰地表达了他的观点,即颓废主义是对浪漫主义之"自然观念"的否定与反叛。不过,他进一步指出,颓废主义的这种反叛完全不同于浪漫主义式的愤怒的抗议"行动",而是表现为一种冷漠的"选择",一种沉静的"态度"。此外,卡特在提出"颓废主义是对浪漫主义自然观的反叛"这一观点的同时,亦坦言两者关系的复杂多维性,认为在对两者关系的理解中尚存在许多模棱两可、充满悖论的节点。

(四)另有一些学者,对此前学者对颓废主义文学中的"颓废"内涵、颓废意识的衍生机制、颓废主义的主题、审美趣味,以及颓废主义的文学史归属等问题的研究作出了不同程度的回应。其中,乔治·罗斯·瑞治的研究对这些问题的回应较为全面,观点清晰而新颖,对于当时推进对这些颓废主义基本问题的认知贡献突出。以下将重点介绍其研究方法及主要观点。

在其著作《法国颓废主义文学中的主人公》(*The Hero in French Decadent Literature*,1961)中,尽管瑞治多次提到了颓废主义作品中的英雄主人公与浪漫主义的花花公子在形象特征上的某种亲缘关系,提到了颓废派与浪漫派在"表达对文明的不安与不满"等方面的一致性,但整本书论述的主旨并不是追寻颓废派与浪漫派的文学亲缘关系,而是试图消除人们对颓废、颓废主义及其笔下的颓废主义主人公的种种偏见,并以此为基础探究"颓废"的真正内涵、颓废意识的形而上的基础、颓废主人公

---

① A. E. Carter, *The Idea of Decadence in French Literature*: 1830—1900. Toronto: University of Toronto Press, 1958, p.4.

的形象特质等问题。瑞治的研究有四个方面的重要贡献:

第一,在颓废主义的文学史归属方面,他否定将颓废主义看作对浪漫主义某一特定因素的简单延续,亦不承认颓废主义运动是一场发生在 19 世纪末的不起眼的小运动,而是认为,颓废意识是 19 世纪末诸种文学的形而上的共同基础。他说:

> 无论是现实主义者、自然主义者,抑或是帕那斯派、颓废派和象征主义者,他们的文学描述都与颓废社会密切相关。也即,在不同程度上,颓废社会是他们共同的聚焦点。他们根本上的不同之处在于,他们对于文学能为社会、审美、宗教等诸方面的衰退起到何种作用意见不一,并且,他们描绘社会的方式和风格也不尽相同。尽管如此,颓废的思潮还是颇具普遍性的,从这种意义上来说,他们都是颓废派。①

第二,对于"颓废"意识的衍生机制问题,瑞治认为,"颓废"意味着"失去了至关重要的生命驱动力"。19 世纪后期,尤其是最后 20 年时间里,基于一种有关社会衰败的共同价值观,作家们在文学中表达其对衰败世界的理解,与此同时也形成了对于他们自身角色的认知。瑞治说:

> 到现在为止,颓废似乎意味着艺术家一种精神上的孤寂,伴随着一种形式上恼火而乖戾的神秘主义。在许多方面,颓废都是任意时期的年轻人耳熟能详的精神和物质艺术。但 1885 年的一代人比 1820 年的一代人甚至拥有更多的共同特质,他们比其他人更辛酸而悲惨地感受到沮丧感和挫败感。颓废主义潮流是他们用以抵御资本主义、琐事、工业主义以及自然主义的方式。它掩藏了最深处的渴望,因为在他们的感觉中,真实并不存在于现实世界,他们提及一种新的关于神秘或是神秘主义的感觉,而马拉美正是体现这种感觉的最微妙和最令人信服的典型代表。②

第三,在辨析颓废主义之"颓废"概念方面,瑞治继承 19 世纪以来研究者的一般策略,从"颓废"的外延而非内涵定义它。他认为,作为一种文学风格的"颓废","是'为艺术而艺术的一种形式',颓废的唯美主义者唯

---

① George Ross Ridge, *The Hero in French Decadent Literature*. Athens: University of Georgia Press, 1961, p. 18.

② Ibid., p. 15.

一关注的就是形式……为诱发新体验而被打磨得精致优美的颓废风格，就是颓废主义的唯一兴趣之所在"①。尽管如此，瑞治认为，单纯依靠对其风格特征的描述，并不能真正理解"颓废"的真正内涵，因为风格并不能作为定义颓废主义的一种精确的方法。他说："真正的问题并不在于颓废主义如何表达自身——因为他们在表达时使用了多种多样的方式，而在于他们试图表达出来的东西。"②

基于这种反思，一方面，瑞治肯定了颓废主义在形式方面的创新，认为颓废主义作家竭力避免对其直系前辈的模仿，打破既定形式，牺牲整体的统一而强调部分的发展，是一种对"瓦解"的表达。另一方面，他又指出，颓废主义"试图表达的那个东西"实际上是一种特殊的世界观。他说，"颓废"是一种世界观，是"一种由法国作家于1850年至1900年间提出的特殊世界观……此种文学或含蓄或明确地反映出对于社会、政治、道德衰退的普遍痴迷"③。而正是在作家们对这种世界观的回应中，颓废主义的主题才得以呈现。瑞治由此梳理出颓废主义的四个典型主题：大都市——既具有强大的吸引力，又是邪恶的、毁灭性的象征；致命的新女性——不论是蛇蝎女人、交际花，还是端庄的家庭主妇，对于男性而言，颓废文明下的女性，都是致命的；无性的阴阳人；对死亡的一种超自然的、形而上的积极的渴望。

第四，瑞治的研究也曾简短地提及颓废主义在审美观方面的新倾向：

> 由于摒弃了艺术的伦理道德价值方面的内容，这些颓废主义作家培养出了纯粹审美或纯形式的艺术观……颓废主义作家为了支持微妙的歧义性和蓄意的朦胧性，常常审慎地摒弃古典主义者的精确度和明晰性。同样，在对古典主义学说中关于绝对美的看法上，颓废主义作家也有着截然相反的观点，这种颠覆性的观点在颓废主义作家的文学批评和原创作品中都有所反映，它引发了在美学认识和关键阐释权方面的完全个人主义化。④

瑞治的研究内容几乎涵盖了当时颓废主义研究的所有核心话题，其

---

① George Ross Ridge, *The Hero in French Decadent Literature*. Athens: University of Georgia Press, 1961, p. 11.
② Ibid., p. 21.
③ Ibid., p. 22.
④ Ibid., pp. 11–12.

主要观点既彰显出对前辈观点的继承与反思,亦体现出自己对颓废主义基本问题的崭新探索。以上论及的四个方面的重要贡献,一方面有助于纠正颓废主义研究中的一些偏见,另一方面又为其后的研究者提供了可资借鉴的新颖观点,是这一时期颓废主义研究中的经典范例。

除以上论述中涉及的著作之外,卡尔·柏森(Karl Beckson)主编的《19世纪90年代的唯美主义者与颓废派:英国诗歌与散文选集》(*Aesthetes and Decadents of the 1890s*: *An Anthology of British Poetry and Prose*,1966)、大卫·戴启思(David Daiches)的《一些晚期维多利亚时期的态度》(*Some Late Victorian Attitudes*,1969)等,也是这一时期值得关注的作品。上述30年的研究气象昭示出,学者们在研究方法、研究视角等方面已经取得明显进展。这种良好的势头在20世纪末叶继续发展,逐渐将一度不温不火的颓废主义研究推向西方学界的学术前沿。

四、20世纪末叶颓废主义研究

20世纪末叶——尤其是80年代以后,西方学界的颓废主义研究迅速升温,并在世纪之交引发研究热潮。这一阶段的成果鲜明地体现出研究视角的多元化和对以往研究方法的不断反思与精进。

总体来看,这一阶段颇受英语学界关注的研究成果主要包括:理查德·吉尔曼(Richard Gilman)的《颓废:一个诨名的奇特活力》(*Decadence*:*The Strange Life of an Epithet*,1979)、伊恩·弗莱彻(Ian Fletcher)主编的论文集《颓废与19世纪90年代》(*Decadence and the 1890s*,1979)、让·皮埃罗(Jean Pierrot)的《颓废的想象(1880—1900)》(英译名为 *The Decadent Imagination*,1880—1900,Derek Coltman trans.,1981)、约翰·R.里德(John R. Reed)的《颓废的风格》(*Decadent Style*,1985)、琳达·道林(Linda Dowling)的《维多利亚世纪末文学中的语言与颓废》(*Language and Decadence in the Victorian Fin de Siècle*,1986)、托马斯·瑞德·维森(Thomas Reed Whissen)的《魔鬼的拥护者:现代文学中的颓废》(*The Devil's Advocates*:*Decadence in Modern Literature*,1989)、芭芭拉·斯帕克曼(Barbara Spackman)的《颓废的谱系:从波德莱尔到邓南遮的疾病修辞》(*Decadent Genealogies*:*The Rhetoric of Sickness from Baudelaire to D'Annunzio*,1989)、大卫·威尔(David Weir)的《颓废与现代主义的生成》(*Decadence and the Making of Modernism*,1996)以及由里兹·康斯德伯尔(Liz Constable)、丹尼

斯·德尼索夫(Dennis Denisoff)、马修·波多尔斯基(Matthew Potolsky)三人主编的论文集《衰退的循环：颓废的美学与政治》(*Perennial Decay: On the Aesthetics and Politics of Decadence*, 1999)等。

鉴于这一时期研究成果总量丰富，难以一一罗列和介绍，以下将拣选几本代表性论著，着意阐明这一时期在研究方法、视角、观点等方面的重要进展。

（一）法国学者皮埃罗的颓废主义论著《颓废的想象（1880—1900）》[*L'Imaginaire décadent* (1880—1900), 1974]于1981年由英国学者德里克·科尔特曼以"The Decadent Imagination, 1880—1900"为译名介绍到英语国家学界，引起较大关注。

皮埃罗的研究延续了此前学者对于颓废主义文学之归属问题的探讨。他对以盖伊·米肖等为代表的评论家提出的有关颓废主义问题的流行观点，诸如"颓废主义是象征主义运动的准备阶段""颓废主义是对自然主义和高蹈派的消极回应，而象征主义则是与之相对的一种积极回应"等，发出了质疑和批判，继而提出自己的新观点。他认为，颓废主义的真正价值在于：颓废意识的表达是19世纪末法国文学的"聚焦点"。而这一精神聚焦点的形成，很大程度上是基于一种悲观主义历史观。细心的读者当可发现，皮埃罗的此番论断几乎是对1961年瑞治观点的继承。他对颓废主义研究的贡献并不在此，而在于他以此为认识的新起点，从时间上将颓废主义限定在1880年至1900年之间，深入、细致地阐释了颓废主义的独特审美观：

> 它的基础是对人类的生存有些悲观的概念……在这种人生观的影响下，艺术家们把自己关在自己的内心世界，努力从他们的秘密深处察觉到一丝震颤，经常因可能突然爆发出光明的怪异或可怕的感觉而感到害怕；在这痛苦的探索中，一些人——甚至是在弗洛伊德之前——发现了无意识的现实。他们企图借由细腻精致的感觉逃脱平庸无聊的日常生活。他们相信物质世界只不过是一种外观，意识不能理解任何东西，除了它自己的想法或陈述。他们将"想象"视为一种更高的力量，而世界的现实通过"想象"的方式被转化……他们倾其心力，不顾一切地追求一切新的、罕见的、奇怪的、精致的、精华的事物，或者说追求非凡的事物——这些措辞在当时时代创作中反复且持续地出现。最终，他们觉得他们已经将文学推向了它的极限，他们以艺术取代生活。由此，尽管面临肉体、精神健康方面的种种威

胁,但至少在一段时间内,生活本身也能被忍受。①

基于对"颓废"审美观的细致描述,皮埃罗清晰地阐明了自己对于颓废主义之文学史价值的评定:

> 通过一劳永逸地将艺术从它被预设的目的——对自然的忠实模仿被认作最高准则——中解脱出来,颓废时期构成了古典美学与现代美学之间必不可少的分界线。②

与前文瑞治的观点相比,不难发现,皮埃罗与瑞治研究颓废主义的思路颇为相似。首先,两人都认为颓废意识的本质是一种悲观主义的世界观,并指出,颓废意识构成了19世纪末文学的共同基础,进而肯定了颓废主义在19世纪末文学中的地位和价值;其次,两人都注意到颓废主义呈现出的一种崭新的审美倾向。瑞治在其研究中简要地提及颓废主义审美对古典审美的精确与明晰性的有意规避及其形式主义、个人主义的现代审美倾向。其后皮埃罗将瑞治的零散暧昧的表述进一步明朗化,揭示了颓废主义审美在由古典美学转化为现代美学的过程中所处的"分界"价值。

(二)以吉尔曼、威尔等为代表的学者提出了有关"颓废"概念界定的新看法。

在其知名论著《颓废:一个诨名的奇特活力》中,吉尔曼指出,评论家们不应再试图赋予颓废主义以唯一的意义面相。颓废主义是创造性的,然而又是无目标的;形式上的革新是它的重要特征,然而它又缺少任何形式上的统一规划。吉尔曼描画出了一幅似是而非、充满矛盾的颓废主义图景,进而明确地提出,面对"颓废"这一概念本身的多义性、模糊性、悖谬性,较为理智的做法或许是暂时悬置它的定义,将更多的精力转向对其文本特征的审视与剖析。基于这一立场,他在考察19世纪末文学在语言和形式等方面塑造的风格特征时,将对作家本身的个例研究与活跃于这段历史时期的作家、评论家的回忆录等资料相结合,尽可能充分、全面地审视19世纪末文学图景。

与吉尔曼的观点相似,在《颓废与现代主义的生成》中,威尔系统地回溯了在此之前的研究者对"颓废"概念的不同理解,并援引 G. L. 范·罗斯布鲁克(G. L. Van Roosbroeck)的话——"要求(颓废)这个词有一个美

---

① Jean Pierrot, *The Decadent Imagination*, 1880—1900. Tran. Derek Coltman. Chicago: The University of Chicago Press, 1981. p. 11.
② Ibid.

学上的明确含义是多余而残酷的"①,以此引出自己对颓废主义问题的基本立场,即既往批评家对"颓废"一词的"确切"内涵的失败探索提醒人们,"颓废"一词以其自身的多元性、悖论性而在一定程度上"拒绝被定义"。由此,研究者们或许应暂时搁置其定义,而着眼于研究其光怪陆离的复杂面相。基于这一基本立场,威尔将19世纪西方文学中一些通常被冠以浪漫主义、自然主义、唯美主义、现代主义等名号的文学文本置于"颓废"的背景下考察,试图阐明:"颓废"既是"19世纪后半叶文学活动"的基础,亦是"帮助我们抵达文学现代性"的基石。②

吉尔曼和威尔等学者对研究方法的反思与转向预示了颓废主义研究的新局面即将被开启。自此以后,尽管学界针对颓废主义的主要研究话题没有明显变更,但在研究方法上逐渐从此前"由对一般性颓废概念的穷究与提炼出发,解读颓废主义文本",调转为"由对具体的文学文本的剖析出发,发掘某一/某些颓废主义文本在语言、形式、主题等方面的具体表现,以此归纳颓废的多元特征"。研究视角的调转,为颓废主义研究的继续深入提供了一个行之有效的策略。

(三)与吉尔曼、威尔等学者对颓废主义研究视角的反思与调整具有同等重要的转折性意义的是以道林为代表的学者对颓废主义研究困境的另一种反思。

早在1977年,道林就指出,当下学者对颓废主义的研究已经由于过度依赖前辈们对主要颓废主义作品的概括性评论与某些陈词滥调而陷入研究的困境,进而提出,有必要拓宽对这场19世纪末运动的关注视野。这一反思在其后来的论著《维多利亚世纪末文学中的语言与颓废》中得到了充分的实践。在书中,她广泛考察了一系列颓废主义作家,包括一些并不十分知名的作家的具体创作情况,并将研究重心由对颓废主义诗歌的解读拓展为对诗歌、小说等颓废主义作品的全面关注。道林对颓废主义研究现状的以上反思和基于这种反思的研究实践,对于纠正当时颓废主义研究因视野狭小带来的认知上止步不前的现状,有突出的贡献。除了在研究方法上的反思与精进,道林有关颓废主义语言风格实验的论断,也受到不少学者的关注。她认为,颓废主义独特的语言风

---

① G. L. Van Roosbroeck, *The Legend of the Decadents*. New York: Institut des études françaises, Columbia University, 1927, p. 14.

② David Weir, *Decadence and the Making of Modernism*. Amherst: University of Massachusetts Press, 1996, p. 21.

格,实质上是对 19 世纪末传统语言体系的深刻危机的一种积极的回应,目的是"赋予已经被语言科学宣判死亡的文学语言以一种看似自相矛盾的生命力"①。

(四)以里德为代表的学者为颓废主义风格研究提供了另一种思路。

一方面,里德认为,对颓废主义风格的探讨不应限定于文学领域,而是应该着眼于 19 世纪末各种流行的文学艺术表达形式,包括文学、音乐、绘画等。里德的这一研究视角是一次前所未有的大胆尝试。通过极富创新性的、细致入微的分析,他得出结论:颓废主义风格"通过'自我(Self)'有意识地运用风格化的策略,以表达颓废主义艺术的主题和素材中所要传达的含义"②。

另一方面,里德将他对颓废主义风格特征的考察严格限定在美学层面上,认为这种崭新的风格是对传统美学风格的拒绝和反叛。他拒绝将对颓废问题的理解与探究延伸至社会历史等层面。不过,道林等学者对他的这种纯粹美学的立场提出了质疑和挑战,遂将历史的、政治的视角引入对颓废主义形式等问题的研究中,拒绝将颓废主义语言风格局限地认定为一种纯粹的"为艺术而艺术"的文学试验。

(五)在已有的颓废主义研究论著中,斯帕克曼的《颓废的谱系:从波德莱尔到邓南遮的疾病修辞》可谓独树一帜,自成风格。斯帕克曼论述的核心是颓废主义文本中的"病态修辞"。她对颓废主义文学中的"病态修辞"的分析很大程度上基于她对"病态的身体制造病态的思想"③这一理论的赞同。正如她在书中指明的那样:"对生理疾病的描述也或许是心理失衡的一种表现方式,一种对无意识领域的侵袭;它可能是引起对身体自身的关注的最有效的策略。"④斯帕克曼对克罗齐等批评家对颓废主义文学文本的政治化、伦理化的,或自然主义式的肤浅解读进行了有理有据的驳斥,并援引切萨雷·龙勃罗梭(Cesare Lombroso)的犯罪学研究、弗洛伊德的心理学论、麦克斯·诺尔道的退化理论等理论学说,以精彩的心理学、病理学分析展开自己对颓废主义之"病态修辞"的理性分析。

---

① Linda Dowling, *Language and Decadence in the Victorian Fin de Siècle*. Princeton: Princeton University Press, 1986, p. xv.
② John R. Reed, *Decadent Style*. Athens, OH: Ohio University Press, 1985, p. 9.
③ Barbara Spackman, *Decadent Genealogies: The Rhetoric of Sickness from Baudelaire to D'Annunzio*. Ithaca and London: Cornell University Press, 1989, p. vii.
④ Ibid., p. 106.

斯帕克曼在书中展示了许多对颓废主义文学研究颇具启发性的观点。例如，她借助龙勃罗梭的犯罪学理论、弗洛伊德的心理学理论等论证其"颓废主义诗人是处身于非'正常领域'中的特异天才"的观点，并分析了天才的"雌雄同体"性。她特别关注"恢复期（convalescence）"这个概念，认为恢复期本身"是一种空隙，一种介于病态和健康之间的模糊但又矛盾地十分清楚的状态"[①]，"是心理学与生理学交叉的十字路口，挥之不去的疾病是新意识的基础，是对身体与思想间关系的新解释"[②]，而波德莱尔等天才颓废主义作家正是"处于恢复期的病人"。斯帕克曼试图通过对这种特殊"病人"的病理学、心理学分析，解读颓废主义文本之内容、形式等方面的特异性特征。她独特的研究视角和研究方法，为颓废主义研究展示了一种新的思路。

（六）1999年是新旧世纪的节点，也是颓废主义研究的一个节点。论文集《衰退的循环：颓废的美学与政治》在这一年出版。在告别旧世纪的时刻，艾米莉·安普特（Emily Apter）、查尔斯·伯恩海默（Charles Bernheimer）等多位学者通过对颓废主义研究现状的总结与反思，指出了当时以詹姆斯·伊莱·亚当斯（James Eli Adams）的《花花公子与荒漠圣徒：维多利亚时代的男子气概风格》（*Dandies and Desert Saints: Styles of Victorian Masculinity*，1995）等为代表的研究论著中体现出的对于"颓废"内涵等问题的"简单化处理"倾向。他们指出，颓废主义文学中表现出的"病态，对人造物的狂热，异域情趣（exoticism），或性的不顺从主义（sexual non-conformism）"[③]并不能涵纳"颓废"的全部要义。其含义远比人们已知的更加复杂、多元。因此，当前的研究重点是将颓废主义问题重新放回到其发生发展的19世纪的历史语境下，继续发掘颓废主义文学的其他"未知特性"。

五、21世纪颓废主义研究

纵览21世纪西方学界有关颓废派文学研究的最新成果，当可发现：在短短的15年内，21世纪的颓废派文学研究不仅成果颇丰，而且在诸多

---

① Barbara Spackman, *Decadent Genealogies: The Rhetoric of Sickness from Baudelaire to D'Annunzio*. Ithaca and London: Cornell University Press, 1989, p.42.

② Ibid., p.58.

③ Liz Constable, Dennis Denisoff and Matthew Potolsky, eds., *Perennial Decay: On the Aesthetics and Politics of Decadence*. Philadelphia: University of Pennsylvania Press, 1999, p.2.

方面展现出了崭新的气象。

以鲁斯·利夫西(Ruth Livesey)的《英国的社会主义、性与唯美主义的文化,1880—1914》(*Socialism, Sex and the Culture of Aestheticism in Britain, 1880—1914*,2007)和塔利亚·谢弗(Talia Schaffer)的《被遗忘的女性唯美主义者:晚期维多利亚英国的文学文化》(*The Forgotten Female Aesthetes: Literary Culture in Late-Victorian England*,2000)等为代表的论著继承了 20 世纪琳达·道林的《维多利亚世纪末文学中的语言与颓废》①中的创新性视域,不再局限性地将颓废派文学运动解读为一场与政治无关的"为艺术而艺术"的艺术实验,而是侧重于对颓废的性的政治(sexual politics)的关注。

以瑞姬娜·加尼尔(Regenia Gagnier)、玛丽·格拉克(Mary Gluck)等为代表的学者延续了自 19 世纪以来作家、评论家对"颓废"概念之内涵的普遍关注与探索,但有新的阐发。加尼尔一定程度上肯定了 19 世纪评论家保罗·布尔热、亨利·哈维洛克·霭理士等对"颓废"内涵的一般界定,将"颓废"问题解读为"个体与整体关系"的问题。在其论著《个人主义、颓废与全球化:关于部分与整体的关系,1895—1920》(*Individualism, Decadence and Globalization: On the Relationship of Part to Whole, 1895—1920*,2009)中,她指出,这场运动的社会和政治层面为人们理解"颓废"问题提供了一种全新的视角。这一视角促使人们从先前认识到的唯我论转向一种有关共同体的伦理观点,也即,隶属整体的个体。在《颓废文学的全球性循环》(The Global Circulation of the Literatures of Decadence,2013)中,加尼尔重申并深化了其先前的主要观点。她认为,现代化的力量瓦解了部分与整体的诸种关系,带来经济、社会、宗教、政治、伦理、性别等方面的传统的衰退。这一催生法国和英国的颓废派运动的因素,在英、法之外的国家同样可能催生出类似的文学策略。由此,文学中的颓废并不仅仅是一场发源于欧洲的文化运动,在众多国家和文化中,"颓废"会作为对社会变动或危机的回应而反复出现。②格

---

① 道林确立了认知颓废派文学的又一崭新视域——以一种非常政治化和情景化的视角解读颓废派的文学形式问题。

② 加尼尔就此问题展开的具体论述参见:Regenia Gagnier, "The Global Circulation of the Literatures of Decadence" in *Literature Compass*, vol. 10, issue 1, 2013, pp. 70—81. 亦可参见:Regenia Gagnier, "The Global Circulation of the Literatures of Decadence" in *The Fin-de-Siècle World*. Ed. Michael Saler. London and New York: Rouledge, 2015, pp. 11—28。

拉克则在《作为历史性神话和文化理论的颓废》(Decadence as Historical Myth and Cultural Theory, 2014)一文中回溯了波德莱尔、尼采、布尔热、麦克斯·诺尔道等人有关颓废内涵的不同界定,并旗帜鲜明地提出自己的观点:"颓废并非一个历史性的事实,而是一种文化上的虚构(cultural myth)。"①

以文森特·谢里的《现代主义与颓废的再造》(Modernism and the Reinvention of Decadence, 2015)等为代表的著作继承 20 世纪末 K. W. 斯沃特等学者对颓废与现代主义文学关系的发掘,进一步深化了对两者间承继关系的考察。以卡米拉·帕格利亚(Camille Paglia)的《性面具——艺术与颓废:从奈费尔提蒂到艾米莉·狄金森》(Sexual Personae: Art and Decadence from Nefertiti to Emily Dickinson, 2001)等为代表的论著则继承了此前学者对"颓废"意识的衍生机制等一般性问题的研究,视角独特,观点新颖。

除了对既往研究成果的继承与深化,20 世纪末就已展开的对既有学术观念与方法的反思与驳辩在新世纪亦渐成燎原之势。

以查尔斯·伯恩海默、亚历克斯·穆雷(Alex Murray)、杰森·大卫·霍尔(Jason David Hall)、约瑟夫·布里斯托(Joseph Bristow)、柯尔斯顿·麦克劳德(Kirsten MacLeod)等为代表的学者大致承袭了 20 世纪末以理查德·吉尔曼的《颓废:一个诨名的奇特活力》,大卫·威尔的《颓废与现代主义的生成》,以及上文曾提及的道林的《维多利亚世纪末文学中的语言与颓废》等为代表的论著中鲜明的"反思"思路,侧重于对既有研究方法、研究视角的大胆质疑,并在有理有据的驳辩中将颓废派文学研究推向一个新的高度。

鉴于对颓废派基本问题认知现状的考察,以查尔斯·伯恩海默为代表的学者并不主张对"颓废"的内涵、衍生机制等一般性问题做出迫切的解答。在《颓废的问题:世纪末欧洲艺术、文学、哲学与文化中的颓废观念》(Decadent Subjects: The Idea of Decadence in Art, Literature, Philosophy, and Culture of the Fin de Siècle in Europe, 2002)中,伯恩海默说:"'颓废'的含义如此多面,以至于很难识别其清晰的轮廓;但是,

---

① Mary Gluck, "Decadence as Historical Myth and Cultural Theory" in *European Review of History/Revue européenne d'histoire*, vol. 21, no. 3, 2014, p. 349.

某些极具挑衅性的、引人注目的东西几乎是许多作品的共性。"①因此,他在开展颓废问题研究过程中所面对的一大挑战在于清晰地表达"有关颓废的那些极富争议性的方面"所呈现的具体情形,而并不把颓废观念的衍生机制归结于任何一个特别的原动力——精神分析上的、历史上的,或其他方面的。基于这一基本理念,他尽量全面、公正地考察了19世纪哲学、历史、文学、实证主义科学等视域下对颓废观念的不同认知情况。这种相对客观的回溯性描述而非过于主观、随意的阐释,为当下的颓废派文学研究提供了更为可信的参考。他对尼采哲学中的颓废观念、福楼拜小说《萨朗波》中的颓废的历史态度、自然主义文学中的颓废等所作的广泛的考察和细致的阐释,对于人们全面地了解19世纪的颓废观念,不无裨益。

基于对既往学者观点的不断反思与调整,也得益于结构主义、现象学等现代理论方法的启发,以亚历克斯·穆雷、杰森·大卫·霍尔等为代表的学者比较客观和全面地揭示了当前颓废派文学研究所面临的主要问题。

第一,有关颓废派文学的两种主导观点都存在明显问题。一种观点出自以加尼尔为代表的21世纪的颓废问题研究者。这些研究者在处理"颓废"问题之时,继承了19世纪末被诸多作家与评论家——如布尔热、尼采、西蒙斯、霭理士等——广泛接受的所谓"部分/整体"关系的类比。然而,如果单纯地从文学形式层面去理解"颓废",人们似乎很难在"部分/整体"的框架之下真正有效地构建起一种"颓废的诗学"。另一种观点则认为,作为一场文学运动的颓废派,既包含叙事层面的某种一致性,又指涉句法或词汇意义上的分解趋向。然而,若依此认知,便无法解释王尔德的《道林·格雷的画像》,因为"正如里德指出的那样,从主题上说,它是颓废派小说,但在形式上,它'近似于寓言或哲学短文'②"③。

第二,一些错误倾向从19世纪末颓废派评论家霭理士、西蒙斯等开始一直延续至今。不管是霭理士对颓废风格作出的"部分与整体"的类比,还是西蒙斯所谓"疾病"(语言的精致的堕落)的隐喻,实际上是"把颓

---

① Charles Bernheimer, *Decadent Subjects*: *The Idea of Decadence in Art*, *Literature*, *Philosophy*, *and Culture of the Fin de Siècle in Europe*. Eds. T. Jefferson Kline and Naomi Schor. Baltimore: The Johns Hopkins University Press, 2002, p.3.

② John R. Reed, *Decadent Style*. Athens, OH: Ohio University Press, 1985, p.37.

③ Jason David Hall and Alex Murray, eds., *Decadent Poetics*: *Literature and Form at the British Fin de Siècle*. New York: Palgrave Macmillan, 2013, p.3.

废视为胜利的、虚无主义的绝唱,而不是一种精力充沛的、富有创造力的尝试。由此,部分/整体的类比和健康/疾病的隐喻对于理解颓废而言就将是富有暗示性的、误导性的。由此,在为颓废派文学提供一个更为微妙的、在形式上回应的价值评估时,就将降低'回归颓废时代文本'的重要性"①。

第三,试图用"颓废"这个词界定一批经常表现出迥异风格的作家,如王尔德、莱昂内尔·约翰逊、亚瑟·梅琴(Arthur Machen)等时,结论并不十分有效。

第四,对于19世纪后期以来一直争论不休的颓废派的文学史归属问题,现阶段比较通行的做法是将颓废派文学视为西方文学史的过渡阶段,认为"颓废是在现代主义宣称的真正的新奇性出现之前,对维多利亚文学的价值和形式的最初逃离与反抗"②,由此将颓废派文学视为通向现代主义的过渡阶段。此种观点实际上继承了1899年西蒙斯对颓废派文学的基本认定;这种转型期的描述"将颓废解读为大胆的、激进的和现代的,这种解读忽略了我们在很多颓废主义的作品中看到的一种怀旧和普遍的倒退趋势"③。

通过对以上主要问题的揭示,穆雷与霍尔等人指出,21世纪的颓废派文学研究应尽量避免被19世纪后期以来作家、评论家针对颓废派文学所做出的种种模糊不清的理论界定所局限,回归颓废派文学文本,在文本细读中重新解读颓废派文学的多重特征,并在此基础上探讨其文学史价值。

此外,以约瑟夫·布里斯托主编的论文集《世纪末诗歌:英语文学文化与19世纪90年代》(*The Fin-de-Siècle Poem*: *English Literary Culture and the 1890s*,2005)和柯尔斯顿·麦克劳德的《英国颓废派小说》(*Fictions of British Decadence*,2006)等为代表的研究论著虽略早于《颓废派诗学》出版,但已明显体现出对研究现状的全面反思,并基于这种反思在研究方法和研究视角上做了有效的调整。

以《英国颓废派小说》为例。全书的主旨可大致概括为现状总结、文本细读与价值重估。麦克劳德认为,迄今为止,颓废派文学在西方学界仍

---

① Jason David Hall and Alex Murray, eds., *Decadent Poetics*: *Literature and Form at the British Fin de Siècle*. New York: Palgrave Macmillan, 2013, p.4.

② Ibid., p.5.

③ Ibid.

然是一个经常受到忽略或误读的文学时期,这种现状与颓废派小说本身作为"从由情节驱动的三卷本维多利亚小说向内省的、分析式的现代主义小说转变的过渡时期"[①]的文学史地位并不相称。因此,在本书的引言部分,麦克劳德即对英国颓废派文学的研究现状进行概括,以初步了解当前的既有认知和主要偏见。在本书主体部分,一方面,他延续了20世纪末道林等学者的研究视角,广泛论述了欧内斯特·道生、约翰·戴维森、乔治·摩尔、亚瑟·梅琴等英国颓废派作家,对其他并不知名的作家也尽量全面地给予介绍。另一方面,基于对颓废派作家的详细介绍和对其小说文本的细读与阐释,麦克劳德试图重估长久以来由于人们"过度依赖和盲目遵从叶芝等人对颓废派作家的概括性论断,将颓废派作家的私人生活与其作品文本混为一谈;或将研究视角主要集中于颓废派诗歌而很少关注颓废派小说"等的解读倾向而产生的对于主要颓废派作家及其作品的迷思与误解,同时也发掘历来不受关注的不知名作家在这场运动中扮演的角色,以此尽量客观、全面地审视这场19世纪末文学运动。

通过对21世纪西方颓废派文学研究最新进展和主要倾向的梳理与总结,不难发现,基于对颓废派文学关键问题的不同理解,21世纪的研究者或是继承并深化既往学者的研究理路与主要论断,或是对既有成果在研究方法、研究视角等方面显露出的主要问题进行深刻的反思与驳辩,调整当前的研究策略——在麦克劳德、布里斯托等学者的学术实践中,这种反思与调整已初见成效。

尽管迄今为止,对"颓废"一词的内涵,颓废派文学的主题、风格特征,颓废派文学的衍生机制、颓废派的文学史归属等问题远未盖棺定论,但研究者的不断探索与反思,已经给后来者提供了许多可资借鉴的重要线索。本身充满复杂悖论性的颓废派问题正如古斯塔夫·莫罗笔下莎乐美的美一样,与生俱来地拥有神秘古奥、难以穷尽的魅力。

---

① Kirsten MacLeod, *Fictions of British Decadence*. New York: Palgrave Macmillan, 2006, p. ix.

主要参考文献

一、外文文献

(一)外文著作

Abrams, M. H. *A Glossary of Literary Terms*. Fortworth: Harcourt Brace Jovanovich College Publishers, 1993.

Arac, Jonathan, Harriet Ritvo, eds. *Macropolitics of Nineteenth-Century Literature: Nationalism, Exoticism, Imperialism*. Philadelphia: University of Pennsylvania Press, 1991.

Auerbach, Erich. *Mimesis: The Representation of Reality in Western Literature*. Tran., Willard R. Trask. Princeton: Princeton University Press, 1968.

Baguley, David. *Naturalist Fiction: The Entropic Vision*. Cambridge: Cambridge University Press, 1990.

Baldick, Robert. *The Life of J. K. Huysmans*. London: Dedalus, 2006.

Barzun, Jacques. *Classic, Romantic, and Modern*. London: Secker & Warburg, 1962.

Beebe, Maurice. *Ivory Towers and Sacred Founts: The Artist as Hero in Fiction from Goethe to Joyce*. New York: New York University Press, 1964.

Beizer, J. *Ventriloquized Bodies: Narratives of Hysteria in Nineteenth-Century France*. Ithaca: Cornell University Press, 1994.

Bell-Villada, Gene. *Art for Art's Sake and Literary Life: How Politics and Markets Helped Shape the Ideology and Culture of Aestheticism*. Lincoln and London: University of Nebraska Press, 1996.

Becker, George J., ed. *Documents of Modern Literary Realism*. Princeton, New Jersey: Princeton University Press, 1963.

Bernheimer, Charles. *Decadent Subjects: The Idea of Decadence in Art, Literature, Philosophy, and Culture of the Fin de Siècle in Europe*. Eds., T. Jefferson Kline and Naomi Schor. Baltimore: The Johns Hopkins University Press, 2002.

Bornstein, George. *Romantic and Modern*. Pittsburgh: University of Pittsburgh Press, 1977.

Bourke, Richard. *Romantic Discourse and Political Modernity*. New York: St. Martin's Press, 1993.

Bristow, Joseph. *The Fin-de-Siècle Poem: English Literary Culture and the 1890s*. Athens, OH: Ohio University Press, 2005.

Brown, Julia Prewitt. *Cosmopolitan Criticism: Oscar Wilde's Philosophy of Art*. Charlottesville and London: University Press of Virginia, 1997.

Bürger, Peter. *The Theory of the Avant-garde*. Manchester: Manchester University Press, 1984.

——. *The Decline of Modernism*. University Park: The Pennsylvania State University Press, 1992.

Carter, A. E. *The Idea of Decadence in French Literature: 1830—1900*. Toronto: University of Toronto Press, 1958.

Carrère, Jean. *Degeneration in the Great French Masters*. Tran., Joseph Mccabe. London: Adelphi Terrace, 1922.

Cevasco, G. A. *The Breviary of the Decadence: J.-K. Huysmans's* A Rebours *and English Literature*. New York: AMS Press, 2001.

Chai, Leon. *Aestheticism: the Religion of Art in Post-romantic Literature*. New York: Columbia University Press, 1990.

Chapple, J. A. V. *Science and Literature in the Nineteenth Century*. London: Macmillan Education Ltd., 1986.

Charvet, P. E. *A Literary History of France, Volume Five: The Nineteenth & Twentieth Centuries (1870—1940)*. London: Ernest Benn Limited, 1967.

Chiari, Joseph. *The Aesthetics of Modernism*. London: Vision Press, 1970.

Child, Ruth C. *The Aesthetic of Walter Pater*. New York: The Macmillan Company, 1940.

Clement, N. H. *Romanticism in France*. New York: Kraus Reprint Corporation, 1966.

Curran, Stuart, ed. *British Romanticism*. Cambridge: Cambridge University Press, 1993.

Colum, Mary M. *From These Roots: The Ideas That Have Made Modern Literature*. New York: Columbia University Press, 1937.

Conlon, John J. *Walter Pater and the French Tradition*. London and Toronto: Associated University Press, 1982.

Constable, Liz, Dennis Denisoff, and Matthew Potolsky, eds. *Perennial Decay: On the Aesthetics and Politics of Decadence*. Philadelphia: University of Pennsylvania Press, 1999.

Cornwell, Neil, ed. *The Gothic-Fantastic in Nineteenth-Century Literature*. Amsterdam and Atlanta, GA: Rodopi, 1999.

Davidson, John. *Sentences and Paragraphs*. London: Lawrence and Bullen, 1893.

Day, Aidan. *Romanticism*. London: Routledge Press, 1996.

Dowling, Linda. *Language and Decadence in the Victorian Fin de Siècle*. Princeton: Princeton University Press, 1986.

Ellis, Havelock. *Affirmations* (1898). London: Constable, 1915.

Farrant, Tim. *An Introduction to Nineteenth-Century French Literature*. London: Duckworth, 2007.

Fletcher, Ian, ed. *Decadence and the 1890s*. London: Butler & Tanner Ltd., 1979.

Furst, L. R. *Romanticism in Perspective*. London: Macmillan, 1969.

Gagnier, Regenia. *Individualism, Decadence and Globalization: On the Relationship of Part to Whole, 1895—1920*. Basingstoke: Palgrave Macmillan, 2009.

Gilman, Richard. *Decadence: The Strange Life of an Epithet*. New York: Farrar, Straus, and Giroux, 1979.

Gordon, John. *Physiology and the Literary Imagination: Romantic to Modern*. Gainesville: University Press of Florida, 2003.

Greenslade, William. *Degeneration, Culture and the Novel, 1880—1940*. Cambridge: Cambridge University Press, 1994.

Guthke, K. *The Gender of Death: A Cultural History in Art and Literature*. Cambridge: Cambridge University Press, 1999.

Habermas, Jürgen. *The Philosophical Discourse of Modernity*. Cambridge: Cambridge Polity Press, 1961.

Hall, Jason David, Alex Murray, eds. *Decadent Poetics: Literature and Form at the British Fin de Siècle*. New York: Palgrave Macmillan, 2013.

Hanson, Ellis. *Decadence and Catholicism*. Cambridge, Mass.: Harvard University Press, 1997.

Härmänmaa, Marja, Christopher Nissen, eds. *Decadence, Degeneration and the End*. New York: Palgrave Macmillan, 2014.

Hemmings, F. W. J. *Baudelaire the Damned: A Biography*. London: Hamish Hamilton Ltd., 1982.

——. *The Life and Times of Emile Zola*. London: Elek Books Ltd., 1977.

Henderson, John A. *The First Avant-garde: 1887—1894*. London: George G. Harrap & Co. Ltd., 1971.

Hough, Graham. *Image and Experience: Studies in a Literary Revolution*. Westport: Greenwood Press, Inc., 1960.

Huysmans, J. K. *Against Nature*. Tran., Margaret Mauldon. London: Oxford World

Classics, 2009.

Jasper, David, T. R. Wright, eds. *The Critical Spirit and the Will to Believe: Essays in Nineteenth-Century Literature and Religion.* New York: St. Martin's Press, 1989.

Joad, C. E. M. *Decadence: A Philosophical Inquiry.* New York: Philosophical Library, 1949.

Laver, James. *The First Decadent: Being the Strange Life of J. K. Huysmans.* London: Faber & Faber Limited, 1954.

Levenson, Michael. *Modernism and the Fate of Individuality: Character and Novelistic Form from Conrad to Woolf*, Cambridge: Cambridge University Press, 1991.

Levine, George. *Darwin and the Novelists.* Cambridge, Massachusetts: Harvard University Press, 1988.

——, ed. *One Culture: Essays in Science and Literature.* Madison, Wisconsin: The University of Wisconsin Press, 1987.

Lovejoy, A. O. *Essays in the History of Ideas.* Baltimore: The Johns Hopkins Press, 1948.

MacLeod, Kirsten. *Fictions of British Decadence.* New York: Palgrave Macmillan, 2006.

Margot, Norris. *Beasts of the Modern Imagination: Darwin, Nietzsche, Kafka, Ernst, and Lawrence.* Baltimore, Maryland: The Johns Hopkins University Press, 1985.

Marshall, G., ed. *The Cambridge Companion to the Fin de Siècle.* Cambridge: Cambridge University Press, 2007.

Masur, Gerhard. *Prophets of Yesterday: Studies in European Culture 1890—1914.* London: A. Wheaton & Co. Ltd., 1963

Micale, M. S. *Hysterical Men: The Hidden History of Male Nervous Illness.* Cambridge: Harvard University Press, 2008.

Moers, Ellen. *The Dandy: Brummell to Beerbohm.* London: Seeker and Warburg, 1960.

Mosse, George L. *The Culture of Western Europe: The Nineteenth and Twentieth Centuries.* London: John Murray Ltd., 1961.

Nalbantian, Suzanne. *Seeds of Decadence in the Late Nineteenth-Century Novel: A Crisis in Values.* London and Basingstoke: The Macmillan Press Ltd., 1983.

Nelson, Brian, ed. *Naturalism in the European Novel.* New York: Berg Publishers, Inc., 1992.

Nicholls, Peter. *Modernisms: A Literary Guide.* Houndmills and New York: Palgrave Macmillan, 2009.

Nietzsche, Friedrich. *Beyond Good and Evil.* Tran., Walter Kaufmann. New York:

Vintage Books, 1955.

Pater, Walter. *Plato and Platonism*. London: Macmillan and Co., 1928.

——. *The Renaissance: Studies in Art and Poetry*. London: Macmillan and Co., 1917.

——. *Greek Studies: A Series of Essays*. London: Macmillan and Co., 1928.

Phelps, William Lyon. *The Pure Gold of Nineteenth-Century Literature*. Philadelphia: Blakiston Press, 2013.

Pick, D. *Faces of Degeneration: A European Disorder, c. 1848—c. 1918*. Cambridge: Cambridge University Press, 1989.

Pierrot, Jean. *The Decadent Imagination 1880—1900*. Tran., Derek Coltman. Chicago: The University of Chicago Press, 1981.

Praz, Mario. *The Romantic Agony*. Tran., Angus Davidson. Oxford: Oxford University Press, 1951.

Raymond, Williams. *Culture and Society: 1780—1950*. London: Chatto & Windus, 1958.

Reed, John R. *Decadent Style*. Athens, OH: Ohio University Press, 2002.

Ridge, George Ross. *The Hero in French Decadent Literature*. Athens: University of Georgia Press, 1961.

Saler, Michael, ed. *The Fin-de-Siècle World*. London and New York: Rouledge, 2015.

Sherry, Vincent. *Modernism and the Reinvention of Decadence*. New York: Cambridge University Press, 2015.

Showalter, Elaine. *Sexual Anarchy: Gender and Culture at the Fin de Siècle*. New York: Penguin Books, 1991.

Smith, James M. *Elements of Decadence and Their Convergence in the French Literature*. Chapel Hill: unpub. diss., 1948.

Spackman, Barbara. *Decadent Genealogies: The Rhetoric of Sickness from Baudelaire to D'Annunzio*. Ithaca and London: Cornell University Press, 1989.

Sperber, Jonathan. *Europe 1850—1914*. Harlow: Pearson Longman, 2009.

Stein, S., ed. *Freud and the Crisis of Our Culture*. Boston: The Beacon Press, 1955.

Stromberg, Roland N., ed. *Realism, Naturalism, and Symbolism: Modes of Thought and Expression in Europe, 1848—1914*. London: Macmillan and Co. 1968.

Swart, Koenraad W. *The Sense of Decadence in Nineteenth-Century France*. The Hague, Netherlands: Martinus Nijhoff, 1964.

Symons, Arthur. *The Symbolist Movement in Literature*. London: William Heinemann, 1899.

——. *The Symbolist Movement in Literature*. New York: E. P. Dutton, 1958.

Thornton, R. K. R. *The Decadent Dilemma*. London: Edward Arnold Ltd., 1983.

Travers, Martin. *An Introduction to Modern European Literature: From Romanticism to*

  Postmodernism. London: Macmillan Press Ltd. , 1998.

Van Roosbroeck, G. L. *The Legend of the Decadents*. New York: Institut des études françaises, Columbia University, 1927.

Walcutt, Charles C. *American Literary Naturalism: A Divided Stream*. Minneapolis: University of Minnesota Press, 1956.

Weber, Eugen. *France: Fin de Siècle*. Cambridge: Harvard University Press, 1986.

Weightman, John. *The Concept of the Avant-garde: Explorations in Modernism*. London: Alcove Press, 1973.

Weir, David. *Decadence and the Making of Modernism*. Amherst: University of Massachusetts Press, 1996.

Whitehead, Alfred N. *Symbolism: It's Meaning and Effect*. Cambridge: Cambridge University Press, 1928.

Wilde, Oscar. *The Complete Works of Oscar Wilde*. Russell Jackson, Ian Small, eds. New York: Oxford University Press, 2000.

——. *The Artist as Critic: Critical Writings of Oscar Wilde*. Richard Ellmann, ed. London: W. H. Allen, 1970.

Williams, Roger L. *The Horror of Life*. Chicago: University of Chicago Press, 1980.

Woodhouse, J. *Gabriele D'Annunzio*. Oxford: Oxford University Press, 2001.

(二)外文期刊文章

Cassou-Yager, Hélène, "The Myth of Salome in the Decadent Movement: Flaubert, Moreau, Huysmans" in *The European Legacy*, vol. 2, no. 1, 1997.

Clark, Petra, "'Cleverly Drawn': Oscar Wilde, Charles Ricketts, and the Art of the Woman's World" in *Journal of Victorian Culture*, vol. 20, no. 3, 2015.

Conway, Daniel, "The Politics of Decadence" in *The Southern Journal of Philosophy*, vol. 37, no. S1, 1999.

Forth, Christopher E. , "Nietzsche, Decadence, and Regeneration in France, 1891—95" in *Journal of the History of Ideas*, vol. 54, no. 1, 1993.

Gagnier, Regenia, "The Global Circulation of the Literatures of Decadence" in *Literature Compass*, vol. 10, issue 1, 2013.

Gluck, Mary, "Decadence as Historical Myth and Cultural Theory" in *European Review of History/Revue européenne d'histoire*, vol. 21, no. 3, 2014.

Klee, Wanda, "Incarnating Decadence: Reading Des Esseintes's Bodies" in *Paroles gelées*, vol. 17, no. 2, 1999.

Loesberg, Jonathan, "Kant's Aesthetics and Wilde Form" in *Victoriographies*, vol. 1, no. 1, 2011.

Parente-Capkova, Viola, "Decadent New Woman?" in *NORA — Nordic Journal of Feminist and Gender Research*, vol. 6, no. 1, 1998.

Peters, Robert L., "Toward an 'Un-Definition' of Decadent as Applied to British Literature of the Nineteenth Century" in *The Journal of Aesthetics and Art Criticism*, vol. 18, no. 2, 1959.

Ryals, Clyde de L., "Toward a Definition of Decadent as Applied to British Literature of the Nineteenth Century" in *The Journal of Aesthetics and Art Criticism*, vol. 17, no. 1, 1958.

Scott, Jacqueline, "Nietzsche and Decadence: The Revaluation of Morality" in *Continental Philosophy Review*, vol. 31, no. 1, 1998.

Singh, Yumnam Oken, Gyanabati Khuraijam, "Aestheticism, Decadence and Symbolism: Fin de Siècle Movements in Revolt" in *Journal of Literature, Culture and Media Studies*, vol. 4, no. 7, 2012.

Swart, Koenraad W., "The Idea of Decadence in the Second Empire" in *The Review of Politics*, vol. 23, no. 1, 1961.

Symons, Arthur, "The Decadent Movement in Literature" in *Harper's New Monthly Magazine*, vol. 87, 1893.

二、中文文献

M. H. 艾布拉姆斯、杰弗里·高尔特·哈珀姆:《文学术语词典》,吴松江、路雁等编译,北京:北京大学出版社,2014年。

鲍姆嘉通:《鲍姆嘉通说美学》,高鹤文、祁祥德编译,武汉:华中科技大学出版社,2018年。

丹尼尔·贝尔:《资本主义文化矛盾》,赵一凡、蒲隆、任晓晋译,北京:生活·读书·新知三联书店,1989年。

本间久雄:《欧洲近代文艺思潮论》,沈端先译,上海:开明书店,1928年。

彼得·比格尔:《先锋派理论》,高建平译,北京:商务印书馆,2002年。

波德莱尔:《1846年的沙龙:波德莱尔美学论文选》,郭宏安译,桂林:广西师范大学出版社,2002年。

——:《波德莱尔美学论文选》,郭宏安译,北京:人民文学出版社,1987年。

夏尔·波德莱尔:《波德莱尔散文选》,怀宇译,天津:百花文艺出版社,2005年。

——:《浪漫派的艺术》,郭宏安译,南京:译林出版社,2014年。

——:《人造天堂》,高美译,武汉:华中科技大学出版社,2014年。

波特莱尔:《恶之华掇英》,戴望舒译,上海:怀正文化社,1947年。

大卫·布莱尼·布朗:《浪漫主义艺术》,马灿林译,长沙:湖南美术出版社,2019年。

马·布雷德伯里、詹·麦克法兰编:《现代主义》,胡家峦等译,上海:上海外语教育出版社,1992年。

厨川白村:《出了象牙之塔》,鲁迅译,北京:北新书局,1935年。

——:《苦闷的象征》,鲁迅译,北京:北新书局,1930年。

戴望舒:《戴望舒全集:诗歌卷》,王文彬、金石主编,北京:中国青年出版社,1999年。

傅东华编:《文学百题》,长沙:岳麓书社,1987年。
弗洛伊德:《梦的解析》,赖其万、符传孝译,北京:作家出版社,1986年。
歌德:《歌德谈话录》(全2册),艾克曼辑,杨武能译,石家庄:河北教育出版社,2015年。
邦雅曼·贡斯当:《古代人的自由与现代人的自由——贡斯当政治论文选》,阎克文、刘满贵译,北京:商务印书馆,1999年。
马丁·海德格尔:《存在与时间》,陈嘉映、王庆节合译,北京:生活·读书·新知三联书店,2017年。
让-吕克·海宁:《地下室里的萨德》,李一枝译,长春:吉林出版集团有限责任公司,2011年。
阿道司·赫胥黎:《众妙之门》,陈苍多译,北京:北京燕山出版社,2017年。
黄晋凯、张秉真、杨恒达主编:《象征主义·意象派》,北京:中国人民大学出版社,1989年。
蒋承勇等:《欧美自然主义文学的现代阐释》,上海:复旦大学出版社,2002年。
——:《西方文学"人"的母题研究》,北京:人民出版社,2005年。
江伙生:《法语诗歌论》,成都:四川人民出版社,2000年。
马泰·卡林内斯库:《现代性的五副面孔:现代主义、先锋派、颓废、媚俗艺术、后现代主义》,顾爱彬、李瑞华译,北京:商务印书馆,2002年。
康德:《判断力批判》,邓晓芒译,北京:人民出版社,2002年。
索伦·克尔凯郭尔:《致死的疾病》,张祥龙、王建军译,北京:中国工人出版社,1997年。
威廉·科尔曼:《19世纪的生物学和人学》,严晴燕译,上海:复旦大学出版社,2000年。
皮埃尔·科罗索夫斯基:《萨德我的邻居》,闫素伟译,桂林:漓江出版社,2014年。
托马斯·库恩:《科学革命的结构》,金吾伦、胡新和译,北京:北京大学出版社,2003年。
兰波:《兰波作品全集》,王以培译,北京:作家出版社,2012年。
雅克·朗西埃:《马拉美:塞壬的政治》,曹丹红译,郑州:河南大学出版社,2017年。
李欧梵:《上海摩登——一种新都市文化在中国(1930—1945)》(修订版),毛尖译,杭州:浙江大学出版社,2017年。
——:《中国现代文学与现代性十讲》,上海:复旦大学出版社,2002年。
——:《中国现代作家的浪漫一代》,王宏志等译,北京:新星出版社,2010年。
柳扬编译:《花非花——象征主义诗学》,北京:旅游教育出版社,1991年。
吕天石:《欧洲近代文艺思潮》,上海:商务印书馆,1931年。
茅盾:《西洋文学通论》,北京:书目文献出版社,1985年。
奥克塔夫·米尔博:《一个神经衰弱者的二十一天》,卢颖译,北京:作家出版社,1995年。
《民国丛书》编辑委员会编:《民国丛书第一编》之《近代文学思潮》(黄忏华编述),上海:上海书店,1989年。
尼采:《快乐的科学》,余鸿荣译,北京:中国和平出版社,1986年。
弗里德里希·尼采:《瓦格纳事件·尼采反瓦格纳》,孙周兴译,北京:商务印书馆,2016年。
饶鸿竞、陈颂声、李伟江等编:《创造社资料》,福州:福建人民出版社,1985年。

日丹诺夫:《日丹诺夫论文学与艺术》,戈宝权等译,北京:人民文学出版社,1959年。
萨特:《波德莱尔》,施康强译,北京:北京燕山出版社,2006年。
邵洵美:《火与肉》,上海:金屋书店,1928年。
叔本华:《作为意志和表象的世界》,石冲白译,北京:商务印书馆,1994年。
格蕾琴·舒尔茨、路易斯·赛弗特:《最后的仙女:颓废故事集》,程静译,成都:四川人民出版社,2018年。
罗兰·斯特龙伯格:《西方现代思想史》,刘北成、赵国新译,北京:中央编译出版社,2005年。
唐敬杲编:《新文化辞书》,上海:商务印书馆,1923年。
弗兰克·M.特纳:《从卢梭到尼采——耶鲁大学公选课》,理查德·A.洛夫特豪斯编,王玲译,北京:北京大学出版社,2017年。
尚塔尔·托马斯:《萨德侯爵传》,管筱明译,桂林:漓江出版社,2002年。
保尔·瓦莱里:《瓦莱里散文选》,唐祖论、钱春绮译,天津:百花文艺出版社,2006年。
王岳川编:《尼采文集(权力意志卷)》,周国平等译,青海:青海人民出版社,1995年。
肖同庆:《世纪末思潮与中国现代文学》,合肥:安徽教育出版社,2000年。
解志熙:《美的偏至——中国现代唯美-颓废主义文学思潮研究》,上海:上海文艺出版社,1997年。
薛家宝:《唯美主义研究》,天津:天津社会科学院出版社,1999年。
薛雯:《颓废主义文学研究》,上海:上海人民出版社,2012年。
伊藤虎丸:《鲁迅、创造社与日本文学:中日近现代比较文学初探》,孙猛等译,北京:北京大学出版社,1995年。
郁达夫:《沉沦》,上海:上海泰东图书局,1921年。
于斯曼:《逆流》,余中先译,上海:上海译文出版社,2016年。
乔里-卡尔·于斯曼:《逆天》,尹伟、戴巧译,上海:上海文艺出版社,2010年。
曾繁亭:《文学自然主义研究》,北京:中国社会科学出版社,2008年。
张大明:《中国象征主义百年史》,开封:河南大学出版社,2007年。
张大明编著:《西方文学思潮在现代中国的传播史》,成都:四川教育出版社,2001年。
章克标、方光焘:《文学入门(普及本)》(第三版),上海:开明书店,1933年。
张器友等:《20世纪末中国文学颓废主义思潮》,合肥:安徽大学出版社,2005年。
赵澧、徐京安主编:《唯美主义》,北京:中国人民大学出版社,1988年。
周国平译:《悲剧的诞生》,北京:生活·读书·新知三联书店,1986年。
周海林:《创造社与日本文学:关于早期成员的研究》,周海屏、胡小波译,上海:上海社会科学院出版社,2016年。
周小仪:《唯美主义与消费文化》,北京:北京大学出版社,2002年。
朱雯等编选:《文学中的自然主义》,上海:上海文艺出版社,1992年。
朱彦明:《尼采的视角主义》,上海:复旦大学出版社,2013年。

主要人名、术语名、作品名中外文对照表

A

霭理士,亨利·哈维洛克 Ellis, Henry Havelock
艾略特,T. S. Eliot, Thomas Stearns
《爱情》 Amour

B

《巴黎速写》 Croquis parisien
巴茹,安纳托尔 Baju, Anatole
《包法利夫人》 Madame Bovary
《被诅咒的诗人》 Les Poètes maudit
比尔博姆,麦克斯 Beerbohm, Max
比亚兹莱,奥布里 Beardsley, Aubrey

D

《大教堂》 La Cathédrale
戴维森,约翰 Davidson, John
《道林·格雷的画像》 The Picture of Dorian Gray
《地狱里的一季》 Une Saison en enfer
《独立杂志》 Revue indépendant
杜雅尔丹,爱德华 Dujardin, Edouard
多尔维利,朱尔斯·巴尔贝 d'Aurevilly, Jules Barbey

E

《厄舍府的崩塌》The Fall of the House of Usher
《恶之花》Les Fleurs du mal

F

《凡陀弗与兽性》Vandover and the Brute
菲尔德,迈克尔 Field,Michael
《福丝坦》La Faustin

G

《搁浅》En rade
《共和国文学》La République des lettres
古尔蒙,雷米·德 Gourmont,Remy de
《怪异故事集》Histoires extraordinaires
《怪异小说》Nouvelles extraordinaires
《关于颓废时期拉丁诗人道德与批评的研究》Études de mœurs et de critique sur les poètes latins de la décadence

H

哈斯金斯,卡里尔·P. Haskins,Caryl P.
汉森,艾里斯 Hanson,Ellis
赫胥黎,阿道司 Huxley,Aldous
亨内昆,埃米尔 Hennequin,Emile
《黄面志》The Yellow Book
惠斯勒,詹姆斯 Whistler,James
《火》Il fuoco

J

吉尔曼,理查德 Gilman,Richard
济慈,约翰 Keats,John
《进退两难》Un dilemme

《精神诗篇》Spiritual Poems

K

孔德,奥古斯特 Comte, Auguste
《快乐的科学》Die fröhliche Wissenschaft

L

拉希尔德 Rachilde
《"莱蒂夫人号"上的莫兰:加利福尼亚海岸的冒险故事》Moran of the Lady Letty: A Story of Adventure off the California Coast
《来自深渊的叹息》Suspiria de Profundis
《浪漫派的痛苦》The Romantic Agony
李,弗农 Lee, Vernon
利尔-阿达姆,维利耶·德 L'Isle-Adam, Villiers de
列尔,勒贡特·德 Lisle, Leconte de
龙勃罗梭,切萨雷 Lombroso, Cesare
《卢贡-马卡尔家族》Les Rougon-Macquart
路易斯,皮埃尔 Louÿs, Pierre
罗里那,莫里斯 Rollinat, Maurice
洛兰,让 Lorrain, Jean

M

《玛利乌斯:一个享乐主义者》Marius the Epicurean
《玛耐特·萨洛蒙》Manette Salomon
《玛塔娜》Mataleena
《玛特,一个妓女的故事》Marthe, histoire d'une fille
门德斯,卡图卢斯 Mendès, Catulle
米尔博,奥克塔夫 Mirbeau, Octave
米肖,盖伊 Michaud, Guy
《秘密花园》Le Jardin des supplices
《密书》Libro segreto
缪塞,阿尔弗雷德·德 Musset, Alfred de
摩尔,乔治 Moore, George
《莫班小姐》Mademoiselle de Maupin

莫克莱尔，卡米尔 Mauclair, Camille
莫雷亚斯，让 Moréas, Jean
《牧神的午后》L'Après-midi d'un faune

N

诺里斯，弗兰克 Norris, Frank

P

《帕西法尔》Parsifal
《庞奇》Punch
佩拉丹，约瑟芬 Péladan, Joséphin
佩特，沃尔特 Pater, Walter
《平行集》Parallelement

Q

《情感教育》L'Éducation sentimentale

R

《热曼妮·拉瑟顿》Germinie Lacerteux
《人群中的人》The Man of the Crowd
《人造天堂——鸦片和印度大麻》Les Paradis artificiels: opium et haschisch

S

萨拉辛，加百列 Sarrazin, Gabriel
《萨朗波》Salammbô
《萨沃伊》The Savoy
《三故事集》Trois Contes
《莎乐美》Salome
善感性 sensibility
《神经症》Les Névroses
《圣·安东尼奥的诱惑》La Tentation de Saint Antoine
《石榴的房子》A House of Pomegranates

《世纪木马行会》Century Guild Hobby Horse
《顺流》A vau-l'eau
《说谎的衰落：观察》The Decline of Lying—An Observation
《死之胜利》Il trionfo della morte

T

《同居生活》En ménage
透视论 perspectivism
《颓废者》Le Décadent
《退化》Degeneration
托克维尔，亚克西斯·德 Tocqueville, Alexis de

W

《瓦达尔姊妹》Les Sœurs Vatard
《瓦格纳问题》The Case of Wagner
威利福德，丹尼尔 Williford, Daniel
维泽瓦，特奥多·德 Wyzewa, Téodor de
《为诗歌辩护》A Defence of Poetry
《文学与艺术杂志》Revue littéraire et artistique
《文学中的颓废主义运动》The Decadent Movement in Literature
《文学中的象征主义运动》The Symbolist Movement in Literature
《文艺复兴》The Renaissance
《无辜者》L'innocente
《无言的浪漫曲》Romances sans paroles

X

《吸毒恶魔的日记》Diary of a Drug Fiend
《现代生活的画家》Le Peintre de la vie moderne
现代性 modernity
《献身修道的人》L'Oblat
享乐主义 hedonism
萧伯纳，乔治 George Bernard Shaw
《小酒馆》L'Assommoir
《新评论》La Nouvelle revue

Y

《鸦片吸食者》*Un mangeur d'opium*

《页边集》*Marginalia*

叶芝,威廉·巴特勒 Yeats, William Butler

《一个青年的自白》*Confessions of a Young Man*

《一个神经衰弱者的二十一天》*Les Vingt et un jours d'un neurasthénique*

《一个鸦片吸食者的自白》*Confessions of an English Opium-Eater*

易卜生,亨利克 Ibsen, Henrik

《意图集》*Intentions*

《银尖笔》*Silverpoints*

《幽谷百合》*Le Lys dans la vallée*

《狱中记》*De Profundis*

《月桂树被砍倒了》*Les Lauriers sont coupés*

Z

《在路上》*En route*

《在那边》*Là-bas*

"震惊资产阶级" épater le bourgeois

《证言》*Affirmations*

《智慧集》*Sagesse*

《终极罪恶》*Le Vice suprême*

《众妙之门》*The Doors of Perception*